孙绍振
演讲体散文 精选

孙绍振 著

/ 演说古典诗歌 / 演说经典小说 / 演说智慧表达 /

济南出版社

图书在版编目（CIP）数据

孙绍振演讲体散文精选 / 孙绍振著 . —济南：济
南出版社，2021.1（2024.3 重印）

ISBN 978 - 7 - 5488 - 4461 - 7

Ⅰ.①孙…　Ⅱ.①孙…　Ⅲ.①散文集—中国—当代
Ⅳ.①I267

中国版本图书馆 CIP 数据核字（2021）第 017784 号

出 版 人　谢金岭
责任编辑　宋　涛　姜天一　张慧敏
封面设计　刘　畅

出版发行　济南出版社
地　　址　济南市二环南路 1 号
邮　　编　250002
印　　刷　山东百润本色印刷有限公司
版　　次　2021 年 1 月第 1 版
印　　次　2024 年 3 月第 2 次印刷
成品尺寸　170mm×240mm　1/16
印　　张　20.5
字　　数　310 千字
定　　价　69.80 元

（济南版图书,如有印装质量问题,请与印刷厂联系调换）

演讲与为文：两路功夫

一

　　本书据演讲录音记录修改成文，之所以敢于命名为"演讲体散文"，第一，提醒国人演讲与为文之不同，为两路功夫，当此公众现场交际空前发达之际，其重要性，非昔日可比；第二，演讲体散文，并非个人之独创，在中国，在古希腊罗马，皆有深厚之历史积淀。当今之际，有重温历史，原始要终，在理论上确立自觉之必要。

　　也许，在许多学人看来，"演讲体散文"之说，不无突兀之感。散文是书面的，演讲是口头的；散文是审美的，演讲则是实用性的，二者似乎风马牛不相及。但是，演讲不但是散文的重要部分，而且还是散文经典的鼻祖。对于这一点，当代散文理论家心安理得地数典忘祖。处于六经之首，被刘勰称为"诏、策、奏、章"之"源"的《尚书》，很接近当代政府文告、权威公文，由于具有"记言"的特点，强烈地表现出起草者、演讲者的情绪和个性。《盘庚》篇记载商朝的第二十位君王，告谕臣民，硬话软说，软话硬说，软硬兼施，把拉拢、劝导、利诱和威胁结合得恰到好处，其表达含而不露，其用语绵里藏针，其时的神态活灵活现。这样的文章，虽然在韩愈时代读起来，就"佶屈聱牙"了，但是，只要充分还原出当时的语境，不难看出这篇演讲词，用的全是当时的口语。怀柔结合霸道，干净利落，透露出来个性化的情志。实在是杰出的情理交融的文学性散文。另一经典《论语》基本上是对话和议论，《子路、曾皙、冉有、公西华侍坐》中的对话，无疑具有很高的审美价值。至于《孟子》中的大段对答，屈原的《渔父》，还有游说之士的机辩，都是直接交流，在性质上都带有现场互动性，而这恰恰是演说的特点。

在那书面传播不发达的时期，现场交流和互动，对话和演说，其重要性与方便性高度统一，只有庄严的历史价值的语言，才不避刻于甲骨、铸于钟鼎的艰难。

无独有偶，在古希腊罗马，对话与演说式的直接交流也不约而同地繁荣起来。

一般西洋文学史家均以为希腊最早的三大文类是戏剧、史诗与抒情诗，几乎没有散文的位置，这是因为忽略了非韵文的对话体散文。柏拉图的经典之作《苏格拉底之死》《理想国》皆为对话。此外，演讲在公众生活中是最重要的形式，经典之作出其类而拔其萃，如苏格拉底的《在雅典五百公民法庭上的演说》。可贵者，古希腊不但有对话和演说的实践，亚里士多德还写出了与《诗学》并列的经典理论《修辞学》，后者主要论述演说术。全书第一卷阐述修辞学定义、演说分类、说服方式和题材；第二卷着重分析听众情感和性格以及论证方法；第三卷讨论文体风格与构思布局，涉及演说的立意取材、辞格运用、语言风格、谋篇布局、语气手势和情态等。他在理论上归纳出了耸动听众的要素有三：诉诸人格（ethos）、诉诸情感（pathos）、诉诸道理（logos）。在这种悠久传统的孕育下，罗马时代就顺理成章地产生了西赛罗那样的演说家和他的理论经典（《论演说家》，作于公元前 56 年）。演说风行西方近千年不改，到了 18 世纪，鲍姆嘉通（1714～1762）在《美学》中还说道："美学同演说学和诗学是一回事。"

在中国，因为过早发明了造纸术，直接交流的对话和演说日趋衰微之时，西方的演说经典却云蒸霞蔚。差不多每一时代之大政治家，都有其相应的经典的演说。举其要者就有西赛罗的煽动性的《对喀提林控告的第一次讲话》，华盛顿的《向国会两院发表的就职演说》，法国大革命时期革命家丹东的《勇敢些，再勇敢些》，罗伯斯庇尔被宣判死刑时《最后的演说》，林肯的《葛底斯堡演说》，马丁·路德·金的《我有一个梦想》等。奇怪的是，文论相当发达的欧美却对这么重要的文体并未明确归纳到散文中去，作为文体至少没有得到西方百科全书的普遍认同。只有大英百科全书第 11 版把演说和书信，讽刺的、幽默的文章和随笔列入散文条目下，把它当作诗歌、传奇等艺术的想象类文学形式。不过令人欣慰的是，在阿拉伯国家的现代文学概念中，演讲和诗歌、散文、格言、寓言、小说故事、戏剧等同具文学性质。

　　而在中国，由于造纸术的发达推动了传播的变革，现场交流因其欠缺可保存性而遭到冷落，大师的现场话语（谈话）只有在特殊情况下，才因其弟子事后的记录得以保存，如朱熹的《朱子语类》、王阳明的《传习录》，凤毛麟角。而先秦的演说和对话常转化为一种以非系统性为特点的文体——"语录"。

　　这种情况到了辛亥革命前夕才有了变化，演讲突破了语录，恢复了系统性，产生了新的经典。如孙中山的《中国决不会沦亡》《在东京〈民报〉创刊周年庆祝大会上的演说》，章太炎的《在〈民报〉纪元节大会上的演说》，李大钊的《庶民的胜利》，蔡元培的《以美育代宗教说》，梁启超的《为学与做人》，鲁迅的《娜拉走后怎样》《魏晋风度及文章与药及酒之关系》《对于左翼作家联盟的意见》，蒋介石的《庐山抗战演说》，宋美龄的《在美国众议院演说》，闻一多的《最后一次演讲》等。经典层出不穷，作为一种现代公共交流方式已经积累了充分的经验；但是，作为一种文体，其不同于作文的特殊性，却并未得到起码的重视。在"左"倾思潮压抑个人情志时期，演讲和谈话被念讲稿所取代，至今政界、学界、商界人士离开了事前写成的书面发言稿，鲜有能够即兴讲话、现场互动，达到情趣、谐趣、智趣交融者。在与世界学术、政治、文化、商贸交流方面，这项国民素质如此之欠缺，不能不令人扼腕。

　　幸而问题之严重性，已经引起权威领导之警惕。乃有某些学者、专家在座谈会上照本宣科，遭到当场打断，其旨显然在助其从套话中解脱出来。现场对话，言为心声，有话则长，无话则短，虽黄口幼儿皆可为之。但是，对于许多并不是没有水平的人士来说，离开了讲稿却往往患上失语症。其中原因，除了不能适应新时期之公众交流、经验不足以外，还在于在理论上把讲话、演讲、发言与写文章混为一谈。殊不知演讲与为文虽功能无异，皆为交流，然为文不在现场，与读者非直接交流，可反复修改推敲，以书面语告知思考之结果；而演讲在现场，交流具有直接性，其即兴性、互动性、口语的明快性，其灵感性、生成性、过程性，其鼓动性、幽默感，乃至率意性，根本功能乃为缩短与听众心理距离。此等规律与为文乃两路功夫。故念讲稿，虽锦绣之文，或令听者昏昏欲睡，而即兴侃侃，虽大白话，亦能耸动视听，引发共鸣，兼以身体语言达到全方位沟通，此时，虽一扬眉，一举手，亦能引发心领神会之笑声，甚至不经意之口误，也能激起掌声。此乃演讲之极境，讲者与听众化为一体。故演讲之成功与为文不同，为文之作者为一人，而演讲之胜利乃讲者与听者共同之创造。

二

把演讲录音修改、补充成一个可以印行的稿子，其艰巨性出乎意料。记录稿里，逻辑中断，不连贯，语法欠妥，修辞不当者比比皆是。有时，情况严重到令人害羞的程度。真是有点不敢相信，这居然是自己的讲话记录；回想演讲现场，自我感觉一直是挺美的啊，反应热烈，掌声、笑声不断啊。

等我把这个原始而粗糙的录音稿整理完毕，才明白过来，口头演讲和学术论文不同。学术论文是严密的、准确的，但是，如果把它拿到会场上去照本宣科地念一通，其结果肯定是砸锅，原因就是学术论文是研究的结果，没有现场感，没有交流感，它只是单向地宣示自己思想的成品。演讲不是单方面地传达自己的思想，而是和听众交流。不管后来记录的文字多么粗糙，可只要有现场的交流感互动，形成共同创造的氛围，效果就非同小可。现场交流，不仅仅是有声的语言，而且包括无声的姿态、表情等等全方位的身体语言，还包括潜在的心灵暗示。宣读论文是严正的结论的告知，而演讲则是向听众展示思考、表达，和听众一起选择词语，观念和表达二者猝然遇合的过程。这是一个原初观念和语言从朦胧到精确定位，投胎成形的过程。现成观念宣示是静态的，而生成过程则是互动的。这种动态不仅仅是演讲者自发的演示，而是其灵感为听众的反应所激发，那电光石火瞬息即逝的灵感获得语义投胎，讲者和听者的关系，就不是主动和被动的关系，而是心领神会、共同创造的关系。

正是因为这样，在记录稿中，一些逻辑的断裂和语言的空白在现场似乎并不存在。回忆起来，这些空白大都由无声的体态和眼神等非语言的成分填充到饱和的程度了。西方有一种说法，在现场交流中，有声语言的作用仅仅占到百分之六十左右，其余都是无声的、可视而不可听的信号在起作用。如果这一点没有错，那么世上就没有绝对忠实的记录稿，损失四成以上的信息是正常现象。即使有了录像，可视形象得以保存，效果仍然不能和身临其境相比。这是因为，交流现场那种共创的氛围，那种双方心领神会的"心心相印"的精彩，是超越视觉和听觉的。正是因为这样，任何电视教学，都不能代替真正的课堂教学。

　　演讲，在社会生活中占有如此重要的地位，但其特殊规律的研究却长期没有得到应有的重视。我们的领导、教师 、经理可能多达几千万以上，在他们工作、生活中，演讲（做报告）可能占有相当大的比例。但是，在我们的集会上，在我们的课堂上，把演讲与写文章混为一谈的习惯势力从来没有受到挑战，哪怕是一个很小的会议，念讲稿，眼睛不看听众，也几乎成了天经地义的常规。从理论上来说，这就是混淆了为文与演讲的最基本的区别。在西方，演讲从古希腊罗马就是一门专门的学问，最初还是一门显学，就是在当代美国，在中学和大学课程中也占有重要地位。但是念讲稿的风行神州大地，却说明我国对于演讲术的基本原理缺乏起码的研究。其不言而喻的预设前提，表明演讲就是书面语言，是合乎逻辑的有声传达。而在古希腊，演讲耸动听众的资源大约有三个方面：诉诸人格的说服手段（ethos）；诉诸情感的说服手段（pathos）；诉诸道理的说服手段（logos）。我们流行的做法充其量不过就是其中之一，那就是诉诸道理的说服手段（logos）。事情明摆着，演说交流要达到感染对方的效果，不光凭诉诸道理的，还要有诉诸人格的和诉诸情感的。念讲稿，就是见稿不见人，就是忘记了演讲感人除了道理以外还有人格。什么是人格呢？至少包括个性、情绪，现场的躯体、仪表、姿态、表情。拿着稿子念，就把眼睛挡住了。而眼睛，是灵魂的窗子，恰恰就是最主要的交流渠道。美国卡耐基演讲术甚至要求，演说者要让在场的每一个人都觉得你看到了他，你的眼睛在和他做无声的交流。这当然是不可能的，但是其间隐含的道理很值得深思。

　　正是因为这样，修改记录稿的任务，其实不仅仅是在文字上的补充和订正，还是交流的、共创的氛围的恢复。

　　作为一种交流文体，演讲语言和学术语言有着巨大差异。我曾经这样讲到曹操：

　　　　《三国演义》，虚构了曹操（被陈宫逮捕以后）在死亡面前面大义凛然、英勇无畏、视死如归。他慷慨激昂地宣言：姓曹的世食汉禄——祖祖辈辈都吃汉朝的俸禄，拿汉朝的薪水，现在国家如此危难，不想报国，与禽兽何异啊？也就是，不这样做，就不是人了。燕雀焉知鸿鹄之志哉——你们这帮小麻雀哪里知道我天鹅的志向啊！今事不成，乃天意也——今天我行刺董卓不成，是老天不帮忙，我只有死而已！用二十世纪五六十年代形容英雄的话语来说，就是在死亡面前，面不改色心不跳啊。这时候的曹操就是这样一个英雄，"老子今天就死在这儿了，完蛋就完蛋！"（笑声）没有想到，他这一副不要命的姿态，反而把人家给感动了。感动到什么程度？这也是虚构的，（陈宫）说："我这官也不当了！身家性命，仕途前程，都不要了，咱哥们儿就一起远走高飞吧。"

讲的是一千多年以前的政治斗争，如果完全倚赖古代语言，则可能导致现场听众毫无感觉。相反，"拿汉朝的薪水""就不是人了""老天不帮忙""面不改色心不跳""老子今天就死在这儿了""完蛋就完蛋！""一副不要命的姿态""咱哥们儿一起远走高飞吧"等，这样的语言显然不是学术语言，甚至不是书面语言，而是当代日常口语，却能让听众有代入感。挑选这样的语言来表现古代的事情，是因为原本的书面语言比较文雅，不够明快，难以激发现场听众的反应。而口语则不然，它与当代生活和心理体验有直接的联系，因而比较鲜明、比较明快，听众的经验和记忆比较容易被迅速激发。当代的话语，如"面不改色心不跳""完蛋就完蛋""老子今天就死在这儿了""哥们儿"，绝对是曹操当年的人士讲不出来的。这里，最主要的不是回到古代，而是带着当代的话语经验进入古代历史语境。这就分成两步，第一，先要迅速唤醒当代的感觉，然后才形成某种对于古代观念趣味性的描述，在这里，不可忽略的是，语言中带着反讽的意味。再举一个例子：

> 宁教我负天下人，不教天下人负我。这就是恶棍逻辑。我已经无耻了，不要脸了，我承认我不是人了，你把我当坏人，把我当禽兽好了，当狗好了。我就什么都不怕了。用某些流行的话语来说就是，我是流氓我怕谁。（听众大笑、鼓掌）

当代口语的反复叠加，好处就是把它携带的感情强化到淋漓尽致的程度，保证其超越了古代语境，从而把演讲听众的互动效果推向高潮。

我们的教师、学者在讲课或做报告前，明明早已有了著作，有了讲稿，为什么还是开夜车备课呢？主要就是做话语转换，把书面语言转换成口头语言。口语当然不如书面语言严密，但是，它携带的情感色彩能够迅速引起共鸣。一般地说，演讲者和听众的地位和心态不同，进入会场之前，心理距离是极其巨大的，首先就是对于演讲者的陌生感，其次就是对于题目的陌生感。最严重的还是各人心里有各人的快乐与忧愁，家家都有一本难念的经。这就使得他们和演讲者期待的高度统一的凝神状态有极大的距离。演讲者必须在最短时间里，把他们五花八门的陌生感挤出脑海，以期缩短演讲者与听众的心理距离。古代的事情，离他们的切身感受很远，再用古代汉语来讲述，等于是拒人于千里之外。用当代口语叙述古代的事情，不但能把听众带进当代，而且能把听众带到现场，让他们从你的用词中，感受到你的机灵。这样他们的陌生感就可能漫漫淡化，和你之间的心理距离慢慢缩短。

陌生感是交流之大忌，陌生产生隔膜，隔膜就是心理距离，距离最为严重的就是互相没有感觉。书面语言，尤其是学术语言的过分运用，或者滥用，容易在演讲现场造成隔膜，因此，尽可能少用系统的书面语言，穿插种种当代口语，有利于缩短演讲者和听众的心理距离，使之在感觉上趋向融合。例如：

> 《全相三国志平话》里讲到诸葛亮奉了刘备的命令，到东吴去说服孙权、周瑜和根本没多少部队的刘备（只有一两万人吧）联合起来抵抗曹操。就在人家的会议厅里边，曹操的来使带来曹操的一封信，叫孙权投降。当然这封信写得水平很低，根本没有曹操的水平。你拉拢人家投降也写得稍微客气一点，也要有点诱惑力嘛，曹操的这封信怎么写的呢？你赶快投降，孙权！你不投降，"无智无虑"，不管你有没有头脑，不管你是不是聪明，统统地悉皆斩首——你如果不投降，我一到就不客气，通通的，死啦死啦的。（听众笑）孙权看了这封信，身为江东一霸（他的坟墓就在你们南京，明孝陵的边上——吴大帝墓），这样一个大帝啊，讨虏将军啊，看了这封水平很低的信，怎么样？居然吓得浑身流汗。流汗流多少呢？"衣湿数重"，把衣服都湿了几层，这要有多少汗啊！（听众笑）我看肯定还有些其他的排泄物了。（听众大笑）

这里拉近心理距离的方法，第一，是尽可能把感觉遥远的事情往听众的感觉经验近处拉，吴大帝的坟墓就在你们南京；第二，把套语转化为具体的感觉，衣湿数重，不但有汗，而且有其他的排泄物，抗战电影里日本鬼子的话语"死啦死啦的"，这些话语的运用，其目的就是要把演讲者和听讲者之间的感觉合二为一。感性口语的讲述，就是遇到要上升到理论上，也不能放松。例如：

> 从艺术上来说呢，这样的虚构好在哪里？好在写他原来不是个坏人，是个好人，大大的好人，英勇无畏，慷慨赴义，这样一个热血青年后来却变成了坏人、小人、奸人。《三国演义》的了不起，就在于表现了其间转化的根源在这个人物的特殊的心理。这个好人、义士，心理上有个毛病：多疑。

就是讲比较抽象的理论，也不能用太多的理论语言，因为太抽象不容易理解，也难以感觉。这里的"好人""坏人"，就是要把抽象的语言变成感性的口语，把判断明快化、逻辑单纯化。为了单纯化，还把句子也单句化了，完全是简单句、短句，连接词统统省略。推理的时候，不惜做些排比重复（不是个坏人，是个好人，大大的好人，英勇无畏，慷慨赴义），这样可以加强感情的分量，又可以减缓节奏，为什么？（因为）和听众一起思考（了）。

> 我们看《西游记》，孙悟空、唐僧、猪八戒、沙和尚西天取经，一路上，都是打出了生活的常规的。妖怪很多，一个个妖怪都想吃唐僧肉，孙悟空顺利地把它打倒，打不倒、打不过的怎么办？很简单，找观世音；妖怪再胡闹，观世音就把它消灭了。再往前进，又碰到一个（妖怪），老找观世音不好，就再换一个人——如来佛，又把妖怪给消灭了。（听众笑）可是读者却连妖怪的名字都忘掉了。在打的过程当中，孙悟空、唐僧、猪八戒、沙和尚的精神状态，有没有什么变化？没有什么变化，都是同心同德，一往无前。这就不是好的情节。但是，有一个妖怪我印象绝对深刻——白骨精。当然不是因为她是一个女妖怪。前排的女同学不要见怪，我对你们的印象比她还深。（听众笑）

从理论语言来说，这是比较啰唆的，很明显，这是有意为之，这么不厌其烦、反反复复。一些地方，还插入了一些自问自答。这在论文中，可能是多余的，但是在讲座中，则有一种提神作用，同时也可以放慢推理节奏。面对大学生，这不是太婆婆妈妈了吗？不然，而是为了保证交流的全面性。会场上，几百人，你不能光和那些素质高、理解力强、反应敏锐的听众交流，那样的人士最多只占三分之二，还有三分之一的人士，你落下他们，他们就可能要开小差，要做小动作，还要发出蜜蜂一样的声音。因而，需要等待，怎么等待？不能停顿下来等待，而是用层层推进的办法，语词分量不断加重，观念在排比中推进。这样，已经理解的，因为强化的层递性，理解加深了，不觉得重复啰唆；而不那么敏感的，也可以在强化的过程中赶上你的速度。一旦下结论了，就要很干脆，不一定要拖泥带水，可以下得很明快、很干脆、很果断。因为，在结论层层推理的后面，是演讲者和听众有序互动、共同思考的结果，而不是像某些论文，先把结论亮出来，然后举例子。先下结论后举例子，可以说是演讲的大忌。结论有了，听众从根本上就停止思考了，也就无法交流互动了。

在这些方面做得到位，可以保证交流的顺畅，但互动、互创的氛围不一定饱和，还不一定达到高度和谐。为了创造出高度和谐互动的氛围，就得有一点趣味，通常我们最为熟悉的是情趣和理趣。演讲的内容虽然是理性的，为了吸引听众，当然要争取把事情和道理讲得有趣，一般地说，这就是理趣。林肯在葛底斯堡的演说，其最后说到民有、民享、民治（of the people，for the people，by the people），不但道理深刻，而且文字上把那么复杂的事情，只用介词结构的微妙的变化来表达，就充满智慧的趣味，或者理趣。但是，光有理趣或者智趣，很难形成现场交流的持久专注。现场的互动交流，需要更强烈的趣味，那就是情趣和谐趣。情趣当然是很重要的，马丁·路德·金的《我有一个梦想》，就用排山倒海的排比句来表现激情，进行煽动。他面对二十万听众，以极端强化的情绪，强调黑人的要求很小，林肯早有承诺，但却拖延了一百年，至今没有兑现。这种风格，应该说，更适合于政治鼓动，而且如果没有特殊的文化历史背景，太过强烈、持久的煽情会造成审美疲劳。而学术思考，要引人入胜，过度的抒情和鼓动肯定是不宜的，抒情往往夸张，容易变成滥情，一旦导致滥情，很可能破坏心领神会的互动氛围。在当今的历史语境下，人们对夸张的滥情是反感的，因而从某种意义来说，学术演讲，似乎应该要有一定的谐趣，也就是幽默。

《西游记》和《水浒传》（英雄仇恨美女）有所不同，它所有的英雄，在女性面前都是中性的，唐僧看到女孩子，不要说心动了，眼皮都不会跳一下的。在座的男生可能是望尘莫及吧，因为他们是和尚啊，我们却不想当和尚。

孙悟空对女性也没有感觉。沙僧更是这样，我说过，他的特点是不但对女性没有感觉，就是对男性也没有感觉。（大笑声）不过唐僧是以美为善，美女一定是善良的；孙悟空相反，他的英雄性就在于从美女的外表中看出妖，看出假，看出恶来。可以说，他的美学原则是以美为假，以美为恶。你越是漂亮，我越是无情。和他相反的，是猪八戒，他对美女有感觉，一看见美女，整个心就激动起来，他的美学原则是以美为真。不管她是人是妖，只要是美的就好。他是中国古代小说中，唯一的一个"唯美主义者"。（大笑声）三个人，三种美学原则，在同一个对象（美女）身上就发生冲突了。

这里的幽默感来自两个方面：第一，把事情说得和原本发生语义上的歪曲、错位，如分别给《西游记》中三位主人公三种"美学原则"，而且把猪八戒说成是"唯美主义者"。这在学术论文中，是绝对不容许的。第二，来自对听众进行轻度的调侃，前面把对白骨精的印象深刻和前排的女同学相比，而且请她们不要见怪，"我对你们的印象比她还深"。又如，说在座的男生见了女性绝对不会像唐僧那样无动于衷。这些在学术论文中是不可思议的，然而在演讲中，却是交流互动的亮点。

幽默在学术演讲中之可贵是难能。其原因是，学术理性所遵循的是理性逻辑，是讲正理的，而幽默逻辑是一种"错位"逻辑，讲的是歪理。我国相声艺人有言：理儿不歪，笑话不来。在演讲中，把正理和歪理、理性和诙谐结合起来，不但需要水准而且需要一种把语言个人化的勇气。在讲到中国女娲造人的神话和《圣经》上帝造人时，我得出结论：我们是母亲（女娲）英雄创造了人类，《圣经》里是上帝创造了第一个人。接下去这样说：

当然，这一点不能说绝了。因为我们的汉字里，还有一个字，那就是祖宗的"祖"字。这个偏旁，在象形方面，是一个祭坛，而这边的"而且"的"且"字，则是一个男性的生殖器的形象。（笑声）不要笑啊，我据很严肃的学者考证啊，它的确是在座男同学无论如何都要认真遮挡起来的那个部位。（笑声）这在今天来看，是很不严肃的，是吧？但在当时可能是很庄重的，是受到顶礼膜拜的。这玩意儿，有什么可崇拜的？可了不得啦！庙堂里那些牌位，包括孔庙里，祠堂里那些牌位，还有我们所有祖先的，为什么搞成那样一个样子？你们想过没有？就是因为，它仿照"而且"的"且"啊！（笑声，掌声）在很长一段时间里，不管是皇帝，还是老百姓，都要向这样"而且"的"且"磕头的啊。（大笑声）而且……（大笑声）这一磕，就磕了上千年。磕得忘乎所以，都忘记了这个"而且"的"且"原本是什么玩意儿了。甚至皇帝们称自己的前辈为太祖、高祖的时候，也忘记了太祖、高祖的原初意义，应该叫人怪不好意思的。据考证，东南亚一带，至今仍然有拜石笋的风俗，石笋就是"而且"的"且"字的另一种形象，不过那个很庞大、伟大，而且（大笑声），你们不要笑，我说的这个"而且"，不是那个"而且"（大笑声）。一般人，没有那么庞大、伟大，就是了。（大笑声）而且，（笑声）好，糟了，从今以后，我不能再说这个连接词了，而且（大笑声）连讲"祖宗"都感到亵渎了。（大笑声）

这种演讲风格，好像和马丁·路德·金不太相同，马丁是面对广大群众的集体话语，而这里，更多的是个人的话语，把表面上神圣不可侵犯的现象，用导致荒谬的办法说得很可笑，完全是个人的别出心裁，如果允许给以命名的话，应该叫作"即兴调侃，率性而言"。这肯定不是现成的讲稿早已准备好的，而是针对现场信息而随机创造的。正是这种随机的创造，把演讲者的个性、演讲者的人格和情绪，充分地表现出来。这样的幽默的谐趣，完全是个人的率性，这恰恰是学术所要防止的。

从这个意义上来说，这样的演讲虽然讲的是学术理性，但作为一种文体，已经不属于学术文类，更多的属于文学，从根本上来说，它就是散文，和当前最为流行的学者散文、审智散文在精神价值上异曲同工。

目　录

"中华诗国"论[①]

中国是个诗的国度，孔夫子就说过，"不学诗，无以言"。从某种程度上说，我国可称为"中华诗国"。我们的传统和西方很不相同。古希腊圣人柏拉图在《理想国》中把诗人赶出去，诗人要活命，就只能歌颂神，故西方诗与歌结合，最普及于教堂。而中国诗则普及于生活的一切方面。先秦时代政治家引用《诗经》增加外交辞令的权威性，而老百姓就用来发泄一切情绪，包括骂老天："时日曷丧，予及汝皆亡。"就是喝酒，行酒令，也要用诗。故酒家门前对联，常有"醉里乾坤大，壶中日月长"。至于茶，更是与诗酒一体，"寒夜客来茶当酒"是很高雅的。福建工夫茶讲究茶道，连斟茶都有讲究，手把壶轮流斟之，曰"关公巡城"，再分别添少许曰"韩信点兵"。游戏如猜谜，其诗更是精致，我记得小时候猜过一个谜语："独坐中军帐，专粘飞来将；排起八卦阵，学做诸葛亮。"谜底是：蜘蛛。就是民间的天气预报，也是诗，如"朝霞不出门，晚霞行千里"。当然，最重要的是用来谈恋爱，《诗经》就教给女孩子一种技巧："爱而不见，搔首踟蹰。""爱"的意思就是藏，躲躲闪闪，不能让他轻易得手，折磨他一下才甜蜜。不能像古希腊女诗人莎孚那样傻乎乎，直截了当："波洛赫啊，我看见你就激动得浑身发冷，

[①]本文据 2015 年 4 月 26 日在北大诗歌研究院采薇阁诗歌园开园典礼上的讲话整理。

舌头僵硬得说不出话来。"那就太平淡了。至于兄弟民族谈恋爱，不像汉族一味"爱而不见"，躲躲闪闪，而是在山顶上对唱，两心交响，山鸣谷应。藏传佛教六世达赖活佛仓央嘉措写出了不朽的爱情诗，坦然直白曰："安得与君相诀绝，免教生死作相思。"

更精彩的是，诗可有医药功能，至少能治失眠症。我小时候，上学路上，经常看到墙上有红色贴纸："天皇皇，地皇皇，我家有个夜啼郎，过路君子看一遍，一觉睡到大天亮。"我不知看了多少回，治了多少婴儿的失眠症，积了多少阴功，如今想起来，好不开怀也。很可惜的是，这种不花钱、又没有副作用的药方，居然失传了。但是，清人汪昂用七言诗写成的《汤头歌诀》集常用三百余药方，虽然是 17 世纪的著作，早过了版权保护期，但至今被书商反复翻印，说明赚钱的效果和治疗效果成正比。

最为神奇的是，在佛教禅宗，连遴选接班人都用诗，叫作"偈子"。先是有神秀的"身是菩提树，心如明镜台，时时勤拂拭，勿使惹尘埃"。惠能认为他尚未明心见性，以"菩提本无树，明镜亦非台，本来无一物，何处惹尘埃"一举夺冠，获得五祖弘忍的衣钵，把印度的禅宗转化为中国的禅宗，开创了中土的顿悟学派。

在座的外国使馆的中国通们可能搞不懂了，这个六祖惠能可是个文盲呀。

这是因为中国人天生就是诗人。在美国伟大诗人庞德看来，每一个汉字都是一首意象诗，有他的经典之作《篇章》中的作品为证。不要说文盲，就是一个患了脑瘫的农民妇女，竟也以《穿过大半个中国去睡你》轰动全国。我已故的二舅母也是文盲，也能出口成诗。我年轻时，要结婚了，可囊中羞涩，就像曹孟德一样，整日"忧从中来，不可断绝"。二舅母用手指戳我的眉心说："愁眉苦脸干什么？有钱就是豆腐酒，没钱就是手拉手。"我当即醍醐灌顶，脸上的乌云立马散尽。

这样的诗的天分从哪里来的？从汉语来。汉语里充满了诗，成语均为四言，像"万寿无疆""不可救药"，不但有《诗经》的节奏，且本身就来自《诗经·小雅》。谚语多为五言或七言，是唐诗的韵律。"兔子不吃窝边草"和杜甫的"近水楼台先得月"，不但语意对仗，而且连平仄都是相近的。汉语中还有一种欧美语言没有的歇后语，如"老鼠尾上疮——有脓也不多"，两句都是五言诗；"脱裤子放屁——多此一举"前一句是五言，后一句是四言。汉语的诗韵宝库雅俗共赏，深入国人心田，至今每逢最隆重的春节，家家户户均要贴门联。"向阳门第春常在，积善人家庆有余""生意兴隆通四海，财源茂盛达三江"，颇具从小康向大同的中国梦愿景，实际上这是利用了律诗的额联和颈联。把诗贴大门口，让客人未进门先欣赏一下古典诗歌，这样的民俗，哪个国家有本事来挑战？如果有一个英国人把莎士比亚的十四行诗，每年换一首写在门口，不是被认为脑袋进水，就可能被认为是中国文化间谍的密码。

说到密码，中国人和欧洲人不同。在巴黎圣母院，金发妙龄的女郎跪在白衣神甫面前忏悔，神甫代表上帝和她对话，救赎她的灵魂，用的是日常口语，也就是散文。而中国人有了难题，与神对话乃是求签，神给出的密码是一首七言诗，标明上中下三等，三等中又分三级，从上上到下下共九级。有人吃了官司，家属去求神问命。焚香膜拜，抽得上上签，诗曰："宛如仙鹤出樊笼，脱得樊笼路路通，南北东西无阻碍，任君直上九霄宫。"底下还有四言诗句的"解"："任意无虞，路有亨通，随心所欲，逍遥自在。"神用两种诗的形式表示：不久可以出狱。中国神和人对话只能用诗，如果像巴黎圣母院的女郎那样要求用白话，就亵渎了，神就会生气了。

汉语诗歌不但提高了神学品位，而且让国人数学水准独步全球。英美人到了超市打折的时候，不会心算，要依赖计算机，而中国人心算却比计算机还快。原因在于汉语乘法口诀完全是诗，二年级孩子可以毫不费劲地背得滚瓜烂熟。乘积十以下是《诗经》的四言节奏，如"三三得九""关关雎鸠"；十以上的是五言节奏，如"三五一十五""汗滴禾下土"。中国普通中学生到美国留学，往往前半年几乎是聋子，下半年，数学就在班上名列前茅，第二、第三年，就成了全校乃至全市的佼佼者。

在中国，不但普通人有诗的禀赋，而且连强盗抢劫都会用诗："此路是爷开，此树是爷栽。要过爷的路，留下买路财。"妓女也不乏会写诗的，敦煌曲子词《望江南·莫攀我》还成了经典："莫攀我，攀我太心偏。我是曲江临池柳，者人折了那人攀，恩爱一时间。"从这个青楼女子的口吻可以看出，英国浪漫诗人华兹华斯的"强烈感情的自然流露"的学说在中国得到百分之百的实现。就是铁马金戈的将军动不动灵感一来，千年不朽的诗就顺口而出。楚霸王，面临败亡，唱出"力拔山兮气盖世"的豪迈之诗。张良不会写诗，但是能用诗于军事，他让士兵夜唱楚歌，让豪气盖世的项羽以为楚地尽失，悲观得哭了，结果是自刎乌江。汉高祖刘邦文化水平不高，没有什么文凭、学位，当了皇帝回乡就来了诗兴："大风起兮云飞扬,威加海内兮归故乡,安得猛士兮守四方。"唱出了威镇四海、奉天承运、驾驭群雄、把定乾坤的气概。

中国的大政治家也几乎都会写诗,许多皇帝都是写诗的能手。乾隆写了四万首左右,李白诗曰"百年三万六千日",这位皇帝没有活到百岁,平均每天一首以上,每一首都中规中矩,没有格律上的错误。但是,和日本历代诗人写的汉语诗一样,没有错误就是最大的错误,显得平庸。唐太宗是英明的,但他写的《帝京篇》还是齐梁宫体,公式化的东西,写了那么多,还不如一介武夫赵匡胤留传下来的一首咏日诗:"欲出未出光辣达,千山万山如火发。须臾走向天上来,逐却残星赶却月。"扫平群雄,荡涤宇内,帝王气象,溢满天宇。李后主写诗写得亡了国,可是当了俘虏后,诗写得更伟大了。在座的法国使馆的朋友请原谅,你们有这样浪漫的艺术奇观吗?伟大的拿破仑皇帝当了两回俘虏,一句诗也写不出来。以他的军事才华,如果重金聘张良为军师,就不会有滑铁卢了。俄国革命家列宁也会欣赏普希金、马雅可夫斯基,但是,他也写不出一行诗来。可是毛泽东曾自述,他的许多诗就是在"马背上哼出来的"。就连后来变为汉奸的汪精卫,行刺摄政王被捕,居然"口占",也就是不用纸笔、推敲,就信口"占"出了"引刀成一快,不负少年头"的名句。

我们儒家文化有杀身成仁的传统,我们诗家文化有杀身成诗的传统。早在屈原就有"身既死兮身以灵,子魂魄兮为鬼雄";曹植有"捐躯赴国难,视死忽如归";王维早年有"孰知不向边庭苦,纵死犹闻侠骨香";戴叔伦有"愿得此身长报国,何须生入玉门关";就是婉约派女词人李清照亦有"生当作人杰,死亦为鬼雄"的豪言。而文天祥从容就义,留下了"人生自古谁无死,留取丹心照汗青";到了晚清民族衰亡关头,林则徐虽被贬,亦有"苟利国家生死以,岂因祸福避趋之";谭嗣同在变法失败之际,凛然赴义,留有"我自横刀向天笑,去留肝胆两昆仑";秋瑾有"拼将十万头颅血,须将乾坤力挽回"。这一切都不是以诗为生命,而是以生命为诗写出最华彩的诗篇。

我们的英雄、革命家走上刑场大义凛然,出口为诗:"砍头不要紧,只要主义真。杀了夏明翰,还有后来人。"诗人殷夫也就是这样丢了才二十多岁的生命,但是,他觉得裴多菲的十几句的推理式诗太啰唆,把它改成"生命诚可贵,爱情价更高。若为自由故,两者皆可抛",变成了他不朽的生命之碑。不像法国的英雄,比如罗伯斯庇尔,要上断头台了,就发表演说。我们民族性格不同。我们是诗的民族，不但是以诗为生命，而且是以生命为诗。为诗，不要命。不要命，要诗。这种传统不但植根于文化人中，而且普及于桑间濮上。客家女子乃有"生爱恋来死爱恋，唔怕官司到衙前。杀头好比风吹帽，坐牢好比游花园"；上海工人有"舍得一身剐，敢把皇帝拉下马"；工农红军有"要吃辣子不怕辣，要当红军不怕杀"。这才是中国诗话中的神品。比得上杜甫对李白诗的评价："笔落惊风雨，诗成泣鬼神。"中国人遗传基因中的豪气和才气，仅此一斑，足可窥豹。

中国诗歌的功能实在太博大了。中国人要造反也很干脆，就来一首诗。小时候母亲告诉我，一次黄河民工要造反了，宣称挖到一个石头人，有三个眼睛，就来了一首诗，"石头人子三只眼，挑动黄河天下反"，这就满足了亚里士多德的充足理由律了；连孙悟空要造反了，也是干脆得很，"皇帝轮流做，明年到我家"，根本不用像美国人那样，要请四个大知识分子包括杰弗逊写《独立宣言》那么长的文告。

在中国写诗造反的，毕竟是少数，更为普遍的是写诗翻身。唐朝科举以诗取士，"朝为田舍郎，暮登天子堂"。如果学了中国科举制度的英国文官考试，也要求写诗，可能把英国绅士的脸吓得碧绿。要求知识分子个个都会写诗，是中国最兴旺的朝代。从那以后，在文学界，不但诗人写诗，散文家也写诗，最精彩的是，小说被目为"稗官野史"，也就是卑微得像杂草，不登大雅之堂。但是从唐宋传奇到四大小说名著，都用大量的诗来提高作品的档次。在《红楼梦》里，曹雪芹甚至把所有的诗词歌赋铭诔，还有民间曲子，都展示了一番：看你还敢不敢小觑我小说家的才华。

中国小说与诗的联姻成为一绝，最绝的是《金瓶梅》，居然用大量诗词正面描写性行为。在场的外国使馆的先生们请原谅我的直率，你们薄伽丘的《十日谈》写到性事，就胆怯了，用含蓄的幽默感搪塞过去，什么教士要把自己的"魔鬼"送到女郎的"地狱"里去呀，什么一个愿意变成驴追随丈夫远行的女士，教士用自己的器官给她装个驴"尾巴"啦。当然，这很幽默，用幽默写性事，这是你们的强项。美国南俄勒冈大学英语系哈罗尔德教授对我说："世界上最厚的幽默书是美国的，但是，如果把其中的性幽默去掉，就变成了世界上最薄的。"性幽默，我们也有的，冯梦龙的《笑府》就有不少涉及性事而且不乏幽默感的地方。但幽默是诗的反面，诗化是我们的强项。元代伟大戏剧家王实甫在《西厢记》中，就用诗的语言正面写："露滴牡丹开。"莎士比亚写了那么多爱情，有这样的想象力和锦心绣口吗？

这些都是男性文学，女性就不勇敢吗？冯梦龙收集的江阴《山歌》，直接写女性怀春难忍的性冲动。在这样庄严的场合，我本想引用几首，让你们拓开眼界，但都是用吴语方言写的，我不但要念出来，而且要用普通话解释，许多词汇一下子找不到英语的委婉语，恕我脸皮太薄，不好意思。

比起中国这样的性诗化，你们欧美人，太小儿科了，不是羞羞答答的幽默，就是干脆《花花公子》般裸体的粗野。

中国不但诗人会写诗，就是诗歌理论家也是诗人。你们西方诗歌理论家，大都不会写诗，基本上可以说是外行，越钻研他们的玄虚概念，越是写不出诗来。可是中国的诗话、词话家都是诗人，以诗论诗，是很普遍的。李白、杜甫、苏轼都有不在少数的论诗的诗，元好问还把他的诗评论的诗系列化。在这方面，中国诗人是很值得生命的投入的："两句三年得，一吟双泪流。"最值得自豪的是，我们还出现了以诗的形式写的诗论，不是绝无仅有，而且还出现了诗体的《诗品》。品评诗歌，成了我们民族心灵的珍贵财富。我们的诗论甚至还进入了全民日常语言，"推敲"成为基本词汇，作为品评诗歌的一个命题，从唐朝韩愈争论到朱光潜，一千多年，至今还没有结束。每一个时代的诗论家，都把自己的生命奉献给经典诗歌的祭坛，悠然"见"南山，还是悠然"望"南山，哪一个更好，连中学生都有自己的主见。

刚才北大前校长周其凤先生在致辞中说，最好的诗可能并不产生在这个采薇阁里。我想，这有点误解。这个采薇阁，是北大诗歌研究院的，是供诗歌理论家在这里研究诗的，来争鸣的，说得更坦诚一些，来吵架的。说到争鸣，改革开放以后，诗歌理论家的表现，最无愧我们"中华诗国"的伟大传统的，是20世纪90年代北京盘峰诗会。会上，知识分子诗派和民间立场的诗派展开激辩。他们继承了中国诗歌不但以诗为生命，而且以生命为诗的传统，把这场辩论当作生与死的搏斗，拼命的意气不亚于水泊梁山的石秀。套用李清照的诗的模式：生当为诗杰，做鬼亦诗雄。他们的智慧没有达到张良的水平，但是，既然命都不在乎了，礼貌还算什么东西？结果就打起架来了。后来人们在谈到这次搏斗的时候，不约而同用了一个极其文雅的说法，叫作"盘峰论剑"。我觉得，完全没有必要这样躲躲闪闪，酸文加醋，干脆就说"盘峰打架"，有什么不好呢？为诗而打架，这是中国人的骄傲，是民族精神的精彩。想想看，世界上，有谁为诗而打架呢？美国人倒是喜欢打架，在中东北非，人家都说他们为石油而打架。古希腊人为美女海伦而打架，死了十万人，还说很值得，有史诗《伊利亚特》为证。西班牙经典传奇人物和风车打架，他们引以为傲的长篇小说《唐·吉诃德》成为世界文学的瑰宝。只有中国人为诗歌打架。这实在是举世无双，中国人太高雅了，实实在在是孤独求败，永恒的世界冠军。

我长期研究诗歌，和洪子诚教授一起，把生命奉献给诗歌的历史祭坛。但是，洪子诚不念同窗情谊，老是反对我。他是北大教授，学问比我大，又伶牙俐齿，口若悬河，我的嘴巴又笨，说话又好结巴，争不过他。但是，我的个子比他大，胸肌、三角肌都比他强，他身材瘦小，连头都没有我大。我就暗下决心，在今天这采薇阁开园典礼上，发扬一下盘峰论剑的精神，和他打一架。在走上台来之前，我带电的目光高贵地雄视数巡，竟然找不到他。我知道，他是聪明人，看见我雄赳赳、气昂昂的神色，识时务者为俊杰，三十六着走为上策，他开溜了。我当然有君子风度，不会追到他府上去。

好在来日方长，明天起我要把金庸的《天龙八部》找来好好研读一番，从中体悟出中国武功的精粹。要知道我国武术招数也都是用诗的话语命名的，日后相见，我就先立个门户，先来一招"金鸡独立，丹凤朝阳"，接着来招"童子拜观音，秋风扫落叶"，再来一套组合拳"饿虎擒绵羊，老鹰捉小鸡"，弄得他眼花缭乱，方寸大乱。等到他的口若悬河变成目瞪口呆，我就"托"地跳出圈子，双手抱拳，以谢冕的雍容、孙玉石的诚恳、吴思敬的纯厚、王光明的淳朴、杨匡汉的神秘，再模仿我的朋友陈晓明先生偶尔摆在脸上的一本正经，俯首躬身，献上一篇《采薇阁论诗表文》。

2015 年 5 月 3 日追记

中国古典诗歌的艺术奥秘

讲几句开场白吧。走进这个讲堂，颇为感慨，回想第一次讲座，那时候不在这里，在南京城里东南大学老校区。绝对是一个偶然的机会，那是 2001 年，我途经南京，就随便讲了一下，以后，没想到就被你们"揪"住了，（笑声）想逃也逃不掉。当然，去年我溜掉了一次，人已经到了南京，你们老师以为一定会来吹一两次，但是，因为家里有事，就来个"不翼而飞"。打个招呼？你们不同意。除此之外，一年大约两讲，一连讲了十几年。别的专家，把他的学术精华讲一下，都只讲一次。我为什么连讲十几年呢？第一个原因，是你们大家都很爱我，男同学爱我，（笑声）女同学当然也爱，但是，大多数是含蓄的，（大笑声）当然不是爱情的爱，也不是暗恋，只是有种心照不宣、心有灵犀的感觉。（大笑声）第二个原因，是我觉得，在贵校发挥得特别好，比在我们福建师范大学好，比在北京大学讲得更好。（鼓掌声）因为演讲的效果不仅取决于演讲者，它不是写文章，写文章就是凭作者的水平，而演讲是互动交流，是一种生成的过程，互相鼓舞，形成一种共同创造的氛围。演讲者跟听众要有同样的水平。我到你们这里，每次讲座，都有一种旗鼓相当、棋逢对手的感觉，如果讲座成功，不仅归功于我，同时也要归功于东南大学的同学。

当然，每年来讲，压力很大，你们期望值很高，每一次都要讲得不一样。为什么呢？你们领导方面，特别是陆挺老师每次都录像记录，把文字整理好，让我改一下，就出书了。第一本叫《演说经典之美》，稀里糊涂地还得了一个什么教育部三等奖，教育部本来都是奖学术著作嘛。因为其中讲鲁迅的被《新华文摘》，还有你们《新华日报》等转载，意外赚了好几万块的银子呢。（笑声）

在你们这里讲，自我感觉越来越好，感到演讲应该是一个独特的散文文体，所以我每次讲，都是很用心的，要讲出一点学问，一点散文独创感来。

准备很认真，当然是好的，但太认真，却是不好的。美国的卡耐基演讲术主张演讲一定要准备，但，又不要完全准备，准备得太好，眼睛盯着讲稿，目中无人，那是很讨人嫌的。我这个人讲起来，随意即兴，率性骂骂权威，你们就给我鼓掌，我就更自由，有时也骂骂自己，你们就欢呼。哪怕是讲错了，你们给我纠正，我也给你们鼓掌，那真正是人生一大享受。（欢笑声，掌声）太认真写稿子来念，就有点傻样。

当然，也不能随意乱讲，要有学问做底子的。随便乱讲会出岔子的，闹笑话的。

最近中央电视台搞了一个《中国诗词大会》，你们都看了？一些年轻人，非专业的人士，对古典诗词背诵的流畅度，反应的速度，让我叹为观止，也让我非常惭愧，（我）比他们差太远了。可是，我看了几集以后啊，我的感觉起了根本的变化。听那个专家、大专家啦，还有美丽的主持人董卿的话，就感到自己还怪不错的啊，比他们还强一点啊。中华民族的伟大的诗歌传统有那么深厚的群众基础，而我们的专家居然有些"菜"。

我记得有一档节目讲杜牧的《山行》："远上寒山石径斜，白云生处有人家。停车坐爱枫林晚，霜叶红于二月花。"导演的构思是让一位女士用沙来画一幅画，再让参赛的人来猜这是哪一首诗。那画是远处有山、白云、隐隐约约的房子，近处呢，有一辆车停在那里，边上有一些树，一个人坐在石头上。百分之九十几的人都知道这是杜牧的《山行》。这个时候我就感觉到这电视台太丢脸了，"停车坐爱枫林晚"是一个人"坐"在石头上看枫树吗？我看到你们有人摇头了。大错！"坐"是"因为"的意思，不是"坐"在那里的意思，这在小学三年级语文课本上有注释："坐，因为"。诗的立意是，诗人把车子停下来，是因为看到枫林在晚霞的夕照下，颜色鲜艳到比春天的花还美丽。这个错专家没有看出来，观众也可能忽略过去了。可是，唉，那专家是搞历史的，通俗地讲《史记》讲成文化明星了。本来不懂诗，不讲也没有他的事。但是，他可能觉得好久没有讲话，感到寂寞啦。他以为中国古典诗歌是很简单的，就即兴讲起来，就说"这首诗啊很好啊，中国诗人对时令转换、季节的流逝是特别敏感的，所以对于秋天有一种悲凉的感觉，体现了中国诗歌悲秋的传统"。我一听，就吃了一惊。接着董卿也跟着说："是啊，中国人啊，看到秋天就感觉非常悲凉啊。生命短暂，这种主题，到今天都在撼动着我们。"我实在是感到太离谱了。秋天的枫叶，被霜打了，比春天的花朵还鲜艳，还是表现悲凉的情感吗？是悲秋吗？这明明是歌颂秋天比春天还美啊。

他们不是睁着眼睛说瞎话吗？他们怎么这么勇敢啊？当然，中国诗歌的确有悲秋的传统，从宋玉开始"悲哉，秋之为气也。萧瑟兮，草木摇落而变衰"，到杜甫的"风急天高猿啸哀，渚清沙白鸟飞回。无边落木萧萧下，不尽长江滚滚来。万里悲秋常作客，百年多病独登台"。这是悲秋啊。但是，中国古典诗歌不仅有悲秋的传统，也有颂秋的传统，刘禹锡就特意唱过反调：

自古逢秋悲寂寥，我言秋日胜春朝。
晴空一鹤排云上，便引诗情到碧霄。

他就反对"逢秋悲寂寥"，偏偏强调秋天是很明净的，爽朗的，秋气是很昂扬的，因而成了经典名篇，影响到毛泽东，把"秋日胜春朝"改编为"不是春光，胜似春光"。更经典的是李白公然反对悲秋："我觉秋兴逸，谁云秋兴悲？山将落日去，水与晴空宜。"全文我就不引下去了。宋朝还有一位诗人韩琦写过"谁言秋色不如春，及到重阳景自新"。中国的古典诗歌非常伟大，但是中国有些专家实在非常渺小，真是无知者无畏，勇敢到当着 13 亿人面前信口胡说。尤其是董卿女士，她本来是我的"梦中情人"，（大笑声）她一讲话我就觉得："啊呀，糟糕！"她和那位教授缺一个最基本的观念叫作"意象"，意象就是以主观情感去主导客观对象。古典诗歌写的景物，并非绝对是客观的景象，更重要的是诗人主观的心情。当诗人心情昂扬的时候，秋天就不是悲凉的，而是昂扬的。

如果光是出这一次丑，那我就没有必要在这里说了，做人要厚道一点嘛，是吧？但是我非讲不可。为什么呢？不仅这一次啊，北京大学中文系啊，我的母校啊，古典文学的头牌教授，头发比我都白了，也犯同类的错误。

我到你们这边来，讲了十几年，收获很大，收获了两本书啊，马上要出第三本了，当然也有损失啊，我本来一头黑发，现在头发屈指可数啦。（笑声）但是，我更大的收获是什么，是艺术感觉越讲越敏锐了，轻轻松松就能发现权威教授在艺术感知上的荒谬。

有一首唐诗，收在中学语文课本里面，贺知章的《咏柳》：

碧玉妆成一树高，万条垂下绿丝绦。
不知细叶谁裁出，二月春风似剪刀。

北京大学中文系有个教授专门研究中国古典诗歌，唐诗是他的专业，写了一篇《〈咏柳〉赏析》。说这首诗好在哪里呢？"碧玉妆成一树高"，是总体的印象，碧绿碧绿的。第二句呢？"万条垂下绿丝绦"，就具体写出柳丝非常茂密。好在哪里？请听：好在，"最能表现柳树的特征"了。诸位，你们用自己的头脑想想，这个论断对不对？他懂不懂诗？你们不敢怀疑权威。我再问一句你们就开窍了。诗以什么动人？（同学答：以情动人）对啦！他说这个诗的好处是最能表现柳树的特征，而你们说是最能表现诗人的感情，这两种观念，一种是客观反映，一种是主体表现。古典诗歌就是抒情的，抒发诗人的感情的。你们都对了，教授错了。教授犯了一个根本的错误。表现柳树的特征很准确，那是什么？说明文啊，他的思想深处有个观念：美的，艺术的，不朽的，它就是写实的，就是客观真实的，这是完全不懂艺术想象。

中国古典诗歌的意象，它是不是客观对象的描摹呢？

这里面有一个很重大的问题，当诗人仅仅准确写秋天的枫叶，客观地写春天的柳树的时候，能不能动人呢？你们都说了，诗应该以情动人，以人的感情来动人，光写柳树和枫叶是不能动人的。那就产生一个问题：柳树是柳树，我的感情是我的感情，两个东西不是一回事，我说在诗歌里要变成一回事，怎么办呢？

我们来看这里的柳树的意象，它当然是有柳的一些特征的，比如，它是碧绿的，柳条是茂密的，是真实的，但是光是这样真实，并不能动人。因为没有诗人的感情。你们说"以情动人"，客观对象的特征跟我的感情没有关系，就不能动人。要让它动人，就得让诗人的感情突显出来。但是，这是两个东西啊，一个是客观的，一个是主观的，互不相干。要动人就得把柳树的特征和诗人情感变成一个东西。这就要突破柳树的客观特征，让它带上诗人的感情特征。我要歌颂它是美的，光是碧绿，太平淡了，草也是绿的嘛。不够美，还要让它更美，让它变成玉。光是柳条茂密，也不够美，让它变成丝织品。这样就更美了，就带上诗意了。但是，不是玉，要说它是玉，不是丝织品硬要说它是丝织品，这是真实的吗？不是的。是假定的，是虚拟的、想象的，以贵重的物来表现贵重的感情。

这里就得出了一个结论，要以情动人，就不能仅仅是客观的真，同时还要主观的假，这在理论上叫作想象。以情动人，是要通过想象的。

在想象中，客观特征和主体特征达到了统一。此时呈现的客体形态不再是纯客观的，而是主客体的统一，因而柳树不再是细节，而是意象。在意象中，客体和主体不是半斤八两的，而是主体情感起主导作用的。所以不能说以描写准确动人，而是以情动人。

我觉得它是悲凉的它就是悲凉的，我觉得它是欢快的它就是欢快的，客观对象的性质是因我的感情而决定的。这里有三个要素：一个要素是客观的，一个要素是主观的，一个要素是想象的。这叫什么？真假互补、虚实相生。正如清代诗话家黄生所说："极世间痴绝之事，不妨形之于言，此之谓诗思。以无为有，以虚为实，以假为真。"这个柳树它有真的一面，但是也有假的一面。"二月春风似剪刀"，不是剪刀，我要说它是剪刀才是诗。所以不能用客观的对象真不真的观念，而要用想象来评判诗的好坏。

杜牧有一首诗叫《江南春》：

> 千里莺啼绿映红，水村山郭酒旗风。
> 南朝四百八十寺，多少楼台烟雨中。

写出来几百年以后，中国人很有意思的，为了一句诗为了一个字会争论几百年上千年。过了几百年，到了明朝有一位状元，他提出疑问："'千里莺啼'，谁人听得？'千里绿映红'，谁人见得？若作十里，则莺啼绿红之景，村郭楼台，僧寺酒旗，皆在其中矣。"（杨慎《升庵诗话》）其实，杨慎这个说法，漏洞很多，同为明朝的周珽就指出杨慎说话顾头不顾尾："十里之内，又焉能容得四百八十寺？"（《删补唐诗选脉笺释会通评林》）过了几百年到了清朝，有个何文焕先生，他说："即作十里，亦未必尽听得着、看得见。"这个反诘，是很机智的。接着他说："题云'江南春'，江南方广千里，千里之中，莺啼而绿映焉。水村山郭，无处无酒旗，四百八十寺，楼台多在烟雨中也。此诗之意既广，不得专指一处，故总而命曰'江南春'。诗家善立题者也。"（何文焕《历代诗话考索》）这个说法，就反驳部分来说，是很精彩的。但是，就正面立论说，并不到位，还是有点拘泥于写江南春色之盛。这里最根本的问题，就是诗人觉得千里江南，只看到花卉，只听到鸟叫，好像什么庄稼也不种似的。这不但有实而且有虚，这个虚是他的感情冲击想象，使感知发生了变异，让它变得美，变成诗。

我们在此得出第一个结论：诗不是对景物和人物的描写，而是构成意象。意象是主观情感和客观对象在想象、假定中的统一。统一就好比化学中的化合，化合的结果就使得感知发生了变异。例如，氢和氧，本来是自燃和助燃的，化合的结果变成了水，反而具有灭火的功能。据此，意象的性质、形态、性状，由什么决定？固然离不开对象的特征，比如说柳树是绿的，柳丝是茂密的，但是，更重要的是，它的形态和性质由诗人的感情决定。马致远的《天净沙》写了枯藤、老树，为什么一定写"昏鸦"？写了古道、西风，为什么一定写"瘦马"？写这一些，为什么一定要"夕阳西下"？"旭日朝霞"不行吗？不行，因为它的性质是由"断肠人在天涯"决定的。

诗人的想象是很自由的，让它变成什么样子就是什么样子。

这在我国古典诗歌理论里有一个很精彩的理论，就是诗酒文饭之说。从方法论上讲，我国古典诗话词话家，不同于西方理论家孤立地概括诗歌的特点，而是把诗歌放在与散文的比较中进行分析。17 世纪的诗话家吴乔，在《答万季野诗问》中这样说：

> 又问："诗与文之辨？"答曰："二者意岂有异？唯是体制辞语不同耳。意喻之米，文喻之炊而为饭，诗喻之酿而为酒；饭不变米形，酒形质尽变；啖饭则饱，可以养生，可以尽年，为人事之正道；饮酒则醉，忧者以乐，喜者以悲，有不知其所以然者。"

当时的散文啊，大都是议论性的实用文体，政论啊，策论啊，议说性的公文啊。那么，"意喻之米"，内容就像米，"文喻之炊而为饭"，散文，就像把米做成饭，不变米形，仍然看得出来米的形状。诗呢？"诗喻之酿而为酒"，变了，想象了，真假互补了。诗像酒一样，形质俱变。形也变了，质也变了，本来是米，固体，变成液体了，本来是淀粉，变成乙醇了，这个观点非常精彩。精彩在两点，一是形变了，二是质变了。这很了不起。过了一百年，英国的浪漫主义诗人雪莱才说到了一点，"诗使它触及的一切变形"。我们的理论是什么？不但是形状变了，而且质地变了。春风变成剪刀了，是吧？而且功能也变了：饭吃了可以饱肚子，有实用功能；酒喝下去，醉了，只能使精神得到解脱。从价值观念来说，饱肚子是实用功能，醉了不能饱肚子，但是，可以发发疯。这和西方传统中的酒神精神有点相近。

　　这个道理是有心理学的根据的，而且在人的日常生活中，是普遍规律。在感情的冲击下，人对事物的感觉会发生变化，情人眼里出西施，敝帚自珍。看自己，一朵花；看别人，豆腐渣。到了抒情诗歌里这种规律就发扬光大了，变成诗人假定的境界的日新月异的竞赛了。"一日不见，如三秋兮""谁谓荼苦，其甘如荠""露从今夜白，月是故乡明""回眸一笑百媚生，六宫粉黛无颜色""结庐在人境，而无车马喧""海内存知己，天涯若比邻"。感知不但有形变和质变，而且有功能的变异。"我寄愁心与明月，随风直到夜郎西""只恐双溪舴艋舟，载不动许多愁""狂风吹我心，西挂咸阳树"。诗歌文本里蕴含着的，要比为我国许多理论家奉为经典的俄国形式主义者的所谓"陌生化"，美国新批评流派所谓反讽、悖论要丰富深邃得多。从理论上说，更是深邃得多，因为它不但揭示了规律，而且提供了比较的方法。

　　这固然是我们民族的瑰宝，但是，并不绝对完善，因为它还有发展的余地。

　　要把诗歌艺术发挥到位，不但要有变形变质，而且要有特点，不可重复。诗歌中的感情特征是唯一的，不可重复的。贺知章把柳树比作玉，把柳条比作万千丝绦，如果再重复，就不是好诗了。同样写柳树，白居易写"一树春风千万枝"，是不是有点重复万千丝绦了？但是他并不那么傻，接下来，他说"嫩于金色软于丝"，写它的质感，说非常软，非常嫩。但是，从诗歌的形象的变异来说，幅度不大，想象力不够。

　　看看李白，就不同了：

> 汉阳江上柳，望客引东枝。
>
> 树树花如雪，纷纷乱若丝。

　　他在等待朋友，朋友从东方来，东边的柳丝就拉得特别长。他等朋友心里很乱，所以"树树花如雪，纷纷乱若丝"。对这种诗中的柳，仅仅说这是诗的想象，够不够呢？不太够。还要进一步说，想象中的柳条的形态和性质发生了变异。这还不够，还要再进一步，变异还要极其奇特，与众不同，不可重复。想象中的变异，学问很大，为此我曾经写过一本小书，叫作《论变异》。诸位不要以为我是做广告，这本书出版于1988年，诸位还没有出世，诸位的父母亲还在做大学生。现在你要买，也休想了。（笑声）

李白就是李白啊，才气就是比白居易要大得多啊。凭什么呢？就是凭想象力，凭想象的变异的独特性。同样是对柳树的想象，不但不能重复贺知章、白居易的，而且不能重复自己的，他有一首《劳劳亭》，也是写柳树的：

> 天下伤心处，劳劳送客亭。
> 春风知别苦，不遣柳条青。

这个劳劳亭当时就在你们南京，现在不知道哪里去了。用的典故，大概是《孔雀东南飞》里的"举手长劳劳"，焦仲卿和刘兰芝被迫分离，原文是"举手长劳劳，二情同依依"。唐朝人送朋友远行的时候，有一种风俗，就是折一枝柳，这个"柳"和"留"同音，在现场暗示想留你不走，但是，留不住。明年柳条发青的时候，愿你想到朋友在等待你回来。诗情的精彩不在留，而在让这种留的情韵，变异为春风知道别离的痛苦，所以"不遣柳条青"。不让柳条发青就不能折柳，不能折柳你就不能走，不能送别你就会永远跟我在一起。你看，这就是想象，这就是想象的变异，柳树的性质，柳树的形态，全让感情改变了。

大家都会说，古典诗歌"以情动人"，其实，光是这样说说，也许根本就是人云亦云，小和尚念经——有口无心，压根儿就没有懂。

关键是要把这"情"字的想象性、变异性、独特性追究到底。

我们大学教师，特别是文学院教授非常惭愧，我们讲文学特征，讲到审美价值，讲到以情动人，就没有话可说了。我追求的是把情的特点、情在诗歌中的特点讲透，才对得起大学教授的这个称号。

从方法上说，不能孤立地讲情，情就是美。不能凭着肤浅的感觉讲美，哪怕跑到韩国去整容都没用。（同学笑）那你们要问了，"情"这个东西，从古到今，大家都在讲，可是真是有点讲不清的感觉。你说问题出在哪里呢？

我觉得，从古到今，中国诗论、外国诗论都在讲情，还没有一个人能够对"情"的内涵和外延做系统的研究，至于对诗中的情的特殊性，则更是跟着感觉走了。我觉得关键问题出在，几乎所有的诗论家，都自发地走在同一条思路上，那就是孤立地讲情。我想，这在方法论上，是一个大问题。

要把情讲得比较清晰一些，最好的办法，就是把与情相关的心理范畴联系起来讲。例如，情与感，情与理，情与逻辑，情与动，情与静，情强与弱，情与无情，情与形式，情与流派，等等。从方法论上讲，就是在情与诸多相关范畴的关系中，在矛盾转化的运动中揭示其奥秘。

首先，让我们来看情与感的关系。

通常我们讲"情感""感情"，二者几乎是一个东西，我们讲"真情实感"，二者是统一的，这成了常识，都讲得顺嘴了，都不动脑筋了。但是，从科学意义上讲，是不是这样呢？我允许我反思，有了真情，感还会实吗？首先请男同学回答。你真正动了感情，对某位女士的感觉会是实感吗？"情人眼里出西施"，这是实感啊还是虚感？"月是故乡明"，这是实感吗？科学就是对常识的批判。真情实感是常识话语，实际上一动了感情就不实了。"大江东去，浪淘尽，千古风流人物"，是实感还是虚感啊？"大江东去"，你看到了，是实感。"浪淘尽，千古风流人物"，千古风流人物都给你看到啦？你站得高看得远是看空间，千古是时间，那么多风流人物你都看到啦？你活见鬼了，你啊！（笑声）但是这才是诗啊，不是玉说它是玉，不是丝说它是丝，不是剪刀说它是剪刀，明明看不到的说看到了，有了想象，有了变异，有了不可重复的变异，才能"以情动人"。

同样的春天，由于情感不同，想象不同，意象、形象就不同了。

比如春天，我们可以说它是非常美好的，也可以说它是非常悲苦的，取决于你是什么感情，有什么样的想象。

"春风得意马蹄疾，一日看尽长安花"，这是孟郊登科了以后兴奋的眼睛，走马长安，就只选中了花，其他的什么小草啊，街道啊，车马啊，乌鸦啊，就视而不见了。他得中以前的回忆是"昔日龌龊"的，根本没有满眼鲜花的感觉。"春城无处不飞花，寒食东风御柳斜"，韩翃眼中连柳絮也是鲜花，轻盈地飞啊，而柳条呢，也是优雅地飘扬，为什么这么潇洒呢？因为"日暮汉宫传蜡烛，轻烟散入五侯家"，写的是首都贵族沐浴皇恩的心情。可是同样是杨柳，也可能引起忧愁，《唐诗三百首》里的："闺中少妇不知愁，春日凝妆上翠楼。"青春少妇，而且是"不知愁"的，一直感觉是无忧无虑的，打扮起来，在楼上眺望春色，不是很幸福吗？但是"忽见陌头杨柳色"，一看到杨柳心情就变了，为什么？"悔教夫君觅封侯"。突然袭来的是忧愁，为什么？本来让丈夫到边疆去求取功名，博得荣华宝贵。但是，突然发现春天又来了，一年的青春啊就这么白白过去了。这个王昌龄，真是幸运，就这么二十八个字，就成为经典，脍炙人口，乾隆皇帝写了几万首，却没有一首留下来。相比起来，乾隆皇帝是很倒霉的。

这里有一个非常非常重要的观念，对于出现在诗里的景色，有一个很经典的，又很通俗的说法，"一切景语皆情语"，这是王国维在《人间词话》中从古典诗话词话的精华里总结出来的。就是一切写景的语言，都是感情的语言。这说法虽然经典，但是，似乎还不够全面，恕我斗胆，再加一句，就是"一切的情语都是对景语的变异"。情一动，感知就发生变异。你觉得好就是好，你觉得烂就烂。你开心，就"一日看尽长安花"，你忧愁，就"悔教夫君觅封侯"。是吧？这诗歌里所写的景象、人物、事物，都是个载体，说得通俗一点，土一点，就好像是一个容器，客观的对象好像是米，到了这个容器里，就变成了酒。

这里有个方法论问题。我们说，第一个我们研究，这个情，以情动人，情和感的关系。结果是什么样的呢？那我们来举一首变形的例子。李白一个人很孤独，"花间一壶酒，独酌无相亲"，这很美啊，喝酒，很孤独，在花下喝酒。"举杯邀明月，对影成三人"，这个孤独，孤独得多美啊。举杯，是我一个人；明月，是我的对象；影子，是明月照亮的结果。结果呢，一个人变成三个人了，我一个，明月也是，影子也是一个。实际上写的还是孤独，还是一个人，但是对影成三人，这叫诗酒文饭，这叫诗化了的酒，是大胆的想象啊。写得他是非常非常孤独啊，是吧？"月既不解饮，影徒随我身。暂伴月将影，行乐须及春。"我虽然孤独，趁着年轻，我要快乐。"我歌月徘徊，我舞影零乱。"这是一个人孤独，孤独地享受，享受孤独的生命。这李白这人太乐观了啊，老天给他的想象力太精彩了。

那么所以说，我们必须有一个观念，诗酒文饭的观念。好的诗，它就是什么啊？想象力非常强大，既是客观的特点，月亮，影子，我，非常客观；又是主观的想象，非常大胆，非常奇特，让我们感觉到那个孤独之美，是吧？好，这里就要注意，以后你们要看那些赏析诗歌的文章的时候，看到"即景写实""真情实感"这种说法的时候，你们要提高警惕，在里面，基本是胡扯。即景写实就不是诗，但是，恰恰，这样的说法太多了。我现在要批评一个人，他是个大师，专门研究宋词的，无疑是在近代最大的宋词家了。但是，他没有理论，他是个大学问家，大师，学问比我大一万倍，但是他说话没有理论。"大江东去，浪淘尽，千古风流人物。故垒西边，人道是，三国周郎赤壁。乱石穿空，惊涛拍岸，卷起千堆雪。"他说这上片都是即景写实。是写实吗？是写实就不是诗了！诗就是要把什么实的变成虚的，真的变成假的，要有想象的，把米酿成酒。"大江东去"，只是你站在高处，看长江向东流去，对不对？我刚才讲了，"浪淘尽，千古风流人物"，你站在高处是看到空间多么辽远，但是你看不到"千古"，时间是看不见的。已经逝去的风流人物，你怎么看见？因为在中国，这个"水流"，从孔夫子时代，就已经定下的典故是什么？（同学回答：时间）时间。"逝者如斯夫，不舍昼夜。"就是"大江东去"就马上从空间变成时间，这叫质变，形质俱变，这样才能够想到"千古风流人物"。对不对？所以有的人讲即景写实，有的话就解释不通了。

比如说陈子昂的一首诗："前不见古人，后不见来者。念天地之悠悠，独怆然而涕下。"这首诗，很有名啊。但是，好在哪里呢？很难讲。你用形质俱变来讲，很简单。站得高，幽州台。本来是站得高、望得远嘛，空间嘛，结果他很痛苦什么？不是看不到远处，是看不到时间，看不到燕昭王黄金台，看不到对知识分子的重视的未来，对不对？这个形质俱变，是想象的功能。而"后不见来者"，你站得高，你能看到后来的时间吗？生命短暂，却得不到重用；"念天地之悠悠"，时间是无限的，而我们生命是有限的；"独怆然而涕下"，非常孤独地哭了，没人听我的，没人理解我，没人重用我。他跟武则天那个亲戚武攸宜在一起，不听他的话，非常痛苦。所以这里面，我们要欣赏这个诗歌的时候，我们就一定要有这样的观念：它是想象的，它是假定的，它是情感决定的，而且是一次性想象的奇特，一次性的主观客观的统一，一次想象的杰出，跟别人不一样，越突破套话，越是精彩。

这里举一个最突出的例子，苏东坡有个朋友叫章质夫，写了一首诗叫《水龙吟·杨花》，那他写的是，我简单介绍一下这柳花的情况，"柳花飘坠"，能够看到；"闲趁游丝，静临深院，日常门闭"，是一个深闺女人；写的"傍珠帘散漫，垂垂欲下，依前被、风扶起"，珠帘当然是很有钱的人家才有的，刚刚要落地，又被风轻轻飘起来。这个女孩子啊，本身她自己的气质也在里面了，非常柔弱，对不对？"玉人睡觉"，玉人呢，就是自己了；睡觉不是现在睡觉的意思了，睡而觉，睡醒了。发现自己身上都是雪，都是雪花一样的，琼绒啊，玉一样的，还是写的柳絮嘛，是吧？"香球无数，才圆却碎"，这个滚来滚去像香球，才滚圆了又被风吹散了，它轻飘飘的，又多又柔弱。然后落在池塘里面，鱼以为是有好东西吃，原来不是。从这个时候，女人就觉得，"望章台路杳"，看到没有？"金鞍游荡，有盈盈泪"，这个词把柳絮的特点写得是不错的，对应女人思夫的心情也是写得不错的。章台，是首都的那个知识分子和青楼集中的地方。"金鞍游荡"，就是自己的丈夫在那个地方享受贵族化的生活。金鞍，鞍是金的，在那里游荡，谁知道跟谁在鬼混！（同学笑）"有盈盈泪"，哭了，为什么？柳絮飘落，意味着什么？季节迅速转换，年华消逝，春天又过去了，自己的老公在那花天酒地。柳絮飘落，引起了她的幽怨、悲伤，于是就哭了。这写得怎么样？相当好。柳絮写得曲尽其妙，感情也表现得相当不错。但是我们比一比，我来考你们一下。下面苏东坡，用他的韵，用他的词牌，又写了一首，和他一起写，你先写，我再写。

你们读一读，我来做一个民意测验，你们说哪一首更好。"似花还是非花，也无人惜从教坠。抛家傍路，思量却是，无情有思。萦损柔肠，困酣娇眼，欲开还闭。梦随风万里，寻郎去处，又还被、莺呼起。"春天过去了，自己懒洋洋地睡觉。原来在做梦，梦见自己跟着老公去了，结果被黄莺叫醒了，完蛋了，空喜欢一场，她非常恼火。"不恨此花飞尽"，不恨这个柳絮，"恨西园、落红难缀"，杨花飞落无所谓，但是西园里面，那个红花掉下地，瓣子落下来，再也没办法回到枝头了。这是在说什么啊？青春啊，红颜啊。"晓来雨过"，那个雨刚刚打过，"遗踪何在？"哪里去啦？没留下什么痕迹啊，直接那么流过了。"一池萍碎，春色三分，二分尘土，一分流水。"太漂亮了，你们学诗的话，千万不要相信这样的数学，嘿嘿嘿，这就是想象啊。"细看来，不是杨花，点点是离人泪"，我们比较一下啊，前面这一首是"望章台路杳，金鞍游荡，有盈盈泪"。而苏东坡怎么写？"似花还是非花"，然后，"细看来，不是杨花，点点是离人泪"。哪一个更好？我来统计一下，认为前一首更好的举起手，两位，三位。认为苏东坡更好的请举手——压倒多数。这儿的关键是什么？就是想象力。前面，花是花，眼泪是眼泪，对不对？"望章台路杳，金鞍游荡，有盈盈泪"，花柳飞了，我哭了。苏轼说什么啊，也是花落了，但是"细看来，不是杨花，点点是离人泪"，杨花变成眼泪，这叫把米酿成酒了。对不起，我不能同意刚才三位同学的见解。虽然这个见解你可以保留。所以说，这里强调一点，就是形质俱变的想象力。

诸位，你们这里学理科的，包括学历史的，要懂得，人的想象力，人的创造力，那是相当的伟大的啊。现在我们把《封神榜》里面什么千里眼、顺风耳的都实现了。所以说，这是一个非常非常重要的观念，就是所有的诗歌都是意象，不能满足于"一切景语皆情语"，要进一步追究这个情是什么东西。要从两方面，一个是情和感联系在一起，有了情，感觉就变异了，想象就写出来了；而情，决定了感觉变异，说它好就好，说它坏就坏。情人眼里出西施，仇人眼里出妖媚。对不对？你喜欢它，它就是非常漂亮，你恶心它，它就是非常骚气，对不对？所以说这里面有一个变异问题——想象力。第二个，研究这个问题的时候，不能孤立地研究，要把它情跟感的关系拿来研究如何转化。然后散文跟诗的关系拿来研究，散文可以不变的，因为它是实用性散文；但诗歌，它是要把米变成酒的，形质俱变，这是一，好了，我们讲的第一点。那么诗歌它不是一个意象，是吧？它是一个意象的群落，一个意象的整体。那意象与意象的群落那个整体，它们之间的关系是什么呢？什么是好的，什么是坏的呢？是吧？怎么把意象群落整合成诗呢？

好吧，我们来看一看，意象与意象之间是有联系的。怎么联系，我们来说一下。我举一首诗，《静夜思》，这最简单的一首诗了，"床前明月光，疑是地上霜。举头望明月，低头思故乡"。这首诗，我家小孙女，大概一岁多，就背下来了。当然她不太懂，李白这首诗一千二百多年了还是很生动，为什么这么有生命力？研究意象群落的情的关系，我们把即景写实丢开，奥秘就在诗里面。"床前明月光，疑是地上霜"，怀疑是霜呢，还是月？因为怀疑不确定，所以要确定一下，"举头望明月"，看看，天上有没有月亮？有月亮那可能是月光，没有月亮就肯定是霜了。那按照逻辑推理可能要这样讲，"床前明月光，疑是地上霜。举头望明月，原来都是霜"。（同学笑）你说这还有诗吗？这就不是诗了，就不值得写了。"举头望明月"，原来是要判定是月亮还是霜，但是一看到月亮是圆的，中国人看见月亮就思念家乡，在他潜意识的那个乡愁，被调动了，被触动了。于是忘掉了原来的月亮就挂在上方，"低头思故乡"，想起家乡遥远。这个就是我们要讲的第二点，意象与意象之间，它有一个脉络，情感的脉络，不是理性的逻辑，而是有个跟理性不一样的拐弯、曲折，就是动，就是变动。这个，用我的话来说，这个意象群落中情感有个变动脉络。情感，除了跟感的关系有变化以外，情感本身在一首诗里，它也在动，也在变。所以中国人很聪明啊。关于情的构词，叫动情，叫动心，叫触动，叫感动，叫激动，叫情动于中，都是动。情感要动，所以"床前明月光，疑是地上霜"，它是情感的动，它本来情感没有动，在潜意识里，被这么一看调动起来了。调动，激动起来了，激发出来了，对吧？

再举一首，最简单、最普通、最平常的例子。想来你们都背得下，卢纶的《塞下曲》："月黑雁飞高，单于夜遁逃。欲将轻骑逐，大雪满弓刀。"这再好也不过的一首诗了啊，小孩子都背得下，一辈子都忘不掉了。好厉害啊，中国这个诗人啊，他会写一首最简单的诗，每个字都很简单，让你代代相传几千年下来，你一辈子都忘不掉。除非，脑中风了，是不是？但是这首诗你叫北大教授来解释啊，他也不会解释。我对北大很有意见，怎么回事？（学生笑）怎么当年把我赶出来留下来的，大都是精英，比我强，但也有个别草包啊？北大专门研究诗歌的，又是这个，我的师兄，他也讲，这首诗很好，写英雄气概，在边塞上，夜里大雁飞起来了，战士们的英雄主义，满怀豪情。敌人遁逃了，只要派一小支队，就能把他抓住了。很有信心，结果如何？他省略了很多东西啊，很精练的，追上没有呢？追了以后怎么抓他们啊？怎么去对付他们？审问俘虏呢？都统统不写了。所以这首诗精彩啊，哎呀，这个水平不怎么样。为什么呢？没读懂这句诗，"月黑雁飞高"这句话很简单啊，这老先生，没看懂。是很精彩，精彩在哪里呢？我说一说啊，你们不同意可以保留。月黑是没有月亮的，一片漆黑，大雁飞起来你怎么看得见？是吧？这第一。第二，大雁在晚上，一般是在哪里啊？都在沙滩上休息嘛，是吧？明天还得飞啊，你晚上再飞，明天怎么办？（同学笑）是不是？又不是你们考大学开夜车，是吧？这很关键的，底下句"单于夜遁逃"，这里有个逻辑关系。你看不见，但是有一双敏锐的耳朵，警惕的耳朵，"唰唰唰"飞起来了，这帮王八蛋肯定溜了！这是将士警惕的听觉。是不是？表现的是情和感的关系啊，好精彩啊，这两句那么精彩。你飞起来，我也看不见，但是我断定那个声音，有一群大雁高飞了，肯定是被敌人惊动了，偷溜了。好啊，"欲将轻骑逐"，我就派一个小部队，几个骑兵，跑过去就把他俘虏了。如果光这样的话情还没动啊，只是敏感而已，但精彩的是最后一句，"大雪满弓刀"。一走出营门发现，啊，雪下得这么大，大到什么程度？那薄薄的刀背上都积得厚厚的，可见那前面路上的雪有多深，你的骑兵怎么能跑得快，怎么去追得上人家？心里一颤、一动，这叫诗，这就是不朽！我们讲了这么多话，写了这么多书，大概过上最多一百年，没人知道了。但这个卢纶太合算了！但是非常遗憾的是，好多专家不认真去钻研，我们伟大的祖国的精神遗产和艺术遗产，这么豪迈而精致的情感，紧贴着心灵那个微妙的颤动，这叫审美价值，这叫美啊。

所以，在看一首古典诗歌的时候，每逢写到风景，写到这种景色或者人物或者事物的时候，千万不要以为是写人物事物，要记住是写人的感情，人的感觉、人的听觉、人的视觉的变化，好吗？比如说，"天街小雨润如酥，草色遥看近却无"，这你不能仅仅看到他写的是一个景色，同时是写的什么？自己心理的体验过程。心里动了，远远地看，有点绿意，近近地看，没了。一般人感觉这有啥意思啊？但是这是诗啊，发现自己心灵，那么精致啊，一方面是客观的特点，的确是这样，刚开始的时候，另一方面就是心理的微微的变动。王安石写那个梅花，"墙角数枝梅，凌寒独自开"，然后，"遥知不是雪，为有暗香来"，远远地看以为是雪花，可是远远地看去就知道它不是雪花，它是梅花，因为它香。这感情微微的震动，就情动于中啊，一点点都可以有微妙的变化。

我们再介绍一首稍微完整一点的，"春眠不觉晓，处处闻啼鸟。夜来风雨声，花落知多少"。那么这诗太简单了，是吧，但是你把道理说清楚可真不容易。但是根据我的理论就很简单，情动，他的感情在变化，在变动。"春眠不觉晓，处处闻啼鸟"，太舒服了，懒洋洋地躺着，被鸟叫醒了。你想想看多幸福，又不是被班主任叫醒。（同学笑）起来，跑步！不是这样的，是被鸟叫醒了，懒洋洋的太惬意了。那么这样舒服下去呢，情就没动了，那怎么样，这好在情动。"夜来风雨声，花落知多少"，春天这么美好，这么幸福，这么叫人舒畅，但是感情突然变动，突然想起昨天夜里风雨大作，一转，变成回忆，花被打落了多少。那就是说今天早上春光明媚鸟语花香，春天在来的路上，是艰难的，风雨兼程来的。但是"花落知多少"，花落以后，意味着春天很快就会过去了，感情在动吧，是吧，这么幸福变成这么伤感，来得艰难，去得迅速，这叫惜春，这叫伤春，这是中国特有的母题。

赞美春天的诗，刚才我们看，已经很多了，但是惜春的诗更有特点。你们如果念过一点西方的古典诗歌里面的春天的话，他们有的写得就不如我们了。比如快乐的诗一次快乐到底，我今天不去讲那个托马斯·纳什，他写过一个："春天，甜美的春天是一年四季的王。"少女跳舞，老头晒太阳，一切快乐得不得了，那个不来劲。那是小孩念的，但是中国人心灵中微妙的感觉的动啊，这是诗歌艺术的奥秘，每一个字你都认识，但是你要解释不容易。

我们回到杜牧的《山行》来，为什么我瞧不起那专家啊之类的，就是因为他不懂诗，不仅没看出来这是歌颂了秋天，而且没看出来为什么歌颂得好。"远上寒山石径斜，白云生处有人家"，这是沿着石头的路，眼睛越看越远、越看越远、越看越远，对不对？越看越远是往远处看，那远处的白云生处有一个非常超凡脱俗的，这样一个隐士可居的、令人神往的地方，是不是这样？"石径斜""白云生处"，一直看到那里去。但是"停车坐爱枫林晚，霜叶红于二月花"，当你向远处看得那么入神的时候，你突然发现，就在身边，秋天的树叶在夕阳的照耀下，它的鲜艳超过了春天的鲜花，远处的白云深处固然美，这里更美！这情动于中，感情的一动，这就是伟大的诗。这个情感的曲折的波动起伏，就是我讲的第二点，就是意象的整体有一个脉络，这个脉络，我称之为"意脉"。抒情，怎么抒？就是情意的脉动。

今天时间有限，我们再来一个对比，有一首诗是叶绍翁写的《游园不值》，"应怜屐齿印苍苔，小扣柴扉久不开。春色满园关不住，一枝红杏出墙来"。这首诗非常非常精彩，对不对？收在语文课本里了，很不朽，但可惜这首诗最关键的地方是偷来的，当时也没什么版权观念，就算了。抄的是哪里的呢？陆游的。小诗人偷了大诗人的诗，结果大诗人的诗作被埋没了，小诗人的这首出名了，而且不朽了。陆游的《马上作》是这样的："平桥小陌雨初收，淡日穿云翠霭浮。杨柳不遮春色断，一枝红杏出墙头。"你看，和"春色满园关不住，一枝红杏出墙来"，基本差不多，是吧？你们觉得哪一首好，再做一次民意测验好不好？觉得陆游的好的请举手，哇，获得了一票，啊，两票。还有啊，我发现这个手举得不怎么坚决，这个女孩子为了表示对我的响应，她原只举手掌，现在举起了小臂，要是我的话就举过头。（同学笑）认为叶绍翁比较好的请举手——几乎是绝大多数，有的还站起来。为什么？按观点。刚刚认为陆游的比较好的人是有道理的，因为它是原创，是吧？就跟屠呦呦一样的——因为它是原创，虽然后来叶绍翁发展了它，那不错——但诺贝尔奖依然发给了屠女士。如果要凭这两首诗给奖的话，那就比较有争议了，如果从原创的观念来说是给陆游，如果从意脉运动角度来说呢，我主张还是给叶绍翁。因为祖国的艺术遗产是不断地积累的，我们就要大公无私了，不要讲个人的得失了。为什么呢？就是因为他有一个转折。陆游固然有转折，"杨柳不遮春色断"，杨柳本身就是春色，那么多的杨柳，赶不上一枝红杏从墙里冒出来。就是杨柳再多也赶不上一枝红杏从墙头冒出来，这是一个量的比较的关系，万千柳枝赶不上一枝红杏，对不对？他情感没有转折。本来这个地方就很漂亮，"平桥小陌雨初收，淡日穿云翠霭浮"，但是更漂亮的是红杏，杨柳不如，这是一个递增，是吧。但是叶绍翁不一样，他情动于中变动就大一点，"应怜屐齿印苍苔"，为什么？轻轻地走，这个地方很少人来，路上都是苍苔啊，这是朋友隐居之地啊。小扣柴门，柴门啊，并不是豪华的官邸啊。叶绍翁是小扣，久不开，轻轻地扣，他老不开，我还是轻轻地扣，很有耐心，这个耐心是持续性的。不是它不开，我就捶它几下，"咚咚咚"，怎么还不开，老子都来了，（同学笑）对不对？就在他持续地耐心地优雅地等待的时候，突然发现，"一枝红杏出墙来"。马上想到虽然没有进去，虽然门都没开，可是想象那满园春色万紫千红，你墙是挡不住的，漫溢出来了。就是说一个持续性的等待和突然发现的惊喜的转折，那么在读者想象中，就不用进去都看到了，所以说他比陆游的好。当然说赞成陆游那首好的，符合今天诺贝尔奖的精神，原创性更好，但是原创了以后我们再加工才能有更高的价值。

这里有一个关键，我们底下就来看，唐诗杰出的绝句，绝大部分是这样的，都有一个，注意啊，都有一个情绪的转折，有一个情绪的变动。情绪变动，我提醒你们注意，往往不是在第一句、第二句，而是在第三、第四句。"葡萄美酒夜光杯，欲饮琵琶马上催。醉卧沙场君莫笑，古来征战几人回。"看到没有，非常非常的精彩。葡萄美酒，精彩，夜光杯，更精彩，对不对？征战，要喝酒的时候，军令如山啊，当时没有军号，琵琶声一响就上前线了，出发！照理说如果顺着这个逻辑的话，马上走，酒不喝了，或者就喝一口，再见！不，我要喝，要喝得烂醉，喝个痛快，躺在地上，让你抬到前线，两个月以后，我躺在沙场上，你别笑我，此去就不准备回来了，这生命的最后的一刻，我要享受到底。只有唐朝人才会这么浪漫，上前线是很凶险的，但是最后一刻的这种生命的快乐是要享受彻底的，哪怕是抬去，老子也不怕。这里一点没悲哀，一个大转折，乐观的情绪就很清楚了。

"烟笼寒水月笼沙，夜泊秦淮近酒家"，好啊，很好的风景啊，就是你们这里嘛，南京嘛，是吧？秦淮河，而且听到歌女在唱歌，可是这个歌女唱歌引起他的不是快乐，而是悲凉。"商女不知亡国恨，隔江犹唱后庭花"，那唱的歌是什么歌呢？你唱得很欢乐，但那是亡国之歌，是南朝最后一个皇帝，陈后主，很喜欢他的一个妃子，叫张丽华，他说她是玉树后庭花，他搞了一个歌曲叫《玉树后庭花》，还自己写了歌词。结果隋朝大军来了以后，他没有地方逃，就跳到井里去了，大部队就去找他。找到了，在井里，拿个筐子说："上来！"他就上来了。拉绳子的士兵感到不对，这个皇帝怎么那么重啊？原来上来的不是一个人，两个人，他和他的张丽华是一起跳下去的，要死一起死，要活一起活。杜牧听到唱的是这样的亡国之歌，心里引起一种忧郁，一个转折，那么美好的景色，美好的歌曲，但是唱的人不知道这是亡国之音。中晚唐的时候，唐朝的政治经济社会的危机的忧虑都在里面了。

例子不能讲太多了，举不完的，我觉得要讲一点理论，我们伟大中国的理论。

元朝人杨载，在《诗法家数》里提出，你们欣赏唐人绝句的时候，这个意脉的动啊有一个起承转合，虽然这个绝句里面只有四句，但结构是有讲究的。"绝句之法，要婉曲回环"，"句绝而意不绝……"，意思没有断。"多以第三句为主，而第四句发之，有实接，有虚接，承接之间，开与合相关，反与正相依，顺与逆相应，一呼一应，宫商自谐。大抵起承二句固难，然不过平直叙起为佳，从容承之为是。至如宛转变化……"，变化，婉转变化，就是我讲的变，就是动，触动感动激动，动心动情，情动于中，意脉之动全在第三句或者第四句。这就是一种转变的关系，那么你们就要注意，第三句、第四句啊，句法上有什么变化？如"葡萄美酒夜光杯，欲饮琵琶马上催。醉卧沙场君莫笑，古来征战几人回"，看第三句、第四句和第一句、第二句在句法上有什么变化，在语气上有什么变化？"渭城朝雨浥轻尘，客舍青青柳色新。劝君更尽一杯酒，西出阳关无故人。"有没有变化，第三、第四句？"烟笼寒水月笼沙，夜泊秦淮近酒家。商女不知亡国恨，隔江犹唱后庭花。""回乐烽前沙似雪，受降城外月如霜。不知何处吹芦管，一夜征人尽望乡。"前面两句和后面两句语气有变化吗？"京口瓜洲一水间，钟山只隔数重山。春风又绿江南岸，明月何时照我还？"后面两句有变化吗？"碧玉妆成一树高，万条垂下绿丝绦。不知细叶谁裁出，二月春风似剪刀。"第三句、第四句有变化吗？你还看不出来的话，我再举一首最简单的，"锄禾日当午，汗滴禾下土。谁知盘中餐，粒粒皆辛苦"。如果改成"须知盘中餐，粒粒皆辛苦"，哪一句好？哪一首好？是"谁知盘中餐"好，还是"须知盘中餐"好？（同学回答：谁知盘中餐）为什么？（有个男生大声回答：它是个问句）对，就是前面是叙述句，后面它才是疑问句，所以说在第三句很关键，它要变动起来。我们还是看这边吧，"京口瓜洲一水间，钟山只隔数重山。春风又绿江南岸，明月何时照我还？"如果改成"明月即时照我还"不是也可以吗？但是，前面是三个陈述句，后面第四句是疑问句就有语气上的变动了。"回乐烽前沙似雪，受降城外月如霜。不知何处吹芦管，一夜征人尽望乡"，好在第三句是否定句。同样，"商女不知亡国恨，隔江犹唱后庭花"，"商女不知"是否定句。"劝君更尽一杯酒"——祈使句，"西出阳关无故人"——否定句。"醉卧沙场君莫笑"——否定句，"古来征战几人回"——感叹句。所以说情感的动，跟句法的变，是有联系的。如果我们把"不知细叶谁裁出"改成陈述句，"心知细叶谁裁出，二月春风似剪刀"，或者"吾知细叶谁裁出，二月春风似剪刀"。哪个好？"不知何处吹芦管，一夜征人尽望乡"，改成"但闻处处吹芦管，一夜征人尽望乡"，哪一个更精彩？这里面不仅是一种情感的变动，而且是句法的变动，往往是开头两句，是陈述句，到了第三、第四句就变成祈使句、感叹句、疑问句、否定句。那么这样感情的动和语气的变，就统一了，对吗？

这东西连日本人都知道，日本人写汉诗写了很多，就是模仿我们，模仿得也没什么毛病，但是没毛病，就是大毛病了，因为他这玩得太像。日本有一个诗人，写了"楸梧风冷海城秋，燹（xiǎn）火烟消灰未收。游妓不知亡国事，声声奏曲泛兰舟"。你看是不是模仿"商女不知亡国恨"的？有一个日本的花和尚，酒肉和尚，叫一休，这个人是很有名的，有点像中国的济公。他坦然承认自己是花和尚，他写过一首《端午》，"千古屈平情岂休"，讲的是屈原，"众人此日醉悠悠。忠言逆耳谁能会"，你看，这是疑问句，"只有湘江解顺流"，好吧。我们再总结一下，就是说，情感要动，不但情感要动，而且句法也要跟着变，陈述，疑问，感叹，否定，祈使。因为什么？中国的古典诗格律太严了，就这么七个字一句共四句，如果四句都是陈述句就显得呆板了，是不是？

现在我们出一个难题，杜甫有一首诗，《绝句》啊。这首诗怎么样，你们看看，也是相当经典的，"两个黄鹂鸣翠柳，一行白鹭上青天。窗含西岭千秋雪，门泊东吴万里船"。首先我声明这首诗是不错的，那么我再提出一个问题，这首诗在唐诗绝句里面，你们感觉是第几流？是第一流呢，还是第二流？这个就是一个比较大的难题。因为现在小学里有，中学里有，经典的经典，你看对仗多么工整啊，两个、一行，黄鹂、白鹭，鸣翠柳、上青天，窗含西岭、门泊东吴，千秋雪、万里船，平仄对仗太精彩了。对得那么工整，结构那么严谨，好不好？如果用我的理论来解释，它并不完全是景色，这里有感情，对不对？好美啊。你如果要写实去讲的话，都不一定是真实的，你怎么就知道是两个黄鹂呀，你去数过没有，是吧？一行白鹭倒可能是真的。"窗含西岭千秋雪"，你怎么知道那个雪已经一千年了？当时他是在长江中游，怎么会有千秋雪？"门泊东吴万里船"，也不对啊，他从四川下来到东吴，没有万里啊，经不起考验的，他是想象的。但是这首诗怎么样，比前面几首怎么样？告诉你们，古人的评价不高，从宋朝开始，有诗话、词话，讲到唐朝的绝句的时候，举出几个"压卷"之作，一共有七个人，没有争议的，李白、王维、王之涣，特别是王昌龄，底下几个就有争议了，唐诗李杜齐名啊，杜甫写了很多的绝句，有时候一写就八首四首十二首，可谓批量生产。但是就没有杜甫，韩翃都有了。不但没有，而且批评杜甫的律诗绝句都不是绝句，是半首律诗，就是律诗当中的两联切出来对仗。本来这个绝句，并不要求四句都对仗，一般有两句对仗，两句不对仗，杜甫四句都对仗，所以叫他"半律"。还有明朝人杨慎，就是刚才批评"千里莺啼绿映红"那个人，他就比较聪明了，他说这个四幅画，就是不太好。怎么不太好呢？叫"断锦裂缯"，就像那个绸缎啊锦缎四片连不起来。四块当中缺乏一个意脉，四幅静止的图画缺乏一个动的连贯性。但是有一个理论支持他，"诗中有画"，四幅画，对不对？这四幅画很精彩。那么这诗中有画的理论是谁提出来的？苏东坡。他讲的是王维"诗中有画，画中有诗"，有没有道理？有道理。中国的"一切景语皆情语"嘛，是吧？画也是抒情的，是不是？中国人对诗的评价争论的劲头，可能是世界第一。到了明朝有一个人叫张岱，余秋雨的同乡，余姚人，说"不对"，诗中有画不一定是好画，画中有诗不一定是好诗。"床前明月光，疑是地上霜"大概可以画，"举头望明月"也可以画，"低头思故乡"没法画。你怎么知道他想什么？是想儿子想老婆还是想朋友？（同学笑）还是邻居的小妹妹，是吧？没法画的。

这个理论是有一定道理，但是也有局限。过了大概二百年，德国诗人莱辛，他写了一本书，叫《拉奥孔》，就提出这个问题，诗跟画是有矛盾的。他举的是希腊一个神话故事，就是拉奥孔警告过特洛伊人勿将木马拖入特洛伊，而遭到希腊保护神派出巨蛇将他父子三人缠死。史诗里写这对父子被缠死的时候，发出了公牛一样的吼声，震动了天空，非常恐怖。但后来，拉奥孔父子的雕像发掘出来以后，莱辛一看不是这样的，并没有那种很痛苦的吼叫，就是有一点像轻微的叹息。他由此得出结论，诗跟画是不一样的。画是直观的，诗是想象的。这个画和雕塑，是直观的，如果发出像公牛一样的吼声，震动天空非常恐怖，那么脸上的皱纹加上嘴巴张得好大，远看起来是一个黑洞，很难看，所以把它变成轻微的叹息。

诗和画工具不同，一个是语言，一个是实体，所以说这句话是很有道理的。而且，我发挥一下，诗里有的东西画是画不出来的，画只能画一瞬间，空间的艺术。诗则是可以讲，"人生不满百，常怀千岁忧"啊，"浪淘尽，千古风流人物"啊，诗是时间的艺术，画不能画时间的，这是第一。第二，画是视觉的艺术，画看得见的，诗可以写却是看不见的，"前不见古人，后不见来者"，没办法画。"遥知不是雪，为有暗香来"，你怎么画？没法画香啊。据说有一个这样的故事，宋徽宗出了个题目叫画家画，"踏花归去马蹄香"，踩在铺满花瓣的地上回来，马蹄都香了，叫你画，怎么画？结果有一个画家很聪明，他画了个马，回来的时候，好多蝴蝶跟着马蹄飞。老舍曾经出了一个题目给齐白石画，叫"蛙声十里出山泉"，画是不能发出声音的。齐白石想了很久，终于想出一个办法来，画了山涧中有溪水在流，溪水里有很多小蝌蚪，既然有小蝌蚪就是有青蛙，有青蛙它就肯定会叫，这你就想吧。画有很大的局限性，诗中有画，画中有诗，这是有道理的，但是道理非常片面。所以说，那么诗里是不是有画呢？有画。有画怎么样？由于诗它是动的，时间的艺术，情动于中，意脉运动的意思，感情运动的意思。所以说，我提出一个观点，诗中有画要好，不是一般的画，叫"动画"，不是现在动画片里的动画，那时也没动画片。关起门来，请允许我偷偷吹一下，这个理论在中国、在世界上我是第一个提出来的哦。

我们来看一首诗印证一下，"朝辞白帝彩云间，千里江陵一日还。两岸猿声啼不住，轻舟已过万重山"。"千里江陵一日还"，你怎么画？但是看成动画是可以的。"两岸猿声啼不住"画不出来，你只能画猿，不能画它的声音。轻舟"唰"一下过去了，你也不能画，诗文不是电影，是吧？所以说，我提出一个观点，诗和画有矛盾，你要把"诗中有画，画中有诗"写得好，你要让画动起来。

好吧，我们再举一首诗，王安石的，"茅檐长扫净无苔，花木成畦手自栽"。经常扫地，花木都是他自己栽的。这让画家非常难画的，又要扫地，又要栽花，你怎么办？一个手扫地，一个手栽花。不行啊，画是同时的，一刹那的事。"一水护田将绿绕"，我这个绿油油的水，保护着田里的绿色。"两山排闼送青来"，门一开，山，"嘭"，飞进来了。这是动画，这精彩，所以说，这才叫诗，如果说开门见山，那是散文。诗就要让山的形和质发生变化！

我们回过头来看，杜甫这首诗，"两个黄鹂鸣翠柳"，有声音，"一行白鹭上青天"，有颜色，"窗含西岭千秋雪"，有时间，"门泊东吴万里船"，有空间。不错啊，但是，它虽然是不错的一首诗，但缺乏动态，四幅静止的画，没有一个统一的意脉，没有一个统一的动态。所以说一千多年的诗，说实话，没有一个人表扬杜甫的绝句，这是没办法的事情，你看中国的诗多么精致。伟大的杜甫，与伟大的李白齐名。但是，并不是一切都相当，杜甫写绝句写不过李白，李白写律诗不一定比杜甫强。

那么"诗中有画，画中有诗"是非常片面的一个道理，画的局限性太大了，画的局限性不仅在于不能动，而且在于它不能画嗅觉，"暗香浮动月黄昏"他画不出来，听觉他画不出来，味觉他也画不出来，苦的，"谁谓荼苦，其甘如荠"，吃那个苦的菜都像吃荠菜一样甜。触觉画不出来，"清辉玉臂寒，香雾云鬟湿"，这是杜甫写的他老婆，杜甫胆子好大，写他老婆"清辉玉臂寒"，用手去摸了一下，杜甫这人很正经的，他有的时候也是人呐。（同学笑）所以说，总结出来就是，诗中之画要动起来，不光是视觉要动，而且听觉、味觉、触觉、嗅觉都要动起来。

我讲过情跟感的关系了，是吧？请再允许我偷偷地吹一下，把这个五官皆动的理论总结出来之后，你们知道我有什么感觉吗？我的感觉，第一，我们奉为经典的"一切景语皆情语"太片面，太肤浅了，我这样说的时候不得不冒犯王国维大师了，我真是太狂妄了，但是我又不能不说，我狂而不妄。第二个感觉，我不敢讲了，你们答应保密我就讲，好，答应了，我就非常诚实地对你们说："孙绍振，你这小子，太有才了。"（欢呼，鼓掌）但是，我的才还没有完。我讲过情本身的动和静的关系了，我讲过情在诗里面和在画里的关系了，现在我讲情跟理的关系，这是你们将来做论文做研究的时候要注意的。你抓住一个概念，你不要孤立地去研究它，要在各式各样的关系里不断深化去研究它。

要讲情跟理的关系，通俗地说就是情是不讲理的，我们讲"合情合理"，这是常识，但是科学就要对常识加以批判。合理的就不能合情，合情的就不能合理，懂了吗？你们记住这句话啊，这句话很有用，有感情的人是不讲理的，感情越深越不讲理，懂不懂？有没有体会？谈过恋爱的人才有体会。（同学笑）你们这些男生一个个都没有什么表情，看来情窦未开。（同学大笑）你想想看，你看这么多的爱情小说，最动人的《红楼梦》，爱得最不要命的贾宝玉林黛玉，林黛玉什么时候和贾宝玉讲过理？从来不讲理，就是歪派！总是高度警惕，总是在挖苦他，总是在挑剔他，总是在折磨他，通过折磨他贾宝玉，来折磨自己。这叫爱情，这叫美，这叫过瘾，不要命。贾宝玉看着林黛玉爱得不得了，不断地检讨，检讨了，林黛玉要哭，不检讨就更哭，你不是怀疑吗？你不放心，我告诉你，"你死了我当和尚去！"林黛玉又哭了，呜呜呜。这不讲理，才叫爱啊！谈恋爱，你还敢讲理了？就像柏拉图的《理想国》里面，诗人要逐出理想国，留下的都是数学人。我们讲人文教育，给你们讲一点诗，就是希望你们既是一个理性的人，同时也是一个感性的人，做人情理要平衡，这是理想，但很难，既不能光是数学人，也不能跟着感情走。懂了吗？这是一个最根本的观念，但是我们读诗，还是享受以情动人。

我们看唐诗里面："打起黄莺儿，莫教枝上啼。啼时惊妾梦，不得到辽西。"你看这个莫名其妙吧，她被黄莺叫醒了，人家孟浩然说"春眠不觉晓，处处闻啼鸟"，很开心，很幸福。她被叫醒却觉得很恼火，"坏蛋，把我叫醒干吗，我本来和我老公在辽西相会呢，你把我叫醒，大坏蛋，揍死你！"后来宋人诗话把这首诗当作示范的范式。那么，《敦煌曲子词集》的《鹊踏枝·叵耐灵鹊多谩语》把它演绎了一下，"叵耐灵鹊多谩语"，喜鹊讲的话不是好话。"报喜何曾有凭据？几度飞来活捉取，锁上金笼休共语"，喜鹊飞来，老假报情报，有什么喜事？根本就没有！关起来，不跟你啰唆！这个喜鹊也蛮幽默的，"比拟好心来送喜，谁知锁我在金笼里"。"欲他征夫早归来，腾身却放我向青云里"，你不讲理，我跟你讲理。要想老公回来，把我放了就成。这是歪理。很有喜剧性，对不对？

李益的《江南曲》："嫁得瞿塘贾，朝朝误妾期。早知潮有信，嫁与弄潮儿。"我嫁给一商人，瞿塘啊，就是那个三峡之一。怎么他老去了就不回来，"商人重利轻别离"啊，他赚钱嘛，赚昏了头啦，到时间了不回来。早知道，弄潮的人，潮水来去有规律的嘛，早知如此，嫁给弄潮人。这真的是这样的吗？所以说，17 世纪一批诗论家，沈雄、贺贻孙、贺裳、吴乔等伟大的理论家，就发现这里有个理论，"无理而妙"，不讲理，不讲客观逻辑而妙而成为诗的。"早知潮有信，嫁与弄潮儿"，此可以理求乎？但是非常妙，大概是中国的好多诗人，诗词话论都讲过这个道理。严羽说过，"诗有别趣，非关理也"，其实没理也有理啊，无理而妙哉。"早知潮有信，嫁与弄潮儿"，但是"于理多一曲折耳"，是另外一种理，感情之理。为什么呢？人家也说了，只是一个"信"字，早知潮有信，它时间很准确，要知此不是悔嫁瞿塘贾，也不是悔不嫁弄潮儿，是恨"朝朝误妾期"，恨什么原因啊？恨他这个王八蛋不回来。为什么？恨就是爱啊。贾宝玉和林黛玉老吵架，为什么？爱得深，爱得不要命，对不对？林黛玉爱得小命都不要了，林黛玉爱得死掉了，吵得贾宝玉说要当和尚去了。但贾宝玉从来没有跟薛宝钗吵过架，为什么？不爱她，因而也不恨她。这个嫁给瞿塘商人的女郎之所以恨，就是等他来呀，他老不来，恨死他了。真正见了面，"我恨死你了！"这比"爱死你了"还精彩。所以说，中国古典诗歌就得出一个什么？无理而妙。就是讲一句不合理的话，那很精彩，无理而诗。

我们随便来讲李白，他在这方面是无理而妙的天才。"天生我材必有用，千金散去还复来"，有这样的事吗？埋没的人才太多了，千金散尽一定会回来啊？你花，花完了一定会来啊？天知道！"古来圣贤皆寂寞，惟有饮者留其名"，谁说的？孔夫子喝不喝酒我不知道，寂寞倒是寂寞。唯有喝酒的人留其名，李白之所以有名不是因为喝酒啊，而是无理而妙，就是片面的，好在想象力非凡的，率性的。还有王翰那个"醉卧沙场君莫笑"，喝得烂醉如泥，还到前线打什么仗？醉卧沙场，还笑得出来？这叫无理而妙，懂得吧？所以说，我们要懂得欣赏古典诗歌啊，就要懂得这个无理而妙啊！实际上是任情而妙，率性而妙。

一旦率性，进入诗情就以绝对化为上。比如说，"在天愿作比翼鸟，在地愿为连理枝。天长地久有时尽，此恨绵绵无绝期"。在天，在地，比翼鸟，连理枝，是什么？爱情是不受空间限制的，不管你到哪里，我的爱情是不变的，对不对？"天长地久有时尽"，天长地久是时间，时间是有尽头的，但是爱情，爱情是无尽头的，是超越时间空间的有限的爱情吗？这么绝对化是无理的，但是这才是诗。懂了吧？

到现在为止，我讲的是诗啊，都是强烈的感情，在天在地啊，生生死死啊，是不是？前面的醉卧沙场啊，哪怕最后一刻我还在享受生命的欢乐的这一切，上面的诗，用古典诗论的权威《诗大序》的话来说就是"诗者，志之所之也，在心为志，发言为诗。情动于中而形于言。言之不足，故嗟叹之。嗟叹之不足，故咏歌之。咏歌之不足，不知手之舞之足之蹈之也"。感情十分强烈，是吧？相当于英国浪漫主义诗人华兹华斯讲的，所有的好诗都是强烈的感情的自然流露，这是郭沫若从英国引进来的。那么，这是一种诗论，很有道理，跟我们前面讲的"诗中有画，画中有诗"同样是不全面的，是一样的。

也有不怎么强烈的感情，也是诗。孟浩然的"故人具鸡黍，邀我至田家。绿树村边合，青山郭外斜。开轩面场圃，把酒话桑麻。待到重阳日，还来就菊花"，就很平常啊，拿了个鸡，拿了小米，到农家去，谈谈今年农业生产的问题，然后明年我再来，很平常的感情，也是诗。感情不强烈啊？"结庐在人境，而无车马喧。问君何能尔？心远地自偏。"这有没有动情啊？他就是宁静致远，"结庐在人境"，我把房子建造在你们南京的什么新街口，哪怕外面开着宝马啊奔驰啊，我都听不见，无动于衷。为什么呢？"心远地自偏"，我的心没动啊，人在这里心不动啊。我们念诗的时候要注意，不能没有理论。但是，我告诉你们，所有的理论都是有漏洞的，我前面讲的，都是情动于中，现在出现的这个诗是恰恰是无动于衷。不管你多富有，你知道当时的车马是多么豪华啊！当时家里有一辆车，不得了啊，在晋朝啊，比较穷的，养头牛养一头驴，注意啊，很有钱的人才有马。在汉朝的时候，最初自天子不能具钧驷，天子的马出来，四匹马一个样子，不行，凑不齐。

将相只能乘牛车啊，乘马乘车是非常豪华。可陶渊明却是你再富豪，我无动于衷。这样，可以得出一个比较完整的结论：有一种诗是强烈的感情，有一种诗是不强烈的感情，甚至有的好像没什么感情。"采菊东篱下，悠然见南山"，我本来去采菊花，眼睛一看，哦，那里有个南山，是这样吗？如果说，有人把它改成另外一个版本，"采菊东篱下，悠然望南山"，那我就想，坏了，这就完蛋了，没有诗了，有心去看它的，有动于衷了，那不要！"悠然见南山"，有意无意地见到了，就是平常的，始终平静，就这样，逍遥自在，不要动心。而且这是神品，在中国诗歌里是非常高贵的，在西方诗歌里很少。

所以说，我们要注意啊，我为什么讲这个呢，就是说所有的理论都有缺点，你要从作品中去体会的。你看陶渊明的《归田园居·其一》："开荒南野际，守拙归园田。方宅十余亩，草屋八九间。"这个像什么诗啊，有十几亩田，有八九间草房子，哪里比得上"千里莺啼绿映红"啊，但这也是诗，非常平静的。甚至于什么，"狗吠深巷中，鸡鸣桑树颠"，狗在巷子里叫，鸡在桑树上叫，这什么诗啊，哎，但是很精彩！下面有一句话，"久在樊笼里，复得返自然"，自然，人世的红尘喧嚣、名利啊都走开，这也是诗。所以说我这边要把这个例子讲完就结束了。情动于中，耳熟于言，这种情之动，强烈的感情，绝对化的爱情，都是很生动的。但是无动于衷的这种中国式古代田园诗，陶渊明的诗，也是非常精彩的，事情都是两面的。

我们来看一首更加无动于衷的，柳宗元的，大概你们都知道："千山鸟飞绝，万径人踪灭。孤舟蓑笠翁，独钓寒江雪。"这个是押入声韵。精彩不精彩，有动于衷吗？我要骂我的师兄了，他说，这个很精彩，在那么冰天雪地、渺无人烟的地方，这个人就是这样，不管那么寒冷就在江上钓鱼。说得都对，冰天雪地，渺无人烟，没有生命的迹象，在那寒冷的江上，在那"钓鱼"。你们觉得他有一个关键的错在哪里？没有注意啊？我再读一遍。"孤舟蓑笠翁，独钓寒江雪"，在钓什么？钓鱼，怎么可能啊，这么冷，没有人，很可怕啊，坐那又不动，不运动，穿的衣服又是蓑衣，又不暖和，鱼没钓到，人都冻死了。但是他就是无动于衷，这写的什么？一个人形而上的、跟大自然融为一体的物我两忘，其中有禅宗的，庄子的思想。所以后来有人评价，在唐朝的五言绝句，这是第一。无动于衷，天地与我共生，万物与我为一。如果是"独钓寒江鱼"就完了！这里就出了一个严重的问题，你不是说情动于中才是诗吗？现在人家无动于衷了，还是诗吗？是诗，但是这不是抒情诗，这是哲理诗，不是情景交融，而是景理交融。这个问题很复杂，今天不细讲了。

所以说，研究任何问题都要考虑。第一个，把它放在各种各样的关系里边去研究；第二个，把问题放在对立统一中去思考：从正面，想到反面，情动于中固然是一种发明，诗中有画固然有道理，但是诗中无画也有道理。诗中无画多得很啊，"前不见古人，后不见来者"，不是诗中无画吗？诗中有画不一定好啊，情动于中好，也有无动于衷非常好的诗。这样我们欣赏中国古典诗歌就会有个非常好的思想方法。再补充一下，这只有在诗里才可能，如果在散文里面，这就不行了。这么冷，这么没有目的，没有欲望，那怎么行？柳宗元曾经到过一个地方，非常美啊，《小石潭记》，还没这么冷呢，是不是？好漂亮啊，那个水是透明的，鱼在石潭底下都留下影子，那么清啊。他在那儿觉得非常好，非常美。但是，"悄怆幽邃，以其境过清"，太冷了，太冷清了，"不可久居"，赶快溜！这是最后一个论点，这样的无动于衷在诗里是可以的，是一种形而上的，在散文里是不成的，要冻死的，赶快溜掉。那个是经典散文，这个是经典诗，都是同一个作者写的在深山里。

我这样说，是要进一步提出内容和形式的关系这个问题，不能迷信内容决定形式，形式反过来也可以决定内容。诗歌里面他可以无动于衷，而且不怕冷，不怕冻死，冻不死的。如果在散文里面，那就对不起，赶快溜掉。这就是我们不但要学会欣赏古典的奥秘，而且要学会研究古典诗歌的方法。最后，结论是什么？在关系当中去研究，情跟感的关系，情本身的关系，动和静的关系，诗跟画的关系，情跟理的关系，情动于中和无动于衷的关系，情动于中、无动于衷跟文体的关系。把这些关系来研究，一个字，我今天只讲了一个字，什么字？"情"，对了！

时间差不多了，留下一点时间供你们向我提问，对话，挑战，好不好？谢谢！

对话：

问题一：教授您好，今天听了您的讲座感觉受益匪浅，我想问的是，李白他是唐朝的具有代表性的一个诗人，也是浪漫主义的代表诗人。唐诗它那种比较严谨的对仗形式还有句式句法，要求也特别多，不像宋词的形式那么多样，那么这种形式的束缚，会不会对李白那种放荡不羁的情感在表达的时候，有一定的限制？谢谢。

教授答：谢谢啊，这个问题问得很好。就是说，这种格律严格啊，会不会束缚了李白的思想？我想，当然是有的，李白的绝句写得比较好。绝句它格律不太严格，例如它有两句对，两句可以不对，甚至八句都不对，不像律诗，它开头和结尾两句可以不对，但是也可以对，甚至于八句都对。像杜甫那个《登高》，"风急天高猿啸哀，渚清沙白鸟飞回"，本可以不对它也对。他说"无边落木萧萧下，不尽长江滚滚来"是对，"万里悲秋常作客，百年多病独登台"还是对，是吧？"艰难苦恨繁霜鬓，潦倒新停浊酒杯"这是全对。它这个太严谨了，所以说，李白的律诗写得不如杜甫，但李白的绝句呢，就写得比杜甫好，绝句比较灵活，比较适合李白的那种心态。而且李白写得最好的还有什么？古风。那是唐朝的自由诗，今天没时间讲，那个更精彩，那个杜甫更赶不上了。谢谢你。形式跟内容的关系，形式跟人的个性的关系，是有这么复杂的关系。所以不能说一个诗人，一旦是伟大诗人就全伟大了。不，伟大的也有不伟大，次伟大，小伟大，中伟大。不伟大的诗，也可能有一两句很伟大。至于宋词，那个格律也很严密的，长短是词谱定死了的，今天没时间，以后再说吧。

问题二：您好，之前开场的宣传片说咱们孙教授是著名的，哦，就是优秀的（同学们大笑）文学教练员，培养出世界冠军。虽然说，我也知道我的资质肯定当不了世界冠军，我也就想强身，就是跑跑步锻炼身体这个想法。我想问的问题就是，我们这种想对诗歌有更多了解、更多认识的话，关于学习方法和探索吧，您有没有什么建议？就是区别于教练，区别于培养世界冠军的那种方法。

另一个问题我想问一下，是关于老师您自身，您是怎么样学习的？我比较感兴趣。谢谢。

教授答：谢谢，谢谢。你的意思就是说我不想当作家，我来读这个诗有什么诀窍。我原来也不打算当作家，我原来是个诗人，后来因为舒婷出现了，我发现我的诗歌假大空我就不写了。（笑）我是个失败的诗人，但是我后来变成一个散文家。那么，由于我有创作经验，所以我对这个诗的领悟啊，不仅是对艺术的一种享受，就说我们吃饭啊，理发啊，穿那个时髦的衣服啦，包括化妆啊，都是人生的一种享受吧，读诗也是一种享受。享受什么呢？享受一个人的心灵的微妙，是吧？从微观意义上就是说，心里一动就忘掉了，没什么用是吧？但是读了诗，对自己的心灵啊，那个容易流失掉的内心世界，就觉得很珍贵。因为我们只有一次生命，所以哪怕只有一秒钟的"草色遥看近却无"，也是很特别的，心里会发现一种喜悦。这样的对人的体悟，不是对自己，是对别人的理解。比如人陷入一种情绪里，这个人做了非常恶心的事情，但他现在情绪很可怜，很可笑，很可爱，对吧？你看那个贾宝玉被折磨得那个鬼样子，我觉得很好玩哪。想想自己也曾有过，似乎有过这样的经历。我就觉得有的时候，被一个女孩子折磨得半死，却又对她恨不起来。那我对它有一种解释，原来这就是人性啊，就是对自己的理解，人都是怪怪的。人一旦有了情绪以后，你不要跟他讲理。将来你结了婚以后我告诉你，门一关，跟老婆不要讲理。（同学笑）你讲理，要不你赢了，没饭吃；要不你输了，很丢脸，感情是需要互相体谅的。所以说，人，既是理性的人，我们所有的功课都是理性的，但同时又是一个感性的人。每一个人都有自己独特的、微妙的感情。你懂的多了以后，你这个人就全面发展了。你光懂得数学，变成机器人，是吧？所以说，你不想当世界冠军，你不想当诗人，但从没感觉到享受过生命的美好，就像你喝酒一样，有什么用？又不能饱肚子，是吧？喝完以后很不舒服啊，晕晕的，是吧？那么有的时候，回忆啊，回忆失败的爱情啊，或者是看见别人在那谈恋爱，谈到后面，谈到痛哭流涕要死要活的，这事也能理解的，这很美的啊。眼泪是很美的，你看最美的是林黛玉的眼泪啊，泪尽而逝，成为世界上、中国文学史上最美的美人啊。就这样，懂得人，人呢，不仅仅是为了吃饱穿暖而生的，人都要享受一些跟吃饭无关的感情。懂得诗的人，懂得小说、懂得艺术的人那才是一个精致的人，这种人品位就高了。好，谢谢。

问题三：我的问题就是，我读诗时间可能也比较长，我一开始读诗的时候，喜欢一种境界，比如说那种"大江东去"，读起来就特别有气势的境界，后来呢我觉得一句诗里面一定会有一个字让你觉得非常好。就比如说，那个"人比黄花瘦"那个"瘦"字，"寒塘渡鹤影"这个"渡"字，还有就是王国维也说到过的"红杏枝头春意闹"，因为一个"闹"字而境界全出，就是我想问您一下对这个"诗眼"的看法。

教授答：好，谢谢。你这个题目提得非常好。就是说诗是语言的艺术啊，中国人讲究推敲，讲究炼字炼句，讲究诗眼。譬如"人比黄花瘦"这个"瘦"字就用得太好了，古典诗歌呢诗话里也提到了，为什么呢？"绿肥红瘦"，李清照用这个"瘦"字用得太好了，因为她把这个"黄花"，她这个"瘦"啊，自己的心情使得自己身体消瘦，比成菊花的瘦，把这个"瘦"写得很美。当然，当时的中国人还没有现代人妇女的那种审美观，就是说人要长得瘦一点，要减肥啊什么。但唐朝以前，人要长得丰满一点比较好看，特别是唐朝，杨贵妃也是个胖女人，所以唐朝周昉的《簪花仕女图》、张萱的《捣练图》中女仕都是肥硕的，书法家颜鲁公的书法也是比较肥壮的。所以说，"瘦"本来是人的，用到植物身上去就显得特别新颖，丰富了。还跟菊花连在一起，特别清高的。这个"瘦"字在秦观的词里也用得更险，"名缰利锁，天还知道，和天也瘦"。

那我们经常会看到中国古典诗歌里有一些字，一个字眼推敲起来余味无穷。像我刚才讲的这个"采菊东篱下，悠然见南山"还是"悠然望南山"，这个"望"字跟"见"字的区别。比如说我刚才讲到孟浩然的《过故人庄》，最后"待到重阳日，还来就菊花"。杨慎说他有一次拿到一个本子，这个本子是破的，"待到重阳日，还来____菊花"当中一个字没有了，他就补，补来补去，"还来醉菊花""还来对菊花"，还来什么菊花，结果挪来挪去都不满意，最后找到一个珍本，原来是"还来就菊花"。这个"就"字比较好。一个字眼的优劣往孤立地看，看不出来，要怎么样？要比较。正是因为这样，"春风又绿江南岸"成为一个典故，推敲成为一个典故。但是我们往往不会还原过去。"大江东去，浪淘尽，千古风流人物"，我们就觉得这个句子很好了，但是说不出来。可后来毛伦、毛宗岗父子把杨慎的词放在《三国演义》开头，"滚滚长江东逝水，浪花淘尽英雄"。一比就知道，"风流人物"，比"英雄"好，"大江东去"，比"滚滚长江东逝水"好。

问题四：孙老师，您好。讲座开始之前播放了有关莫言和您的那个视频，这就让我想到我高中的时候，莫言得诺贝尔奖的时候，他当时很火，火到让我们同学写作文都会提到莫言。然后我们老师对我们说，当时的中国需要莫言，时代也需要莫言，但莫言需要"莫言"（不讲话）。就是说，莫言如果再继续这么火下去，他就不大可能再写出那么好的作品。就像有人说的："人生最难耐的是寂寞，最难抛的是荣华，真文章在孤灯下。"

其实孙老师在讲座过程中，有透露出对一些开始有名而渺小的专家的一些不满。也就是说，在当代，几乎不可能存在既有荣华又有真文章。但是，再看古代的话，像李白，他有"对影成三人"，他享受孤独，但是他享誉整个唐朝。而苏东坡他虽然仕途不顺，但是他写字有"苏黄米蔡"之称号，作词有豪放派领袖之高度，他们当时都是很有名的。也就是说，在古代，信息传播并不发达，他们的诗歌仍然流传开来，而在当代，信息传播很发达，但是好多作家好多作品依旧会被埋没。我想问一下造成这种现象的原因是什么？

教授答：谢谢，谢谢啊。你这个问题比较丰富复杂，我需要花脑筋来把它归纳一下。首先，问大家一个最主要的问题：莫言，按照这么火下去，他还可能不可能超越他自己？这一点你想得非常深刻，也是我在考虑的问题，这一点也是莫言现在最大的苦恼。莫言现在成为一个国家形象，他许多活动都是国家行为，所以经常被调来调去，抢来抢去，以至于说人家请他，那个简直是无法应付了。人家甚至说，你来一下，100万都可以，他都不能够答应。甚至叫他写一个字，60万，他都不要。因为这是实在没办法，他忙坏了。他有时候说"给我一点时间，让我写更好的作品吧"，得了诺奖之后，根本就没有时间去写作品。这是一个声名之累，成为中国人扬眉吐气的一个符号了，这就是莫言。但是莫言我相信，还会有好东西，但是我觉得也有危险。不给他更多的时间，他要超越就非常难了。我见他的时候，他是无名小卒，他是在他那个班上35个人里面最没有名的，只写过两三篇短篇小说。而他的班长李存葆是一个名满天下的人物，已经得了国内最高奖，小说《高山下的花环》和电影都得了奖。但是，在一年以后，他冒出来了，后来写出《红高粱》系列，以及他后来一系列的作品，我的感觉并不是一个比一个好。他们系主任徐怀中可能比较保守，他认为莫言写得最好的还是当时一年级写的学年作业，叫《透明的红萝卜》，我认为写得最好的还是《红高粱》系列。后来的古古怪怪的东西啊，我觉得还是粗野了一点。但是，没关系，人无完人，金无足赤，我认为他还可以写出很多好东西来，但是我觉得很难超越了。

那么，另外就是我们，你讲的古人啊，古人就是"国家不幸诗家幸"。李白的命运很悲惨，当过俘虏，是吧？差一点（被）杀了头啊。因为他错上了贼船，他投靠了永王李璘，"安史之乱"时，皇帝怀疑他有野心，就想把他处理了，派了一个大将高适去打，把他打败了，李白当了俘虏。幸亏郭子仪、宋若思都保他，又加上呢，当年关中大旱，皇帝觉得有点过分了，所以就天下大赦。李白在流放的过程中，到了奉节，就是诗中的白帝城，后来说得到赦免了，所以他"朝辞白帝彩云间"，心情很好，心情很舒畅，是吧？所以，非常顺利的生活对作家来说不多，非常不幸的时候呢，对作家来说，可能是好的。但是也有非常富裕的家庭，说托尔斯泰，他是一个俄国贵族，很有钱。他写出来的作品，他所有的手稿都由他老婆保留着。后来出全集九十二卷，他可以一部作品改上多少遍，不怕会饿死，而曹雪芹却穷得喝粥，"举家食粥，酒常赊"。那么唐朝的大诗人，唯一的，最顺利的是谁呢？高适，官至散骑常侍，皇帝的顾问。他就是最顺利的。几个大诗人里，李白不顺利，当了俘虏以后流放，中道遇赦；杜甫不顺利，儿子饿死了，穷困潦倒；那么，王维，安禄山攻下了长安以后，他接受了伪官，差一点被处分，那跟周作人差不多，就是他当汉奸嘛，后来就赦免了他；白居易呢，比较顺利一点。那么，我认为，严格地说来，作家受一点折磨是有好处的，所以说，海明威讲过，作家成功的经验是什么？不幸的童年。鲁迅讲过，有谁从小康之家而坠入困顿的么？在这路途中，大概可以看见世人的真面目。心情特殊的变动，就会对人有特殊的看法。所以说，从这个意义上来讲呢，贫穷、富贵对作家的影响好像不能一概而论。像张爱玲，那么有才气，她喜欢上一个什么人哪？一个汉奸啊，花花公子啊，他用情不专啊，简直是王八蛋啊。没有办法，她就喜欢他怎么办。人都是怪怪的，所以说佛家说人生是苦海无边哪，但放下屠刀，立地成佛啊。好自为之吧。谢谢你。

2017 年 4 月 26 日

（蒋烨林根据录音整理，作者修订）

唐人七绝压卷之争

关于这个话题，我可能要讲一个学期都讲不完的，因为这样笼统地提这样一个问题呢，是非常难以回答的。在回答这个问题以前，我就必须从最简单、最基本、最常见、最平常的现象讲起。最简单、最平常、最常见的现象里边恰恰就隐藏着唐诗它最深邃的奥秘。

我从一个现象讲起，就是唐诗的，家喻户晓的一首诗。从我最近的感觉开始。我有个孙女，她才一岁半，她的妈妈就叫她背唐诗。她居然也能背上"床前明月光，疑是地上霜。举头望明月，低头思故乡"，她根本就不懂怎么回事。她也会背这个："月落乌啼霜满天，江枫渔火对愁眠。姑苏城外寒山寺，夜半钟声到客船。"最近有进步，又背上了一首："碧玉妆成一树高，万条垂下绿丝绦。不知细叶谁裁出，二月春风似剪刀。"她肯定不懂什么意思，因为她话还讲不清楚。而且她讲话的特点是，叠词特别多，哥哥，姐姐，爷爷，奶奶。啊，这个"手"叫"手手"，"脚"叫"脚脚"。（同学笑）根本不知道诗是什么意思，但是她背得非常溜。这说明它有一种魅力。但是教她讲话，她不能讲超过七个字，但是她背诗可以保证超过七个字。这小孩都能够非常顺溜地背下来，但她不理解，那么大人理解不理解呢？当然，我们说我们理解，那真正理解了吗？真能理解我今天就不用讲了。不理解，我不客气地说你们还不大理解，我更不客气地说，不仅你们不大理解，你们中学的老师也不大理解，好多是错的。不仅你们中学的老师理解有错误，连大学的教授，理解的都很少。连北京大学专门研究唐诗的教授也有错，而且错得很厉害。那，有时候我感觉到，全世界真正理解唐诗的艺术奥秘的人不多，当然外国人肯定不理解。中国北京大学的头牌教授袁行霈都未能免俗，那剩下还有谁理解呢？剩下的只有我来试一试了。（众笑，鼓掌）

好吧，闲言少叙，言归正传。我们从一首最简单、最平常、我们最熟悉的一首诗讲起，贺知章写的《咏柳》："碧玉妆成一树高，万条垂下绿丝绦。不知细叶谁裁出，二月春风似剪刀。"它好在哪里呢？叫专门研究唐诗，年纪比我大一岁，头发比我白的这位教授来讲，呃，我觉得简直是胡言乱语。他说，第一，"碧玉妆成一树高"，表现了柳树的总体印象。这个没错。第二，"万条垂下绿丝绦"，具体到柳丝的茂密。这也没错。然后，他下了一个结论，好在哪里呢？好在，"最能反映柳树的特征"了。那么，这句话，我一看就糟了。大错特错！诗以什么动人？他说以反映了柳树的特征动人。那不是说明文吗？诗以什么动人？你们说！（学生：以情动人）他就错了，还是大教授。好吧，我们暂时不去追究。他的第二点呢，说这首诗不但歌颂了柳树，而且歌颂了春天。这个呢，我觉得也没错。他加了一句话，说这首诗最生动的是最后两句："不知细叶谁裁出，二月春风似剪刀。"这两句精彩在哪里呢？两点。第一点，不但歌颂了春天而且歌颂了创造性的劳动。你们听了以后是一个什么感觉？是不是有点离谱了？小小的离谱。待会儿再说。第二，这首诗还好在，"不知细叶谁裁出，二月春风似剪刀"，好在哪里呢？好在这是个比喻。比喻好在哪里呢？很巧妙。那我当时看了这句就想了，我看你的文章就希望从中找到答案，找到巧妙在哪里。你不告诉我巧妙在哪里，你告诉我说"十分巧妙"，这不是忽悠人吗？因为他是我的同学嘛，比我早两年毕业。当年我留下来当研究生的时候，他是助教，那么平安地在北大当了教授。我由于当时被认为思想有点"反动"，其实一点不反动，（众笑）就被发配到福建，流放到当时的前线去了，考验我是不是忠于社会主义，（众笑）有没有投降国民党之类的。（众笑）他说"二月春风似剪刀"比喻十分巧妙，那我就心里跟他抬杠。我说比喻不巧妙，春天的风怎么像剪刀呢？春天的风是非常柔和的，有的人形容春天的风像爱情一样柔和。那么，似剪刀，剪刀是锋利的。当然，我替他辩护，因为是二月春风，可能是长安的春风。北方的春风，春寒料峭，所以有刀一样锋利的感觉，对不对？因而比喻十分巧妙。那么我再反思，刀很多啊，刀的品种多得不得了啊。剪刀是刀，那么还有别的刀啊，比如菜刀。"二月春风似菜刀"，非常有意思。二月春风似屠刀呢？（众笑）那就太可怕了。说明他没读懂嘛。我再替他回答，为什么"二月春风似剪刀"非常好，"二月春风似菜刀"不好呢？没有诗意呢？因为，我再念一下你们就知道了。"不知细叶谁——裁——出，二月春风似剪刀"，听懂了没有？因为前面埋伏下一个"裁"，后面有一个"剪"。因为是"裁"，联想到"剪"。因为是"裁"，就不能用"菜刀"。把"裁"和"剪"连接起来成为一个固定的联想，是伟大的汉语的一个特点。如果是英语，是两个词，连不到一起的。如果是"剪"的话是"cut"。如果加上"裁",就是"design",设计。这两个字连不到一起的。这是一个非常惊险的比喻,但是呢,贺知章就利用了这个惊险的比喻,把春风比作剪刀。这是一个基本的、一个非常精致的常识。这个比喻啊,要怎么样巧妙呢?要巧妙到不但表面的词义是和谐的,而且是联想的、暗示的,引申的语义要非常和谐。这是第一。我觉得我的师兄如果光这点考虑不周,那问题还不大,问题更大的是,他说,这首诗"二月春风似剪刀",非常好啊,这歌颂了劳动啊,而且是"创造性的劳动"。这就太离谱了。这个唐朝的贵族,这个贺知章,他脑袋里会有劳动这种观念吗?他脑袋里会想到创造性的劳动吗?我看他做梦都不会。为什么?据我的考证,劳动这两个字在古代,在唐朝,不是今天的劳动的意思,而是"劳动躯体"的意思,此言出于我们共同的老师,王力先生。我是王力先生的学生,我仔细地把它给记住了。他也是王力先生的学生,他忘掉了。这个事,你看,该不该打屁股。(众笑)第二,劳动这个词有今天的意义,它是从英语和法语翻译过来的,是从英语的"work"和"labor"翻译过来的,它不是"劳动大驾"的意思,而是创造财富,创造物质和精神财富,创造世界,甚至于创造人自己。劳动一词有这样一个一系列的话语和意识形态的隐含义在里面,在唐朝是不可能有这个词句的。有一个学术会议的论文说,是经日本人翻译过来,大概是在一百多年以前,才有了今天这样的意义。因而他把脑子里的今天的创造性劳动强加于贺知章,这是糊涂。

那么,再回过头来说,他说这首诗的好处是反映了"柳树的特征",他也没看懂。他说,第一句是整体地写柳树的印象,第二句是写柳枝的茂密。这是柳树的特征吗?是贺知章的艺术创造吗?实际上,贺知章写的柳树的特征并不是教授想的那样。"万条垂下绿丝绦"固然是柳条的一个表现,但是更精彩的是什么?是"不知细叶谁裁出"中那个精细的、纤巧的、精致的柳芽,跟这个茂密的柳丝相对比,这才使诗人感到激动,这么漂亮。因为什么呢?春天来了,一般的树,枝繁叶茂,对不对?可是柳树的特点是什么?枝繁叶不茂,这才叫柳树的特征。万千柳丝垂下来,但柳芽非常精致纤巧,诗人的锦心绣口就激发出来了。

这么一首简单的诗,连大学教授,终身研究唐诗,研究唐诗到头发都白了,现在是北京大学的国学院的院长,学问比我高得多,他都读得不太懂。那么,我们怎么去比较,去探究唐诗哪一首最好呢?那么,我的师兄,这里暴露了他研究唐诗的时候,有几个方面的严重错误。第一个方面,他的美学思想,他认为一首诗，凭什么动人？不是由于人的感情。虽然他念过中国古典诗歌的理论，像陆机的《文赋》，"诗缘情而绮靡"，诗是由于感情用华彩的语言而表现的，是表达感情的，是抒情的，"诗言志"，"情"和"志"是统一的。但具体分析的时候呢，他说这首诗的好处是反映了柳树的特征。他脑子里有一个机械反映论。诗就是客观地真实地反映了对象的特征，而不是表达了主观的感情，这是第一个错误。第二个错误，主观的感情是在主体，跟柳树是没有关系的。对不对？我喜欢柳树，柳树是柳树，我是我。但是要写成一首诗呢，必须把我的感情放到柳树里去。柳树原来是没有感情的，要让它变得有感情，变成我的感情，成为我感情的形象的表现，怎么办呢？要把它合成一个东西，把我和柳树结合在一起，把我对柳树的爱，对柳树的歌颂，变成柳树的形象。这个就不能够仅仅是柳树的真、柳树的特征，同时要让它有我的感情、我的感情的特征，这两个东西结合在一起。一个客观的一个主观的，要让这两个在一起统一、和谐、动人，怎么办？就不能完全是真的。这就要进入一个想象的境界，假定的境界，虚拟的境界；要把我的感情，对柳树的爱，对柳树的歌颂，对柳树的珍贵的感情，变成柳树本身的性质。所以说，就不是说表现了柳树的真实。同时，拿我的感情去改变柳树的特征。怎么改变？"碧玉妆成一树高"，柳树是不是玉啊？不是玉。不是玉，要说它是玉。"万条垂下绿丝绦"，柳树是不是丝织品啊？不是，我要说它是丝织品。这叫用主观的情感去改变客观事物的特征，以我情感的性质来为它定性，当然也是它本身一种性质的变异。不是剪刀，要说它是剪刀。以丝和玉的贵重来表现我对柳树的贵重的感情。然后，"不知细叶谁裁出"不是更美吗？如果是反映特征的话，客观地说，那柳树的柳枝茂密与柳叶的纤细和精巧，是什么让它和别的树不同？是大自然，是柳树的遗传基因，是气候和温度、湿度的提高，导致了柳树的这样特别的形象，是很美好的，是吧？但是如果光是这样，说客观的、自然的，不够。然后，诗人觉得这个太美了，美到不仅仅是大自然的美好；而且美好得比大自然都美，一定是有人设计过的。天工加人美，比自然美更美。他被这种春天的、柳树的形象所激动，他用这样的感情，以至于说这个柳树是经过精心设计的才这么美的。这不是客观的，这是主体的情感的表现，这叫"以情动人"。那么，"以情动人"，他进入了一个假定的境界、想象的境界，才能把感情抒发得这样美。

它既然不是反映柳树特征的，那它有什么价值呢？反映柳树特征，是科学的。这个柳树的遗传基因，在春天的温度和湿度提高了以后，长成了茂密的柳丝和精致的柳芽，这是科学。但是美要超越科学，就是不科学。那么，不科学有没有价值呢？在我这个师兄看来，没有价值，你这想象虚拟假定有什么用？一点用处都没有。因而他要给它一个价值，什么价值？创造性的劳动。他有一种思想，艺术的美就是反映了生活的真。对不对？反映了生活的真有什么好处呢？帮助你认识生活。认识了生活的目的是干吗呢？叫改造生活，创造新世界。如果是认识社会的话，就是改造社会，就是革命，如果现在不是改造社会，而是认识大自然的话，那就是要创造财富，要有创造性的劳动。所以说，他的观念不仅仅是反映生活，而且是什么呢？而且是推动生活的创造，因而是一种实用价值。所以说他的艺术观念，第一点是反映现实，我给他一个帽子——机械反映论。第二点，艺术既能反映现实，又能帮助人认识现实，从而改造现实。所以说，艺术啊，它有功利价值，叫教育作用。要么是教育人革命，要么是什么呀？要么就是教育人劳动，而且呢是创造性劳动。我给它扣一个帽子，这叫狭隘功利性。为什么？享受着这首一千多年前的美好的诗还要想着创造性劳动，是不是太累了？我就是为春天的柳树之美而激动，这本身就有价值。这个价值叫情感价值。这个情感价值，就是审美价值。审美价值，它有的时候可以跟认识价值联系在一起，有的时候跟什么？跟这个教育价值联系。有的时候在这样短短的诗歌里，它没有认识价值，它也没有功利价值。它超越了认识，它不是真的。它超越了功利，它没有教育作用。它仅仅使我激动。这个激动本身就有价值，这叫审美价值。

所以说我们在研究这个唐诗之前必须要懂得一个最起码的道理。就是说，读唐诗不能用反映现实——用功利的，还有教育价值去硬套，去强加于它，我们只能从文本中分析出来。

正好那位北大教授，我的师兄，他在一篇文章里又分析了一首诗，正好我的这孙女刚刚背下来："月黑雁飞高，单于夜遁逃。欲将轻骑逐，大雪满弓刀。"他怎么分析呢？好在哪里呢？好在省略了出征以后究竟胜绩如何，在严酷寒冷的环境中，表现了英雄主义的气概。出征以后，省略了，所以很精练。有没有道理呢？好像应该说有一点道理。的确有英雄气概，但问题在于表现英雄气概的诗很多啊，这首诗的特点是什么？王昌龄写过的"黄沙百战穿金甲，不破楼兰终不还"不是更英雄吗？敌人逃跑，你去追，追上没有？没有下文，这样的英雄太便宜了吧？这首诗特点是什么？英雄在哪里面呢？我们来分析一下。

"月黑雁飞高"。你想想看，大雁在夜里会飞起来吗？不会飞起来，除非有特殊原因。对不对？第二，大雁在夜里，夜色很黑的情况下，没有月亮的情况下，飞得很高，你看得见吗？不可能看得见。是吧？既不可能飞，也不能看见，但是他写了"月黑雁飞高"，好就好在这个地方。"单于夜遁逃"，他没看懂这里有一个因果关系。大雁一般情况下，是在这儿站着休息的，飞起来我看不见，但是我知道它飞起来了。为什么？有唰唰的声音啊。一定是有人惊动了。谁惊动？单于。敌人在逃跑时惊动了大雁。这里隐含着这个英雄的敏锐的听觉：趁着夜里敌人跑了，但大雁一飞，我警觉了，这帮王八蛋要溜。下边这句，"欲将轻骑逐"，不用派很多兵，我派几个兵，骑着马，轻骑呀，就可以手到擒来，很有胜利把握，很轻松。但是突然发现，什么啊？"大雪满弓刀"，雪下在哪里？雪一般要下在地上的，居然下在弓上，下在刀上，面积很小。可见什么呢？雪下得有多大。弓上都是雪，刀背上都有雪，说明下得非常大，可知前方征途上积雪之深。因而，要战胜这样的敌人并不那么轻松。原来估计是那么容易的，心理一个转化，英雄的心里原来是"轻骑逐"，想得太简单了。大雪一落，整个的沙漠上都是这么深的雪，骑兵将迎来多么大的困难。心里这么一震颤，这叫"诗"，这叫"以情动人"。

所以说，这要读懂，我们要回答我们提出的问题。我今天一天一次是讲不完的，我们先从最简单的开始。就从四句的绝句开始——先讲绝句，它一般的好，好在哪里呢？好在它抒情，抒情的好是好在哪里呢？当然，你可以说不出；但是，你能被它感染。

我们古典诗歌是以抒情为本的。以情动人，古典的诗论《诗大序》里边最权威的一个论断就是什么呢？这里我引用的"诗言志"，这个"志"跟这个"情"是同样的意思。"在心为志，发言为诗"，这句话很著名啊，我认为这句话虽然著名，但是只讲了道理的一半。在心有了情，讲出来就是诗吗？这不可能的嘛。你心里有了感情，直接讲出来说"妹妹我爱你"，这是诗吗？心里有了情，"这个柳树多么美，我感动得要命"，这是诗吗？"在心为志，发言为诗"这句话我们今天要分析，它把问题简单化了。接着说"言之不足，故嗟叹之。嗟叹之不足，故咏歌之。咏歌之不足，不知手之舞之足之蹈之也"。我要表达我的感情，"言之不足"那要咏叹之，大家多加几个感叹词嘛。"柳树啊，你是多么美啊，啊，我看见你是多么激动啊，激动得我夜里睡不着觉啊"，那么这"嗟叹之"，其实还不行。"嗟叹之不足，故咏歌之"，那我把它谱成曲，那也还不一定就是诗啊。那么"咏歌之不足，不知手之舞之足之蹈之也"，那还不行呀，你变成舞蹈家了，那不是诗歌了，是吧？所以权威理论不够用。

我们来继续研究。研究什么呢？研究诗本身——什么样的诗才是动人的，什么样的诗，什么样的感情，才能称为诗的感情。我们都讲诗是抒情的，"诗言志"，"情动于中"，都讲了多少遍了，以至于我们都没感觉了，没有去研究。这个情的特点是什么？什么样的情才能够动人？那么，我研究的结果是什么？情的特点是"动"，你说是不是？你看看，关键在于说"情动于中而形于言"。你的感情动了，要找到恰当的语言。那么这个语言要怎么样的呢？要表达情之动。中国汉语呀，这个词语造得非常非常的有意思，而且非常深刻。所以我们有这样的词叫"动情"，叫"动心"，叫"感动"，叫"触动"，叫"激动"，叫"撼动"，你要表现感情，你的感情就要动。如果动了叫"情动于中"，如果不动，叫什么？"无动于衷"。我们昨天讲薛宝钗，她比不上林黛玉，她在好多时候，林黛玉激动得要哭要死，而薛宝钗却是无动于衷。两种人，好吧？情的特点就是动。动就是什么？就是"运动"，就是"变动"，就是"变化"，就是"变换"。我们研究"碧玉妆成一树高"这首咏柳的诗，我们说它是以情动人，为什么有人研究歪了呢？就没有研究它的"动"。我们研究"月黑雁飞高，单于夜遁逃。欲将轻骑逐，大雪满弓刀"，好在哪里？原来以为轻骑很轻松地就可以抓到敌人，后来发现大雪如此深，不那么轻松，心里一颤，英雄的心里微微地颤动。把这一刻的情感的这一动，把它抓住，这就是诗。是吧？好诗就是抓住了感情的脉动，哪怕是一刹那，哪怕是心头微微一颤，哪怕是忽然一过，没什么用处，但是你把它抓住了就是诗。那么抒情的诗要动人，主要是感情的脉络要"动"，要变化。情的特点就是变化的特点。情感的动人，就在于变化，微妙的，潜在的，深沉的，而不是表层的，一望而知的。

那么我们这个时候，拓展一下，来印证一下我们这个观点是不是有它一定的普遍性。举一个最简单的例子。讲李白的"床前明月光，疑是地上霜。举头望明月，低头思故乡"这首诗，李白写的时候，大约五分钟吧。李白活了六十一岁，骨头都化成灰了，可是一千多年来，这首诗却活着，估计还要活下去。可能直到我们归天了以后它还能活下去，一代又一代的人觉得这首诗非常好。但是你要把它讲清楚，多难啊。我估计，拿这个题去考中国的文学系教授，能够考及格的没几个。当然，我可能考得及格。因为我有个指导思想——这是抒情诗，抒情诗的好处在于什么？情之动。"床前明月光，疑是地上霜"，感情有没有动啊？没动，是吗？这月光很亮，关键是"疑"，疑是地上霜。是不是月光啊？是霜吧。所以要"举头望明月"。干吗？目的是什么？要确认一下，究竟是月还是霜，对不对？如果感情不动的话，你看，"床前明月光，疑是地上霜。举头望明月，原来都是霜"。（众笑）那还是什么诗吗？感情没动，很有逻辑理性，对不对？"举头望明月"中原来的问题是霜啊还是月呀？但是一看见月亮以后把这个问题忘掉了，"低头思故乡"。乡愁被触发了，是触动了，是感动了。由于触动了乡愁，这个乡愁是在潜意识里面，本来不想碰它，它在无意识里面。因为别的原因去看月光，结果一见到月光，乡愁冒出来把原来的问题淹没了。感情一个转折，一个变动，一个变化，一个微妙的变换，就使得这首诗变得不朽。所以说我们要回答唐诗哪个最好，先要懂得一个最基本的道理。如果要按照那个北大教授反映了"柳树的特征"的逻辑，那就只能说反映了"月光的特征"。月光的特征是什么啊？很亮。特征，亮得和霜差不多。我看见月光，我就想起了家乡，这个就等于没说。

我们再来说，再看它的普遍性。"春眠不觉晓，处处闻啼鸟。夜来风雨声，花落知多少。"这首诗，也是非常有名的，也是不朽的。不朽在哪里呢？表达感情啊。表达感情的不朽在哪里呢？在于感情有个转折，它动了一下，你们感觉到没有？"春眠不觉晓"，睡得太舒服了。像今天早上，我稀里糊涂地睡到八点半。"春眠不觉晓"，好舒服。他比我更幸福，我是觉得要赶快起来，过了九点没饭吃了。（众笑）那这样就没诗意。"处处闻啼鸟"，鸟的音乐把他叫醒是多么美好啊。如果就这样美好下去，这个诗会怎么样？这个诗不怎么样。我们看过英国的纳什啊，他写过的诗，叫作《春天》：春天，甜美的春天是一年四季的王。他写的诗都是好的，少女在跳舞，老头老太在晒太阳，全是幸福到底。但就不如我们的诗。到了第三句，它的好处就感情动起来。原来是非常非常美好的鸟叫，把他惊醒了，引发的却是回忆。想到"夜来风雨声"，昨天夜里，风雨大作。"花落知多少"，花被吹残了，多么严重。感情突然一个转折。那么美好的一种境界突然转下来，花被吹残了，说明春天如此美好，它的到来经历了一个艰难的过程，付出了一定的代价。而且"花落知多少"，春天很快就会过去。这就是感情的一个转折。所以中国的古典诗歌里面，在全世界很独特的，是叫惜春的主题。珍惜春天，春天来得不易，春天很快就会过去。这个感情有特点，为什么有特点？因为转折。这个主题后来一直成为一个传统。

你们大家都会记得，李清照有一首词："昨夜雨疏风骤，浓睡不消残酒。试问卷帘人，却道海棠依旧。知否，知否？应是绿肥红瘦。"就是这个主题的一个延伸。不过呢是女主人公的。"花落知多少"是男人，无所谓，无非是春天很快过去了，珍惜年华。女主人公是"应是绿肥红瘦"，女人最怕"绿肥红瘦"了。身体越来越发福，容颜越来越憔悴，是吧？年龄越来越大，青春在慢慢消逝。这是女性的忧愁。那么这里也是一个转折。你叫那个丫鬟看一看外面的花怎么样，那个看的人说跟昨天一样，她没看出来。词人说不对，肯定是花落了，叶子长肥了。年纪大了，人憔悴了，这里有个转折。

刚才听你们陆老师跟我讲啊，当这个题目公布出来以后呀，你们好多同学在网上留言。唐诗哪首最好？那肯定是《春江花月夜》，这话慢慢讲。《春江花月夜》是相当好，闻一多对它评价非常高，是诗中的诗。但是现在，我还不觉得它有多好，因为它是过渡时期的产物，里面有好多宫体的华丽辞藻，形式主义的东西，我以后讲，因为太复杂了。我们先把最简单、最平常、最普通、最一般、最常见的把它搞清楚，把细胞形态的东西里面的基因搞清楚。就是感情，感情的动，动了情，才是好诗。感情如果不动，是另外一类诗，不是抒情的而是理念性的，我们暂时不讲。有了标准以后我们再研究，这诗哪一个好哪一个差。好吧？

我们再来一首，这是我们大家都知道的："清明时节雨纷纷，路上行人欲断魂。借问酒家何处有，牧童遥指杏花村。"这诗是不朽的诗啊。那么，我看到有些解释，说啊，这首诗写得非常好。"清明时节"是上坟的时节，这个"路上行人"一个个地去扫墓，扫墓时候又下雨了，心里很焦虑，焦虑什么呢？希望找一个地方，热闹的地方，找个酒家去喝一瓶酒消愁解闷。就想到那个酒家里面热闹的气氛，那么就问一个牧童，牧童说前面就有，非常开心。这话我觉得也没错，但是，还没看懂真正的艺术的奥秘。感情，感情，这个情啊，跟感联系在一起。"清明时节雨纷纷"这句话是大白话。"路上行人欲断魂"，你说是扫墓太武断了，清明节在路上走路的人不一定去扫墓，有的去买东西，有的去旅游，有的去赶考，有的去送货。这个多种多样的，是吧？"路上行人"，我们就说当他是"路人""离开家的人"。"路上行人"为什么欲断魂呢？雨不断地下，不是很大，但是呢非常有耐心地下，因而引起了人内心的某种焦虑。不是想到了祖先啊，坟墓啊，想到父亲死了，不是那样的。"欲断魂"，"断魂"当然是比较痛苦的。"欲断魂"是快要"断魂"还没有"断魂"，只是有点焦虑，但还不是很焦虑。"借问酒家何处有"，请问一下，哪里有酒家？干吗？很简单，到酒家去躲下雨。那么，"牧童遥指杏花村"，在远远的地方有一个杏花村。这里有一个情感的转折。原来是"欲断魂""雨纷纷"，现在是"遥指"，远远的地方有一个很鲜明的景色。看到那个杏花村，心情为之一振，眼前为之一亮，感情为之一转，这就叫诗。这是非常微妙、潜在深层的感情脉络的转折。所以这里我们是不是可以得出一个结论：诗的动人，并不是靠那个什么反映了柳树的特征，或者是歌颂了创造性的劳动。不是这样。而是表达感情，在大部分唐人绝句里主要是表达感情微妙的转换。

这里总结一下一个基本观念，古典诗歌欣赏的一条原则。第一，不能仅仅是从反映真实的角度去看。第二，诗里有想象和假定。因而是真假互补，虚实相生。不但是客观的，柳树的真；而且是主体的，感情的诚。所以说，他要通过假定来表现真诚的感情。诗，都是想象的。通过想象，就是虚拟的假定。如果没有想象力，就没有诗。第三，诗是对人类心灵起作用，但不一定是理性的认识，也不一定是功利的教育。它有可能仅仅是情感的熏陶，这情感的熏陶也有价值，如果是，反映真实叫认识价值。如果是功利的教育，叫作什么啊？叫实用价值。但是如果没有认识价值，也没有功利价值，只有感情熏陶叫什么价值啊？叫审美价值。真、善、美是三种价值，有的时候是统一的，有的时候是不统一的。那么例如"清明时节雨纷纷"就没有什么功利价值，它纯粹是情感价值。因而，最后我们来分析一首诗，评价一首诗的时候，我们是分析这首诗和它表现的对象的一致呢，还是这首诗与表现对象不一致？是分析这首诗写得很真呢，还是这首诗写得既真又假，既真诚又有想象的杰出？这是一个非常关键的问题。所以说，我要讲的是思想方法问题：第一，不要拘泥于科学的真；第二，不要要求每一首诗都有教育作用，情感就有价值，情感的熏陶、人文的教育让你变成一个全面发展的人；第三，诗歌分析的时候一定要注意诗本身的情感价值。那么要读懂唐诗的艺术，首先要分析的，首先我们把绝句要搞懂。最简单最平常最普通的，绝句哪一首最好？我先举些例子回来看吧。

杜牧的《山行》："远上寒山石径斜，白云生处有人家。停车坐爱枫林晚，霜叶红于二月花。"这首诗，好在哪里呢？我们表面上看它写了一幅景色，远处的景色是美好的，近处的景色也漂亮，更漂亮，如果光这样的话呢，我们看不出它的好处。我们要欣赏诗歌，不但要看表层的语言的意象，而且要欣赏人的情感，情感的脉络，情感的变化，情感的变换，你要把它抓出来很困难。为什么专门研究唐诗的教授还抓不住呢？因为它是隐性的。就像那个"欲将轻骑逐，大雪满弓刀"，它没有讲出来，它留在空白里头。所以你必须把它的第二个层次，情感变动这个隐性的脉络把它揪出来。"远上寒山石径斜"，就是山很高。为什么说高呢？"石径斜"，路很斜。如果不是斜的话就是平路。"白云生处"就更高了，"有人家"。因而，这暗示着我们不仅是个景色，还暗示着什么呢？暗示人的眼睛的追随。看到最顶点，人的眼睛由近往远看，由低往高看，是不是这样？"石径斜""有人家"，而且在白云生处，隐士居所。"停车坐爱枫林晚"，车子突然停下来。"坐爱"是因为"霜叶红于二月花"，突然一下，车子停下来干吗？因为身边秋天的枫叶比春天的花还要红，还要鲜艳。有没有发现一个转折？原来眼睛是看向"白云深处"，但是突然车子停下来了，干吗？身边的红叶更美、更鲜艳。就是这样一个转折，表现了人的情感。那么这就告诉我们，我们要分析一首诗，我们欣赏一首诗，我们可以从最表层的说这个景色非常好。"白云深处"很好，"枫林晚"很好，"霜叶"更好。这个是最表面的欣赏。如果要深入下去欣赏，是人的心情的转变，原来是往远处看，越看越高越远越神往，然后发现原来最近的地方更美，更美的是什么呢？"霜叶红于二月花"。这个比喻非常好。通常的情况下，是二月的鲜花要比秋天的叶子更红，但是居然秋天的叶子比二月的鲜花还美，这个美是太惊人了。这个没什么教育价值，也没有什么客观的科学价值，就是人的感情价值，这叫审美价值。那么，这里我们看到，这个绝句呀，感情的转折，是在第一、第二句转折呢，还是第三、第四句转折？起承转合，往往是在哪里转折？第三句话跟第四句话。这是规律性的。

我现在引用一段古人的这个话。这是元朝人杨载发现的，写绝句的话，方法要"句绝意不绝"。句子从第一到第八句，似乎就是字面的联系，但是里面的意脉啊，这个情感的脉络却有更深的联系。"欲将轻骑逐，大雪满弓刀"，这两句好像没有联系，但是有情感的脉络。本来以为轻骑就可以抓到了，"大雪满弓刀"，没想到，哎呀，问题很严重，不那么简单，这个是吧？所以我们要学会啊，好的绝句，你要善于关注第三句或者第四句。这第三句、第四句表面上是不连续的，没有因为、不但、所以、而且、虽然、但是、从而这样的连接词，但是它文字以外的感情的脉络很有转折。所以，杨载说，"承接之间，开与合相关"，有开有合；"反与正相依"，有正有反。"顺与逆相应"，"至如宛转变化工夫"，注意，你要学会欣赏古典诗歌，特别是我们说绝句开始，要欣赏的什么呢？"宛转变化"。在哪里变化？说在第三句，有的时候在第四句，"若于此转变得好，则第四句如顺流之舟矣"。所以这里看，"停车坐爱枫林晚"，就是第三句。本来看得远远的，挺好嘛，突然这个车子停下来了。转得好，为什么？身边的美丽。现在回到我们的问题上来了，历代的诗话家从宋朝开始，都讨论唐朝的绝句哪一首最好，讨论来讨论去，有这么几首比较一致，没有争论。

王翰的《凉州词》："葡萄美酒夜光杯，欲饮琵琶马上催。醉卧沙场君莫笑，古来征战几人回？"注意啊，刚才我们的论点是什么——绝句"句绝意不绝"。第一句、第二句，"葡萄美酒夜光杯，欲饮琵琶马上催"，刚刚要拿起杯子来要喝酒，军乐队奏起来要出发。是吧？照理说，军令如山啊，那就别喝了吧。不，还要大喝。不是一般地喝，是喝得个痛快，喝得个烂醉如泥，喝得我行军一个月，到了新疆前线，我还没醒；喝得我打仗，上了战场，我躺在那里，也别笑。"古来征战几人回"，上了前线就不准备回来了。这样的诗，第三句一转折。军令如山，我还是要喝，喝他个烂醉如泥。一点不悲观，我既然上前线，就不想回来了，但是我要享受这生命短暂的欢乐。这只有唐朝人才写得出来。上前线哪怕回不来，躺在那里，啊，也不要笑我。老子上了战场，下了决心，今天就死在这儿了，完蛋就完蛋。是这么一种气概。关键是"醉卧沙场"，乐观而豪迈啊。

再看王维的"渭城朝雨浥轻尘，客舍青青柳色新"。这两句话比较容易写，描写景色的。关键是第三句、第四句："劝君更尽一杯酒，西出阳关无故人。"本来是送别嘛，"客舍青青柳色新"，因为折柳送别。"柳"就是"留"，留你，留下来，是吧？到这个地方，再喝一杯吧，你出了阳关上了前线，再没有朋友了，尽情地饮吧。所以说，这第三句，就上了一个层次。实际上是一种想象，哪里可能呢？我上前线了，那么多朋友一起去呀，有战友啊，有将军啊，有书记啊，有士兵啊，有下级啊，有上级。但是这里强调的是，我这个朋友是唯一的，我是你唯一的朋友，你今天不喝我这杯酒，你再也没有朋友了。

再看王之涣的"黄河远上白云间，一片孤城万仞山"。当然有人争论了，说题目叫《凉州词》，有的人说这个不对，凉州离得黄河好远呢，哪里会这么近呢？这个我们不用管他。诗都是想象的啊，以后这类糊涂虫不要去理他。"黄河之水天上来"，都是特殊的想象，是吧？黄河哪里会往天上流啊？这是跟李白的想象"君不见黄河之水天上来"相反的。然后，"一片孤城万仞山"。这里还有一个字要交代一下。有人说这"黄河远上"不妥当，黄河不可能往天上流。应该是什么？应该是"黄沙远上白云间"。我觉得这个人有点傻。诗啊，想象要出奇才能制胜嘛，是吧？我们刚刚都讲了不是玉要说成玉，不是丝要说成丝。按一些书呆子的逻辑，"黄河之水天上来"，胡说八道，哪里可能是天上来，黄河之水就是地上的嘛，是吧？但是，诗都是可以这样的。"一片孤城万仞山"，这个被山包围着，忽然听到"羌笛何须怨杨柳"。"羌笛"吹了个曲子是杨柳曲。杨柳是送别的，吹了这支《杨柳行》啊，就让我想起来什么，想起来故乡朋友。在我的家乡，在我的太原，柳已经绿了，但是回不去。"春风不度玉门关"，春天是不会吹过玉门关的。这话是不科学的，玉门关外我去过，是有春天的，至今还是有春风的。诗人是说我远离故乡，怀念故乡。"羌笛何须怨杨柳"，我听到有胡人的羌笛吹奏着《杨柳行》这支送别的歌曲，怀念故乡春天的情景。不要吹了，我回不去了，春风不会吹到这里来，这是一个转折。

好，那么，看绝句的第三句情绪有一个文字以下的转折，光在外部是看不出来的，所以许多教授都在表面滑行。这里我要给你们一个窗口，让你一下子比教授更聪明，那就是情绪的转折有一个外在的标志。在这些被认为是唐诗"压卷"之作，是最好的诗作里面，第三句的句法、语气和第四句的句法、语气，和第一、第二句之间有没有一点差别？我再念下好吧？"葡萄美酒夜光杯，欲饮琵琶马上催"，这是一个什么？陈述句。"醉卧沙场君莫笑，古来征战几人回"，是什么？还是陈述句吗？这第三句是否定的语气，第四句是感叹语气。

再看，"渭城朝雨浥轻尘，客舍青青柳色新"，这个是一个陈述句，肯定句，对不对？你们同意不同意？"劝君更饮一杯酒，西出阳关无故人"，这第三句怎么样？什么语句？是不是陈述句？是不是肯定句？你们有人讲了，这是个祈使句，对不对？"劝君更饮"，咱俩喝一杯吧我的朋友。再看"黄河远上白云间，一片孤城万仞山"，这是陈述句。"羌笛何须怨杨柳"，什么句？反问句，第三句变成反问句。"春风不度玉门关"，否定句。我们再看，王昌龄《长信怨》的"奉帚平明金殿开，暂将团扇共徘徊"，这是陈述句，对不对？"玉颜不及寒鸦色"，什么？否定句。"犹带昭阳日影来"，陈述中带着哀叹。刚才我讲过，第三句很重要，内在的是情绪的转折，外在的是语气的转折。往往是第一、第二句如果是陈述句的话，第三、第四句变成疑问、感叹、否定、祈使等句法。

我们再看，还是王昌龄的，"秦时明月汉时关，万里长征人未还。但使龙城飞将在，不教胡马度阴山"。这里的第三句变成一个假定句，对不对？那么，再看李益的："回乐烽前沙似雪，受降城外月如霜。不知何处吹芦管，一夜征人尽望乡。"

这是一望无际的沙漠，沙像雪一样的，月光像霜一样的，一片雪白。这个是视觉美，没有变化，但是，听觉的突然来了，什么？一种芦管奏起来，芦苇是沙漠地带没有的呀，是家乡的音乐。"一夜征人尽望乡"，注意，"不知何处吹芦管"是一个否定句。所以说，我们看，要分析唐诗是哪样，什么样的诗最好，首先要考虑到，第一个，情感的节奏、起伏，对不对？第二个，在分析这个绝句的时候，句子里边，有的时候，有句法的外在标示。往往到了第三、第四句啊，句法会发生一些变化。你们看啊，杜牧的"烟笼寒水月笼沙，夜泊秦淮近酒家。商女不知亡国恨，隔江犹唱后庭花"。第三句怎么样？是一个否定句。比较特殊的是王安石的："京口瓜洲一水间，钟山只隔数重山。春风又绿江南岸，明月何时照我还？"第四句变成什么？疑问句。那么，好啦，我们再回过头来看贺知章的这首诗："碧玉妆成一树高，万条垂下绿丝绦。不知细叶谁裁出，二月春风似剪刀。"第三句中这个"不知"很重要。这个明明是你告诉我的啊，"二月春风似剪刀"。但是他不能说"吾知细叶谁裁出"，也不能说"须知细叶谁裁出"，也不能说"心知细叶谁裁出"，只能说"不知"。第三句要换句法。

再来举个最简单的例子："锄禾日当午，汗滴禾下土。谁知盘中餐，粒粒皆辛苦。"如果我们要改成"须知盘中餐，粒粒皆辛苦"，行不行？也通。但是，但是就不大像诗了。它只能是"谁知"。如果"不知细叶谁裁出，二月春风似剪刀"，我把它改成肯定句，"心知细叶谁裁出，二月春风似剪刀"，可以不可以？也通。但是，这个第三句的这个转折就不够，这个艺术质量就大打折扣。我们再来看。那么，"春风又绿江南岸，明月何时照我还"这是一个反问句，是吧？把它改成"春风又绿江南岸，明月及时照我还"，也可以，对吧？但是，比"何时"差多了。

所以说，我们在研究哪一首诗最好的时候我们要有基本的层次分析：第一个表层的意向，第二个感情的脉络，第三个句法的结构，语式句法愈是丰富，愈是好。那么，我们反过来说，有一首诗啊，你们可能很熟悉的，"两个黄鹂鸣翠柳，一行白鹭上青天。窗含西岭千秋雪，门泊东吴万里船"。这首诗你们都知道，杜甫的，大诗人杜甫、诗圣杜甫的。你们觉得这首诗写得怎么样？比起前面那几首诗，我说的是比起来艺术质量怎么样？你们很聪明啊，这个摇头了，差一点。你们感觉是不是差一点？有没有感觉更好一点？我们来做个民意测验好吗？感觉比前面的诗更好一点的请举手，一个，两个，三个，两个半，我以为他是举手，原来他是摸头发的。（众笑）只有两个。那么我们再做个民意测验啊，感觉这首诗不如前面我所举的那几首诗的请举手，哦，大概是有几十个，占了比较大的优势。那其他各位大概是弃权。为什么弃权呢？其实不要弃权。弃权的原因有种种，一个是没有把握，那说明我讲得还不透，这是我的问题，不是你的问题。第二个呢，这杜甫的诗啊，杜甫是诗圣，中国古典第一大诗人，他写的诗怎么可能比前面有一些人差呢？都是王之涣啊，王维啊，王翰，李益，这些声名比他差的人。你们心里可能有一个忧虑，我们怎么可以把杜甫看得不如一些二流的诗人呢？但是我要勇敢一点，实事求是，大诗人有的时候也会写出不怎么样的诗来，大诗人有的也会写出二流的诗来。我认为这首诗有它的优点，优点讲起来是绝对可以讲一天的。第一，它提供了非常鲜明的画面，视觉信息饱和啊，它的意象密度非常高，它的画面非常生动，它的对仗极其工整、严密。"两个"对"一行"，"黄鹂"对"白鹭"，"鸣翠柳"对"上青天"，有数字的相对，有动作的相对，一个"鸣"字，一个"上"，还有颜色的相对。是不是？"窗含西岭千秋雪"，继续是画面，那画面装了一个窗框。"门泊东吴万里船"，把船放在窗框里，很美啊。你看这个地方，它有许多优点。但是我可以告诉你们，在中国古典诗话里面，那些诗话家和词话家们，都在争论唐人七言绝句哪一首是可以"压卷"的。基本上前面我举的有五六首，还有一首我还没有讲到，李白的"朝辞白帝彩云间，千里江陵一日还。两岸猿声啼不住，轻舟已过万重山"，第三句是以声音转换了画面。恰恰就没有杜甫这样的。连那个韩翃，都点到了，"春城无处不飞花，寒食东风御柳斜。日暮汉宫传蜡烛，轻烟散入五侯家"，连这样的诗都点到了，就没有点到杜甫。不但没有点到杜甫，而且反过来批判杜甫，说杜甫的律诗，无疑是第一，但杜甫的绝句是不行的。不但写得不行，而且批判他写得不像个绝句。批判他的诗是什么？叫"半律"。所以绝句啊是不要四行都对的，他往往四行都对。杜甫这个对仗的功夫太强大了，不动脑筋就对上了，自动化的。（众笑）太精彩了，那个控制不住自己。在对仗上呢，是绝对冠军。

另外一个诗话家说他是"四幅图画，不相连续"。我承认这首诗，这个表面很漂亮的，颜色、数字、动作、对仗很工整，但是内部的感情的脉络呢？感情的连续呢？句法、语气的变化呢？没有。所以，不相连续。所以另外一个诗话家说他最大的缺点叫"断锦裂缯"，就像是锦缎，是断开的。"裂"字也是断痕的意思，连不起来的，每一幅都不错，但是连不起来，不像一个整体。我是比较同意他们这样的说法。补充一句，还有个缺点，就是句法太单调，全部是陈述句。第三句没有变化，没有开合，没有顺逆，没有转折，没有提升。因而，杜甫的这个绝句，没有人把它认为是可以列入压卷之作，而且说他写得并不好。你们仔细看看杜甫的诗就知道，杜甫写出绝句的时候啊，这个才能太伟大了，这个已经到了写诗就不动脑筋自动化的程度。他一写就是六首，一写就是十首，有的时候一写诗是十几首，好像可以批量生产。正是因为这样，他这个绝句啊，评价就不太高。但是，这里有一个理论问题，我们没解决。这四幅是画面吗？画面好啊，画面有形象，有意象啊，密度很大。有一个理论可以支持杜甫这首诗很好，这是苏东坡讲的，赞美王维"诗中有画，画中有诗"。如果苏东坡这个理论成立的话，这首"两个黄鹂鸣翠柳"，应该是诗中的画太丰富了，每一句都是一幅画。虽然苏东坡名声很大，而且"诗中有画"理论被广泛接受，但是苏东坡死了以后几百年，到了明朝，有一位学问家，叫张岱。这个人是浙江余姚人，余秋雨的同乡。这个人很有学问的，余秋雨把他捧得很高，捧得跟法国的百科全书主编狄德罗放在一起，当然太高了，家乡观念太重。这个张岱就顶这个苏东坡，说"诗中有画"不一定是好画，"画中有诗"不一定是好诗。他说"床前明月光，疑是地上霜"还可以画，"举头望明月，低头思故乡"你怎么画？你怎么知道低头是想故乡，而不是想朋友，不是想邻居家的小黄狗？画不出来的。就是能画出来，问题也是有的，因为抬头和低头要画成连环画，（众笑）当时也没有 Flash 动画。

和他差不多同时期，稍微晚一点的，德国有个大理论家，叫莱辛。他就为了这个问题，诗和造型艺术，绘画和雕塑的差异、矛盾，写过一本书，朱光潜翻译的，叫《拉奥孔》。"拉奥孔"是一个希腊古典神话故事人物，他得罪了雅典娜，于是雅典娜就派两条巨蛇把他父子活活缠死。这个故事写在罗马诗人维吉尔的史诗当中。他写这个蛇把拉奥孔父子缠死的时候，发出公牛一样的叫声，那叫声震撼了整个天空，非常恐怖的。但是后来发现有一座古希腊雕塑叫"拉奥孔"，没有像维吉尔的那个诗里面所写的那样，发出公牛一样大的喊声，恐怖得震动了天地，没有的。给人一种感觉是什么呢？轻微的叹息。为什么诗歌里可以写得那样恐怖，但是雕塑里表现的是那样轻微的叹息呢？他说，诗是语言形象，它是诉诸想象的；而绘画和雕塑，造型艺术呢，是诉诸直观的。如果它也像公牛一样喊叫，那么远远看过去，嘴巴就是黑洞，很难看。所以说，他认为，诗跟画是有矛盾的，不能用诗的标准来衡量画，也不能用画的标准来衡量诗，二者有统一的，但是也有矛盾。那么，联系这个张岱和莱辛的理论，来看我们古典诗歌，的确如此。诗中有画，画中有诗，这话是讲不通的。有好多最精彩的诗是画不出来的。很简单嘛。画，是一个瞬间艺术，对不对？画是视觉艺术，对不对？但是，诗不是一个瞬间的，诗不仅仅限于视觉。《诗经》第一首"关关雎鸠"，声音好听你怎么画？"在河之洲"可以画，是吧？那不可画的东西太多啦。王维的诗，"月出惊山鸟，时鸣春涧中"，你怎么画？鸟在叫，在大山里叫，根本就没法画，是吧？就是苏东坡自己的诗，他的题画诗，也没法画啊。他有首诗，题在慧崇那个画上的，叫"竹外桃花三两枝，春江水暖鸭先知"。"竹外桃花三两枝"倒是可以画，"春江水暖鸭先知"你怎么画？鸭子是脚伸在水里，很暖和，你怎么画？苏东坡的这个理论是非常非常片面的，但是由于他的权威性，造成了误解。不可画的东西太多了。白居易的《琵琶行》，用了好多画面来表现音乐，对吧？语言局限性之一就是不能表现音乐。语言符号虽然也是声音，音乐也是声音，但语言符号不能表现音乐。何以见得？因为语言不能表现音乐，所以才有五线谱，是不是？不然要五线谱干什么？据说简谱是日本人发明的，五线谱太复杂了，其实我觉得五线谱不复杂，五线谱很形象。但尽管形象，语言却没法表现。特别是，白居易写到"此时无声胜有声"，你画；"蝉噪林逾静，鸟鸣山更幽"，你画。恰恰是最精彩的地方，画不下来。

所以从这个意义上来讲，我们从理论来说，杜甫这首诗画太多了，四幅画，当中没有情感的脉动。现在中学语文教学，有些课改呀，弄了很多很多的这个什么多媒体，是吧？上课之前都要来一点音乐和画面，是吧？我一看那个多媒体，头就大，多媒体基本在我心目当中就是"倒霉体"。因为这个多媒体的形象，特别是画面形象，是妨碍人去理解诗的。特别是我有一次看到那个《再别康桥》，那个老师啊，搜集了大量的剑桥大学的照片，很漂亮。我越看越恼火，我越看越忧虑，我越看越气愤，我越看越说不出话来。等到学生走了把他大骂了一通，我说这里最重要的一句话："轻轻的我走了，正如我轻轻的来，我轻轻的招手，作别西天的云彩。"他是来寻梦的，是吧？这个梦你怎么画？而且这个梦是沉淀在那个水里的，"沉淀着彩虹似的梦"，寻梦寻梦，他说，"满载一船星辉，在星辉斑斓里放歌"。放歌有没有法画？但是说我不能放歌，"沉默是今晚的康桥"，它的最精彩的一句是"悄悄是别离的笙箫"，"悄悄"是无声，"笙箫"是音乐，别离的时候不讲话是最精彩的。你怎么画？你弄来好多剑桥大学美丽的景色，都把人吓死了。

诗和画的矛盾，这个在我们中国的诗歌解读方面还没有启蒙，特别是古典诗歌。

如果诗中有画要是好画的话，好诗的话，画要动起来，叫"动画"，不是我们讲的"动画片"。我随便举个例子，王安石有首诗，前面我们讲了，"一水护田将绿绕"这个是画得出来的啊；"两山排闼送青来"，门一开，把我的门一推，青山就冲进来，你怎么画？这一句很精彩，精彩在哪里啊？画动起来了，飞起来了。诗中的好画，不但是动画，而且是什么呢？暖画，有温度的，画是画不出温度来的，但诗可以，"春江水暖鸭先知"。而且是香画，是吧？"疏影横斜水清浅，暗香浮动月黄昏"，"暗香浮动"你没法画，但是恰恰就好在这个"暗香"，千载不朽，是吧？王安石写那个梅花，很像雪，但是"遥知不是雪，为有暗香来"。我鼻子闻到了，鼻子闻到了但不能画。所以说，读懂古典诗歌艺术真谛很重要的一个规律，是你必须知道语言艺术跟绘画艺术之间的矛盾，不要让权威的理论遮蔽了你的眼睛，让你对所有的诗都有迷信，让你分不清诗的艺术品位来。大诗人也会有败笔。当然这首诗大概也不是太"败"，小学生念念还可以，中学生念它呢也马马虎虎，大学生如果不觉得它差呢就有点傻了，但是大学生傻不要紧，就是怕我们大学教授傻。（众笑）现在觉得《唐诗鉴赏辞典》把杜甫这首诗捧上了天，而且写文章的呢又是我另外一个同学，友谊也是非常深厚的，但是我又不好意思跟他讲，他很得意啊，他说看这里……哎呀，讲半天，我只好非常虚伪地对他微笑。

最好的诗啊，往往没有形状的。齐梁那个宫体一味堆砌华丽辞藻，搞形式主义搞到没有精气神了，但后来出现了开了一代诗风的陈子昂，把宫体抛弃了。陈子昂有首诗叫《登幽州台歌》，那照理说登高望远啊，对不对？结果他怎么写啊？"前不见古人"，你怎么画啊？他如果说"白日依山尽，黄河入海流"那还可以画啊。他说"前不见古人"好在哪里啊？好在他本来应该是看，登高望远是看空间的，他不为空间的视力有限而痛苦，他为什么而痛苦啊？为看不到以前的时间痛苦。因为幽州台是燕昭王的幽州台、黄金台，抬举知识分子的，看不到古人那个对知识分子的尊重。"后不见来者"，怎么画？我看不到后来的人，我看不到我的孙子的孙子，没法画，但写的也是时间。登高本来可以望空间远，结果他因为时间看不到而痛苦。"念天地之悠悠"，更没法画啦，是吧？天地、宇宙是悠悠，是无限的。"独怆然而涕下"，生命是短暂的，没有燕昭王那样的人来重视我这样有才能的人，我的意见武攸宜不听而且贬了我，我现在看不到那个古代那么重视人才的贤明的君王了，我也看不到后来有什么希望，我的生命又很短，于是哭起来了。这叫感情啊，有特点啊。这个当然已经不是绝句了，所以说我们要讲唐诗哪首最好，先要把绝句解决好。我要补充一下，并不是所有的诗都是我讲的那样，有情绪的转换，还有句法上外在的标志。有的时候恰恰相反，给我的感觉，不运动。比如那个李白《送孟浩然之广陵》，是吧？"孤帆远影碧空尽，唯见长江天际流"，注意啊，这里的情绪转换没有外在标志，没有句法标志。"故人西辞黄鹤楼，烟花三月下扬州"，这句话是像散文一样。好就好在这后面两句"孤帆远影碧空尽，唯见长江天际流"，没动啊，里面的感情不是要动吗？动情，动性，动心，触动，感动，激动，它不动啊，"唯见长江天际流"，看呆了。但是，这里边是从动到静。注意啊，"孤帆"，长江上帆很多，我只看那一片，对不对？朋友的船我看见了，不是我朋友的都没看见。"远影"，什么意思？长江很多船里，我只看着我朋友的船，"远影"就是我的眼睛跟着这个船帆前进。"碧空尽"是我的眼睛追着船帆，追到看不见了，本来是"碧水尽"嘛，船在水上嘛。但是，他说眼睛一直跟到水天之交，看不见了，只眼睛缓缓地移动。"唯见长江天际流"，帆已经没了，船已经消失了，眼睛还呆呆地看。用现代语言来讲叫"空镜头"，"空镜头"是主观镜头。那么它这个感情的运动是什么呢？感情的运动是从缓缓地移动到慢慢地静止。

我们再来举一首，是杜牧的。"银烛秋光冷画屏，轻罗小扇扑流萤"，你们都知道啊，背得上。"天阶夜色凉如水，坐看牵牛织女星"，对不对？这首诗很简单嘛，在我看来，小菜一碟，但是我的师兄又糟糕了。"银烛秋光冷画屏，轻罗小扇扑流萤"，他说这是这个宫女啊非常寂寞，已经被遗弃了。为什么呢？这个"萤火"啊，"萤火虫"啊，古代辞书上有注解说，萤火虫生在腐草和坟墓处。那么这个既然是萤火虫在飞，就说明这个宫女所处的环境啊就跟那个坟墓和腐草差不多；而且这个"轻罗小扇"，扇子啊在古典诗画里是有一个典故，就是美人迟暮的意思，夏天拥有，到了秋天就丢了。这说明啊，这个女孩子啊，这个宫女啊，是像团扇一样被遗弃了。我觉得这——哎呀——这有学问的人呢有的实在是傻，我小时候在农村待过，也经常去捉萤火虫，我没跑到坟墓里去嘛，也没有那么痛苦嘛，很开心的嘛，拿扇子"扑流萤"啊。而且，这个扇子不是主体，扇子是个道具；而且"扑流萤"往往是孩子气的，是吧？我记得我妈那时三十多岁从来不去"扑流萤"的，只有我跟几个小孩子乱扑。这是一个欢乐的景象，对不对？挺开心的嘛，游戏嘛，萤火虫抓来以后放在小瓶子很好玩的嘛。"天阶夜色凉如水"，"坐看"——有的写"'卧看'牵牛织女星"。原来很活跃,原来在做游戏,无忧无虑,后来往下一躺,看到"牵牛织女星",躺在那不动了,心思来了。什么心思?女同学对这都知道,是吧?"牛郎织女",看刚才是小孩开心,现在是青春萌动,心里有一点小小的骚动。牵牛星不知道在哪里呢,将来也不知道碰到什么样的人呢,也不知道是个好人还是坏人呢,也不知道是富人还是有学问被请到东南大学讲座的教授。(众笑)想到这些便心思重重。从天真无邪的欢快到心事默默的发呆,很简单嘛。当然我跟你们讲讲还很自由,我跟师兄讲的时候就很费劲了。我只能很委婉地说这个东西,萤火虫我小时候捉过,并不是在坟墓当中,而是在打谷场上,那个丰收景象,很开心的,大人看我们自由地去扑萤火虫也不会来干涉。虽然我没有学问,但是我有经验啊,我也做过小孩子啊,我有童年的经验。我不知我那个师兄是不是农村长大的,我也不是完全的农村人。日本人来了,我逃难逃到农村啊,就跟农村孩子一样啊,捉萤火虫啊,好开心的。还有萤火虫的故事啊,说有一位爱读书的少年把萤火虫抓了以后用它读书啊,这东西还很好嘛,对吧?唉,真没办法。那么还有再举一首啊,因为时间差不多了,我们得讲到留一点时间给你们挑战我。我现在已经骂人骂到现在了,再留点时间让你们来骂我。

这首啊也是吵得半死,而且非常有名,不但在中国有名,而且在日本也有名。现在苏州啊,可能有好多的人靠这个吃饭呢,《枫桥夜泊》,旅游重点啊,日本人特别崇拜这个。"月落乌啼霜满天,江枫渔火对愁眠。姑苏城外寒山寺,夜半钟声到客船。"这里有故事,什么故事呢?张继去考试,也类似我们去高考,或者是考研究生,考上了,但是没有通过铨叙,没得到官职。回乡的途中,经过苏州,很失落,所以就是非常忧愁睡不着觉,"对愁眠",对愁不眠。"姑苏城外寒山寺",他就停船停在了寒山寺了。"夜半钟声到客船",夜里寒山寺的钟声响起来了。这首诗非常有名,读了非常有味道,日本人也非常喜欢来朝拜这个地方。好在哪里呢?有人争论,寒山寺夜半有没有打钟啊。有人说,夜里根本就不会打钟,有人说夜里就有打钟的,也吵得半死。那我不讨论这个问题,我讨论感情的转换,感情的转折。这个人很倒霉。台湾的张晓风女士,大散文家,她说啊,这个落第的人啊写出这首诗来,很伟大,所以叫"伟大的落第"。如果他不落第也就没有这样一首艺术精品留给我们来欣赏,让我们世世代代享受。张晓风的说法很精彩,但是不太可靠。有史料说张继在天宝十二年(753)中进士,最后还当了南昌的盐铁判官。这就有了一种可能:第一次没有考中,后来考中了。可要当官还得有一定的程序，走某种门路。张继不屑，有诗自白："终年帝城里，不识五侯门。"这先后他在回故乡襄阳，路过苏州时，留下了这首经典杰作。我回答的问题是这首诗为什么那么动人，好多人说不清楚。我现在试着说一说，好吧？落第了以后我同意，"月落乌啼"，我不能解释为什么是乌鸦叫，反正不是喜鹊叫。"月落"应该是早上了吧？那快早上了是吧？他们说早上，我说不一定，要看是上弦月还下弦月。有的时候月落了是早上，有的时候还没有夜深月亮就不见了，这个不去讨论。"江枫渔火对愁眠"，肯定是他失眠了。"姑苏城外寒山寺"，我们现在说寒山寺是个古迹啊，在唐朝就已经是古迹了。在张继以前一百年，就有寒山的和尚在这里主持过，所以是一个古迹叫寒山寺，所以有一点文化的含量。"夜半钟声到客船"，夜里钟声响起来，这个味道非常浓，怎么回事啊？好多专家解释不清楚。有的人解释本来是很宁静的，钟声就打破了宁静。也对啊。但是，我觉得也不太宁静啊，乌鸦在叫。那我想做一个解释好不好？提供你们参考。我认为这是一个情感的转折，庙里为什么要打钟呢？有一个典故——醒世钟。梁武帝曾经问过一个和尚，梁武帝是信佛的。他问人生这么多苦恼怎么办？有一个和尚就告诉他，应该做一口大钟，经常来敲钟，来醒世，来提醒人生的短暂，解脱人生的痛苦。听着这个钟声，让你超脱了眼前的现实的痛苦。因而，钟声是代表什么？出世的思想，一种宗教的超脱，一种灵魂的解脱。为什么"夜半钟声"，到夜里了钟声响起来了，是有人来进香了。而自己呢，原来是"江枫渔火对愁眠"，原来是非常忧郁，就像那个"欲断魂"啊，心里非常焦虑，失眠，难过，沉重。听到了钟声以后，出世的钟声唤醒了人生的短暂，诗人感到一阵心灵的安慰。用我的理论解释，它好就好在，沉浸在失眠痛苦当中的人听到醒世的钟声，感到一种非常超脱的、非常宁静的内心的安慰。那种焦虑、那种浮躁消退了，是吧？他听到钟声，感情上也慢慢醒悟了，就轻松了，释然了。

唐诗太深奥了，我现在是只能讲到绝句。我总结它的艺术标准，第一，绝句它是表现人的感情的。所以感情要生动，要动人，它必须"动"，或者是由一种心态变成另外一种心态，哪怕是瞬间的心态转换。像"大雪满弓刀"，像"卧看牵牛织女星"，从动到静，从静到动，都可以，这是一种。那么，第二我要讲的，人的感情的变动跟画有关系，跟视觉有关系，但是，跟视觉也有矛盾，不要为"诗中画"这样片面的理论所误。"诗中有画"可能是好画，"画中有诗"可能是好诗，也可能是坏诗坏画。诗中有画要成为好诗需要画也动起来，叫动画。第三，最好的绝句不是画的连续，而是心灵的、情绪的、瞬间的微妙转换。

最后我举一首诗，所有的古典诗话家从宋朝一直到现在，都没有注意到这首诗是最好的绝句，被我发现了。什么诗呢？刚才我念过王昌龄那首《出塞》："秦时明月汉时关，万里长征人未还。但使龙城飞将在，不教胡马度阴山。"对不对？他们觉得这是压卷之作，我觉得那个不算。这是王昌龄的《出塞（其一）》，许多人恰恰忽略了王昌龄还有一首诗，叫《出塞（其二）》。我认为这是最好的绝句，我跟所有的以前多年来的这个诗话词话家唱对台戏。我前面这个讲到现在讲了差不多两小时啊，批评对象是我的同学，笑一会儿让大家放松。那现在我找的对象是谁？一千多年来的诗话词话家，论绝句的人。我觉得他们的眼光都漏掉了一首最好的绝句。具体来说，他们眼光不如我，哪一首呢？我念给你们听啊，"骝马新跨白玉鞍"，"骝"啊是马字旁一个"留"，留下来的"留"。"骝马"是红色，有黑色的鬃夹杂着，架的鞍呢是白玉之鞍。"战罢沙场月色寒"，打完了以后在沙场才发现，月光啊，寒冷的月光提醒他已打了一天了。"战罢"，结束了。底下这第三句甚是精彩。不是"战罢"了吗？"城头"这边还在打，第三句转了一下，"城头铁鼓声犹震"，这边已经结束了，那边城头的铁鼓还在震，说明有些地方还没打完。然后最后一句最精彩了，"匣里金刀血未干"，这个刀匣里面那把刀啊，那个鲜血还没干呢。唐诗的绝句，它最大的长处就是能写瞬间的心情的一种转换，很少有诗从正面去写打仗，因为四句写不了打仗。他这写打仗，写得很聪明，先写战争前的准备，他不写自己的英勇、高贵，他写马，骝马，是好马，"白玉鞍"，贵重的鞍。这个是好马，好鞍，表示一种精神气概。他不写整个打仗的过程，他写打完了才发现，月光之寒提醒他仗已经打完了。说明什么呢？打的时候打忘了，打的时候没感觉，打完了发现月光很冷之后才知道打了一天了，赢了。但是，突然感觉到还没有完全赢，那边还在打。"城头铁鼓声犹振"，还在打，还没有完。他的构思太精致了，选在战争已经结束和尚未完全结束之时，写他的感情的转换。原来以为敌人被打退了，月光之寒提醒夜深了，说明打一天，打得忘我了，然后赢了。但是正在感到赢的时候，又听到战鼓，说明还没有完全赢，"城头铁鼓声犹震"，然后提醒自己，刚刚插进这个刀鞘里的这把刀啊，敌人的鲜血还没干。这太精彩了，就在于写了一刹那，已经结束，尚未结束，以为胜利，还没完全胜利，一天忘我，忽然感到自我。虽然没完全胜利，但是敌人的鲜血已经插到我刀鞘，我已经把它忘掉了。因为铁鼓震，我想起来，血还没干，我刚刚把敌人干掉。太精彩了！而且它的语言啊，虽然不像杜甫那样两个对子，它只有一个对子，特别是"城头铁鼓声犹震，匣里金刀血未干"，是完全工整的对仗。但是它的感情的转折，"月寒"引起了夜深，夜深提起了战罢，"铁鼓"提起了未罢，"匣里金刀血"提起了刚刚战胜，敌人刚刚被我干掉。在那一刹那的感情那么丰富的转折，这是第一。第二，它的语言太精彩了。"骝马""玉鞍"，哪里有"玉鞍"啊，鞍都不是玉的，玉的鞍都没法坐。"战罢沙场月色寒"，它不是说战到晚上，而是说寒冷，不是说月光亮了我发现了寒光，而是身体的触觉，这是画画不出来的。然后，"城头铁鼓"，一般不是用铁鼓啊，一般使用什么啊？金鼓！金鼓齐鸣啊，是不是？城头用铁鼓说明这个战争的残酷，战争的血腥啊，然后杀敌人的刀，什么刀啊？金刀。居然用金刀来杀人，他用这样的金刀美化自己的豪情。这个金刀是贵金属，贵金属涂上鲜血，充满了对比，惊心动魄，充满了情绪的转换，这是全唐绝句，全世界十四行诗都比不上的好诗。直到现在为止，没有人超过它。但是我们古典诗话家都把它忘掉了，我感到非常遗憾，但是同时也感到非常荣幸，被我发现了。谢谢大家。

对话：

问题一： 孙教授您好，您刚才说，现在很多学校的老师还有教授对这些唐诗都不能有很好的理解，那这样是不是就说明现在很多在校的学生被老师误导了，他们好像接受的知识也是错误的。如果真的是这样的话，那这些老师应该如何去教这些诗？学生如何才能比较好地理解这些诗呢？还有刚才您在讲座一开始就说您的孙女年纪很小就会背很多唐诗，但是对这些唐诗又好像不能很好地理解，既然她没法很好地理解，那有必要去背这些唐诗吗？因为我个人认为，如果小孩子想从小学一些中国古典文化的话，我觉得他们可以背一些《三字经》，可以从小培养他们一些比较好的品行。

教授答： 请你的问话到此结束，你该同情我一点，老人的记忆力是不太好，你这么丰富的问题，我用上吃奶的力气也完全不可能记住。你说，这么多老师这么多教授，没有很好地理解唐诗的真正的精致，真正的精彩，真正的艺术，就这一点来说啊，我好像有一点过分自信，过分自恋。但是，我想了一下啊好像还不能这样谦虚，因为我的专业是文艺理论。对文本的个案分析啊，这个全世界的难题，西方文论大师已经宣布失败了。一种情况像苏珊·朗格，美国的，很权威的，我不管审美价值，我不管个案分析，这不是我的任务，我就是哲学家管哲学的事，搞形而上学。这是一种。第二种就是学贯中西的李欧梵，是美国哈佛大学教授，在中国有很大影响的。他在 21 世纪的文学论坛上讲过，从 20 世纪 50 年代，西方的文学理论有结构主义啊，解构主义啊，现象学啊，女权主义啊，后现代啊，还有种种吧，打着纷纭的旗号，都是为了解读文本的。文本好像城堡，各路人马来到城堡面前，厮杀的结果呢，纷纷倒地。旗帜狼藉一片，而城堡安然无恙。美国文论的最高权威，希利斯·米勒，干脆宣布理论和阅读是不相容的。更严重的是西方的大师，他们都认为文学不能下定义。因而文学，这个东西存在不存在都成问题，因而没有什么文学经典的问题。他们也不分析文本，也不屑于个案文本，因而他们就宣布不玩这个了。这个时候呢就冒出来一个我，我想人家干得好的是意识形态分析，人家干的是解构啊，重新思考意识形态，包括西方马克思主义，那都非常强大，是代表全世界最高的智商。但是在分析文本方面，他们表现出极大的弱智，那么我就想了，人家自己都承认自己的理论完蛋了，那我还不觉醒，那就太对不起父母给我的堂堂七尺男子汉之躯了。我的生命短暂啊，特别是老汉今年七十七。那么我要干什么呢？如果是别人干得非常好的地方我跟过去，大不了跟他并驾齐驱，那就了不得了。那我是不是能找一个别人干不了的事呢？我一看，他们有一件事干不了，个案的文本分析他们不会，而这个恰恰是非常重要的，因为什么？自然科学发展告诉我们，有两种自然科学发展的途径，一种是爱因斯坦使用的演绎法，用数学的办法预言了水星近日点的漂移，后来实际考察证明了他的广义相对论。另外一种是个案分析，用归纳法。我就用第二种办法，就是说，用个案分析归纳来解决文本的奥秘，在这一点上，我是保持了非常清醒的头脑。因而我做了一件事，我用从 2002 年以来到现在为止十五年左右时间解读了将近五百篇的文本，然后我得出了一个结论，大概我是对的，大概我能在西方人无能为力的地方、无可奈何的地方施展我的拳脚，我再也不像我的同学、我的朋友那样，跟着西方乱跑，西方人不解决他也不解决，西方人弄错了他也跟着跑，我就保持我的独立性。因而，从这个意义上来讲，你刚才讲的，我们许多老师、教授让中学老师、同学受到误导，这个不要紧，人都是会被误导的，包括我刚才讲的话也可能有好多误导，不可能绝对正确。有了误导以后就等于吃了一点带细菌的食物，有个坏处就是可能拉肚子，但是有个好处是会提高你的免疫力，接受一些理论，哪怕是错误的，它里面还是有文化。这一文化就成为我们一个前进的基础，认识错误是最好的学习。如果你连错误都不知道那就没文化，那是白痴。这是我回答你的第一个问题。不要悲观，哪怕错误的，你要听，你要知道它是怎么错的。我先洗耳恭听，然后想一想，哦，原来他是胡说八道，那我就进步了。哲学家有个叫波普尔的你知道吧？波普尔他有个理论：证伪高于证明。懂了吗？如果有一个命题：一切天鹅都是白的，如果你给我举例子证明它是对的，我看到天鹅是白的，你看到天鹅是白的，古人看到天鹅是白的，今人看到也是白的，外国人看到也是白的，中国人看到也是白的，一点用都没有，并不能证明一切天鹅是白的，只要发现一只天鹅是黑的，马上就完蛋了。但是相反，并不是一切天鹅是白的就肯定是对的。所以说有了一定的知识以后不管它对的错的，你要学会反思，要寻找黑天鹅。今天我给你带来这么多黑天鹅让你来观赏，以后你也可以找黑天鹅，找完黑天鹅，你再找白天鹅来反驳我，那你就进步了。人生就是这样的，在错误中前进，用波普尔的话来说，"一切的理论思维都是猜想和反驳"。我今天发表了我的猜想，你的任务是回去反驳我，好吧？

我应了你第一问。第二问是什么来着？要不要让小孩念这个古典诗词，是吧？这个我觉得是这样，不懂也让他念。因为中国古典诗词里的音韵，它的音乐性中的文化潜意识，那种美感，那种民族文化的精神密码，即使说不出，也会变成文化认同感在潜意识（里）训练他的音乐感，这个是非常重要的，他能背上的话，他日后慢慢会懂的，今天没有时间讲这个。中国汉语音韵的这个节奏感，特别是对古典诗歌，主要表现在后面的三个字结构，他只要把三个字记住了节奏就出来了。比如说"清明时节雨纷纷，路上行人欲断魂。借问酒家何处有，牧童遥指杏花村"，你觉得这个很有节奏，但其实，关键不在七个字，关键在最后三个字。你把前面删掉两个，"时节雨纷纷""行人欲断魂""酒家何处有""遥指杏花村"，还是很好。如果你再删掉两个字，"雨纷纷""欲断魂""何处有""杏花村"，还是很精彩。就是中国古典诗歌它的音乐性主要表现在这里。如果说你把这三个字改变了，那就不一样了。"清明时节细雨纷纷，路上行人皆欲断魂。借问酒家何处都有，牧童遥指杏花之村。"这是《诗经》的四言结构，中国的古典诗歌就是一个四言结构加一个三言结构。汉语的节奏主要概括在两个经典著作里面，一个就是《三字经》，都是三字的，"人之初，性本善"；还有一个四字结构的，《百家姓》，"赵钱孙李，周吴郑王"。这么多的奥秘全在一句七言诗里面，"清明时节雨纷纷"。"清明时节"四字结构，"雨纷纷"三字结构，把它一连起来，就是诗，这是我简单地回答你。还是要他念，念了以后他就会有这个汉语的节奏，所以成语都是四言的：天地良心、气壮山河、大义凛然、威武不屈、舍身取义。而谚语则多是七言的：浪子回头金不换，有缘千里来相会，近水楼台先得月。其中的音乐性和价值观念以及民族文化的基因就这样深入骨头里去了，烧成灰也忘不了啦。

问题二：孙教授您好，我想请问您一下，您对于这个《唐诗鉴赏辞典》的看法，以及对这本书的编写和其他作者的一些看法，谢谢。

教授答：请允许我讲坦率的话，请允许我讲粗鲁的话，请允许我讲不礼貌的话，百分之六十是空话，套话，废话。当然也有一些有用的东西，就是讲知识的，作者生平啊，写于何时啊，什么典故啊。但解读诗歌艺术，基本是没有什么东西，水平跟我的师兄差不多，甚至不如，而且有的是根本就没有观点，就是把人家很精致的诗翻译成很啰唆的散文。但是很可惜，由于威信很高种种原因吧，也发行了一百多万册，甚至有两百万册都说不定了。这使我有时候感觉到无力回天。那么今天，到你们这里来，我一方面有"蚍蜉撼大树"的感觉，另一方面有蚂蚁搬泰山的豪情。

问题三：孙教授您好，王国维在《人间词话》中提出诗歌有两种境界："有我之境"和"无我之境"。您刚才在分析诗歌的时候多数是以作者的情感为线索进行分析的，所以我想请问一下您，您怎么看待体现出作者"无我之境"的诗歌？谢谢。

教授答：你的问题很深刻，很尖端，很学术。从我的哲学和美学理念来说，世界上不存在"无我之境"。"无我"，是表面上无我，实际上是"有我"，是一种更形而上的"我"。有一种诗，的确给人感觉到是"无我"的，我今天没时间讲啊，它跟我刚才讲的情感就是"动"恰恰相反，是静的。我举一个例子，好吧？"木末芙蓉花，山中发红萼"，就是树的树梢上开着这个芙蓉花，在山里边"发红萼"，开着红花。"涧户寂无人"，"涧"，山涧啊。"涧户"，涧边有一户人家，但是没有人。"涧户寂无人"，没有人，"纷纷开且落"。用王国维的理论来说，"无我之境"，不但没有"我"，而且没有人，"涧户寂无人"。花开了，花落了，跟人没关系，这就是说彻底的物，但是仍然是写"我"。这个"我"不把世界万物当作因为人而存在的，人跟世界、人跟自然的关系，是一种很天然的关系。物我之间，人不是这个世界的主体。没有人，花开照样花落，不为人的欣赏与否而存在，那么这是"无我"了，但是这是具有禅宗理念的人眼中的世界。所以从这个意义上来说，"无我之境"，我们客气一点说吧，因为王国维是大师，我还不敢跟他多对话，当然，先生过世快一百年了，要对话也不可能了。王国维的"无我之境"，我做这样的解释，实际上"无我之我"是更大的我，万物与我为一的"我"。禅宗本意，以无为余，以无相为体，无往为本，总之是一种不动心的"我"。好吧？谢谢你。

2013 年 4 月 15 日

（王珊记录整理，作者修订）

解读唐人绝句的意脉

今天讲这个题目是有一点冒险的,我听说已经有很多专门研究唐诗的专家、著名的教授在这里讲过古典的诗词了。如果讲学问的话,我肯定比不上他们,我不是专门研究古典诗词的学人,但是我对古典诗词有很浓厚的兴趣。我现在关起门来讲,我把那些将毕生的生命献给了古典诗词的专家的一些文章看了以后,有两种感觉:一种感觉就是他们很可敬,很有学问,肯定学问很高深,我望尘莫及,感到很自卑;第二个感觉就是他们讲到学问的时候头头是道,令人肃然起敬,但是讲到艺术的时候,他们那些话绝大部分是废话。这个是有点狂妄了是吧,你这个不是很把生命献给古典诗歌的人,居然讲这样的话,是不是有一点过分了?跟我的年龄、身份,跟我的庄严的外貌不相称啊。可是,我不得不讲,我之所以来,要跟你们交流下我的心得,就是因为我觉得我不太能容忍了。

那么我就要改变这个状态,我们闲话少说,就从一首诗讲起,贺知章的《咏柳》。你们看到,可能你们都背得下来,耳熟能详:"碧玉妆成一树高,万条垂下绿丝绦。不知细叶谁裁出,二月春风似剪刀。"我的师兄,现在是北京大学中文系最权威的教授吧,把终生的热情和他的生命,当然不能讲终生,他今年78岁,比我大两岁,讲终生是对他的不敬,献给了唐诗。那么我就虚心去学习师兄的研究成果。看完了以后,一方面感到自卑,因为他学问很大;一方面感到自豪,兄弟的理解并不亚于他,在某些方面还比他强一点,不是强一点,而是强好多点了。

那么接着讲吧,我来介绍一下他是怎么解释贺知章的《咏柳》的。他说这首诗啊,非常好。第一点,这个"碧玉妆成一树高"写一个总体的印象。这个柳树给我们总的印象是这样的,像碧玉一样,总体印象。"万条垂下绿丝绦",然后具体到柳丝,好在哪里呢?这时关键谈到理论了,好在写出了"柳树的特征"。那一般的读者看到这就翻过去了,反正没印象,讲了等于没讲。这个柳条很茂密嘛,是吧，春天来了嘛。我看到这我就不满意了，这里有严重的理论问题。写出了柳树的特征，是这首诗的好处吗？诗以什么动人？是以写出了客观对象的特征，反映了客观对象的真实而动人还是以什么动人？那你们都说了，以情动人。你看看我这个师兄，比我早毕业两年，终生来研究唐诗，一开口就错了，应该分析它的感情嘛！你怎么说是以表现了柳树的特征来动人？我马上就可以举出很多的例子来，许多写柳树的诗都不是这样写的。比如宋代诗人杨万里的《新柳》："柳条百尺拂银塘，且莫深青只浅黄。未必柳条能蘸水，水里柳影引他长。"这里最精彩的是后面两句。柳条能够轻拂在水塘之上，长到百尺，好像是柳条的特征呀。但是原因是什么呢？诗人说是水里的柳影把它拉长的。这是诗人的情感，诗人的想象呀！在诗歌里，柳树的性质、形态，不是仅仅由柳树决定，而且也是由诗人的感情和想象决定。同样写柳条，我们还看到唐人韩翃的《章台柳·杨柳枝》是写给一位女郎的："纵使长条似旧垂，也应攀折他人手。"这是说柳条不管百尺也好，万丈也好，这样的美都不属于自己的。从美学思想来说，师兄认为美的就一定是反映了客观对象的特征，而你们说美的应该抒发主体的感情，这是两种美学思想。

诗的好处，不仅是诗人的情感和想象，还要看它的语言。白居易在给他朋友元稹的信中说："诗者：根情，苗言，华声，实义。"离开了语言，情感啊，意义啊，都会落空的。对这一首诗语言的好处，他说在后面的两句，"不知细叶谁裁出，二月春风似剪刀"。他说好在比喻很巧妙，我看了就很生气，我知道这个比喻很巧妙啊，现在家喻户晓，写出来一千多年了，仍然能感染着我们，当然是很巧妙啊。我看你的文章，就是希望你告诉我它巧妙在哪里。结果他不告诉我巧妙在哪里，说很巧妙，他原文是"十分巧妙"。这不是忽悠人吗？这么大的专家，头发都白了，居然就讲这样的废话。让我当时就想跟他抬杠，我说不巧妙，为什么呢？春天的风怎么像剪刀呢？像剪刀的意思就是什么？就是锋利，是吧？春天的风是柔和的嘛，我们现在南京春天的风是多么柔和，像爱情一样柔和，又温暖又滋润，怎么会像剪刀呢？不通。那么，我替他辩护。因为这是二月春风，春寒料峭，再加上贺知章在长安当官当到退休，长安的风是有点锋利的，有刀锋的感觉。但是我再跟他抬杠，春天的风，春寒料峭，有锋利的感觉，为什么一定是剪刀呢？刀有很多啊，锋利的刀很多啊，是吧？比如讲菜刀，也很锋利啊，杀猪刀，更锋利了。"不知细叶谁裁出，二月春风似菜刀"，很搞笑，一点诗意都没有了。可见我这个师兄根本就没讲出名堂来。为什么呢？我再念一遍你们就明白了，为什么是剪刀就行，菜刀就不行。我再念一遍啊，你们都足够聪明，他花了七十多年的功夫没明白，我念一下你们全明白了。"不知细叶谁——裁——出，二月春风似剪刀。"听懂了没有？听懂了没有？这个剪刀前面有一个字埋伏在那里，什么？裁！裁剪、裁剪，因为有裁，所以是剪刀；因为有裁，所以不能是菜刀，这是伟大的中国汉语固定的自动化联想。所以说这个非常冒险的比喻，把春天的风比为很锋利的刀，之所以精彩，就因为它前面埋伏了一个非常隐蔽的一个字，引起了我们对春的一种赞美，对语言的一种享受。

他还说这首诗还好在不但歌颂了春天——这话没错，而且，请听啊，关键词，还歌颂了创造性的劳动。你看，剪刀嘛，裁剪嘛，很有创造性嘛，不是一般的，你们同意不同意？觉得离谱了吧？一个唐朝的贵族，脑袋里有没有可能产生这个"劳动"这两个字，还要创造性的。据我考证，"劳动"这两个字在唐朝并不是今天意义上的劳动，还没有。我看到一个学术会议上的一篇论文，说"劳动"这两个字是日本人把英语的 labor，根据中国的汉字组词的方法，翻译成劳动，是近一百多年前的事情。这些研究唐诗的学者，居然就把"劳动"这个贺知章做梦也想不到的观念，弄到他脑袋里去了。这里有一个阅读心理学问题，读者往往只看到自己心里有的东西。我心里有劳动，有创造性劳动，为什么你知道吗？因为他当年跟我一起在北大念书的时候，非常强调劳动，而且要创造性的。大概我当时比较调皮也比较诚实，比较固执，从那时到现在我就看不到这里有什么劳动，没有劳动。那么诗的价值在哪里呢？

我来分析一下。"碧玉妆成一树高，万条垂下绿丝绦"，我的师兄说，它是写出了真实，说真的就是美的，因为美的生命力，一定是真的。而我的感觉好像与他相反。它之所以美不仅因为它是真的，而且因为它是假定的。因为是假的，想象的。整个一树都是碧玉，这是真的还是假的？这是真实的假定，这是逼真的一种幻觉，是虚实相生，真假互补，这是诗人的想象。你要读诗就要懂得，这个诗啊，不是像应用文照抄现实的，它是诗人感情的抒发嘛。你们刚才说了，以情动人。以情动人你把感情讲出来，这柳树多美啊，不行，要怎么样？要把感情寄托在对象上，这个对象是没有感情的，怎么办？通过假定，通过想象，把它美化，用美化对象来表现自己美化的感情。明明不是玉，说它是玉；明明不是丝织品，说它是丝织品。用喻体的珍贵，来表现对柳树的珍贵的感情。所以我的美学理想跟他不一样。我说艺术作品都是假定的，真的柳树不是艺术，假的想象的柳树才是艺术。如果这个你们不清楚的话，我们换一个话题。

真的向日葵不是艺术，假的向日葵可能是艺术，可能卖大价钱，不得了，几千万美元都买不到的，像梵高的《向日葵》。真的虾不是艺术，对不对？你买一斤虾挂在墙上，三天以后那气味就非常不艺术了。但是齐白石那个虾，如果 20 世纪 50 年代我当时有点小钱的话，我买一幅挂着，挂到现在，我就发了。因为它是假的，想象的，并不完全是真的。所以说我们家里挂画，要有一个框子，为什么要有一个框子？框子以外是生活，框子以内是想象的艺术，这是个界限。再延伸一下，武松打虎，真打老虎不是艺术，没人敢看，没人敢欣赏，因为弄不好武松就被它吃了，那当然很残忍，当然《水浒传》让武松把它打死了。但是有人研究，武松打虎的办法根本不科学。他是一个手按着头，另外一个手去捶它脑袋，捶了多少下？五七十下，就算六十下吧，一下子多少时间？一秒钟吧，六十秒钟打死一条老虎，那玩笑开太大了，是吧？所以真的打老虎不是艺术，真打老虎没人敢参观。如果武松打输了，大家都很危险。真谈恋爱也不是艺术，女孩子注意啊，如果男孩子跟你以艺术的技巧来跟你谈恋爱，这就可怕了，他给你来点假定性，你就被他骗了。所以说诗为什么是艺术呢？它首先通过想象来抒情，不是玉说它是玉，不是丝说它是丝，因而寄托了珍贵的感情。"不知细叶谁裁出，二月春风似剪刀"，为什么呢？这个就是说，这个柳树很美，刚才我说我的师兄说，这个柳树之美啊，是因为"万条垂下绿丝绦"最能表现柳树的特征了。我觉得他念诗念得太粗心大意了，其实要讲柳树的特征呢，不仅仅是柳丝茂密，更精彩的是什么呢？"不知细叶"，细叶！通常春天的树都是什么样的呢？枝繁则叶茂。那柳树不一样，柳树是先拉长丝，然后再长小叶子，枝繁叶不茂，而且非常纤细，非常精致。这样美好的景象，撼动了诗人的心灵，觉得这太美了。太美了是为什么呢？我们从科学的眼光来看，这是大自然的现象嘛！因为温度提高了，湿度提高了，而且呢，是什么？而且柳树的遗传基因起作用了，是吧？所以到时候它就发绿了，柳丝就拉长了，是吧？但是，诗人认为这是自然现象，不能表达他的感情，他的感情是比这个自然美更美，一定是有人创造的，才会这样美。二月春风像剪刀一样把它精心创造出来的，表现了以情动人。感情是超越了客观的客体，才能表达诗人的感情，撼动人心，它的生命才能延续了一千多年。

但是我的师兄他认为，不。不但艺术是真实的反映，而且既然是真实的反映，就能教育人，是吧？教育人有两种，我跟他一起学文学理论，第一个，政治教育，让我们热爱党热爱社会主义，这诗里没有，那怎么办呢？没有这个政治性的，那就有道德性的。道德是什么？劳动嘛。"不知细叶谁裁出"，用剪刀劳动，于是就给它装进去了。其实只要我看到柳树，我就觉得它美，美得比大自然更美。我如此激动，而且找到非常美的语言，非常精致的，同时也非常冒险的比喻取得了胜利，这本身就是一种价值。这价值叫什么？叫审美价值，也就是你们讲的以情动人的情感价值。情感有相对独立的价值。

所以说我们现在讲唐诗的欣赏。欣赏什么呢？对古典诗歌主要欣赏感情，而且，不是一般的感情，是很有特点的感情。你看这个贺知章，他的感情很有特点，他说他这个柳树之美啊，比大自然的美更美，一定是有人工创造的，欣赏语言之美，把春风比作剪刀，用非常精致的语言来表现它的感情，通过想象来表现。所以说我们拿到一首诗，我们要讲一个道理啊，可以选非常复杂的、非常高级的素材来加以分析，这是一种办法；还有个办法，选最普通最平常最常见最一般的例子，从里面分析出来最普遍的道理。我们现在已经有了一个结论：诗，是抒情的。因为要抒情，所以要假定，要想象。通过想象，把感情美化。这美化的感情是很有特征的，不是一般化的，好吧？那么我们现在来再讲一首诗，来验证一下我们的理论。

> 春眠不觉晓，处处闻啼鸟。
> 夜来风雨声，花落知多少。

这首诗大家都知道的，一共就 20 个字。诗人写这首诗的时候，可能是十分钟都不到，它居然活了一千多年。那它好在哪里呢？我看了很多这个大学者，到了这就只能讲些"很有韵味"啊之类的，最多说它写得很曲直，但是这还是很抽象。关键在于，诗的感情，不是一般的感情就能动人，而是特殊的不可重复的唯一的感情才能动人。我学问不大，还是来具体分析，好吧？

第一句，"春眠不觉晓，处处闻啼鸟"。这里我们分析，所谓分析是分析它内在的矛盾和差异。我前面分析贺知章的"碧玉妆成一树高，万条垂下绿丝绦"，我分析它里面真和假的矛盾，是吧？明明不是玉，说它是玉；明明不是丝，说它是丝，对吧？明明不是剪刀，说是剪刀，这是假定，所以它里面有个矛盾。怎么分析对象？"春眠不觉晓，处处闻啼鸟"有什么矛盾？有。"春眠不觉晓"是睡得很舒坦，很逍遥，对不对？睡得都不知道天亮了，结果被鸟叫声惊醒。好在哪里呢？通常我们写春天的美，都是什么？春光明媚，用眼睛看的。但是这个孟浩然，他写春天美，美是温暖的、暖洋洋的、用耳朵听的。耳朵听到非常美妙的鸟叫声，把他叫醒了。这应该是充满了诗意的吧？对不对？这么幸福，这么安逸，人生这么自在。但是，"夜来风雨声，花落知多少"。本来是非常美好啊，是吧？就是既睡得很舒服，又听得见鸟叫。我们来分析这个感情的特点。他并不是马上沿着这个鸟叫的声音，那么美好的乐音，去体会春天的美好，而是突然一转弯，哎呀，昨天晚上有风雨啊，风雨之声，突然猛地记起来了。"花落知多少"，春天是如此美好的，如此动人，如此温馨，可是春天从风风雨雨中过来，挺艰巨的，是吧，可也去得快呀。花落了，春光就会消失。如此美好的春光，是花落的结果。他的感情，有一个转弯。原来是非常美好，但是呢，回过头来，又有一点感伤。因而在中国古典诗歌里，有一个叫"惜春"的主题，或者叫"春愁"的主题，本来非常美好，但是可惜逝去得快，所以要珍惜它。为了说明这一点，我们再来看一个例子。

这首诗也是我们家喻户晓的，李白的，几乎是一望而知，但是它的奥妙在哪里呢？它为什么有这么强的生命力呢？那就是什么？"床前明月光，疑是地上霜。举头望明月，低头思故乡。"这个太大白话了，我们从小孩子时候就念，一直念到现在。它很有生命力，但是为什么它有生命力呢？我们来根据刚才的理论研究它。

第一，研究它感情的特点。"床前明月光"，有些个无聊的论客，包括那个专门搞家具的马未都先生，他说"床前明月光"那个床根本就不是我们想的床，而是一个小马扎，这么小小的一个小凳，而且床前明月光是不可能的，唐朝的窗子非常小，都是胡说八道。这个我们不去跟他啰唆，他不懂诗。后来考证出来，唐诗中很多写窗子挺大的。这个床啊，的确不是我们现在所想的那个床，也不是椅子，而是一种方方的凳子，蛮好的一个绣墩，姑妄听之，啊，不管它，反正你就坐在一个地方，或者坐在床上，或者坐在椅子上，或者坐在凳子上，或者就算坐在小马扎上吧，不管它了。反正不妨碍欣赏诗歌，感情的特点嘛，事物是可以假定的嘛！"床前明月光，疑是地上霜"，"疑"，这个"疑"字很重要。以为那是地上的霜吧，又好像也不是，不肯定。所以才"举头望明月"，那看一下以后，我们期待什么？期待结果，究竟是霜还是月光。如果诗人这样写，"床前明月光，疑是地上霜。举头望明月"，哦，"原来就是霜"，这就没有诗意了嘛，对不对？它的诗意在哪里？"低头思故乡"，思绪突然一转，感情突然一转，看到月亮，把原来的问题忘掉了，思乡的感情被逗起来了，由月光想到故乡，为什么呢？月亮弯弯照九州啊，月光是不受山水的阻隔的啊，直达故乡，天涯共此时，千里共婵娟，就想到家乡。以至于它是霜还是月光，就没有再想。思想突然转了，至于是不是霜，是不是月光，无所谓了。突然感到一丝的乡愁。那是因为什么呢？感情的特点。这个思念故乡的感情啊，是如此的深沉，如此的深沉，它是碰不得的，你去想它，它会引起你的忧愁。你不想它，一碰，它也会逗起一种忧愁。这就是乡愁的特点。

我们讲中国古典诗歌，很多人讲意境，讲得都叫我烦了。为什么我不太同意他们呢？意境是对的，但是他没有进一步发展，意境由什么来决定的？由感情的脉络来决定的，特别是由感情的转折来决定的。如果你没有这个感情的转折，就没有意境。所以说我增加了一个范畴，或者给它一个命名，或者给它一个词吧，叫意脉，叫情感的脉络。

我们看到这两首诗之所以动人，就是它情感突然一转，而且不明讲出来，让你感觉受到触动，你要说清楚还挺不容易。这是非常非常需要精致的体悟的，因而我们读唐诗，无疑要读唐诗里面的有关的知识，有关的文体。看有学问的教授，看他们的书，听他们有学问的教授来讲座，从中获得知识的营养。但是光有这个是不行的，因为他讲意境就是意境，然后赞叹一番，但是我要发展一下，意境，至少在古诗，绝句诗里面，它是由意脉来决定的。我要抒发特殊的感情，特殊性在哪里呢？在感情这个特殊的转折里。这看来很简单，但越简单，越是微观，越是有分析的难度。

再看首你们耳熟能详的，可能从小就背下了，一直到离开这个世界之前的一秒钟还会想起来，那它好在哪里呢？"清明时节雨纷纷，路上行人欲断魂。借问酒家何处有，牧童遥指杏花村。"这个太简单了，太美好了，是吧？那么我看到有学问的人士分析，他说哎呀，清明时节，细雨纷纷啊，这个路上的行人呢，都去扫墓嘛。心里非常焦虑，他心里就想，希望到一个酒家去，在热闹的人群当中消除我的焦虑，在人群当中享受众生喧哗。然后，有一个牧童说，哎，前面就有一个酒家，你去可以热闹一下，可以喝点小酒。我读了这样的文章，我就觉得非常沮丧。我们的学者怎么回事啊，都傻到这个程度？把人家好好的这个诗，翻译成唠叨的散文，这是什么赏析啊？要分析其深层的情感嘛！

　　用我的理论，这叫意脉，情感的脉络，情感的特点。"清明时节雨纷纷"，下雨，不停地下。路上行人，他说一定是扫墓的人，我想不一定，清明出来，走在路上的人都是扫墓的啊？谁告诉你的？清明节不要去买菜了？清明节不要种田了？清明节不要出去旅游了？是吧？行人，就是路上外出的人，或者说，更概括地说，各式各样的人，"欲断魂"，为什么欲断魂呢？断魂，就是很焦虑。但是要注意，有一个字，不是那么太焦虑的，"欲断魂"的"欲"，快要断魂了还没有断魂，雨下得很细、很从容，好像没有停下的意思。还不是最焦虑的时候，就"借问酒家何处有"，问一下哪里有喝酒的，可以避一下雨嘛！"牧童遥指杏花村"，哎，那个地方，远远的地方，有酒馆。这个我这样解释的话，是不是就跟他们差不多了？又是把诗翻译成散文啦？听我说，关键是这里有个情感的转折，本来是焦虑，细雨纷纷，心情是阴郁的，欲断魂了嘛！但是，"牧童遥指杏花村"，遥遥在望，杏花村，鲜艳的酒旗呀，很鲜。心情为之一变，感情为之一振，眼前为之一亮，你同意不同意？好就好在这一转。如果不是杏花村而是稻香村，没有杏花村的生动色彩，那就没有情感委婉的转折。

　　你们要分析一首诗，特别是抒情的，感情要有特点嘛，有特点的感情就是动的，变动的。人的感情就是动的。我们不是有句话吗？叫动情，叫情动于中，叫触动，叫感动，叫激动，是吧？因而要分析这个诗歌的这个意境，欣赏诗歌的这个美好的时候，你分析抒情特点的时候，就要抓住它变动的特点。本来是阴郁的，眼前的景色，本来是有点焦虑的，突然眼前为之一亮，心情为之一振，嗨，感情有所变动。有专家说，这个写得非常真实，能教育人，那这首诗能教育什么？感情的微妙的一动，它本身就有价值。你用语言表现出来了，为什么呢？人们感情变动是潜意识里的，因为它没实用价值，大家不注意，就忘掉了，一读这样的诗一下就唤醒了，就感动了。对吧？如果说不动感情呢，叫无动于衷，不动那是另外一类诗，不完全抒情，带着某种理念的，我且按下慢表。分析了感情之动还不行，因为它是诗啊，还要分析语言。那么现在我罗列几首诗，你们看看，这个语言有什么特点，这话说来很丰富，一下子讲不完。今天主要是指它的格言式的概括和句法，好吧？

　　格言式的概括，都是以生命为诗的。王翰的《凉州词》："葡萄美酒夜光杯，欲饮琵琶马上催。醉卧沙场君莫笑，古来征战几人回？"《唐诗三百首》编者蘅塘退士（孙洙）的批语是："作旷达语，倍觉悲痛。"数百年来，无人质疑。其实，诗中根本没有悲痛，完全是一派乐观的浪漫的情感。即使军令如山，也要喝个痛快；即使出征赴死，也要尽情享受此刻生命的欢乐。烂醉如泥，从长安抬上边疆前线，是不可能的，这是诗人的天才的想象。其诗眼在"君莫笑"的"笑"，哪里可能自己横尸疆场战友还哂笑的？赴死沙场和尽情饮酒一样，都是生命的享受，怎能把这种浪漫、乐观、豪迈的精神定性为"悲痛"？这种英雄主义豪迈在中国文学并非个别，早在屈原就有"身既死兮神以灵，子魂魄兮为鬼雄"，曹植有"捐躯赴国难，视死忽如归"，王维早年有"孰知不向边庭苦，纵死犹闻侠骨香"，戴叔伦有"愿得此身长报国，何须生入玉门关"，文天祥有"人生自古谁无死？留取丹心照汗青"，就是以婉约为特点的李清照也有"生当作人杰，死亦为鬼雄"，龚自珍有"青山处处埋忠骨，何须马革裹尸还"，林则徐有"苟利国家生死以"，谭嗣同更有"我自横刀向天笑"，鲁迅有"我以我血荐轩辕"，革命烈士陈然有"对着死亡，我放声大笑"。这一切构成我民族舍生取义、舍身为诗的传统。

下面我们来研究诗的句法结构如何为情感之动服务，主要在第三句，或者第四句。

元人杨载在《诗法家数》中谈到诗的起承转的"转"时说："绝句之法，要婉曲回环，……句绝而意不绝，多以第三句为主，而第四句发之。……承接之间，开与合相关，反与正相依，顺与逆相应，……大抵起承二句固难，然不过平直叙起为佳，从容承之为是。至如宛转变化工夫，全在第三句，若于此转变得好，则第四句如顺流之舟矣。"

绝句第三句的变化，有几种形式。

第一种是在句法上，如果前两句是陈述性的肯定句，第三句（或者是第四句）如果仍然是陈述性的肯定句，统一而不丰富，难免单调，因而相当少见。诗人往往在第三句转换为疑问、否定、感叹等句式。如王之涣的《凉州词》："黄河远上白云间，一片孤城万仞山。羌笛何须怨杨柳，春风不度玉门关。"前两句是陈述的肯定句，第三句是感叹语气，第四句是否定语气。又如贺知章的《咏柳》："碧玉妆成一树高，万条垂下绿丝绦。不知细叶谁裁出，二月春风似剪刀。"杜牧的《泊秦淮》："烟笼寒水月笼沙，夜泊秦淮近酒家。商女不知亡国恨，隔江犹唱后庭花。"这两首的前两句都是肯定的陈述，第三句是否定句。沈德潜在《唐诗别裁》中所提到的另外两首"压卷"之作，王维之《送元二使安西》，王昌龄之《长信怨·奉帚平明金殿开》，在句法上语气上的转换，均皆类此。

但是，细读李白《下江陵》的第三句，在句法上并没有上述的变化，四句都是陈述性的肯定句（啼不住，是持续的意思，不是句意的否定）。这是因为，句式的变化还有另一种形式：如果前面两句是相对独立的单句，则后面两句则为相互串联的"流水"句式。例如，上面所举的例子，第三句都是不能独立的，"不知细叶谁裁出"离开了"二月春风似剪刀"，"商女不知亡国恨"离开了"隔江犹唱后庭花"，句意是不能完整的。"羌笛何须怨杨柳"离开了"春风不度玉门关"，是没有诗意的。"流水"句式的变化，既是技巧的变化，也是诗人心灵的活跃。前面两句，如果是描绘性的画面的话，后面两句如果再描绘，可能显得平庸。而"流水"句式，使得诗人的主体更有超越客观景象的能量，更有利于表现诗人的感动、感慨、感叹、感喟。李白的绝句之所以比之杜甫有更高的历史评价，就是因为他善于在第三、第四句上转换为"流水"句式。如李白的《客中作》："兰陵美酒郁金香，玉碗盛来琥珀光。但使主人能醉客，不知何处是他乡。"其好处在于：首先，第三句是假设语气，第四句是否定句式、感叹语气；其次，这两句构成"流水"句式，自然、自由地从第一、第二句的对客体的描绘中解脱出来，转化为主观的抒情。《下江陵》这一首，第三句和第四句也有这样特点。"两岸猿声啼不住"和"轻舟已过万重山"结合为"流水"句式，就使得句式不但有变化，而且更加流畅，这也就是杨载所说"宛转"的"变化工夫"。

"宛转变化"的句法结构，为李白心理婉转地向纵深层次潜入提供了基础。前面两句，"白帝""彩云""千里江陵"都是画面，都是视觉形象。第三句超越了视觉形象，转化为听觉，这种变化是感觉的交替，此为第一层次。听觉中之猿声，从悲转变为美，显示高度凝神，以致因听之声而忽略视之景，由五官感觉深化为凝神观照的美感，此为第二层次。第三句的听觉凝神，特点是持续性（啼不住，啼不停），到第四句转化为突然终结，美妙的听觉变为发现已到江陵的欣喜，转入感情深处获得解脱的安宁，安宁中有欢欣，此为第三层次。猿啼是有声的，而欣喜是默默的，舟行是动的，视听是应接不暇的，安宁是静的，欢欣是持续不断的，到达江陵是突然发现的，构成张力是多重的，此为第四层次。这才深入李白此时感情纵深的最底层。古典诗话注意到了李白此诗写舟之迅捷，但是忽略了感觉和情感的层次深化。迅捷、安全只是表层感觉，其深层中隐藏着无声的喜悦。这种无声的喜悦是诗人在对有声的凝神中反衬出来的。通篇无一喜字，喜悦之情却尽在字里行间，在句组的结构之中。

再来一首，"烟笼寒水月笼沙"，这是杜牧的，"夜泊秦淮近酒家"，这个你们南京人呐，应该有感觉啊，秦淮河还在啊。"商女不知亡国恨"，商女就是歌女啊，现在秦淮河上还是有歌女的吧？商女就是歌女，不知亡国恨，"隔江犹唱后庭花"。《后庭花》是一个典故啊，是陈后主当时在当皇帝的时候，他有个爱妃叫张丽华。他叫她玉树后庭花，哎哟，太迷恋这个张丽华了，以至荒废朝政，隋军攻破宫门以后，没地方逃，两个人一起跳到井里去了。追兵来了，呃？哪里去了？哦，在井里边。拿个筐子，上来，你往哪里逃？上面拉的这个士兵，觉得怎么这么重嘛，一看，哦，两个人一起上来的。他有首歌叫《玉树后庭花》。但是唐朝歌女唱这个歌的时候，不知道这个《玉树后庭花》是亡国之音，她唱得很欢乐，可是杜牧听得很悲哀。中唐的时候，国家很混乱。这个感情有没有特点？唱的是欢乐的歌，听的人却是感到非常悲哀、忧伤。

再来一首。"京口瓜洲一水间"，这个好，王安石的，"钟山只隔数重山"，钟山在你们这里啊。我今天是特别跟你们南京人来一点这个，来一点心灵鸡汤啊，专门找南京的。我们讲句法，"春风又绿江南岸，明月何时照我还"。你们注意后面这两句，跟前面两句不一样。"不知何处吹芦管，一夜征人尽望乡。"我再提醒一下啊，"不知细叶谁裁出，二月春风似剪刀"，你们感觉到这后面两句有什么共同之处啊？有感觉没有？

不仅要欣赏感情，而且要欣赏语气的变化，表达感情的语气的变化。"商女不知亡国恨"，"不知何处吹芦管"，"不知细叶谁裁出"，感觉到没有？都是"不知"。为了表达自己感情的转折，往往呢，第三句和第四句的时候，句法、语气有变化。如果前面是陈述句的话，后面就变成什么啊，否定句，疑问句，感叹句。"醉卧沙场君莫笑"，否定句；"古来征战几人回"，感叹句。跟前面的"葡萄美酒夜光杯，欲饮琵琶马上催"，这个陈述句是不一样的。感情转折，语气也转折。"烟笼寒水月笼沙，夜泊秦淮近酒家"，这是陈述句。"商女不知亡国恨"，这是否定语气，"隔江犹唱后庭花"，说这是个感叹句，"明月何时照我还"，什么时候照我回家？疑问句。由于情感的转折，又非常非常讲究句法的变化，结构就很丰富又和谐。

这样的例子太多了。高适的"千里黄云白日曛，北风吹雁雪纷纷。莫愁前路无知己，天下谁人不识君"。"无知己"是否定的，"天下谁人不识君"是感叹的（或者疑问的）。那么，"劝君更尽一杯酒"，祈使句，"西出阳关无故人"，否定句。"羌笛何须怨杨柳"，疑问句，"春风不度玉门关"，是否定句，第三句疑问，第四句否定。这太多了，我们把感情的特点研究出来以后，还要研究它语言的特点。

今天把它句法的特点讲透，因为这是我的发现，当然，朱自清先生讲唐诗三百首时，也说第三句有个"不"，我说这个"不"是个现象，是语气的变化，"不"只是否定，不全面，我说还有感叹、祈使、疑问等语气。我这是偷偷吹一下，我在这一点上超过了我老师的老师，朱自清先生。是不是太"狂"了？但我狂而不妄。朱先生只活了五十岁，我比他"大了"三十岁，是理所当然。现在我们再看一首啊，《游园不值》。"应怜屐齿印苍苔"，啊，应该爱惜我这个木头鞋子，印在苍苔上。到偏僻别墅里面碰不到朋友，是吧？"小扣柴扉久不开"，这个柴门啊，小扣，轻轻地扣，扣了很久不开，照理说是很失落吧？"春色满园关不住，一枝红杏出墙来"，"关不住"，否定的，情感是转折，本来是期待开，一直不开，小扣柴扉，而且久不开，反复敲，反复敲，就是没人理，但是感情突然一转，突然看见什么啊？突然看见一枝红杏，啊。思想转移了，哦，虽然朋友没应答，很失望，但是有一枝红杏冒出来了。说明这个园子里面，满园春色，门是关着的，关不住，感情一个转折，从失落又到惊喜。

欣赏古典诗歌，从哪里开始呢？就从绝句开始，从感情的特点开始。特点怎么研究呢？从感情的转折开始。感情的转折怎么开始研究呢？研究诗的语言和语气的转折。那这样一来，我们就知道它的奥秘了，好的绝句，精彩的绝句，就是感情它是动的，是变的，是转折的，它里面起承转合很清楚。

我们再讲一个"秦时明月汉时关，万里长征人未还"，有些老先生分析，这个"秦时明月汉时关"，这是叫什么？互文。说的是秦时明月汉时关，并不是说汉时没有明月，秦时没有关，而是互文见义，这很愚蠢。实际上是秦时明月和关塞，汉时关塞和明月。这个话，我觉得是掩盖了艺术奥秘。为什么呢？唐朝人写的，你只写秦时明月汉时关，从汉朝到唐朝好几百年哪里去了？为什么这样呢？为什么这样呢？万里长征，守卫边塞，一直从秦朝到唐朝，是一样的。边疆战士，远离了家乡，守卫着关塞。为什么是关呢？因为守卫的关塞，我就站在关塞。为什么是明月呢？月亮可以同时照到故乡啊，是吧？远离了家乡啊，想念家乡啊，所以只取明月，那就没有星星吗？没有太阳吗？没有雷雨吗？不要，因为月亮超越遥远的空间和时间从秦汉到唐是一样的。但是，"互文见义"就看不出只用了明月关塞，很少的意象就概括了那么广阔的空间和几百年的时间。"但使龙城飞将在"，这是个假定；"不教胡马度阴山"，这是否定。如果有李广那样的将军在的话，我们就不至于长期从秦朝、汉朝一直到唐朝都苦守边关。

由此可见，我们要欣赏唐诗啊，要有一点门道，不要把唐诗仅仅当成现实的反映，也甚至于不能仅仅当成简单的情感的表现。它要通过想象，而不仅仅是想象，还要多变，有概括性的意象和统一而变换的语气，为什么呢？绝句啊，它一共就有四句话，四句话每一句的字数都相等，音节都相等。如果每一句音节都相等了，四句都是陈述句，那么这样一来呢，就可能显得单调，因而呢，要使它有变化。怎么变化呢？在平仄上变化。

这里有个艺术的基本规律，那就是高度统一和谐，同时又有丰富的变化。如果不统一，那就没有韵律，不好听。我问你们，狗叫为什么不好听？因为它乱叫，不统一。那么，完全统一呢？过去我们坐老式火车，一天下来，动都没动，但还是很累，因为什么？车轮撞击铁轨的声音永远是一样的，单调刺激，令人厌倦。故诗的韵律就要统一中有规律的变化。平平仄仄平平仄，为什么要这样？平平完了以后要仄仄，要互相交替，不能平平平平平平平，也不能仄仄仄仄仄仄仄，老一样那就要人命了。所以平平要仄仄，仄仄要平平，平平仄仄平平仄，这是第一，平仄交替。如果说一直交替下去，第三句、第四句还这样交替不好了，于是呢，两句之间不是交替而是相对，你平平仄仄平平仄，那我第二句，仄仄平平仄仄平。就是说一句之间从音节来说，是平仄交替，如果两句之间呢，是平仄相对。

唐诗的绝句成就是非常高的。据王国维先生研究，他在《人间词话》里讲，他认为，唐诗的绝句成就高于律诗，我有些认同。为什么？它这么小，麻雀虽小，五脏俱全，诗歌的奥秘的密码尽在其中。那当然这个问题不是那么简单，我们不要把事情说死了。

下面这样一首诗，《秋夕》啊，这是杜牧的，我们的理论就遭到了挑战了。你说它表现了情感的变动，我们也看不出来。你说它语言的、语气的变化，哪里有变化了？都是陈述句啊，"银烛秋光冷画屏，轻罗小扇扑流萤。天阶夜色凉如水，卧看牵牛织女星"。如果从语气上来看，它没有多大变化，没有多少转折，没有疑问感叹否定，特别是第三句，还是陈述句。"天阶夜色凉如水"，对不对？"卧看牵牛织女星"。我现在要补充一句：有明显的语气标志的，还不能概括唐诗绝句的整个的成就。有的时候没有外在的标志，它是内在的情绪，带有一种律动，不以否定、疑问、感叹这样的句式出现，而是潜藏在内在的情绪变动。

"银烛秋光冷画屏"，这是秋天嘛，夏天过去了，秋天还来了，"冷画屏"啊，有点凉了嘛。"轻罗小扇扑流萤"，这是一个主人公，是男的还是女的？女的。"轻罗小扇"，男人的扇子不是轻罗小扇啊，那可能是折扇啊，或者芭蕉扇啊，是吧？那么"扑流萤"，这个女孩子无忧无虑啊，晚上拍萤火虫啊，是吧？非常活泼，非常开心，无忧无虑啊，"闺中少妇不知愁"啊，是吧？下面来看情绪的转折变化，"天阶夜色凉如水"，感到夜里非常凉。"卧看牵牛织女星"，有什么变化？情动于中，激动，动在哪里啊？原来是非常无忧无虑的，拍萤火虫玩，很开心，但是，结果是变成什么？静下来，卧在那儿怎么样？默默地，看什么？牵牛和织女。想到了什么？青春被唤醒了，人在那儿发呆了，捉萤火虫有什么用？老公还不知道在哪里呢。慢慢有了默默的心思，那么小小的变动，懂了吗？我们要细细地体会。有一种有外在标志的，有品牌的，很容易看出来；有一种没有外在标志的，它也是感情的变动，可能要更微妙更精致。

再来一首，这个就是另外一种变动了，岑参的《武威送刘判官赴碛行军》。"火山五月行人少，看君马去疾如鸟"，这个比喻非常漂亮，马"唰"的一下，像鸟飞一样，借用这两者的相似性，非常夸张。"都护行营太白西"——都护，军区司令啊，太白山是秦岭最高峰。"角声一动胡天晓"，这里表面上也没有变化，实际上有变化。他原来是行军，看见了马骑得非常快，是用眼睛看的，是吧？这眼睛看的特点是什么呢？看得很远。看到非常远的时候，突然一下，听到一声角声，什么啊，耳朵听到一声号角，天已大亮了。就是从视觉一下子转化为听觉，从视觉之疾如鸟之美到听觉的突然发现，这是一个变化啊。我们为什么说我们唐诗比他们西方的诗歌好呢？这不是吹牛的，因为这么一个短短的绝句，那个内部的结构是非常精致、非常考究的。

用我的理论去分析好多耳熟能详的诗，就会有新的发现，新的体悟。我们来欣赏这一首诗，是另外一种动。"琵琶起舞换新声"，弹琵琶，起舞，换新声，不断变换新的乐曲。"总是关山旧别情"，虽然换了新的曲子，但是，还是一样的主题，"关山旧别情"，是不变的，对不对？啊，听了都烦了，"撩乱边愁听不尽"，撩乱我的心，听来听去都是令人烦的关山离别，想家，"高高秋月照长城"。虽然"听不尽"有"不"字，但是这个"不尽"不是否定的意思，是延续的意思。"高高秋月照长城"，怎么样？情绪的转化是什么？听得心烦，撩乱边愁，很单调，听来听去都是同样的思乡情感的乐曲，烦！但是，看见月亮以后呆住了，不烦了。为什么啊？关山离别是我听的，我家里听不到，我不能够达到故乡，但是看到月亮，月亮弯弯照九州，我家乡知道，家乡的人也千里共婵娟。这是一个从听觉到视觉、从听觉的动到视觉的静的过程。从听得心烦，变成看得发呆。

我们弄一点南京的例子给你们看看好不好？《石头城》，刘禹锡的。"山围故国周遭在，潮打空城寂寞回。淮水东边旧时月，夜深还过女墙来。""山围故国周遭在"，山围着的南京城没有变化，周遭都一样。"潮打空城"，刘禹锡那时是唐朝了，那个六朝京都如梦了，那个最繁华的时代过去了，城是空的，这个"空"字用得多好，不是城里没人，而是讲诗人心里的寂寞之感。"淮水东边旧时月"，虽然这是空城，不再是六朝金粉的时代了，但是，淮水东边，月亮是跟原来一样的，旧时的月亮。"夜深还过女墙来"，还在城墙上照着。这里有一个变和不变的关系，客观环境没变，以月亮一个意象来概括，但是，城变成空城了。这个，类似这样的题目很多啊——"玉树歌终王气收，雁行高送石城秋。江山不管兴亡事，一任斜阳伴客愁"。江山不管你兴亡，因为到了唐朝"安史之乱"以后，南京也衰败了。黄昏夕阳，一如几百年前。这个夕阳和月亮一样，是高度概括的意象。我再来念一下《乌衣巷》："朱雀桥边野草花，乌衣巷口夕阳斜。旧时王谢堂前燕，飞入寻常百姓家。"还是"夕阳"，不过照在野花上，意味不完全在夕阳，而在野花更在燕子。为什么是野草？城市衰败了，已经变化了嘛，是吧？乌衣巷、朱雀桥都是南朝时期的，都是贵族豪宅。野草花说明它衰败了，啊，没人走，房子倒了，才会长野草啊。一切都变了，只有什么没变呢？燕子没有变，"旧时王谢堂前燕"，燕子又飞过来。他不说是新一代的燕子，其实那个几百年前的燕子早死光了。他说这个燕子就是"旧时王谢堂前燕"，姓王的，姓谢的，是大贵族家庭的，那燕子，还照样飞来飞去，现在飞到普通百姓家里了。就是一种兴亡之感，一种沧桑之感啊，你贵族家里的燕子，这个燕子飞来飞去没变，但是这个贵族豪宅已经成废墟了，成为老百姓所住的地方了。啊，他有点感伤啊。你们是南京人，你们看南京变化多大啊，但是月亮、夕阳都没变，可燕子却没有了，没有地方做窝啊。你们有没有作诗的感觉？有人说有？那是我的成功。

再举一首《江雪》，这个是比较难了。"千山鸟飞绝，万径人踪灭。孤舟蓑笠翁，独钓寒江雪。"这首诗读起来，虽然只有20个字，但是要真的读懂它真不容易嘞。有的老师跟我讲，你讲这首诗，首先讲什么呢？讲押韵。这个韵是什么韵？

你们知道什么韵吗？"千山鸟飞绝，万径人踪灭。孤舟蓑笠翁，独钓寒江雪。"你们南京人念起来可能念得出来吧？读仄声啊，入声啊，是吧？上海人一念就念出来了，闽南人也可以念出来，台湾人也可以念出来，不过我知道，北京人肯定念不出，啊，不管它。这仄声韵不管它，其实仄声韵不仄声韵无所谓。我们研究这里的变动，表面上是不变动的。"千山鸟飞绝"，生命绝灭了，"万径人踪灭"，大地一片白茫茫嘛，没有生命的痕迹，没有人，连鸟都没有，是这样一个境界，一片空无，一片空白。那么有什么变化呢？一个变化。"孤舟蓑笠翁"，在这样一片白茫茫的大地上，只有一叶小舟，一个穿着蓑衣的一个老头子，在舟上孤独地垂钓，我没讲钓鱼啊，你们注意啊，孤独垂钓。原来是一片的空无没有生命，结果被后面的否定了，有一点生命的痕迹，一点点，一个蓑笠翁，在孤舟上，"独钓寒江雪"。

北京大学的头牌教授，他在解释这首诗的时候，他说大地一片白茫茫，冰天雪地，没有生命迹象，却有一个渔翁，他就不顾这寒冷，不顾这孤独，他怎么样？他独自一个人，仍然在那儿钓他的鱼。你们觉得他的解释怎么样？仍然在那儿钓他的鱼?!我看了就笑起来了，谁会这么傻，在这么冷得要命的地方去钓鱼啊！会钓到鱼吗？鱼没钓到，人都会冻死掉了。这是一个想象的境界，人家写的是钓雪，"独钓寒江雪"，他解释成了"独钓寒江鱼"。这是两个档次，"独钓寒江雪"是诗，"独钓寒江鱼"连散文都不是，狗屁！懂了吗？人家是一个审美的境界，诗的境界，有这样一种人，他内心空灵到什么程度呢？在一片没有生命迹象，又如此寒冷的环境当中，他非常淡定，感觉不到内心孤独，也感觉不到外部的寒冷，他在钓雪，更不在乎钓鱼。没有物质的压力，也没有内心欲望的压力，这是一个佛家的禅宗境界，非常高超的一个形而上学的境界。这种境界的特点就是无动于衷。这不是和前面讲的情动于中矛盾了，自己打自己耳光了吗？非也，这不是抒情，这是禅宗的哲理。古典诗歌中非抒情的诗并不少。特别是受佛家影响的，王维的就很多。今天时间关系，不细讲了。

要知道这是柳宗元的一个人格理想的境界。一个人没有外部的目的，比如说钓鱼，没有钓到钓不到的负担，也没有内心欲望的压力，独自在这样一个孤寂的世界上，能够守住自己的心灵的宁静。那这样他的感情是什么样？就跟我们前面讲的变动不一样了，他的感情强调的是不动。我们说，我们诗歌的抒情呢，感情的特点是情动于中，要动吧？但是这里表现的恰恰是他不动。但是他不动的画面上有动，从空无一物，一切都是空白，最后发现了一点点小小的生命。他在垂钓，但是，他钓的不是鱼，他在钓雪，雪怎么可能钓？他钓的是显示他内心的一种稳定感。这柳宗元啊，你看这柳宗元写诗是这样的，他写散文就不这样，要比较一下就明确了。

你们知道他的《小石潭记》吗？那多么美啊，是吧？水是透明的，是吧？那个水啊有鱼，"往来翕忽，似与游人相乐"。而且呢，"日光下澈，影布石上"，阳光照下来，鱼的影子布在石头上。说明水是如何透明，那这个地方非常美好啊，那么美好的一个地方，他很欣赏，写出千古不朽的散文经典。但是，他说了，"其境过清"，这个有点太冷清，"悄怆幽邃"，太冷太偏僻凄凉了，不可久居，不能在那儿多待呀，"乃记之而去"。这么美好，但是太冷啦，太冷清了，太孤独了，不能待的，走了。

这诗里面，是形而上的一个境界。散文里，这个地方虽然美好，但我不能住，住在那儿要死的。然而在诗歌里，这个想象的、形而上学的境界里，那么冷，一个老头子，就不怕冷，没有冷的感觉，那么孤独，却没有孤独的感觉。那么这个蓑笠翁在垂钓，但是，不是为了钓鱼，而是处在一个想象的不食人间烟火的精神境界。所以真正要懂得唐诗的好，不是那么简单的。这不是强烈的感情，这是一种非常宁静的感情，好像是宁静到没有感情的感情。我们不去讲它了，免得你们着了迷也去学着样，冻伤了，你们爸妈要找我算账。

我们再讲一种宁静的空灵，王维的。"人闲桂花落，夜静春山空。月出惊山鸟，时鸣春涧中。"我们刚才讲了诗是抒情的，感情特点是有转折的，还有什么啊？语气的变化的。而柳宗元的《江雪》，"千山飞鸟绝，万径人踪灭"，它没有什么语气的变化，它感情上也没有表现那种转折、情动非常强的状态，是吧？非常宁静的，是把感情淡化到没有的程度，这是禅宗的理念。不是两方文论所说的"零度写作""作者死亡"，甚至也不是王国维讲的"无我之境"。

"人闲桂花落"，一个字，"闲"。桂花你们见过没有？桂花掉下来，你能感觉到它还是感觉不到？砖头掉下来可以感觉到，桂花掉下来时感觉不到的，那为什么"人闲桂花落"？因为人闲，心很定，所以感觉到桂花落。"夜静春山空"，"春山空"是没有生命的痕迹，没有人，动物也很少。但是，下面的句子就反过来，"月出惊山鸟"，月亮出来把山中的鸟惊吓了，"时鸣春涧中"。这四句啊，都是陈述句。它有没有变化呢？还是有一点。就像前面我们分析"孤舟蓑笠翁"一样，还是有点变化，从无到有，从大面积的空白到一点生命，从钓雪和钓鱼之间有矛盾。这个静得非常空灵。"月出惊山鸟"，月亮出来怎么把山鸟惊了呢？月亮出来是没有声音的，月亮出来是光的变动，光的变动把鸟吓了一跳，说明什么？这儿太宁静了，以至光的变动把鸟都惊动了，说明是多么宁静，这是一。"时鸣春涧中"，鸟断断续续地在这个山里面叫，有了叫声以后，一方面表现这个鸟，在如此宁静的空间，这个环境里，被光惊醒了。第二，"时鸣春涧中"，不是有了声音吗？这个有声正衬托整个山的无声。那么个大山，有一只鸟，断断续续地叫了，听得很清晰，这叫"蝉噪林逾静，鸟鸣山更幽"。所以说人的感情，人的感知，他的视听变动，是非常丰富复杂的。

我们这里讲一个好玩的诗啊。这个也是柳宗元的，也是很有名的，你们读中学念过："渔翁夜傍西岩宿，晓汲清湘燃楚竹。烟销日出不见人，欸乃一声山水绿。回看天际下中流，岩上无心云相逐。"这首诗啊，有争议，主要是苏东坡批评这首诗后面两句是多余的。我们再念一下啊，"渔翁夜傍西岩宿，晓汲清湘燃楚竹。烟销日出不见人，欸乃一声山水绿"，这够了嘛，后面再加两句"回看天际下中流，岩上无心云相逐"是不是多余的？

这成为一个千年来的争论，那我来谈谈我的看法啊。苏东坡的意见是有一定道理的。"夜傍西岩宿"，"燃楚竹"，这个人是跟山水融为一体的。关键是这句话，他点了楚竹煮饭或者烧水吧，是吧？"烟销日出不见人"，就雾消失了，雾散去了以后，本该看见人啊，燃楚竹的人不见了。为什么呢？欸乃一声，他乘了船，摇着橹，欸乃一声，哎，本来是人摇橹的声音啊，却没有看见人，满眼都是绿色的山，绿色的水。这就是从一个视觉的朦胧，看不见人，经过听觉的一个转折，变成了整个视觉的美好、统一。到这儿就够了，这个人就生活在这样一个自然的境界里，啊，摇一下橹，人就不见了。说明什么？说明这个舟啊，很轻捷，你刚听到了声音，就看不见人了，只看见一个空镜头，山水绿。由此可见这个渔翁啊，在那儿多么自在。因此，苏东坡认为到此为止，非常好了，又加两句，"回看天际下中流，岩上无心云相逐"，这不多余的吗？有道理。

但是我认为啊，加上这两句，也有道理。关键是什么呢？"回看天际下中流"，谁看？谁回看？是谁看？天际下中流，是渔翁在看。渔翁回头看，我这个船从哪里来啊？天际。水从天边流下来，为什么那么快啊？水来得高嘛，船才行得快嘛，是吧？从"天际下中流"，说明了他为什么那么快，这句话还不是最精彩的，最精彩的在后面,"岩上无心云相逐"。回头一看,只看见山岩上有云,"无心"这两个字很重要,没有目的,自由自在,"无心云相逐",云虽然相逐,好像还在动,乱云飞动,但是是非常自由的,没有目的,无心的。这个无心的境界,对中国古典诗歌来说和情动于中是对立的统一,"无心"就是无动于衷,人与大自然的统一。这来源于陶渊明的《归去来兮辞》,"云无心以出岫",云好在就是无心,人最高的境界就是无心。像刚才我们讲到"孤舟蓑笠翁,独钓寒江雪",就是无心。管你有鱼没鱼,"独钓寒江鱼"就有心了,没有品位了。所以说无心就是最高的品位,也就是无目的,不在乎,这个从我们理论来说,没有功利的,如果钓鱼就是有功利性的,要没有功利性才有自由。从这个意义上来说,加上的两句,有它的好处,强调了无心的精神境界。我们要真正学会这个,真正学会欣赏古典诗歌,是不能太粗心的,不能光有学问,还得有一些智慧,才能读得深一点。

王国维先生认为,绝句比律诗的成就高。我前面举的那些都是他们举的认为最好的绝句。但是我认为,他研究得还不够。比如说他认为,王昌龄的那个绝句,"秦时明月汉时关,万里长征人未还。但使龙城飞将在,不教胡马度阴山"也是荣列第一流的"压卷"之作。但是也有人认为,"但使龙城飞将在,不教胡马度阴山"不大好,不是太好,因为他把自己的感情直接讲出来,太不含蓄了,没有意境了。我比较同意,我觉得最好的一首绝句,一千多年来,几百个、上千个诗评家和词评家都没发现,给我发现了,你们想一想,在你们记忆当中,有没有想到一首诗,比我刚才举的最好的还要更好。如果能想出来的话,我就太鼓舞了。但是你们都愣住了,想不出,这不怪你们,因为一千多年来,直到现在为止,全中国只有我一个人想到了,全世界也只有我一个人想到了。

所有的诗人,诗话、词话家,一千多年来都没有提到王昌龄的,也叫《出塞(其二)》:"骝马新跨白玉鞍,战罢沙场月色寒。城头铁鼓声犹震,匣里金刀血未干。"是我特别欣赏这一首,感到惊叹,为什么呢?它写战争。许多唐诗,都写战场之前和战场之后,都不是正面写战争,"醉卧沙场君莫笑,古来征战几人回"是想象未来的战争。正面写战争,只有四句你怎么写?没法写的,但是王昌龄就写了。怎么写呢?我说,写战前准备。"骝马新跨白玉鞍",骝马是红色的马,那个战争哪,是血腥的,战争是要流血的,他没写自己的豪迈。他曾经写过"黄沙百战穿金甲,不破楼兰终不还",很英雄的。但是这样的诗不是最好的,一览无余嘛,就是"但使龙城飞将在,不教胡马度阴山",稍好一点,但是,议论还是直白了。最好的呢是这首，他不写战争的残酷，而是写战争的准备，红马配上玉鞍，实际上是一种战争准备前的豪情。那么写战争，打仗了吗？四句哪里够打仗呢？他写战罢，注意啊，战完了，打完了，还没离开沙场，月色寒。什么东西提醒他结束了呢？月光。月光是视觉，同时，又赋予了身体的感觉。月色寒，寒冷，寒冷的月光使他想起来，哎呀，都打完了，战罢，突然发现——我们讲情感要动嘛——突然发现战争结束了。战争结束的提示是寒冷的月光，那是提示什么呢，酣战，酣战到忘掉了时间，其实是忘掉自己的一切感知。觉得冷了，哦，是打了一天了。虽然完了，但是，还没完，"城头铁鼓声犹震"，这个地方基本结束了，那边还在打，还有局部地方铁鼓在敲打，还在打哪，是吧？由于"铁鼓声犹震"，回想到自己刚刚打赢了。"匣里金刀血未干"，这个刀刚插进去，想起，哇，那个血还没干呢。谁的血？那敌人的血。多精彩呀，刹那间的回忆。

你看看，多么豪迈，准备战争是非常豪迈的，用红马配白玉鞍，非常贵族化的自豪，然后是战罢了以后，经月光的寒冷提醒才知道打完了。这打的时候都忘我了，既没有凶险，也没有血腥，等到觉得打完了，哎，那边还在打鼓，说明还没有完全结束。这时，猛地一回忆，我刚才的刀上还有鲜血呢，还没干呢。多么英雄呀，刹那间的回忆，刹那间的自豪，而且他用的语言多好，骝马，红的，白玉，白的，沙场，月寒，铁鼓，多好啊！一般打仗是什么？金鼓齐鸣，是吧？这金鼓啊，但是这是铁鼓，这是一个非常严峻的战争，铁鼓，是吧？声犹震，还没完。一般刀呢，钢刀嘛，但是这是金刀啊，铁鼓和金刀，而且这金刀上面有鲜血，真是太天才了，西方的诗人哪里有这个本事呀。整首诗就把战争的血腥都放在背后去，通过写诗来表现唐朝人才有的这样的自豪，那战争的献身精神，比他写的那个"但使龙城飞将在，不教胡马度阴山"，比他那个"黄沙百战穿金甲，不破楼兰终不还"要好多了。

后来的绝句，越写越差，到了宋朝，就不是抒情的了。那么就是像那个朱熹写的很有名的一首诗《观书有感》，是吧？就是"半亩方塘一鉴开，天光云影共徘徊"，写景很美啊，是吧？"问渠那得清如许，为有源头活水来"，这就不是抒情诗了，这是讲道理的嘛，是吧？为什么"清如许"？就是因为有"源头活水"；人的心灵清净，就是因为不断读书。这就是讲道理的，这就不是抒情诗，就是他宋朝人讲理讲太多了，就是把这么个小结构的四句话拿来讲道理哪里讲得清楚。就是说，越写越差，当代诗人写绝句，就更差了。

当代写古典诗歌的人啊，我举两首当代写的古典诗歌，特别是绝句写得还比较棒的。郁达夫，是个大才子，你看他写绝句啊："干戈满地客还家，望里山河镜里花。残月晓风南浦路，一车摇梦过龙华。"怎么样？跟唐朝比怎么样？能比不能比？退化了，实在太差了，他是挺有才的了，我挑了半天挑了这么一首。后来我又去挑，陈毅的，也是绝句："南国烽烟正十年，此头须向国门悬。死后诸君多努力，捷报飞来当纸钱。"这个也不错啊，也不错就是"死后诸君多努力"啊，同"黄沙百战穿金甲，不破楼兰终不还""但使龙城飞将在，不教胡马度阴山"有得一比。但这首诗有一个巨大的缺陷，这个第二句蛮精彩的，但"此头须向国门悬"这句话的版权有问题，抄来的。抄谁的呢？如果抄好人的也就算了，抄了个坏人的："煤山云树总凄然，荆棘铜驼几变迁。行去已无干净土，忧来徒唤奈何天。瞻乌不尽林宗恨，赋鹏知伤贾傅年。一死心期殊未了，此头须向国门悬。"谁写的？汪精卫。汪精卫年轻的时候，很英雄的。他奋不顾身行刺摄政王，用鲜血唤醒民族。但事情不密，当场就抓住了，就准备死了，曾经有非常著名的《被逮口占》："慷慨歌燕市，从容作楚囚。引刀成一快，不负少年头。"我看这个绝句还是不错的，就是立即赴刑场，突然心里一震，就是砍了头也很痛快。有些"醉卧沙场君莫笑"那个味道，"不负少年头"，不辜负我这个漂亮的脑袋，这年轻的生命。但是比起我刚才讲的那个"城头铁鼓声犹震，匣里金刀血未干"，那实在是稍逊。我读了一点西方的诗歌，读了一点莎士比亚，读了一点普希金，从未能让我心灵这么震撼，那些西方人讲话太直了。西方诗歌跟我们是不同的道路，他们的直接抒发太多了，后来他们学我们的这个用意象来说话的这个办法，所以产生了意象派，以后有机会讲。

总的说来，我就说中国唐诗啊，你要懂得欣赏，要从绝句开始。主要是欣赏它的这个特殊的感情、特殊的想象，特殊的感情的状态，它动和静之间的，视觉和听觉之间的，它的转折和它的宁静，以及它的特殊的语句结构。你懂得了这些，再去欣赏唐诗的其他形式，你会觉得有一点门路。千万不要迷信一些先生、学者啊，唐诗的意境很好啊，意境的定义是什么呢？纠纷不休。不要理他，那是入不了门的。你一定要深入文本，到它的结构里面去研究它的精神状态，再加以比较。要胆子大一点。杜甫怎么样？杜甫的绝句就比较弱嘛，但他律诗很好。反过来说，李白的绝句很好嘛，但是他的律诗就比较弱。啊，这个艺术形式真是害死人的，它就不让人全面发展，是吧？总不能让你一家独占嘛，是吧？你看这个王昌龄作品不多，他这一首我认为是绝句中的绝对冠军。很可惜没人这么认为，我是非常孤独，今天我来讲一讲，看来你们听得挺入迷，我感到十分鼓舞。哪怕有那么几个人同意我，我就不负此生了。谢谢大家！

对话：

问题一： 杜牧的《清明》，您的解读是他先前是比较郁闷的境界，然后最后变得惊喜。但我，可能我的观点与您有点小小的偏差。就是最后两句他是"牧童遥指杏花村"，它一个"遥"字，虽然是杏花村代表了美好的希望，但因为是遥远，所以这一种希望就等于无啊，他本来是很郁闷的，这一下就是处于很绝望的境界。因为他第一句就是"路上行人欲断魂"嘛，现在是绝对已经断魂了。所以就想和您探讨一下。

教授答： 我很赞赏你这种勇气，向我提出挑战。我的意思是说，这个"欲断魂"是还没完全断魂，那么到了看到眼前有杏花村，虽然遥远，却眼前为之一亮，心情为之一振，是吧？是一个转折。你认为看见杏花村以后更加绝望了，我好像不是能够充分想象。"遥指杏花村"，他应该看见了，没多远啊，是吧？如果说遥远到不可及，就看不见了，我看得见的地方，那个酒家，是吧，那么走过去。我想人的眼睛大概可以看 5 公里吧，实际上没有 5 公里，不会绝望。就是说，我可能绝对了。我的心情为之一振，眼前为之一亮，但是呢还是有点郁闷。慢慢地慢慢地走近，越走越近，越走越近，越走越近，走到了以后，就不郁闷了。那我们就调和一下，对不对？谢谢你。

问题二： 孙教授，您好。我的问题就是您今天主要是从绝句的角度来讲的，我想请您简要谈一下这个律诗我们该如何来欣赏，是不是也可以用您这个意脉，这个感情变化理论来分析。

教授答： 对，我的意思是从绝句开始，如果你绝句都没搞清楚，那就不要谈律诗，甚至不要谈古风了。律诗也是有一个意脉的，不过它的格律更加严格。比如说我以杜甫诗为例，它情感的特点，沉郁顿挫。它非常深沉、郁闷，它就是精神波荡，而且开阔，然后一顿挫，突然一下往下降。最著名的一首，被认为是律诗里面最好的一首诗，就是《登高》："风急天高猿啸哀，渚清沙白鸟飞回。无边落木萧萧下，不尽长江滚滚来。万里悲秋常作客，百年多病独登台。艰难苦恨繁

霜鬓，潦倒新停浊酒杯。"这里边就有一个感情的起伏我告诉你啊。"风急天高猿
啸哀"，登高啊，站得很高，他听到猿的声音，登高望远嘛本来是啊，风急是登高
的结果，是吧？很哀伤，猿声可以是哀伤的，因为原来民歌里是"巴东三峡巫峡
长，猿鸣三声泪沾裳"，但在李白诗歌里面，猿声是快乐的，"两岸猿声啼不住，
轻舟已过万重山"。在杜甫这儿，猿声是悲哀的。"渚清沙白鸟飞回"，这是登高
的一个结果，他看下去，那沙滩，水滩，鸟飞回，居高临下才看到鸟飞来飞去。
"无边落木萧萧下"，落木也是落叶啊，但是不能讲落叶，这个"木"很重要，
"无边落木萧萧下"，无边，无垠啊，都是树叶子，秋天嘛，这形容空间的，满眼
都是落叶，悲哀是很豪迈的，无边无垠。"不尽长江滚滚来"，它不仅是空间的，
而且是时间的。你要知道中国的古典诗歌里，流水就是时间。"大江东去浪淘尽，
千古风流人物"，"千古风流人物"是时间，"大江东去"以空间写时间，这是孔
夫子留下来的典故，看见水啊，"逝者如斯夫，不舍昼夜"。这样就使得他的那个
悲哀啊变得宏大，一个是无边落木，整个的宇宙里面都是萧索，整个的时间，不
尽的时间也都充满了悲哀，非常宏大的空间时间里，容纳他的悲哀。但是，跟着
就来，马上他就转了一下，"万里悲秋常作客，百年多病独登台"。这写到自己，
突然变得小了，写到自己个人了，不是宇宙性的了，不是无尽空间了，变到自己，
顿挫一下。"万里"是指离家的远，秋天是悲哀的性质，"常作客"离家因为战乱
嘛，"百年多病"当然是夸张了，他没有一百岁，活到六十岁左右。又生病，又孤
独地在那儿登高，然后"艰难苦恨繁霜鬓"，就非常艰难地过日子，非常痛苦。繁
霜鬓啊，两鬓花白了，不像我这头顶花白了。"潦倒新停浊酒杯"，潦倒，日子过
得很穷困，连浊酒，最近都把它停掉了。所以他讲他这个人啊，他的悲哀啊，是
一下子宇宙般宏大，哗一下，又缩微成个人了，非常微小，甚至渺小，这个对比
很明显。他自己形容自己的文章和诗作沉郁，虽然是"沉郁"，很深沉，但有"顿
挫"，有起伏，而且起伏的幅度很大。也是用我的意脉来研究。这样，有了这个才
能讲意境。没有这个不要讲意境，是空的。好，谢谢你这个题目。

问题三：孙教授，您好。您研究诗歌的理论，总是从那个意脉入手，那么要
想把意脉这个理论真正适用于诗歌研究上，必须建立在情感的基础上。你必须要
了解诗中的情感，才能够通过这个理论来分析出情感背后一些更加深层次的东西。
但是唐朝有个诗人李商隐，他的诗写得非常隐晦，有的时候还让人有点捉摸不透，

而且我们根本就无法辨清他到底想要抒发怎样的一种感情。对于这类诗，我们是不是也能用您的那种意脉的学说来研究呢？

教授答：谢谢，谢谢，这个题目提得非常好，而且正中我的下怀。为什么呢？我研究过李商隐的诗，而且他最难懂的一首诗叫《锦瑟》："锦瑟无端五十弦，一弦一柱思华年。庄生晓梦迷蝴蝶，望帝春心托杜鹃。沧海月明珠有泪，蓝田日暖玉生烟。此情可待成追忆，只是当时已惘然。"我不能细讲了，因为时间有限，我讲最后一句。首先是"此情可待成追忆"，我这个感情啊，你不管它是爱情还是什么情，我们暂时不说。这个感情，可待，眼前没有希望，因为它有一个"庄生晓梦迷蝴蝶，望帝春心托杜鹃"，这个"望帝春心托杜鹃"一般是讲望帝的典故，我查的典故是望帝曾经跟他臣子老婆发生关系，后来被发现了，望帝就羞惭而死。这个，他的爱情是不能讲出来的，讲出来惭愧死了。没有希望的，是绝望的，但是很缠绵的。因为讲出来是极其羞愧的，羞愧得要死的，所以是此情可待。这个感情现在没有办法，"可待"，可等待，未来有希望；"成追忆"，等的结果是变成回忆，就是没等到。"只是当时已惘然"，当时就知道没有希望了，还要等待，等的结果是变成回忆。也就是早知没有未来，还要等待未来。就是我给它的定性，是缠绵的绝望，绝望的缠绵，因而引起你们至今许多年轻人的爱好。人们在谈恋爱的时候经常有这种感觉，这感觉是觉得绝望了还在希望。再读别的诗，用这意脉来研究是非常有用的，不仅是诗歌，而且散文，我都是用这个办法来研究的。好，谢谢你，这样一个非常深刻、非常令我开怀的问题。

谢谢诸位，特别感谢刚才民意测验的时候，有那么多跟我心心相印的人，谢谢！

苏东坡伟大，还是李白伟大？

在中国古典诗歌史上，只有一个人能和"李杜"有得一比，那就是苏东坡，他真是伟大，甚至比"李杜"更伟大，可就是没人讲他的伟大。今天我要来发一点狂论，用苏东坡的话来说，那就是"老夫聊发少年狂"。其实，苏轼写这首词的时候才三十来岁，按今天的标准来说，应该是青年，居然敢称老夫。这也许是宋朝的风气，年纪稍大一点，称老就容易受人尊重。欧阳修才四十岁左右，就自称醉翁。当然，那时人的寿命比较短。

苏东坡的才情，他的豪迈，他的潇洒，他的浪漫，可与李白相比，但是他有超越李白的强项，那就是学问。李白有天分，苏东坡也有天分，但是李白没有学问，苏东坡有。苏东坡做的那些策论，如论先秦六国之败、诸葛亮为政之失等雄文，皆是俯视千载，驱遣经史，笔阵横扫，情思奔泻，针砭时弊，规制国运，富铁肩道义之雄风，有倒流三峡之词采。这是"李杜"望尘莫及的。他在流放的时候研究《论语》，有《论语说》五卷。《论语》是语录、对话，苏东坡在逻辑上把它系统化了。按余秋雨的研究，说是到了朱熹那个时代，《论语》才系统化了的，苏东坡早过朱熹差不多一百年。他还研究《易经》，著有《易传》九卷。易经那多难懂啊，简直是天书，李白肯定没有耐心做这样的学问。

最关键的是，苏东坡还是个政治家，大政治家，李白、杜甫连小政治家都不是。杜甫诚心诚意想在政治上有所成就，他的政治理想叫"致君尧舜上"，如果得到重用，能使皇帝超越尧舜的水平，"再使风俗淳"，使得黎民百姓道德、精神境界高度纯净。杜甫不能成为政治家，有一个原因，他不会考试！考了两次都失败了！他自己公开说过"忤下考功第，独辞京尹堂"（《壮游》），考不成就不考了。而和他差不多同时期的贾至、李颀、李华等都考上了。杜甫在天宝末年还献了《三大礼赋》来歌颂皇帝圣明，唐明皇看了就让他试了一下文章，给了他一个小官——京兆府兵曹参军。《新唐书·职官志》说"兵曹参军事各一人，正九品上", 九品, 是个芝麻小官。"安史之乱", 皇帝逃到甘肃灵武, 他追过去尽忠, 当了右拾遗, 正八品, 算是升了两级。但他不识时务。他的朋友书呆子房琯打了败仗, 杜甫傻乎乎去辩护, 结果碰了一鼻子灰。李白一直没有参加科举, 有一种可能是他不是官宦出身, 也不是农民出身, 而是商人后代, 工商杂类, 无与仕伍, 没有资格参加科举。他就不走这条高考的独木桥, 干脆写诗营造名声, 再通过种种门路, 直接让皇帝赏识。当然, 还有一种可能是才气太大, 不拘一格, 考试的种种规格他受不了。

苏东坡之所以能够成为政治家, 后来还那么有名, 亏得科举这道门槛。历代科举, 录取率是很低的, 难度是很大的, 孟郊考了多次, 穷到把家具都卖了（借车载家具, 家具少于车）, 弄到四十多岁, 才考中进士, 才写出了"春风得意马蹄疾, 一日看尽长安花"。而苏东坡一考就中, 才二十一岁, 而且是兄弟两个一齐考中。当时的考试程序相当复杂, 先是从四川家乡跑到开封府考一场, 及格了, 还不算数。第二年正月, 礼部复试, 又及格了, 还不算。最后由皇帝殿试, 从二十一岁考到二十二岁, 和他十九岁的弟弟同时进士及第, 这是当时传为美谈的。

我们现在讲素质教育, 他素质又好, 应试也行。我们应该向他学习, 不要老是埋怨高考太难。

我年轻的时候素质大概也不错, 那是20世纪50年代, 也很会应试。我本来对数理化有点兴趣, 特别是化学, 情有独钟, 元素周期表, 看几次, 就背上了。那时我心中的偶像是门捷列夫。我立志当个门捷列夫式的化学家, 但是, 我更喜欢文学, 高中二年级就在《上海青年报》上发表诗歌和散文。挺得意的, 班上哥们儿崇拜我的不少, 我的外号一度叫作"高尔基"。当时我们备考文理不分, 我偏文科, 可毛主席号召全面发展, 我是共青团员, 我不能不响应伟大领袖的号召。多多少少上点心, 考试往往就有灵感, 常常混到挺好的分数, 好像到了奥林匹克赛场上, 能够超常发挥。当然, 毛主席也不知道我在混分数。（同学笑）有个女同学说我是"考试机器", 看见我眼睛都有点发亮, 挺漂亮的, 可惜当时我没有感觉, 因为我是团员, 原来叫作新民主主义青年团, 那年改成共产主义青年团, 我都宣过誓, 要为共产主义实现而奋斗。共产主义还没有实现, 就想着个人幸福, 太可耻了。（学生鼓掌, 大笑）等到上了大学想起那美丽形象, 为时已晚。人家写给我的信上说: "你太骄傲了。"我实在是太冤枉了, 那时, 还有一个原因, 是当时突然出了一套《东坡乐府》, 线装的, 没有注解, 但是, 我一看就着迷了, 还找字典查不认识的字，把课外时间都全部奉献，数学作业两个月不交。（大笑声）那个女同学发亮的眼光和苏东坡笔下的"冰肌玉骨"差太远了（笑声、掌声）。回想五十年代真是比较自由，老师也不管，期中考试数学 57 分，妈妈也不闻不问，老师很疼我，宽容得很，把我叫到讲台前，就说了一句"你怎么搞的？"（上海话：侬哪能啦！）行了，我心里有数了（阿拉晓得哉！），怎么办？我把《东坡乐府》放一放，努力两三个礼拜，好，下一次考试，89 分，好了，够了！没有必要考太多分！分数又不能吃！（同学大笑，鼓掌）太多了，还妨碍我看苏东坡，浪费生命。因为没有把生命浪费在考试上，高考填写志愿，我不知道当化学家还是文学家好，犹豫不决，后来老师说"你肯定要考北大中文系"。那时老师的话就是圣旨，托苏东坡在天之灵，一不小心，考取了北大。（同学大笑，热烈鼓掌）这当然是好事，可是对于中国的化学，损失就太大了，弄到现在还没有人得诺贝尔化学奖，都怪那让我考北大的老师，他已经过世了，所以他的名字，我就不说了。（同学笑）

当然，我还是佩服苏轼兄弟的，也佩服我自己，在应试和素质统一这一点上，我们应该是遥遥相对、息息相通。

李白和杜甫在应试这一点上，就不行了，都没有文凭，不如苏东坡，不如诸位，甚至不如我。李白和我都是把生命奉献给诗，这一点是相同的，但是，也有很大的不同。他老有一种大政治家的幻觉，说自己"奋其智能，愿为辅弼"，把全部智慧和能耐发挥出来，可以当宰相。我就没有这种雄心大志，我在学校里做的最大的官，就是小班学习委员，连当学生会主席的野心都没有。当然，我不如李白有心机。他通过某种后门，据说是玉真公主，还有他的道士朋友吴筠进入最高权力中心，受到了皇帝的欣赏，可以发挥他的"智能"了吧？可是呢，他对官场明规则、潜规则一窍不通，极端自由散漫。当时杜甫就写他，说"李白斗酒诗百篇"。这显然夸张，李白至今留下来的诗大约是九百多篇，如果按杜甫的说法，就是李白喝了九大杯酒的结果。但是，诗是想象的，是有权夸张的。但是杜甫又是很现实的，接着说他"天子呼来不上船，自称臣是酒中仙"。你要当宰相，皇帝请你去议事，你说不行，我要睡大觉，我是酒界的仙人，这怎么成？当然，后世有人同情他，说他得罪了权贵，小说家演绎，什么高力士脱靴啦，杨贵妃捧砚啦，不太可靠。事实上，李白是有点俗气的，现在《唐诗三百首》中还有他吹捧杨贵妃的诗，《清平乐》三首。说她是生活在王母娘娘群玉山头，美丽得如瑶台月下仙子（若非群玉山头见，会向瑶台月下逢），还有什么"一枝红艳露凝香，云雨巫山枉断肠"，这显然牵涉性事，将之诗化，是不是很肉麻？何况那时杨贵妃民愤很大，"安史之乱"，长安沦陷，唐明皇出逃，半路上兵谏，说不把杨玉环杀了，就不干了。歌颂她，应该是李白的最大败笔，人生最大的污点。就艺术水准而言，所用语言，大抵也是套话，陈词滥调，二流半水平。但是，《唐诗三百首》的编者，那个蘅塘退士，居然把它当作杰作选进去了。他在艺术鉴赏上，说得好听一点，是看走眼了，不好听，用《红楼梦》的话语就是"糊涂油蒙了心"！最糟糕的是，这个蘅塘退士叫孙洙，这是非常遗憾的，他居然也姓孙。

后来，唐明皇觉得李白根本没有什么政治才能，就很客气地"赐金放还"，送了点钱让他走路。他就索性游山玩水，求仙问道，"五岳寻仙不辞远"（《庐山谣寄卢侍御虚舟》），可实际上是不甘寂寞的。等到"安史之乱"发生，新接位的皇帝肃宗李亨，让他的兄弟永王李璘，在东南这一代巩固后方。这位李璘呢，可能有点雄心，也许是野心，就扩大地盘，招兵买马，无非是大展宏图吧。抓枪杆子不够，还要抓一下笔杆子，扩大社会心理认同感。正好李白就在附近（庐山），请了三次，把他请去了，其实当他花瓶，清客。李白却兴奋起来，就歌颂李璘，《永王东巡歌》一写就是十一首。李白幻想就更膨胀了，说是"但用东山谢安石，为君谈笑静胡沙"。你要用我，我就是谢安哪，随便下下棋谈谈天，安禄山的大军就望风披靡啦。李白本来想象自己是政治家，现在又变成军事家了。这样吹吹就算了，但是，他实在是头脑发热，连话语都犯了原则上的错误，"试借君王玉马鞭，指挥戎虏坐琼筵"，称永王为王，可以，但是称他为"君"，这个问题就比较大了。天无二日，民无二主。永王成了君，把北方的真命天子往哪儿放？连起码的政治常识都没有，还想吃政治饭！其实李白的朋友高适也接到邀请，可高适有政治头脑，觉得永王李璘不靠谱，没有应聘，反而到北方皇帝面前陈说利害。北方皇帝老哥，本来就担心老弟在南方这块富饶而未经战乱的土地上一家独大，功高震主，尾大不掉，就找了一个借口，派一个大将去把他消灭。派的谁呢？也是个著名的诗人——高适。这个人诗写得不如李白，打仗可比李白强多了。三下五除二，永王璘逃到岭南死于非命，李白就当了俘虏。这下可惨啦，下了江西浔阳监狱，罪名属于谋反的性质，要杀头的。幸亏当时掌握军权的宋若思欣赏他，保他出狱，优待他。但是，过了一年，死罪可恕，活罪难饶，就判了个流放夜郎。为什么是夜郎？不是有个谚语叫"夜郎自大"吗？典出《史记·西南夷列传》，在唐代文人中应该是常识性的。你不是会吹吗？那就到那个最会吹的地方去吧。李白这时不仅是政治上犯罪，而且道德上破产，在士大夫中被绝对孤立，杜甫在怀念他的诗里说"世人皆欲杀，吾意独怜才"（《不见》），整个中国除了杜甫，没有一个人同情他。

流放是个什么罪名？隋唐时期，笞、杖、徒、流、死五刑制正式确立，流放仅次于死刑。虽然不像"笞""杖"那样要打烂屁股，但是，要被押解到边远地方去劳改。流放的远近，按照罪行的轻重划分，以首都长安为起点，分为三千里、两千五百里和两千里三等。到达流放地后还要自己种一年田。除非得到皇帝的赦免，终生不得返乡，妻妾必须要跟随。李白流放时，有没有小老婆未知，似乎是没有。不过他结过几次婚，现任太太还来送行。李白有写给她的诗说"南来不得豫章书"（《南流夜郎寄内》），说明太太还留在南昌。有一种可能，战乱时期，纲纪废弛，又是著名大诗人，郭子仪保过的，官方睁一眼闭一眼了。传说几年前，李白在朝廷时，出于侠义精神，救过郭子仪一命。沿途有时还有人请他，看风景写诗。

伟大诗人，本来雄心万丈，当不成大军事家、政治家，求仙学道，弄个长生不老也不错啊，可是到头来，落得个劳改犯的下场。我才疏学浅，没有研究过唐朝流放犯的具体待遇，不知道是不是像《水浒传》中的林冲、宋江那样脸上刺字，那种制度还没有形成。至于夜郎，现在学者有争议，按司马迁说，则是在云南，学者也有说是贵州遵义附近，还有说是湖南西部。反正是两三千里之外啊。李白后来夸张地说："夜郎万里道，西上令人老。"（《经乱离后天恩流夜郎忆旧游书怀赠江夏韦太守良宰》）这么远的地方，可不是旅游，骑马、乘车是不可能的，官路驿道还好，可是有些地方是没有官路的，免不了翻山越岭，也有些连脚都难走的路。当然，有时也走水路，从江西逆长江而上，李白《上三峡》中有云："巫峡夹青天，巴水流若兹。巴水忽可尽，青天无到时。三朝上黄牛，三暮行太迟。三朝又三暮，不觉鬓成丝。"李白得意时写到生命苦短，有黄河之水天上来的豪迈，这次长江航行就没有了奔流到海的气势，相反有一种度日如年的哀痛："三朝又三暮，不觉鬓成丝。"伍子胥出逃楚国，过昭关，一夜愁白了头发，那是传说，李白这下子，可真正体会到了三夜就白头的煎熬。这样痛彻骨髓的绝望感让李白失去了一贯的浪漫。想想看，他已经五十八岁了，身份是个老囚徒，律令规定是要戴上某种刑具的，是不是像京戏里那样戴上枷锁？不过京戏里的枷锁是道具，也许是泡沫塑料做的，很轻的，囚犯的枷锁可能是有相当分量的。是不是要像林冲那样受到解差的虐待，无从查考了，但是沿途的餐饮住宿都要自己支付。没有银子，官家垫付，到了流放地官家分发农具、种子、牛羊等，一年后偿还，还要给国家缴纳税赋！

我们的浪漫诗人，当年贺知章在长安一见他就说他是"天上谪仙人"，这是天上下凡的，他自己也常常在诗里面飘飘欲仙，连皇帝的召见都要搭架子，居然弄到戴着刑具徒步千里的程度，可真是海船翻到阴沟里了。"巴水忽可尽，青天无到时"，流放犯的苦日子几乎是没有尽头的。就在他叹息收不到太太家书的时候，那是乾元二年，公元759年，"安史之乱"第四年，《大唐诏令集》载："其天下见禁囚徒死罪从流，流罪以下全免。"流放犯全部赦免，李白正是依此诏免流。但是，这时交通不便，赦书还没有到达，他老人家还要徒步走几百里的冤枉路。皇帝为什么大赦呢？关中大旱。李亨可能觉得老天对他有意见了，做事情太过分了。这就是李白后来在诗中所说的"五色云间鹊，飞鸣天上来。传闻赦书至，却放夜郎回"（《经乱离后天恩流夜郎忆旧游书怀赠江夏韦太守良宰》）。天才诗人李白的命运戏剧性太强了，真是乐极生悲，否极泰来，一会儿被命运宠爱，一会儿又被命运惩罚，厄运坏到极点突然好运从天而降。李白逆来顺受，连苦笑都没有学会，就时来运转了。真心的大笑本来是不用学的，但是，他毕竟老了，不会像当年得到皇帝诏命的时候那样"仰天大笑出门去"，但是，写了《下江陵》。

> 朝辞白帝彩云间，千里江陵一日还。
> 两岸猿声啼不住，轻舟已过万重山。

政治上、道德上的压力一下子解除了，政策落实了，恢复了自由身，同样是舟行，李白完全没有了"三朝又三暮，不觉鬓成丝"的悲苦。那两岸的猿声，本来在郦道元的《水经注》中是"巴东三峡巫峡长，猿鸣三声泪沾裳"，这时，不但一点悲凉之感都没有，相反把李白陶醉得忘记了千里之遥、崇山之险，归心似箭的躯体变成了轻舟飞越万山。这首诗被后世的诗评家认为可以列入唐人七绝"压卷"之作。到湖南岳阳楼的时候，这个年近花甲的老人，又兴奋起来，激发出青春的豪情，写下"划却君山好，平铺湘水流。巴陵无限酒，醉杀洞庭秋"。又写了"云间连下榻，天上接行杯。醉后凉风起，吹人舞袖回"（《与夏十二登岳阳楼》），李白连一点劳改犯的心灵伤痕也没有留下，一下子又飘飘欲仙了。我也说不清，他是太孩子气了，太可爱了，还是太健忘，太可恨了。虽然如此，由于流放路上的折磨，元气大伤，剩下的寿命不过两三年了。

从气质上看，李白他就不是政治家的料，其实，他就是一个被天才的想象力宠坏的孩子！好像永远长不大！可是苏东坡是政治家。

苏东坡有过政治实践，一度掌握过中央和地方相当大的权力，对国家有担当，有政治主张，大义凛然。作为一个正直的政治家，他的人格是很光彩的，坚持自己的观念，不顾安危。王安石变法，当然是对的，但是搞得太猛，吏治太腐败，好事变成了坏事。比如说有一种叫"方田均税法"，土地多的交的税少，土地少的反而多了。王安石提出，重新丈量一下，田多多交，田少少交。但是，上有政策，下有对策，丈量的人收了贿赂，地主的田变少了，农民的田变多了。农民就非常恼火。又比如说"青苗法"，本意为避免春荒时期，农民向豪绅借贷度荒，官方出钱利息较低。但是在实行过程中，官吏上下其手，在申请、审批、还贷过程中，捞取好处，弄得利率比民间更高。如官方利率本是二分，到了地方变成了三分，实际上更多。司马光在陕西西路为青苗法算过一笔细账，农民借陈米一石，到麦收时要还一石八斗七升五合，比豪绅更高。好多人咒骂王安石，在家里点了香诅咒，但愿他早死。在这种情况下，苏东坡就变成了反对派。虽然他和王安石互相欣赏，但是也互相争辩，毫不容情。对于变法，他曾经多次上书批评皇帝，小而至于宫中节日购灯与民争利，皇帝听从了，大而至于变法，作《上神宗皇帝书》不过瘾，又来个《再上神宗皇帝书》，其中有这样的语言：

今日之政，小用则小败，大用则大败，若力行不已，则乱亡随之。

这样的行文，虽然是在尽争谏之责，但是，意气用事，情绪化也跃然纸上。厉行变法的神宗居然没有龙颜大怒，实在是够宽容，但是，内心的不快也是可以想象的。

有一次苏东坡主持科举，一个我们福建邵武的考生阿谀变法，吕惠卿（王安石的手下，一个品质恶劣的小人）把他弄成第一名，苏东坡坚决反对，殿试最后由皇帝拍板。苏东坡认为这是原则问题，评价准则应该是批评时政，这个考生阿谀逢迎，将败坏科场风气。皇帝定了，无法改变。他没有像杜甫那样，去歌颂皇帝写什么《三大礼赋》，而是写一篇同题而唱反调的文章《拟进士对御试策》，抨击时政，把当时表现得轰轰烈烈的变法比喻为"乘轻车，驭骏马，贸然夜行，而仆夫又从后鞭之"。这等于说皇帝推行新政无异于盲人瞎马。

作为考官，居然这样放肆，个性太张扬了，太任性了，也许还太天真了。

《宋史》关于苏轼后有"论曰"这样的总结：

> "……既而登上第，擢词科，入掌书命，出典方州。器识之闳伟，议论之卓荦，文章之雄隽，政事之精明，四者皆能以特立之志为之主，而以迈往之气辅之。故意之所向，言足以达其有猷，行足以遂其有为。至于祸患之来，节义足以固其有守，皆志与气所为也……"

而《旧唐书》中有关李白杜甫的传记，只是诗人而已，后面就没有任何这样的赞语。

苏东坡这样得罪皇帝，在中国历史上并不是个别的，但是，确系中华文化精神的精华所在。在皇帝专制绝对化的传统下，这样犯颜直谏，不但要冒着政治前途被毁的风险，而且还有生命的危险。但是，就是在君权天授的体制下，中国文化，主要是儒家文化孕育出成仁取义的豪杰，前赴后继，不亚于西方的布鲁诺在罗马鲜花广场反抗地心说，在火刑中献身的精神。

当然改革派中也有正派人，如王安石不理解他的思想，阻挠他的任命，但是，对他的人格学问还是很尊重的。而且他有政绩，在苏州留下了苏堤①。杭州本来近海，水很咸，居民很少，唐朝官员，包括白居易治理了一番，留下了白堤。到了宋朝水利失修，"水无几矣。漕河失利，取给江潮，舟行市中，潮又多淤，三年一淘，为民大患"，水很少，等待潮水来才行舟，又留下了淤泥，三年就要清理一次，老百姓挺苦恼的。苏东坡把它治理了一下，留下了苏堤，这才有了"上有天

---

① 《宋史·苏轼传》："杭本近海，地泉咸苦，居民稀少。唐刺史李泌始引西湖水作六井，民足于水。白居易又浚西湖水入漕河，自河入田，所溉至千顷，民以殷富。湖水多葑，自唐及钱氏，岁辄浚治，宋兴，废之，葑积为田，水无几矣。漕河失利，取给江潮，舟行市中，潮又多淤，三年一淘，为民大患，六井亦几于废。轼见茅山一河专受江潮，盐桥一河专受湖水，遂浚二河以通漕。复造堰闸，以为湖水蓄泄之限，江潮不复入市。以余力复完六井，又取葑田积湖中，南北径三十里，为长堤以通行者。吴人种菱，春辄芟除，不遗寸草。且募人种菱湖中，葑不复生。收其利以备修湖，取救荒余钱万缗、粮万石，及请得百僧度牒以募役者。堤成，植芙蓉、杨柳其上，望之如画图，杭人名为苏公堤。"

堂，下有苏杭"的美誉。他在徐州为官，抢救水灾，亲临第一线，置安危于不顾，受到了朝廷的表彰。

皇帝虽然开明，欣赏他，可他老是触犯龙颜，日积月累，潜移默化，皇帝容忍度降低了。这一切，都为他后来遭到流放聚结着危机。加上有小人从中捣鬼，抓住了他写的一些诗说是他毁谤圣上，皇帝顶不住就治他的罪了，流放了，和李白差不多了。但是，他的政绩显赫，遭难时，许多老百姓为他焚香祈祷；他的人格魅力强大，被冤时，朋友冒着风险上书解救，遭到惩罚。司马光和黄庭坚等还被罚了三十斤铜。

除此以外，苏轼超过李白、杜甫，还是一个散文家。他的散文可分为两类，一是思想很深邃的策论和史论，二是艺术性的散文。他在中国散文史上是有地位的，是"唐宋八大家"之一。当年进京殿试，试官是梅尧臣，一看苏轼文章就欣赏不已，呈主考官欧阳修，更是觉得既有儒家风范，又个性锋芒，语意敦厚、朴实，颇有古文大家气度。宋仁宗看了他和他弟弟的文章，曾经对皇后说："我为子孙得了两个太平宰相。"欧阳修后来看了他的书信，说："读轼书，不觉汗出，快哉！快哉！老夫当避路，放他出一头地也。"

你们都读过《记承天寺夜游》，才一百个字不到，就写出竹柏之影如藻荇，乃月色积水空明之效果，而欣赏竹柏之影，又是心灵闲适的效果，全篇都是散文句，好像随意得很，却成为经典。不像李白《春日宴桃李园序》那样用了那么多的骈句，摆足了做文章的架势。苏轼的《石钟山记》，不像李白仅仅是游山玩水而已，而是上升到智性，批评了"事不目见耳闻，而臆断其有无"，连郦道元都没有逃过他的批评。

他还是一个散文理论家。他的理论千年以后还很经典。写散文要怎么样才好？要"大略如行云流水，初无定质，但常行于所当行，常止于所不可不止，文理自然，姿态横生"（《答谢民师书》）。

他又是大书法家。我特地跑到赤壁去看了他手书的《赤壁怀古》，还在前面自拍，意在把那百分之一秒的微笑，刻在时间的唇上。很可惜由于技术不行，没拍好，打开给你们开开眼界。我不懂书法，也不知道那是真的还是假的。反正我这个人是真的，嘿嘿。（同学大笑）

他还是个画家，大画家，画竹是很有名的，特别善于画墨竹。画家文与可，在京都是他的同事兼朋友。大画家米芾在他流放时专门来访问他。更可贵的是，苏轼还是绘画理论家。他还发展出一种画论，反对形似，说"作画以形似，见与儿童邻"，总结了中国文人写意画逸笔草草，不求形似。他还提出"诗画合一"的理论，本来画是画，诗是诗，是吧？但是他在《书摩诘〈蓝关烟雨图〉》说："味摩诘之诗，诗中有画；观摩诘之画，画中有诗。"这是说，诗与画的好处在皆长于视觉意象。他更杰出的贡献在于把诗写到画里去。西方的油画家，一般不是诗人，绝对不会把诗写到画里去的，但是，中国大概从魏晋以来，就有诗书画合一的传统。因为西方写字用鹅毛，画画用刷子，鹅毛根本蘸不动油料。中国人画画、写字、写诗都用软软的毛笔，蘸的都是墨水，自然而然，渐渐就把字写到画里去了。这种题款，在唐以前是没有的，有时，只是把自己的名字题在不起眼的地方，叫作藏款。随着文人画的兴起，苏轼、文与可、米芾开始在画上展示书法，或诗或文，后来就把画里表达不尽的意味用诗写到画上去。清人方熏《山静居论画》云："款题图画，始自苏米，至元明而遂多。"到了石涛，扬州八怪，几乎每画必题，造成中国诗书统一的奇观。应该说，他和大画家米芾是开风气之先，不仅把书法写到画里去，更大胆地把诗歌与书法融入画里去。本来诗是画的附属品，到了苏东坡手里，居然诗比画还精彩。他的题画诗相当多，有位陈才智，把苏轼的题画诗汇编成一本。最著名的是题在他的朋友惠崇和尚《春江晚景》上的："竹外桃花三两枝，春江水暖鸭先知。蒌蒿满地芦芽短，正是河豚欲上时。"如今惠崇的画已经为时间淘汰了，他的题画诗却千年不朽，其中的"春江水暖鸭先知"脍炙人口，成了哲理性的格言。

苏轼敢于把诗写到画里去，可能与他还是一个书法家有关系。

他的诗画合一论是很有中国文化传统精神的，没有中国文化底蕴是看不懂的。20世纪90年代，我在华盛顿参观美术馆的中国馆，有好多中国画，一个中国教授带着儿子去看画，那个孩子的审美已经美国化了，就说："怎么搞的，画里面怎么有好多字写进去了？"父亲就讲："这是诗啊。""这不是把画给破坏了吗？"爸爸讲了半天，孩子还是莫名其妙。我就插了一句，这不是"破坏"，而是中国人跨文体的独创。宗白华先生有过评价，在画幅上题诗、写字，藉书法以点醒画中的诗意。中国诗、书、画统一，举世无双。发展到郑板桥画竹，用草书的笔法画竹竿，隶书的笔法写竹叶。有时，诗句占据了画面很大空间，不但不破坏画境，相反提高了诗、书、画三种艺术合一的意境。在西洋画上不管是写实的，还是抽象的，题上诗句，肯定不伦不类，破坏幻境。

苏轼还是一个哲学家。他研究过佛学，研究过道家，把儒家的入世思想、道家的顺道无为、佛家的出世思想融为一体。所以从文化素质来讲，他是中国文化更全面的代表。

说了这么多，差一点忘记了，苏东坡他还是个美食家。在中国饮食文化史上有贡献的，他推广的东坡肉，至今还是一道名菜。（学生哄堂大笑）这一点李白不可望其项背。李白只会夸耀他饮食有多豪华："金樽清酒斗十千，玉盘珍馐直万钱。"（《行路难》）这没有什么，无非就是钱多，明显有诗的夸张，还是从曹植的"归来宴平乐，美酒斗十千"（《名都篇》）中套来的。苏东坡流放到海南岛蛮荒之地随遇而安，享受特产："日啖荔枝三百颗，不辞长作岭南人"。一斤大约是五十颗吧，三百颗，是多少？六斤。你们能吃得下吗？福建莆田是产荔枝的，那里的人吃荔枝超过半斤，就要流鼻血的。苏东坡写自己贪吃的一句诗，增加了荔枝的文化含量。不过可惜的是，现在产荔枝的地方，不拿它当文化，而是拿它当广告。最明显是把它和杨贵妃弄到一起，用李商隐的诗"一骑红尘妃子笑，无人知是荔枝来"来提高商品价值。不知别人怎么样，反正我的感觉是斯文扫地。这个暂且不去管它。第二，我好奇的是，他一个流放的官员，又是花甲之年，如何每天从树上采下这么多荔枝？他的办法真叫人佩服。他让猴子上树去摘，猴子贪吃，慌慌张张，荔枝就掉到地上，成就了苏东坡的口福。

他实在是太有才了，文化成就太全面了。宋朝近三百年的诗史中，他的诗与黄庭坚并称"苏黄"。他的散文与一代文宗欧阳修并称"欧苏"。他的书法，是"苏黄米蔡"宋四家之首。其书用墨丰腴，轻重错落，大小悬殊，天真妩媚。黄庭坚曾说："本朝善书者当推（苏）为第一。"杜甫说"李白斗酒诗百篇"，我是不太相信的，但是，苏东坡喝醉了稍稍醒来就索取文房四宝，写他的"醉书"。我曾经跑到赤壁去，看那石头上他写的《念奴娇·赤壁怀古》，后面就有他自述是醉书。这个书法大师，真是太浪漫了，和陶渊明喝醉了以后随便写下诗句，等到酒醒了再编辑一下，有异曲同工之妙。

中国文化到了宋朝，经两三千年的积累，达到辉煌高度。陈寅恪曾说，"华夏民族之文化，历数千载之演进，造极于赵宋之世"（邓广铭《〈宋史职官志考正〉序》）。诸位，我引用这位大师的话，是要提醒大家，宋朝虽然武功不强，不如唐朝，但是文化综合水准上却超越了唐朝。和苏东坡同时，文化天宇上可谓星汉灿烂，范仲淹、欧阳修、王安石、司马光、梅尧臣、李公麟、米芾、文与可、黄庭坚、秦少游等，还有苏轼的父亲苏洵、弟弟苏辙，每一个都发出不朽的光华。在繁星争辉的天空，苏东坡这颗星是特别夺目的，他的文化成就是全方位的，他的光华是赤橙黄绿青蓝紫，是彩虹式的。

但是，诸位请注意，每逢我说"但是"的时候，往往是特别重要的，因为我独特的见解，我的老年狂，往往就在"但是"之后，而不是在"但是"之前。

但是，回到"但是"上，光有这些，他还很难称得上伟大，他最了不起的是把这多方面的文化素养，诗情画意、人格担当，道家、佛家和儒家的哲学修养，还有他的天分，集中到一个焦点上，凝聚在他的词里面。如果没有在词的艺术上的贡献，苏东坡就不是苏东坡了！正是在词里，凝聚了他伟大的气节、人格的精华，他的艺术天才是中国文化的全面结晶，让一千多年后我们享受到和他零距离的精彩。

但是，我又要"但是"了，（同学笑）他并不是一开始就写词的，现存的史料证明，他是在当了杭州通判以后，才开始填词的。但是，请允许我再"但是"一回，（同学笑）他开始的词写得不太出色。光凭这个时期的词，他还只是一个比较不错的词人，但是，（同学笑）我还要"但是"，还不能成为伟大词人，他要成为伟大词人，光靠他自己天生的才气不行，光靠他自己用功还不行，但是，我不说"但是"了，说"而且"行不行？（同学笑）还要一个条件，那就让他遭遇一回大难，让他面临死亡的威胁，把他折磨个半死，让他从一个有作为的清官，一个旷世才子，像李白一样被流放，没有房子住，甚至饿肚子，自己走后门，开一块地，东坡，来耕种。所以也就有了苏东坡这个平民化的名字。本来苏轼的"轼"是一辆车厢上面用来扶手的横木，车子上有车厢是很贵族的，甚至是君王才有的。"魏文侯过其闾而轼之"，是凭轼致敬的意思。他的志向是有所作为辅佐帝王，而东坡则成为地地道道的农夫。只有经历了这样大起大落的折磨，他的全部天才，才能从逞才使气的放浪形骸中解放出来，在艺术上、在思想上得到辉煌的升华。

这是苏东坡的不幸，可是，这样回避一下"但是"，（同学笑）却是中国文化的大幸。严峻的苦难造成了最灿烂的辉煌，这是历史的规律吗？不一定的，李白遭难以后所写的作品并不比遭难以前好。而苏轼是在灾难中，以宏大的气度把词的视野解放了，把它带到时代的江河、生命的原野，以一股气贯长虹的浩然之气，横扫了词坛。他为词坛开疆拓土，他自己可能也没有想到，就这样，日后被奉为一代豪放词宗，成为这个领域里的无冕之王。他不会打仗，宋代会打仗的文士不多，但是，居然有一个"气吞万里如虎"的将军成为他的追随者，那就是辛弃疾。中国词坛上，"苏辛"珠联璧合，艺术上的成就堪与"李杜"争光。

如果没有词，没有跟词相结合的赋，哪怕他是一个政治家，也没有什么特别了不起。在中国历史上，这样大义凛然、不要命的、舍生取义的政治家，通晓儒家、道家、佛家哲学的学者多了去了。他的绘画、书法在中国美术史上，算不上第一流的。正是他把词带到中国文化史的昆仑之峰，正是由于在昆仑之峰，他的散文、书法、绘画，他的文论，他的哲学，甚至于他的人格，才变得更重要，闪现出伟大的、夺目的虹彩。

但是，这是最后一个"但是"，（同学笑）要真正理解他的伟大贡献，我们必须先要看一看在他的豪放之风席卷词坛之前，词的艺术处于一种什么样的状态。只有这样，才能说明苏东坡的伟大。

要对中国诗歌史做出历史贡献难度是太大了。艺术的积累不是以年月日计的，天才的产生，概率很小，不是平均数的，是带着偶然性的，因而是以世纪计的。从沈约搞平平仄仄，四个世纪以后，近体诗才出现"李杜"。要在词这个领域里积累起与唐诗并驾齐驱的成就，产生堪与"李杜"媲美的伟大词人，甚至超越"李杜"的才华，历史不得不耐心等待。事实是，历史等待了两百年，只等来了一个李煜，也算是天才吧，但是只是小令，还没有长调，其艺术成就比"李杜"还差不止一个档次。历史还要等待两百年，加起来四个世纪，苏东坡出现了。中国诗歌史上与唐诗的万丈光焰可以争辉的时代开始了，与"李杜"可以相得益彰的巨星出现了。这颗巨星出现在人类文学史的天宇上，特别炫人眼目，因为这时欧洲的天空还处在中世纪的黑暗之中。欧洲人还要等两个世纪，文艺复兴的启明星才出现在地中海的一个半岛上。

苏东坡的辉煌说来话长，请允许我卖一下关子，下一次讲吧。请你们耐心等待。不过不需要待四个世纪，也不需要两个世纪，只要等二十四小时，我就不是偶然，而是必然地出现在这个讲坛上。（同学热烈鼓掌，欢呼）

2018 年 10 月 15 日

（蒋烨林根据录音整理，作者修订）

演说两个李清照

——调寄梁衡《乱世中的美神》

一

朋友们，大家好。

今天呢，是一位女诗人的生日，这位诗人是中国文学史上声誉最高的女诗人。她主要是写词的，她留下的诗词，后人把它收集起来，用上海话说，杭不朗/一塌括子，有九十首，可靠的也就五十首左右，只及李白的十分之一，杜甫的二十分之一，但她却获得了千古第一才女的桂冠。她是谁呢？

相信你们大多猜到了，她就是李清照。今天是 3 月 13 日，如果李清照还活着，现在是九百三十六岁，好老啊，也许老态龙钟，也许形容枯槁，满脸皱纹，像核桃一样的，看起来很可怕了。但是，我们读她的词，好像她还活着，二三十岁，最多四十岁，音容不老，风韵长存。如果我们要为她庆生，做她的庆生派对，要选一首词作为生日的主题，你们最青睐哪一首呢？

李清照留下了许多千古不朽的名句，最为脍炙人口的当然是《声声慢》："寻寻觅觅、冷冷清清，凄凄惨惨戚戚。"许多读者就是这样走进李清照的艺术世界的。多少年来，李清照在读者的心目中，就定格为深沉郁闷的、忧愁凄凉的、孤独苍白的形象。其实，这只是她生命画卷的一部分。从整个人来说，很不全面。实际上，她是一个大家闺秀。父亲李格非，中过进士，是北宋的文学家，官当到礼部员外郎，母亲是状元王拱辰的孙女。丈夫赵明诚的父亲赵挺之，做到御史中丞，还当过丞相——中央政府总理。整个家庭社会地位是相当优越，文化水准高，书香门第，耳濡目染，所以养成她高雅的文化品位。

作为女性，写词，即使才华横溢，也并无男性之社会功利，充其量不过是关起门来自娱自乐、自我欣赏。但是，李清照不但把一切男性词作者不放在眼里，而且还公开写成文章，将上下百年的词坛权威纵笔横扫。

文章叫作《词论》，文风相当率性，口气大得吓人，从世俗眼光看，一点不像大家闺秀那样温文尔雅，更谈不上我们印象中的凄凄惨惨切切。当时举国享有盛名的当红词人柳永，被她贬为"词语尘下"。张先以一句词获得"云破月来花弄影郎中"的雅号，宋祁以"红杏枝头春意闹"被誉为"红杏尚书"，在她看来，虽时有妙语，实在支离"破碎"，不足成为"名家"。甚至晏殊、欧阳修、苏东坡这些文坛、词坛的领袖啊，她也不屑：虽然学问很大，所作只能算是"小歌词"、小儿科，好像是用蠡壳去舀"大海"，不过是句子长短不齐的诗，"句读不葺之诗"，而不能算是合格的词。真是胆子大到有点包天了，要知道，她父亲李格非，以"苏门后四学士"为荣啊。至于王安石、曾巩，名列唐宋八大名家啊，她说，写文章还马马虎虎，写出词来，就读不下去。因为他们根本不懂得"词别是一家"。[①] 也就是词和诗还有散文，有着很大的不同，并不是"诗余"。这一点"知之者少"，懂得词的人太少，晏几道、贺铸、秦观、黄庭坚这些大名人，就算是懂一点，但是风格太低，好像穷人家的漂亮女孩，缺乏高贵气质。一言以蔽之，所有大家、名家都不行，只有她行，她写的才叫词。话说得这样狂，这样野，不可一世，完全是个词坛巾帼英雄的姿态，旁若无人，自信自恋，这样看来，她的形象好像不太悲苦、凄凉、孤独嘛，是不是？印象中面色苍白，被凄凉郁闷压倒的弱女子，在艺术上居然有这样雄视古今的气魄，难怪后世有评论家认为她是"妄评"，胡说八道。这些人不理解，在词的创作上，她可真是心比天高。在《渔家傲》中曾经和老天对话："仿佛梦魂归帝所，闻天语，殷勤问我归何处。我报路长嗟日暮，学诗谩有惊人句。"她语出惊世的追求，无法在世人中得到共鸣，只能向老天诉说。批评她的人没有注意到，在横扫一切的笔阵中，她留下了一个空白，那就是李后主，是饶他一马，还是内心怀有敬意，我们下面再说。

当然，她的说法是有些偏颇的，多数评论家并没有对她一棍子打死。原因是什么呢？我想，从理论上来看，第一，她对词这一体裁有独特、坚定的文体意识：一不能以文为词，这个没问题，大家都能同意；二不能像苏东坡那样以诗为词，从词的独特性来说，不无道理。苏东坡的确有时不顾词律，例如，著名的《赤壁怀古》中，"浪淘尽，千古风流人物"其中的"浪淘尽""尽"该不该是仄声，就

---

① 参阅孙秋克评注《李清照诗词选》。

有争议，故黄庭坚手书本改为"浪深沉"，当然，这一改，时间的宏大意味就荡然无存了。"多情应笑我，早生华发"，前五言，后四言，有人以为应为前四后五。但就改为"多情应是，我笑生华发"，也不见高明。

她对苏东坡的词，对豪放派，看不入眼，是出于对词的艺术形式的坚守。词和诗不同，不要搞错。词的性质，从根本上说呢，是歌词，是先有音乐，再根据词牌把文字填进去。词要受到乐曲的制约。豪放派往往不顾乐曲规范，不讲究五音、六律、清浊，在她看来，就有点侵犯了词的神圣规范了。至于婉约派柳永，不是和她一样依曲填词吗？她也有点不屑其"语词俚下"，也就是语言不雅，感情太俗。她追求的是高贵典雅。虽然不无偏颇，但她的《词论》呢，在坚持词的文体独立性上是很有理论价值的。因为一般都认为，词是"诗余"，和诗差不多，诗的下角料。实际上不是，词不是诗的才情横溢漫出来一点成为词，不是的！词，是另外一种文体，诗和词，不是父子关系，而是兄弟关系。诗不是词的老子，词不是诗的儿子。你们有没有注意到，我这样说，不是很妥当的，是不是有点男性中心主义作怪？对于她，更准确地说，应该是，诗与词应该不是母女关系，而是姊妹关系。

最早的词不是从诗衍生出来的，而是起自民间，可以说是民歌体，跟绝句、律诗风格完全不一样。20世纪初，发现了敦煌曲子词，才证实了词早在唐朝的开元天宝年间就非常盛行了。

词的形式的独特规律比较深邃，她感觉到了，她有独特的情致，又有形式的坚守，水平就不同凡响了。当然，是自发的，没有抽象出理论。把艺术奥秘用理论语言概括出来，难度是很高的，可能不亚于论证歌德巴赫猜想。这并不奇怪，我们讲了至少几千年的汉语，语言学者、大师连什么是主语都吵了近一百年，还没有定论。词话家，还有近百年的大师，王国维啊，唐圭璋啊，叶嘉莹啊，他们的学问比我大太多了，都不能从理论上概括出词与诗的不同规律，不值得大惊小怪的。

但是，请允许我诚实地、正经地说，我发现了一些规律——我不能马上就说，那样太枯燥，你们没法感觉，不好玩。我想最好的办法是，从具体作品中分析出来，让你们开开心心地享受一下词的艺术。拿个案文本作细胞形态的分析，也就是"细读"，但是不能像美国新批评那样，完全不管作家的生平经历。

李清照18岁的时候，和太学生赵明诚结婚了。那时没有自由恋爱这档子事，都是包办婚姻，但有传说李清照还是比较时髦的，不完全是包办。一次和赵公子在庙里相遇了。两个人是怎么看上的，没有文献记录。是不是李清照长得很漂亮？没法说。散文家梁衡先生在《乱世中的美神》中说"她一出世就是美人胚子"，我不大相信。没有文献根据，没有照片，也没有当时的画像。就是有，也可能不像。中国那时的山水花鸟画已经有了很高的水平，但是人物素描水平比较差。虽然在唐朝就有了洛阳龙门石窟的卢舍那大佛，但那是照武则天的形象塑造的，李清照没有那样的幸运。一般的人物画水平很低。这也不奇怪，西方也一样，那时还是中世纪黑暗时期，人物写实造型要达到达·芬奇、米开朗基罗、拉斐尔那样的准确性，还要等四百年。至于说李清照是"美神"，我就更不同意了。她不是神，她是人，活生生的人。她凭什么吸引了赵明诚？我有发现，凭她作为女人的眼睛。很水灵，很有魅力，用今天你们的话来说，对小伙子很有杀伤力。怎么见得？她的《浣溪沙》中有一句"眼波才动被人猜"，这里的"眼波"在字面上是无人称的，但是，实际上是她的体验，眼珠一动，对方就有触电的感觉，就胡思乱想了。顾恺之说，"传神写照，正在阿堵"中，"阿堵"，就是眼睛嘛，是不是？这就是李清照少女时代灵魂的肖像，千载不变，永不褪色。很调皮，很狡猾的，阁下胡思乱想是你自找的，与俺无关。有时，她还敢主动挑逗。如在《点绛唇》中写自己打秋千：

见客入来，袜刬金钗溜。和羞走，倚门回首，却把青梅嗅。

表面上是见了陌生男人害羞，慌慌张张开溜，可到了门口，又回过头来，眼睛勾勾的，又装作是在嗅青梅，实际上是勾魂吧。这可能就是用女性撩人的最高技巧，勾住了赵明诚的心。风情万种，如此鲜活，你们不是欣赏穿透时空的作品吗？她美在穿越千年的生命，这样鲜活的灵魂肖像，"美人胚子"，相比起来显得太空洞了。现在一些画家画出来的（李清照）肖像，我一看就气不打一处来，都成林黛玉了。林黛玉哪里敢在陌生人面前这样公然坦露风情？

当然，还有一种说法是，赵明诚很欣赏她的词。

赵公子在才华上也是有自信的。有一个传说，记载在元朝人写的《琅嬛记》中。这本书，都记载些鬼鬼怪怪的事，不太可信，但是下面这则应该是可信的，说是李清照写了一首词，后来很著名的《醉花阴》：

　　薄雾浓云愁永昼，瑞脑消金兽。佳节又重阳，玉枕纱厨，半夜凉初透。

　　东篱把酒黄昏后，有暗香盈袖。莫道不销魂，帘卷西风，人比黄花瘦。

　　她把词寄给她在外做官的丈夫，赵明诚很有自尊，觉得自己的才情不一定比她差，就花了三天三夜，闭门谢客，一下写了五十首词，批量生产，和她的词混在一起，请一个叫陆德夫的朋友品评一下哪一首好。陆先生非常认真地推敲了一番，最后说，这几十首词里面有三句写得好。哪三句？"莫道不销魂，帘卷西风，人比黄花瘦"。你看看，最后，最好的，还是李清照的，她老公就不得不服气了。

　　陆德夫说得当然不错。我们许多研究宋词的专家引用一下，表示自己有学问就满足了，但是，我虽不是宋词学者，可我就是不满足。这位陆先生只是感觉，没有讲出道理来。当然，陆先生是差不多一千年前的水平，直觉挺不赖的，但是，如果我们就停留在近一千年前的水平上，不是白活了吗？一千年前，这位陆先生，读过黑格尔，懂得辩证法，读过康德吗？脑袋里有审美价值的观念吗？知道从微观的细胞形态分析中可以揭示出逻辑层次和历史积淀吗？他不懂，不是我们懒惰的理由。彻底的具体分析是无所畏惧的，而且应该是充满自豪的，从他头上跨过去是理所当然的。

　　我是不是吹牛？你们当裁判。

　　"薄雾浓云愁永昼"，为什么要"薄雾浓云"？因为是写愁，大白天，光线要暗淡，光是"薄雾浓云"这样的词语，算不得有才气，才气表现在"愁永昼"。白天太长了，为什么觉得日子太长，因为"忧愁"难以销磨，烦闷，百无聊赖。"瑞脑销金兽"，"金兽"指的是香炉的形状，是兽形的，是铜的，瑞脑是瑞脑香，点着了，冒出香味来，是很华美的环境啊，心情应该愉快啊，但是，一个"销"字，古代汉语同"消"，消失，"消"就是看着香烧完，过程太慢了，默默地感到这时间有点难熬。再加上"佳节又重阳"，秋天最美好的节日。晏殊有"芙蓉金菊斗馨香。天气欲重阳"。但是，心情不太好。关键在"又"，又一年过去了，暗示年华消逝，丈夫不在身边，女性普遍的隐忧啊，就怕老，年华白白浪费。"玉枕纱厨"，枕头是非常豪华的玉枕，纱厨是透明的蚊帐，"半夜凉初透"，也不是太热，可以睡得很舒坦嘛。但是半夜了，还没有睡着，应该是失眠了，忧愁啊，苦闷啊。"东篱把酒黄昏后"，有典故的，是陶渊明的"采菊东篱下"，这个愁，就有点典雅了。"把酒",不在室内,而是跑到篱笆边饮酒,有陶渊明的菊花做伴,就更典雅了。"有暗香盈袖",更有陶渊明没有感到的菊花的香气。香味是看不见的,所以叫"暗香"。看不见,闻得到,说明独自默默体验,和陶渊明零距离了。"莫道不销魂","销魂"两个字,用得很险。"销魂"本来形容因羡慕或爱好某种事物而着迷,极度欢乐或者惊恐等而失神,神魂颠倒,销魂荡魄,但是,这里用来形容像陶渊明那样饮酒,欣赏菊花,独自一人,不但闻到了常人忽略的气味,而且感到高雅的香气就充盈着自己的衣袖,这就和陶渊明的典雅交融了。从白昼到半夜的忧愁,和经典诗意交融起来,"销魂",就变成了自我陶醉,用你们的话来说就是特滋润,香气只有自己能闻到,不和任何人分享。"莫道不销魂",用了反问句,谁说这样的情境不令人陶醉?强化而委婉。更精彩的是"帘卷西风,人比黄花瘦"。西风,卷起我的帘子来,这秋天的信使,提示年华的消逝。"把酒黄昏"和开头的"愁永昼"联系起来,完全是愁苦吗?似乎是,但是又不是。人消瘦了,但是和着陶渊明的菊花,暗香就在衣袖之内,有陶渊明的风范了,隐忧就发生了质变,即使身体消瘦了,这样的忧愁,也很令人陶醉。离愁别绪,江淹在《别赋》里说:"暗然销魂者,唯别而已矣。"但是,在李清照笔下,"销魂"带上了潇洒的、滋润的、陶醉的意味。一旦令人着迷,忧愁就成了一种雅致的品位。

其神韵,就在审美价值大幅度超越了实用价值。

这个"瘦"字用得很绝,李清照很喜欢把人体的消瘦变成花的凋零,但是又回避了凋零,在《如梦令》中是"绿肥红瘦",显得淡雅。"绿肥红瘦"为后代词人反复袭用,就变成了典故。

唐朝的女性风行以胖为美,张萱的《捣练图》和周昉的《簪花仕女图》中的女性都是很肥硕的,出土的唐女俑也都是胖胖的,都是水桶式的身段,那时没有骨感美人的风气,当然也没有减肥这回事。连书法,如颜真卿的字都是丰腴的。但宋朝可能风气变化了,宋徽宗的字就是瘦金体,以瘦为美了。但是李清照说"人比黄花瘦",瘦而美,至少在这里,并不完全是贬意的,她还写过"露浓花瘦,薄汗轻衣透",前文是"蹴罢秋千,起来慵整纤纤手"(点绛唇)。至于后来女性瘦到如弱柳扶风,就是病态美了。这是我的想法,也许是轻率概括,我不怕武断,好在是非自有你们公论。实际上,这时是重阳节,每逢佳节倍思亲,应该是想念丈夫想得销魂,想得陶醉,即使瘦了,也在玩味忧愁的滋味吧。这里的忧愁的情感是很复杂的,很丰富的,要用语言直接讲出来是很困难的。在李清照死了七百年以后，有个英国诗人雪莱在《西风颂》里倒是不经意间说清楚了："甜蜜，虽然忧愁。"后来又被徐志摩借用到《沙扬娜拉》里干脆写成"甜蜜的忧愁"。

当然赵明诚写词可比较平庸，他老婆那样的写词的才气是几百年、上千年才出现一个。轮不到他，他也不怪老天，但是，他有他的长处，他在做学问上比较厉害，特别在金石古董书画方面有很高的修养。金石就是古代的青铜器和碑刻，他们的古董书画，据说是堆了十几个房间，就有了一个很有名的故事，"赌书消得泼茶香"。说的是赵明诚想写一部《金石录》，就是把所收的古代青铜器、古代石碑，写一部大书。两人饭后饮茶，谈论积如山的书史，说到某事出于何书，比赛记忆，打赌，谁猜对了，就先喝茶。往往是李清照取胜。她往往能说出出于哪一书，哪一卷，哪一页，甚至哪一行，学术记忆力太惊人了。现代学者，几乎无从可及，只有视力几近失明的陈寅恪可比。李清照赢了，赢了之后，她就哈哈大笑，把茶打翻在衣服上。夫妻两个人就陶醉于茶香之中，很是恩爱，很是幸福。跟我们现在的小青年一样，没事双方打赌调情，秀恩爱，小日子过得相当红火。

李清照这时并不是那样愁苦的。我们来看看李清照新婚不久的《减字木兰花》：

卖花担上，买得一枝春欲放。

这全是大白话啊，散文啊。买一枝花回来啊，到了春天还没完全开放，含苞待放，是吧！

泪染轻匀，犹带彤霞晓露痕。

泪染轻匀，有露痕，一方面像眼泪一样，另一方面又如同彩霞，这是不是堆砌词藻啊？是不是俗气啊？但是，关键是下面，意脉、感情的一个转折。

怕郎猜道，奴面不如花面好。

不用"彤霞晓露"的词藻了，用大白话，"怕郎猜道"，有点害怕，自己没花漂亮，这个"怕"字是个诗眼。既然怕了，怎么办呢？还是要戴。

> 云鬓斜簪，徒要教郎比并看。

情感又是一转折，本来不好比，但是，还是要比，怎么比呢？不是正正规规插在头上，而是斜斜地插，歪歪地戴，这哪里像大家闺秀啊，是不是有点疯啊？我们又一次看到李清照的肖像了。

这里有第二个诗眼"徒要"，这个词有两种解释，一是徒劳的意思，白白的，明明知道是徒劳，还是要比，就是"要"你比比看怎么样；第二种解释，是"只"的意思，只让老公看，明知自己不如花美，还"要"他比。你敢说我不如花美吗？是不是强逼丈夫说自己更漂亮？是不是有点撒娇啊？公然把和丈夫的调情写到词里，是不是幸福到不怕人家说放浪啊？这时候，李清照的形象哪里是凄凉啊，而是沉浸在恩爱的欢乐之中，李清照为自己留下了风情万种的动画，青春焕发，千年不老啊。

就词的质量而言，精彩在于：第一，这样坦然，一点大家闺秀的矜持都没有，把调情写到词里，公开化；第二，充分发挥了词这种形式的优越性。那些大学问家，只说词这种形式的民间来源，但是没有落实到它的艺术情趣上去，这样公然的放肆，在近体诗中，大家闺秀是要回避的，要写也要放在言外的意境中的。举一首可能并不出名的小诗人的作品，如唐朝李端的《听筝》：

> 鸣筝金粟柱，素手玉房前。
> 欲得周郎顾，时时误拂弦。

女生主动示情，是以不公开为上的，故意弹错，引起男生的目光，最聪明的技巧就是这样。李清照就大胆得多，可以说是"疯"得多了。还有一个原因，在形式上、句法上，词有着和诗不太相同的特点。许多专家几乎毫无例外地忽略了这一点。

坦率说，我可能和李清照有一点相通，那就是我也有点狂，有点野，有点疯，不是在写恋爱上，而是发现自己有一点不算小的发现：词和诗的区别不但在于依附于乐曲，而且在句法结构上也不太一样。

词不像近体诗那样凝炼。近体诗句之间相对独立，单句足意，一句就是一个意思，句间的连接成分是留在空白中的，对仗的句子在逻辑上的跳跃性更强。比较特殊的是流水对，或者流水句，如前面所举的"欲得周郎顾，时时误拂弦"就是流水句，两句在逻辑上是有明确联系的，但是只有两句。词的句子往往是复合短句，整首在句法上有很强的连贯性，往往一首词就是一连串的句子，这得力于"领字"引出复合短句，造成词的整首在句法上的连贯性。这一点，太专业了，以后细讲。

诸位，如果允许我用一句话来概括词在句法上的特点，那就是：由连续的句子构成的叙述性和抒情性的交融。

"卖花担上，买得一枝春欲放"后面的"怕郎猜道""云鬓斜簪"，如果是近体诗，这样的连续词语应该省略，只能是：

> 买花一枝春欲放，犹带彤霞晓露痕。
> 奴面不如花面好，徒要教郎比并看。

暂且不讲平仄、韵脚，作为近体诗的绝句，或者叫古绝吧，这应该比较庄重，质量也不算差。但是，绝句的精练性，是优长也是局限，省略了"怕郎猜道""云鬓斜簪"，排斥了句法上的连续性，就牺牲了妻子撒娇的神态。

词从表面上看，句子长长短短，好像很自由，其实，形式强制性要比近体诗严酷，不像近体诗一体只有一种规格，而是章有定句，每句长短皆有定言，每一个词牌都不一样，平仄也各不相同，驾驭起来难度要大得多。但是，李清照的天才就在于驾驭着严酷的局限性，发挥出优越性，获得了比近体诗更大的自由。当然，这种自由，也不完全是李清照绝对独立的发挥，她是有继承的。我前面说过，她在《词论》中把大大小小、前前后后的词家横扫了一通，只是没有扫到李后主，为什么？这是因为，她对李后主还是有所师承的。

王国维说"词至李后主而眼界始大，感情遂深，遂变伶工之词，为士大夫之词"。他称赞的可能偏向于李后主后期的家国之思的深沉。其实李后主的词在亡国之前就相当精彩了，从内容来看，并没有什么"眼界始大""感慨遂深"，而是他把伶工之词提升到更高的艺术境界。最主要的是，他发挥了民间诗体不同于近体诗句法上的连贯性。

以《一斛珠》为例，连贯性的句法表现了动作的连贯性，把抒情性和叙述性水乳交融地结合起来：

晓妆初过，沈檀轻注些儿个。向人微露丁香颗，一曲清歌，暂引樱桃破。

罗袖裛残殷色可，杯深旋被香醪涴。绣床斜凭娇无那，烂嚼红茸，笑向檀郎唾。

女主角显然是贵族，其动作的连贯性使得其风情更加平民了。这在近体诗中，甚至歌行体中，不要说贵族，就是平民，女性风情往往也是相当内敛的。"早知潮有信，嫁与弄潮儿"，"忽见陌头杨柳色，悔教夫婿觅封侯"，以精致的暗示见长，最多也不过是李白《长干行》中，"常存抱柱信，岂上望夫台"，情感蕴含于意象群落和深层意脉。

而李后主笔下的这位女姓，却是毫无顾忌的公开化的大动作。全诗就是一连串的动作组成，化妆、歌唱和饮酒，不过是铺垫。其醉态，一方面有女性的娇弱（绣床斜凭娇无那），连站都站不稳了，另一方面则是"烂嚼红茸，笑向檀郎唾"，表面上是对男性的公然冒犯，把男性尊严完全不放在眼里，以敢于冒犯来表达对男性的情感的绝对把握，完全沉醉于对自己的狂放的陶醉中。这种醉，不是为酒而醉，而是为情而醉。醉得忘乎所以，肆无忌惮，是不是有点孟浪？这简直可以斥之为疯，用今天的话来说，是太骚包了——以骚包为荣。（大笑声）这哪里像在帝王宫廷森严的等级制度下生活的嫔妃？这种情感爆发的公开动作的叙述，比之直接抒情更加直接。读着这样的词，我们完全忘记主人公是嫔妃和皇上，给读者最强烈的感受是平常男女之间的调笑，甚至浪荡。

从这里，你们有没有感觉到，李清照的自我形象，和李后主笔下的这个女性，有一脉相承之处？李清照的基因，早在南唐时期就存在了。

伶工之词又是从哪里来的呢？其实，民间早就有了，只是专家不太明白。直到20世纪敦煌曲子词发现，才确定早在开元天宝时期就在宫廷流行了，连帝王都热衷于词的创作。从唐明皇、杨贵妃，到后蜀的宣宗，都是十分着迷。至于民间，也是广泛盛行。敦煌曲子词不少是随便写在佛经讲座稿背面的，听那么严肃的佛学，疲倦了，就唱唱曲子词来调节精神。可见这种曲子词在两百年间成为流行歌曲，从宫廷到民间，风靡一时。

以李隆基为例。作为帝王，他的五言律诗不但很有帝王气象，而且有文化深度。如《经邹鲁祭孔子而叹之》：

夫子何为者，栖栖一代中。地犹鄹氏邑，宅即鲁王宫。

叹凤嗟身否，伤麟怨道穷。今看两楹奠，当与梦时同。

这首五言律，不像唐太宗的《帝京篇》那样堆砌华丽的词藻，更没有盛唐诗人那样夸张浪漫的情感，而是从容地把千年历史的视野，凝聚在孔子的廊庙楹柱意象之间，既有对圣人当年理想不遇的感叹，又有追慕其志的雄心。整首诗，谨守五律之古朴，文化理想不作直接抒发，开头、结尾两联是流水句，句间有联系，中间的两联对仗属于正对，用了典故，不算精彩，都是可以独立的。仰慕古圣之情蕴含在景象和深层的意脉之中，故显得浑厚。后来被清人收入《唐诗三百首》不是偶然的，但是，他的词却是另外一种样子，如《好时光》：

宝髻偏宜宫样，莲脸嫩，体红香。眉黛不须张敞画，天教入鬓长。

莫倚倾国貌，嫁取个，有情郎。彼此当年少，莫负好时光。

这样的词和诗的区别是很明显的。首先在内涵上，看不出帝王之尊，好像完全是个平民，而且是个少女，欣赏自己的美貌，向往如意郎君、白马王子，及时行乐，享受美好青春。不以宫廷嫔妃的哀怨、贵族女性的矜持为美，直截了当，把对自己的夸耀、对爱情的理想公开讲出来。这是另外一种艺术，也就是李清照所说"别是一家"的趣味，一种崭新的艺术生命力，正是因为这样，吸引了帝王，让他写这样的作品，不觉得丢份。这说明，词不是从属于诗的下脚料，不是"诗余"，这是一种与近体诗不同的新兴的诗体。

从这里，你们是不是感到，李后主笔下的那个妇女的精神状态和李隆基这个女性又有一脉相承之处？

这种一脉相承，还表现在艺术上新的方法。

近体诗，单句足意，回避直接显示时空和因果的连续性，而在词中，不取单句独立。李隆基《好时光》的"宝髻偏宜宫样"看来是可以独立的，但是，下面是"莲脸嫩，体红香"，都是女性的体貌，显然是连续性的，至于"眉黛莲脸嫩，体红香，不须张敞画"，从句法看是可以独立的，但是接下来的"天教入鬓长"显示前面眉黛、脸嫩、体香是原因，后面不须张敞画是结果。（为什么不用郎君画眉呢？因为天生的眉毛就长到鬓角里了）接下去："莫倚倾国貌"，句法上独立的，但是逻辑上和下面的"嫁取个，有情郎"是目的性的直接表达。虽然自己美貌无比（倾城貌），但理想的丈夫不在美貌，而在"有情"。再加上青春年少，才不辜负美好的年华。这里的连接句子的"不须"和"天教"是因果关系，是直接的联系，不过是先有果，后有因。最后的"彼此当年少，莫负好时光"，则是最高的目的。

词和诗不一样，诗是相对独立的几个句子的组合，王国维说，"一切景语皆情语"，把意蕴放在意象群落之间，逻辑关系是潜在的，留给读者体悟的空间是比较大的，故含蓄，所谓含不尽之意尽在言外，其极致乃是不着一字、尽得风流，这是近体诗艺的最高追求：意境。从根本上说，属于间接抒情。而词则是几个小句子，用因果、动机、目的联系起来的一个大句组。句组中逻辑关系比较清晰，不太讲究含蓄，故像《好时光》这样的词都是直接抒情，间接抒情的意境在这里无用武之地。

从这里，我们可以清楚地看到李清照的"怕郎猜道，奴面不如花面好。云鬓斜簪，徒要教郎比并看"，这样的艺术渊源可以追溯到开元天宝时期。不过李清照以她的天才将之发扬光大，提升到一个更高的历史水平。

补充说几句。大诗人的代表作凝聚着最高的艺术成就，为世人所知，这是规律性的，但是，满足于其代表作也有问题，那就是不全面。所以鲁迅就说，要关注全人。比如对于陶渊明，就不能仅仅是静默悠远的"采菊东篱下，悠然见南山"，也要知道他还有金刚怒目的一面："刑天舞干戚，猛志固常在"。对于李清照也一样。她的"凄凄惨惨戚戚"在艺术上代表了她的最高成就，但是太执着这一面，可能就看不见她表现女性爱情狂放方面的灵性，特别是她对词的句法的连续性、叙述性与抒情交融的艺术成就。

世事难料，李清照44岁那年遭逢"靖康之变"，金兵入侵中原，徽宗、钦宗父子两个被俘虏了，王朝被迫南逃。赵明诚被朝廷任命为江宁知府，就是今天的南京。李清照劝丈夫留下来，赵明诚知识分子嘛，有老九的软弱性啊，当时整个赵宋王朝有点不抵抗主义啊，一下子顶不住，没有留下来，还以朝廷的旨意为由要李清照一起逃。凭良心说，李清照的丈夫，学问挺大，但在为诗词上、在为官方面是比较平庸的。

李清照是天才，赵明诚充其量是个庸才。

李清照感慨万千，路过项羽自刎的乌江，有感于项羽的壮烈，写了一首很有名的《夏日绝句》，这是很有名的诗，不是词啊。

> 生当作人杰，死亦为鬼雄。
> 至今思项羽，不肯过江东。

她用项羽在战败的时候宁肯战死也不愿逃走的这个典故，表现了她在民族危亡时刻阳刚的豪气。

当然，李清照自己可能也没想到，丈夫赵明诚在江南湖州的任上得了病，死了，47岁。丈夫逝世了，而她这么年轻，还在中年嘛，红火的小日子戛然而止，她的悲痛可想而知。她为丈夫写下了祭文："白日正中，叹庞翁之机捷；坚城自堕，怜杞妇之悲深。"饱含着血泪，把自己比作哭倒长城的孟姜女。安葬赵明诚之后，大病了一场。

这以后的李清照，发生了什么事呢？为什么词风发生了那么巨大的变化？她的形象完全改变了呢？时间差不多了，下一次，跟你揭示另外一个李清照。

2020 年 3 月 13 日

二

朋友们，大家好。

我们讲李清照，大概是以赵明诚去世为界，把李清照的词分为前后两期。前期的李清照，我们看到她风情率真、浪漫天真的肖像；到了后期，她的生命发生了重大的改变，她的词风也就改变了。我们看到的是另外一个李清照，面色就比较凄凉了。但是，她把凄凉的美发挥到了极致哦。

按鲁迅的说法，仅仅看到后期的，是不全面的，但是，鲁迅以他的权威跟近千年的读者抬扛，基本是白费劲，大家还是觉得李清照就是一副凄凉的面孔。因为，李清照最高的艺术成就并不在歌颂项羽的那首阳刚风格的诗，甚至也不是青年时期的风情万种的风貌。那样的水平在古典诗歌中并不是最精彩、最突出的。李清照之所以是李清照，就是因为她在表现女性的悲凉、凄苦上，在艺术上突破了当时乃至后世的最高成就。由于时间关系，我们只能以她一首最著名的词作细胞形态的解剖。这就是《声声慢》。我们来慢慢地念一下。

> 寻寻觅觅，冷冷清清，凄凄惨惨戚戚。乍暖还寒时候，最难将息。三杯两盏淡酒，怎敌他，晚来风急？雁过也，正伤心，却是旧时相识。
>
> 满地黄花堆积。憔悴损，如今有谁堪摘？守着窗儿，独自怎生得黑？梧桐更兼细雨，点点滴滴。这次第，怎一个愁字了得！

这是宋词婉约派的经典。近千年来，大多数词评家都在赞赏她开头的十四个叠词。"寻寻觅觅，冷冷清清，凄凄惨惨戚戚"。词话家说，会写词的人多了去了，但是没有人敢一下子用十四个叠词，而且还一点没有做作、堆砌的感觉。大批评家罗大经说，诗中用叠词是有历史的，过去有用三叠字的，两句连用三次的，有三联叠字者，有七联叠字者，只有李清照，起头连叠十四字，一个女人，能创造如此，实在令人佩服。还有人具体指出元朝著名曲人乔吉，他写《天净沙》：

> 莺莺燕燕春春，花花柳柳真真。事事风风韵韵，娇娇嫩嫩，停停当当人人。

这样的句子，跟李清照的"寻寻觅觅"比起来，不但犯了模仿的大忌，而且点金成铁，化神奇为腐朽，堆砌得没有什么情感深度，完全是拙劣的文字游戏。这个乔吉，文献上说他"美姿容"，人还蛮漂亮的，但这种模仿，实在不漂亮，有点傻乎乎。韩愈也写过类似这样的诗，我们今天就不去念了，那些叠词生僻，非常难念，一口气连用了七个对仗的叠词，也是十四个字，但是给人以牙齿跟不上舌头的感觉。韩愈写文章是了不得的，历史的评价是"文起八代之衰"，可这个模仿，在我看来，诗起八代之傻。

为什么李清照的叠字用得这么好啊，成为不朽的经典，原因固然在于韵律的特殊。叠词作为一种语言现象，是汉语的特点；其次，在词里如此大规模地运用是出格的。当然，唐以后，文人写词，早就有了脱离音乐的倾向，密集的意象、华丽的词藻成为通行的技巧，早就在五代时期成为风尚。但是，李清照带来的却是近体诗的高端技巧的革新。

李清照的优点在于，同样是十四个叠词，都是常用字、普通词汇、大白话，轻松自如。近千年来，词评家们往往被她叠词的韵律迷了心窍，忘记了她叠词的成功主要原因在于表达了她感情的深沉，达到了高度的和谐，在逻辑上有巨大的特点，千年来没人能说出来——我告诉你们，这个奥秘很简单，你们竖起耳朵听听，我是不是吹牛。

一开头就是"寻寻觅觅"，好在哪里？第一，从逻辑上来说这是没来由的。你要寻什么？不清楚。好就好在不清楚寻找什么。第二，寻到了没有呢？没有下文，好就好在没有下文。这在逻辑上是跳跃的，这不是民间词的优长啊。第三，"冷冷清清"跟"寻寻觅觅"有没有关系啊？有没有逻辑联系啊？也没有，在逻辑上是断裂的、不连贯的。接着说，"凄凄惨惨戚戚"，问题更为严重了，冷冷清清变成了凄惨。其实，这里的意脉隐含着连贯，提示着一种特别的情绪，一种不知失落什么的失落，不知寻觅什么的寻觅，断断续续的隐忧。

我前面讲过，词在句法上的特点是叙述的连贯性，而跳跃性、省略连贯性，从根本上来说，是近体诗的特点。李清照虔诚强调"词别一家"，疯狂地批判名家，尤其是苏东坡的以诗为词。前提是和诗不是一家，坚决划清界限。其实，她不是理论家，理论上不无偏激，实际上写起词来，她又不由自主地用上了近体的句法，断断续续。我们应该庆幸，她没有死心眼地拒绝近体诗，相反，往往把近体诗，把诗的精英文化艺术带进了大众文化的词；在技巧上，把两家合成一家。

有了这两家的本钱，李清照才敢于写孤独，冷清，凄惨；一个凄惨不够，还再来一个；还不够，还要加上一个"戚戚"，悲切之至。这种悲戚，是迷迷糊糊的，说不清寻觅什么，也不在意寻到没有。只是感到有一种失落感，看不见，摸不着，说不清的。

在逻辑上不连贯的"寻寻觅觅，冷冷清清，凄凄惨惨戚戚"，精致地表现了只可以意会、几乎不可言传的情绪，朦朦胧胧的、缥缥缈缈的、若有若无的凄凉。

把两家合为一家，让她能充分表现不在意识层，而是在潜意识中的那种凄凉的浮动。

"乍暖还寒时候，最难将息"。是秋天，初秋吧，这个时候一会儿暖一会儿冷。"最难将息"，在意识层次，将息什么？将息身体、调理身体。但是在潜意识里，最难将息的却并不是躯体，而是心理。为什么？她用什么来将息、调理？用"三杯两盏淡酒"。喝酒怎么调养身体呢？尤其对古代女性。是借酒消愁？酒是淡酒，有一个学生曾经问我，为什么是淡酒不是浓酒？李白不是有"金樽清酒斗十千"吗？范仲淹不是写过"浊酒一杯家万里"，不是浊酒吗？她是淡酒。这个酒不太浓。因为醉翁之意不在酒，是打发这漫长日子的情绪不是很强烈，不是很清晰，因为淡才雅致。因为是淡酒，所以敌不过"晚来风急"。风急了，冷了，挡不住寒气。其实是这酒没用，因为潜意识里的孤独感、孤零感是没有办法驱散的。

如果光是为了挡寒的话，喝喝酒就暖和了，就在意识层次了。"怎敌他，晚来风急"，风是凉的，风是从哪里吹来？外面吹来。空间转换，目光从狭窄的住所转移到天空上去了。"雁过也"，这个"也"字不简单，一般在近体诗里是不用的。是不是有点轻松的感觉呢？突然冒出来的语气词，有当时口语的味道，应该是挺开朗的嘛。但是，不。这个大雁，是季节的符号，说明秋天来了；"却是旧时相识"，老朋友了。本该"有朋自远方来，不亦乐乎"嘛，可李清照却乐不起来。绿肥红瘦，风雨迎春，尚且悲不自禁；秋天来了，群芳零落，更该悲了。本来"悲秋"在中国古典诗词里就是传统，李清照的悲凉又因为旧时相识而加重。其实，鬼才知道眼前飞过的大雁是不是去年的。——我倒是希望李清照在天空有一个旧时相识，也就是老朋友的。但是，那样不但是胡思乱想，而且就没有诗人潜意识的萌动了。这个雁，又一年了，年华消逝，很沉闷，更有一层提示：鸿雁传书啊。早年她给丈夫的信中就说："云中谁寄锦书来，雁字回时，月满西楼。"（《一剪梅》）写此词时，李清照已是家破夫亡，老公死了，即使大雁能传书，也没对象啊，这自然更令人神伤。

李清照的天才就在于把忧愁写得既非常精致，又深入多层次的潜意识中去。

潜意识的第一个层次，是没有来由的寻寻觅觅，没有结果的寻寻觅觅。

潜意识的第二个层次，是最难将息，心理调整不但失败，而且由于大雁的出现更加悲伤了。

下半阕，上升到意识层次，沉重递进。

心事更加沉闷。"满地黄花堆积。憔悴损，如今有谁堪摘？"黄花是菊花，一年一度凋谢，这比"绿肥红瘦"更加惨，不但憔悴，而且有点干枯了。"有谁堪摘"，有人解释，说这个"谁"字，是"什么"的意思。胡说，脑子进水了，我们不去管。有人头脑比较正常，说是人的意思——"谁"，人称代词，指"什么人"，至于具体是什么人，虚指还是实指，就不要死心眼了。年华消逝，却无人怜爱，是不是人老珠黄？这就又是潜意识里的事了。南宋蒋捷的"时光容易把人抛，红了樱桃，绿了芭蕉"全在意识层次，就不如李清照要沉重啊。

以上是第三个层次的沉浮：都集中在一个焦点上，那就是时间过得太快了，年华消逝得太没有价值了。无可奈何，几乎是绝望了，青春年华，只剩下满地枯败的花瓣，那还怎么往下写啊？

下面的情感的脉络，精彩在于来了一个更大的转折，那就不是怨时间过得太快，而是时间过得太慢。

"守着窗儿"，看着菊花凋谢啊，舍不得离开啊！毕竟是孤孤单单一个人，冷冷清清，不如守着窗子，透透气。

但是，潜意识里，时间是那么漫长。为什么？这里有个暗示，因为"独自"，一个人，孤独、孤零、孤单，怎么能熬到天完全黑下来？天完全黑下来就看不见那个憔悴的菊花了，眼不见、心不烦嘛。

这是潜在意脉的第四个层次。对老天放弃抵抗，无可奈何，时间和她作对，偏偏黑不下来，只能忍受排遣不了的孤单。这是非常关键的一点。读李清照的词，要读懂其精彩，关键在这里：情感潜在脉络的跳跃性起伏转折。前面是怨时间过得太快了，一年又过去，现在是时间过得太慢了，一个傍晚都熬不过去。

下面是第五个层次，是全词的高潮。完全是对自己、对天都认命了，忍受时间慢慢地过去。好容易熬到黄昏到了，视觉休息了，眼睛什么都看不见了，心情可以宁静了吧？可是听觉却增加了干扰。那梧桐叶子上的雨声，一滴一滴的，发出声音来。秋雨梧桐，本是古典诗词中忧愁的意象，白居易的诗有"秋雨梧桐叶落时"。李清照突出了它缓慢的、难熬的过程，点点滴滴，发出声音来，都是在提醒自己不可排解的孤独、失落、凄凉。这个"点点滴滴"，用得很有才华。一方面是听觉的刺激，虽然不太强烈，但是非常的漫长、持续，不可休止；另一方面是和开头的叠词"寻寻觅觅"呼应，构成完整的、叠词的首尾呼应结构的有机性，情感上顺势作层次性推进，最后归结为"这次第，怎一个愁字了得"。次第，就是缓慢的过程，从意识到潜意识，层次起起伏伏，从怨时间过得太快，到怨过得太慢，凝聚在一个焦点"愁"字上，反复转折了那么多层次都没有直接说出来，直到最后才把"愁"字点出来，都集中在这个主题上，从情绪到话语高度统一，水乳交融。把孤单、孤独、孤零写得这么含蓄，这么委婉，这么缠绵，这么丰富，这么优雅，这么高贵。《声声慢》就这样成了宋词婉约派的经典。

从这一点上说，她有理由瞧不起柳永，甚至对同代人周邦彦提也不提。周邦彦写女性写偷情，写到"玉体偎人""灭烛来相就""雨散云收眉儿皱"，上不了台面。

正由于她把近体诗和词两家的优越性，水乳交融地结合起来，忧愁作为中国古典诗悲凉的母题，在她笔下，就异常丰富，可以说，云蒸霞蔚，万途竞萌。

《声声慢》用了那么多的意象，意脉递进了那么多的层次，说不清，道不明，这是近体诗的含蓄风格，直到最后又说"这次第，怎一个愁字了得"，又把愁字说出来了，这是曲子词的直白。但是，这样的直白对"愁"这个字却是不信任的，充满了不屑。

李清照把女性的忧愁的感觉，施展得如此丰富、深厚，可谓达到了极致，读者在她艺术的境界里愉快地感到，常用在口头的忧愁贬值了，相对于李清照在读者心灵中唤醒的，显得太简单了，太空洞了。

把"一个愁字"说出来，好像是终于说清楚了，但是，李清照的精彩就在于，这个愁字，轻飘飘的，可李清照表现的它是有重量的："只恐双溪舴艋舟，载不动许多愁。"这个愁不但是说不清的，而且是说不下去的："生怕离怀别苦，多少事、欲说还休。"愁还是找不到原因的："新来瘦，非干病酒"，也"不是悲秋"。更是摆脱不了的："此情无计可消除，才下眉头，却上心头。"就是对着楼前流水消愁，它也不会减少只会增加："终日凝眸。凝眸处，从今又添，一段新愁。"就连做梦吧，都是坏梦，只好起来剪灯花："独抱浓愁无好梦，夜阑犹剪灯花弄。"她更高的才气、把忧愁的缠绵不绝发挥到出奇制胜的是，干脆不正面写忧愁，而是反面衬托忧愁，"如今憔悴，怕见夜间出去，不如向，帘儿底下，听人笑语"，如今老了，连晚上都不敢到大庭广众之间，最多就是在窗帘底下听别人的欢笑，往日节日的欢乐，在回忆中的隐痛，是不堪重温的，但是，用词写出来，却是令人陶醉的，是很美的，是对灵魂的抚慰。

在中国古典诗歌的忧愁母题中，李清照不但是极端丰富的，而且是很独特的。

李白以鸿图大志不得展而愤激，杜甫为国计民生而忧愁，范仲淹为未能驱除异族顽敌而忧郁，辛弃疾为不能光复河山而忧愤，都是慷慨豪迈的，都是正大光明地像火一样公开出来的；而李清照的忧愁则是私人的，表达不清的，秘密的，偷偷的，让愁苦成为一种诗的陶醉，成为一种审美的享受，她就这样建构了她独特的艺术王国。

她以 73 岁跌宕起伏的生命为词，把宋词婉约派诗风提上顶峰。风华绝代，以致她的后继者，无可企及。同为女性的朱淑贞以"断肠"为题写女性的忧愁："把酒送春春不语。黄昏却下潇潇雨"，比之李清照就缺乏那种持续性的缠绵，至于"下楼来，金钱卜落；问苍天，人在何方?""恨王孙，一直去了；誓冤家，言去难留""悔当初，吾错失口，有上交无下交""分开不用刀，从今莫把仇人靠，千种相思一撇销"，按李清照的《词论》可能就比较俗了，在民间曲子词中这样写还有些天真的趣味，对于文人来说，就缺乏风骨了。宋以后许多男性词人和李清照的词比，一般都相形见绌，比较惨。如清代文坛领军人物王士祯的《点绛唇其一春词和李清照韵》：

> 水满春塘，柳绵又蘸黄金缕。燕儿来去。阵阵梨花雨。

这半阙沉溺于写春景，都是鲜丽的。后半阙暗示女性的忧愁："情似黄丝，历乱难成绪。凝眸处。白蘋青草，不见西洲路。"从精神状态到语言，完全是套路化的。王世祯可能是自我感觉太好，根本没有想到这是关公门前舞大刀。我们复习一下李清照的原作《点绛唇·蹴罢秋千》：

> 蹴罢秋千，起来慵整纤纤手。露浓花瘦，薄汗轻衣透。
> 见客入来，袜刬金钗溜。和羞走，倚门回首，却把青梅嗅。

李清照的原作，则是少女的含羞、慌张和调皮，装模作样，表面含羞，却又留恋，眉目逗引关注，假装鼻嗅梅花，精神状态鲜活。李清照的形象，就这样穿越了时空，定格在我们面前，九百三十六岁，青春永葆，永不褪色。读这样的词，想其神采，并不遥远，近在身边的当代少女，眼波流动，卖弄风情，其声音笑貌常常能从李清照词中得到诗化的解读。

李清照是说不完的，下次再谈吧。

2021 年 2 月 23 日

美女难逃英雄关

　　研究中国古典小说的历史有三种方法可以选择：一种是比较通用的方法，按时间顺序，从神话叙事讲起，从最原始的向最高级的方面攀登。通常我们写自然史呀，中国通史呀，西方文学史呀，欧洲经济史呀，用的都是这种办法。顺时间程序，最容易看出发展变化，有了变化，原来是这样的，后来变成了那样的，就有矛盾了，就有分析的对象了，就不愁研究不出名堂来了。当然，这个方法也有缺点，那就是被动追随现象，失去揭示深层规律的主动性，纷繁的现象很容易淹没内在的、深邃的逻辑。第二种方法，不是从最原始、最本初的状态讲起，而是从最高级的阶段回溯过去。这种方法之所以有必要，就是顺时间程序，可能太顺理成章了，直观所见略同，提不出深刻的问题来。只有倒过来看看，后来有的特点，原先没有啊，就可以提出问题了。比如，为什么会这样呢？是什么条件造成的啊？这种方法的好处是，先有了一个完备的形态作为参照，此前一切形态的不完备性就一望而知了。第三种，既不从最高级、最完备的，也不从最低级、最不完备的，而是从当中比较典型、比较发达、比较成型的形态讲起，特别是研究太古代的东西的时候，这种方法有优越性。这在研究语音史的时候，特别有用。因为古代没有录音机，不可能准确记录古代语音的实况。但是，那些变化了的语音，在方言、在汉字、在诗歌的用韵，还有双声叠韵词语方面留下了很多痕迹，不过是分散的，零乱的。语音史学者，可以把这些零碎的资料收集整理成系统性的知识。如果单纯从上古时代开始，距离太遥远，根据可能就很渺茫，也不容易准确，而仅仅从当代开始，又不利于往前推演。于是，想出一个方法，抓住一个中间时段的成型期，比如唐朝的语音，将其声母与韵母、声调研究清楚了，往上一推到上古，往下一推到现代。我的老师王力先生研究古典音韵，用的就是这种方法。

我研究中国古典小说中的英雄和美女，要综合运用这三种方法。

我们从英雄和美女这两个字眼出发。

一、是"英雄"还是"英雌"

我还是先把基本的观念弄得比较清楚一点，一个是美女的"美"，一个是英雄的"雄"。

中国人心目中的"美"是什么？学者们一直说"美"是"羊"和"大"的会意，"羊大为美"，也就是味觉为美的核心，许多中国学者，如李泽厚、刘纲纪、肖兵，还有一些日本学者都是这样看的。如果真是味觉为美，就只是生理的快感，给人的感觉，一言以蔽之——馋。"羊羔美酒"，吃饱了，喝足了，就美滋滋，笑眯眯，连睡大觉，脸上都带着猪八戒式傻乎乎的微笑。口腹之欲的满足，是饱，饱的结果美不美呢？很值得怀疑。"饱暖思淫欲"，可知"饱"和"美"还有一段相当的距离，超越生理的快感才可能有美感，"饱暖思淫欲"，吃饱了，倒是和丑与恶接近到危险的程度。

美食家，说是"美"，因为讲究"色""香""味"，充分发挥眼睛和鼻子的职能，舌头的感觉倒排在第三。重点是让你盯着看，凑近了闻，一动舌头舔，口水拉下来，姿态就很难美得起来。狼吞虎咽，吃相不好看；囫囵吞枣，有拉肚子的可能；吃着碗里，看着锅里，有失君子风度；从容一点，又怕人家说黄雀在看着螳螂，阴险毒辣。光是会吃，通俗的说法，叫作"好吃鬼"，福州人叫作"贪吃婆"。吃喝不应该属于"美"。一头小山羊看着很可爱，碰到个馋人，把它宰了，锅里一煮，吃起来是很不错，可是小山羊那可爱的样子，对任何人都信任、都善良的眼神却没有了。哪儿还有什么美呢？和以畜牧业起家的欧洲人、匈奴人不同，汉族人感觉中，茹毛饮血一点不美，我们以神农氏后代为荣。六畜之中，据说，老猪在排行榜上，位置不低。猪的体积比羊大，可不管比羊大多少，也永远是美不起来的。虽然，闽南人把公猪，也就是配种的猪，叫作"猪哥"，（笑声）那不

是说它和自己有什么血统关系，而是说它骚包。（大笑声）

汉人的"美"，是和农业联系在一起。男子汉的"男"，就是人在田里出力。从美学来说，中国男性的力量是一种征服自然的勤劳，但是，光出死力，日出而作，日落而息，面朝黄土背朝天，老婆孩子热炕头，还美不起来。农业这玩意儿，太不保险。水旱蝗疫，说来就来，种族绝灭，像影子一样追赶着人类。一场瘟疫来了，孩子都死得差不多了，人的再生产就比五谷丰登还重要得多。没有盘尼西林啊，也没有医疗保险公司啊，所以，《山海经》里，最大的女中豪杰叫女娲，她唯一的能耐就是批量生孩子。不怕老天消灭多少，我就是批量生产，让你消灭不了。

生孩子是一个缓慢的过程，而且一个女人所生、所育，极其有限。所以古希腊最早的维纳斯，并不像从米罗岛发现的维纳斯那样仪态万方，而是一个又胖又矮的女人，不过有一对硕大无朋的乳房，因为这个，她就成了当时的美女。恩格斯论文艺复兴时说："这是一个需要巨人而且产生巨人的时代。"这话真是有点道理。需要巨乳，也就产生巨乳。（大笑声）需要多生孩子，就能产生母亲英雄，中国的女娲。先是用黄土造人，多方便啊！你想生一个孩子，十月怀胎，不能劳动，还得吃些酸梅汤，可是哪儿有啊，很难受，牙齿老是酸酸的，这还不算，处处得小心，不然，就流产了。就是临产了，还说不准要难产。我小时候听我母亲说，生个孩子，等于在棺材边上转三转，多可怕啊！女娲之所以是英雄，就是因为她把生孩子的麻烦的生理过程简单化了，手工化了。但是，她的伟大，还在于手工化转化成某种程度的机械化，一个一个造太麻烦了，用绳子一甩，泥点飞溅，孩子纷纷落地，省事多了，这可能就是荀子说的"人定胜天"。有人说荀子说得不对，"胜天"是不可能的，但是我以为，女娲生人例外，不是战胜了老天，人早就没有了。今天我们还在这里，开讲座，就证明女娲胜了老天。决胜的关键在于速度，你消灭得快，我比你更快，"速度就是硬道理"，在邓小平之前，历史就是这样证明的。女娲就是理想主义的英雄加上美人。在《诗经》里，我们还有一个女英雄，叫姜嫄，也是英雄。她是踩了一个特殊的脚印，才生下了一个儿子。

这表明了造人的英雄是女的，而不是男的。

我们中国没有留下当时女娲的形象，虽有画图，形象是和蛇有关的，但是，没有《圣经》中那个教唆人吃智慧果的蛇那么刁钻古怪。总的来说，从今天的眼光来看，是不够漂亮的。我们的文字所泄露的信息却是比较可靠的，"母"字，以女字为框，当中两点，乳房，能够生育，又能哺育，这就是很了不得的美人啊！世界上还有比养育生命更美的吗？还有"姓"字，是血统的标记，这个标记是什么样的呢？一边是一个"女"，一边是一个"生"，这是会意的，血统由来，就是女性生的。《易》曰："天地之大德曰生。"人都是女性生的，这没有问题，但是，男性起着不可忽略的作用，可在"姓"这样一个重要的符号中，就被忽略了，就是说，男的没份儿。古代的姓氏很大一部分是与女子有关的，如"姬""姜"，这表明在中国历史很长一段时间里，女人是英雄，是生命的赋予者。这样的人，就是当时理想的、公认的美人。

学术研究说明，这不是孤立的现象，可能是母系社会留下的痕迹。据道教文化研究专家詹石窗教授研究，道教经典里好多神是女性，比如西王母。他的结论是，中国有一段历史对女性的崇拜是高于男性崇拜的。

汉人的"美"字，在很长一段时间里，都认为是羊与大的结合，羊大为美。但是，近来中国美学研究有了突破，据我的朋友陈良运教授研究，古代中国人，并不以羊大为美食，相反，倒是以羊小为美食。所谓羊羔美酒是也。"羊"和"大"的结合，并不是美味的享受。从《易》的角度来解说，"羊"性情柔顺，生殖力强，"大"则为刚健雄强，是男性之意。上女下男，上阴下阳，在老祖宗那里，是男女阴阳交感为美。

这不是不要脸吗？但是，当时全世界的老祖宗都不知道要脸。古希腊和古印度原初的"性美学"，就美在不要脸，大家都不要脸，要脸的反而不美了。连孔夫子，据说，都是他老爸老妈野合而生的，也就是一时冲动，就有了旷古未有的美好结晶。孟子引用告子的话，"食色，性也"，不好色就是没有人性。要认真讲到美，最强烈的，就是色。因为它的刺激太强了，所以就不能不严加防范。

要比生孩子的潜在能量，女性并没有多少优势，男性批量生孩子的潜能超过女性十万倍，可是就没有以生孩子为能事的男英雄，理由很简单，男性本来在这方面就够英雄的了，不是有个词叫作"雄起"吗？所以，最早的美学，就带有抑制男性的本能，性的冲动，本来就是够野性的了，再鼓励他朝这方面施展，一来怕地球上人太多，没法插脚，二来怕人和野兽也就差不多了，达尔文的进化论就要变成退化论。

所以，男性英雄在这方面受到压抑，到什么方面去发挥呢？往力量方面去施展。传说中国古代最早的男英雄夸父，古人在逐猎美人方面不让他有所成就，却让他在疯狂地追赶太阳方面大享威名。结果是渴死了，可是他的手杖化为"桃林"。有一种解释说是舍己为人的表现：让后人在大旱时期解渴。另一个男英雄后羿，把天上十个太阳射下来九个。哪来十个太阳？不过是形容大旱而已。征服了大旱，当然是豪杰。但是，就是再大的英雄，也是要抑制他的男性本能。大禹战胜洪水，有重新安排大好山河的丰功伟绩，多年治水，他肯定也想老婆，却能三过家门而不入，肯定是难能可贵的，实在不是一般的英雄了。因而，就扬美名于千古。

所有这一切可能是说明，男女在美学上似乎是有分工的。女性管繁衍，多生孩子的就受到崇拜；男性则要遏制本能，不发贱，才能保证不让老天欺侮。

在老祖宗那里，男性的美学是力的美学，叫作阳刚之美。这一传统一直到中世纪传奇小说，都源远流长，如江河不废。关公、张飞、赵子龙等等，似乎都有超人力量，但是，要问他们有没有老婆，可能比较难以回答，当然是有的。不然，关公的儿子关兴（一般认为，关平是义子，关兴是亲生）、张飞的儿子张苞，从哪儿来的？还有诸葛亮正准备出征，忽然一阵大风吹折了大旗，诸葛亮就悲从中来，泪流满面，说一定有坏事，结果赵云的儿子来了，报告说赵子龙逝世了。《三国演义》没有交代赵云有太太，但是也没有交代赵云像贾琏一样见异思迁呀！（大笑声）

拿我们的神话和《圣经》来做比较，在创造人的业绩上，我们是女性（女娲）英雄创造了人类，《圣经》里是上帝按照自己的形象创造了第一个人——亚当。亚当是什么性别呢？亚当是男的。因而可以推知，上帝也是男的。如果说把希伯来文化和后来发展的基督教文化算在西方文化里的话，则似乎可以说，西方的上帝是男性，而我们的始祖则是女性。

当然，这一点不能说绝了。因为我们的汉字里，还有一个字，那就是祖宗的"祖"字。这个偏旁，在象形方面，是一个祭坛，而这边的"而且"的"且"字，则是一个男性的生殖器的形象。（笑声）不要笑啊，我据很严肃的学者考证啊，它的确是在座男同学无论如何都要遮挡起来的那个部位。（笑声）这在今天来看，是很不严肃的，是吧？但在当时可能是很庄重的，是受到顶礼膜拜的。这玩意儿，有什么可崇拜的？可了不得啦！庙堂里那些牌位，包括孔庙里，祠堂里那些牌位，包括我们祖先的，为什么搞成那样一个样子？你们想过没有？就是因为，它仿照"而且"的"且"啊！（笑声，掌声）在很长一段时间里，不管是皇帝，还是老百姓，都要向这样"而且"的"且"磕头的啊！而且……（大笑声）这一磕，就磕了上千年，磕得忘乎所以，都忘记了这个"而且"的"且"原本是什么玩意儿了。甚至皇帝们称自己的前辈为太祖、高祖的时候，也忘记了太祖、高祖的原初意义，应该叫人怪不好意思的。据考证，东南亚一带，至今仍然有拜石笋的风俗，石笋就是"而且"的"且"字的另一种形象，不过那个很庞大、伟大，而且（大笑声），你们不要笑，我说的这个"而且"，不是那个"而且"（大笑声）。一般人，没有那么庞大、伟大就是了。（大笑声）而且，（笑声）好，糟了，从今以后，我不能再说这个连接词了，而且（大笑声）连讲"祖宗"都感到亵渎了。（大笑声）

一方面是女性的生殖英雄，一方面又是男性血缘祖先崇拜，这不是矛盾吗？不矛盾，学者们研究的结果是，女性的生殖英雄在前，母系社会，人们只知其母，而不知其父。后来到了父系社会，男性的生殖英雄才开始"雄起"，走上祭坛，发出神圣的光辉。（惊叹声）

但是，这个男性的"且"有点矛盾，一方面是受到崇拜，可是另一方面，渐渐觉得，无遮无拦，怪害臊的。《圣经》上说，吃了智慧果以后，亚当就觉得这个"且"不太雅观，用无花果的叶子把它给挡起来，不能大摇大摆地走路。这个办法很简单，可是只适用于日常生活，写成文字的时候，这种遮拦的办法却行不通。还是我们汉字厉害，就发明一种办法，把了不起的人叫作花，花的功能，也是生殖呀。不过比那个"且"，要漂亮好多了，是不是？（众答：是，是）不过这个"花"字，太直白了，不够含蓄，换一个文雅些的吧，"英""华"都是花的别称，后来就集中在"英"上。

英者，花也。屈原的《离骚》中不是有"夕餐秋菊之落英"吗？落英，就是落花。陶渊明《桃花源记》中的"落英缤纷"也就是花瓣纷纷落地的意思。用"英"来形容人，就是说，像花在植物生命中最为鲜艳、最为重要（生殖、传宗接代）、最为美好、最为杰出。现在我们说男英雄，就是男花瓣，女英雄，就是女花瓣，似乎是顺理成章。孟子说"得天下英才而教育之"，英才就是最精华的、最精英的。孟子为什么只说英才，而没有说雄才？因为"雄才"就比较不够全面，就不能把女英才包括进去了。英雄，英雄，一定要是雄的？有一个女英雄，叫花木兰。说她是女"英雄"，但，这是不通的。英雄，英雄，在原初的字义里，英雄只能是雄的，只有男性才能"雄起"啊！（笑声）这是男权社会观念的普遍表现吗？

是不是？（众答：是）有没有怀疑的？（众答：没有）可是我有怀疑。（众问：为什么呢？）不能孤立地研究问题呀，不能满足于单因单果的逻辑啊！这就要做比较。比如说，和英语比较，同样是英雄，就有一个男英雄（hero）一个女英雄（heroine）啊。俄语也是一样，读音有差异，词汇也是两个。而我们汉族，就很武断，英雄，就只能是雄的！（大笑声）那女英雄怎么办？花木兰怎么办？花木兰也只能是英雄，杰出的雄花朵。这是标准的汉族大男子主义！其实，花木兰根本不能称作是英雄，因为她不是雄的嘛，她是雌的嘛！她的正式名称，应该是"英雌"，是女性中杰出的花朵，对不对？（众答：哦，对呀）

孔夫子讲究正名，中国这么多女"英雄"却没有正名，名不正则言不顺，汉字里充满对女性的歧视，什么坏事情都是"女"字旁。比方说，奴隶的"奴"，妖怪的"妖"，明明《西游记》里，许多妖怪都是雄性的，可还是女字偏旁，谄媚的"媚"，娱乐的"娱"，其潜在预设就是女性，都是讨好男人的，都是男人的娱乐工具。最不通的是"奸"字，汉奸，大都是男的，为什么一定要女字偏旁呢？更荒谬的是，强奸，也是这个"奸"字，繁体的写法是三个女字叠在一起，就更不通了。明明是男性犯罪，写起字来，却全算在女人账上。对于这么普遍、这么多的冤案，居然没有人提出疑问，说明隐藏在汉字中的成见有多深了。

懂得一点儿人类文化史的人知道，这不值得大惊小怪。但是，美国的女权主义却愤愤不平：英语里的 chairman 中的 man 就是男的，她们抗议，女的就不能做主席吗?！如果是女性当主席，改称 chairwoman，要是主席还没选出来，不知是男是女，就改称 chairperson，有时候仅仅是一般抽象叙述，并没有具体所指，怎么办？就干脆改称 chair。这样她们就痛快了，感觉自己和男性平等了。其实，她们是把自己和男人一起贬低了，宁愿把自己当成椅子，也不愿让男人有任何优越感。

我跟一个女权主义者说，这种改变是可疑的。美国人重视历史，因为美国历史太短。从保存古董的角度来说，你们这种改变，不但好笑得要命，而且改革也不可能成功，因为文字是历史积累的文化地层。你们可以改变 chairman，但是 history 就不能改变。history 就是 his story，就是男人的历史。改作 herstory，那就谁也看不懂了！文字是一个伟大的历史博物馆。我说，你们（美国女权主义者）去篡改它，是粗暴的。你们美国西部乡村酒馆的墙上，连 20 世纪 40 年代的花露水瓶子都当作古董来展示，可对文字这么古老的文物，几千年的历史文化积层，你们的态度不够文明。我一边说，一边把汉字"奴隶"的"奴"字写给她看。我说，这边的偏旁是个女字，它本身就是象形的，是一个人（侧面的）被绳子捆住了，就是"女"字；这边一个"又"字，是一个人的右手。一个人被捆着，就是女人，另一个人的右手把绳子抓着，就是"奴"字。她问为什么被捆着的就是女人？我说，这是几千年前，古代嘛，部族之间战争是很残酷的。男人战死了一大批，没有死的，就被俘虏了，俘虏是要杀掉的，而女人则留下来，干吗？生孩子。女的不是要溜吗？就用绳子给捆起来。所以原初的"奴"字，就是留下来生孩子的工具。后来事情变化了，不仅仅有女俘虏，而且更多的是男俘虏，但是这个"奴"字，却一直没有改变。

这个女权主义者大为兴奋，求我把所画的"奴"字送给她，她说："你看看，从汉字里就有着女性受奴役的铁证。"我说其实并不一定要从汉字里才能找到这样的证明，就是《圣经》里，不是说人类之所以要受苦、受难，都因为女人，因为夏娃，才被上帝逐出天堂的吗？还有古希腊的神话，人类本来生活在没有任何灾祸的境界，所有的病毒恶疾都被关在一个箱子里，在普罗米修斯手中。他把这个箱子交给弟弟，叮嘱他，绝对不能打开，但弟弟的老婆、漂亮的潘多拉很好奇，趁老公外出，偷偷敲开了箱子。结果里面无数的灾祸、疾病、虫害就冒了出来，人类从此就受苦了。我要说明，我说的是历史的偏见，不是我自己的观念。我是尊重女性的。在座的女同学，不要误会。就是女权主义者，我也心怀敬意。一些美国男性说美国女权主义者把性骚扰扩大化了，说女权主义者是"女性希特勒"，我严正声明，我不同意。理由很简单，因为我母亲就是女的，我吃了豹子胆也不敢否论母亲的伟大。

二、红色英雄的无性和古典英雄的无性

从最原始的状态研究，这个方法是管用的，但是也有很大的缺点，很少有直接的材料，大多数是残缺的。我们中国最可靠的历史材料，不过是乌龟壳、兽骨上的原始文字，其他的，都是推理、想象出来的，虽然有很大的可能性，但不是绝对的可靠。

这就用得上另一种方法，那就从现实的、当代的情况出发。第一，那是我们亲身经历的，那是最没有疑问的。第二，用当代的生活经验，很高级的文明去分析历史。比如说花木兰，在《木兰辞》里，她女扮男装，参军去了。诗歌里写她在行军打仗，特别是宿营的时候，和男性在一起，一点没有女性的感觉。一千多

年来，没有人发出怀疑。可是，以当代经验设身处地想想，一个单身女人，和男性同吃同住，是很不方便的，会不会引发男性的，或者自身的敏感？但是，一概没有。可是，美国的动画片《花木兰》就让她谈恋爱了，中国早期的电影《木兰从军》也让她谈恋爱了。从当代男女性爱的观念出发，就不难看出，花木兰可是一个没有女性感觉的女英雄啊！

当代红色文学，革命文学，还是这样。虽然有口号曰："时代不同了，男女都一样。"又曰："妇女能顶半边天。"但是，20世纪60年代初期，女英雄值得夸耀的形象是"铁姑娘""假小子"。主流的文学理论，说是性别感、谈情说爱，是资产阶级的东西，无产阶级是与之绝缘的。所以女英雄越来越男性化了。"文化大革命"时期，女英雄多了起来，但是，更加没有性别感。以《沙家浜》为例，起初，剧作家在设置阿庆嫂作为一个单身女性开春来茶馆时，就犯了一个常识性的错误：太容易引人注目。按照地下工作的规定，没有丈夫，要配一个假丈夫，没有妻子，要配一个假妻子，以夫妻的名义去租房子。在"样板戏"创作过程中，周恩来发现这个不对，单身女人跑到沙家浜那还不是去送死？人家马上就怀疑你的春来茶馆有特殊名堂。周恩来提议，阿庆嫂应该有个丈夫，但是按照当时的意识形态，英雄有了性的感觉就不美了。于是，让胡传魁问了一句："阿庆呢？"阿庆嫂的回答是："和我拌了几句嘴，到上海跑单帮去了，说是不混出人样来，不回来见我。"就解决了矛盾，既让她有丈夫，又不让丈夫出来和她卿卿我我，耳鬓厮磨。（笑声）这样的增添是有根据的。

到了20世纪40年代，革命和恋爱的关系不同了，基本上没有恋爱的地位，就只有革命了。虽然还有恋爱题材的小说，比如赵树理的《小二黑结婚》，讲的是两个人谈恋爱受到封建势力的干扰迫害，最后自由结婚，但两个人异性的感觉没有了。小芹觉得小二黑很漂亮，是因为脸很黑。为什么黑？民兵特等射手，露天打靶造成的，是劳动造成的，但这里没有女性的感觉。小芹很健康，但是像茅盾那种对女性起伏的胸脯的描写没有了。

所以"样板戏"里的英雄角色，不但是单身的，而且是没有血缘关系的。比如李玉和、李奶奶、李铁梅，说是三代，但是李奶奶和李玉和是养母子，李铁梅不是李玉和亲生的女儿，是抱来的。《智取威虎山》啊，《龙江颂》啊，《奇袭白虎团》啊，都是这个路子。特别是《红色娘子军》，大概你们不知道，主人公吴琼花和指导员洪常青，本来，在最初的电影脚本里，是有情感上的萌动的，但为了革命化，就把这种烦恼丝无情地斩断了。而在《智取威虎山》中，小常宝对解放军诉说饱受压迫之苦：到了除夕之夜，和父亲，十分凄凉，心里想什么呢？"爹想祖母我想娘"。爹爹只能想祖母，不能想小堂宝的母亲，一想，就有了男女情爱，就是资产阶级的名堂了，就不是无产阶级的美学了。虽然《白毛女》是例外，有一个对象，但是，只有这个恋爱关系被破坏的场景，并没有他们之间谈恋爱的表现。

提醒一下，我们研究问题的方法，从当代往前面研究，这就是马克思讲的，从高级形态回顾低级形态。按我们当代的观念，英雄，不管男英雄、女英雄，不能光是一个革命的概念，而且得是一个活生生的人；不仅仅是一个献身革命事业的螺丝钉，一个齿轮，一种驯服工具，他应该是有自己七情六欲的人，哪怕是大写的人。只有革命的意志，没有男女之爱情，这样的人是很难让人觉得美好的。当然，像我们银幕上"小燕子"那样的人物，以谈恋爱为主要的事业，我们也是可以容忍的。有了这样的胸怀，我们的研究就可能比较深刻了。

在美女和英雄方面，我们中国文学和西方有很大的不同。

西方的"文艺复兴"的口号，就是复兴到古希腊。他们反对中世纪的神学把人的身体、人的欲望当作是有罪的理论，而是借助古希腊的思想，把人的肉体当作是美好的、自然的、神圣的美，就是裸体也是美的。而中国恰恰相反，男女授受不亲，不能让他们在肉体上有接触，一接触，就是丑事。就是没有肌肤的直接接触，远距离的视觉的眉目传情也要防范，女人要把人体包裹得比较紧密，不透气才好。所以有了束胸的陋习。最极端的是，女性的身体不能被男性看到。有一个民间故事，属于孟姜女与万喜良的系列，孟姜女为什么要嫁给万喜良呢？原因是她在池塘边洗手，把袖子捋起来，让万喜良看到了，孟姜女就觉得非嫁给他不可，肉体也不能给第二个人看。

人在对待自己的性别感觉方面，经历了一个很矛盾、很曲折的历史。

英雄和美女的关系，本来是异性相互吸引，身体的吸引。一为本能的需要，无师自通，亦如食欲；二为发展，生儿育女。这本来是很自然的，但是，太自然就不美了。说是为了美，就要超越自然，才有精神，才有美。

不过超越人性，超越生理的诱惑，就越搞越野蛮了。楚王好细腰，宫中多饿死；宋理宗以来的小脚，都是以美的名义来折磨自己，损害健康。当然，西方近代也有为了瘦身而束腰的。据说用一种鲸鱼骨头，反正和今天的减肥一样，是很难受的。但是，西方有一句谚语说，人为了漂亮，就是要受折磨的。但问题是，一时流行的漂亮观念，可靠不可靠？比如小脚，比如西方近代女性用鲸鱼骨头卡腰，卡得那样细，不过就是为了突出乳房罢了。其实，很难受的，这样受苦，都为了既让它突现，又把它隐藏。干脆隐藏，或者干脆突出，不是舒服得多吗？但是，干脆突出，不加包装，又不敢；干脆隐藏，又不甘，真是苦得很，苦海无边啊！（笑声）

在相当长一个时间里，全民努力把性征遮盖起来，掩盖到越是彻底越好，可是当代，又反过来，强调性感是一种美，越是暴露，越有诱惑性越好。据报道说，西方已经发明了一种新的乳罩，其实，就是像一片膏药，具有某种半透明的质地，可以让人隐约地看到，但是又不能看得很清楚。更为解放的，是一种人提倡"天体运动"，人体是神圣的，干吗要把它挡起来？不穿任何衣服，不是更好吗？于是，他们不但在浴场，而且在日常，不论男女，只要愿意，都可以把性征最强烈的部位露出来。这显然是部分人的一种追求，据说，加拿大人就立法保护这样的自由。这可能是太解放了，连美国，都不敢接受这样的解放。有些加拿大人就很生气，在国界这边，他们穿得严严正正，一到美国境内马上把衣服脱光。据说，美国警察就只好把这些光溜溜、滑溜溜的泥鳅一样的家伙抓起来。

这说明什么呢？人类虽然号称万物之灵，但对于自己的身体，一点也不灵。对于自己的生命充满了困惑，还没有想出绝对安全的好办法。先前我们中国女士林黛玉式的樱桃小口，是美；今天梦露式的丰厚的阔大嘴唇，是美。当代人以自己的性征为自豪，"性感"成了一个美好的词语。可能是认识到，人类没有这种性别的感觉的话可能世界就不存在了，也不要建设"四个现代化"的国家了，因为后代也没有了。但是，人又意识到，如果人类过分放纵这种欲望的话，也不得了，可能是到处充满罪犯。

据说有人研究过，性欲这个东西最可怕，其快感是人最强烈的。表面上看，食欲更强烈，不吃饭几天就要死，没有老婆十年也不会死，但是，色的诱惑性，或者叫作刺激性，很强烈。有一个特点是，为了满足色欲，人会胆子特别大，中国人所谓"色胆包天"真是说到了点子上。希腊神话中小爱神丘比特是盲目的，相比起来，异曲同工。所以英国的妓院是不能做广告的，性商店也不能有色彩鲜明的橱窗。连美国女明星，在颁奖会上暴露一下乳房都是要受到谴责的。把红烧肉放到橱窗里不会有人去抢，不会引发犯罪的冲动。妓女在橱窗里，只有在少数地方，如汉堡和阿姆斯特丹才是合法的，但是都是穿戴整齐的；如果把一个女性脱光了放到橱窗里，就可能出乱子。

对于自己的性欲，人类是最无可奈何的。

所以，你们大学生，男女宿舍要分开，因为学校当局不相信男性能够"坐怀不乱"，柳下惠那样的君子几千年才出一个。性爱是排他的，排他就是会打仗的，所以古希腊的史诗《伊利亚特》里的特洛伊战争打得很有名。为什么会打仗？就是因为争夺一个美女：海伦。打了十年仗，死了十万人。等到海伦出现在特洛伊城楼上，那些元老院的老头子，一个个看得目瞪口呆，说是，这真是一个女神啊，为她打十年仗，是值得的哟！

在座的男同学个个崇拜柳下惠，我愿意相信，但是，能不能坐怀不乱，我没有把握。至于会不会接受特洛伊战争的教训，为了美女决不干仗，就更没有把握了。（大笑声）因为人性在这方面太经不住考验了。就算你经过社会主义教育，学过毛泽东思想、邓小平理论，受过"三个代表"理论的熏陶，有关部门，还是不敢天真。现在男女间隔得更严格了，我们20世纪50年代念大学时可以随便跑女生宿舍里坐着谈天，赖着不走也可以，而且是可以结婚的，有女同学喜欢，就宣布结婚，大家就来祝贺，现在允许不允许结婚，却成了一个争论不休的问题了。

有人说，这是因为现在的女孩子穿得太暴露了，应该是太凉快了。这有什么办法？现在地球变暖了，人家凉快一点，透风一点嘛！（笑声）那是不是一定要捂得紧紧的呢？在古代，张生见了穿戴得严严实实的崔莺莺，不是照样跳墙吗？我想，根本的原因，就是人对自己的本性只有两手，防御和惩罚，此外，有什么办法？可能有的，那就听听我的讲座之类。（大笑声）

我们生而为人，可是对人，人性，究竟懂得多少呢？

三、美女难逃英雄关

研究人性，有个难处，人性就是所有人的性，就不是个别人的。研究每一个人，这是不可能的，只能研究个别的人，这就要选择。选择什么样的人呢？研究坏人，这是一种方法。弗洛伊德就是这样选择的。人在潜意识里，都是性心理，遵循"力比多"为基础的"快乐原则"，这是人的内趋力。虽然，下丘脑有所有约束机制，但是，那还是从自私、安全、面子角度考虑的。不过，马斯洛作为人本主义者，觉得不妥。他认为应该研究高尚的人，以无私的人为基础，不管对自我多么不利，就是面临杀身之祸，好人也很坦然，享受着一种"自我实现"的高峰体验。这两种选择都有可取之处。如果单纯用弗洛伊德的方法研究的结果，大家都和西门庆差不多，那样多少有点煞风景。按照马斯洛的方法，就应该研究英雄，这个方法可能比较优雅一点。

正因为这样，我决定从英雄身上的人性、人的色与食的关系上深入研究。

对这个问题，我想采用第三种方法，不是从最原始的英雄讲起，不是从当代英雄讲起，而是从中间讲起。具体说来，从《水浒传》，从小说比较成熟的时期讲起。这里所谓"成熟"的英雄有很奇怪的矛盾，凡是英雄，大概都有很大的食量，但是，对于色，偏偏就没有任何感觉。

以武松为例。武松肯定是英雄，他打死了老虎呀，可他光打老虎还不够英雄，他那打虎的方法不科学，有人怀疑过他是不是真能打死老虎。更英雄的是看到美女无动于衷，尤其是潘金莲那样漂亮的女人，他居然无动于衷，眼皮都不抬一下。这一点却没有人怀疑过。这就是中国人的设想，或者叫作理想。这和西方恰恰相反，与中世纪英雄传奇——骑士文学恰恰相反，骑士是孔武有力的，最大的光荣是把自己的生命献给女士，为美女献身，这是英雄本色。《堂吉诃德》就是讽刺骑士的小说，他看到美女就要冒险、献身，献出自己生命是最大的光荣。而在中国宋元小说中，中国的男性英雄碰到美丽的女性怎么办？当然，碰到王婆无所谓啦，我们都顶得住，但是碰到了非常漂亮的，碰到潘金莲啊，这就有难度了。有难度而能克服，那就是英雄了。

《水浒传》里，理想的英雄可以海吃海喝，像武松那样，一口气喝了十八碗酒，还吃了几斤牛肉，也就是说，食欲，越是超人越是英雄。古语云："饥寒起盗心。"到饿得发慌，就不要脸，什么坏事都敢干了。吃得饱，是一种理想；吃得多，就是志气豪迈。吃牛肉的胃口和打老虎的精神胆略成正比。但是，吃有一个缺点，肚子的容量非常有限，超过了肚皮的弹性限度，有爆裂的危险。所以谁能吃得多，肚皮的弹性没有限度，就很了不起，很值得崇拜。武松的英雄气概和吃喝的程度就成正比，尤其是喝醉了，能醉打吊睛白额大虎，能醉打蒋门神。如果不醉，头脑清醒，醒打蒋门神，其令人肃然起敬的程度，就要打折扣。

当然，这一切充满了中国式的肚皮理想主义的天真烂漫。

可是对于人性的另一个方面——性欲，却相反，英雄对美女是不能感兴趣的，一旦感兴趣，就不是英雄。《水浒传》里的"矮脚虎"王英，外号叫"虎"啊！

可他看到对方有个女将叫"一丈青"扈三娘，长得不错，就被迷住了，就打不成仗了，英雄宁愿被美女俘虏，就有点狗熊相了。幸亏，扈三娘比较随和，被梁山泊收服后，宋江做媒人把她许配给王英，没有嫌弃他个子太矮，但是王英成为被嘲笑的喜剧角色。

而武松，则是真正的英雄，他就反复顶住了美女的诱惑。潘金莲去引诱他，先是关心他呀，做好吃的呀，这个没用，武松的戒备是密不透风的。后来潘金莲就更加放开一点，用身体来接近，武松没有表情，潘金莲就忍不住了，借酒为媒。酒能乱性呀！请他喝酒，就主动挑逗。一般地说，一次就被挑逗上钩，就太不够英雄了。调戏数次没用，说明武松不是一般的英雄。于是潘金莲采取了办法，"酥胸微露，云鬟半散"，就是把胸衣敞开一点，露出来一点，将自己喝了半杯的残酒请武松来喝，武松拒绝，并且态度严厉。潘金莲看酒不行，身体就靠上去，靠在他身上，武松的男性感觉果然如铁壁铜墙，不仅没有内心的任何骚动，而且产生了一种厌恶，不但厌恶，而且严词痛斥"不知羞耻"。武松之所以英雄，不完全是因为打老虎，因为他在真正见到老虎时，心里七上八下。在《水浒传》的作者看来，最为完美的是，他在美人的勾引面前无动于衷，端的是面不改色、心不跳。当然，这是形容，用科学的语言说，应该是血压、脉搏一概正常。聪明绝顶的金圣叹称赞他为"神人""天人"，也就说不是一般人所能达到的境界，这比柳下惠所受的考验要严峻得多了。柳下惠怀中的女士，光是坐着，并没有什么其他的表示，而柳下惠不过是不动而已。但是，武松怀中的女士有更多的动作，而武松的态度又更为严厉。这说明这种英雄的特点，就是根本就没有性的感觉。我把这一点叫作"英雄无性"。英雄就英雄在特异感觉系统的伟大和坚强——身为男性，却有一种"反男性"感觉。当然，我们不是英雄，但，我们和英雄相比，差别并不大，仅仅是多了一点点感觉而已。当然，我们要向英雄学习，但是，我们的这种感觉，就是一点点也不肯消灭。（大笑声）

中国古典传奇小说中一个很特殊的美学原则，就是"英雄无性"。

正是因为这种"英雄无性"的美学追求，传奇小说中，英雄对美女，主要是性感觉强烈的美女，手段十分凶残。在《水浒传》作者看来，这可能比打虎更值得大书特书。金圣叹在评语中说，本来武松杀虎，凭的是赤手空拳，花了一回笔墨，可是要杀一个小女子，"举手之劳焉耳"，应该是没有什么写头的，但是，施耐庵也花了一回的笔墨，狮子搏兔，淋漓细致。手伸到漂亮女人胸脯中去两次，性的刺激本来应该比饥饿的刺激是更为强烈的，更疯狂的，更不要脸的。但是，英雄的手是带着刀的，是去捅美女的胸脯的。打虎和杀嫂，用俞平伯评论《红楼梦》中林黛玉和薛宝钗的话说，是"遥遥相对，息息相通"。但是，打虎没有重复，杀嫂却不怕重复，可见是重头戏。武松的英雄姿态是这样的：

> 用左手揪住那妇人头髻，右手劈胸提住……两只脚踏住她两只胳膊，扯开胸脯衣裳。
>
> 去胸前只一剜，口里衔着刀，只手去幹开胸脯，取出心肝五脏，供养在灵前。

手伸到女性胸脯中去，口里还衔着刀，肯定是《水浒传》作者精心设计的英雄姿态。

似乎《水浒传》的作者对这段很得意，情不自禁地写了一次又一次，总共写了三次。有一个英雄叫杨雄，杨雄这个人一点也不雄，他自己马大哈，老婆与和尚通奸，都没有觉察。义弟石秀告诉他，他还不相信。他老婆也姓潘，叫潘巧云，对杨雄花言巧语，说石秀调戏她，杨雄就疏远了石秀。石秀也是英雄，对美女是以心狠手辣为特点的。你弄得我说不清楚，我就要让你活不下去。石秀就暗地侦察，踩点很精确，拿准了潘巧云到庙里烧香与和尚通奸的时间，把杨雄带过去看，抓了个现行。杨雄对待美女怎样呢？我再念一段：

> 先用刀，挖出舌头。

咔嚓！为什么呢？因为造谣石秀调戏她。下面是：

> 一刀从心窝里直割到小肚子下，取出心肝五脏，挂在松树上。

基本上是重复吧？是盗版武松的模式吧？这种重复，在中国古典小说评点中，本来是大忌。毛宗岗在评论《三国演义》时说过罗贯中写了许多次火攻，容易重复，甚至雷同，这在艺术上叫作"犯"。但是，火烧新野、火烧博望坡、火烧赤壁、火烧濮阳、火烧盘陀谷，等等，都各有特点，没有雷同，这就叫作"同枝异叶，同花异果"。而《水浒传》杀潘金莲、杀潘巧云、杀卢俊义的老婆贾氏，方法、工具、手段、部位实在是基本雷同，可以说是"同枝同叶，同花同果"，但是为了突出英雄仇视美女的本色，施耐庵也就顾不了许多了。当然，《水浒传》作者并不是没有避"犯"的起码自觉，写了武松打虎以后，再写李逵打虎，就不让他像武松那样赤手空拳，而是让他带着两把刀子，一把塞到老虎屁股里去了，腰里还有一把。而写杀美女，却不怕"犯"。杨雄这个家伙有什么资格配称为英雄？太太偷和尚，戴了绿帽子，被女人灌了迷魂汤，冤枉了义弟石秀，这样的窝囊废还偏偏名叫杨"雄"，他"雄"个什么呀？（大笑声）枉了"雄"字的光彩。应该叫作杨"熊"才对。他"雄"在利索地套用了杀女人的模式，这种杀女人的办法大概是施耐庵的拿手好戏。武松和杨雄都没有多少文化，那么比较文雅的卢俊义，应该有比较文雅的办法了吧？结果还是老一套。可能，这是英雄的最高准则。这个准则太重要了，一次不够，两次印象不深，作者还不解气，又写了第三个淫妇的下场，这个是卢俊义的老婆，与大管家通奸陷害卢俊义，最后被抓住，送到梁山泊忠义堂上。卢俊义怎么对他老婆呢？是这样的：

> 卢俊义手拿短刀，自下堂来，大骂泼妇贼奴，就将二人剖腹剜心，凌迟处死。

年轻的读者可能不知道什么叫作"凌迟"，要直接详细说明是相当野蛮的。大体上相当于生削鱼片——把鱼肉从活鱼身上一片一片削下来，直到它不挣扎为止，不过要在想象中把鱼改为美女。英雄打老虎倒在其次，杀美女更见功夫。真好汉的标准形象是，杀美女"口里衔刀"，进行"切美女片"的操作。怪不得中国人把厉害的女人叫作"母老虎"（上海话叫作"雌老虎"），不然，杀女人的成就怎么能超过杀老虎？武松后来血溅鸳鸯楼，杀了张都监一大家子，刀口都杀卷了。他在墙上用布蘸着血写道："杀人者，打虎武松也。"行不更名，坐不改姓，端的是英雄。但是，我时常感到还不够全面。多年写作教师的职业习惯使我时常有一种冲动，想去替他改成："杀人者，打虎并杀嫂武松也。"现在看来，可能还是施耐庵老到，"打虎武松"中的"虎"，并不简单是指景阳冈上的吊睛白额大虎，而且包括潘金莲那样的美丽的母老虎。如果只会打山上的老虎，却杀不了美丽的母老虎，就和英雄无缘了。矮脚虎王英虽然号称"虎"，见了美丽的母老虎，就流口水，就只有受嘲弄的份儿，被作者安排当了"一丈青"的俘虏。万恶淫为首，女人是祸水，所以对她们不能心慈手软。不仅仅是《水浒传》如此，《西游记》中，唐僧、孙悟空、猪八戒、沙僧，所有的英雄都是无性的。只有猪八戒，有性别感。但是，恰恰是这个正常人、男子汉，被处理成喜剧性的角色，三打白骨精，盘丝洞，女儿国，都是为了让他出洋相。

对女人无情，是英雄。不但无情，而且要无感觉。

反过来，有了感觉，轻则被嘲笑，重则被归入强盗中的丑类，如小霸王周通之类。但也有一个例外，宋江。《水浒传》在情节上千方百计为他辩护，强调他是被动的。首先，出于怜悯阎婆惜母女，她们太穷了，给她们弄了一座小楼，还给生活费。其次，并不常常去和阎婆惜睡觉，也就是不好色。这一点，有点牵强，不常常去，就是说有时去，去干什么？这个漏洞，不言而喻，虽然是推理，没有正面描写，虽有点骗鬼的嫌疑，但维护了天下英雄都无条件崇拜的宋江的光辉形象。最后，让宋江把这个女人杀了。杀的理由，其一，和潘金莲、潘巧云、贾氏是一样的——淫妇，这是古代语言，现代语言则是女性的感觉和性要求太强；其二，让这个女人从性行为上的出轨，红杏出墙，发展到政治上的讹诈，非杀不可，不杀后果严重。虽然杀得没有武松英雄，也没有让宋江口中含刀，但是，却把宋江推向逼上梁山之路。这对同情水浒梁山的读者是一个极大的安慰。

《水浒传》对于女人也并非一味残忍，有时也宽容到让她们杀人放火，如菜园子张青的老婆母夜叉孙二娘，以杀害过往客商做人肉包子为生，还有以"母大虫"为绰号的顾大嫂，杀人越货，都可以列入梁山英雄的正式谱系之中。这是因为，这些女人，不像潘金莲，不像潘巧云，她们没有女人的感觉和感情，她们的感觉、行为方式早已和男人一样。

她们是英雄，就是因为她们没有女性的感觉，符合英雄无性的美学原则。

这样的原则，不仅仅适用于这种草莽女英雄，而且适用于那些贵族美女。贵族美女和英雄在一起，在英雄左右，起什么作用呢？英雄末路的祭品，牺牲品。比如楚霸王是英雄吧，"力拔山兮气盖世"，英雄盖世的时候，我们不知道虞姬在哪里，在男的快完蛋的时候，女的突然冒出来了。做霸王太太的感觉，司马迁觉得不重要，没有必要告诉读者。等到楚霸王死到临头的时候，虞姬为成全英雄的事业，就提前自杀了。贵族美女和英雄的描写是不平衡的：一方面，英雄如何被美女迷住，如何缠绵悱恻，作家是不会告诉读者的；但当英雄倒霉的时候，作家则要正面描写她如何义无反顾，比英雄提前奉献生命，要不然会被别人俘虏去，捆起来替别人生孩子。美女的功能就是要为英雄牺牲。关键是提前，要死在英雄前头。有时，则更为突出，还没有开始英雄事业，英雄就亲自动手，把美女，自己的老婆给杀掉了。

有一出戏叫《斩经堂》，又叫《吴汉杀妻》。刘秀起义的时候，他策反一个大将吴汉为他打江山。吴汉是王莽的驸马，老婆是王莽的女儿，这个驸马爷要当忠于正统王朝的大英雄，那要带着王莽的女儿去参加起义队伍，第一个问题是很拖累，第二个问题更为严峻，人家不会信任他。他所做的第一件事就是杀老婆。那时夫人在经堂里念经，求菩萨保佑夫君平安归来，过红红火火的小日子，好不容易把丈夫盼回来，没有想到第一件事就是把她给捅了。

贵族美女还有一种功能，就是做英雄的政治工具。比如貂蝉，让她嫁给董卓，就和董卓睡觉，为什么心甘情愿？因为身负政治使命，离间董卓和吕布的关系。这个美女和董卓这个老家伙睡在一张床，还要跟吕布那样的小白脸亲热，作为女人，应该有不同的感性，但是，作者不屑一写。

周瑜设计把刘备杀了，堂而皇之地招亲，要把孙权的妹妹嫁给他。刘备原来不敢去，诸葛亮说你去不要紧的，我给你三条妙计，一条一条做下去就成了。孙权的妹妹是没有自己意志的，虽然她爱摆弄刀枪。而她的母亲一看刘备长得不错，而且还是正统王朝的后代，明知人家早有过两个老婆，还有孩子，明明是当刘备的小老婆，居然同意了。但孙权的妹妹一嫁给刘备，周瑜就把刘备软禁起来了。刘备要溜，她就死心塌地地跟他溜了，妈妈也不要了，哥哥也不要了。到了吴蜀关系紧张的时候，终于被孙权给弄回来了，和刘备就不能见面了。这样一过就是好些年，刘备军事上盲动冒进，死了以后，孙夫人居然不想活了，自己投江了。因为，刘备是英雄，所以他的老婆就要成为烈女，才能配得上。这是毛宗岗加上去的，虽然不是原文，但毛宗岗的本子被广泛接受，说明这个观念是普遍的。

为什么刘备三顾茅庐，到诸葛亮庄上，什么人都见了，丈人、兄弟、朋友、童仆、邻居整整一个系统，可是，就是没有见诸葛亮老婆？难道他是没有老婆？有的，不然怎么会有儿子？诸葛亮后来有名的"宁静致远，淡泊明志"，就是出自写给他儿子的信。只是在作者心目中，贵族女人除了发挥政治功能，还有什么功能呢？让她谈恋爱，《三国演义》的作者不会写。强烈的女性感觉一来，就可能变成潘金莲，怎么把女性的感觉和男性战争中的情感与智慧结合起来，罗贯中是地地道道的外行。本来，诸葛亮要出山，参加刘备的军事集团，一去就二十多年。要不要和老婆商量一下？至少安顿一下啊。可是没有。老婆是不是要缠绵一番？是不是不太同意？冒这么大的险，干啥啊？图个什么呀？还不如老婆孩子热炕头，过小日子呢！但是，《三国演义》觉得不好玩，来个完全留白。老婆，英雄是不应该放在心上的，有了这些东西就麻烦了。在赵子龙从长坂坡杀回去，于百万军中救阿斗时，刘备的老婆糜夫人就投井自杀了。赵子龙血染征袍，把孩子交给刘备，刘备对其妻子的死活，问都没问。英雄就应该这样，美女也应该安于如此。

英雄有自己的政治理想、谋略，需要美人的帮助，条件是美人不但不能有自己的意志，而且不应该有自己的感情，哪怕是和自己的老公太好，也是坏事，国家亡了，都是女人搞的。比如说把盛唐搞得一塌糊涂的是杨贵妃，所以陈鸿要写《长恨歌传》来"惩尤物，窒乱阶"，连白居易都未能免俗，说"春宵苦短日高起，从此君王不早朝"。朝政不理，都是因为美女太漂亮，当然就要出事了。

正因为此，英雄必须是无性的，美女也必须是无性的。

英雄难逃美人关，美人难逃英雄关，美学原则遥遥相对，息息相通。

女人还有一种恶德，那就是对大英雄不识货，势利。你们看过《封神演义》没有？姜子牙八十余岁，一直不得志，只是做些小本经营，卖面粉，结果风一吹，都飞走了，一塌糊涂，老婆嫌弃他，结果姜子牙写了一首诗：

青竹蛇儿口，黄蜂尾上针。两般由是可，最毒妇人心。

姜子牙无疑是大英雄，辅佐周朝得到天下，在他心目中，女人就是这样的。这个评价不仅仅是英雄的评价，更是作者的评价，整个社会似乎都有这个共识。

《三国演义》《水浒传》《西游记》的作者们才气都很大，可是并不是全才，他们只会写英雄豪迈，就是不会写儿女情长。写这种情感的才气，他们没有，他们似乎是外行。内行在唐宋传奇、"三言""二拍"系列。作者对于这方面的艺术很是内行，什么杜十娘眼见爱情失落就自杀啊，崔宁和秀秀趁失火就卷包私奔啊，这些男女情爱之感，都强大到不要命的程度。可是，这些人物并不是超凡的英雄，而是世俗的小人物了。

四、以丑为美，以傻（呆）为美和喜剧性

但是，我们看到这三大经典古典小说，在揭示男女之情方面局限的时候，可

不要绝对化。我觉得《西游记》在性意识方面，有一点很宝贵的发展，或者叫作突破。不过不是从英雄主义方面去突破的，不是向诗意的、美化的、颂歌的方向，而是向反诗意的、调侃的、幽默的、喜剧的，甚至是"丑"角化的方向发挥，应该说是一种很了不起的、在世界文学史上都很独特的创造。

《西游记》和《水浒传》（英雄仇恨美女）有所不同，它所有的英雄，在女性面前都是中性的，唐僧看到女孩子，不要说心动了，眼皮都不会跳一下的。在座的男生可能是望尘莫及吧，因为他们是和尚啊，我们却不想当和尚。孙悟空对女性也没有感觉。沙僧更是这样，我说过，他的特点是不但对女性没有感觉，就是对男性也没有感觉。（大笑声）不过唐僧是以美为善，美女一定是善良的；孙悟空相反，他的英雄性就在于从美女的外表中看出妖，看出假，看出恶来。可以说，他的美学原则是以美为假，以美为恶。你越是漂亮，我越是无情。和他们相反的，是猪八戒，他对美女有感觉，一看见美女，整个心就激动起来，他的美学原则是以美为真。不管她是人是妖，只要是美的就好。他是中国古代小说中，唯一的一个"唯美主义者"。（大笑声）三个人，三种美学原则，在同一个对象（美女）身上就发生冲突了。唐僧就怪罪孙悟空了，去西天取经就是为了救老百姓，小乘佛教不够用，只能治病而已，大乘佛教可以使人长生不老，现在人还没救，你把一个善良的女生给杀死了。孙悟空解释说这是一个妖怪，是假的，要吃你的肉，想长生不老的。唐僧将信将疑，如果这时候猪八戒和孙悟空配合，说师父啊，你要相信师兄，他是火眼金睛，是太上老君炉里面炼出来的，假美女，真妖精，在他眼中，是无所遁逃的。如果这样，就什么事都没有了。但是猪八戒有性感觉，性意识，他内心有些骚动，这么多天了，就是在和尚堆里混，好端端一个女生，至少要和她讲几句话嘛！话还没讲上，就被打死了，多可惜。猪八戒就挑拨，说这个猴子天性残忍，师父你绝对不能饶过他。这就弄得孙悟空被唐僧开除了。结果是大家倒霉，一起被白骨精抓去，放在蒸笼里，差一点被蒸熟来吃掉。这就是对猪八戒的嘲笑。谁让你这么"色"了？自讨苦吃嘛。同样是"色"，猪八戒比王英那种单纯的"色"，可爱得多了。为什么呢？这里，有几个讲究：

第一，吴承恩在折磨猪八戒的时候，反复揭露他明明出于私心，却冠冕堂皇说了一大堆套话，欲盖弥彰，错位很大，喜剧性很强，不是王英式的，光是流口水。

第二，把孙悟空弄走了，被妖精抓住，小命难保，狼狈得很！祸闯得越大，越有喜剧性。

第三，猪八戒可恨而又可爱，还因为"性趣"，屡犯不改。在白骨精面前顶不住；到了盘丝洞，只见女儿身，不见妖怪，还是顶不住；到了女儿国，就更顶不住了。死心眼、活受罪，喜剧性层层加码。

第四，不可忽略的是，他的恋爱史不但不可恶，反而值得同情。他本来是天上的天蓬元帅，一个将军，因为"调戏"王母娘娘的宫女，下放并不太过分，但弄成个猪脸，太过分。但这种丑脸，并不妨碍他喜欢女孩子。

第五，孙悟空把他收服了，一路去取经。但是，猪八戒取经的意志并不坚定，迷恋浑家的意志却很坚定。在常人，应该是隐蔽的，而他却傻乎乎地公开讲出来。临行的告别词是这样的："上拜老丈人，此番西天去取经，若能取成正果，那是最好，如果不成，我还回来做你的女婿。"孙悟空就骂他憨货，还没开拔，就公然想当逃兵。有私心，却没有起码的自我保护意识。孙悟空经常说他"呆子"，这一点很关键，不呆，干那么多坏事，就不可爱了。

第六，猪八戒取经坚持到最后，当然，也是英雄，不过，是比较平凡的、有毛病的呆英雄，但是，呆，是智慧的缺乏，却是心境的坦然，是缺点又不是缺点。从《西游记》作者的角度说，是对猪八戒的"呆"进行调侃，从当代读者角度说，猪八戒的"呆"恰恰是人性未灭的表现，还是蛮可爱的。火眼金睛看到敌人，一棒子打死，看到女孩子，面不改色心不跳，这种英雄值得尊重。但是，猪八戒看到女孩子动心了，孽根不断，呆头呆脑，表现出来，就更有人情味，更好玩，更有喜剧性的审美价值。

猪八戒是中国古典小说的一个伟大的创造。伟大在何处？给猪八戒设计一个猪脸，又给他那么强的爱好女生的感觉；让他皈依佛教，又不让他六根清净，男性好"色"的本性，时时流露。他有情欲，照理说，应该把欲望遮蔽起来，但是，他很坦然，没有一点害羞的样子。和西方文学相比，他不像薄伽丘《十日谈》中那些教士好色而耍弄诡计，成为被讽刺的角色，也不像雨果的《巴黎圣母院》里的神父，很迷恋美女艾丝美拉达，一味虚伪。猪八戒是公开的，你笑话也好，调侃也好，都无所谓。就是被嘲笑，被惩罚，他也大度得很，好像是宠辱不惊，反正活得挺滋润。他和《巴黎圣母院》里那个外貌极丑，又迷恋美女艾丝美拉达的卡西莫多又有不同。卡西莫多只爱艾丝美拉达一个，无声的爱，很谦卑，碰都不敢碰一下，生死不渝，等人家死了，才敢和她爬到一起，死在一起。这个卡西莫多，也是以丑为美的典型，但是，是很浪漫的、理想的美。而猪八戒并不浪漫，他只有男性的本能，见一个爱一个，把男性多恋的弱点表现得淋漓尽致。他是一个自发的男人，而不是神，不是大英雄。他也有自尊，掩盖小私心，希望得到尊重，但在性方面不同，却不以为丑，读者也不觉得他有多丑。为什么？因为，他丑得很真诚，很自然，有点傻，有点痴，似乎很坦荡，无私无畏嘛！（大笑声）丑和美是对立的，其转化的条件就是"痴"，但是，他又不是贾宝玉那种痴，他没有那么深刻，他的"痴"其实就是"傻"。如果说贾宝玉是情痴，是以痴为美，那猪八戒就是以傻（呆）为美。痴是有智慧的人，只是在一个异性身上着了迷；傻（呆）是比较笨的人，见了异性都着迷。以痴为美，深层有智慧，情智交融，可能是抒情的正剧，或者是悲剧；而以傻为美，因为笨，智力低下，就反常，就可笑，就荒谬，故可能是喜剧。这表现在：第一，小心眼，大失算；第二，不断失败，永远快乐。融可笑可叹、可悲可喜、可爱与可恨于一体，充满矛盾、错位，又和谐统一。统一在他丑陋的外貌中，更统一在行为逻辑导致的出"丑"中。

这叫作以丑为美，以傻、以呆为美。

吴承恩把美与丑的尖锐矛盾放在猪八戒的形象中，又以一个中介成分"傻"（呆）而使之和谐，这在世界古典小说、戏剧史上，乃至世界文学史上是一大奇观。当然，莎士比亚的戏剧中也有小丑，我国戏曲中也有三花脸小丑，但只是配角，作用仅仅限于插科打诨，但是，猪八戒是贯穿首尾的重要角色。丑、傻、美三元错位又三位一体，达到水乳交融的和谐程度。高尔泰曾说，美是自由的象征。猪八戒的丑、傻、美三元错位交融的自由，在美学史上值得大书特书。

对于读者来说，能不能、会不会欣赏猪八戒的这种三元错位交融，是内心美感是否自由的试金石。不会欣赏猪八戒，不同情他，就说明你没有看到不可抑制的人性。他所有的狼狈，都是因为坚持对异性爱好的不可更改，都是对中国文化中禁欲主义的冲击。

不可忽略《卖油郎独占花魁》，也是公然坚持对异性的追求。卖油郎为了与青楼女子花魁一度良宵，把经营了好几年小生意才有的一点钱拿去只为见她，却碰上她应酬回来喝醉了，卖油郎尊重她，并没有发生什么。这样的人物，也是英雄吧，但是不如猪八戒可爱，因为他没有猪八戒那么丰富的内心，卖油郎太理性了，而且长得很端正，美好的外貌和道德化的内心统一得很单调。《西游记》的作者通过想象，把丰富的人性和一个长得非常丑的外貌结合起来，这种喜剧性的想象实在是了不起的，这是对诗性美化的喜剧性颠覆。

很可惜，后来"三言""二拍"宋元话本没有发扬猪八戒这个传统。虽然《说唐》中的程咬金，《说岳全传》中的牛皋，《大明英烈传》中的胡大海，固然有某种喜剧性，但是，都没有在性意识中开拓，七情六欲中独独回避了性欲，内在的悖谬就荡然无存，人性深度就与猪八戒那种可爱、可笑、可同情、可怜悯不可同日而语。我们的古典小说，把性和恶联系的，比比皆是；把性和善相联系构成喜剧美的，绝无仅有。在《红楼梦》中，有把性和善结合为美的，如贾宝玉梦游太虚幻境，但是，那是诗的和谐，而不是喜剧的，没有荒谬。当然，《红楼梦》中还有贾瑞和薛蟠，但那是真正的淫荡，那是闹剧，而猪八戒则是轻喜剧，恶中有真，丑中有善，这一轻喜剧传统没有得到继承。轻喜剧传统的断层是中国小说史的一大遗憾。

人的色欲是很排他的，食欲不同，有了好吃的东西，可以和别人分享，但是妻子却不能分享。《水浒传》里有一个理想，就是大块吃肉、大碗喝酒。但是，异性，是不是可以共享呢？回答是，干脆共同禁欲。

英雄和性的关系，一直是个矛盾。从《三国演义》《水浒传》到《西游记》，都极端压抑。物极必反，就走向反面。后来，对于性的描写就泛滥起来。《金瓶梅》中就很直接描写肉欲，有时，还用诗词来描写、赞颂性事，感官刺激很强，以至在很长一段时期里不能公开发行。我们要研究，还得到香港去买。当然，在西方，意大利薄伽丘的《十日谈》也有性描写，却很优雅，其中有许多暗示。我举一例：有一个教士，十分好色，经常接受女孩子的忏悔。有一个女孩子不懂得自己的私处是何性质，传教士说那是地狱，罪恶。传教士要和女孩子发生关系，女孩说，这是地狱呀，你来干什么？他说我这里有一个魔鬼，它要到地狱去。《十日谈》里讲得非常文雅，十分幽默，而《金瓶梅》则不然。

极端禁欲导致极端泛滥，极端泛滥又导致极端禁欲，源远流长，导致当代所有样板戏中的男主人公没有妻子，女主人公没有丈夫，母亲没有亲生的儿子，孩子没有亲生的父母。这样的极端，导致在改革开放后，性事主题起初还偷偷摸摸、羞羞答答，后来，就出现了张贤亮的《男人的一半是女人》，其后是王安忆的《小城之恋》等，现在就产生了卫慧的《上海宝贝》之类，这个是必然的。禁欲过于厉害必然会产生纵欲。我们可以得出结论，过分的禁欲、英雄化最后导致走向它的反面，人都不再英雄了，而且变得卑下了。

哦，对了，我讲得太多，应该是回答你们挑战和质疑的时间了。

对话：

问题一：孙教授，您好。您说，中国人的情欲观和西方不太一样，我们的孔夫子瞧不起女人，"唯女子与小人为难养也"，而西方则有骑士小说，把崇拜女人、将生命献身给女人当成一种光荣。这里，是不是有某种文化传统上的差异？

教授答：你的说法是很有意思的，我可能刚才讲得不是很清楚，现在做些补充。我想这里的原因是很深邃的。西方文化关于性的观念和我们国家，从文化源头上，或者说原型上，就差异很大。源头上的差异，一点点小差异，到了后来，差之毫厘，就失之千里。关于男人和女人，在我们文化传统中，不管什么样的古代神话、民间故事，都是两个独立的人。要结合，就不免有主体之间的矛盾。男女之间性的吸引虽然是最强烈的，但是，两个人要结合，起码要沟通感情和感觉，然而，人性决定了人的感觉和感情是难以彻底沟通的。因为，人对外部信息并不是被动反应，而是以其主体认知模式去同化的，这个过程中，就免不了充满了误解。互相间完全认同就有挺高的难度，故先是女人不能充分估计男人的价值，后来是男人体悟不清女人的价值。因而在中国到文明社会之后，男女不平等的时间持续得可能就比较长，男性对女性的歧视，可能要多一点。而西方的早期哲学则有所不同，有一种思想，男人的一半是女人，或者女人的一半是男人。柏拉图在《会饮》中引用阿里斯托芬的说法，认为最初的时候，人的性别有三种，除了男的和女的，还有第三种，男女两性的合体，四只手，四只脚，两张脸，一模一样，方向相反，生殖器则有一对。这种人的体力和精力都非常强壮，因此常有非分之想，竟要与神们比高低。宙斯和其他神很恼火，想把这类人干脆灭掉，但就再也得不到从人那里来的崇拜和献祭了。宙斯绞尽脑汁想出了个法子，把人们个个切成两半。人只能用两只脚走路，就变得虚弱，人数却倍增，要是继续捣乱，就把他们再切一次，只能一只脚蹦跳着走路。人被切成两半后，每一半都急切地欲求自己的另一半，紧紧抱住不放，恨不得合到一起。由于不愿分离，饭也不吃、事也不做，结果就死掉了。这一半死了，活着的一半就再寻另一半去拥缠在一起，不管遇到的是女人的一半，还是男人的一半。这样，人就快要死光了，宙斯就把人的生殖器移到前面——让人可以交媾。要是男的抱着女的，马上就会生育，传下后代；要是男人抱着男人，至少也可以发泄情欲。所以，人身上本来就有彼此吸引的情欲，像两片比目鱼，人人都在寻求自己的另一片。从这个意义上讲，在西方的文化源头上，男人和女人相互追求，不过是恢复原生的自我，自己找回自己，沟通的障碍就微乎其微，就是互相进入也是自然而然的事，不存在害羞之类的事情，相反可能是很光荣的。西方中世纪的骑士以崇拜女性为荣，而中国中世纪的好汉却以仇视美女为荣，是不是可以从这里看到一点原型？

西方的原型意识，就是由于分成两半，人不完整了，就要追求恢复完整，这是天经地义的。从亚里士多德到弗洛伊德，全都认为，通过性爱来爱他人，实际上是实现爱自己。性交媾就是对这种结合的幸福的庆典。柏拉图甚至鼓吹滥交，原因很简单，这是自己和自己的幸福的事情，和其他无关。希腊人（和一些东方宗教），还以某种带性交的仪式来赞颂爱神，还有圣洁而又淫猥的爱的法典。知道了这些，对 20 世纪 60 年代西方的性解放、群交、裸体运动才可能充分理解。显然，这一切，在中国是不可思议的，原因就在文化原型有差异。你们有兴趣可以去查阅柏拉图的《会饮》。

问题二：孙教授，您说，男人以力为美，难道男人就一直是出死力气的？后来不是有奶油小生吗？美是一个历史建构的观念，怎么能一概而论，是不是这样呢？请以古典传奇小说为例说明。

教授答：谢谢你，这个问题可能补充了我刚才所说的不足。

最初的人，女性以生孩子为美，男性以力量为美。所以中国的"男"字是田力，就是说他是从事农业劳动，很有力气的。中国的英雄是以力为美，"力拔山兮气盖世"。京戏里，张飞在长坂坡当阳桥前一声吼，吼断了桥梁水倒流。过了一段时间以后，光有力量就不行了，更大的英雄不是由于力。《水浒传》第一把交椅是宋江，他没有什么多大的力气。第二把交椅是卢俊义，和宋江一样，他的名声靠的是仗义疏财，是一种精神号召力。第三把交椅是吴用，他不会打架，手无缚鸡之力，但是他有智慧。这就渐渐显示一种转化，最美的、吸引人的不是力气，而是智慧，以力为美变成了以智为美。诸葛亮比一般武夫要美多了。《说唐》里面，程咬金做皇帝，有个徐茂公，程咬金简直可以说是被他玩弄于股掌之中。后来《大明英烈传》中有徐达，在《太平天国》里有一个人叫钱江，虽然这些人武艺都不行，但都以神机妙算见长。他们有更高的威信，这些人物可以叫作"诸葛亮系列"，都是以智为美。就女性方面来说，一些人物的美，既不是力，也不是智，如杜十娘、崔莺莺，而是情，以情为美。就男性来说就是贾宝玉了，最大的特点是"情痴"，感情到了发痴的程度就更美了。情感强烈，发痴，就是不讲理，不合逻辑，把感情看得比性命还重要，用学术语言来说就是以情为美。所谓"痴"，就是说，这种情，是超越实用理性的。如果贾宝玉选择对象，局限于实用理性，先看对方身体怎么样，能不能生孩子，是绝对不会选林黛玉的。第一，她有疾病，相对健康的是薛宝钗；第二，脾气，心眼小，她越是喜欢你越是折磨你，整天挑剔你，整天讽刺你，弄得贾宝玉整天检讨。不赔不是不好，赔了不是更不好，这就是爱。有了感情就痴了，逻辑就乱了。贾宝玉和林黛玉，两个人彼此最爱，却闹得最一塌糊涂，天天吵、天天闹。比较平静的是薛宝钗。薛宝钗非常冷静，她不痴，因此就没有情。她无所谓，看到唯一比较干净的男人被别人迷住，也不激动。从某种意义上来说，她不是感性人物，很有理性修养。这个人很漂亮，"艳冠群芳"，但不如林黛玉美。真正美的是把感情看得比命还重要的人，就是林黛玉，谈恋爱到不要命的地步，这就是以情为美的典范。到这个时候，古典小说发展到了古典美的顶峰了。

从中国传奇小说来看，从武松、孙悟空的无性，到贾宝玉、林黛玉的感情至上，感情一步步提到更高的价值层次。从 17 世纪莎士比亚到 19 世纪的托尔斯泰，从罗密欧、朱丽叶为情而牺牲，到安娜·卡列尼娜为情而自杀，都是同样的审美境界，把感情看得比生命更重要！这正是世界文学历史不约而同的潮流。

这时的奶油小生，美不美，就看你痴不痴了。

（阎孟华根据录音整理，李福建统稿）

《三国演义》中真、善和美的错位

——曹操、周瑜和刘备性格的内在矛盾

　　刚才主持人对我说的话使我吃了一惊，不止吃了一惊，还冒了一点冷汗，为什么？我带来的提纲是"《雷雨》里面的'恶之花'繁漪"，（笑声）可是她宣布讲"三国演义和人生"。这种不经商量就宣布是什么性质呢？在外交上是很严重的，叫作"悍然单边宣布"，（大笑声）可是我没有带讲《三国演义》的稿子啊。没有带稿子难道就不能讲吗？（欢呼声、鼓掌声）难道我就像一些官员，最大的本事就是神色庄严地念秘书写的稿子吗？非也！（欢呼声，鼓掌声）你们的欢呼和掌声表明，相信我比那些离开稿子就语无伦次的干部要强。（大笑声，一位同学喊叫：肯定强哦）我感谢这位同学的支持，也有信心不辜负他的信任。我的信念是，带讲稿有带讲稿的好处，不带稿子有不带稿子的好处。从演讲理论上来说，不带讲稿好处更大。（笑声）为什么呢？这里面有一个演讲和作文不同规律的问题，没有讲稿的限制就很自由啊，可以和你们更好地互动啊，在你们打瞌睡的时候讲个好玩的段子啊，可以开玩笑，可以发牢骚，可以骂骂权威人士啊。主要的是，反正我是无"稿"阶级了，一无所有了，彻底的无"稿"阶级是无所畏惧的。（笑声）当然，无"稿"阶级什么也没有，就真的一点不害怕吗？（笑声）但是，可是，可但是，（笑声）你们笑什么？这是真的，我突然想起来一位著名的演说家，台湾的李敖先生。他到北京大学演讲，那可真是万人空巷，礼堂太小，一票难求啊，挤到里面去的非常荣幸。他对挤进来的人说："你不要以为我到北大来演讲，一点不怕，其实我挺害怕。怕什么呢？"他说，"没带任何讲稿"，他把西装便服往两边这样一拉，这样子（拉上衣动作）。他说："什么稿子都没有。所以，我有点怕，最怕三种人，第一种，我讲话那么久，那么累，可他们就是不鼓掌；第二种呢，我才讲了一半，就上厕所的人；（笑声）第三种呢，上了厕所不回来的人，这是最可恨的。"（大笑声）我现在就学着李敖，以李敖的风格来神聊吧。（掌声雷动）

一、曹操的美化和丑化

《三国演义》在中国家喻户晓，里面的人物，比如关羽、诸葛亮、赵云、张飞、黄忠等，都是中国英雄观念的某种典型。这样一本世世代代都热爱的经典，甚至受到日本人、韩国人、越南人的广泛欢迎，特别是韩国人，据说有一种说法，不懂得《三国演义》的人，不跟他讲话。可在我们国内争论却是非常大的，学界泰斗级的权威人物，以及现代文学的先驱者们对《三国演义》的评价不高。把这一部从"稗官野史"、不登大雅之堂的位置，抬上了正统文学殿堂的胡适就认为，这本书只可算是一部很有势力的通俗历史演义，不能算是一部有文学价值的书。鲁迅对它的评价也很低，他说《三国演义》有很大的缺陷，是把其中两个人物写得很差，第一个就是诸葛亮，他说《三国演义》为了强调"多智"，智慧超群，如果让我来说，大不了就是超人了，我这样说，是因为我为人比较厚道，遵循中国儒家的忠恕之道，而鲁迅是不讲这一套的，他不说超人，而是说"多智而近妖"，也就是有点近乎妖怪了。这就是鲁迅的风格：尖锐刻薄。我想如果《三国演义》里的诸葛亮被否定了，那《三国演义》还有什么好看的？我曾经问一个高中学生看过《三国演义》没有，她说看过。我说那里有些文言，赋体的诗词啊，你看得懂吗？她说，没有问题。我不觉对她肃然起敬。可她接着说，我看的是电视剧。（笑声）我说，电视剧那么长，一连几十天，你哪里来那么多时间啊。她说，我就从三顾茅庐看起，看到诸葛亮死了，就不看了。（笑声）

除了两位大师，毛泽东对《三国演义》也深表忧虑，他认为把曹操写成一个奸雄、坏人十分不妥，历史上的曹操是一个英雄，在三国军阀混战的时候，曹操对平定北方的混战，奠定中国统一的政治、经济和军事基础来说是有重大历史贡献的。

这一点，你们可能没有什么具体的感觉。你们不知道，军阀长期混战，对于老百姓来说，是多大的灾难啊。当时的黄巾军，说得好听一点，是农民起义，说得不好听，就是一群饥饿的土匪。抢到粮食就吃，吃饱了，就乱糟蹋。战乱起于饥荒，战乱更加重了饥荒，导致人吃人的惨剧，《三国志》曰：

> 自遭荒乱，率乏粮谷，诸军并起，无终岁之计，饥则寇略，饱则弃余，瓦解游离，无敌自破者不可胜数。袁绍之在河北，军人仰食桑椹，袁术在江

淮，取给蒲蠃，民人相食，州里萧条。

农民造反军没有长期打算，饿了就抢，吃饱了就丢，弄得部队有时只能吃水草和蛤蚌之类，哪里吃得饱啊。至于老百姓，那就更惨了，"民人相食"，就是人吃人啊。

但是，在《三国演义》中，曹操的艺术形象却被认为是"奸臣"。由于《三国演义》的广泛流传，在广大读者心目中，曹操就不是一个好人。几年前，易中天在中央台《百家讲坛》把这个问题提出来了，他认为《三国演义》中的曹操和历史上的曹操是两个人，《三国演义》的一个致命伤就是把曹操丑化了。

对于《三国演义》的否定，大致可分为几个类型。第一种，就是从历史方面说它不真实，歪曲了历史上的英雄曹操。第二种是从艺术上否定《三国演义》。胡适说得最直白："最后定稿的人，是一群'陋儒'，拘守历史的故事太严，而想象力太少，创造力太薄弱。全书的大部分都是严守传说的历史，不会剪裁，搜罗一切竹头木屑，破铜烂铁，不肯遗漏。至多不过在穿插琐事上表现一点小聪明，所以只能成一部通俗历史，而没有文学的价值。他们极力把诸葛亮理想化，但是，只晓得足智多谋是诸葛亮的大本领，所以诸葛亮竟成了一个祭风祭星的神机妙算的道士。他们又想写一个神武的关羽，然而关羽竟成了一个骄傲无谋的武夫。把一个风流儒雅的周郎写成了一个妒忌阴险的小人。"第三种，以我的朋友刘再复为代表，他倒是肯定《三国演义》在艺术上的成就的，他在《双典批判》中说："从文学批评上，应肯定《三国演义》是文学杰作。"但是，从文化批评的角度，他彻底否定《三国演义》的文化思想，他说《三国演义》和《水浒传》是中国人的心灵的"地狱之门"。不过，《三国演义》是"更深刻、更险恶的地狱之门。最黑暗的地狱在哪里？最黑暗的地狱不在牢房里，不在战场里，而在人心中"。《三国演义》是中国"权术、心术的大全，这些诡术包括儒术、法术、道术、阴阳术、诡辩术，等等"，"显露的正是最黑暗的人心，它是中国人心全面变质的集中信号"。不过"刘备玩的是儒术，那么曹操玩的则是法术"，前者归结为"阴谋"，后者归结为"阳谋"，两者都可以置人于死命。总而言之，这两个人物就是中国黑暗文化的地狱之门的代表。

这么多大人物都在批判、否定《三国演义》，但是，并没有损害《三国演义》这个文学经典的一丝毫毛，它还是一代又一代的读者心中不朽的艺术丰碑，传统文化的瑰宝。《三国演义》中的人物故事还进入现代汉语成了家喻户晓的词句，如：三个臭皮匠顶个诸葛亮，借东风，赤膊上阵，空城计，说曹操曹操就到，赔了夫人又折兵，大意失荆州，走麦城，挥泪斩马谡。谚语有：蜀中无大将——廖化做先锋。歇后语有：周瑜打黄盖——一个愿打，一个愿挨；徐庶进曹营——一言不发。这些都是有具体的背景故事的，但是，日常口语中运用起来，毋庸多言，心领神会。

面对这些批判性的意见，我很困惑，这么多大家，肯定比我还大，为什么对于《三国演义》中的艺术精华、人生智慧，好像刁德一到了沙家浜——两眼一抹黑？

我想，其主要原因，在于观念上。

拿《三国演义》和历史比，说它歪曲了历史，这种说法，似乎有悖文学常识。历史的价值是真，小说的价值是美，美的艺术都是假定的、虚拟的。真有真的价值，假有假的价值，只有通过假定、虚拟，才能虚实相生，真假互补，充分表现人物的深层的内心情志。歌德说，艺术通过假定达到更高程度的真实。艺术的真实和历史的真实，是两种价值，这两种价值是错位的，只有拉开了与真人真事的距离，才有文学的想象，才有审美的自由。

从清代的章学诚到鲁迅、易中天，否定《三国演义》都纯粹是以历史的真实为准。

最流行的易中天的说法，影响很大，但并不严密。他说，曹操在历史上是个正面人物，可是在《三国演义》里，变成了个反派角色，被丑化了。事实是，《三国演义》并非只有丑化的一面，相反也有美化的一面。既有美化，也有丑化，曹操的形象才具有深邃的文学性。这种情况也发生在周瑜身上。按下慢表，先讲曹操。

在《三国志》中，董卓窃取了中央王朝的政权，提拔曹操为"骁骑校尉"，裴松之注引《魏书》说，他以为董卓"终必覆败"，就改名换姓（变易姓名）偷偷溜了（间行东归，逃归乡里）。到了中牟县被亭长捉住了，有人认识是曹操，把他放了。至于释放的原因，裴松之注解引《世说新语》说，当时董卓的文书已经到中牟县，有人认为对曹操这样的"天下雄隽"不宜拘捕，"白令释之"。在《三国志》中曹操固然有政治远见，但也只是消极逃避。但是，到了《三国演义》里，则是积极主动地献身。当时司徒王允借着过生日之名，召集高级官员聚会，说董卓把皇帝当傀儡，王朝倾颓。文武百官计无所出，失声痛哭，只有曹操大笑，说你们这样哭有什么用处，哭能把董卓哭跑吗？我有办法铲除董卓。你王允不是有一把宝刀吗？借给我，我去把他杀了。曹操冒着生命危险去杀一个大军阀，这和《三国志》里说他溜走是不一样的。曹操主动地深入虎穴，是够英雄的吧？这可不是丑化，而是美化。他知道董卓很胖，不耐久坐，时时睡倒，于是拿着刀去杀董卓，但是曹操踩点不严密，董卓卧榻里面有一面镜子，他刀举起来，董卓从镜子里看到了，翻身过来说你干什么，曹操非常机智，他把刀往头上一举，说我得了一把宝刀献给你。董卓比较迟钝，信以为真，连忙去看宝刀，"见其刀长尺余，七宝嵌饰，极其锋利，果宝刀也"。此前董卓还让他参观一匹良马，曹操说"愿借一试"，借机溜走。这是《三国志》里没有的。这明明是在美化曹操，不是逃避，而是挺身而出，不但敢于搞一点恐怖活动，而且很机智地脱身。他溜走以后，董卓的干儿子吕布过来了，说刚才曹操匆匆忙忙出去有点可疑啊，董卓说他送我宝刀，可事先又没报告，是不是想杀我。吕布说肯定是，赶紧去追查，不过为时已晚，曹操只有寓所，没有家眷，人一直没有回寓所。《三国演义》这一笔，也是美化，说明曹操很有远见，办事很周密，事先把家小转移到董卓不可控制的地方去。

《三国志》写到有人认为他是"天下雄隽"，就把他放了，但《三国演义》不这么写，里面逮捕审问他的人是一个叫陈宫的县令。曹操面临死亡的威胁，表现得大义凛然、慷慨激昂，说姓曹的"世食汉禄"，现在中央王朝产生这样的危机，我们如果不能有所作为的话，与禽兽何异？今事不成，有死而已。你们这帮小麻雀，焉知我鸿鹄（天鹅）之志啊。曹操表现得壮怀激烈，视死如归，这是《三国演义》对曹操的第三层次的美化。陈宫听了他的话不但没有发火，反而被感动了，认为曹操是真英雄，这样的人不能杀，不但不能杀，而且自己要放弃官宦前程追随他，跟他亡命天涯，反抗董卓。他以视死如归的精神感召敌人，间接地美化了曹操的人格感召力，这是第四层次的美化。

然后陈宫就跟他一起跑了，到了吕伯奢家里，吕伯奢说，贤侄你在这儿待着，我去买点酒菜来招待你。曹操有点怀疑，自己和他关系并不密切，他这么热情招待我，是不是有异心，正在思考，后屋里传来"要不要捆起来杀"的谈话声。曹操想吕伯奢家肯定是想杀他们，于是曹操就先下手为强，和陈宫到后院杀了八个人，最后看到厨房里捆着一头猪，才知道误会了。易中天说，杀了八个人，这是《三国演义》对曹操的丑化，因为《三国志》里没有写曹操主动杀人，但后来注解《三国志》的裴松之发现了曹操的确杀人的材料，就补充进去。当时曹操之所以产生杀人的意向，是因为吕伯奢的儿子利欲熏心，他想把曹操捆起来报官，曹操先下手为强。所以曹操是迫不得已，易中天说是"防卫"性质的，当然是"防卫过当"。还有另外一个材料说，曹操听到里面锅碗瓢盆的响声，就怀疑他们要杀自己，于是先下手为强，先把他们杀了，但是又感到十分凄伤，就说事已如此，"宁我负人，毋人负我"：事情到了这种地步，我如果不主动采取行动，就会被别人杀了，所以我是别无选择。易中天说，曹操杀了好人，他是一个"真小人"，但不是一个"伪君子"。当然，这句话很精彩，但不是易中天的发明，而是从《三国演义》毛宗岗的评点中抄来的，毛宗岗的原文说曹操是"心口如一之小人"。这说明他还感到痛苦，还有人性，用人性的话语为自己的兽性辩护。

《三国演义》写曹操逃出来，遇到吕伯奢打酒买菜回来，说贤侄你怎么不在我家里坐着，我家里杀猪款待你，曹操说"被罪之人，不可久居"：我是有罪的人，被人家通缉，总在一个地方很危险，只好走了。比肩而过时，曹操突然回头，说你看那边来了什么人，然后一刀把吕伯奢杀了。陈宫就骂他说，曹兄，我们刚才是杀错了好人，现在有意杀好人，是"大不义也"。《三国演义》的"义"是非常重要的，比生命还重要，是一个人的荣誉，是生命的所寄，所以，《三国演义》从刘关张"桃园三结义"开始，义是为人的最高准则，不义之人在道德上是很卑贱的。这时曹操说了一句很著名的话："宁教我负天下人，休教天下人负我。"原来素材里说的是曹操针对这一件事，这一种情况，我没有办法了，只好这样，"宁我负人，毋人负我"，只好对不起他，不能让他对不起我，而《三国演义》里变成"宁教我负天下人"，针对天下所有的人。这句话成为曹操的人生格言和准则，这样就是把曹操丑化了。易中天的这个论断是有道理的。与《三国志》里提供的材料相比来说，曹操被丑化成了一个血腥的屠夫，有意杀了好人，还大言不惭，理直气壮。用今天的话来说，我是流氓我怕谁！（笑声）

这在刘再复看来，实在是心灵太黑暗了。

但是，这里呈现出来一个矛盾，其性质是价值准则的矛盾。刘再复事先声明说，他在肯定《三国演义》的文学价值的前提下，对其进行文化思想的批判。但是，林岗在《双典批判》的序言中发挥他的思想说："艺术的水准越高，修辞越加精妙，如果它的基本价值观是与人类的善道有背离的，那它的'毒性'越大。就像毒药之中加了糖丸，喝的人只赏其甜味，而不知觉毒素已随之进入体内。"

　　问题在于，人类心灵并非只有一种价值，而至少有三种价值，这三种价值，并非只是以善为最高准则，按康德的《判断力批判》，一是科学的真，二是实用的善，三是情感的美。这三者是不同的。鉴赏判断是审美的，不带任何利害关系的，对善的愉悦是与利害关系结合着的。实用的善在文学作品中审美价值并不具备准则性功能。用朱光潜的解释，就是科学的真、实用的善和鉴赏的美是三种价值。

　　从历史的所谓"真实"来看，易中天觉得这种不合经典史书的虚构是没有价值的；从道德的实用理性来看，刘再复觉得，写这样的卑劣心性"对中国的'世道人心'危害实在太深太大"。而从文学的艺术价值来看，恰恰因为虚构，因为写了人心的黑暗才有深刻的审美价值。这是因为，一方面《三国演义》美化曹操，视死如归、主动献身，他慷慨赴义的精神可以感动敌人追随他，这是大大的美化；而另一方面，又把曹操写成血腥的屠夫，这当然是大大的丑化。但是，正是在美化与丑化之间，深深揭示了人性的深层奥秘。

　　视死如归的热血青年，突然变成一个冷血的屠夫，这看似是非常矛盾的，但是，又是统一的。这种统一，表现为矛盾在一定条件下向对立面转化。这个条件就是《三国演义》强调的，曹操有一个心理特征，就是多疑。用今天的话来说，就是有点心理病态，不健康。曹操的多疑与一般人的多疑不一样，一般人只是怀疑你不一定是好意，但也不一定是恶意，可曹操一旦起了疑心，那就肯定对方是最恶的意图。一般人猜想他人可能有坏心，在行动上犹豫不决，而曹操是坚决果断地使用最血腥的手段。这正是《三国演义》在艺术上的深邃所在。在一个短暂的时间里，英雄被打出了常规，走向了反面，由于怀疑，心理不健康，英雄变成了小人，视死如归的热血青年变成了冷血的屠夫。

　　《三国演义》的作者之所以把曹操的心地写得这么黑暗，并不是存心去毒害中国的"世道人心"，而是通过假定和虚拟，从美化到丑化，揭示了：英雄不一定永远是英雄，坏人不一定生来就是坏人，二者是可以转化的。在曹操这里，转化的条件并不是外在的，而是内在的，英雄内心的不健康，使他在瞬间变成了恶魔。

　　刘再复虽然感到《三国演义》是"文学杰作"，但是，他到了文学杰作深邃、审美价值最精彩的地方，却没有把文学当文学，只是从完整的形象中，割出一个丑恶的片段，当成全部。其实，《三国演义》的文学价值的辉煌，还不仅仅在此，还在于把这种多疑的不健康心理作为整个人物的性格核心，贯穿在他全部生命的历程中。赤壁之战前夕，诸葛亮的草船借箭是很冒险的，二十条小船，全是稻草束、军乐队，大张旗鼓地进攻，之所以能取得胜利，就是因为曹操多疑。曹操认为诸葛亮为人谨慎，大雾之中，公然进攻，怀疑有埋伏，就中了诸葛亮的计算。

诸葛亮的这种计谋，在读者看来，是军事智慧，是对天气和人心的洞察。而在鲁迅看来，准确地预测三天之后必有大雾，则是多智到近乎妖怪，而按刘再复的逻辑，则完全是阴谋诡计。

关于诸葛亮"多智"在艺术上的精彩这一点，我在这里暂且按下慢表，另外单独讲一次。

现在只说曹操。《三国演义》的非凡艺术魄力在于，让他最后也死在多疑上。他脑子里长了一个瘤，当时有个神医华佗诊断，可以治的，只要把头壳锯开，取出瘤来就好了。曹操怀疑了，那不是要我的命吗？不行，不但不让他治，还把华佗关起来，结果死在了监牢里，曹操最后就死于脑瘤。

这一笔，看来是小情节，在曹操整个军事政治生涯中，所占篇幅也不大，没有多少渲染。但是，这正是《三国演义》作者举重若轻，寥寥几笔完成了曹操在漫长过程中高度统一的性格核心特征。如果说开头杀吕伯奢是凤头，历次战争中的丰富表现是猪肚，这一笔，则是豹尾。这个豹尾得力于作者对历史素材的天才改编。

史书《魏书·华佗传》说华佗的医术虽然高明，但心中常感委屈，身居士大夫阶层，乃是官员的后备军，从事医术，属于"方技"，当时被视为"贱业"。对曹操的头痛，华佗说这病在短期之内很难治好，即便是长期治疗也只能延长寿命。华佗得不到重用，有点怠工，说收到家书，要回去。到家之后，说妻子病了，反复续假。曹操三番五次让华佗回来，又下诏令郡县征发。华佗自恃有才，厌恶为人役使，仍不上路。曹操便派人去查看，若妻子真的病了，赐小豆四千升，放宽期限；如果欺骗，就逮捕。调查结果是华佗撒谎，于是把华佗递解入狱。按汉朝的法律，此等罪名属于：第一，欺君；第二，不从征召。曹操的谋士荀彧（按《三国演义》作贾诩，因为荀彧已死）求情说华佗医术高明，关系人命，最好宽容一点。曹操说除了他，天下就没有这种无能鼠辈吗？终于把华佗在狱中拷问致死。华佗临死前，拿出一卷医书给狱吏，说这书可以用来救活人。狱吏害怕触犯法律不敢接受，华佗只好忍痛，讨火烧掉。

关于这个素材，《三国演义》做了根本的改动，取得了伟大的成功。把华佗的怠工致死之因，改动为他诊断需要劈开曹操头颅，以麻沸散麻醉。虽然，华佗曾经为周泰治愈了多年的头痛，但是这却引发了曹操的多疑，将其关押拷打致死。

《三国演义》以多疑从开始到结束贯穿曹操的生命，艺术的成就很了不起：第一，把多种历史的、野史的、传说的、分散的素材在性质上转化为多疑，并以之为核心，构成人物性格的核心；第二，让这种性格在发展中越来越造成严重的后果。曹操开头的多疑，导致他从英雄变成冷血的屠夫；后来的多疑导致中了孔明的计策，乃是重大战役上的失败；最后的多疑，后果不仅仅是他自己的死亡，而且是中国医学的重大损失。《三国演义》中这样写：华佗把手稿托人带回家中，妻子误以为从医导致死亡，乃将医书烧毁，致使中医宝贵学术成果（如麻沸散这样的麻醉剂）损失重大。幸而有人抢得寥寥数页。

这里的不合史实的虚构，着重写到曹操心理的黑暗，但是，从其原因和后果来看，明显含有对这种黑暗心理的批判。当然，这里有对他的自作自受的批判，也有对他的怜悯，这正是亚里士多德《诗学》中讲的"卡塔西斯"，也就是恐惧与怜悯。作家不是法官，铁面无私，也不是道德家，眼里容不得一点罪恶。相反，从审美价值出发，作家只能把人当作人。不管他道德上是善人还是恶人，是欺骗还是坦诚，他总是把人当作人，他的任务，就是把人的心灵内在的深层的奥秘展示在读者面前，把倾向潜藏在情节的逻辑之中，其不朽在于其审美价值，而不是历史价值和道德价值。作家并不一味拘执于道德的善与恶的图解，而损害其审美价值的大开大合。

《三国演义》之所以成为文学杰作，还在于它大开大合的情节和丰富辉煌的场面，层层揭示人的心灵，不是静止的，而是不断在运动的。

在《三国演义》中，表现得最为艺术的，往往就是既有性格的统一性，又有丰富的变幻性。这种变幻大致分为两种形态，第一种，是量变，基本上是保持固定的特征，这反映了人的个性有稳定性的一面。善良的人，善良有一贯性。鲁莽的人，如许褚，永远是有勇无谋，赤膊上阵；吕布永远是背信弃义；赵云永远是一身是胆，万夫不当。这些人物在《三国演义》中不在少数，都不算是最成功的艺术形象，被《三国演义》专家齐裕焜认为是"类型化"的，而不是个性化的。这种人物当然也不算概念化，因为它毕竟表现了性格不同的环境中相对的统一性。在这方面，《三国演义》也有相当成功的范例。像诸葛亮的忠于刘备的信念，从三顾茅庐被感动而出山，到执掌蜀国大权，再到刘备死后，始终不变。明明可以像曹丕，还有后来的司马昭那样，把小皇帝当傀儡，最后取而代之。但是，他没有，始终是鞠躬尽瘁，死而后已。不过，这种统一性，也不是绝对的，在统一中也有量变。三顾茅庐那时，二十六七岁，书生意气，指点江山，雄视八方，运筹帷幄，何等自信，只要你在四川建立根据地，天下有变，机会一到，你大军一出，百姓们莫不箪食壶浆以迎王师，霸业就不在话下了。青年诸葛亮的天真和乐观带着某种空想，但是，到了刘备与东吴失和，被陆逊火烧连营七百里，病死白帝城以后，他在给刘禅的《后出师表》中，就不那么乐观了："固知臣伐贼，才弱敌强也。然不伐贼，王业亦亡。惟坐而待亡，孰与伐之？"明知敌强我弱，与其坐以待毙，不如拼死一搏。这就相当悲观了。

人的性格的核心就是人与人的区别，所谓江山易改，本性难移，这个说法是很极端的。江山，说的是大自然的地壳运动，本来相对于人的心灵，其变动是很缓慢的，往往是以数千百年为单位的，而人的心理，则可能是瞬息万变的。但是，这个谚语说的是，虽然情绪瞬息万变，但是，就其核心特征来说，其统一性是比大自然还要稳定的。这个说法，不能说没有一点道理，但是，就个人的复杂经历而言，这显然是太绝对化了。人的性格特征毕竟不是僵化的，而是随着时间、地点、条件的变换而运动的。如果一味不变，就可能像木头人了。试想曹操多疑，从狼狈奔命到执掌国柄都是多疑，别无其他特征，肯定就比较单薄、平面。

因而，不能老眼光看人，人是会变的。所谓士别三日，便当刮目相看。

《三国演义》中曹操形象的杰出，就在于还写出了他与多疑相反的一面。那就是他的自信，不疑。

二、关于伪和美的错位

他的自信，甚至自恋，最突出的是对待刘备。当时刘备势单力薄，没有自己的部队，老婆孩子还被人俘虏了好几次。五易其主，实在走投无路，投靠了曹操。曹操麾下很多有战略眼光的谋士都认为应该杀了刘备：此人虽然一无所有，但是他姓刘，拥有王朝正统的合法性，而且他又有野心，如果不杀，必将成为后患。曹操却很自信，不怀疑刘备，小瞧了刘备，觉得这个人没有什么出息，他不愿担杀刘备的恶名。

按刘再复的实用理性的道德律来看，这应该是曹操胸怀坦荡，光明磊落，是莫大的亮点了。但是，从情节发展的后果来看，《三国演义》的倾向显然是在表现曹操在政治智慧上的大失误。这里在实用理性上是负价值，而从文学的审美价值看，此乃是正价值：展示了他多疑的性格核心的反面——自信、自恋，使得他的性格立体化了。

在这一点上，刘再复似乎是不清醒的。正如林岗在序中所说，《三国演义》的"基本价值观是与人类的善道有背离的"。这就是说，刘再复的价值观念，事实上是绝对的"善"，善和美是绝对统一的，但是，审美价值观念却并不一定符合"善"。二者的关系并不是统一的，一些不善的行为恰恰是很美的。例如，第五十回毛宗岗的回评曰：

> 曹操于舟中舞槊之时，既大笑；今在华容败走之前，又大笑。前之笑是得意，后之笑是强颜；前之笑是适己，后之笑是骂人；前之笑既乐极生悲，后之笑又非苦中得乐。前之笑与后之笑都无是处，千古而下，又当笑其所笑。

从道德价值观念看来，这些笑不管是真笑，还是虚伪的笑，都是不善的，还杀死正直进谏他的人。华容道之笑，是失败了以假笑诸葛亮用兵有失不如自己来鼓舞士气。从道德的善来说，是虚伪的，是负价值，但是，从审美价值来说，这正表现了曹操精神特征的丰富和深邃，是正价值。毛宗岗的分析更深刻的是把曹操的笑与他的哭加以对比：

> 曹操前哭典韦，而后哭郭嘉，哭虽同而所以哭则异。哭典韦之哭，所以感众将士也；哭郭嘉之哭，所以愧众谋士也。前之哭胜似赏，后之哭胜似打。不谓奸雄眼泪，既可作钱帛用，又可作廷杖用。奸雄之奸，真是奸得可爱。

毛宗岗的分析真是入木三分，哭典韦，意不在伤猛将之死，而是表演，作为三军统帅公然出涕，以爱将之情激励活着的将士；而哭郭嘉，打了败仗，说是如果郭嘉在，就不会如此惨败了，这一来是为自己开脱，二来是用死人压活人。这在道德上都是虚伪的，但是，在审美上是深刻的、独特的，故毛宗岗最后的结论是"奸雄之奸，真是奸得可爱"。从道德的善来说，是奸诈，从审美来说，是"可爱"。

刘再复之失，关键在于把实用理性道德价值绝对化到压倒了惊心动魄的审美价值的程度。他对刘备的批评，集中在一个道德的"虚伪"和"权术"上。他说被《三国演义》捧为正面形象的使君刘备，其特点也是只有权术而无至诚，刘备的胜利乃是伪装的胜利。刘再复又把伪装的权术，通俗化为"骗术"。在这方面，他认为曹操还不如刘备。他以青梅煮酒论英雄为例来说明，这个片段是理解刘备的"钥匙"。

刘备参与了国舅董承等杀掉曹操的密谋，因而在曹操的门下很谨慎，不敢表现出丝毫的野心，伪装成胸无大志，并且很笨、很傻、很土的样子，安分守己，成天种花养草，连关公、张飞都不理解："兄不留心天下大事，而学小人之事，何也？"曹操请刘备喝酒，就是著名的"青梅煮酒论英雄"。曹操问刘备，现在天下英雄并起，你看在各路人马中谁是真英雄。刘备知道如果自己讲得很有见地的话，曹操会起疑心，为了麻痹曹操，他尽挑一些曹操瞧不起的人物，如袁绍、刘表、孙策，以至不上台盘的张绣来应付。曹操哈哈大笑，说你讲的都是蠢猪，英雄应该是"胸怀大志，腹有良谋，有包藏宇宙之机，吞吐天地之志者也"，"今天下英雄，唯使君与操耳"。天下数得上的英雄就是你和我。如果是我，听到一个掌握了中央政权的领导对自己如此高的评价，是不是会心花怒放，得意忘形？我没有把握。（笑声）但是，刘备城府很深，不但没有开心，反而吓了一大跳，手里的筷子掉在地上了。曹操就问怎么了，这时正好打雷，刘备就说自己从来胆小，一听见雷声心里就惊慌，就吓得筷子都掉了。曹操哈哈大笑，英雄居然还怕雷声，这家伙不足为虑，就对他不再多疑。曹操非常迷信自己对刘备的判断，后来，还给了刘备五千军马去攻打袁术。他的谋士郭嘉、程昱就说了，昔日就劝你杀了他，你不杀，如今就是不杀，也不该给他军马，这一去肯定就肉馒头打狗——有去无回了。曹操只派许褚领五百人去追，无果而归。但是，他的自信、自恋使他不承认他是错误的，还要说："吾既遣之，何复疑之！"结果是放虎归山。

如果按刘再复的道德理性来衡量，曹操在这里应该是胸怀坦荡的，但是，读者却感觉不到，原因是，读者并没有忘记前文中曹操的多疑和这里的自信、自恋对立中高度的统一，形象就立体化了。这样对人的信任，这样的被骗，并没有在读者心目中留下胸怀坦荡的感觉，而是多疑与自信的心理奇观。这不是道德的善的混乱，而是审美价值的胜利。

青梅煮酒论英雄，不但表现了曹操的自恋，也生动地刻画了刘备的两面性。这个人是有政治野心的，他在三顾茅庐的时候对诸葛亮说过，"备不量力，欲伸大义于天下"；在《三国志·诸葛亮传》中是"孤不度德量力，欲信大义于天下"。《三国演义》的作者可能觉得这太狂妄了，当时刘备在新野练兵，全县最多一两千百姓，充其量也就养得起一两千兵马，怎么能够称孤道寡起来，就改成自称"备"。当然，刘备是立志要夺取中央王朝的政权的。但是，寄人篱下，他能够韬光养晦，达到没有自尊的程度。如果按刘再复的观念来看，这是道德上的虚伪，是狡猾的"面具"，这种面具很可恶，"人心愈险恶，面具愈精致，伪装愈精巧，成功率就愈高"，英雄"关键不在于身具万夫不当之勇，而是身戴无人可比的面具"。但是，如果按此逻辑，刘备不伪装，不以"无人可比的面具"来麻痹曹操，而是胸怀坦荡地对曹操说，我已经奉了皇帝的密诏，就是要杀死你。这样的话，道德律倒是胜利了，可是刘备就不是一个"胸怀大志，腹有良谋，有包藏宇宙之机，吞吐天地之志"的英雄了。具有这样高贵的人格，一来，刘备就不是刘备，而是刘再复了。作为形象，就单薄了。何以见得单薄？请允许我做文本的具体分析。

这里有个很关键的问题，那就是《三国演义》是一部军事小说，而不是一部劝善惩恶的教科书。全书的绝大部分都写打仗，而且非常有特点的是，正面战场主要取决于将领的勇敢和武力，成千的兵士不过是摇旗呐喊而已，真正决定胜负的，却并不是战场上的将领，而是背后的谋士。徒有匹夫之勇，往往是被贬低的，如许褚之赤膊上阵。就是张飞也往往因为缺乏计谋闹出一些喜剧性的插曲。《孙子兵法·计篇》："兵者，诡道也。"《谋攻篇》："上兵伐谋，其次伐交，其次伐兵，其下攻城；攻城之法为不得已。"故《三国演义》的许多关键战事，有很明显的一种逻辑，不是大勇决定胜负，而是奇谋决定胜负。故曹操、刘备都把争取奇才放在第一位，刘备得诸葛亮，乃有如鱼得水之感，关、张倒放在一边了。故曹操为争取奇才徐庶，不择手段，不讲道德。官渡之战，不取决于阵前交锋，而是断其粮草。赤壁之战，无连环计、反间计、苦肉计则不能以弱胜强。街亭之败，由于扎营无水之山上，空城计解脱了诸葛亮当俘虏之险。可以说，《三国演义》的主题就是奇谋决胜，无谋（有勇无谋）必败。奇谋就是临变制机，料敌设奇，欺骗敌方，隐蔽意图。军事的常道，就是要讲诡计的，这叫作"上兵伐谋"和"其次伐交"，故能"不战而屈人之兵"。四面楚歌，成为搞心理战、蒙蔽敌人的经典。如果大家都诚实，那根本就不用打仗，真打起来，把自己的意图诚实地告诉给敌方，是自取灭亡。宋襄公教条式遵循王道，在敌军渡河之时不出击，一定要等到人家渡过河列成阵了才正式开战，结果大败，成了历史的笑柄。淝水之战则相反，取得了胜利。曹操尝言兵不厌诈，虚则实之，实则虚之，是基本的生存智慧和取胜之道。当然，刘再复也肯定"兵者，诡道也"这样的军事规律。但是，使他深恶痛绝的是"从《三国演义》开始，中国的诡计，从军事进入政治，进而泛化到一切人际关系领域"。把政治和军事绝对地分割开来，这话就有点匪夷所思了。克劳塞威茨有言："军事乃是政治的延续，政治是源，军事是流。二者是心脏和血管的关系。"何况三国的军事斗争，乃是为了争夺政权。历史上，哪里有过没有政治原因的军事斗争？春秋战国，楚汉之战，哪一次战争不是政治野心导致的？西汉七国之乱，西晋八王之乱，哪一次不是政治上的钩心斗角，导致了公开的血战？唐太宗李世民并没有读过《三国演义》，在危急关头也会搞阴谋，突然袭击，发动玄武门之变，把哥哥李建成、弟弟李元吉杀了，强制老父亲退休。中国几千年的宫廷政治斗争，成王败寇。故麻痹敌方，出其不意，攻其不备，就政治军事和政治斗争而言，各施诡计，双方是对等的。作为文学的审美不管他是好人还是坏人，都是人，人并不是仅为生理的满足而生，人与人之间，有好胜之心，这是人性。故体育竞技，是体胜，选美，是貌胜，而在《三国演义》中，则是智胜为上，其核心就是斗智。好人胜了，大快人心，坏人胜了，说明好人是智不如人，坏人智高一筹，也值得赞叹。

当然，刘再复不是等闲之辈，他对政治智慧是肯定的，但是，他认为在中国，尤其在《三国演义》中，"政治智慧"发生了"变形"，本来健康的古典文化变质了，变成了"伪形"。一是智慧权力化，二是智慧权术化。殊不知《三国演义》各方拼的就是政治权力，把智慧用到政治权力争夺中去是必然的。刘再复还批判《三国演义》把争权之术延伸到"一切人际关系领域"，这就更离谱了。在政治军事领域，人际关系的"诡术""诡行""诡态"，中外古今皆然。

刘再复自述，他所说的文化的"原形"和"伪形"学说，是来自于德国斯宾格勒的《西方的没落》，其第十四章、第十五章讲的就是阿拉伯历史文化的"伪形"化。但是，这位斯宾格勒的大作，虽然书名是"西方的没落"，但从根本上是西方文化中心论、西方文化优越论，而且变本加厉，是德意志文化中心优越论的极端之作。斯宾格勒说，世界上有过八种文化，其中七种（埃及文化、印度文化、中国文化、古典文化、阿拉伯文化、墨西哥文化等）已经死亡，"只是作为一种死尸，一些无定形、无精神的人群，一种伟大历史的碎片而存在下去"。只有西方文化还处在文明的第一时期，这个时期的特点是不断战争和革命，一个大文化区内的各个国家经过互相攻伐以后，最终结合于一个大帝国的统治之下。他指的是从拿破仑到 20 世纪。"各个大陆将被孤注一掷,印度、中国、南非、俄罗斯、伊斯兰将被召集,……主要的世界都市的权力中心将随意处置较小的国家——它们的领土地、它们的经济,它们的人民……在这血和恐怖的灾难中,一再响起民族和解、世界和平的呼声……"虽然,他认为这些愿望应该受到尊重,但是,生活"不允许在战争与和平之间选择","只允许在胜利和毁灭之间选择,胜利的牺牲品是属于胜利的",最后则是"强者战胜,赘余的人则成为他们的战利品"。斯宾格勒还强调"帝国主义是不论何种文明的十分必要的产物,因而当一个民族不肯承担主人任务的时候,它就为他人所掌握,置于统治之下"。他所期待的是在未来理想时代(他给这个时代的命名是"凯撒主义"),其特征是"真正的重要性集中在完全个人的权力,行使个人权力的人是凯撒"。斯宾格勒把德国民族当作西方最高的希望,它负有完成西方历史最后一个阶段的伟大使命。在该书的译者齐世荣看来,该书的核心就是西方文化是唯一有生命的、优越性的文化,20 世纪是西方人的世纪,德意志民族的历史使命,就是主宰全球。这就难怪这种种族优越论要受到法西斯的欢迎了。而在真正的思想家卢卡奇看来,"这种'历史'形态,唯我主义的本质,对于法西斯种族主义来说是一个方法论上的范例。法西斯对待其他种族那种野蛮的非人道态度的'哲学'根据,就是建立在这样一种唯我主义的种族结构上的:种族之间完全陌生,互相敌对,壁垒森严,互不沟通的情况,就像斯宾格勒的文化圈之间的关系一样"。在狄尔泰看来,"斯宾格勒作为一个客串艺人或业余爱好者不能算是有才华的,在绝大多数情况下只能说是浅薄和轻率的"。

刘再复的理论根据居然就是这样一种把西方文化优越感发展到接近法西斯程度的学说。按照这种学说,除了西方的文化传统,其他民族的伟大文化传统都只能是退化的,从"原形"向"伪形"退化是普遍规律,只有西方(德国文化)是例外。斯宾格勒比较熟悉的是西方文化,对书中涉及的其他文化一知半解,甚至错误百出,对中国文化尤其如此。译者齐世荣先生指出,"他竟把李斯的老师荀子当作孙子。这暴露了他对中国历史知识贫乏到了何等的程度,可是他却敢在书中多处侈谈中国文化"。

刘再复作为一个严肃的学者,对此不加反思,就全盘照搬,以其东方文化从"原形"向"伪形"退化为放之四海而皆准的规律,拿来套中国数千年的文化史,轻率地论断中国传统文化也如阿拉伯文化一样从"原形"向《三国演义》这样的

"伪形"退化。他说《山海经》中的夸父、精卫等，本来是非常美好的：

> 我国古代的神话英雄，不仅知其不可为而为之，而且其所作所为的一切都是建设性的，都是为人间造福的。要么是为世界填补空缺，要么是为生民创造绿洲，要么是为天下赢得安宁，要么是为百姓治理洪水。这与后来《水浒传》《三国演义》杀人英雄和玩弄权术阴谋的英雄完全不同。

这里的诊断缺乏严肃的具体分析。古代神话人物固然有女娲补天、大禹治水那样为人民造福的英雄，但是，并不完全如此。如《山海经》中的精卫填海，"游于东海，溺而不返，故为精卫，常衔西山之木石，以堙于东海。漳水出焉，东流注于河"，这是为了复仇。《列子·汤问》："其后共工与颛顼争为帝，怒而触不周之山，折天柱，绝地维，故天倾西北，日月星辰就焉；地不满东南，故百川水潦归焉"，完全是为了"争帝"。共工的蛮性，是原始的，造成了天崩地裂的后果，根本不是"为天下赢得安宁"。从科学的眼光看来，这样的天崩地裂的造山运动，超过十级地震，对人类来说，乃是万劫不复的灾难，与刘再复的"建设性"是背道而驰的。《山海经·海外西经》中记载："刑天与帝争神，帝断其首，葬之常羊之山。乃以乳为目，以脐为口，操干戚以舞。"刑天是为了"争神"，根本谈不上为人民造福。他们的行为特点是盲目性，根本就是野蛮的，谈不上什么"英雄"。这一切和14世纪才完成的《三国演义》根本没有逻辑的联系。怎么因斯宾格勒一说，就成为中国政治智慧退化变质、世道人心变伪变诡的原因了？儒家的"杀生成仁""舍生取义""威武不能屈""士可杀而不可辱"等深厚的传统就不翼而飞了？只有《三国演义》深入人心？这些话如果是我说的，可能要引起你们的质疑，怀疑这个老头子不是太弱智了，就是太幽默了。（大笑声）再说，《三国演义》不是"三言""二拍"，不是《儒林外史》，不是《红楼梦》，它表现的都是帝王将相的谋略，根本没有写到平头百姓的日常生活，把它作为中国人心多"诡术""诡心""诡态"的证据，是不是给人以滑稽的感觉？

《三国演义》中的用兵之道，都是奇谋至上，"兵者，诡道也"，"上兵伐谋，其次伐交，其次伐兵，其下攻城"，都是把智谋放在第一位的，以诡道取胜为上，以冷兵器杀戮为下。这种诡道多端的战争，不是通常所说的以情动人，而是以智取胜，以智撼人。在这种情况下，康德的审美价值论就不够用了。

三、审智的经典文本

一部伟大的作品，之所以说不尽，就是因为它的丰富，它的复杂，它的深邃，往往是现有的理论加起来都难以充分阐释的。作品越是伟大，越是不朽，现有的理论越是显得苍白，傻乎乎地用现成的理论去套，或者说得文雅一点吧——阐释，难免捉襟见肘，最傻的是纯用一种理念，而且是非文学的单一的观念，强制性地扭曲经典。鲁迅先生不明于此，用真实论否定诸葛亮，易中天以历史否定艺术美化与丑化结合的深度，二者的理论，基本上属于机械反映论。胡适以单薄的想象论否定周瑜等，理论上接近于表现论。刘再复的道德论属于实用理性范畴，想来不够用，就拉上德国人的东方文化伪化（退化论）来强制性阐释，从根本上说，只见其捉襟见肘，甚至文不对题。

文学经典越是伟大，现成理论越是苍白。从现成的概念出发，而不是从文本的实际出发，越是指手画脚，越是荒谬，连鲁迅、胡适都不例外，易中天、刘再复更是不用说了。当然，补充一句，我孙绍振是最渺小的，是渺小中的渺小。可是渺小归渺小，我要发出反对渺小的嚷嚷。（大笑声）

要真正理解《三国演义》，我想不但要有现成理论的总和，而且要求在解读文本的基础上扬弃、批判，甚至颠覆、发展出新的理论和范畴系统来。我之所以敢在这里解读这部伟大的作品，就是为了实现我的雄心壮志：第一，把康德的审美价值论贯彻到底；第二，光有康德的审美是不够的。因为我说过了，《三国演义》是一本军事小说，而其胜负又不仅仅是靠武力，更多的是斗智，当然也结合着斗气，光有审美情感价值论是不够的，所以强调在逆境中激发自己的智慧，以奇谋转化为顺境，这不仅仅是情感的，而是抑制情感，主要是智性的。因而，康德的体系要突破，我在自己系统的理论著作中提出"审智"。这个范畴比较抽象，我没有正面讲，只是按审美与审智的结合具体分析。最早做这样的试探，是1999年，第一篇文章是《余秋雨：从审美到审智的断桥》，2014年还出版了《审美、审丑与审智》。这不是做广告，已经买不到了。

在这里不便大讲纯理论问题，我们还是把重心放在《三国演义》的人物分析上，以检验"审智"的可靠性。

在艺术上，人物性格的内涵本来就不可能是纯情感的，深刻的人物情感的深层是有意志、有智性的。所以黑格尔才说"美是理念的感性显现"，高度审美的形象是离不开智慧（意志、理念）的。可是这一点鲁迅有点不理解，他在《中国小说史略》中说，《三国演义》"欲显刘备之长厚而似伪"。但这种"伪"完全是必要的，这种伪是高度的政治智慧，不对情感克制，刘备早就被曹操杀掉了。

这种处于逆境下的智慧，有两种传统，一是孟夫子的"威武不能屈"，和刘备不同的，完全没有人格面具的理想人格，在《三国演义》里不是没有体现。当时著名的文人叫祢衡，现在有一个京戏叫《击鼓骂曹》就是表现他的。祢衡有名士派头，他公开把曹操部下的文武百官都贬得一文不值，大抵皆是"衣架饭囊，酒桶肉袋"。曹操问，你有什么本事呢？祢衡说，"天文地理，无一不通；三教九流，无所不晓。上可以致君为尧、舜，下可以配德于孔、颜"。有人建议杀了他，曹操不想担杀名士之名，想侮辱他一下，安排他当一个鼓吏，也就是早朝晚宴的乐工。祢衡并不推辞，按规范"挝鼓必换新衣"，祢衡当众脱下衣服，裸体而立，浑身尽露，坐客皆掩面。祢衡从容穿裤子，颜色不变。曹操斥责他，祢衡说："你欺君罔上，乃谓无礼，吾露父母之形，以显清白之体耳！"曹操说："汝为清白，谁为污浊？"祢衡说："汝不识贤愚，是眼浊也；不读诗书，是口浊也；不纳忠言，是耳浊也；不通古今，是身浊也；不容诸侯，是腹浊也；常怀篡逆，是心浊也。吾乃天下名士，用为鼓吏，是犹阳货轻仲尼，臧仓毁孟子耳。"这个祢衡一点也不伪装，一点不讲生存智慧，干脆豁出去，骂个痛快。曹操用借刀杀人之计，将祢衡送到刘表那里。祢衡还曾公开瞧不起刘表，刘表也不愿担杀士之名，将他送到草包黄祖那里。黄祖问祢衡："你在曹操那里看到有什么出色的人才？"祢衡说："没有什么像样的。"黄祖说："和我比怎么样？"祢衡说："汝似庙中之神，虽受祭祀，恨无灵验。"黄祖大怒，说："汝以我为土木偶人耶！"就把他杀了。衡至死，骂不绝口。这种人物的行为和语言，并不一味是纵情任性，而是有智性的理想作为底蕴的。用我的话来说，就是审美与审智交融的。这个人物是《三国演义》歌颂的，一点也没有阴谋诡计，而曹操的借刀杀人，却是受到批判的。这怎么可以说，《三国演义》统统是赞美阴谋诡计的呢？

类似的人物，还有一个吉平。国舅董承等接受傀儡皇帝的衣带诏，谋杀曹操，他参与了，曹操得知，诈称患疾，召吉平。吉平暗下毒药。操要他先尝一下，吉平知事已泄，扯住曹操的耳朵硬灌。曹操推药泼地，砖皆迸裂。如果按刘再复的反"阴谋"论，这个吉平应该是个"阴谋家"。但是，《三国演义》的文本显示，他为了自己的选择，不但是个甘愿忍受非人酷刑的烈士，而且在精神上一直处于居高临下的姿态。他被拷问，面不改色，略无惧怯。曹操要他招出后台，他义正词严："汝乃欺君罔上之贼，天下皆欲杀汝，岂独我乎！"操再三追问，吉平说，我自己就要杀你，哪里有人指使？"今事不成，唯死而已"！曹操叫狱卒打到两个时辰，皮开肉裂，血流满阶。操恐打死，无可对证，令狱卒揪去静处。次日设宴，请众大臣赴宴，说吉平连结恶党，欲反背朝廷，谋害曹某，请听口供。操教先打一顿，昏绝于地，以水喷面。吉平苏醒，睁目切齿而骂曰："操贼！不杀我，更待何时！"操要他交代同谋者另外六人。吉平只是大骂。操教一面打，一面喷水，吉平并无求饶之意。后来又在他的后台董承面前追问受谁指示，吉平说："天使我来杀逆贼！"操教打，身上无容刑之处。曹操又问吉平："你原有十指，今如何只有九指？"吉平干脆告诉他，为了杀你这样的国贼，发誓咬掉了。操教取刀截去其九指，说："一发截了，教你为誓！"吉平："尚有口可以吞贼，有舌可以骂贼！"曹操令割掉他的舌头。吉平说："吾今熬刑不过，只得供招。"操遂命解其缚。吉平起身，望阙拜曰："臣不能为国家除贼，乃天数也！"拜毕，撞阶而死。这个人至死也没有将后台董承召出，被刑最惨，性最刚烈。这样的人物的动人之处，不完全是情感性质的审美，而是忠于其理念，为理想而献身的烈士，也可以说是一个融审美与审智于一体的人物。在这样的场景中，吉平绝对是个硬汉子，是一点心术、一点虚伪的面具也没有的，这大概符合刘再复的"完整的人格"的准则了。

但是不知道为什么刘再复要说那个时代中国的人心黑到了极点，说"几乎找不到人格完整的人"。

这只能说明，刘再复戴着斯宾格勒的眼镜，就视而不见。但是，在这以前，吉平也参与过杀死曹操的阴谋。烈士也搞阴谋，对这样的复杂现象，刘再复的绝对反虚伪论，显得空洞而贫乏。

更值得深思的是，这样的道德属于上品的人物，从文学成就上看却最多能列入中品。在《三国演义》这部长篇大著中，只起揭露曹操凶残的背景式功能，就人物而言，突如其来，倏忽而去，属于跑龙套式的角色。不论从审美，还是审智的价值来说，其情感和理念的层次比较单调，缺乏深度。

我国文化中，与"威武不能屈"相对的另一种传统，是"大丈夫能屈能伸"。韩信少年时，曾经受胯下之辱，这是有名的典故。刘备因为巧于装傻，用今天的话来说，就是装孙子，脱离了任人宰割的危险境地，才有了后来联合孙权在赤壁之战中以少胜多、以弱胜强打败曹操的胜利，进而，又袭取荆州，西取巴蜀，在蜀中称帝。这种韬光养晦的功夫，不但是政治家的一种智慧，而且在艺术上，也富于审智的魅力。就是单纯从道德上讲，一个军阀，虚伪才是真实的。如果刘备没有这一面，一味光明正大，不智，不以智力控制自发的情感，还能成为生动的人物吗？

《三国演义》中有许多政治智慧，例如"韬光养晦"作为生存和取胜的策略，直至今天仍然是宝贵的精神遗产。虽然是近两千年前的事，但是，对民族的生存和发展仍然有重大的价值。

像刘备这样以虚伪的面具为特征的人物，是有深度的。这一点鲁迅忽略了，刘再复倒不是完全没有注意，只是一笔带过。刘备只有在特殊的情况下，才对自己的哥们儿动真情。但是，这种真情的意义只有同与之相对的伪装结合起来，才能看出其艺术和思想深度。

在孙权斩了关公以后，他就不伪装了，眼睛哭出血来，是真情毕露了，完全不顾联合东吴与曹操对抗的总路线，起兵伐吴。当时，许多将领直谏，首先是赵云说："国贼乃曹操，非孙权也。今曹丕篡汉，神人共怒。陛下可早图关中，屯兵渭河上流，以讨凶逆，则关东义士，必裹粮策马以迎王师；若舍魏以伐吴，兵势一交，岂能骤解。"这就是说，主要敌人是曹操，而不是孙权，如今"舍魏以伐吴"，就被缠住了，意思是方向的错误。刘备却说孙权害了我的兄弟，有切齿之仇，"啖其肉而灭其族，方雪朕恨"。赵云还是很理性的，又从原则上讲："汉贼之仇，公也；兄弟之仇，私也。愿以天下为重。"刘备这时完全失去理性，说如不为兄弟报仇，"虽有万里江山，何足为贵？"还是决定御驾亲征。蜀汉公卿劝谏无用，请诸葛亮出马。诸葛亮说，已经苦劝几番，奈何不听。最后一着，大家一起去劝。孔明说："陛下初登宝位，若欲北讨汉贼，以伸大义于天下，方可亲统六师；若只欲伐吴，命一上将统军伐之可也，何必亲劳圣驾？"孔明是很会说话的：先是顺着他，不是不可伐吴，而是不用这样兴全蜀之主力，与孙吴拼死一搏。诸葛亮的分量够重，加上又说得委婉。伐吴根本不用动用主力，偏师即可，这完全是理性，而又委婉的，让刘备稍稍有所动摇。但是，张飞来一哭一闹，说："陛下今日为君，早忘了桃园之誓！"这顶大帽子一扣，刘备就失去了一国之君的理性，而是循了当年结义发下的誓言，不愿同年同日生，但愿同年同日死。这时，他就完全没有面具了。学士秦宓又谏，刘备居然要把他杀了。诸葛亮再谏，篡夺汉家天下的，不是孙权，而是曹操，不宜杀此人。刘备一向是很尊重诸葛亮的，常常是以师事之，但是，在义气这一点上，他决不妥协，居然把诸葛亮的奏书摔在地上说："朕意已决，无得再谏！"刘备在这种情况下，好像变成了另外一个人，不再是那种城府很深，深知分清主次，在逆境中能够忍到没有自尊心的程度，完全失去了统帅综观全局的高度，完全陷入意气用事的盲动。

从战略上来说，这是绝对错误的，其后果是导致了蜀国先于东吴灭亡。从道德上来说，这是完全大义凛然的。从艺术上来说，则是展开了刘备心理的更深层次。这个人，作为政治军事集团的领袖，虽然有理性的自我克制力，但是，也有草莽英雄意气用事的时候。这是不能忽略的。刘备连诸葛亮的劝谏也不听，而且把诸葛亮的奏书甩在地上，说"朕意已决，无得再谏"，这在历史上毫无根据。《三国志》中记载，正面劝谏刘备征吴的只有赵云和秦宓，没有诸葛亮。只是在兵败以后，他发表感叹："法孝直若在，则能制主上，令不东行；就复东行，必不倾危矣。"（《三国志·法正传》）当时，法正已经死了，诸葛亮不过是事后诸葛亮而已。《三国演义》硬把诸葛亮拉进劝谏的队伍中来，而且让刘备如此粗暴地对待他的劝谏，完全是为了强调他的不虚伪的一面。

弄清这一面，才能充分理解刘备的号召力并不完全靠他中山靖王之后那多少有些渺茫的帝裔血统，而是把异姓当作血亲，这种异姓血亲应该是通俗演义中民间意识形态的基因。刘备、关公、张飞叙述的是帝王将领之事，贯穿着贵族化的历史文化精神（王权血统的合法性，军事政治的战略眼光，军事上的诡道等），但是，这只是一方面，与之相对的，则是民间义气的草莽精神。故其开头，采用民间野史和故事中的"桃园结义"，而不是《三国志》中的"先主于乡里合徒众，而羽与张飞为之御侮。先主为平原相，以羽、飞为别部司马，分统部曲。先主与二人寝则同床，恩若兄弟。而稠人广坐，侍立终日，随先主周旋，不避艰险"（《三国志·关羽传》）。

刘再复的批判之所以显得苍白，原因在于：第一，片面地看待刘备的人格面具，忽略了他也有完全抛弃面具，露出民间文化的真性情的精神；第二，刘再复一心以文化批判为务，完全看不到其中贵族文化和民间文化交融的艺术形象。

回到《三国演义》，除了正面的像刘备这样的例子，也有反面的例子。

最突出的是杨修。他很聪明，很有才能，聪明到曹操肚子里去了。一次曹操与敌军相持，用今天的话说，就是打了个消耗战。对于战局前景，曹操沉吟不决。恰好下级问当夜口令，曹操告以"鸡肋"。杨修当时是主簿，猜出鸡肋食之无味，弃之可惜，乃告左右，收拾行装，丞相将退兵。曹操发现，乃问为何。众告以主簿如此如此。曹操觉得此人智慧如此之高，心甚不快。曹操曾经过曹娥碑下（这是虚构的，曹操从未到达浙江），从碑上见题作"黄绢幼妇，外孙齑臼"八字，曹操谓修曰："解否？"答曰："解。"操曰："卿未可言，待我思之。"行三十里，操乃曰："吾已得。"令修别记所知。修曰："黄绢，色丝也，于字为绝。幼妇，少女也，于字为妙。外孙，女子也，于字为好。齑臼，受辛也，于字为辞。"《世说新语》中说曹操后来猜出了，并且承认自己"才不及卿"，落后杨修三十里。但是，在《三国演义》中，则并未让曹操直接猜出来，而是在杨修说出来以后，曹操才说"正合孤意"。这里，就隐含着对曹操究竟是否猜出来的模糊性了。到了曹操晚年，考虑把权位传给曹植还是曹丕，最初倾向于曹植，每每属对都符合曹操的思路。但是，后来发现，这一切都是杨修出的主意，就十分恼火，最后就把杨修杀了。

杨修这个人，肯定是有才华的。但是，对于自己在曹操这个人领导下的处境显然没有清醒的智力认识。因而虽然有所顾忌，但是，没有完全意识到韬光养晦的重要性，总是克制不住自炫其能的情感冲动，这就是不智。这一笔有双重功能，一是触犯了曹操的智慧优越感，招来杀身之祸；二是，他的悲剧是没有像刘备那样理智，以装傻的面具来保全自己。

四、好人死在自己手中

《三国演义》中那些写得最生动的人物的个性都是在矛盾运动着，显示出多层次的丰富性。但是，这一点却被我们许多前辈大师们忽略了。鲁迅先生就说过《三国演义》的缺点之一，是"描写过实"：

> 写好的人，简直一点坏处都没有；而写不好的人，又是一点好处都没有。

我想，鲁迅这话太离谱了，完全经不起文本的检验。好坏是一种道德实用理性，与超越功利的审美价值是错位的。《三国演义》中那些写得情感丰满的人物，往往都是好中有坏，坏中有好的。特别是被毛宗岗称之为"三绝"的曹操、诸葛亮、关公，都是好中有坏，善中有恶的。曹操从热血的壮士变成血腥的屠夫的过程，好人变成坏人，就在一念之差，我已经说过了。诸葛亮是《三国演义》中第一理想人物吧，但是，他也是有很严重的缺点的。他对魏延，完全凭一时印象，认定他脑后有反骨，就有意谋害他。这一点在通行本不太明显，但是，齐裕焜教授引《三国志通俗演义》嘉靖壬午本卷二十一"孔明火烧木栅寨"，卷二十二"孔明秋夜祭北斗"，说他借火烧司马懿，顺便将自己的部下魏延烧死。

> 魏延望后谷中而走，只见谷口垒断，仰天长叹曰："吾今休矣!"司马懿见火光甚急，乃下马抱二子大哭曰："吾父子断死于此处矣!"
>
> ……魏延告曰："马岱将葫芦谷后口垒断，若非天降大雨，延同五百军皆烧死谷内!"……孔明大怒，唤马岱深责曰："文长乃吾之大将，吾当初授计时，只教烧司马懿，如何将文长也困于谷中？幸朝廷福大，天降骤雨，方才保全；倘有疏虞，又失吾右臂也。"大叱："武士!推出斩首回报!"……
>
> 却说众将见孔明怒斩马岱，皆拜于帐下，再三哀告，孔明方免，令左右将马岱剥去衣甲，杖背四十，削去平北将军、陈仓侯官职，贬为散军。马岱责毕，回到旧寨，孔明密令樊建来谕曰："丞相素知将军忠义，故令行此密计，如此如此。他日成功，当为第一。可只推是杨仪教如此行之，以解魏延之仇。"岱受计已毕，甚是忻喜，次日强行来见魏延，请罪曰："非岱敢如此，乃长史杨仪之谋也。"延大恨杨仪，即时来告孔明曰："延愿求马岱为部下裨将。"孔明不允，再三告求，孔明方从。

齐教授还指出，此种情节在叶逢春本、李渔本、乔山堂本、黄正甫本中情节文字大体相同，接着分析说：

> 李卓吾评本①，情节文字与嘉靖本相同。在这回和以后几回里，它的几条评语非常尖锐地批评了诸葛亮，……评语曰："孔明如此谋杀魏延，彼何肯服？何不明正其罪，乃为诡计乎？此正道之所无也。"在"马岱责毕，回到旧寨，孔明密令樊建来谕"这段文字后，评语曰："如此举动，却也羞人。"第103回"孔明火烧木栅寨，孔明秋夜祭北斗"总评："孔明定非王道中人，勿

---

① 原注：李卓吾评本的评语，学界大都认为是叶昼写的。它的底本或曰周曰校本，或曰夏振宇本，尚无定论。

论其他，即谋害魏延一事，岂正人所为？如魏延有罪，不妨明正其罪，何与司马父子一等视之也？"……第 104 回"孔明秋风五丈原，死诸葛走生仲达"总评："大凡人之相与，决不可先有成心。如孔明之待魏延，一团成心，惟恐其不反，处处防之，着着算之，略不念其有功于我也。即是子午谷之失，实是孔明不能服魏延之心，故时有怨言。孔明当付之无闻可也，何相衔一至此哉？予至此实怜魏延，反为丞相不满也。但嚼了饭诸公不可闻此耳。"第 105 回马岱按诸葛亮的遗计斩魏延，评语："此一事叙明，亦非善心美腹之人。"①

李卓吾的评语应该说是指出了问题的关键，即诸葛亮用阴谋诡计来谋害魏延，而且，诸葛亮明知魏延和杨仪关系如同水火，不但不去调解，反而让马岱嫁祸于杨仪，加深两人的矛盾，加速了诸葛亮逝世之后内乱的发生，这些对诸葛亮的形象造成极大的损害，《三国志演义》全书的文本无法统一。毛评本把魏延仰天长叹、魏延对诸葛亮的质问、诸葛亮先假惩罚马岱后又安抚马岱并嫁祸杨仪等情节统统删去。显然毛宗岗认为诸葛亮对魏延搞阴谋是很不光彩的②。

就是理想人物诸葛亮，《三国演义》也并不回避对其谋略的道德批判，而不是像刘再复所说，一味宣扬黑暗的谋略。

关公是好人吧，但是，他的义气观念毫无原则性，华容道放走了曹操，他的傲慢得罪了孙权，瓦解了反曹联盟，从实用功利来说，他是第一大罪人。最后，正当他水淹七军，威震华夏之时，被孙权袭了后方，败走麦城，掉了脑袋。他表面上死于孙权部下，实际上死于他的"多傲"。

周瑜是好人吧，他在赤壁之战中是战胜曹操的主角，是大英雄，但他却十分妒忌自己的盟友诸葛亮的才能，总是用种种诡计来合法、不合法地把诸葛亮弄死。从草船借箭到借东风，从盟友地位的优势变为智慧的劣势，接着被诸葛亮一气、二气，特别是三气，自己在前面亲冒矢石，攻城略地，诸葛亮在后面收土得城。假途灭虢之计又被诸葛亮识破，弄得四面被围，最后证明自己的确在智慧上不如

① 齐裕焜，《正确评价〈三国志演义〉里的谋略》，《广西师范学院学报（哲学社会科学版）》2016 年第 01 期。
② 齐裕焜，《镜像关系：魏延与关羽》，《文学遗产》2005 年第 01 期。

诸葛亮，就活不下去了，发出"既生瑜，何生亮"的悲鸣。这个好人，死于自己的"多妒"。

把周瑜写成多妒，完全是《三国演义》的一个伟大创造，胡适看不懂这一点，不能接受《三国演义》把风流儒雅的周郎写成了一个妒忌阴险的小人。刘再复则认为这是把周瑜"抹黑得面目全非"。其实，好就好在把历史改得面目全非，不然，还谈得上什么艺术创造。

从历史上看，这个"既生瑜，何生亮"，并不见于《三国志》，一些学人粗心大意，以为这是历史，写入文中，被后人嘲笑。① 事实上，在史书中，周瑜是气量宽宏的。赤壁之战时，蒋干奉曹操命来说降周瑜，回去后说周瑜"雅量高致，非言辞所间"。《三国志·周瑜传》说他"性度恢廓，大率为得人"，刘备也说他"器量广大"。从这个意义上说，把周瑜写得气量狭窄，是对他的丑化。但是，光看到丑化这一面，是片面的。《三国演义》在赤壁之战中也大幅度地美化了周瑜。本来在史书中，曹操并非单纯败于周瑜，在很大程度上是由于北方士兵到了南方，可能是水土不服而生"疾役"。《三国志》及裴注、《后汉书》《华阳国志》《资治通鉴》等都有此说。《三国志·武帝纪》："公（曹操）至赤壁，与（刘）备战，不利。于是大疫，吏士多死者，乃引军还。"《三国志·刘璋传》："会曹公军不利赤壁，兼以疫死。"《三国志·先主传》："先主与吴军水陆并进，追到南郡，时又疾疫，北军多死，曹公引归。"《三国志·吴主传》："（周）瑜、（程）普为左右督，各领万人，与（刘）备俱进，遇于赤壁，大破曹公军。（曹）公烧其余船引退，士卒饥疫，死者大半。"《三国志·周瑜传》："（孙）权遂遣（周）瑜及程普等与（刘）备并力逆曹公，遇于赤壁。时曹公军众已有疾病，初一交战，（曹）公军败退，引次江北。"所有这些所谓正史的记载，都有一个共同的特点，那就是曹操固然败于赤壁，但是，其原因并不完全在周瑜之领导，而是曹军中疫病严重，甚至"死者大半""于是大疫，吏士多死者，乃引军还""曹公军不利赤壁，兼以疫死""时又疾疫，北军多死，曹公引归""（曹）公烧其余船引退，士卒饥疫，死者大半"。第二，火攻也不完全是周瑜的计策，而是曹操自己把战船烧了。而《三国演义》中，曹操大败的这些原因被省略了，战胜的原因完全是周瑜的连环计、反间

---

① 袁枚《随园诗话》卷五："何屺瞻作札，有'生瑜''生亮'之语，被毛西河诮其无稽；终身惭愧。"

计、苦肉计的系统驾驭。如此大胆地改编历史，绝对是对周瑜的美化，从胡适到刘再复都视而不见，却只看到他们愿意看到的所谓丑化、抹黑。其实，把美化和丑化结合起来，把英雄的心理写得渺小，让雄才大略的周瑜不顾大局，一味妒忌盟友，最后死于妒忌，正是《三国演义》的伟大创造。尽管权威不认同，但是，世代国人对此却置若罔闻，将之总结为"瑜亮情结"，揭示了心理学深邃的规律，那就是妒忌发生于近距离的相近性。周瑜不会去妒忌曹操地盘大，兵马多，也不会妒忌刘备就凭着姓刘，就能成为军事政治集团的领导。他与这些人不同等，没有现成的可比性。他就妒忌诸葛亮，原因就在于地位差不多，有现成的可比性。所以小妓女不会妒忌皇后，只会妒忌大妓女，小偷不会妒忌百万富豪，只可能妒忌大偷。因为其间有现成的可比性。正是因为这样，周瑜，死于公元 210 年，到现在已经有一千八百年左右了，但是，周瑜的灵魂仍然活在我们心中。日常谚语中的所谓"武大郎开店"就是明证。你比我高可以，但是，你不能活在我们这里。地位相当的人最容易发生攀比，妒忌由是而生。我们生活中单位中的许多矛盾，都可以从这个心理学原理得到阐明。什么评奖啊，评职称啊，都是资格差不多的人物在较劲。为什么一个和尚挑水吃，两个和尚可以抬水吃，而三个和尚就没有水吃呢？因为同为和尚，有现成的可比性，互相攀比，很难绝对平衡。

在《三国演义》中比较重要的人物都是比较复杂的，没有绝对的好人，也没有绝对的坏人。前面已经说过，这是《三国演义》的深刻之处。好人变成坏人，是源于他自己的内心。表面上许多人是被敌人杀死的，但是，这些都是外因，最根本的原因在内心，都是死在自己手里。曹操死在"多疑"上，周瑜死在"多妒"上，关羽死在"多傲"上，张飞也是死在自己手里。关羽的"多傲"是对上傲慢，对部下还可以，那么张飞就是对上不傲，对部下比较残暴。关羽死后，张飞觉得同生共死的兄弟死了，就要讨伐孙吴，且要两个部将备全白盔白甲，部将要求时间上宽限，被张飞打了五十皮鞭，警告说，三天之内办不到，做不好就要杀头。这种任务怎么可能完成呢？这下肯定要掉脑袋了，与其等死还不如先下手为强，他们于是偷偷溜到张飞的营里，把他脑袋砍了送给孙吴。所以张飞是死于自己的"多暴"。刘备兵败，事后郁闷驾崩白帝城，死于自己的意气用事。

《三国演义》真的很精彩，真的很伟大，我们从中可以看出太多的智慧，同时看到太多的丑恶，才感到太多的精彩。一味只有美好，如同一味只有丑恶，不是活在毫无人格面具的绝对精神境界，就是活在黑暗的精神地狱里，人物的性格静止不变，不是太单薄了吗？思想不是太浅薄了吗？

我长期不理解鲁迅、胡适为何对《三国演义》缺乏起码的理解，后来，我想到一个原因，读懂《三国演义》要有比较深厚的人生经验，太年轻不行。鲁迅当年写《中国小说史略》时是 1924 年，那时他 43 岁；胡适否定《三国演义》时，也不到 30 岁。他们否定《三国演义》，各有各的原因，可有一个共同的原因，是他们当时太年轻了，所以中国有"少不看水浒，老不看三国"的说法，老了，人生经验的积累深厚了，再看三国，看懂了，就可能更加老奸巨猾。当然，像我这样的人是例外。（大笑声）《三国演义》中的许多妙处，太年轻是看不懂的。鲁迅和胡适这样的片面，这样的荒谬，因为他们当时太年轻。我现在比当时的鲁迅老多了，今年 77 岁，比当时的鲁迅大了 30 多岁，是胡适的双倍。眼光不比他稍微精深一点，菩萨免费送给我的几十年不是浪费了吗？不是我比他们高明，而是老天决定的，是天意。谁让老天让我活得比鲁迅，比胡适还长呢？我不知道，你们也不知道，谁知道呢？菩萨知道。（笑声）我是中国人，我不说上帝知道，我只能说菩萨知道。（笑声）但是，刘再复不同，只比我小了四岁，他是一个非常有建树的理论家，我视他为好友，他是非常好的人，非常有人格魅力，非常纯洁，可能就是因为太纯洁了，对心灵的黑暗义愤填膺，就说了很多糊涂话。我不满足于当他的朋友，而且还要做他的净友。看到他的弱点，我公开说出来，表明我对他人格的确信。如果不相信，我就不说，让他感到他说什么我都相信，这不是对他的欺骗吗？你们同意吗？哦，同意！此时不鼓掌，更待何时？

（掌声热烈，笑声连连）

对话：

问题一： 教授您好，我们知道《三国演义》有三十六计，其中有一计是空城计，然后司马懿当时去攻打一个小城，他有十几万大军，我想请问的是为什么他不先派几千个兵去探探路呢？（笑声）

教授答： 呃，三十六计，并不是《三国演义》里全有的。三十六计或称三十六策，是指中国古代三十六个兵法策略，语源于三国以后的南北朝，成书于明清。至于司马懿的问题，我可以回答你，如果司马懿请你当参谋的话，这个小说情节就没有了。如鲁迅所讲的，为了要神化一下诸葛亮，历史的虚构在这里就有一些可推敲之处了。为什么呢？我发现《三国演义》的作者写高级超人的谋略才能啊，写到诸葛亮和曹操的时候写光了，再写司马懿实际上还是曹操，他的特点还是多疑，所以说他这个多疑就被诸葛亮又利用了一次，这是最后一次。但是这也很精彩就是了，它成为一个传奇了。如果你很现实地看问题，他先派几个兵去看一下，哦，原来没人，那么诸葛亮当了俘虏了，《三国演义》就没法写了。《三国演义》中的空城计，在正史中是没有的。当时阳平关并无交兵，司马懿也没有到过关中。据学者考证，《三国志》和裴松之注中，类似的空城策略大约有五处，都与诸葛亮无关。其一，街亭溃败时，王平设的空寨计。其二，赵云夺汉中时，背汉水的空寨计。其三，陈登在匡拒孙策的空城计。其四，是吴将朱桓在濡须诱曹仁的空城计。其五，魏国文聘空城计。这些史实，最接近《三国演义》中的空城计。孙权率兵五万，渡江围攻今湖北孝感西南，当时该城城防尚未修复。文聘知道，此时战必败，坚守亦难，即令将士全部隐藏，多散在田间耕作，自己也高卧府衙。孙深为疑惑，认为像文聘那样的宿将，因为智勇双全才放在一线，今却若无其事，必然有诈，于是回军。《三国演义》的作者天才地把这些素材凝聚在司马懿的多疑上，多疑的恐惧，中埋伏的恐怖，来不及突围的可能，使他来不及周密地考虑先派兵侦察一下。

问题二： 我想请老师对赵云这个人分析一下。

教授答： 虽然他的形象非常高大，武功非常高强，人品也好，但作为一个艺术形象来说他是比较单薄的。他除了武功高强以外，人比较正派以外，还有一点战略思想，但都没有什么个性的特点，没什么太大的缺点，没有做过坏事，也没有犯过任何错误。所以这个形象是很一般的形象。虽然说"五虎上将"关张赵马黄，赵云还是刘关张之后的第一位。特别是他死得莫名其妙，当诸葛亮出征的时候，旗吹折了，诸葛亮说坏了，一定是有不幸的事情了，结果赵云儿子跑出来说"我爸死了"，大哭一场，完了。这个东西从艺术上来说是败笔，还不如没有。呵呵，谢谢你这个题目，让我阐释一下战功卓著和艺术形象之间的矛盾。

啊，我想到《三国演义》有个缺点，你们刚才女同学都没有发现，我替你们发现一下。《三国演义》的女性都是没戏的，都是没有性格的，女性是不重要的，女性的英雄是非英雄。《三国演义》里面三顾茅庐，要把诸葛亮请出来，什么人都见了，是吧？那么，农民啊，弟弟啊，书童啊……都见了，丈人都见了，就没见老婆，他就认为女人在这个关键时刻没有必要出现。照理说，诸葛亮要出去参加刘备的军事集团，当时二十六七岁，一去就是二十几年。照理说他参加这个部队，是吧，要跟老婆商量一下啊，孩子怎么办，你在哪里待啊，你跟着我走呢，还是怎么样啊，老婆同不同意啊。这是起码的吧？没有。所以说，女性没有地位。有地位的叫孙夫人，那是政治工具。刘备跟那个孙权用招亲的办法来结成同盟，周瑜想利用这个招亲的办法把刘备给杀了，结果被诸葛亮破解。在周瑜的诡计和诸葛亮的英明之间，她是一个道具。在较早版本的《三国演义》中，就没有下文了。最后毛宗岗帮他改了，刘备死了以后，这个孙夫人留在江东，投江自杀了，这个就更加封建了。这就说《三国演义》是一个男人的英雄传奇，女人是男人的牺牲品，这一点你们女性要特别站起来讲话。

问题三：我一直很好奇三国时期谋士才能是从哪里来的，好像比近两千年以后的我们还要厉害（笑声）……

教授答：第一，因为是战争环境嘛，实践造成的，在漫长的接近百年的内战中，军事，还有政治实践。第二，那时大一统的政治局面崩溃了，人们的思想、知识分子的选择更自由了。有点像春秋战国时代了，可以良禽择木而栖了，可以不从一而终了。第三，他们的政治、军事智慧与谋略，我们自然比不过他们，因为没有把我们放到那种环境中去，逼迫我们选择。想想红军在江西、福建打了十年仗，有些村子里就出了很多将军，而现在，那些村子里却一个将军都出不了，相反，倒是出了一些企业家。这就是通常所说的"时势造英雄"也。

问题四：我想听听教授对蜀后主刘禅的看法。我想他在大部分人的印象中是庸碌无能的一个废物，但是在两个魏将到成都的时候，他没有任何抵抗，直接拿着国玺就出去投降，这是一种保全蜀国人民的方式。可能有些人持比较不屑的态度，想听一听您对刘禅的看法。

教授答：哦，从历史眼光来看，蜀后主不投降，就要打仗，老百姓就要死啊。按这种逻辑推演，刘备不碰到诸葛亮也更好，诸葛亮无能，早早就把刘备消灭了，不是更快统一吗？周瑜早一点死掉更好，最好是孙权、刘备等这些人早一点全死光，就让曹操一伙活着，统一天下，省得打了近一百年的仗，死成千上万计的生命，是吧？那样也很好，对吧？那最理想。但是，历史不理想。因为我们人类不理想，人性不理想。想当皇帝的人太多，每个人都不满足于短短的生命，都想在生前出人头地、死后青史留名，都想有所作为，不但想为子孙建基立业，而且要在历史上流芳百世。所以，在人生理想为英雄主义的《三国演义》中，刘禅这样的人，就为人所不屑了。

诸葛亮：人化还是妖化？

非常受鼓舞，来了这么多同学，后面还有站着的，前面有坐地板上的，说明大家对诸葛亮很感兴趣。当然也包含了另外一层意义，对鄙人感兴趣！（笑声、掌声）我有自知之明，你们主要还是对诸葛亮感兴趣。（笑声）当然，对我感兴趣也是令人鼓舞的。（笑声）诸葛亮死的时候才54岁，我今年比他大到20多岁了。（掌声）所以刚才在休息室，你们两个女同学，非常认真地先后问我："老师，你是坐着讲啊，还是站着讲？"我觉得这个题目非常非常难回答。（笑声）后来我随便说："你给我准备个座位，我想坐就坐，想站就站。"为什么呢？我眼睛一斜，走廊里站了那么多人，如果他们站着我坐着，有点于心不忍，我是个人道主义者啊。（笑声）但是后来又想，还是要坐着。（笑声）因为什么呢？诸葛亮的标准形象就是我这个样子，（笑声、掌声）不过还差一把鹅毛扇。（笑声）看来你们也同意我坐下！好吧，有点仙风道骨了吧？（掌声）

一、诸葛亮：史家纪实和精英想象的对接

诸葛亮很值得一讲，为什么呢？中国人啊，对诸葛亮是太熟悉了，用家喻户晓来形容他已经是陈词滥调了。诸葛亮的精神，成为我们国民灵魂的一个组成部分，以至进入日常口语，所谓"三个臭皮匠，顶个诸葛亮"。不仅有日常口语，而且还有进入书面语言的"鞠躬尽瘁，死而后已"，这不仅仅是指智慧，而且指诚信，指忠于、殉于自己的诺言，成为国人道德的一个准则。"草船借箭""借东风""三气周瑜""六出祁山"等典故更是妇孺皆知。还有个典故"挥泪斩马谡"，也是家喻户晓，意味着坚持原则杀了爱将，又惜才爱才为之哭泣。这是把对人才的爱惜和纪律无情分开的典范。

《三国演义》成书距今六百多年了，一代一代老百姓为诸葛亮的形象着迷，实践证明诸葛亮形象不朽！但是，我们一些权威、一些大人物却对《三国演义》表

示不屑，我的朋友刘再复还专门写了系列文章批判《三国演义》，说它是国人精神的"地狱之门"，后来收在他的《双典批判》中。和《三国演义》的不朽来比较，刘再复也许是文化大腕，但是还有更大的，我们敬爱的鲁迅先生，他却认为《三国演义》写得很差，很假，尤其是诸葛亮！说"多智而近妖"，这就很值得挑战了，很值得争鸣一下了。为什么？小人物没有什么人关注，没有什么影响，和鲁迅争辩，肃清他的流毒，就有人侧目了。特别是一些研究鲁迅的专家，把鲁迅每一天的日记都背得上来，学问太大了，我肯定甘拜下风。但是，我一说鲁迅不行，他们就要恼火了。他们一恼火，就可能骂我了，这是我巴不得的事，因为这等于扩大我思想的影响面，替我做广告。（笑声）

鲁迅先生认为，《三国演义》虽然是根据《三国志》，包括裴松之插入其中的注解材料写的，但这就把历史跟小说的虚构混淆了，产生了很多很多的混乱。他在《中国小说史略》中引用清章学诚《丙辰札记》病其"七实三虚，惑乱观者"。鲁迅先生自己也说，"杂虚辞复，易滋混淆"。第二个缺点就点到诸葛亮了，就是"至于写人，亦颇有失""状诸葛之多智而近妖"[①]。为了表现诸葛亮多智，智慧超群，如果让我来说，有点超人了。但是，鲁迅先生说话是很独特的，说"超人"太平庸了，他要把话说得尖锐一点，超人到什么程度？不像人！这样说，在我看来已经不够厚道了，可他可能觉得不过瘾，说诸葛亮多智得像妖怪了。（笑声）你只要看一次，就像钉子钉在记忆里了。鲁迅先生的语言，我是很佩服的，骂起人来，真是辣椒水磨刀，我每每心向往之，因为我也是喜欢骂人的，可惜至今学不到家。骂人，也是要骂出水平来的，从一定意义上说，也是一种学问。（笑声）我在这一点上比鲁迅差得太远了，够不上专业水平。（笑声）

话说回来，以鲁迅先生这么高的权威，我从本能上是不敢反对他的，后来我自我分析，其实是胆子太小，没有做学问起码的气魄。（笑声）反复阅读的结果是，我的心告诉我：鲁迅错了！实际上是良心发现了。请你们相信，我这个人虽然有许多缺点，但是，良心还是有的。凭着天理良心，我敢说，鲁迅的论断是错误的。原因如下：第一是他根本就没读懂《三国演义》里的诸葛亮；第二是他压根儿就没有考虑过他所认定的历史，也就是《三国志》里的历史，也不完全是靠

---

①见《鲁迅全集》第九卷。对于关羽华容道放了曹操之后孔明的表现，鲁迅的评价是"叙孔明止见狡狯"。

得住的；第三是他忽略了《三国演义》所根据的并不完全是裴松之注解的《三国志》，还有文人笔记、宋元话本、民间传说，还有元杂剧，这一切在《三国演义》里所占的分量不是小小的，而是大大的；第四是他分析小说艺术的方法是错误的——我这话是不是太狂妄了？但是，我觉得我狂而不妄。（笑声）你们可能想：嘿，这小子胆子怎么这么大？你们说"这小子"，不妥啊，我这么老了，可你们又不能说"这老子"，是吧？（大笑声）在普通话里，一下子找不到恰当的说法，倒是在四川话里有相当精确的说法，叫"这老哥子"。（笑声）俗话说，艺高人胆大，谁说艺不高，胆子就不可以大啊？不是有一种说法，叫作贼胆包天吗？贼有什么"艺"呢？我却有一股上海人讲的"老寿星吃砒霜——活得不耐烦了"的劲头。何况早在1985年，我就在《文学创作论》中建构了我自己的小说理论。小说的艺术生命在于把人物打出常规，表现其不同于表层的深层心理奇观。打出常规的人与人之间情志的关系，既不是单纯对立的，也不是心心相印的，而是心心相错的，我把它叫作"错位"。长篇小说写的就是人与人的心理错位关系，可是鲁迅的分析却是单独地分析一个人物，把诸葛亮从和他关系密切的周瑜、关羽、曹操、刘备、司马懿、马谡等情志错位结构中硬生生抽出来，做孤立的论断。这是鲁迅的致命伤。

伟大的鲁迅先生为什么犯这么多并不高级的错误？还有一个原因，说出来你们可能吓一跳，他老人家太年轻了。（大笑声）当年他写《中国小说史略》的时候，才43岁吧。鄙人今年73，生姜还是老的辣嘛，老夫这点气魄还是有的。鲁迅如果今天还活着，40多岁，如果还在厦门大学中文系，距离我们福建师大两个小时的车程，老夫有空的话，会常常去关心这个有天赋的小伙子。（热烈的掌声）

不但鲁迅没读懂，就连当年第一个把章回小说、白话小说提到文学正统历史地位的胡适，也是没有读懂！他说："他们极力描写诸葛亮，但他们理想中只晓得'足智多谋'是诸葛亮的最大本领，所以诸葛亮竟成了一个祭风祭星的神机妙算的道士。"

鲁迅先生说《三国演义》里边好多虚构，歪曲了《三国志》。那我就抬杠了，《三国志》就那么可靠？就没有虚构？我举个简单的例子，《三国志》里写到诸葛亮第一次在政治舞台上露面的记录，就是后来被一些选本命名为《隆中对》的那一次，在《三国演义》里就是"三顾茅庐"。这在历史文献上倒是有的，但是，很简单，只有诸葛亮自己在《出师表》里提到。"先帝"，也就是刘备，"不以臣卑鄙"，不因自己低微卑陋、见识不高，"三顾臣于草庐之中……由是感激"，"我"非常感动，因而呢，"遂许先帝以驱驰"，"我"就决计把生命献给他。这个时候，诸葛亮是 27 岁，《三国志》的作者陈寿这个时候多大呢？他还不存在。（笑声）要等到什么时候他才出生呢？诸葛亮 53 岁时，陈寿呱呱坠地了，1 岁。陈寿整理《三国志》的材料，编《诸葛氏集》，什么时候呢？晋泰始十年，公元 274 年，诸葛亮死于公元 234 年，也就是诸葛亮死后四十年，距离"隆中对"六十七年。陈寿如果是那个时候开始写《三国志》的话，那么你想想看，刘备跟诸葛亮对话，怎么对话？《三国志》里写"因屏人曰"，把周围的人都赶出去，两个人密谈，谈了两三个小时，不会更多，因为早上去时诸葛亮还没有起床，谈完了，也没有说留他们吃饭。（大笑声）当时没有录音机，他们也没有办法一面谈话，一面记录，又没有第三个人在场，肯定没有现场记录。当然，陈寿曾经在蜀国做过文官，也许看过什么文献材料吧！但是，恰恰蜀国的资料特别少。中国古代有一个制度，就是把皇帝的话、行为都要记录下来，皇帝不能看的，叫"起居注"。陈寿自己也批评过诸葛亮不置史官，唐朝史论家刘知几批评诸葛亮作为蜀国的丞相，没有很好地坚持这个制度，"蜀国不置史，注记无官，是以行事多遗"。刘备和诸葛亮谈话，那时还没当皇帝，几十年前说的话，你陈寿一字一句，怎么会知道那么详细啊？再说，过了那么几十年你才出世，你的耳朵总不能提前贴到墙上窃听吧。

而且，那个语言都特别漂亮！刘备问诸葛亮："奸臣窃命，主上蒙尘"，我缺乏德行，要伸大义于天下，用正统道德收拾人心，统一天下，我该怎么办？刘备当时的眼光放在哪里呢？在中央王朝，也就是中原。陈寿把诸葛亮的话写得很简练，说问题不在这里，曹操现在拥百万之众，挟天子以令诸侯，具有王朝正统的合法性，你不能硬碰。孙权那边，从他的父亲、他的哥哥已经积累了三代，"国险而民附，贤能为之用"，地形非常险要——江南，就是在你们南京这个地方。嗯，那个同学说得对，建业，对！你去碰也不成。诸葛亮提出，你不要老想着中原逐鹿，把眼光放在河南、许昌那一带，那些地方不要去，曹操你弄不过他的，江南这带也不行。现在有个空当，荆州！也就是湖北、襄阳、武汉，还有湖南那些地方，地盘很大，但是那里的地方官太草包！你先从荆州向四川发展，那是个大空当，天府之国，那里的行政长官暗弱昏庸。诸葛亮转移了刘备的注意中心，硬石头不要碰，你赶快找软鼻子修理，到四川去建立根据地！这么宏大的战略意图，转变了刘备长期专注中原的焦点。但是，要费多少语言呢？要有多少交流和权衡呢？诸葛亮的语言是这样的：

> "今操已拥百万之众，挟天子而令诸侯，此诚不可与争锋。孙权据有江东，已历三世，国险而民附，贤能为之用，此可以为援而不可图也。荆州北据汉、沔，利尽南海，东连吴会，西通巴、蜀，此用武之国，而其主不能守，此殆天所以资将军，将军岂有意乎？益州险塞，沃野千里，天府之土，高祖因之以成帝业。刘璋暗弱，张鲁在北，民殷国富而不知存恤，智能之士思得明君。将军既帝室之胄，信义著于四海，总揽英雄，思贤如渴，若跨有荆、益，保其岩阻，西和诸戎，南抚夷越，外结好孙权，内修政理；天下有变，则命一上将将荆州之军以向宛、洛，将军身率益州之众出于秦川，百姓孰敢不箪食壶浆以迎将军者乎？诚如是，则霸业可成，汉室可兴矣。"
>
> 先主曰："善！"于是与亮情好日密。

这么重大的战略方向的决策，总路线的转移，几个小时，就这么三百多个字啊？诸葛亮的语言怎么这么精练啊？而刘备的话就更精练了，只讲了一个字"善"！历史可能是这么简单的吗？再说诸葛亮哪里像在对话，一点口语都没有，在句法上，是对仗与不对仗的交错，语气上，陈述、反问、感叹变化丰富。其宏观的视野，其对称的句法，又是那么精致。

> 荆州北据汉、沔，利尽南海，东连吴会，西通巴、蜀。
> 若跨有荆、益，保其岩阻，西和诸戎，南抚夷越，外结好孙权，内修政理……

这样居高临下的视野，俯视九州的胸襟，明显不是日常即兴的语言，而是经过精心修饰的书面语言。这样的排比后来还成为经典模式。过了几百年，唐朝王勃的《滕王阁序》就学得很到家，例如"北通巫峡，南极潇湘"，可能就是从《隆中对》的句法模式里套出来的。（笑声）

鲁迅说，《三国演义》里的东西，跟历史，也就是《三国志》不符合，因而造成了混乱！那么我就要问了，陈寿这个记载是不是就那么可靠呢？你们学过当代哲学的人知道，任何一种叙述都是一种回忆，这个陈寿连回忆都没有。任何一种叙述都经过主观的价值观念的同化、过滤和增补、增值，一切历史都是当代史。因而，在我来看，光是《隆中对》就是想象的嘛。不过这个想象不是凭空捏造，而是陈寿对诸葛亮二十多年政治军事实践的高度概括和总结。

历史跟小说之间，当然有很严格的区别，但是，也不见得没有相通之处，并不是说历史绝对是客观的真实，而小说全是胡扯。所以，从理论上来说，鲁迅好像太迷信《三国志》了。你想想看，一个 27 岁的青年，跟 40 多岁的军阀在对话，而且是秘密的，过了 60 多年以后，有人拿出个一字不漏地记录来，这有多大的可靠性？我觉得，不必那么认真！在这一点上，钱锺书先生倒是比鲁迅更通达，他有个说法，小说和历史固然有所不同，但是，在一点上是相通的。钱先生说得很彻底：

> 与其曰：古诗即史，毋宁曰：古史即诗。

这就是说，从文体功能来说是历史是纪实，然而，从作者情志的表现来说，却无不具有审美价值。钱锺书先生以《左传》为例还指出"史蕴诗心、文心"，特别指出：

> 史家追述真人实事，每须遥体人情，悬想事势，设身局中，潜心腔内，忖之度之，以揣以摩，庶几入情合理。盖与小说院本臆造人物、虚构境地，不尽同而可相通；记言特其一端。

这就是说，古代史家虽然标榜记事、记言的实录精神，但是事实上，记言并非亲历，且大多并无文献根据，其为"代言""拟言"者比比皆是。就是在这种"代言""拟言"中，情志渗入史笔中，造成历史性与文学性互渗，实用理性与审美情感交融是必然的。这就是说，《隆中对》中那些诸葛亮的语言，与其说是诸葛亮的，不如说是陈寿的。①

所以，用历史来否定诸葛亮的形象道理是不充分的，不够雄辩的。

历史是求真的，但是，当代的哲学认为纯粹客观的历史是不存在的，一切历史都是渗透着叙述人的意志、情感、观念、文化等，都是经过主体价值同化的。

从鲁迅、胡适一直到易中天、刘再复先生，都是怪《三国演义》歪曲历史，可是要知道历史也可能歪曲历史啊！我再说一句，表示负责：历史也可能歪曲历史啊。这是规律啊。所以一切历史都要批判，都要重写。这不是我好抬杠，事实上，就是严肃的《三国志》，也有许多不真实的东西。在陈寿死了一百多年以后，裴松之给它注解，其主要原因就是，它有错误。他在《上〈三国志注〉》中这样说《三国志》所说出入百载：

> 注记纷错，每多舛互。其寿所不载，事宜存录者，则罔不毕取，以补其阙。或同说一事而辞有乖杂，或出事本异，疑不能判，并皆抄内以备异闻。若乃纰缪显然，言不附理，则随违矫正以惩其妄。

一千多年以后，清代的《四库全书总目提要》总结说，裴注的目的是：

> 一曰引诸家之论以辨是非，一曰参诸书之说以核讹异，一曰传所有之事详其委曲，一曰传所无之事补其阙佚。

这里明确指出，裴松之在纠正它的错误，补充它的遗漏时，也还有十余处

---

① 2011年4月23日，台湾师范大学学术讨论会上，有学者质疑：《隆中对》作为文章，非陈寿"代言"，陈寿乃据《诸葛亮集》中之《隆中对》原文。其时因手头无书，无从答辩，现谨答如下：陈寿《三国志·蜀书》进《诸葛氏集》表云，其集共二十四篇十余万字。然该书不存，仅存目录中并无《隆中对》。《四库全书总目》载《武侯全书》二十卷，明王士骐撰，后杨士伟病其芜累别改定为《诸葛忠武书十卷》，亦无《隆中对》。《四库全书》又载明张溥辑《汉魏六朝百三家集》卷二十二中有《汉诸葛亮集》收罗甚广，包括表、奏、教、书、议、法、论、记、碑、军令甚至诗等，亦无《隆中对》。《隆中对》作为篇名于古籍中出现，当在清蔡世远之《古文雅正》，然其篇名下注明作者为《三国志》。今人段熙仲、闻旭初编校《诸葛亮集》内有《诸葛亮著作考》，收罗自唐至清之考证资料，未有涉及《隆中对》者。此集戴有《草庐对》，即《隆中对》，文前文后均注明节自《三国志》卷三十五《蜀志·诸葛亮传》。据此则似可断定《隆中对》全文当为陈寿所作。

"凿空怪语"。所谓"凿空怪语",就不是历史,而是接近小说了。

当然,话也不能说绝对了,小说毕竟是小说,其虚构、其想象比历史不是在程度上要自由得多,而是在性质上,它想象的是人物的内心,人物灵魂深处的奥秘。而历史的想象,则记言、记事,尽可能地接近事实而不加判断,不能作心理描写,抒情和议论更直接。

艺术就是虚构,虚构有虚构的价值。讲到虚构,适之先生又来了一套,他认为,《三国演义》除了别的毛病以外,还有一个毛病——缺乏想象,创作力太薄弱。全书大部分是严守历史,最多不过是能在穿插琐事上表现一点小聪明,没有想象创造。可算是一部很有势力的通俗历史演义,不能算是一部有文学价值的书。鲁迅和胡适两位大师都否定《三国演义》,但是,一个认为他歪曲了历史,一个认为过于拘泥于历史,"而想象力太少,创造力太薄弱"。我想,如果罗贯中先生还活着,正在写《三国演义》,那就要火了,就要发脾气了,你们还让不让我活啊!(大笑声)

二、诸葛亮形象:精英价值与大众文化对接的艺术丰碑

对于诸葛亮,胡适和鲁迅同调:"他们极力描写诸葛亮,但他们理想中只晓得'足智多谋'是诸葛亮的最大本领,所以诸葛亮竟成了一个祭风祭星的神机妙算的道士","奸刁险诈的小人";而鲁迅则说,在关公放走曹操这一节,孔明的形象"止见狡狯",这就更严重了,这不是不真实的问题,而是品质问题。二位大师,我十分景仰,但是,他们这样的说法我不但不能同意,而且受不了。(笑声)我以艺术为生命,我不能眼看艺术遭到这样残酷的践踏。(笑声)

说句老实话,在这里,人不多,才敢斗胆说出来,鲁迅没有看懂诸葛亮形象的艺术奥秘。胡适就更不懂艺术了!(笑声)胡适在这篇文章里坦白,之前看了鲁迅的小说史的讲义,受了鲁迅的影响,那时他们还是战友,惺惺相惜。当然,胡适啊,才智不如鲁迅,他讲话越讲越豁边,越说越走火!他说,《三国演义》不但把诸葛亮写坏了,而且把周瑜也写坏了,"把一个风流儒雅的周郎写成一个妒忌阴险的小人"。这个胡适啊,完全是自相矛盾!一方面说人家没有想象力,都拘守历史的故事;一方面呢,又说把周瑜想象成一个"妒忌阴险的小人"。

不说别的,这本身就是"硬伤"。

其实,在《三国志》里,周瑜外貌漂亮,还懂得音乐,但是,没有什么"风

流"。"风流"是几百年以后苏轼在《赤壁怀古》里强加给他的。什么"小乔初嫁了",事实上,《三国志》记载,是十年前周瑜和孙策攻拔皖城,得到的两个流离的女孩子,说得准确一点,是战利品。大乔、小乔,皆为"国色",也就是绝色美女。孙策不像曹操,一人独享,他很慷慨,和周瑜哥们儿,一人一个。(大笑声)历史记载,孙策当时,已经有儿女,则大乔身份是妾,到了赤壁之战,已经是十年之后,大乔、小乔已经是中年,半老徐娘哦。(大笑声)在吴国官方的正式文献中,周瑜并不以风流潇洒为特点,而是"衔命出征,身当矢石,尽节用命,视死如归"的英雄(《三国志》)。再说,你有什么权力不许我这样想象?我这样想象才艺术嘛!《三国演义》有自己对"人"的理解嘛!主要是杰出的"人"与杰出的"人"之间的矛盾和错位,不管是敌人,还是盟友,都在使心眼啊,好心眼、坏心眼错位,才是立体的人嘛。我的朋友刘再复说,《三国演义》对周瑜"也抹黑得面目全非",其实也是不理解《三国演义》的艺术。这种所谓抹黑,如果有利于好人之间的心理错位,将周瑜的多妒和孔明的多智、曹操的多疑联系起来,形成错位,才有艺术的精彩嘛。这一点请允许我按下慢表。

胡适还把其作者说成是很愚蠢的"陋儒"。其实《三国演义》的作者对史书和相关的文献是很熟悉的,既有很高的文化修养,又有自己对人的理解,更有很高的艺术魄力。首先,把三个独立王国,不相连续的四百多人的传记,近一百年的混战,千头万绪的人物关系,构成多元而统一的、有机的情节系统。其次,把魏晋、宋元以来的文人笔记中纷纭的奇闻逸事,唐宋诗歌中异彩纷呈的赞颂,宋元话本、元杂剧中曲折新异的情节,取其精华,去芜弃杂,将数百人物之间眼花缭乱的斗智,融入民间想象的错综精神网络之中,以统一的思想同化纷纭的素材,以有机的构思组织错综的性格心理,其间或宏大,或精微,或智趣深邃,或情趣盎然,或谐趣横生,或壮怀激烈。其难度不亚于把堆积如山、大小不等、良莠不齐的零件,去粗取精,化腐朽为神奇,创造出一架能够自由翱翔的木牛飞马。

从多彩的精神和宏伟的结构来看,作者无疑具有视通百载、胸罗九州、笔驱英杰的气魄,其才华,在中国文学史上,绝对是空前的!可以说,从那以后,中国长篇小说如《水浒传》,都没有解决众多人物统一情节和有机结构问题。《西游记》倒是有了统一的情节,但是,其中太多类似的重复;至于《儒林外史》,简直是短篇的串联了;直到《红楼梦》,才从整体上解决了长篇小说结构统一于有机的主题。胡适这话说得显然太幼稚了。这也难怪,他说这话的时候比较年轻,才20

多岁，毛头小伙子嘛。上帝允许年轻人犯错误。（笑声）当然，胡适毕竟是胡适，他还是有一点艺术感觉的，他特别宣布"《三国演义》里最精彩的仅仅是赤壁之战"。这话我从情感上听起来很顺耳，但是，从理性上，却感到不太严谨，经不起分析。

我从小学五六年级读《三国演义》到现在，不知读了多少遍。一开始最让我感动的还不是赤壁之战，是什么？三顾茅庐嘛！表现出很丰富的想象力嘛。本来在《三国志》中只有诸葛亮自己说的"三顾臣于草庐之中"，到了《三国演义》，洋洋洒洒写出三顾，情节曲折丰富。这种丰富，不是轻易得来的，也不是罗贯中一个人的功劳，那是从三国时代到元朝末年，整合上千年的文人笔记，经过民间说书人、戏剧家反复加工，最后由罗贯中等把它集中起来。正是因为这样，《三国演义》的精彩，就不仅仅是史家的纪实智慧，同时还有民间想象的神奇。这一点集中在诸葛亮（还有关公）身上。

诸葛亮还没有出场。先让徐庶出来讲，说这个人哪，有经天纬地之才，天下第一人也！接着又来了名士司马徽来推崇，说他自比管仲和乐毅，但是实际上，比管仲、乐毅还强！可以比得上兴周八百年的姜太公和兴汉四百年的张良。这里的精彩在于，有一种矛盾的倾向，推崇他的司马徽说诸葛虽得其主，却不得其时，白费劲，注定要失败的，这是宿命。作者把诸葛亮放在互相矛盾的精神氛围当中。一面是赞美诸葛亮盖世的才华，有一种乐观的、一种诗化的氛围；另一方面呢，又有一种宿命的、悲剧的暗示，不管你本事多么大，最后却不能成功的。这个场景，还有一个特点，一方面写他超凡脱俗，对于功名利禄无动于衷，一派仙风道骨的风貌；一方面又强调他自许甚高，有管仲、乐毅之才。这种才华是政治性质的，并不是陶渊明式的隐士，其最高的志向是要在政治实践中施展的。

三顾中，每一顾都有不一样的功能，每一顾都为诸葛亮的形象增添色彩。第一顾啊，来了一个人，去了一个人，都跟诸葛亮形象差不多，都不是诸葛亮。第二顾，碰到了那么多人，以为是诸葛亮，结果都不是。快回去了，冒出一个老先生来，以为诸葛亮来了，仙风道骨啊！狐裘蔽体，骑着一头小驴，后随一个青衣小童拿着一壶酒，踏雪而来，一派隐士高人的风度。在古典诗意的山水画的背景上，这么悠闲自在。注意，是骑着驴，而不是骑着马，说明很朴素啊！当时，骑马意味着富豪，相当于现在的奔驰宝马了。（笑声）当然，也不寒酸，随一个小童表示生活安闲，不用自己劳神生火烹茶。诸葛亮还没出场，实际上他的情趣、他的志向、他的人格、他的情操、他的风貌都已经营造得很浓郁了。农民歌颂他，高人雅士称赞他，还有仙风道骨的人很像他。这说明，奇才不显山，不露水，"高卧隆中"。要他出山，是要有非同小可的礼贤下士的谦卑的。这里隐藏着《三国演义》的主要思想：对奇才的特殊尊重。胡适不但没读懂它的思想，更严重的是，他没有读懂它的艺术。

第三顾以前，整个的情节不但带着戏剧性，而且还带着抒情性，立意在歌颂赞叹他超人的才能和脱俗的品格，是精英趣味。但是，这并不是全部，这里还有大众趣味。那个非常推崇他的人，却是反对他出山的，原因是他命中注定是要失败的，这是宿命，不可改变。这就不是《三国志》的精英思想了，而是民间根据蜀国失败历史想象出来的因果，带着民间传说的色彩。在艺术风格上，就是在颂歌的彩云中的一把达摩克利斯剑，一种悲剧的暗示。这种民间的宿命因果的逻辑，决定了：第一，把"凡三顾"写得那样曲折，那样艰难；第二，这种曲折，明显带着说书人为了延续吸引力，不断卖关子，极尽山穷水尽转而柳暗花明之能事，这是商业性质的手段。在章回小说中，这是公式化的"且听下回分解"的技巧，但是，《三顾茅庐》却出奇制胜。毛宗岗评论三顾的情节，在《三国演义》第三十八回前的总评中说到刘备第三顾见到孔明前的反复和曲折，有如武夷九曲。

> 玄德第三番访孔明，已无阻隔。然使一去便见，一见便允，又径直没趣矣。妙在诸葛均不肯引见，待玄德自去，于此作一曲。及令童子通报，正值先生昼眠，则又一曲。玄德不敢惊动，待其自醒，而先生只是不醒，则又一曲。及半晌方醒，只不起身，却自吟诗，则又一曲。童子不即传言，直待先生问有俗客来否，然后说之，则又一曲。及既知之，却不即见，正待入内更衣，然后出迎，则又一曲。此未见以前之曲折也。及初见时，玄德称誉再三，孔明谦让再三，只不肯赐教，于此作一曲。及玄德又恳，方问明其志若何，直待玄德促坐，细陈衷悃，然后为之画策，而玄德不忍取二刘，孔明复决言之，而后玄德始谢教，则又一曲。孔明虽代为画策，却不肯出山，直待玄德涕泣以请，然后许诺，则又一曲。既已许诺，却复固辞聘物，直待玄德殷勤致意，然后肯受，则又一曲。及既受聘，却不即行，直待留宿一宵，然后同归新野，则又一曲。此既见以后之曲折也。文之曲折至此，虽九曲武夷，不足拟之。

《三国演义》向来被认为"七实三虚"，一般认为，得力于《三国志》有七成之多，但这里，恐怕是一实九虚，最生动处完全是作者的虚构。这种虚构，充满了神秘感，洋溢着古典隐士的清高和文人雅士的诗境。这种意境，不仅是中国古典诗歌的，而且是《三国演义》的核心价值之所在，那就是对于奇才无条件的崇拜。孔明是奇才中的奇才，因而，要有尊崇之上的尊崇。理想化的君王，对于此等人才，要极尽殷勤之能事。

从初顾到三顾，多到近二十回合的曲折，很可能造成沉闷和单调。但是，读者却没有这样的感觉，就连易中天这样对《三国演义》持有批判态度的人士都认为："实在很精彩，也很有意思。"这里除了情境本身的变化以外，最精彩之处，是刘备的亲信张飞和关羽的反衬。关公比较有修养，只是委婉地表示怀疑，而张飞，前后三次表示愤怒：这就不仅仅是环境的渲染了，而是人情的阻力。张飞把诸葛亮看成一个"村夫"，说是"可使人唤来便了"。这个意思本是刘备当初对徐庶说的话，《三国演义》为了把求贤若渴、诚恳殷勤强化到极端，把这话转送给张飞，从内涵上说，显然是反衬刘备求才的诚恳，从艺术上说，却是增添了生动性。前面氛围的烘托，全是高雅的，诗化的，而张飞的这几笔非常粗俗，这种粗俗却有另一种趣味，那就是有点好笑，也就是有点谐趣。第二顾时人情阻力来自关公发难，但是，仍然非常委婉：怀疑诸葛亮徒有虚名，故意"避而不见"。所用的语言，全是书面的文言，这符合夜观《春秋》的关公的修养。而此时，张飞第二次提出他的"村夫"论：

> 量此村夫，何足为大贤；今番不须哥哥去；他如不来，我只用一条麻绳缚将来！

这样的曲折，不但是情感的错位，而且是语言（书面语与口语）的分化，比第一次更加强化了。但是，作者并不以此为满足，还有第三次：等到明确了孔明就在家里，但是，"昼寝未醒"，刘备只好拱立于阶下，等了半晌，居然还没有动静。张飞大怒，谓云长曰：

> 这先生如何傲慢！见我哥哥侍立阶下，他竟高卧，推睡不起！等我去屋

后放一把火，看他起不起！

张飞的插入，使得本来单纯的雅趣、诗趣，渗入了一些俗趣和谐趣。《三国演义》的价值观，是比较宏观的精英性质，主要是高级的谋略价值。这样的价值很高雅，但是《三国演义》毕竟是大众文化，因而，不时要请张飞出来，添加一种平民视角。这在通篇都是雅致的诗化气氛中渗入一点诙谐之趣味，显得趣味丰富。因而，叶昼假托性格率真的李贽评语说：

> 孔明装腔，玄德作势，一对空头，不如张翼德，果然老实也。

叶昼这样的批语，在艺术上是有道理的。这一笔，突出了三个人，张飞的粗率又反衬了孔明和刘备的虚虚实实。但是，从内容上说，这对于诸葛亮是冤枉的，人家本来就反复强调不想出山，除非见到真正的知己，不轻易下决心。但是，对于刘备这样的批评，就并不是完全没有道理，毕竟《三国演义》的作者，太过在意刘氏的王朝正统了，千方百计地美化刘备，倒真有点作态了。鲁迅批评《三国演义》为了抬高刘备而把他弄得有点"似伪"。刘备反复请诸葛亮，就是不肯，刘备就哭啦！（笑声）刘备很会哭的啊，动不动就哭，有人就挖苦他，说刘备的江山就是哭出来的。（大笑）他好多次哭，人家就不相信，鲁迅就不相信，这是自然的，因为鲁迅同代人就说他也有个毛病，就是"多疑"。当然，这和曹操的"多疑"有本质的不同。（大笑）他的怀疑在许多场合是有道理的。例如，诸葛亮不干，他说"先生不出，如苍生何！""言毕，泪沾袍袖，衣襟尽湿"，袍子袖子全湿啦！那水（笑声）啊有多少，我们想象一下，至少相当于自来水龙头开了一两分钟。（大笑声）但是，如果考虑到这是民间文学的想象，在元朝末年，在蒙古人统治下，对于国家统一于汉族的强烈渴望，是可以理解的。不过刘备的办法有点幼稚，我就姑且悲悯一番吧！但是到了明朝情况就不一样了，评注这《三国演义》的叶昼就假托李贽（这是一个什么话都敢讲的人）说，玄德之哭，极似今日之妓女啊。（大笑声）

对于一切都要具体分析，有的哭可能是假的，但是假中有历史的真诚愿望。有的哭，则是真的，比如关公死了以后，刘备哭得眼里出血了，不可能是假的嘛。妓女假哭，会哭出血来吗？我们不要像鲁迅和曹操那样过分多疑。（大笑声）

这是多么精彩的艺术啊，怎么胡适这样的大学问家没看到呢？我估计啊，可能是他觉得自己把通俗小说抬上正统地位了，已经功劳够大的了。他是不是有一点骄傲自满了呢？他不像我这样的人，背过《毛主席语录》的"谦虚使人进步，骄傲使人落后"。（大笑声）我想，他没有意识到《三国演义》在当时和后世已经是我们国民精神的一个瑰宝。

讲到这里，我要提一个问题，谁能回答我：三顾茅庐本来是刘备和诸葛亮的事，根本没有关公和张飞的份儿啊，为什么每一次作者都让关公和张飞一起去？这不是多费笔墨吗？有见解的可以举手。

（议论纷纷，无人举手）

啊，你们答不出，这问题太难，就是鲁迅、胡适都答不出。但是值得动脑筋。你们习惯于以读者的眼光看小说，人家写了什么，就看什么。这就很被动，往往看不出多少艺术的奥秘来。要真正洞察艺术的奥秘，就要换一个视角，就是用作者的眼光看作品。想象一下，他这样写了，为什么不那样写？我提供一个不那样写的例子给你们参考。《三国志平话》中写到第二顾以后，是这样的，张飞大叫起来，说："哥哥错矣！记得虎关并三出小沛，俺兄关公刺颜良，追文丑，斩蔡阳，袭车胄，当时也无先生来。我与一百斤大刀，却与那先生论么！"刘备没有理睬他。

这个写法，和《三国演义》的写法哪一个更有趣味？（众答：《三国演义》）当然是《三国演义》，原因是什么？《三国志平话》里的张飞只是不满，还要拿刀和诸葛亮比功劳，这固然有民间传说的味道，但是，不够，没有说要把诸葛亮用绳子捆起来，没有说要到后屋去放火，没有让这位将军像草包一样撒野，因而民间文学那种天真的喜剧性就不够。

胡适说《三国演义》没有思想，我说，有思想！《三国演义》有正统的王朝思想，姓刘的才是最正统的，我已经说过了，那是在蒙古统治下的国人向往的汉家天下王朝正统，在今天的读者看来，并不具强大的形象感染力。最动人的是，在恢复正统的合法之时，主要靠武装力量。不过，在《三国演义》中，决定战争胜负，不完全是由武功，它往往是由奇谋。没有好的计策，不管你多么勇猛，武功多强，如吕布，有勇无谋，也是白搭。可以说，它的主题就是奇才决定论。奇谋就能决定战争胜负、王朝的兴衰！说《三国演义》没有思想，是因为没有直接从文本中概括的抽象能力。这种奇才主要是"人"的奇才，是杰出的人生理想。

反间计中，在蒋干假睡的时候，周瑜装醉，唱："丈夫处世兮，立功名，立功名兮，慰平生。"还有那个为黄盖传递假降书的阚泽说，大丈夫处世，不能建功立业，等于和"草木同朽"。《三国演义》所突出的是人，是杰出的人，是要超越生命短暂，名垂青史之人。

建功立业、不枉此生的理念，这个思想是跟《三国志》是不一样的。在《三国志》里面诸葛亮不是中心，可在《三国演义》里，诸葛亮是中心！为什么？他是奇才里面的奇才，奇谋里面的奇谋的典型，也是建功立业、名垂青史的理想典范。

从艺术上说，当他出场的时候，用悲剧和喜剧、用抒情和神秘的复合氛围来烘托，这是很高级的艺术，很精彩的想象，怎么说里面没想象？作者把诸葛亮这个人理想化——才智理想化、仙化、神化，但是，又将之悲剧化！鞠躬尽瘁，死而后已，崇高化，人化，在中国小说史上第一次出现！

很可惜，以后的小说写到才智上超人的人物，再也没超过诸葛亮的高度。《水浒传》里面有个非常有才智的人，谁？吴用！能跟他比吗？他倒是经常有些计策，但是都是智取生辰纲之类，小偷小摸，小儿科啊，和《三国演义》不在一个档次上。在大规模的军事对抗中，吴用几乎说不上有什么奇谋。《水浒传》最多是怪才决定论，凡有一技过人之长者，包括裁缝、鸡鸣狗盗之徒，一拉进来，就决定了战争的胜利。这种单因单果的逻辑太幼稚了。所以吴用的谐音是"无用"。（笑声）还有一个道人公孙胜，也是有法术的，是不是也可能像诸葛亮那样借东风，我无法判断。但是，从战略和策略，以及用人和料敌如神的智慧来说，几乎无所作为，去诸葛亮甚远。更突出的是，诸葛亮的形象不管怎么诗化，怎么英雄化，怎么神化，从开头到结尾，一种悲剧的阴影一直笼罩在头上，从"三顾茅庐"开始一直到最后在军中病笃，甚至他都知道自己什么时候要死了，还有几天。（笑声）

三、不是近妖，而是近人、近仙

《三国演义》并不是绝对的历史小说，而是以精英文化为纲、大众文化为纬的小说，民间传说的趣味和历史正剧的逻辑是不同的，历史正剧的逻辑是现实的，而民间传说的逻辑因果则是超现实的。鲁迅批判《三国演义》违背历史，把诸葛亮写得"多智而近妖"，就是纯粹从历史的逻辑出发的。但是，鲁迅的说法，第一，是片面的。因为《三国演义》现存明刻多种版本，保存较多民间传说故事，有的刻本还详细记载不见于史籍的关索故事，张飞关索取阆中的专节。第二，鲁迅的论断，并不准确。从实际文本来看，鲁迅混淆了妖与仙的区别，就是在民间传说、话本中诸葛亮也不是妖，而是仙。《三国志平话》是这样介绍诸葛亮的：

> 话说先主，一年四季，三往茅庐谒卧龙，不得相见。诸葛本是一神仙，自小学业，时到中年，无书不览，达天地之机，神鬼难度之志；呼风唤雨，撒豆成兵，挥剑成河。司马仲达曾道："来（《三分事略》作'袭'）不可当，攻（《三分事略》作'坐'）不可守，困不可围，未知是人也，神也，仙也？"

这是《三国演义》的早期话本①对诸葛亮的定位，显然是介于人、神和仙之间，而不是妖。这比鲁迅所说的"妖"的层次要高得多。妖最大的本事就是作怪，其动机乃是为了私利害人，其性质带着破坏性，其行为是盲动，没有长远眼光。妖术是单一的，思维是直线的，谈不上临变制机，往往是自作聪明，弄巧成拙，根本不可能有诸葛亮那样高贵的社会责任感。《三国演义》继承了话本的"无书不览，达天地之机，神鬼难度之志"，具有未卜先知的超人智慧，消解了"呼风唤雨，撒豆成兵，挥剑成河"的荒诞性。但是，强调了"达天地之机"的神化，也可以说仙化，仍然是与人化的历史叙述结合的：一方面是在人格上从超凡隐逸到鞠躬尽瘁，另一方面是在智慧上的未卜先知。把二者结合，定位在贤相的角色上，是《三国演义》的伟大想象。一方面，是精英趣味，高贵的，诗化的；另一方面，是民间的、通俗文学的宿命的悲剧。是很天真的，带着神话性的！什么叫神话？马克思曾经就给神话的功能说过，神话就是在幻想当中征服自然。诸葛亮的神话，就在幻想当中征服自然的一切困难，包括力图突破自然规律的人的寿限、人的命运。这种幻想不是很精英的、很理性的，而是很天真的、很纯朴的。所以说，"三顾茅庐"的动人就在于，这两种理想人格和能力在历史和传奇中的水乳交融。最后民间幻想达到最大限度，以七星灯力图延长生命的大限，完成战争的大业，最

---

①宋代汴梁瓦舍众艺中有"说三分"的，讲魏、蜀、吴三国的军事和政治斗争。《三国志平话》所叙事迹多来自民间传说，如庞统变狗，诸葛亮是庄农出身，刘备在太行山落草，汉帝斩十常侍，把头颅拿去招安等，对《三国演义》的创作有极大影响。

后死于魏延的误入踏灯，微观上看是出于偶然，而宏观上则是必然的失败。他在一些关键时刻虽然也能够施展近神似仙的民间想象逻辑，最后仍然不可逃脱历史的悲剧命运。

四、赤壁之战：多元心理错位的宏大历史景观

胡适虽然对《三国演义》的艺术性持否定态度，但是，并不绝对，他对赤壁之战还是很肯定的，称道其想象力很丰富。但是，他的论断自相矛盾。他和鲁迅一样，否定了诸葛亮，而诸葛亮则是赤壁之战的主导者，这实际上还是没洞察到它在艺术上好在哪里。

胡适粗疏到连对赤壁之战的外延界定都没有下。严格说来，赤壁之战应该是一支史诗性的奏鸣曲。以舌战群儒为前奏，草船借箭为展开部（序曲）；以心灵搏斗主题为呈示，苦肉计、连环计、反间计、借东风等是展开部；从表面上看，核心应该是赤壁纵火、曹军大败；尾声是华容道关公放走曹操。但是，实际上，最终应该是以三气周瑜——一气袭取南郡，二气东吴招亲，三气假道灭虢，周瑜死亡为结束。为什么？因为，赤壁之战的魅力不仅在于孙吴联军与曹军的胜负，这只是实用理性价值，更在于诸葛亮和周瑜在智能、情感上的生死搏斗：在赤壁之战之前，诸葛亮是寄人篱下，处在被动地位；而到了三气周瑜，在周瑜的部队中，诸葛亮处主动地位。这一系列的矛盾层层加码，直到周瑜被"气死"，才是审美价值的完整实现。

这完全是《三国演义》的伟大想象，在历史上，根本不存在的。事实上，周瑜与诸葛亮仅仅在赤壁之战前有所交往，战中战后，双方再也没有来往。

草船借箭是虚构的。鲁迅否定的原因，可能是诸葛亮料定三日之后必有大雾。这样精准的天气预报，超过气象台，在那科学技术不发达的情况下，是绝对不可能的。鲁迅忽略了这里是民间传说，是有超越科学的自由的。恰恰是准确的天气预料，构成了赤壁之战的宏大序曲。

如果从历史文献上来讲呢，这不是诸葛亮的事，有这么一点影子在孙权身上。孙权乘了船，去曹操那边侦察。曹操的水军射箭，船中箭甚多，有点歪了，有人说船估计中了上千支箭吧，可能要翻了。但是孙权很机智，他调转船头，让人家射另外一面，也射到差不多，船就稳住了。（笑声）且不说这个故事发生在赤壁之战以后五年，就是移前五年，这样写，只能说明孙权是比较机智而已。后来《三

国志平话》的作者把他换到周瑜身上去。周瑜跟曹操打仗，好像觉得不利就溜了，曹操在后面就追，双方都用箭来射。周瑜比较机智，他把船用黑布给蒙起来，曹操的箭射到船上，都插在布里了，周瑜赚了好多箭。这样的故事不见得有多精彩。到了《三国演义》中，作者把这个素材拿到诸葛亮头上去，两个平庸的故事就变成了伟大的历史经典。为什么呢？《三国演义》增加了一个自然条件，诸葛亮事前就预料到三天以后有大雾。因为有了这个条件，使得鲁迅很不舒服，但是却让草船借箭不仅仅表现出一个人的机智，而且表现了两个杰出的人之间奇妙的、深刻的心理错位。

周瑜找诸葛亮研究军事问题，表面上是要战胜曹操，实质上是要合法地整死诸葛亮。

他说现在江上作战，什么都准备好了，但是呢，有个问题，刀枪够不着，要用弓箭，现在弓有了，没有箭。诸葛亮说，还缺了多少。他说缺十万支，你来一下吧。诸葛亮说要几天哪。他说十天。周瑜明明是在刁难他，在生产力那么低下的情况下，工匠啊，金属啊，竹片啊，十天哪能备齐？诸葛亮说好像不用十天吧。周瑜问几天呢。三天吧。周瑜大喜啊，说军中无戏言哪，立下军令状吧。（笑声）走出营帐的时候，周瑜心生怀疑，便叫鲁肃去探听诸葛亮是怎么回事。鲁肃就问诸葛亮怎么能答应这样的条件呢。诸葛亮说，我完蛋了，你救救我吧。鲁肃说你自己搞的，我怎么救？诸葛亮说，你给我准备二十条小船，船上束满稻草，青布为幔，三天以后，你到江边来取箭。鲁肃说这个容易。第一天不见动静，第二天不见动静，第三天孔明和鲁肃到了江边，大雾弥天哪，二十条小船江边一字排开，诸葛亮拉着鲁肃进入中舱，饮酒作乐，然后下令鸣鼓进军。鲁肃说，不行啊，船上都是稻草人和军乐队，这不是当俘虏去吗？诸葛亮说没关系，早就料到今天会有大雾。公然鸣鼓进军，为什么呢？曹操这个家伙啊，非常多疑，一定怀疑我有埋伏不敢出来打仗，肯定用箭射，先稳住阵脚。

探马报到曹军中帐，曹操果然说诸葛亮这个人做事很谨慎，哪里会这样冒险呢？大雾迷天，肯定有埋伏，又让曹操军队射了一个多小时的箭。他（作者）把原始材料里周瑜的素材利用了一下，但不是船侧面改变，而是下令船头朝东，船尾朝西，太阳快出来了，雾快散时，诸葛亮说大家都回去吧。临走叫军士大喊："谢丞相箭"。回到江东，把船停下来，把稻草人卸下来，把箭拔出来点一点，超过了十万支。

　　这里最大的一个创造，是增加了诸葛亮料定三天之后一定有大雾。由此把"借箭"的个人机智，变成了周瑜和诸葛亮的心理较量，这么一来，周瑜妒忌之心更加严重了：这个家伙留在刘备那里太危险，赶紧把他杀掉。其实，贯穿孔明与周瑜的心理搏斗的线索，历史上是根本不存在的。但将周瑜与诸葛亮的心理搏斗贯穿到底，是《三国演义》中赤壁之战一篇的伟大创造。每一次较量都使周瑜的妒意递增，直至把周瑜送上死路。

　　再一次较量，是火攻。他说打曹操，我们来想个计策，先说的吃亏，于是约定写在手心里。两人都写了个"火"字，英雄所见略同嘛。后来，周瑜检阅部队，旗角被风一吹，在他脸上一刮，周瑜突然晕倒了。为什么？刮的是西风，西北风，他想要对在江北的曹操用火攻，得是东南风才行啊，西北风都吹到自己船上了，他就病倒了。诸葛亮去探看周瑜，说你的病，我可以治的。开了个药方给他："欲破曹公，宜用火攻；万事俱备，只欠东风。"周瑜一看，病就好了。这一轮斗智，诸葛亮又是棋高一着。接下去一轮，就更高了，不但知道要东风，而且会筑起法坛，把东风借来了。向谁啊？老天啊！（笑声）又把周瑜给气坏了，周瑜喟然叹曰："此人有夺天地造化之法，鬼神不测之术！若留此人，乃东吴祸根也。及早杀却，免生他日之忧。"步步对诸葛亮都是致命的危机，但是，层层都被诸葛亮轻松化解。赤壁之战的主线层层深入。《三国演义》和《三国志》不同，在一个军事三角的斗争里面，安排了超越军事三角的心理三角。心理三角不但是斗力，而且是斗智，而且斗气，斗感情。这三角之战，不完全取决于军事力量，而取决于智力，甚至不完全取决于智力，而是取决于感情。输了一口气，就不想活了。

　　诸葛亮的多智，鲁迅说近妖，其错有二：第一，人家是神化，或者说是仙化，"妖"不准确；第二，孤立地评价小说中的人物，脱离了人与人之间，特别是盟友之间的心理错位关系，就看不出艺术的奥秘来。关键是诸葛的多智是被盟友周瑜逼出来的。周瑜有个心理毛病——多妒。赤壁之战的伟大就在于多妒逼出了多智，多智到近妖的程度，本来很荒谬，但是这是民间文学的想象。《三国演义》的作者让他们碰到曹操，这个人，也有心理毛病，多疑。多妒逼出了多智，多智算准了多疑，由于多疑，使得多智的取得了伟大的胜利，以至多妒的更加多妒，多智的就更加多智，多智到可以借东风的程度，那多妒的盟友就更加多妒。如此循环不已。（笑声）

　　《三国演义》的伟大，就在于突破了历史，把诸葛亮和周瑜的心理搏斗贯穿到底。赤壁之战后，多妒的人前面打仗浴血奋战夺来的土地，多智的在后边轻而易举地占去了。多妒的用美人计招亲，企图把刘备杀了，结果是赔了夫人又折兵。这也是历史文献上没有的，而是从元杂剧《两军师隔江斗智》中借来的素材。斗来斗去斗不过他，最后怎么办？就不活了嘛。（笑声）这个世界上我已经够聪明、够阳光的了，还有人比我更强？（笑声）我不能活了！（笑声）临死口吐鲜血，"既生瑜，何生亮"，何等伟大的心理发现哪！（笑声）

多妒的活着就凭着一种智慧的优越感，也就是一口气。失败了，智不如人，优越感没有了，活不下去了！不如人家就算了嘛，向他学习嘛。曹操赤壁大败，也是智不如人；司马懿中了空城计，也是智不如人。人家都活得好好的，最后还取得了胜利。而周瑜心眼太小了，反过来说，荣誉感太强了，"既生瑜，何生亮"，这句话并不是《三国志》里的，而是《三国演义》的伟大想象和创造。① 这里揭示出来的，不仅仅是周瑜，而且是人类妒忌心理上的普遍规律。妒忌只发生在同等的人之间，因为它距离近，有现成的可比性。

有人说，周瑜要害诸葛亮，不是为自己，而是为了东吴，不能留下奇谋强敌。这有一定道理。但是，如果真完全是为东吴，打了败仗，就应该吃一堑长一智，已经屡战屡败，居然还要屡败屡战啊。但，这样的逻辑是理性的实用逻辑，可是《三国演义》里的周瑜遵循的是情感逻辑。这种逻辑是不实用的。

妒忌，并不是坏人才有的，而是好人、杰出的英雄也有的，这是人性的弱点啊。你想想看，一个以十万不到的人马打败了号称八十三万大军的大英雄，居然这样小肚鸡肠，把自己搞死。应该说，民间的想象，民间的趣味，并不完全是幼稚的，在心理上，其真实和深刻的程度远远超过了《三国志》。

可是胡适先生、鲁迅先生不理解，我的朋友刘再复先生也不理解，我实在只能说，我对他们的不理解非常非常不理解。

赤壁之战之所以不朽，原因不但在于心灵奥秘的揭示，而且在于艺术结构的丰富。

周瑜和诸葛亮的心理错位堪称精绝：大敌当前，双方都面临着生死之危，作为盟友，只有齐心合力才是生存之道。然而，在智力的竞争上双方又不能相容，

---

① "既生瑜，何生亮"不见于史书，乃《三国演义》神来之笔。后人有以为史者，遭到有识者嘲笑。

无异于你活我死。这种关系的特点，不是简单的矛盾，而是我所说的"错位"。在这个错位结构当中，周瑜处于主帅地位，诸葛亮是客卿，周瑜反复地处心积虑地要置诸葛亮于死地。矛盾激化为公开的敌对是可能的，但是，却一直没有激化到二元对立的程度。如果一味二元对立，那可能就简单化了，就是战场上那种公开杀伐的关系了。瑜亮关系之精彩，除了大敌当前的制约以外，在小说人物错位的丰富上，作者在他们中间安排了一个鲁肃。这个人物看来是多余的，其实非常重要。在历史上，鲁肃这个人是很有战略眼光的，联刘抗曹就是他首倡的。他个子高大，挺帅的，而且有高超武功。（笑声）家里很有钱，也很慷慨的，曾经把自家粮食一半捐给周瑜练兵啊。而《三国演义》把他塑造成忠厚老实、心地宽厚的长者。其实赤壁之战时，他才三十六岁，是周瑜忠实的部下，但是不主张周瑜杀害诸葛亮，他和周瑜的心理也是错位的。他是诸葛亮的朋友，在长远战略上，他也知道，打败了曹操，诸葛亮会成为东吴的敌人，但他竭力保护诸葛亮，心态和诸葛亮也是错位的。这个"第三者"的功能，和张飞出现在三顾茅庐中，王甫出现在关公败走麦城前后，其错位功能是一样的。从鲁肃的双重错位心态中，观照出周瑜和孔明的错位，就构成了复合的多重错位。这里，就显示出小说艺术的一种规律：复合错位不但比之单调的敌对，而且比单一的错位要精彩。

更精彩的是，错位不但是复合的，而且不是静止的，而是运动的，衍生的，由错位派生出错位来。

周瑜被孔明气死了，事前孔明想象到他要死了，是很高兴的。但是，《三国演义》的伟大还在于，居然大笔浓墨地写孔明跑过去吊丧，还写了篇祭文，念完了祭文，"伏地大哭。泪如泉涌，哀恸不已"。我最初读这一段，感受有点纠结，不知道这是表扬诸葛亮还是讽刺诸葛亮，你把人搞死了，你哭得出来呀？（笑声）孔明不是刘备啊，他不太会哭啊，怎么突然哭得这样成功呀？弄得周瑜的部下说："人尽道公瑾与孔明不睦，今观其祭奠之情，人皆虚言也。"在场的人都觉得，孔明的哭是真的。鲁肃见孔明如此悲切，也很感伤，心里想："孔明自是多情，乃公瑾量窄，自取死耳。"就是周瑜气量太窄，自己弄死自己啊。其实，这一笔，体现了艺术上的规律性，那就是错位的衍生有时比静止的错位更具感染功能。如果按鲁迅的说法，写孔明"止见狡狯"，孔明的哭是假的，却引起周瑜部下的好感，这是一重错位；如果孔明的哭是真的，则是内心之喜与外表之痛，也是错位的。然从文本整体观之，这种哭泣既不完全是真的，也不完全是假的。真假之间本身就是错位的。仔细阅读其祭文，我觉得，不简单。

> 吊君弱冠，万里鹏抟；定建霸业，割据江南。
> 吊君壮力，远镇巴丘；景升怀虑，讨逆无忧。
> 吊君丰度，佳配小乔；汉臣之婿，不愧当朝。
> 吊君气概，谏阻纳质；始不垂翅，终能奋翼。
> 吊君鄱阳，蒋干来说；挥洒自如，雅量高志。
> 吊君弘才，文武筹略；火攻破敌，挽强为弱。
> 想君当年，雄姿英发；哭君早逝，俯地流血。
> 忠义之心，英灵之气；命终三纪，名垂百世。

这篇祭文，把周瑜三十六岁的生涯、功业全面地总结赞颂了一番，应该不是官样文章，而是实事求是的。祭文里，最后几句却含义甚深。

> 魂如有灵，以鉴我心。从此天下，更无知音！

关键是"从此天下，更无知音"。在诸葛亮心目中，所谓知音，就是在智商上能够和他在一个档次上的，只有周瑜，周瑜一死，则可以用《三国演义》常用的话说，天下无人矣。从这个意义上说，诸葛亮一方面是自许，另一方面，也是对敌手的高度尊重和悲悯。这是《三国演义》的主题所关：虽为敌手，奇才之殇，良可痛也。故毛宗岗在第五十七回的总评中说：

> 孔明吊公瑾之曰："从此天下，更无知音。"盖不独爱我者为知己，能忌我者亦知己也；不独欲用我者为知音，欲杀我者亦知音也。不宁唯是，苟能爱我而不能用，用我而用之不尽其才，反不如忌我杀我者之知我耳。

只有忌妒我、欲杀而不成的人，才最了解我智慧的高超，这就是《三国演义》奇才至上论的逻辑。由此观之，孔明之哭，"生离死别"之痛，当非虚言。从这里看，《三国演义》的奇才决定论是很彻底的，超越敌我的，超越仇恨的。刘再复和鲁迅一样对这样的"虚伪"嗤之以鼻，实在暴露了他们并没有理解《三国演义》

的思想和艺术的精华。其实，这里又显示了一条小说艺术的规律，蕴含深邃思想的错位，比之缺乏思想的错位，要精彩得多。这一点，在孔明挥泪斩马谡中得到突出的显示——诸葛亮爱才，杀之可惜，可出于军法，不得不杀，不得不杀之因，又归咎于自己未能领悟先帝之嘱。此时孔明之哭，在语言上有讲究，叫作挥泪，实在是太雅致了。如果说流泪，就俗了。弹泪呢？又太轻飘了。其实历史上诸葛亮只把马谡关起来，马谡死在狱中。哭完周瑜，后来庞统跑出来说："你把人家气死了，又来吊唁，是不是太虚伪了一点。"这个说法，又增加了诸葛亮和庞统的一层错位。从艺术上说，是神来之笔，显示出错位功能丰富的精彩。

其实，这种小说艺术的规律，并非《三国演义》所独有，在《儒林外史》中，范进中举也一样，胡屠户对范进前后相反的态度，由当面辱骂到不敢打耳光，任由旁观者嘲笑之。《水浒传》中，李逵与人冲突之鲁莽往往由宋江宽容睿智的目光观之；林黛玉初进贾府，王熙凤之放声与众人屏声息气之错位，由林黛玉不敢多说一句话的心态观之。

五、难逃命运悲剧的儒将：智化和神化的对接

诸葛亮的形象就是《三国演义》奇才至上论的最高象征。他不是妖，甚至也不完全是仙，而是儒将。这种性质，早在晋朝的笔记文就基本固定了。鲁迅在《古小说钩沉》中引晋裴启《裴子语林》中"诸葛武侯"条：

> 诸葛武侯与宣王在渭滨，将战，宣王戎服莅事，使人观武侯，乃乘素舆，着葛巾，持白羽扇，指麾三军。众军皆随其进止。宣王闻而叹曰："可谓名士矣！"

这个形象出现的时机是战争即将开始，诸葛亮的形象特点，首先不是骑马的，而坐着有轮子的椅子；其次是，没有着戎装；再次是，一点不紧张，摇着鹅毛扇子，从容淡定。效果是"名士风度"，而不是叱咤风云的将军。在空城计中，他甚至还焚香操琴，一点也不"超人"，完全是腹有奇谋的儒将！这是诸葛亮形象的主体，《三国演义》有时把这个形象与民间的超人计谋和法术结合，大部分时间是分离的，法术所占篇幅很少。民间说书中还有一些粗糙的、不合理的成分，在《三国演义》里基本淡出了。如在《三国志平话》中，诸葛亮有时像张飞一样，哪怕

在外交场合下行径也很粗鲁。曹操致书孙权劝降，用的是委婉的、文雅的语言，带有骈文色彩，把孙权吓得汗流浃背。诸葛亮一看形势，吓得"大惊"，居然在人家的军营大帐之中：

结袍挽衣，提剑就阶，杀了来使。

这样的行径，完全是民间的草莽英雄，显然太离谱了，哪里像在外交场合，更与此前称赞他不知是神是人不符。在《三国志平话》中，哪怕是对小皇帝刘后主也一样鲁莽，他在前线打仗，听说后主在宫内和太监黄皓一起寻欢作乐，他就赶回来，看到后主跟黄皓两人在玩耍，他"叫一声如雷，大骂：'官奴黄皓怎敢！'"，当场就把黄皓锁了。我想曹操见了汉献帝都不敢这么不顾君臣之礼。《三国演义》里就把这个粗暴的、民间的、草莽的形象消除了，突出了他的一派儒将、贤相风范，但又具有某种超人智慧和近乎神仙的能耐。最明显的表现在对关羽放走曹操不加处罚，原因是他知道曹操命不该绝。但是，《三国演义》并不回避他也会犯错误，在北伐时，诸葛亮就误用了夸夸其谈的马谡，结果导致失败。最后，他虽然严明地执行了军纪，把马谡斩了，但是，他哭了。这就不是神仙，不是超人，而是普遍的人了。

当然，神化的篇幅有时和智化结合在一起，融合了神和人的特点。最明显的是，最后他知道自己阳寿已尽，只剩几天，是不是有办法做一些法术？有办法。就做了一些仪式，以七盏灯围着他，他坐当中。天上那个诸葛亮的将星就明亮了，看来有希望了。结果，部将魏延，这个家伙，听说司马懿派来部队探听信息，匆忙跑到诸葛亮大帐里报告，一不小心踩灭了一盏灯，诸葛亮就活不下去了。马岱要杀魏延，诸葛亮说不要杀了，天命如此，老天注定让他只能活这么多。从这一点说呢，他是一个超人，但是这个超能力是有限的，天命是不可逾越的。

不是有一种说法，中国文学缺乏悲剧精神吗？那是用西方的悲剧逻辑来硬套中国文学，一定要将崇高人物的毁灭作为标准。我觉得对照《三国演义》，这是闭着眼睛说瞎话！《三国演义》中主要英雄都是悲剧英雄！诸葛亮是命运悲剧，刘备是最后意气用事的悲剧，关公是多傲的悲剧，孙权是投降曹操的悲剧（早知如此，又何必打赤壁之战），周瑜是多妒的悲剧，曹操是多疑的悲剧，张飞是对下残暴的悲剧，吕布是有勇无谋、不讲信义的悲剧，袁绍是不听奇谋反害谋士的悲剧，马谡是书本脱离实践的悲剧，魏延是不得信任而背叛的悲剧，杨修是不能控制自己才能的悲剧，孔融、吉平则是慷慨赴义的悲剧。其他一些次要人物也有悲剧，如董卓是残暴的悲剧，汉献帝是软弱的悲剧，陈宫是误投其主的悲剧。阿斗这个悲剧很深刻，恰恰和《三国演义》中英雄人物建功立业的生命观相反，故产生了"扶不起来的阿斗""此间乐不思蜀"的典故。悲剧如此纷繁，各不相同，有"同枝异花""同花异果"之妙。这是毛宗岗的话，但是，毛宗岗说的是情节，如火攻之类，而我用来说的是人物的悲剧谱系，堪称千岩竞秀，万壑争流。

但是在所有的悲剧中，最深刻的还是诸葛亮的悲剧。诸葛亮形象的悲剧性的特点，超人的智慧和宿命的交融，不是他没有本事，而是老天注定要他失败。

这一点，恰恰是鲁迅、胡适、易中天、刘再复都没有看出来的。其中特别是鲁迅，他的"多智而近妖"流毒甚广。

殊不知，诸葛亮的悲剧虽系天命，但是，他对自己的死亡，不像周瑜那样怪老天，而是按人的理性安排后事，把死亡可能引起的溃败转化为胜利。他让人给他雕一个木头像，敌人一进攻，就推出去。司马懿一看糟糕了，诸葛亮没有死啊，赶快退。在《三国志平话》中，诸葛亮死后，是姜维和杨仪杀退司马懿。接着就是在魏国政治中心就有了传说，"死诸葛吓走活仲达（司马懿）"，读者看不出战胜与诸葛亮有什么关系。到了《三国演义》中，加上了诸葛亮遗嘱刻自己的木头雕像，吓退了司马懿，这就把神化和人化结合起来了，这就是现实的心理战术嘛。这个故事不但在中国家喻户晓，而且在日本，有本《太平记》里面都写到了。

我对轻薄地贬损《三国演义》，说它是中国人心灵的"地狱之门"，愣说我们中国人心烂到了极点的论调十分恼火，这是站在洋人的道德制高点上藐视我们伟大的文化，自我作践到盲目的程度了。

六、上千年民族审美经验的结晶和升华

胡适只是笼统地肯定了《三国演义》的赤壁之战有艺术性，可他不知道这是一个多么丰富的艺术创造工程啊。不说它融汇了那上千年的文人、艺人的积累，就是概括《三国志》也是十分困难的。要知道《三国志》是一本非常特殊的历史书，只有将近400篇传记，分魏、蜀、吴三本，并没有赤壁之战这一章啊，资料都分散在曹操、刘备、周瑜、孙权、诸葛亮、鲁肃等人的传记中，有些相关的事在不同的传记里提一下，往往很简略，不但不连贯，而且还有相互矛盾的。正是

因为这样，到了宋朝，司马光在《资治通鉴》里，把《三国志》里这些不相连续的传记，用编年的办法连续起来，让皇帝看起来比较顺当。但有一些前因后果不在一年，又不连续。于是后来又有人，也是宋朝人，又编了一本书，叫《通鉴纪事本末》，它不是编年的也不是写人的，是记事的，赤壁之战就一章。

要读懂《三国演义》的艺术真谛，不能光从读者的眼光看，还要从作者的眼光，看他如何驾驭这样复杂的素材，克服了什么困难，怎样结构了这么宏大的艺术形象体系。

《三国演义》面临的是这样的艰巨任务：第一，就是要把不统一的、分散在各个传记里面的头绪繁复的人和事，各路军阀的混战过程和文人逸事、民间传说，以及戏曲故事，从庞杂无序化为有序的整体；第二，这个整体还不是时间的顺序，而是要统一为情节因果系统，而且是多重因果的有机统一；第三，《资治通鉴》《通鉴纪事本末》的记事是比较完整的，但是，非常简略。

《三国演义》作者表现出伟大的魄力，把本来是分散的、非常复杂的事情统一起来，怎么统一呢？一个核心思想：奇才决定，奇谋决定！奇才和奇谋里边核心的核心，诸葛亮！诸葛亮不但在战略策划上，而且在正面战场上，特别是在火烧赤壁之所以有东南风上，都起了决定的作用。

历史上，诸葛亮和周瑜在结盟初期会面以后，就一直没有见面，但是，艺术的辉煌就在于把他和周瑜一直放在一起，主导着周瑜的一切计谋。

《三国演义》所展示的，实质上是心理的审美价值对于实用的军事武功的超越。

在周瑜身上，聚合了三条线索，两个三角关系：第一个三角关系，就是三家军事纷争——曹操、孙吴、刘备，两家联合起来打一家。这是个军事三角，但在军事三角底下建构了第二个更震撼的心理三角，也就是多疑、多妒、多智之间的关系，而且这个多疑、多妒、多智比之表面上的军马强弱更能决定战争的胜负。从美学理论上说，就是把人的心理、特殊的智慧、特殊的感知的关系构成错综复杂的逻辑系统。为了这一点，《三国演义》比《三国志》增加了什么呢？草船借箭、借东风、连环计、反间计以及华容道。所有这些计，有的是诸葛亮的，有的不是诸葛亮的，但是哪怕是周瑜的、程昱的，都在诸葛亮的眼光之下，即使瞒着他，诸葛亮也是了如指掌。《三国演义》就用诸葛亮在智慧上高于周瑜的办法，把所有的计谋都跟诸葛亮的智慧优势、周瑜的荣誉心扭结在一起，成为一个连贯的、惊心动魄的、大起大落的心理戏剧。这是第一阶段。

为了把诸葛亮和周瑜的较量衍生下去，又写出个孙刘联姻的大戏。这个情节大部分来自元杂剧《两军师隔江斗智》（或《刘玄德巧合良缘》）：孙权跟周瑜商量好，假意把自己妹妹嫁给刘备，叫刘备来东吴成婚，再把他杀掉。结果，在具体操作过程中，诸葛亮棋高一着，不但没有杀成刘备，反而连孙权的妹妹都跟着刘备跑了。这就是著名的"赔了夫人又折兵"。这是第二阶段。

第三阶段，是刘备集团内部的心理博弈。诸葛亮资历比较浅，有人不服气，谁？以关公为代表。怎么办？不着急，最后抓着你的小辫子，把你制服。华容道，我知道你这家伙是完不成任务的，而曹操天命未绝，让你去！你把曹操放走了，然后我再放你一马。你服不服？关公是很骄傲的，没有办法，只好服了。所以夏志清先生在他的中国小说论中很深刻地指出，在这个骄傲的关公上方，总有诸葛亮高明的眼睛在看着他。

夏志清说关公是在诸葛亮眼皮底下，其实并不完全，实际上，周瑜也一样在诸葛亮眼皮底下。毛宗岗说《三国演义》有三绝：曹操、诸葛亮和关公；我觉得还有一绝，那就是周瑜。这四绝中，除了诸葛亮自己，其他三绝是在诸葛亮的智慧绝对控制之下的。《三国演义》的作者对诸葛亮可以说是以最大的热情、以最丰富的手法去表现他。但是，《三国演义》的作者也没有回避诸葛亮的缺点。鲁迅说《三国演义》写好人就没缺点，不对，有缺点！一个最大的缺点：用错了人，失街亭！先帝刘备生前就跟他讲，马谡这个人不行，夸夸其谈，言过其实。结果把那么重要的街亭交他去守，没有适当的牵制，最后街亭一失，粮草一断，前功尽弃。但是，即使写诸葛亮失败，作者还是写得非常动人！为什么？最后，把马谡斩了以后他哭了。他也是懂得人才的，马谡曾经是有功劳的，出过很多好的主意啊，但是还是把他杀了。还写出诸葛亮内心的矛盾，人家问他为什么哭，他说，我不是哭马谡啊，我是没有听先帝对我的嘱咐啊！我觉得《三国演义》里写了那么多"哭"，刘备哭了那么多次，还不如诸葛亮哭这么一次！还有，诸葛亮还有个缺点，就是过于提防魏延，错失良将良机，不过，这个缺点在版本演进的过程当中被修改掉了。

鲁迅批评《三国演义》写好人就一切皆好，写坏人就一切皆坏。其实，《三国演义》可以说是我们中国古代各类小说里面，好人缺点最多、坏人优点最多的。它对人、对英雄的理解，真正是太深邃了！直至今天，也很少有作品对人、对英雄的理解，能够达到《三国演义》的水平。希望引起大家阅读《三国演义》的兴趣。

好吧，现在开始我们对话。（掌声）

对话：

问题一： 老师，我想问一下，为什么说周瑜这人多妒啊？

教授答： 这个问题可能问到家了。（笑声、掌声）因为三国魏晋那个时代，知识分子中，佛学已经传播进来了，像曹操就在诗歌里感叹生命苦短。为了反抗生命的大限，就有两种倾向：一种就是做和尚，这叫出世，也就是与世无争；还有一种就追求青史留名，突破生命的局限，这叫入世。入世的特点是人与人是要竞争的。天下大乱，要统一中国，建功立业，不但比武功，更要比智慧。入世的人，认为活着是要有面子的，用今天的话说就是自尊。《三国演义》中，大多数人是为自尊活着的，最大的面子就是智慧、奇谋比别人强。《三国演义》的思想就是奇才至上论。杰出的人是为精神而活的，人的自尊、人的荣誉、人的不朽，是英雄追求的目标。周瑜自我感觉很好，但是，他发现自己有什么奇谋，诸葛亮都能看穿，自己出什么难题，诸葛亮都能轻松解决。因而，周瑜感到还有人比自己更智慧，这太难过了，太没面子了，太缺乏荣誉感了。

补问： 不，老师我并不这样想，我认为他处理诸葛亮只是为东吴日后排除强大的对手。周瑜不会那么狭隘，他应该是一个有雄才大略的人。曹操那么多军队来打他，他敢跟曹操打，敢跟曹操PK！（笑声、掌声）

教授答： 这个问题提得有点深度了。（笑声）可是，你有没有感到，他事实上，一直在处心积虑地和诸葛亮PK啊。

补问： 我觉得周为了统一天下立功，他可能认为诸葛亮是最大的障碍。因为一旦赤壁之战打胜之后，曹操及其势力会元气大伤，刘备就是他主要的敌人了，而且刘备现在他可以说有人心，然后有良将，再加上有谋士的话，他几乎可以说是……

教授答： 对不起，我能不能打断你一下，你的意见我已经全部领会了。（笑声）那么，你提了个很深刻的问题。我刚才说，周瑜从个人心理上来说属于多妒。这位同学提出来，说不是这样的，他实际上是从东吴的长远利益出发，这个人以后对东吴绝对是个祸害。但是，鲁肃跟他讲，大敌当前，要打败曹操，胜负未卜。

人家是八十三万大军，他们加起来十多万，还有刘备，大概两万多。满打满算，才不到二十万。你说日后这个人可能成为强大的敌人，可是现在，更强大的敌人正在要你的命啊。但是后来，周瑜来一个计谋，被诸葛亮识破一个。他想：这样，我就不管曹操大敌当前了，就是要光明正大地除掉你。我出一个难题，你进入圈套，你完不成任务，误了军机，军法从事。从这一意义上来说，他是不顾大局的。这就说明，他不完全首先是为国家考虑，因为他心理的妒病太极端。如果不是多妒，他就失败一两次，无所谓嘛，胜败乃兵家常事，曹操也失败了很多次嘛。割袍断须，落花流水，华容道，屁滚尿流，一个大将打几次败仗有什么关系？但是，他一旦认识到自己智不如人，居然就活不成了。这时，定他一个多妒，我想不会太冤枉他。（掌声）

问题二：我觉得鲁迅和胡适先生，他们并不是没有看懂《三国演义》，我觉得他们看懂了。但是由于一些政治原因，鲁迅和胡适，都是新文化运动的带头人，对吧？当时目的就是把矛头指向封建的思想。诸葛亮当时作为封建忠君思想典型的楷模，所以他自然就免不了成了众矢之的。而且我好像听说，当时蒋介石是有志比刘备的意思。鲁迅先生把矛头指向了诸葛亮，我觉得他本来就带有自己的政治原因，我觉得政治原因不可，我们说不能……

教授答：（打断）我听懂你的意思了。（笑声）我现在不得不直率一点说，我不太能同意你的意见，虽然你长得很美丽。（笑声、掌声）我还是有点勇气反对美人哦。你的问题啊，里面有些漏洞。你说鲁迅是因为当时蒋介石怎么怎么样。你要知道，鲁迅写《中国小说史略》是1924年，那时蒋介石还在搞黄埔军校，三年以后才掌权。鲁迅的眼中，还没有他。你这个说法呢，不是很准确。但是呢，你有一个思路，就是鲁迅他可能并不是没有读懂《三国演义》，只是呢，有另外一个原因。我认为，是文学流派上的原因。鲁迅是现实主义小说家，他主张对人生要现实地描写，批判国民性的毒疮嘛。至少他在写《中国小说史略》的时候是这样想。而《三国演义》写了超人，超越现实的人，他觉得难以接受。但是，我认为，鲁迅的著作如果不是写在1924年，而是写在1936年的话，他可能会改变看法。因为，1936年以前的这几年，他写了一本新的小说，叫《故事新编》，里面充满了超人的幻想，人头掉在油锅里还会唱歌的。（笑声）所以说，很可能是当时现实主义观念一时的局限。他后来突破了自己的局限。本来他还可以在这个问题上再做

个讲座，但很可惜，天不假年，只活了五十五岁，他没有我这么幸福，活到 73 岁还在演讲！好吧，谢谢你！（笑声、掌声）

补问：老师你刚才说，《三国演义》还会传很多年，但是在我来看，从政治角度还是比较有价值的，但是从文学、从人文学这个角度来看呢，我觉得它并没有价值！文学是什么？是关于人的。但是，《三国演义》有没有人在里面？有没有一种爱人？有没有一种终极关怀？一种追问？没有！这样我觉得，就说这本书对商战是很有意义的，像日本的、中国的大企业家。但是，对人文学来说，它并没有多大的价值！谢谢老师。

教授答：哦，"人"！《三国演义》没有"人"？

补问：对啊，没有人。它里面都是杀人，你杀我，我杀你，没人。他夺天下，要占有天下嘛！但是天下是谁的天下？

教授答：好了，我听懂了！《三国演义》里有它自身的人学。它写到的人，就是能够建功立业的，能够突破生命短暂局限的，为后世所景仰的人。这里的人，不是一般的人，而是在争夺统一权的时代有作为的人。不然的话，就是如阚泽所说的，"与草木同腐"，太短暂了。另外，《三国演义》中的人，很复杂，很丰富，我不同意鲁迅所说的，"好人一切皆好，坏人就没优点"。我说，好人也有缺点，比如周瑜，比如关公，比如张飞，比如刘备；坏人也有优点，比如曹操，等等。这就是《三国演义》的人学。那么"人"，本来很难说性善、性恶的，当在特殊的情况下把你打出了常规，好人就变坏了。例如曹操原来是义士，去行刺董卓，而且被通缉、被人抓住了，他慷慨赴义、面不改色，这样的好人，但他后来却被变成坏人。为什么？他多疑。这就是它的人学！在它的眼里，好人会变坏；相反地，坏人也会变好。对吧？在这个情况下，我们没有下一个"人学"的定义，谁也下不了。但是我们实事求是，这个所有的人物，都有缺点。哪怕奸贼，也有优点。这就是人性！你说《三国演义》里只有杀人，没有爱。当然，如果以谈恋爱的爱作为标准，那么《三国演义》可以说，没有爱。但是，《三国演义》里，你说刘备不爱关公、张飞吗？不爱的话，当关公死了，他的眼泪会哭出血来吗？不过这不是男女之爱，而是异姓兄弟之爱。刘备不爱诸葛亮吗？这是君臣之爱。曹操也是有爱的，他爱有才的人，爱到不让军士放箭射被围的赵云，爱到把关公放走。爱的内涵是无限丰富的，说不完全的。因为爱是因人际关系的不同而变化的，好吧，因为你不是女同学，所以我敢说，我爱你！（笑声、鼓掌声）

问题三： 首先，我声明，我不是东南大学的。非常荣幸能够坐在东大这样一个充满艺术气息的大厅……

教授答： 不是东大的更欢迎。（掌声）

补问： 在这座殿堂里面，非常开心能听您非常激情、非常诗化的讲座。我非常赞同您的几句话，一个是"任何一种叙述都是一种回忆"，第二句话就是，您非常有意思地阐明了仙化、妖化和神化，用了一个词叫"假定"。也就是说用假定来推动故事情节，用假定来推断人物之间的心理波动。您说《三国演义》里面，"英雄多半是悲剧的"，实际上所有的英雄都是悲剧的；您说"诸葛亮是命运的悲剧"，如果说诸葛亮是命运的悲剧的话，那所有人都是命运的悲剧，因为没有人能够掌控命运！但是，对于诸葛亮的悲剧性，我想请您再做一番阐述，他是否知道自己的命运？如果是的话，那么他怎么就明知不可为而为之？您怎么来阐述这种悲剧性呢？谢谢。

教授答： 陆挺老师啊，你认不认为她提的这个问题相当深刻啊？（陆挺：深刻一点啊，我也觉得）先送她一本书。（掌声）那么，一方面是稍微深刻一点，另一方面是我们要鼓励非东大的人士来参与东大的思想的狂欢。你说"所有人都是命运的悲剧"，这没错。人类就是悲剧！因为人是偶然来到世界上，就必然要离开这个世界。（掌声）从这个层面上理解是对的。但是，在来到这个世界上以后，第二个层面，当你做命运的选择的时候，还是有不同的。诸葛亮有那么多辉煌的才智，他本来选择的是"苟全性命于乱世，不求闻达于诸侯"。他知道政治是很可怕的。但他还是选择了出山，为什么？他被感动了。成败利钝，在所不计啊。他最后写《后出师表》的时候，事实上"知其不可而为之"，他知道这么小一国家，兵员才十多万吧，要去同时面对两方面的敌人，一方面曹操，一方面孙权。特别是夷陵战败，连年征战，国家民疲国弱了。诸葛亮讲了："汉贼不两立，王业不偏安。"汉就是蜀汉，跟曹操不能够并立。他知道打，不一定能打赢，也可能赢，但是不打肯定输！诸葛亮有个最大的缺陷，从历史上来看，他没能很好地培养接班人，姜维远不如他。但是，人家周瑜死了以后，鲁肃、吕蒙、陆逊、陆抗，不比周瑜差！包括曹操阵营那边，也是人才辈出。诸葛亮这把伞太大了，遮住了太多的阳光，底下小树长不起来。他一死，蜀国基本完了。所以，命运有三种，一种就是人类共同的宿命，第二种就是历史的命运，第三种就是你选择的命运。我认为，从他的选择来说，他最初是很乐观的。他让刘备从荆州到四川去建立根据地，外边联合孙权，天下一旦有变，这边派一支队伍从荆州打过去，那边派一支队伍往北面打过去。那时，全天下的人都"箪食壶浆，以迎王师"，霸业就可成了。但实际上不可以两路分兵，要集中优势兵力打一路嘛。他战略上意识到这一点，特别重视关羽这一方面，要和东吴搞好关系，结果关羽破坏了他的外交路线，孙权投降了曹操，蜀国孤立了。在这种情况下，他可真是"知其不可为而为之"。这种悲剧是他自己选择的。当然，他不可能完全意识到还有其他因素，他没有重视魏延的才能，反而把他逼反了。也许这是一根最后的稻草，决定了蜀国垮台的悲剧。这跟人类的所有的命运都是悲剧是不一样的。我不知道这个能不能解决你的问题。（掌声）

问题四：孙老师您好！就是因为今天看到您这个题目，就很兴奋嘛。从我三岁的时候，电视剧《三国演义》首播，我从头到尾都坐在电视机旁边看。后来《三国演义》是我书柜里的第一本小说，算是读书的启蒙。《三国演义》每次重播的时候是必看的。都是从三顾茅庐开始看，看到五丈原他把羽毛扇放下的那一刻之后，我就从电视机前逃走，不忍心再看下去了。每次都是和我姥爷一起，一直到他去世。

教授答：这是个序言，是不是长了一点？（笑声）

补问：在亲人去世之后，就是看到《三国演义》就会回忆起来，不太忍心。后来就一直在想，为什么每次诸葛亮都会那么让人感动？刚才那个同学提了我问题的一半，我想到最感动的就是两句话，一句就是司马徽说的"孔明得其主而不得其时，惜哉"；另一句就是三国里面的诗，"只因先主丁宁后，星落秋风五丈原"。我的问题就是，您把诸葛亮的悲剧意义讲得非常精彩！但我还有想法，认为还有一种神秘的因素，能够唤起中国人内心某种普遍的东西，这个形象才能够那么深刻地印在人们的脑子里。就是像刚刚您也讲过那种，大众的趣味，但是带有大众趣味的故事情节有很多，可是为什么都没有诸葛亮地位那么高？让我们记忆那么深刻，那么感动？是不是他还有一个什么东西能够神奇地勾起人的一种情感？谢谢！（掌声）

教授答：谢谢。第一，你提了一个相当美丽的问题！诸葛亮为什么那么让人感动呢？你刚才提及了，他自己说的"由是感激，遂许先帝以驱驰"。就说，他被刘备感动了，让他来发挥他的才能，他希望能够得到实现。他最初啊，在《隆中对》的时候啊，非常乐观的："你只要去四川建立根据地，一旦天下有变，两支人马，北伐、东征就会取得胜利，大家都会迎接你！"但是，到了晚年，他就不这么乐观了。魏延提出来一个有风险的计划，他不敢采取，他太谨慎。年轻的时候很乐观，哪怕是什么草船借箭哪。到后来他就不行了，为什么？他有一种沉重感，现实跟他梦想不一致，越来越感到沉重。虽然他取得了很多战役的胜利，甚至发明了木牛流马，但是，六出祁山，他就是打不赢。但是他还要干下去，为什么？他跟所有的三国英雄不一样，他不是为自己打的，他就是为了知遇之恩！他真正实现了中国文人"士为知己者死"的格言。刘备临死的时候说："我的孩子阿斗不行，你能教导他就教导他，不能教导他取而代之可也！"诸葛亮汗流浃背，磕头道："绝对不可能！"其实诸葛亮要像曹操的儿子一样，篡夺天下，易如反掌。军队、行政权力全在他手里，他就不干！宁可鞠躬尽瘁，死而后已，也不违背自己的初衷。明明知道理想实现的前景是越来越渺茫，他还是尽着最大的努力。我估计，这一点奋斗的精神，这一点忠于诺言的精神，忠于自己最初选择坚持到底的精神，是人格的高度理想化。

诸葛亮的这种为了自己信念不计生死的精神，和武松那样面对猛虎的勇敢的精神，都是我国传统的精神瑰宝，而不是什么精神的"地狱之门"。（掌声）今天我特别把感谢送给刚才向我挑战的、向我提问的同学。为了表示我的谢意，我要送给他一份薄礼，这份礼很薄，薄到只是一本书。我没有办法给你们厚而重的礼。我刚才说了，人人都有弱点，哪怕是诸葛亮。我和诸葛亮一样，也有弱点，不过，我最大的弱点是举重，（大笑声）我只能举起这本很轻的书。但是，从某种意义上，它也不太轻，因为是根据我在你们这里的讲座记录整理成的书《演说经典之美》，送给刚才提问的同学。（掌声）当然，这本书，也不完全是我的，至少有一半是你们东南大学的。因为第一，你们陆挺老师给我提供了讲坛，每年来讲两次，让我发挥了演讲聊海侃的特长；第二，特意向李福建表示感谢！为了这本书，他辛苦了！如果没有李福建所领导的那个小组给我整理，就没有这本书。李福建你是不是福建人？（不是，我河南人）那为什么要冒充福建人呢？（因为你是那儿的名人）那我们还是同乡，因为福建大部分是河南移民，其实是逃难过去的。（掌声热烈）

（任玲据录音整理，作者修订）

关公：从失败的悲剧英雄到"义薄云天"之神

　　今天讲关公。历史人物的评价好像有共同倾向，随着时间的流逝，在人们的感觉中，负面的因素与时递减，正面的光彩与时递增。稍有作为的人物，一旦进入历史，人们就不断加码地怀念、崇敬。非正面的人物，有缺陷，有污点，往往并不一定是遗臭万年，而是相反，时间会把它淘汰，形象不断地高大。例如杨贵妃，后来还成了仙子。

　　关公也有类似的情形。当然，关公是不会谈恋爱的，（笑声）这并不奇怪，《三国演义》里的英雄都不会谈恋爱。英雄们看中什么漂亮女性，抓来就是，管她同意不同意。女方已经结过婚呢？把丈夫打败就是了。历史上的关羽就有过这样的念头，不过没有成功，因为曹操插了一杠子。当然最好是守寡的，很漂亮的，可以送人，就看英雄要不要了。赵云就碰到这种事，他不要，因为美女的前夫也姓赵，不光彩。当时的男女之情，是由政治权力决定的。《三国演义》文学成就很高，但是，和西方差不多时代的骑士小说不一样。西方的骑士是以恋爱为职业的，（笑声）《三国演义》的英雄是以战争为职业的。作为文明古国，打仗这门学问是很先进的，早在春秋时代，就有了军事理论著作《孙子兵法》，在世界上是最早的。可恋爱这门学问，这门艺术，实在是很落后的，至今还没有一本恋爱战法或者搞法的著作，落后于军事理论两千多年。在文学上，除了诗歌，小说要到唐宋传奇里，恋爱中的男女才开始勇敢起来，其实就是不害羞，不要脸起来。（笑声）不但不要脸，而且不要命。（笑声）但是，《三国演义》的英雄只会打仗时不要命，于百万军中取对方上将首级是理想，你要人家的命，你自己也要有不要命的准备。你们知道，谈恋爱和打仗固然不同，但是，有一点是相通的，那就是都是不要命的，说得通俗一点，就是要死人的。（大笑声）不过一个是流血的，一个是不流血的。杜十娘、林黛玉、茶花女之死就是不流血的。关公最后就流血了，脑袋被割下来，当作政治筹码送来送去。（听众：哦……）

一、从失败的英雄到战神

关公本来是一个武艺高强的英雄，不过总体上来说，是一个失败的英雄。身负军事外交双重责任的将军，对于导致蜀国最后失败负有相当重大责任。随着时间的推移，这种罪责不但被淡化了，而且被神化了，变成神了。关公的神化很奇怪，他的神是从民间到官方全体认同。直到清末、民国，我国大部分地区，包括台湾，都有关公的庙。他还神到国外，在日本，在东南亚，乃至韩国、越南等大中华文化影响地区，他都是神化的人物。他的神像随着华人及其后裔经商，传到欧洲。在德国的小城市，在已经不会说汉语的华裔开的小超市里，都不难见到他的塑像放在神龛里，金碧辉煌。这可能是连神教思想深厚的基督教、伊斯兰教民众都不可思议的。

在我们的民族文化中，关公可以说达到了英雄神化的最高点。为什么我敢这样说啊？在清朝，官方对他的膜拜，赶上了我们的"大成至圣"，也就是孔夫子。什么叫作大成？就是集所有的优秀传统之大成。什么叫作至圣？那就是最高的顶峰，后来者无以复加。在民间，则更甚，孔夫子的庙叫孔庙，关公的庙不叫关庙，叫关帝庙，他神到变成"帝"了。在我们这里，几乎每一个城市都有城隍庙，每一个地方都有土地庙，甚至每家都有灶神。灶神只管一家人，过年到天上去向玉帝汇报这家人一年的表现。他既有神的身份，同时又是密探。所以小年夜祭灶的时候，少不了一块麦芽糖，让他吃得粘住了嘴巴，到了玉帝那里张不开口。稍高一点的土地神，那个庙是非常寒碜的，在农村，人进去都要弯腰，在城市往往就是在墙壁上一个小神龛。最高的就是玉帝，就是《西游记》里面的玉皇大帝，但玉皇大帝没有庙，可能是与老百姓距离太遥远了，没有亲近感。但是关公被称为关帝，关帝庙至今仍普遍存在，与老百姓是很亲近的。照理说皇帝只有一个，天无二日，民无二主，是一元化政权的神圣法则。但是，把关公提高到玉帝的档次还不够，又把他拉高到（武）圣人高度。这是玉皇大帝所望尘莫及的。

但是，他这个人在历史上，是不是真的那么神呢？好像并不是。

这就是我今天要探究的课题。

这里有中华民族的文化密码和艺术的密码。那么，我们先把这个人还原一下，看看历史和小说中的关公是怎么回事。

从历史上讲关公是一个英雄，笼统说来，好像没有争议。但具体分析起来，他英雄在哪里呢？当然他是个武将，他英勇善战，有万夫不当之勇，这是毫无疑义的。他是刘备手下一员猛将，陈寿在《三国志》中盖棺论定，对他的评价是"万人之敌，为世虎臣""有国士之风"。但是，他并非十全十美，陈寿还说他"刚而自矜……以短取败，理数之常也"。最后失败是由于自己的刚愎自用，骄傲自大。这里看，似乎并不是太出色的历史人物。难得的是一员猛将，又有国士之风，也就作风上相当正派、高贵，有文化，光明磊落。这样水平的，甚至超越这样水准的人物，在三国时代，在中国历史上，可说是比比皆是。至少诸葛亮就比他强得多了。可是诸葛亮在后世民间，并没有得到在县城普遍立庙的崇拜。

关羽第一次表现出个人的英雄气概，是奉曹操之命去攻打袁绍手下的颜良。这在《三国志》中，其背景是有点煞风景的。刘备打了败仗，"曹公擒羽以归，拜为偏将军，礼之甚厚"。实际上关公当了俘虏，投降了。按当时的观念，可能不算什么太严重的缺点，因为曹操毕竟是挟天子以令诸侯，代表王朝正统的合法性。但是，从另外一方面来看，你既然是反对这个汉贼、奸雄的，被人家擒了就投降，还接受人家的封赏，对于一个英雄，毕竟不是什么光彩的事。待到曹操和袁绍打仗遇到了颜良，让关公出马，"羽望见（颜）良麾盖，策马刺良于万众之中，斩其首还，（袁）绍诸将莫能当者，遂解白马围"。这的确也堪称神勇。但是，光有这么一点战绩，在三国英雄中不算太出色，至少比起有点战略智慧的赵子龙，还有点逊色。胡适在五四时期写的《〈三国演义〉序》中说其作者都是一些"腐儒"，只会照搬《三国志》等书的材料，没有什么想象力和文学的创造力。如果真是这样的话，关公形象怎么会这么宏伟高大？其神化的形象怎么会被民间广泛接受？这自然要归功于《三国志平话》以及一些元人杂剧，当然，最大的功劳应该是归功于《三国演义》的作者。

胡适有所不知，《三国演义》中关公的形象是积淀了上千年的文学想象和创造力，才成为不朽的艺术丰碑的。

在《三国志》中，"策马刺良于万众之中，斩其首还"，就这么一句话，很难说有多大的形象感染力。更何况据《三国志·魏书·武帝纪》，斩颜良解白马之围并不是关羽一个人功劳，而是"张辽、关羽前登击破，斩良，遂解白马围"。到了元人的《全相三国志平话》，则先是渲染曹操的大将夏侯惇三次大败，大将曹仁出战又大败，"曹军痛折大半"。等到关公出寨，很轻松地说了一句"此人小可"，意思是小儿科而已。到了真正出手则是面临"十万军围绕营寨"，"云长单马持刀奔寨，见颜良寨中，不做疑阻，一刀砍颜良头落地，用刀尖挑颜良头复出寨"。与历史记载相比，显然是文学的想象了。先是大将两员，三战俱败；次是关公处此形势，轻松自信；三是挑着颜良人头，胜利回营。但是，这还是比较粗糙的，斩颜良的人头缺乏细节，和《三国志》一样，太轻松了。读者看到的仅仅是关公的武艺高强，临危不惧，充满自信。到了《三国演义》细节就丰富了，曹操指颜良排的阵势说："麾盖之下，绣袍金甲，持刀立马者，乃颜良也。"关公说："吾观颜良，如插标卖首耳！"把劲敌看成插着草标卖自己的人头，这就比"此人小可"要充满英雄的豪气和傲气了。接着是"关公奋然上马，倒提青龙刀，跑下山来，凤目圆睁，蚕眉直竖，直冲彼阵。河北军如波开浪裂，关公径奔颜良。颜良正在麾盖下，见关公冲来，方欲问时，关公赤兔马快，早已跑到面前；颜良措手不及，被云长手起一刀，刺于马下。忽地下马，割了颜良首级，拴于马项之下"。

从艺术上说，虽然细节丰富了一些，但是，仍然太轻松了，一是颜良如此草包，二是关公的赤兔马跑得太快了，这很难反衬出关公的神勇。与此类似的还有诛文丑，在历史上，则根本与关公无关。当时，刘备还依附袁绍，与曹操为敌，文丑和刘备率领五六千骑兵来势汹汹，曹操沉着应战。等他们"分趣辎重"，也就是有意让他们贪夺后勤辎重财物的时候，以不满六百的骑兵，纵兵击破，"斩丑"。《三国志》记载，此后，关公才"亡归刘备"，也就是从曹操阵营中逃到刘备这里来。在《三国志平话》中，水平也差不多，无非就是关公战文丑，文丑战败，关公追击三十里，至官渡，"关公抢刀，觑文丑便砍，连肩卸膊，分为两段"。如此写法，在《三国演义》中实在是平庸之笔。毛宗岗《读〈三国志〉法》中指出，《三国演义》"以善避为能，又以善犯为能"。说写同类的事情，叫作"犯"，要回避；但是，写了同类的事情，却又能写出不同来，"犯之而后避之"就是大本事了。如仅是火攻就有吕布濮阳之火，曹操乌巢之火，周郎赤壁之火，陆逊猇亭之火，徐盛南徐之火，武侯博望、新野之火，又有盘蛇谷、上方谷之火，没有一次是雷同的。这就叫作"树同是树，枝同是枝，叶同是叶，花同是花，而其植根安蒂，吐芳结子，五色纷披，各成异采"。毛宗岗将之总结为"同树异枝，同枝异叶，同叶异花，同花异果"。如果按这个标准，则斩颜良诛文丑，很明显有雷同的毛病，从艺术上来说，不足为训。

鲁迅在论《三国演义》时，对于诸葛亮和刘备的形象多贬抑，而对关公特多赞语。得到他的赞赏的场面，不是这种历史上归功于关羽的情节，而是和关公一点关系都没有的斩华雄。鲁迅的评价是把关公和诸葛亮、刘备对比着行文的：

> 至于写人，亦颇有失，以致欲显刘备之长厚而似伪，状诸葛之多智而近妖；唯于关羽，特多好语，义勇之概，时时如见矣。

鲁迅所举的第一个例子就是斩华雄，称赞叙事表现出关羽"出身丰采及勇力"：

> 阶下一人大呼出曰："小将愿往，斩华雄头献于帐下！"众视之，见其人身长九尺五寸，髯长一尺八寸，丹凤眼，卧蚕眉，面如重枣，声似巨钟，立于帐前。绍问何人。公孙瓒曰："此刘玄德之弟关某也。"绍回见居何职。瓒曰："跟随玄德充马弓手。"帐上袁术大喝曰："汝欺吾众诸侯无大将耶？量一弓手，安敢乱言，与我乱棒打出！"曹操急止之曰："公路息怒，此人既出大言，必有广学；试教出马，如其不胜，诛亦未迟。"……关某曰："如不胜，请斩我头。"操教酾热酒一杯，与关某饮了上马。关某曰："酒且斟下，某去便来。"出帐提刀，飞身上马。众诸侯听得寨外鼓声大震，喊声大举，如天摧地塌，岳撼山崩。众皆失惊，却欲探听，鸾铃响处，马到中军，云长提华雄之头，掷于地上。其酒尚温……
>
> （第九回《曹操起兵伐董卓》）①

这个斩却华雄，"其酒尚温"的情节，经历历史的汰洗，至今仍然活在广大读者心目中。关公在《三国演义》中有过许多胜绩，除了上面的，前有战黄巾，后有过五关、斩六将，在古城还斩了蔡阳，这些胜绩在鲁迅看来，可能与斩颜良和文丑一样，无非是手起刀落，对方人头落地，都有点毛宗岗所说的"犯"。鲁迅那样的大师，哪里瞧得起这样的套路。但唯于斩华雄一节是例外，原因在于：第一，强敌在前，不止一个将军失败了，一个弓马手却口出狂言，充满信心，不惜主动

---

① 鲁迅所引《三国志演义》，又称《三国志通俗演义》，此书为今所见《三国演义》最早刊本。鲁迅所引第九回《曹操起兵伐董卓》，今为通行本《三国演义》第五回《发矫诏诸镇应曹公　破关兵三英战吕布》

以自己的头颅为赌注；第二，在一杯温酒未凉的短时间内保证速胜，鲁迅称赞其"义勇之概"跃然纸上。这里的文学想象力，不但表现了关公的神勇，而且表现了关公的自信，自信到毫无保留、不留余地的程度，这种自信，是不是有一点过分？有一点骄傲？打仗哪有这样绝对的把握？这太超人了。从这一点来看，应该说，不真实，可是鲁迅没有按评诸葛亮的标准说关羽多勇而近神。从这里，是不是可以看出，在诸葛亮身上，历史的成分比较多，精英的智慧比较丰富，故太过分的夸张，鲁迅不能忍受。而在关公的身上，民间的传说成分比较多，故鲁迅凭直觉，觉得关公作为人的个性比较鲜明。实际上，超人的能力和非凡的自信、多傲，恰恰是关公性格的核心，贯穿在关公整个生命之中，既成就了他后来威震华夏的大名，又导致了走向死亡的结局。和曹操的多疑一样，成为贯穿首尾的高度统一的性格特征。

胡适说，他为《三国演义》写序时，参考过鲁迅的讲义。对于鲁迅十分赞赏的温酒斩华雄这样的文学想象，视而不见，一口咬定说《三国演义》没有想象力，实在是不可思议。其实，华雄这个人，在《三国志》中根本微不足道，他的名字只出现过一次，好玩的是，不是在他活着的时候，而是在他被杀了头的时候。那时，孙坚和董卓打仗，孙坚一度战败，抱头鼠窜。后来孙坚反攻，大破董卓，"枭其都督华雄等"。① 华雄的名字，就在他的脑袋挂起来以后才出现，而且仅仅一次。就这么一个跑龙套的一闪而过的人物，因为被关公的刀所砍，就比《三国志》中许多大有作为的猛士、谋臣要著名得多，也可以说是因祸得福吧。（笑声）从这个意义上说，人死也要死在英雄手里，至少也落得个远近闻名。（笑声）鲁迅欣赏的就是关公的"义勇之概"，英雄的超人化。在今天看来，胡适和他相比，在艺术感觉上不是一个档次。

二、"义"高于"忠"的人

关公是个大英雄，英雄在哪里呢？武艺高强，豪情满怀，辉煌的战绩，这是肯定的。但是，光是这样，在《三国演义》里是算不上大英雄的。吕布的武功比

---

① 陈寿《三国志·吴书·孙破虏讨逆传》："坚移屯梁东，大为卓军所攻，坚与数十骑溃围而出。坚常著赤罽帻，乃脱帻令亲近将祖茂著之。卓骑争逐茂，故坚从间道得免。茂困迫，下马，以帻冠冢间烧柱，因伏草中。卓骑望见，围绕数重，定近觉是柱，乃去。坚复相收兵，合战于阳人，大破卓军，枭其都督华雄等。"

他还强，刘备、关公、张飞三个一起，三战吕布，都没有得手。但是，吕布不算是英雄，因为他不讲信义。赵云在武功英勇上也比关公强，他被称为"一身是胆"，而且还比关公更懂得谋略。关公被杀，刘备意气用事，倾巢伐吴时，赵云就提出过战略性的意见：主要敌人是曹操，不应该倾全国之力去打吴国。而关公恰恰是破坏了和东吴的联盟，造成战略上的大错。关公之所以成为大英雄，成为战神，是因为他有思想，他的思想核心是"义"。这个"义"，是他高贵的人格内涵，是他生命的最高原则。我小时候看到关公画像，背后是右关平、左周仓，黑脸周仓手里是他那著名的青龙偃月刀，白脸关平手里捧着黄布包着的印信。关公则是一手捋着长须，一手托着《春秋》，头顶上的横批是"义薄云天"。关公英雄气概之所以大，就是因为坚持一个"义"高到天上去的原则。不管在战胜还是在战败的时候，这个"义"字都让他的形象放射出夺目的光彩。在鲁迅所书的《中国小说史略》第十四篇"元明来之讲史"中，论及《三国演义》不足五页，而分析关公华容道"义"释曹操一事，占了四页半，不惜引《全相三国志平话》中有关文字与《三国演义》做对比，得出结论是"此叙孔明止见狡狯，而羽之气概则凛然"。

但是，今人刘再复先生不以为然，他在系统批判《三国演义》和《水浒传》的《双典批判》第七章中特别强调了《三国演义》中的"义"乃是"义的伪形"。其理由是中国文化传统最本真、最本然的"义"，原本"是超越了世俗利害关系的纯洁情感""这种'义'没有任何功利性，也没有时间性，它完全超越了时空界线""这种'义'不知生于何代，也不知止于何代，是人类童年时期天赋的真、善、美，也是中国原始的价值理性价值情性。这是'义'的原型"。但是，这种纯洁的"义"，经历了历史风浪的颠簸之后，却逐步变质，发展到《三国演义》与《水浒传》，"义"的内涵已经发生重大的变化，其核心概念变成"结义""聚义""忠义"，这就变成了中国人精神的"地狱之门"。"中国人如何走进你砍我杀，你死我活，布满心机权术的活地狱？中国人的人性如何变性、变态、变质？就通过这两部经典性小说。"

在我看来，这实在是比胡适更离谱，这里隐含着一些哲理。首先，刘先生所说的中国的这种原型的"义"，"人类童年时期天赋的真、善、美"，是不是存在，是值得质疑的。仅用一则原始神话来验证就可看出其玄乎：共工怒触不周山，天柱折，地维绝，闹得天倾西北，地不满东南，其目的乃是与颛顼争帝。这哪里是什么超越功利的真善美？相反倒是为了一己私利造成超级地质的大灾难。就是刘再复所赞赏的"精卫填海"，也是因为她原为炎帝小女儿，被淹死了，化为精卫，乃复仇填海。幸亏没有填成，填成了绝对造成生态的大灾难。其次，从理论上说，人类历史上从来还没有一种意识形态，一种思想，是超历史的，一切思想都是历史的产物。怎么可能有一种超越时间的空间的绝对的又真又善又美的"义"？再次，人类文化从总体来说，是从野蛮、蒙昧走向文明，而刘先生却认为中国人相反，原始的、纯洁的"义"越到后来越退化为"伪"，为恶。刘先生超时空的"义"的代表乃是俞伯牙和钟子期的故事，可这个故事说的是超越功利的友谊、不可再得的知音，与"义"似乎并无直接的关系，最多只是交叉而已。

刘再复先生对"义"的批判，其实并不是从《三国演义》《水浒传》中概括出来的，而是从一个德国人那里来的，此人的特点是极端西方文化中心论，认为在历史的发展过程中，世界上原有的八种文化，其中七种（包括中国、印度、埃及、阿拉伯、墨西哥等）文化皆退化了，成为"死尸""碎片"，唯西方基督文化，特别是德国文化不朽。这种受到法西斯欢迎的所谓理论①，其武断和荒谬不言而喻。

作者斯宾格勒对中国无知，却把中国文化概括在从原形向伪形退化之列，实在是浅陋、空疏、可笑之极，在逻辑上犯了轻率概括的低级错误。作为推论的大前提是不周延的，不能成立的。退一万步说，只是一种假说。刘再复却不加反思，把它作为放之四海而皆准的普遍规律，从中演绎出《三国演义》《水浒传》的"伪形"，得出其为国人的精神"地狱之门"。这种逻辑的三段论演绎，犯了中项不周延的错误。中项在前提中没有被断定为全部外延（即周延），那就意味着在前提中大项与小项都只与中项的一部分外延发生联系，因而结论是不能推出的。从这个意义上说，刘再复的文化批判在逻辑上是不能成立的。这种方法上的不通，并非刘再复一人所特有，而是海内外学人的通病，不讲起码逻辑，滔滔者天下皆是。我如果年轻五十岁，肯定要一个个横扫过去，可怜年近八旬，垂垂老矣，只能在这里对你们发出沥血的呼吁，不要以为只要拿上西方某些学者的理论篮子就能打到中国文化之海里的水。

其实，明眼人一望而知，斯宾格勒的理论与《三国演义》《水浒传》毫无关

①有兴趣的读者可参阅原著，斯宾格勒《西方的没落》（上下两册）。

系。拿它来对《三国演义》复杂而丰富的思想和艺术做文化批评，无异于拿鸡毛当令箭。

《三国演义》以"桃园三结义"开头，这个"义"是全书的纲领。这完全来自民间传说，与正史上刘关张的亲密关系有很大的差异。在《三国志》中，刘关张的关系的确比较密切："先主与二人寝则同床，恩若兄弟。而稠人广坐，侍立终日，随先主周旋，不避艰险。""恩若父子"①，如此而已，并没有正面提出"义"的范畴。到了《三国演义》中"桃园三结义"，则成为全书的主旋律，"三人焚香再拜而说誓曰：'念刘备、关羽、张飞，虽然异姓，既结为兄弟，则同心协力，救困扶危；上报国家，下安黎庶。不求同年同月同日生，只愿同年同月同日死。皇天后土，实鉴此心，背义忘恩，天人共戮！'誓毕，拜玄德为兄，关羽次之，张飞为弟"。这里作为核心价值的"义"，其内涵，第一是"救困扶危；上报国家，下安黎庶"；第二，异姓血缘，遇难，慷慨赴义。这里的结义，第一，不是为了将来的私利，而是为了国家和百姓。这当然包含着对汉室的"忠"，上报国家的"忠"的正统观念是第一位的。第二，是"义"的极端性，"同年同月同日生"是不可能的，但是，"同年同月同日死"是义不容辞的。一方遇难，另外两方则万死不辞。第三，如果违背了这个誓言，就叫"背义忘恩"，老天不容，百姓也不齿。当然，这可能不过是最初的志向，说得好听，日后也可能背道而驰。但是，《三国演义》的好处在于，把这"义"和"忠"作为原则，贯穿在整个情节之中。与之对比的，有曹操挟天子以令诸侯的"奸"，杀吕伯奢被陈宫谴责为"大不义也"；还有武艺高超但不讲信义的吕布；与关羽同道的，有诸葛亮的鞠躬尽瘁、忠义双全。诸如此类的人物都是刘关张的"义"正反两面的思想背景。

从全书看来，开头的"义"的誓言不过是个前奏。在刘关张三者的关系上，表面上，刘备为长兄，且为政治军事集团的领袖，但是，从艺术上看，关公才是核心，刘备和张飞不过是陪衬。

作者最有气魄的是，把关羽放在忠义不能两全的矛盾之中。

刘备为曹操所败，投奔袁绍，没来得及和关羽汇合，连两个妻子都顾不上了，被曹操俘虏。这个时候关羽在哪里呢？在江苏徐州那带，《三国志·魏书·武帝纪》上是这样写的："备将关羽屯下邳，复进攻之，羽降。"投降啊，投降曹操。

---

① 类似的记载还有《刘晔传》中提到"关羽与备，义为君臣，恩若父子"。

应该说是，问题的性质很严重。第一，曹操是汉贼啊，投降他就是不忠啊；第二，刘备只是下落不明，如果是死，那你应该同日赴死啊。投降，就是不"义"啊。这是《魏书》曹操的传记里的，比较简单，到了《蜀书·关张马赵黄传》中，就比较复杂了："曹公东征，先主奔袁绍。曹公擒羽以归，拜为偏将军，礼之甚厚。"陈寿真是不愧是史家，直书"擒羽以归"。不但当了俘虏，而且接受了曹操的厚禄。后来斩了颜良、解了白马之围，更接受了"汉寿亭侯"的爵位。这种侯爵应该是很高的待遇啊，在承平时期，那个地方的税赋，就可以收归已有的啊。汉武帝时期有名将李广，运气不好，一辈子都没有得到"侯"这样的爵位，最后自杀了。但是，曹操毕竟是个细心人，觉得关羽身在曹营心却不在，就让张辽去探探口气。关羽也很坦诚地说，我知道曹操待我很好，但是——

吾受刘将军厚恩，誓以共死，不可背之。吾终不留，吾要当立效以报曹公乃去。

关公的意思是，一方面，曹操给我的待遇很优厚，但是，不管多么优厚，我已经发过"誓同生死"的诺言了，无论如何，我不能背叛我的结"义"誓言。曹操对我待遇优厚，我拍拍屁股就走，也是不义，等立了功，报答了，终究还是要走的。连曹操都认为这个人的"义"的品格是很值得尊重的。

最初的结"义"是和"忠"于汉室联系在一起的。刘备起兵，以匡扶汉室的旗号，主要敌人就是曹操——汉贼。但是，汉贼待我的恩义，是不能白白辜负的，一定要立功了，才不负义。可是，为曹操立功，不是不忠了吗？这说明关公的逻辑就是义高于忠。临走时，所受的物质财物统统留下，这可能是达到了刘再复的标准，超越功利的了。这是关公的个性逻辑，也是《三国演义》的思想。这种"义"高于"忠"的逻辑，贯穿在关公性格中。这种逻辑不仅仅属于关公，而且是得到了对手的认同的。《三国志》这样写：

羽杀颜良，曹公知其必去，重加赏赐。羽尽封其所赐，拜书告辞，而奔先主于袁军。左右欲追之，曹公曰："彼各为其主，勿追也。"

裴松之在这一段下引《傅子》，说曹操听张辽秉说关公之志时说道："事君不忘其主，天下义士也。"实际上，到了《三国演义》中，对于这样的矛盾有更精致的表现。关公投降提出三个条件：第一，明言，投降可以，但是，降汉不降操。曹操这个人比较自信，他想，我是汉朝的宰相，降汉就是降我，这个没有问题。第二，二位嫂夫人的待遇要相当，不得侵扰。这在曹操看来，小意思，供给比刘备标准高都可以。第三，现在刘备下落不明，一旦明了，还是要投奔刘备的。这三点来自《三国志平话》，《三国演义》所写与之相差不多。曹操觉得这第三条很难答应，这不是白白养他了吗？张辽说，刘备待他好，他便报答，你待他更好，他不是同样要报答你吗？曹操很自信，想着无非感情投资丰厚一点。果然，曹操三日一小宴、五日一大宴，上马一提金、下马一提银地款待关羽。但是，《三国演义》中曹操没有想到，关公"义"的观念高于一切，在为曹操立功、得知刘备的下落以后，坚决出走。《三国志·蜀书·先主传》只有一句"关羽亡归先主"，《世说新语》中也只是说："关羽封书辞操，间行迂道奔河北。中途颇为关隘守将所阻，羽皆以智力应付之。"《三国志平话》中卷在"关公千里独行"一节，也只有"过千山万水"，除了误入袁绍营中，并没有很大的风险。可到了《三国演义》中，作者用浓墨重笔写了关公不等曹操批准，单人独马，千里转战，而且"尽封所赐金银等物，美女十人，另居内室。其汉寿亭侯印，悬于堂上"。就是曹操假意欢送，奉上黄金一盘，锦袍一领，关公只用刀挑起锦袍，黄金敬谢不敏。这里的"义"不但是超越功利的，超越物质的，而且是带着对曹操"决一死战"的意志的。这种不顾一切的"义"，连曹操都说"云长封金挂印，财贿不以动其心，爵禄不以移其志，此等人吾深敬之"。曹操虚情假意，只说欢送，但不给过关文书，关公千里走单骑，并没有必胜的把握，为了"义"的观念，过五关，斩六将，早置生死于度外。但是，坚持"义"最大的挑战不是来自外部，而是内部：关羽在古城受到张飞的误解，以为他投降了曹操，不问青红皂白，就来与关羽拼杀。所有这一切，都于史无据，作者一方面吸收了《三国志平话》的素材，张飞责备关公"尔乃无信之人，忘却结义之心"；另一方面吸收了元佚名杂剧《关云长千里独行》，《三国演义》把矛盾的焦点始终集中在"义"上。

只见张飞圆睁环眼，倒竖虎须，吼声如雷，挥矛向关公便搠，关公大惊，连忙闪过，便叫："贤弟何故如此？岂忘了桃园结义耶？"飞喝曰："你既无义，有何面目来与我相见！"关公曰："我如何无义？"飞曰："你背了兄长，降了曹操，封侯赐爵。今又来赚我，我今与你拼个死活！"

请注意，张飞的话语中的焦点不在"不忠"，而在"不义"。忘记了桃园结义，背了兄长，降了曹操，就要与他"拼个死活"。

这个关公出走的尾声，真是写得才华横溢，在这以前，皆是生死搏斗的正剧，到了这里，却是误会导致的喜剧。

为什么"义"放在"忠"之上呢？我想，因为当时曹操啊，打的旗号是汉朝王室的正统旗号。但是，曹操是汉贼，这是当时的共识。一般地说，被俘的将领啊大都视死如归，连曹操被陈宫抓住的时候，都慷慨激昂，视死如归，关羽却没做到死节。但是，此前张辽说：

> 刘使君以家眷付托于兄，兄今战死，二夫人无所依赖，负却使君依托之重。

关公战死了，两位嫂夫人怎么办？让关公带着刘备的妻子被俘，这是《三国演义》的作者的虚构，苦心为关公未能死节辩护。如果完全用现代眼光来看呢，好像也不是大问题。《三国演义》的作者的伟大在于，将关公处于这样不忠不义的处境以后，让他用行动证明他不但不是贪生怕死之辈，而且是孤身转战千里，置生死于度外的战神。

有了千里走单骑，这个"义"的主题还没有达到高潮，要到曹操赤壁战败，落到关公手里，完全可能当俘虏的情况下，关公才达到了超越于忠的"义薄云天"的高度。

鲁迅在《中国小说史略》中最为赞赏的是赤壁之战后，关公"义"释曹操：

曹操狼狈逃窜至华容道，冒出一支部队，当中关云长提青龙刀，跨赤兔马，拦住去路，曹军见了亡魂丧胆，面面相觑。曹操说："只得决一死战。"众将曰："人纵然不怯，马力已乏。"欠身谓云长曰："将军别来无恙！"好久没有见，身体怎么样啊，有没有感冒啊？（笑声）这哪里像在打仗啊。人在屋檐下，不敢不低头啊。云长答话说："我奉军师将令啊在这等候你好久了啊。"曹操说："我今日兵败，你还是要以昔日之情为重啊。"云长说："昔日关某虽蒙丞相厚恩，但是我立了功啊，斩颜良，诛文丑，解白马之围啦，报答你了，两清了。现在公家的事情不能营私啊。原则性不能退让啦。"曹操说:"但是还有一笔人情账你还没有还我呀。你过五关斩六将,许多将士都要去追杀你,我说算了,各为其主,别追了。"接着,《三国演义》写,云长是个"义重如山"之人,这个人哪,虽然是忠于刘备"匡扶汉室"的事业,曹操是匡扶汉室的最大敌人啊,杀了他就是最高的忠啊,放了他就是最大的不忠啊。但是,《三国演义》作者的魄力就在于,让关公"如山"的"义"就是高于忠,见曹军惶惶,皆欲垂泪,都是哭巴巴的,让他动了悲悯之心了,于是勒回马头,对众军曰:"四散摆开。"这分明是放曹操的意思啊。曹操和众将一起冲将过去。云长回身,大喝一声,他一喝,那些过去的人又吓得发抖了,众军下马,哭拜于地,云长愈加不忍,长叹一声,并皆放去。在忠和义之间,做出了"义"高于忠的选择。这是多么深邃,又是多么艺术的一笔啊。

鲁迅所欣赏的这个片段是历史上没有的,赤壁之战没有关羽的事,关羽当时在武昌。这全是《三国演义》的作者虚构的,当然也用了《三国志平话》的素材。但是,那个素材中曹操对关公说当年的恩情,关公强调"军师严令""曹军撞阵",突然(关公)"面生尘雾,使曹军得脱",这个因果关系连情节的合理性都谈不上。

鲁迅为什么特别欣赏这一段?也许并不在乎义不义的,他在乎的是艺术。从实用功利价值来说这是极大的战略性的错误啊。从个人来说,立下军令状啊,放走了汉贼,回去要杀头的。然而,义重如山,可以违背忠的原则,但"义"是最高的原则,"义"是他做人的底线,哪怕要掉脑袋,也要"义"无反顾。要不然就是不义之人,不义就没有脸活下去了。最后改定《三国演义》的毛宗岗在第五十回的回前总评这样说:

> 虽其人之大奸大恶,得罪朝廷,得罪天下,而后能不害我,而以国士遇我,是即我之知己也。我杀我之知己,此在无意气丈夫则然,岂血性男子所肯为乎?使关公当日以公义灭私恩,曰:"吾为朝廷斩贼,吾为天下除凶!"其谁曰不宜?而公之心,以为他人杀之则义,独我杀之则不义,故宁死而有所不忍耳。

从理性来说我这样把他杀了对我有利,立功,不会被军法从处,对匡扶汉室有利。但是如果我杀了"知己",对我有恩的人,就不义,不义而活,不如义而死。关公作为一个艺术形象，打起仗来，是战神，但是，他不是战神的符号，而是一个独特的人，在处理人与人之间关系的时候，有他以"义"为前提的情感逻辑。"义"的原则是高于一切。作为英雄，他是不完美的，但是作为艺术形象，他的性格逻辑是独特的，非理性的。这样一个只讲感情、完全于大局不顾的人才是很生动的。这是个悲剧英雄，不仅是悲剧的战神，而且是悲剧的"义"神。

这个义神的个性逻辑，还有贯彻得更为精彩的一次，错误犯得更严重的一次，不但葬送了他的性命，而且毁了刘备的事业。

三、傲慢战神的自取灭亡

关羽被委任为战略重镇荆州的军事行政长官。诸葛亮交代他的任务是北拒曹操，东和孙权。当时三国鼎立，魏国统一了北方，最为强大，蜀国和吴国只有组成统一战线，才有可能与之抗衡。这是外交上的总路线，也是蜀国得以存在的生命线。关公只有绝对忠于这条路线，才可能称得上对刘备实实在在的"义"。但是，他没有这方面的自觉。关羽作为独当一面的将领，他不是一个帅才，只是一个将才。《三国志》上记载，马超归顺了刘备。因为他不是刘备原来的老部下，不是什么黄埔军校一期出来的，（笑声）关羽就写信问诸葛亮："马超这样的人才大概是哪个档次？"诸葛亮知道关羽是很骄傲的，就写信把他热捧了一下，说马超这个人"兼资文武"——文武两方面都行，"雄烈过人"——英雄气概，个性刚烈超过一般人，"一世之杰"——一个时代的杰出人物。但是，他不是第一流人才，而是第二流的，如汉高祖手下的彭越啦，黥布之类的，只能跟张飞比比，跟关羽这个美髯公的"绝伦逸群"还差很远。关公听了好高兴（笑声）。更没有水平的是，还把这封信，"以示宾客"，大家都来看看哦，嘿嘿。（笑声）你说这什么水平啊？《三国演义》在这个基础上，又进行了天才的加工：关羽听说马超被抬得那么高，就要离开荆州到成都去和马超比武，这就更糊涂了。你是一方军事长官，怎么能不顾北有曹操，东有孙权的军事压力，擅离职守，去争个人的意气呢？《三国演义》保留了诸葛亮的来信，阻挡了关公意气用事的幼稚行动。特别保留了关公拿到那封信，向众人展示的情节。这就用诸葛亮的高明反衬了关公的幼稚。更值得注意的是，《三国演义》加了一笔——要从荆州跑到成都去和马超比武。这一笔表现了关公骄傲到不负责任的程度，实在是太精彩了。现在有句俗语，"关公大意失荆州"，其实此言不当，他失败是必然的，他的大意是由于他的傲慢。

从人才素质上看，他这个人的确是英勇，但是，他的智慧和修养有缺陷，他不能独当一面。

他打许多仗，都不是独当一面的，都是在别人的指挥下，作战术性的配合的，唯一独当一面的，就是他从荆州北伐。曹操大将曹仁也英勇无比，却被他打得大败。曹操派于禁去支援曹仁，正好"秋，大霖雨"，秋雨下得很厉害，汉水泛溢，关公水淹七军。于禁的七方面军全军覆没，只好投降。关羽又斩了曹操的大将庞德。真正是横扫千军如卷席，连那些强盗、土匪、恶霸都服了，都远远地就承认关羽的正统，接受他的任命，成为他的羽翼。《三国志》上用"威震华夏"来形容他。曹操的政治中心许都受到威胁，曹操就害怕了，要迁都，赶快溜。很可叹的是"司马宣王"——也就是司马懿，和一个谋士蒋济说，不行，越逃越怕，还不如釜底抽薪。刘备和孙权老在争夺荆州这块地方，关公跟孙权的关系搞得很僵，我们联系孙权抄他的后路，他在前方打我们河南，孙权从江浙这一带，包括从诸位所在的南京这边打过去，把他的荆州抄了。他没有了战略后方，腹背受敌，他肯定完蛋。

曹操就听了这个计谋，关羽这个威震华夏的战神，就败走麦城了。

所以说，关羽的确是将才，但不是帅才。

主要的是，关羽缺乏帅才的战略眼光，如韩信所言："虽能将兵，而不能将将。"既不善用部下，又不能控制部下，不能团结一切可以团结的力量，包括暂时的盟友和犯错误的部下。作为荆州的最高长官，外交路线是确定了的，只有东联孙权才能北拒曹操。孙权也明确过这一点。孙权曾经把妹妹嫁给刘备当小老婆，来巩固政治军事同盟。

《三国演义》中写了孙权为巩固与刘备的联盟，派诸葛亮的兄弟诸葛瑾去说亲，关羽不答应。本来应该有起码的礼貌，但是，关羽却骂起来："吾虎女安肯嫁犬子乎！"我虎将的女儿怎么能嫁你狗儿子。关公不懂外交上的间接拒绝就算了，至少不要这样粗野地侮辱人嘛！这不仅是个人修养问题，而是缺乏统一战线的起码自觉。

我说过，《三国演义》的主题可以说是奇谋决定论，军事长官身边都有高明的谋士，在关键时刻起决定作用。曹操被打得落花流水，没有迁都，反败为胜，就是靠了司马懿的奇谋。可是，《三国演义》偏偏就没有在关羽身边安排个像样的谋士，只安排了一个名不见经传的王甫。其实，王甫当时并不在关公身边。《三国志》说他"随先主征吴，军败于秭归，遇害"。看来，作者是有意安排一个人微言轻的角色，让关公在生死关头，仍然骄傲得忘乎所以。

关羽进退失据了，还不一定完败呀，他还有回旋空间啊。毕竟刘备在南郡这一带还有一些将领在那里，有糜芳和傅士仁，屯兵湖北公安这一带。这是他的后方，是供应粮草的。关羽往北打，节节胜利，后勤往往来不及。关公不满意啊。如果有政治修养，战争时期更要不动声色。他却说："记住，老子回来我收拾你。"哇，刘备在汉中称王，拜关羽为"前将军"，持"假节钺"，其排场，仪仗队和封了王差不多啊。这两个人心里就发抖了：你打赢了，肯定来整死我啊；打输了，我们就更没有日子过了。这就使得两人心怀惴惴。孙权去引诱，两个人就投降了。曹操派大兵去营救被关羽打败的曹仁的时候，关羽一下打不过，想退回来，糟糕，发现孙权把他的后方荆州占领了，关羽的老婆孩子还有一些将领的家属都被俘虏了，自己人，连侄儿辈的刘封都不去救他，众叛亲离。"败走麦城"到今还是口头的成语。这充分说明了，作为第一把手，他和韩信一样缺乏"将将"的才能，也就是驾驭干部的能力，最后只能是死路一条。

四、"义"人转化为神：精英文化和大众文化的融合

《三国志》关羽的结局很简单："权遣将逆击羽，斩羽及子平于临沮。"裴松之的注引《蜀记》说关羽被俘之后，"权欲活羽以敌刘、曹，左右曰：'狼子不可养，后必为害'"。还举出当年曹操没有杀他，后来弄到要迁都的程度。孙权就把关羽杀了。如果如胡适所言《三国演义》只会照搬历史的话，关羽的形象就这样被动地让人家杀掉，还有什么光彩呢？《三国演义》虚构了一个和当年曹操派张辽劝降一样的情节，让诸葛瑾劝降。诸葛瑾说他孤城一区，内无粮草，外无救兵，危在旦夕，不如归顺吴侯。开出的条件仍然是坐镇荆襄，保全家眷。关公正色而言曰："吾乃解良一武夫，蒙吾主以手足相待，安肯背义投敌国乎？城若破，有死而已。玉可碎而不可改其白，竹可焚而不可毁其节，身虽殒，名可垂于竹帛也。汝勿多言，速请出城，吾欲与孙权决一死战！"诸葛瑾还要啰唆，关平拔剑而前，欲斩诸葛瑾。这里回绝的理由，一是，"吾主以手足相待"，手足就是兄弟，投降就是"背义"；二是，就是死了，"名可垂于竹帛"。这是《三国演义》英雄的人学高度，诸葛瑾回去说，"关公心如铁石，不可说也"。这就把关公的形象内涵回到"义"上来了。关羽被俘之后《三国演义》这样写：

> 权曰:"孤久慕将军盛德,欲结秦晋之好,何相弃耶?公平昔自以为天下无敌,今日何由被吾所擒?将军今日还服孙权否?"关公厉声骂曰:"碧眼小儿,紫髯鼠辈!吾与刘皇叔桃园结义,誓扶汉室,岂与汝叛汉之贼为伍耶?我今误中奸计,有死而已,何必多言!"

关羽从容就义,死是为了"桃园结义"的"义",这样就完成了关羽为义而死、舍生取义的形象了。这个哪里有刘再复批判的结义是为了日后分赃的功利性?完全是超越功利、超越生死、大义凛然的精神。这种为自己的信念,为对他人的诺言而赴义的精神,怎么会毒害国人,致使中国文化坠入精神地狱?

刘再复先生对关公受到如此广泛的崇拜感到很是"忧虑",这种"忧虑"是莫名其妙的。他引黄仁宇先生的话说,对于这样一个不智的军事领袖,居然为民间奉之为战神,实在"令人费解"。

二位的费解,其实是误解。

夏志清先生早就指出,《三国演义》中最为令人误解的是关羽。其实,"对于任何一位不抱偏见的读者来说,很容易看出,罗贯中不是出于无心或草率而是有意采用了陈寿的观点,把英雄看成是一位缺乏指挥才干的刚愎自用的武夫,罗贯中写作时,关羽已成为民间崇拜的偶像(到清代他还将成为神),所以他赋予关羽作为圣人应享受的一切尊敬""作者又通过一件又一件事例表明他对策略的全然无知、孩子气的虚荣和令人难以容忍的傲慢,这个傲慢,加上总的说来又很轻信,最终导致了他的失败""关羽的形象远不是像胡适所暗示的那样,给人的是一个不协调的印象。实际上,作者是将传说和历史中关羽性格之各个组成部分,在作品中协调地交织在一起,以塑造出一个有机的整体形象"。

夏志清和刘再复有相当深厚的友谊,夏先生的《中国古典小说史论》,刘再复肯定是读过的。但是,不知为何,刘再复仍然对关羽发出诸如此类的误读,我想,问题出在观念和方法上:第一,对于关羽这个形象,没有从西方流行的接受过程去具体分析,而是将之作为一个静止的、固定的、僵化的形态进行本质主义的批判;第二,更没有从《三国演义》一千多年的建构(创作过程)去阐释,去分析其中精英文化、大众文化和宗教文化的相互矛盾与妥协融合的过程;第三,无视《三国演义》并不完全是《三国志》的图解,因而,对于《三国演义》中"义"

与"忠"的内涵的矛盾缺乏具体分析；第四，缺乏艺术分析，无视关羽的形象，其性质已经不仅仅是历史的真、道德的善，而是情感的美。三者之间固然并未完全脱离，但是整体来说，则处于某种复合的错位关系。

关公作为"义"的典范，蕴含着精英文化和大众文化宗教文化的交织。

如果仅仅因为他是一个英雄就要崇拜，那三国的英雄很多。周瑜打败曹操，以弱胜强，可没有人建周瑜的庙。在蜀国，最大的功臣是诸葛亮，鞠躬尽瘁，死而后已，但是，除了当年四川有诸葛亮的庙，其他各地都没有单独祭祀诸葛亮的庙。这是因为，他太完美了，没有普通人的缺点，太精英了，很少普通人的毛病。而关公，一方面是战功赫赫，最后为了哥们兄弟的"义"，为了自己的理念，引刀一快、慷慨赴义；另一方面，他幼稚到对孙权来使说那样粗野的话。这一切按黄仁宇先生的理论是不智的，是不合格的军事统帅；但是，从艺术上说，生动地显示了一个多傲的、任性的英雄，又是很平民的。正是因为他太不智，太幼稚，水平太低，太可笑，又太可爱，他才太平民，才更能让普通人有共鸣。这个英雄高于普通人，却有普通人的平凡言行，这就使他比诸葛亮更容易被民间所接受。

但是，这只能说明，他是一个超凡而普通的英雄，怎么会成为神呢？

这就不仅仅是关公个人的问题，而是社会期待的问题。

这要从两个方面来看，一方面是在民间社会，一方面则是统治阶级。《三国演义》不是天上掉下来的，而是从公元 3 世纪历经千年的精英文化和大众文化的反复淘洗、积淀、升华的产物。

关羽形象的建构，从魏晋时期开始，排除了一些明显负面的元素，逐渐从正面统一起来。在晋人常璩的《华阳国志》中记载，关公在曹操率领下围攻吕布，对曹操说，自己的妻子没有生育，待攻城得手，想娶敌将秦宜禄的妻子，曹操答应了。待攻城得手，关羽一再申请，可曹操觉得此女美艳，就自己拿来当了小老婆。这样看来，在曹操围猎时，关公欲杀曹操，后来归降曹操，又毅然出走，原因之一是争美女的旧怨。这对关羽大义凛然的形象显然有损，故为后来史家和民间传说所不取。

到了南北朝，中原华北陷落，国危思良将，故关公、张飞的形象就以威猛为特点而广泛流传。《南史》中有薛安都"单骑直入"斩"万人敌"之叛将鲁爽而还，"时人皆云关羽斩颜良，不是过也"。

到了宋元时代，在民间说唱和口头平话中，虚拟想象有了神化的倾向，关羽的形象进入神人交织的过程。一方面关羽有民间故事的平民世俗和情怀，另一方面又有超现实的宗教神化。元杂剧《刘关张桃园三结义》中，关羽在家乡杀了人，逃亡到范阳，到张飞处买肉。张飞把刀子压在石头底下，谁能拔出，买肉不要钱。关公拔出刀子，拿了肉，留钱而去，张飞乃深为敬佩。二人同饮，遇到刘备，相貌不凡，其醉后，有蛇出七窍，皆以为大贵人，遂到涿州桃园结义。在《花关索传》中，关羽成为"神魔之父"出现，甚至有一连三声唱倒了萧墙的特异功能。关汉卿的《关大王单刀赴会》自然是将关羽英雄超人化，但是，现存明刊本中，也有平民化的小人物的插科打诨。小道童说大话："关云长是我酒肉朋友。"在《走凤雏庞掠四郡》中，在黄忠口中，关羽更是平民化："当初我和应举去，为他和我平日有仇，他去御史台里插告状，靠下我一片虚词，他后来走了，倒拿住我打了二十。"而在《关张双赴西蜀梦》则有关羽鬼魂故事，《关云长大破蚩尤》则是关羽奉玉帝之命，率领五岳四渎之军，打败蚩尤。不少杂剧中出现将关羽归于"神道"的话语。在《锁白猿》中，关羽还以"四大天将"形象出现。很明显，在民间大众文化中，关羽的"义"渗透着神化。

正是因为这样，他在民间结社中被奉为神祇。农民造反军，张献忠、李自成、洪秀全没有可能创造自己的意识形态，只能将异姓兄弟义气作为思想纲领，作为团结的最高准则，甚至以《三国演义》中之战案为"帐内秘本"。学刘关张结义，成为民间的一种风气。关公崇拜遂成普遍的民俗，关公的庙遍及全国城乡。据统计啊，到了光绪年间，仅北京城里关帝庙就有 116 处。那时候北京城里人口最多也就 100 万，每一万人就有一个关帝庙。全国有关帝庙多少呢？约 30 万处。当时孔庙有多少呢？3000 处。超过孔庙百倍。关羽此时，在很大程度上，已经成为保佑民人的福神、财神。怎么搞得这么了不得呢？当然这与清朝官方提倡有关，但是，关羽形象中民间文化的"义"可能是更重要的原因。要不然在清朝灭亡了以后，到了民国时期，关公的崇拜应该从根本上消解了，但是，关帝庙至今仍然普遍存在。1914 年民国时期还将关公和岳飞合祀。20 世纪 30 年代，南京政府废除神庙，但是关公庙却继续保留。到了 1982 年，台湾省还有主祀关公的庙 195 座。2001 年有地方还举办了关公文化节。

对于这一点，清王侃《江州笔记》说"今天下无不知有关忠义，演义之功也"。

关公的民俗崇拜除了"义"的派性以外，作为神，还有更丰富的功能，如

"旨在治水、灭蝗、驱瘟"等，这完全是保佑百姓的性质。

从封建统治阶级这方面来看，和民间有很大的不同，主要是宣扬忠于皇权。

农民造反军把《三国演义》作为战争的秘本来学，这不奇怪，最奇怪的是外族。满人入关的时候，照理说关公这个汉王朝的正统观念对满人是很不利的啊，但满族领袖努尔哈赤和皇太极就非常重视《三国演义》，命人把它翻译成满文，让满人子弟学习。

当然，封建统治者目的所在，并不完全在民间的"义"，而在忠。统治阶级的推崇，和民间的神化不同，而是在神化的同时圣化，按封建等级制提升。

统治阶级从什么时候看中了关公呢？据研究，最早是隋朝始建汉寿亭侯庙，从宋哲宗开始，就火起来了。宋朝最没出息的一个皇帝，谁？后来当了俘虏的，一个大艺术家——宋徽宗。那时关公已经离开几百年了。他看中了关公，把民间"义"为核心观念转化为"忠"，封关公为"忠惠公"，"忠"就是忠于皇权的忠，"惠"就是恩惠的惠，皇帝的恩惠。这就大大地升格了，因为关公在世汉献帝封的是汉寿亭的侯，宋徽宗把他提升为公。我们知道诸葛亮不过是武乡侯啊。关公是3世纪左右吧，宋徽宗是12世纪了，800多年过去了，这只股票猛升了。因为什么呢？宋朝边防是很脆弱的，宋徽宗希望有个忠于他的猛将。过了不久以后，又加封为"武安王"，从"公"升为"王"，从此就是"关王"了。宋孝宗——宋徽宗的孙子这一辈，又把他封为"英济王"。为什么要加一个王？是北方的国土沦陷了，不得不南渡了，想猛将想得更厉害了。到了元朝，关汉卿写那个单刀赴会啊，就是关王。光封一个王的爵位还是空的，后来还进入官方法定的祭祀仪式，祭孔啊，祭天啊，要加一个祭关公。到了明代，已到了王了，那怎么办？再加上去，就是帝了，和皇帝一样，肯定不行。怎么办呢？本来是春秋两祭嘛，改为必须有单独祭祀关公的日子。什么时候呢？五月十三号——关公的生日。祭祀的礼品啊供品啊都规定好了，用牛一头，羊一头，猪一头，果品五种，丝织品一匹，还正规化到要礼部派人去主持。更精彩的是"国有大事则告"，国家有什么大事情都要禀告一下关王。啊，这关王也不知道听得见听不见。（笑声）到了万历年间，关羽的股票还要升值，怎么升呢？加封为"协天护国忠义大帝"，成为大帝了。皇帝是天子，关公的职责是"协天"，级别是"大帝"，和玉皇大帝一样，好像比人间的皇帝还要高级一点。这可是无以复加了，不行，还再加，到了清朝更有名堂了。雍正皇帝，这是一个很残暴的家伙，是吧？但是很有政治智慧的，他想利用关帝

的忠。关帝啊，本来祭祀是春秋两祭，下令一年要祭三次。我看政府官员可真要
烦死了。（笑声）而且呢，其中规定春秋两祭，祭关公的档次和规格跟孔子一样。
到了咸丰皇帝，这是1853年，就是鸦片战争打开国门以后的第13年，这个时候
大概更需要忠了。咸丰皇帝规定祭关公的时候，要三跪九叩！什么叫三跪九叩？
跪一次磕一个头，这叫一叩。三跪，每次磕三个头，三跪九叩，这个就是用帝王
仪。从这个时候开始可以说不但是名号超过了孔子大成至圣先师，礼仪上超过了
孔子祭礼，更出格的是，还要和观音、释迦牟尼相提并论。那么到了光绪五年清
朝快灭亡了，这个关帝称号已经多到形容词快用完了，加起来谥号多到26个字。
我念给你们听一下啊。（笑声）"忠义"，这是首要的，是吧？"神武"，神啊，武
将嘛；"灵佑"，他这个灵会保佑清朝这个摇摇欲坠的小朝廷；然后"仁勇"，强
调了仁义勇猛；然后"威显"，威风显示出来；"护国"，保家卫国啊；"保民"，
保护百姓嘛；"精诚"，精诚团结；"绥靖"，要消灭革命党啊，这个都好懂；还有
一个"翊赞"，翊，相互，这是辅助皇帝的意思；"宣德"，宣扬德行；最后，"关
圣大帝"。所有的褒义的形容词都加他身上了。

清朝统治者的文字游戏真是做得有点发疯了。

宣扬这个偶像崇拜，要得到民间的接受啊。关公和诸葛亮比，不论从人格上
还是智能上都差远了。关公的人格价值，在于他忠于正统的刘氏王朝，但是好像
又没做到绝对。在刘备败亡之际投降曹操，但是得知刘备没死，他不甘心，谢绝
了曹操的厚待，投奔刘备。这里的忠，有特点，在主子没有死的时候，是不甘心
投降的，但是，在主子死了后呢？按关公的逻辑，就可以换主子了。这是清朝统
治者对汉人知识分子和将领树立的典范。明朝已经灭亡了，你们可以名正言顺地
投靠我了，像诸葛亮那样，刘备死了还忠于蜀汉，是清朝统治者所忌讳的，

如果仅仅是这样的忠，民间没感觉；有了义气，民间的感觉就比较亲近了。
到了民国，这个"忠"字没有意义了，关公的崇拜为什么还是相当盛行呢？就是
因为这个"义"字。这个义气的观念还有它的积极意义，比如民间的、小团体之
间的互助，其原则就是重义轻利的，重义是光荣的，重利是可耻的。这是民间社
会的精神密码。它是不讲政治原则、社会法制的，这就是"义"的消极性。在
《水浒传》中，武松醉打蒋门神，是义的，因为施恩对他友好，他们结拜为兄弟。
但是，施恩从本质上和蒋门神是一样的，他得了势，和蒋门神一样，是要向店铺
收保护费的。蒋门神是恶霸，施恩其实也是一丘之貉。这种消极性，直到如今还

在民间颇有市场。好多青年，莫名其妙地就把人杀了，因为老哥们儿叫我去啊，明知是犯罪，可能无期徒刑，但是，不去是没有脸的。这就是"义"的无原则性的流毒。但是，这只是消极方面，不是全面的。就"义"的全面精神密码而言，在关公身上比置在诸葛亮身上要强烈多了。诸葛亮是谈不上义的，只有一个忠。

读《三国演义》，有一点很令我困惑，鲁迅这样一个智者，这样的大文学家，眼光很毒的人，他在评价《三国演义》时说诸葛亮写得很不成功，说他"多智而近妖"，却说《三国演义》写得最好的是关公。但是，关公也神化了嘛，写诸葛亮不过是在间接的效果上写他超人，而关公则是直接以神的身份行动、发言、显圣。

关公给吕蒙杀了，接着来好几笔。第一笔，有一个老和尚普净，三更以后，庵中默坐，忽闻空中有人大呼曰："还我头来！"和尚一看，只见空中一人按落云头，认得是关公，关公说"今天我某人遇祸而死"，"愿求清诲"，愿你给我一个教导，"指点迷途"。普净曰："今你为吕蒙所害，大呼还我头来，但是你当年斩颜良诛文丑，过五关斩六将，那些人的头找谁去要啊？"关公恍然大悟，稽首而去。以后在玉泉山经常显圣来保护山民，乡人感其德，就于山顶上建庙世世祭祀。这难道不是真正成为神了吗？诸葛亮不过是"多智"就被鲁迅贬之为"近妖"，而关公死了，成了神，还能来保护山民，这算什么呢？吕蒙把关公杀了（其实《三国志》和《水经注》上说，是潘彰杀的），孙权就庆功，就把吕蒙放在上位上。孙权说，当年周郎一战，雄略过人，破了曹操，很不幸他死得太早了。赤壁之战，鲁肃跟周瑜把曹操打败了，是很痛快。但鲁肃有个短处，就是劝我把荆州借给刘备，弄得现在长期以来骨鲠在喉，你力取荆州，要胜过周瑜和鲁肃。那么给吕蒙敬酒，注意啊，吕蒙忽然"置杯于地"，一手抓住孙权，厉声大骂"碧眼小儿"，这个我感觉很奇怪，孙权的眼睛是绿的，是不是有洋人的种哪。（笑声）"紫髯鼠辈"，孙权是个江南人嘛，他胡子怎么会是紫的呢？又不是泉州人，不可能有阿拉伯人的血统。（笑声）然后，"还认识我吗"，这显然是关公的话嘛。吕蒙推倒孙权，大步前进，坐于孙权位上，孙权大惊，吓得要命，慌忙率大小将士下拜磕头啊。而吕蒙倒于地上，七窍流血而死。（大笑）如果诸葛亮"近妖"，那么关公这算什么，至少也有点"近魔"吧。关公借着吕蒙的身躯"显圣"了，这鲁迅就不管了。其实，吕蒙并不是关公吓死的，《三国志·吴书·吕蒙传》说他上书孙权请病假"常有病，乞分士兵还建业"，并没有参与宴会，是得慢性病死的。按我的想法，这种"显圣"，应该说是民间大众文化的虚拟，是艺术的胜利。为什么呢？关公死了还会"显圣",大叫"我自破黄巾来,纵横天下三十余年,今被汝以奸计突破,我生不能啖汝之肉,死当追吕贼之魂",你看他死了以后还是很傲慢,(笑声)江山易改,本性难移啊。(笑声)还在自我表扬。(笑声)他的性格核心特征的统一性,真是达到极致。读起来,太过瘾了。(大笑声)

这种手法显然有异于《三国演义》中精英文化的智者的趣味,而充满了民间大众文化的神怪化的趣味。并且,这种趣味显然并不符合鲁迅写《中国小说史略》之时(1924年)的趣味,但是,鲁迅却高抬贵手,为什么呢?因为,关公之死不仅仅有神怪化,而且有现实主义的精英的智趣。

《三国演义》特别强调关公的意气用事,他的幼稚,常常是在另外一个人的眼光当中看出来的。谁呢?诸葛亮。夏志清先生说:"在所有心怀敬畏之情的旁观者中,却有一位不动情感的观察者,诸葛亮。"从一开始,他就把关羽(还有张飞)看成是"宠坏了的孩子"。写小说、写戏和写诗是不一样的。写诗两个人谈恋爱,一见钟情,心心相印,生死不渝,"在天愿作比翼鸟,在地愿为连理枝"。是吧?那是很好的诗,可是写小说不能这样,写小说里的两个人吵来吵去,完全敌对,一点感情纠葛都没有,那是很难写出好小说的,最好有第三个人介入,用第三者的眼光来看。这就是我讲过的为什么恋爱小说都是三角。(笑声)为什么在林黛玉和贾宝玉之间要来一个薛宝钗?没有薛宝钗,林黛玉不用那么神经质。为什么在《西厢记》里边,张生和崔莺莺之间要安排一个红娘?让红娘来调笑张生"真叫你去你又不敢了",然后反过来又嘲笑小姐:"啊呀,你这个人哪,约人家来,人家来你把他轰走,人家走了你又吃不下饭了,莫名其妙!"(笑声)有了第三只眼睛来看情感的错位,人就生动了。所以夏志清说关公这个人犯错误,犯得好生动。有一个原因,他的错误都有另外一个在高处的人看着,关公肯定是要犯错误的。(笑声)华容道的错误是在诸葛亮眼中看出来的,可是鲁迅却怪罗贯中,说是诸葛亮在这里只显得"狡狯"。从艺术上说,好就好在有第三只狡狯的眼睛在一边看着,才把关公走向死路的前因后果写得淋漓尽致。

鲁迅只看到华容道,关公犯错误犯得艺术,但是,没有看到关公之死在艺术上也酣畅淋漓啊。关公死之前,诸葛亮在蜀中嘛,关公在湖北、河南一带转战啊,但是有一个类似诸葛亮的眼睛在看他走向死路,王甫几次说"不能这样啊",但关公不听。王甫的眼睛,没诸葛亮那么高远。但是,从艺术原则上说,《三国演义》还是遵循着小说人物之间情志错位的原则的。最后他突围,选择哪条路呢?去问本地的居民，说此去有小路，就选小路。王甫，也就是诸葛亮眼睛的代表，就赶快出来提意见："小路可能有埋伏啊，走大路好。"都死到临头了，关公怎么说？说："虽有埋伏，何足惧哉？"打仗可以这样打的吗？知道有埋伏，我英勇无比，我就去找你的埋伏。完全是送死啊，或者从战略上说，是"左倾"冒险、盲动主义啊。（大笑声）临行出城之时，王甫哭了，君侯于小路一路小心保重啊！你不听我的，哭了都没用，最后就说，我这里，就是城破了，我也不降，准备死了，你不听我的话，我也奉上一条命。多么壮烈啊，这个王甫之死，为关公的多傲悲剧，增添了一份悲中有壮烈的反衬。

有了这一笔，关羽死亡的悲剧性已经够深沉的了。但是，《三国演义》显然觉得还不够，在这以前，特别写了由于他的骄傲，还使两部下刘封和孟达心怀鬼胎。他们两个不义的消极，成了关羽走向死亡最直接的原因。

他们本来在做关羽的后勤，要做他的机动部队的。但是由于关公没有好好地团结他们，使他们感到受轻视，到了关公被围，他们就见死不救，这是"义"的反面，也就是"不义"。这关公呢，表面上死在敌人手里，实际上呢，他在很大程度上死在"不义"的自己人手里，而这种不义恰恰是关公自己一手造成的。

把精英的现实智性和大众民间文化的幻想结合起来，表现得更突出的是他死后的政治军事效果。罗贯中的伟大气魄就在于由关羽失败的结果又引出一连串结果的结果，每一结果，都充满精英的政治智慧，又结合着民间神化的奇观。

孙权好得意啊，关公杀了，荆州拿回来了。突然孙权的谋士张昭进来了，说："主公，你损了关公父子，江东之祸不远呀！吴国的祸事开始了啊！此人与刘备桃园结义，誓同生死。今刘备已有东川、西川两川之兵，更兼诸葛亮之谋，张飞、黄忠、马超、赵云之勇。若知关云长父子遇害，必倾国之兵，奋力报仇，恐东吴难与为敌也。"权闻之大惊，害怕了。张昭说："不要怕，我有一计，'令西蜀之兵不犯东吴'。"孙权问他："什么计策啊？"张昭说："曹操拥百万之众，虎视华夏，刘备急欲报仇，必与曹操约和。若二处连兵而来，东吴肯定危险，不如先请人把关公的脑袋送给曹操，让刘备感觉到是曹操叫我们杀的，那必然痛恨曹操，西蜀之兵啊就去打魏国了。那两虎相争，必有死伤，看谁伤了，我们再打受伤的。"孙权就听了他的话，然后呢以一个木头盒子把关公的脑袋去送给了曹操。曹操也很高兴呀，哇，正在高兴的时候，又有一个人突然出来说："这是大祸啊！这个东吴之计呀，不要听他们的。"什么人？司马懿——这个后来的晋王朝的开拓者。操问其故，说："昔刘、关、张三人桃园结义之时，誓同生死。害了关公，惧其复仇，把脑袋卸给我们，使刘备迁怒于我们，则不攻吴而攻魏，不要中他奸计啊。"于是曹操说："对啊，那怎么办呢？"司马懿说："很好办，关公只有脑袋，没有身体，我们刻一个身体，葬以大臣之礼。刘备必定恨孙权，不会来打我们。我们就坐观胜负，啊，哪一家赢了我们就打哪一家。"这完全是政治精英的智慧啊，很现实的嘛，但是，如果光有这一点，《三国演义》就太现实了，大众文化趣味就不够淋漓了。《三国演义》展开了带宗教色彩的想象：底下的人呈上木匣，曹操开匣视之，关公面如平日。诸位想想，从战场上，把关公脑袋割下来，木盒子装起来，运到许都，起码要好几天吧？这个脑袋还跟平常一样，嘿嘿，一点没有腐烂，没有发出恶心的气味。（笑声）曹操笑曰："云长别来无恙啊？身体怎么样啊？有没有感冒啊？"（笑声）只见关公口开目动，嘴巴张开，眼睛在闪亮，须发皆张，胡子在飘起来。曹操吓倒了。然后呢，众官急救，良久方醒。谓众官曰："关将军真天神也！"

你看看，这是写关公"天神"的精神威力多么强大：人头割下来，还那么有生命力。和孙权的得意，吕蒙的暴亡，曹操的惊吓，都是带着宗教性质的大众文化幻想。

当然因为这是中世纪的传奇，既不是《西游记》那样的神魔小说，也不是《儒林外史》那样的现实主义小说，而是介于两者之间的过渡。其手法的特点，特别突出了中国史传文学传统，只重记言和记事，不重心理描写，故像关公之死这样的大手笔，也只是以叙述手法记生前的言和事，都是对话和动作，不进行环境和内心描写。人物形象只从动作和语言效果上表现，这种效果包括现实的和超现实的两个方面。这里不但有中国精英和民间英雄情结的精神密码，而且有中国古典长篇小说的艺术密码。

关羽的死使得《三国演义》达到了思想的高潮，还导致刘备张飞实现了"不能同年同日生，但愿同年同月同日死"的精神。刘备出于义的誓言，决策征讨东吴。赵云进谏："汉贼之仇，公也；兄弟之仇，私也。愿以天下为重。"刘备答曰："朕不为弟报仇，虽有万里江山，何足为贵？"悍然出兵东吴，结果是张飞和他先后死亡。这里显然是把"义"放在最高的"利"之上，而刘再复却说：

　　　"历史不断证明'结义'——兄弟之盟不可靠。因为'义'最后总是要受到利的考验。当兄弟全都贫穷患难时，也就是'利益'并不突出时，平等关系是可以维持。然而一旦'利'字凸显，共图的大业成功，新的权力关系——不平等的关系，必定要取代兄弟关系——平等关系，否则权力结构无法维持。"

刘再复先生的说法，从历史上看，固然不无道理，但是，《三国演义》是小说，不是历史。历史上的刘备兴兵讨吴，并没有考虑到"义"或"利"的问题。《三国志》是这样写的：

> 先主忿孙权之袭关羽，将东征，秋七月，遂帅诸军伐吴。孙权遣书请和，先主盛怒不许。

而到了《三国演义》中则变成了"不为弟报仇，虽有万里江山，何足为贵？"这恰恰是"义"的理想主义，重义轻利、重义轻国的性质显而易见。刘再复说结义、聚义的结果是"团伙的利益高于一切，大于一切"，而《三国演义》显示的则是"义"的精神准则高于一切，大于一切。为了"义"的原则，就是毁了"万里江山"也义无反顾。关公的"义薄云天"和刘备的"义"无反顾相得益彰，民间大众文化的"义"的理想主义，正是对刘再复先生所说的从结义到反义的历史规律的反驳，或者说批判。《三国演义》艺术形象的成功，为后世关公的神化奠定了基础。而刘再复先生却说，《三国演义》的广泛传播造成了中国人的精神进入厚黑的"精神地狱之门"。事实恰恰相反，在民间，其精神正能量与时递增，其艺术魅力历经千年而不朽。在民间祭祀中，随着他从侯变成王，从王变成帝、大帝，成为超越孔夫子的武圣人，被大众广泛接受，就是最雄辩的证明。无数关帝庙的存在，其旺盛的香火，乃是对刘再复先生无声的反驳。（鼓掌声）

最后，我还要提一下刘再复先生把《三国演义》和《水浒传》中的"义"一锅煮，同列为"精神地狱之门"，我觉得，这就更离谱了。其实，《三国演义》中的"义"和《水浒传》中的"义"内涵是很不相同的。《三国演义》中的"义"和"忠"处于对立统一的关系之中，是以"义"为主导，一旦矛盾，"义"高于"忠"。而《水浒传》中的"忠"则是"义"的从属。《水浒传》的"义"也是一种平等的观念，上了梁山，都是兄弟，"八方共域，异姓一家"，以兄弟相称。中国是宗法社会，最为可靠的人际关系就是血缘关系。国民党最初在党内称"同志"，强调思想的认同。但是，许多领袖，如蒋介石和冯玉祥，和张学良称了同志还不够，还要"结义金兰"，拜把兄弟。血缘关系，比思想认同要紧密多了。在《水浒传》里，素不相识的人只要一到梁山，就像亲兄弟一样平等。那为什么要这样一个平等的社会呢？因为社会上不平等、不义。为什么不义呢？因为社会上有等级，经济地位、政治势力差距太大，产生了很多不义的事情。要让社会"义"起来，就要取消不平等，这是很困难的，因为是法律规定的，再加上贪官污吏在法制以外迫害老百姓。那怎么办呢？只有两个办法，一个，就是让一种特别有力量、超勇敢的人路见不平，哪怕素不相识，也要主动拔刀相助，用个人的、强大的暴力不惜付出生命的代价去帮你拼。所以才有一个英雄叫作拼命三郎。这很有象征性，能够路见不平，拔刀拼命的，就叫"义士"。这个"义"不但充满平等的社会理想，还渗透着人格理想。第二，为"义"拼命的英雄在《水浒传》中却不是最高的义士，最高的义士是谁？宋江。他有没有路见不平、拔刀相助的能力呢？没有，这个家伙根本不会打架。可所有拔刀拼命的义士见了他，莫不"纳头便拜"。他为什么受到这种无条件的崇拜？不管是强盗、土匪、英雄、豪杰，一听到宋江的名字就磕头，为什么？他有一个品格，叫仗"义"疏财。一看到你有困难，不管认识不认识，马上就拿五两银子、十两金子的给你，请你"笑纳"吧。这就代表了另外一种理想。这个社会上弱者为什么老是受欺侮？就是因为没钱。梁山泊劫富济贫进行大规模的军事集团的斗争，一般的小百姓，等不到你梁山部队开过来，都饿死了。而宋江的绰号叫作"及时雨"。及时，就是一旦有需要，有钱的人马上主动奉献，请你收下，一定要笑纳。这样就有了两种义士：一种是路见不平、拔刀相助的义士；第二种，就是仗义疏财，人人都拼命聚财，我则拼命散财，主动用钱来填平社会的不平。在这两种义士里面，哪一个更难得呢？最高的义士是什么人呢？是仗义疏财的。如果有钱的人都能够像宋江一样，把钱主动送出来，这个社会就平等了。这其实就是最善良的理想。当然这是空想。这和刘再复所欣赏的"夸父逐日""精卫填海""羿射九日"的空想，在某种性质上是一样的。但是，刘再复认为前者是美好的原形文化，后者是丑恶的"伪形文化"。如果真是这样的话，那么反《水浒传》的《荡寇志》，让宋江死于"贾（假）忠""贾（假）义"之手算不算原形文化的回归呢？正是因为这种平等的空想不能和平地实现，才有起义。

19世纪俄国还有一个伟大的文学家够得上宋江的水平，谁呢？托尔斯泰。他说，农奴这样惨，就是因为地主占有了土地，我是贵族，我有这么多土地，又有这么多农奴，我有罪，应该主动把土地还给农民。当然，他没有读过《水浒传》，也没有达到宋江那样"仗义疏财"的自觉。（大笑声）刘再复不会对《水浒传》和《三国演义》中"义"的内涵做具体分析，只会为中国人的精神退化而叹气，我觉得他比托尔斯泰还天真。（笑声）

当然，《水浒传》中的"义"也隐含着走向反面的危机。仗义疏财的前提是必须有无限的财，但这是不可能的。特别是上了梁山以后，更没有来源了。靠打家劫舍，就变成了不义，而且不可持续。所有的头领兄弟都没有远见，只有宋江知道这种危机，所以有了受招安的决策。以打辽国为由，以民族矛盾来遮蔽阶级矛盾，体面地归顺朝廷。这里有一个很值得沉思的现象，就是一般的起义军，都是面临失败之时组织分裂，投降与反抗分化。但是，梁山泊则是在起义军取得辉煌胜利之时，组织上保持完整，最后投降朝廷的。即使像武松、李逵那样的反对派，也追随宋江投降了。这就是"义"最高的原则——团结所起的作用。在组织上保持统一投降之时，义就走向反面，也就是忠了。这就是"反贪官，不反皇帝"，也就是阮家兄弟所唱的"杀尽贪官和污吏，忠心献予赵官家"的注释。不过，其结果则是，梁山泊众好汉，由于义的盲目性，在投降以后成了杀戮的机器和被杀戮的牺牲品。这就是义的内在矛盾转化的必然结果。

好，时间差不多了。谢谢诸君这么耐心地听我老头子饶舌了快两个小时！好像都没有发现听得不耐烦而集体上厕所的。（笑声）你们对我真是太义气了，让我今天有一种义薄云天的感觉。（鼓掌声，笑声）

对话：

问题一：孙教授，感谢您精彩的演讲。但是，我有一点不大认同，就是关于华容道的，您说不是关羽的失误。但是我印象中《三国演义》里面写的是这一招是由诸葛亮特意安排的，如果诸葛亮真的想要把曹操干掉的话，他完全可以把张飞、赵云之类放在最后一关。而他认准了关羽一定会把曹操放掉，所以派他去。如果把曹操干掉了北方就会大乱，外族入侵，蜀国统一大业更加难以实现。

教授答：请坐请坐，你的问题提得非常精彩。我的回答是我讲的是《三国演义》，你讲的是历史。《三国演义》里，没有讲到北方很严重的民族矛盾。和曹操的北方接近的是乌桓，据我所知，汉武帝打败匈奴，迁乌桓于上谷、渔阳、右北平、辽东、辽西五郡边塞，监护乌桓各部不得与匈奴通。东汉魏晋沿置。乌桓原是游牧部落，南迁后开始发展农业。3世纪初乌桓大部分归附曹操，有万余部落入迁中原，渐与汉族融合，留居塞外的大多并于鲜卑。曹操征服乌桓，在《三国演义》里，好像没有花多大力气。倒是刘备接近的西凉，羌族以马腾、马超父子为首，曾经打得曹操丢盔卸甲，割袍断须。西凉在今天甘肃酒泉这一带，和刘备的蜀国接近，后来就投降了刘备。

补问：呃，不是。《三国演义》里面，关公声明不会因旧日恩情放过曹操，立下军令状。关羽领到任务走掉以后，刘备说："如果关羽真完不成任务，你不是真的要把关羽杀了吧？"诸葛亮说："不。"

教授答：具体地说是这样的，刘备说："吾弟义气深重，若曹操果然投华容道去时，只恐端的放了。"孔明曰："亮夜观天象，操贼未合身亡。留这人情，教云长做了，亦是美事。"小说里的关键的一条，就是诸葛亮知道他会把曹操放走，而且呢，知道曹操命不该绝，这是有点迷信的。但是，我要提醒的是，我前面一直反复强调《三国演义》是史家精英文化和大众宗教文化的融合。命不该绝，是宿命论，从科学理性来说，是不真实的；但是，从艺术审美来说，是可以允许假定、想象的，就像草船借箭那样预料三天以后一定有大雾。有了这类假定的好处，是能充分表现关羽在面临个人的生命与正统的"忠"矛盾的时候，他选择了"义"，做了对自己生命有危险的选择。他的义无反顾，他的光明磊落才得到淋漓的表现。同时，我刚才说了，关公和曹操的生死之会，如果没有诸葛亮这更高明的第三只眼睛来看，艺术就差得远了。这是罗贯中的伟大创造，比较早的《三国志平话》里曹操脱逃得逞，是偶然的莫名其妙的"面生尘雾"。《三国演义》改成诸葛亮索性做个好人。宿命论，从思想上说，是历史的局限性，而和《三国志平话》相比，从小说的情节构造来看，则是一种突破。反过来说，如果派赵云去，把曹操抓住了，刘备和孙权把他杀了，这既不符合历史，又弄得小说没有办法写下去。

我们看中国古典小说，往往有宿命论的成分，这也要具体分析。《水浒传》中众英雄为什么会造反呢？有个宿命论。张天师误走妖魔，后来就成了三十六天罡、七十二地煞，成为造反的英雄。《红楼梦》中，林黛玉动不动就哭，书里有个解释：天宫里有株绛珠仙草，神瑛侍者天天浇水，日积月累，水浇那么多，那绛珠仙草投胎到人世就是林黛玉，要把水都还给神瑛侍者，就是贾宝玉。怎么还？就是不断地哭。实际上呢，读者对这种因果关系并不太认真，显而易见，最能感染读者的并不是这些，而是《红楼梦》里那些人丰富的情感奇观，对于那些神话、仙话、鬼话的虚拟，并不太在意，头脑也不会被它搞乱，反而由于幻想的变异更激发想象。

关公这个命不该绝，是有局限性的。但是最撼动人心的，是他的情感逻辑，他的个性，他的不智，他的非理性，甚至是愚蠢，这才像个活人。鲁迅之类，特别是胡适对《三国演义》中诸葛亮的形象定位在了非常狡猾。其实仔细读文本会发现，他不过是明知关羽会放过，还不如将错就错，人情让关公做了，这是诸葛亮这个后来者拉拢、团结关公这个"老干部"的手法。因为诸葛亮才27岁，参加刘备集团才一年，而关公比他大二十岁左右，又是老资格。诸葛亮要团结、控制他的办法就是把小辫子抓在手里。因而不能简单说成是阴谋诡计、虚伪，而是做个顺水人情。你提出的问题，可能结论是和鲁迅一样的，你的来头比我大，很值得我思考，但是我思考结果和你还有鲁迅不一样，供你参考吧，好吧！谢谢。（掌声）

贾宝玉：从痴爱、泛爱到无爱

讲这个题目我是有点担忧的，太难了。我给你们讲《水浒传》、余秋雨、鲁迅，我都是得心应手。有一次我们讲一个题目，我带了一个 U 盘来，打不开，那怎么办啊？那就即兴随便乱讲，你们老师告诉我，说讲的效果最好。（掌声）

但是现在《红楼梦》不敢乱讲。为什么？这个经典是太丰富，太精彩，太神秘，太复杂了。直到现在为止，不但我没有完全看懂，我看鲁迅啊，胡适啊，俞平伯，那些大师，还有我的老师吴组缃先生，我觉得，他们也好多地方都没懂。最近，我又花了差不多一个月的时间仔仔细细读了一遍，也还有些地方不是很懂，但是，好像，关起门来，在这里可以吹一下，比他们多懂了一点。（笑声）不要笑嘛，鲁迅当年写《中国小说史略》，才四十多岁嘛，胡适当年弄《红楼梦》考证才多大啊，三十岁左右呀，可老夫今年七十有七啊，在大学里，他们还只能算是中青年教师哦。（大笑声）老夫不但比杜甫的最高指望还多了七岁，而且比杜甫的学问大得多了，杜甫懂得黑格尔、马克思、康德、德里达、福柯吗？杜甫读过《红楼梦》吗？杜甫会到互联网上查资料吗？（大笑、鼓掌声）都没有。有人可能觉得我太狂妄了，我可以坦率地告白，我狂而不妄。（大笑声）

读《红楼梦》啊，就是对自己智慧的考验。读者要有排除大师们误读的气魄，就要有独立的思辨能力，从直觉、初感直接形成观点，构成逻辑系统。这是严峻的考验，我向来是认为自己在这方面有点优势的。（笑声）最近陆陆续续又钻研一番，信心反而好像又有点不足了，有点心虚了。（笑声）读的时候我正好在台湾访问，晚上有空都读一读，越读越觉得精彩，越读越觉得我自己理解力太差了。怎么搞的，这个曹雪芹生在 18 世纪，他那么聪明，照鲁迅先生的进化论，应该一代胜过一代么，现在好像应了九斤老太所说的一代不如一代了。但是我还是想通过讲座来磨炼我的智慧。

歌德有一篇文章，标题叫"说不尽的莎士比亚"。一代一代人研究莎士比亚，一代一代的论文写不完。对于俄国人来说是说不尽的普希金，说不尽的托尔斯泰，说不尽的陀思妥耶夫斯基。对中国人来说当然是有说不尽的《三国演义》，说不尽的《红楼梦》，说不尽的鲁迅，说不尽的阿Q，甚至是说不尽的《背影》，说不尽的《再别康桥》。

这说明什么问题呢？作为经典文本，它是民族智慧的、情感的、哲学的、生命体验和艺术表现的结晶，积淀着整个民族文化的精华。解读经典文本是民族智慧的历史祭坛，每一个时代的人都把自己最高的智慧放到这个祭坛上。当然，也免不了泥沙俱下，鱼龙混杂，出现大量废话、蠢话。我非常不耐烦某些研究《红楼梦》的文章。怎么搞的？本来很简单的事情被讲得很复杂，本来很复杂的事情又讲得很简单，一辈子吃《红楼梦》的饭，越吃头脑越空了。但是毕竟江山代有才人出，红学研究还是进步很大呀，我虽不是才人，可还是敢于在这个学术祭坛上燃烧一下，愚者千虑，必有一得，可能比有些蠢话还好一点。其中也许有些智慧的光彩，让你们一辈子忘不了也未可知。（笑声）

一、《红楼梦》的主题：男性接班人的危机

一部《红楼梦》，不同读者看到的东西是不同的。鲁迅曾经讲过一句很有名的话，他说，"经学家看见《易》，道学家看见淫，才子看见缠绵，革命家看到排满，流言家看到宫闱秘事"。他讲的是所谓索隐派，里面都有一些稀奇古怪的东西，特别是顺治皇帝跟董宛如的恋爱故事。今天就不去浪费时间了。

五四新文化运动以后，胡适、俞平伯这些红学的人说作者是把真事隐去以假事、以虚构写他的自传。到了20世纪50年代呢，主流意识形态是阶级斗争推动社会发展。用阶级斗争的观点来解释《红楼梦》，结果就把《红楼梦》说成是意识形态的斗争。李希凡、蓝翎写了批评俞平伯的文章，引发了批判胡适思想的运动。李希凡他们说贾宝玉是中国资本主义萌芽时期新生力量的代表，其核心乃民主平等观念的萌芽。最近我看到台湾的龚鹏程教授总结说《红楼梦》有以下几种解读：一是有人认为是毁僧谤道的小说。里面的僧道都是比较愚昧的，空空道人哪，渺渺大士啊，信道的贾敬一直炼丹，炼丹就是炼毒，把自己毒死了。还有赵姨娘做的那个迷信活动，诅咒贾宝玉和王熙凤，让他们发疯了，都是对这种迷信活动的批判。我做大学生的时候，看到郭沫若的文章说其实不是发疯。郭沫若是学医出身的，他根据症状，断定是得了猩红热。（笑声）二是有的说是崇仰儒家

的，还有说崇仰佛教的。对这些五花八门的学说，如果很系统地一一介绍，你们肯定会感到烦死了。（笑声）这样的文章加起来比《红楼梦》篇幅还多。我翻阅红学家的文章，觉得这些人真是呆，人生苦短，拿几十年的生命，只有一次的生命，不能打草稿的生命，耽溺在这么多胡话中，把生命这么挥霍掉，太令人悲悯了。我不能像他们这样糊涂，与其被那些烂文章折腾，还不如节省一点生命，去享受阅读《红楼梦》那惊心动魄的体验。（笑声）

鲁迅说，在《红楼梦》中，经学家、道学家、才子、革命家、流言家所看到的不是《红楼梦》，而是他们自己，和《红楼梦》没有关系的。如上海话所说，四大金刚腾云——悬空八只脚。我想，这许多说法令人莫衷一是，真是一千个读者有一千个哈姆雷特。但是，福建师大的赖瑞云教授提出，一千个哈姆雷特还是哈姆雷特，不会变成罗密欧。我们的任务就是要在一千个哈姆雷特中找寻出那个相对最哈姆雷特的哈姆雷特。

那么孙绍振看到什么呢，你知道么？我是用带电的目光，高贵地透视了一番，（笑声）看到了封建大家族的接班人的危机。人的危机，人的精神的危机，人的生命力的危机，人的能耐的危机，尤其是男人，男性接班人的危机。这种看法，我是全国第一个，（大笑声）也是世界第一个。（大笑声，掌声）谁说中国缺少世界第一呢？鄙人可能就是一个。（大笑声）

这个大家族的祖上功勋盖世，是战场上血拼出来的。焦大讲主子是他背出来救活了，焦大喝了马尿才没有死，才有宁国公和荣国公两府，"水"字辈，宁公演，荣公源。第二代是"代"字辈，荣国府是贾代善，也就是贾母的丈夫。第三代则是"文"字辈，荣国府老大是贾赦，还可以承袭他祖父的勋爵。贾赦的弟弟，也就是贾宝玉的爸爸贾政，就不能够承袭了，照理应该是去科举考试，去考一个官。这有难度，皇帝同情，就赏了他一个"主事"，后来升任到"员外郎"，属于正员以外的。可能是有职务，没有编制，我没有把握。宁国府那边呢，到了第三代是贾敬，成天在庙里修道，妄求长生不老，不管事。第四代乃是"玉"字辈的，宁国府那边是贾珍，辈分和贾宝玉是一样的。贾珍吃喝玩乐，寻花问柳，其中包括在《红楼梦》的原稿里，跟他的儿媳妇，也就是贾蓉的妻子秦可卿通奸。被发现了以后，秦可卿上吊死了，回目上叫"秦可卿淫丧天香楼"，后来删节了。这真是腐烂得可以了。第四代是"草"字辈，贾珍的儿子贾蓉，不学无术，混沌度日。整个贾家的男人一代一代地垮下去，既没有道德，又没能耐，更没有责任感。贾家两府，烂得最严重的是宁国府，这是曹雪芹说明了的"箕裘颓堕皆从敬"，"敬"就是贾敬，"家事消亡首罪宁"，"宁"就是宁国府。宁国府在腐烂之中，没有一个人感到这危机。而荣国府却稍有不同，贾政有危机感，他还想振兴家业。曹雪芹给贾政命名的谐音是假正经，可能太苛刻了，其实我觉得不是假正经，比较正统就是了。

对这个正统的人，作为人，我觉得应该对他宽厚一点，对他人道一点，应该承认他是一个正派人。虽然他有两个姨娘，什么是姨娘？就是小老婆，但贾政有严重的危机感，主要是接班人的危机。长房贾赦的儿子贾琏，就是王熙凤的丈夫，是个浪荡的淫棍，没什么当官作宰、治家的能耐。唯一的希望就是稍微正经一点的贾宝玉。但是，他不能世袭爵位了，只能通过科举考试。按现在的说法，要通过高考，而且淘汰率很高，不像今天录取率达到百分之六七十。于是贾政拿钱给他捐了一个秀才，让他直接参加举人的考试。在贾宝玉梦游太虚幻境之时，作者借警幻仙子的口转述宁荣二公在天之灵所嘱：

> 吾家自国朝定鼎以来，功名奕世，富贵传流，虽历百年，奈运终数尽，不可挽回。子孙虽多，竟无一个可以继业者。唯嫡孙宝玉一人，秉性乖张，生情怪谲，虽聪明灵慧，略可望成……

男性后生都没什么希望了，也就是贾宝玉比较有希望，所以警告他一下，不要沉湎于女色，好好承担起责任，振兴家业。

这个唯一像样的男性，在第二回，冷子兴说他"其聪明乖觉处，百个不及他一个"，但是，他不愿意读八股文参加考试，认为那些考试的人都是"禄蠹"，禄就是俸禄，蠹就是蛀虫，连跟他们谈话都懒得。

贾府接班人不仅是品行的危机啊，而且是能耐的危机。譬如说，秦可卿死了，做丧事要安排几百个人的分工。整个宁国府，居然没一个男人具有管理的能耐。在这边荣国府，本来贾琏应该是管事的，但是，这个家伙完全是个二流子，那怎么办？只好把王熙凤请过去，说明什么呢？男性接班人的精神的危机、能力的危机、生命力的危机。这在封建社会叫什么呢？叫牝鸡司晨，牝鸡是母鸡，司晨就是打鸣，本来这是公鸡的职责，可男人的能力退化了，只好让女人承担。我声明一下，牝鸡司晨，是两三百年前的事，不是性别歧视，请女同学不要误解。（笑

声）

这里曹雪芹大笔浓墨地展开贾家潜在的双重矛盾。第一，非常豪华的丧礼，一方面没有任何一个男人能具有掌控这样繁重事务的能耐。第二，虽然这么豪华，但是，经济上早就入不敷出了。贾政是掌管这荣国府家族的家长，也稀里糊涂。第一百零六回，等到抄家事发，"那管总的家人将近来支用簿子呈上。贾政看时，所入不敷所出，又加连年宫里花用，账上有在外浮借的也不少。再查东省地租，近年所交不及祖上一半，如今用度比祖上更加十倍。贾政不看则已，看了急得跺脚道：'这了不得！我打量虽是琏儿管事，在家自有把持，岂知好几年头里已就寅年用了卯年的，还是这样装好看，竟把世职俸禄当作不打紧的事情，为什么不败呢！'"寅吃卯粮，这个时辰把下个时辰的钱吃掉了，这个月把下个月的收入吃掉了，今年把明年的花掉了。

贾政说，到这种情况下，还不把国家的俸禄当一回事，意思就是贾宝玉都不想做官，这个钱哪里来呢？怎么来挽救这个经济危机呢？所以说，《红楼梦》的第一个高潮，就是贾宝玉挨揍。贾宝玉跟金钏儿开玩笑，其实没多大事，结果金钏儿被赶走，自杀了；又加上宝玉在外面和一个戏子交往，弄得比贾府还有权势的派人来兴师问罪。贾政郁积已久，就下狠心把贾宝玉往死里揍，打得躺在那儿不能起床了。为什么那么狠，那么毒？贾母都哭了，弄得贾政跪下来了，说儿子不敢。事态搞得这么严重，为什么呢？接班人危机。这个家族完蛋了，唯一的有希望的人，他不想高考，他没有光宗耀祖的责任心，这个家族就没有未来了。

贾宝玉和贾政的矛盾在于家族责任感：贾宝玉既没有危机感，也没有责任感，厌恶八股文，不走仕途经济之道。经济的意思是经国济世，所以蒋介石的儿子才叫作经国呀。那些在官场里翻腾的人，即使对宝玉非常尊重，他也是感到发腻。比如贾雨村，本是贫苦出身，走了科举之路，很会钻营，跟贾家套近乎，要见见他，贾宝玉很厌恶。经国济世，是男性接班人的天职，而他厌恶男人，专门在女孩子堆里混。他对女孩子的评价，可能是全世界最高的，直到现在还没有人超过。西方骑士文学，最基本的精神是忠于王室，为女性去牺牲，但是还没有贾宝玉这样，对女性做绝对化的赞美，贬低男性。他最著名的话，就是女人是水做的，男人是泥做的，看见女人呢，就觉得整个眼目清凉，看见男人就感到污浊。不过有一个条件，就是结婚之前，结了婚就坏了，光辉就没有了。第七十七回，司棋被逐，他看到那些结了婚的妇女那么无情地执行，贾宝玉"指着恨道：'奇怪，奇怪，怎么这些人只一嫁了汉子，染了男人的气味，就这样混账起来，比男人更可杀了！'"第五十九回，春燕说："怨不得宝玉说：'女孩儿未出嫁，是颗无价之宝珠；出了嫁，不知怎么就变出许多不好的毛病来，虽是颗珠子，却没有光彩宝色，是颗死珠了；再老了，更变得不是珠子，竟是鱼眼睛了。分明一个人，怎么变出三样来？'"那他觉得在女孩子堆里，在大观园里边，最自由，最幸福，最快乐，最干净，离开了大观园，就感到恶浊不堪。

这一点，实际上也是和他父亲矛盾的核心，因为男性有经国济世的责任，女孩子没有。她们要遵循三从四德，在家从父，出嫁从夫，夫死从子，她们是男性的附属品。男性经国济世的成功是她们生存的前提。贾宝玉和她们一起，拒绝去沾染禄蠹，就摆脱了经世济国的压力，获得了自由。但是从根本上说，他这样一来，就失去了让女性附属他的经济基础。但是，他仍然成为女儿国的君王，这是因为，他的先人，他的父亲在做禄蠹，承担着经世济国的事业。他的女儿国乐园的基础就是祖父辈的禄蠹。

二、绝对专一的"情痴"和泛爱

《红楼梦》的核心当然是贾宝玉和林黛玉的爱情。其特点是绝对的、排他的、不可替代的，除了林黛玉，即使换了薛宝钗那样美丽端庄的人物，宝玉也是要发疯的。

《红楼梦》中反反复复地强调这种爱情专一的绝对化。

大观园里边那么多女孩子，为什么非林黛玉不可呢？园里的女孩子都很漂亮，漂亮集中在两个人身上：林黛玉和薛宝钗。在我想象中，薛宝钗应该更漂亮。为什么呢？林黛玉虽然漂亮，但是太瘦，那时还没有今天才时髦的"骨感美人"之说，当然也没有减肥的风气。（笑声）林黛玉的女性美，是娇娇滴滴，弱不禁风，多愁善感。这可能是因为心眼太细，把感情看得太重，敏感多疑，胃溃疡，失眠，神经官能症，还有肺结核。薛宝钗，用今天的眼光来看，当然更漂亮，很健康，长得比较丰满。贾宝玉为什么对林黛玉情有独钟？林黛玉一生闷气就哭，一发脾气就哭，拿贾宝玉出气。贾宝玉不检讨，当然哭，检讨了，还是哭，翻来覆去，拿贾宝玉当受气包。在那男权社会中，这是很奇特的。贾宝玉在林黛玉面前，不但没有男性的优越感，更谈不上平等，有理没有理，都先承认自己不好，一味自贬，自贬有时达到自卑的程度，在我看来，在林黛玉闹得很凶的时候，贾宝玉连男性起码的自尊都没有了。有一次林黛玉又生气不理他了，贾宝玉这样说：

> 我也知道我如今不好了，但只凭着怎么不好，万不敢在妹妹跟前有错处。便有一二分错处，你倒是或教导我，戒我下次，或骂我两句，打我两下，我都不灰心。谁知你总不理我，叫我摸不着头脑，少魂失魄，不知怎么样才好。就便死了，也是个屈死鬼，任凭高僧高道忏悔也不能超生。还得你申明了缘故，我才得托生呢！

林黛玉生气，贾宝玉求饶，犯不着这样糟蹋自己嘛！不要说是当时女人是男人的附属品，就是在现在，男女平等了，也很少有男孩子这样自轻自贱，这样没有自尊，这样不要脸的。（笑声）这简直是无条件投降嘛，（笑声）实际上，比无条件投降还糟。你想想看，不管有错没有错，都是自己错，不管错大错小，都要林黛玉"教导"；不但恳求"教导"，而且请求体罚，"打我两下"，请示责骂，"骂我两句"。条件仅仅是林黛玉不要不理睬他。你们看看，这就是贾宝玉爱情的特点，《红楼梦》第二回将之概括为"情痴"。

"情痴"这一点，曹雪芹是有意识的。第二回中，贾雨村说到像宝玉这种人：

> 置之于万万人中，其聪俊灵秀之气，则在万万人之上；其乖僻邪谬不近人情之态，又在万万人之下。若生于公侯富贵之家，则为情痴情种。

曹雪芹借贾雨村之口，说明情痴者并不是真痴，在通常情况下，"聪俊灵秀"是超越"万万人之上"的。但是，一旦到了情感世界，从世俗眼光来看，就"乖僻邪谬不近人情"了。这一点，诸多评点家也是心领神会的。第五回，甲戌本侧批：

> 贵公子不怒而反退，却是宝玉天分中一段情痴。

第十九回庚辰双行夹批：

> 极不通极胡说中写出绝代情痴，宜乎众人谓之疯傻。

"绝代情痴"，至情之情，在众人，在局外人看来，是"极不通极胡说""谓之疯傻"。

第十八回，庚辰双行夹批：

> 按理论之，则是"天下本无事，庸人自扰之"。若以儿女之情论之，则事必有之。事必有之，理又系今古小说中不能道得写得，谈情者不能说出讲出，情痴之至文也！

这里强调的是：第一，是理与情的矛盾，从世俗眼光观之，是无理的，庸人自扰的，但是从儿女情长论之，则是合情的；第二，这种儿女情感，不但今古小说未能表现，而且"谈情者不能说出讲出"，这才是"情痴之至文"。

"情痴"是不讲理性的，这一点可能是中外皆然。莎士比亚在《仲夏夜之梦》第五幕第一场借希波吕忒之口这样说："疯子、情人和诗人，都是想象的产儿（The lunatic，the lover，and the poet are of imagination all compact）。"莎士比亚的意思不过就是说诗人时有疯语，疯语当然超越了理性，但近于狂，狂之极端可能失之于暴。而《红楼梦》中贾宝玉的"痴语"超越理性，不近于狂暴，更近于迷（痴迷）。痴迷者，在逻辑上执于一端也，专注而且持久，近于迷醉。所谓执迷是也。照理说，痴迷、执迷是一种欢乐，一种幸福感，但是，不管贾宝玉多么痴迷于黛玉，林黛玉总是欢乐不起来，总是哭，委屈了哭，被宝玉感动了也是哭，没有把握要哭，有了把握也是哭。其实，在爱情的痴迷上，黛玉和宝玉是一样的。但是，宝玉的性格核心乃是着迷于痴，痴之极乃疯，而黛玉则是着迷于悲，悲之极而泣，而殒。黛玉的执迷总是痛苦多于欢乐，即使偶有欢乐也是转化为悲苦，眼泪是流不完的。为了突出这一点，曹雪芹虚拟了一种因果的必然性：说林黛玉前世是绛珠仙草，贾宝玉前生是神瑛侍者，每日为仙草浇水，林黛玉今生的眼泪就是偿还贾宝玉前世所浇的水的。你们想想，每天一大壶，加起来，没有一条小溪，也有几大缸。林黛玉的眼泪，虽然像自来水，但是，并不是非常豪迈地哗哗而下，而往往是无声的，就是一滴也要慢慢积累，最后非常优雅地落下面颊，所以就没完没了，这两个人的爱情就在哭哭啼啼中尝尽甜酸苦辣。

薛宝钗呢，不但很漂亮，性格也很大方，上上下下还很得人心。曹雪芹这样介绍她：

> 来了一个薛宝钗，年纪虽然大不多，然品格端方，容貌丰美，人多谓黛
> 玉所不及；而且宝钗行为豁达，随分从时，不比黛玉孤高自许，目下无尘，
> 故比黛玉得下人之心。便是那小丫头们，亦多喜与宝钗去顽。

宝钗从来不像黛玉那样动不动就和宝玉发脾气，闹矛盾。性格这么随和，人
缘这么好，为什么贾宝玉就偏偏不爱她呢？在一段时期，主要是 20 世纪 50 年代
以来，主流的权威理论是，在贾宝玉要不要参加科举，走仕途经济之路这一点上，
林、薛两人判然不同。这一点，我们讲薛宝钗的时候，再详加分析。林黛玉也哭
着劝过贾宝玉"你从此可都改了罢"（第三十四回）。贾宝玉的大丫鬟袭人也威胁
过他要出嫁回家了，贾宝玉吓得不得了，就求她不要走。袭人就提出条件：要好
好读书，不要骂什么禄蠹之类的，听父亲的话，走仕途经济之路。贾宝玉一口答
应，还说那些话是年纪小，不懂事，从今以后，都改。这样的思想分歧，并没能
影响他和袭人的亲密关系（第十九回）。

贾宝玉选择林黛玉，完全是情感的，而不是理性所能解释的，这在中国古典
诗歌理论中叫作"无理而妙""入痴而妙"。爱情就是不讲理的，是无理的，是痴
迷的，而不是像薛宝钗那样理性的。走不走仕途经济之路，是理性的，和无理的
爱情的痴迷的关系，不是那么必然的。贾宝玉选择这种无理，这种入痴，就是在
通常的人际交往中也是很难解释的。林黛玉那么不好侍候，对贾宝玉每每没来由
地怪罪、讽刺、挖苦，可宝玉就是心甘情愿受她的折磨。一旦发现这种折磨可能
结束了，就活不成了。第五十七回，紫鹃为了试探宝玉，说林黛玉迟早是要离开
贾府的，理由是"大了该出阁时，自然要送还林家的。终不成林家的女儿在你贾
家一世不成？"，而且把时间说得很紧迫：

> "早则明年春天，迟则秋天。这里纵不送去，林家亦必有人来接的。前日
> 夜里姑娘和我说了，叫我告诉你：将从前小时顽的东西，有他送你的，叫你
> 都打点出来还他。他也将你送他的打叠了在那里呢。"宝玉听了，便如头顶上
> 响了一个焦雷一般。紫鹃看他怎样回答，只不作声。

写到这里，作者把紫鹃支到贾母那里去，用晴雯的眼睛看宝玉。

> 晴雯见他呆呆的，一头热汗，满脸紫胀，忙拉他的手，一直到怡红院中。袭人见了这般，慌起来，只说时气所感，热汗被风扑了。无奈宝玉发热事犹小可，更觉两个眼珠儿直直地起来，口角边津液流出，皆不知觉。给他个枕头，他便睡下；扶他起来，他便坐着；倒了茶来，他便吃茶。

一听说林黛玉要离开，就痴了，神经不正常了，医生说"这症乃是急痛迷心"。这一切是众所周知的。事实上，到后来，让薛宝钗冒充林黛玉当新娘，贾宝玉发现了以后，当着薛宝钗的面，就毫无顾忌地大哭大闹起来，说是要和林黛玉睡到一起，死也死到一起。这种痴迷无疑是绝对的、专一的，不可替代的，不要命的。

贾宝玉这样不顾体面，不顾身份，如果林黛玉也和贾宝玉一样，两情相悦，心心相印，水乳交融，这就跟唐宋传奇、宋元话本，比如《倩女离魂》《碾玉观音》中的一见钟情、生死不渝差不多了，那么《红楼梦》在艺术上也就没有多大出息了。但是，《红楼梦》中最精彩的地方，最经得起欣赏的，就是这两个痴爱者却往往吵吵闹闹，忍受着无限的痛苦。

《红楼梦》的伟大发现就在于越是相爱越是互相折磨。即使贾宝玉在行为上，在语言上有极其明确的暗示甚至表白，二人是有基本的默契的，但是，林黛玉还是时时刻刻警惕。红楼梦的精彩就在于：让这一对痴恋者陷入苦恋，不断地在心理上、语言上发生"错位"，而且让这种错位时不时地衍生，连锁性地发展。这一点，《红楼梦》第二十九回有明确的交代：

> 原来那宝玉自幼生成有一种下流痴病，况从幼时和黛玉耳鬓厮磨，心情相对；及如今稍明时事，又看了那些邪书僻传，凡远亲近友之家所见的那些闺英闱秀，皆未有稍及林黛玉者，所以早存了一段心事，只不好说出来，故每每或喜或怒，变尽法子暗中试探。那林黛玉偏生也是个有些痴病的，也每用假情试探。因你也将真心真意瞒了起来，只用假意，我也将真心真意瞒了起来，只用假意，如此两假相逢，终有一真。其间琐琐碎碎，难保不有口角之争。即如此刻，宝玉的心内想的是："别人不知我的心，还有可恕，难道你

就不想我的心里眼里只有你！你不能为我烦恼，反来以这话奚落堵我。可见我心里一时一刻白有你，你竟心里没我。"心里这意思，只是口里说不出来。那林黛玉心里想着："你心里自然有我，虽有'金玉相对'之说，你岂是重这邪说不重我的？我便时常提这'金玉'，你只管了然自若无闻的，方见得是待我重，而毫无此心了。如何我只一提'金玉'的事，你就着急，可知你心里时时有'金玉'，见我一提，你又怕我多心，故意着急，安心哄我。"

看来两个人原本是一个心，但都多生了枝叶，反弄成两个心了。那宝玉心中又想着："我不管怎么样都好，只要你随意，我便立刻因你死了也情愿。你知也罢，不知也罢，只由我的心，可见你方和我近，不和我远。"那林黛玉心里又想着："你只管你，你好我自好，你何必为我而自失。殊不知你失我自失。可见是你不叫我近你，有意叫我远你了。"如此看来，却都是求近之心，反弄成疏远之意。如此之话，皆他二人素习所存私心，也难备述。

以上都是作者的心理描述和分析，但这并不是《红楼梦》的特长，曹雪芹坦承自己对于相爱的人物内在的"私心"是难以备述的。纯用西方小说的心理分析法，这么一些话，没有什么生动的；而在《红楼梦》作者看来，心理分析是看不见、摸不着的，是不可靠的。第三十六回，作者就对"宝玉心中所怀"明言抱着"不可十分妄拟"的态度。故《红楼梦》中一些涉及心理的语言十分简短，其功能也只是说明性的。看得见，摸得着的，那就是行为和语言，主要在对话和动作上。第二十九回罕见地点明"如今只述他们外面的形容"，无心于心理描写和分析，把重点放在外部可感的形态动作和对话上。正是因为这样，在《红楼梦》中，林黛玉和贾宝玉之间，不到关键之时，都不直陈胸臆、心口如一，总是旁敲侧击地暗示，这就产生了两人在理解上的错位。也正是因为这样，这一对绝对相爱的恋人，却总是深深陷入不断衍生的心理错位之中：错位的幅度不断运动，时而扩大，甚至撕心裂肺，时而缩小，到心有灵犀的程度，但是，在口头上仍然保持距离。

林黛玉对贾宝玉总是无端指责，用紫鹃的话来说就是明是"歪派"贾宝玉，对薛宝钗则暗攻。绝对的爱，有时变成绝对无情的话语，但绝对无情恰恰因为把情感看得绝对重要。把话说得刻薄，正是把情感看得高于一切的结果。这就把爱情变成对所爱者的折磨，同时也是对自己的折磨。即使到四十回以后，林黛玉已逐渐明确薛宝钗不是竞争者，不是情敌，也改变了对薛宝钗"藏奸"的成见，而薛姨妈也说起贾母觉得林黛玉和贾宝玉是一对，但是，不管怎样，林黛玉就是不放心，动不动就有所讽喻。即使明明贾宝玉是爱意，她也歪扯上宝钗。把最深刻的爱意变成进攻，一切复杂的、微妙的、现场的、郁积的，都集中表现在林黛玉带着机锋的话语中。

比较典型的是第十九回，宝玉在黛玉身上闻得一股幽香，问什么香。

> 黛玉冷笑道："难道我也有什么'罗汉''真人'给我些香不成？便是得了奇香，也没有亲哥哥亲兄弟弄了花儿、朵儿、霜儿、雪儿替我炮制。我有的是那些俗香罢了！"

这本来是宝玉对黛玉的欣赏，黛玉却含沙射影到宝钗身上去。

> 宝玉笑道："凡我说一句，你就拉上这么些。"

这里可以讲出黛玉和宝玉对话的规律。其精彩在于三个方面：第一，从客观环境上来说，不可缓解的警惕性、危机感；第二，从林黛玉主观上来说，这不仅是为了防御，为了嘴上痛快，更是为了在宝玉面前建立一种心理优势，乐意看到贾宝玉的驯服，让宝玉更大限度地流露出真心，无理的"歪派"几乎成了一种本能；第三，也许更为重要，这是小说艺术决定的，没有恋人之间的心理错位，就没有心理奥秘间接的、微妙的透露了，小说就没有艺术生命可言了。小说和诗不一样，在诗中相爱的人可以心心相印而充满了诗意，如果把心心相印搬到小说，就没有人物性格可言了。只有让相爱的心心相错，而且让这种错位造成无休无止的相互折磨，才有人物心理的深层奥秘可言，也才可能超越一般才子佳人小说的历史水准。

第二十二回，两人又吵了，宝玉无法获得原谅，只好先离开，林黛玉见他去了，说道："这一去，一辈子也别来，也别说话。"这话说得非常狠，非常绝情，但是，内涵很丰富。言内之意是，这一去，意味着永远绝交；言外之意，则是威胁——你这样一走，严重的后果是从此一刀两断。

第二十八回，写到林黛玉到贾宝玉门前，丫头们误会没有开门，林黛玉惩罚贾宝玉，对贾宝玉不理不睬，弄得他"摸不着头脑，少魂失魄"，对她说自己"就便死了，也是个屈死鬼"。黛玉和宝玉沟通了，明白是"丫头们懒得动，丧声歪气的"。宝玉接着又发誓，要是有意如此，"立刻就死了！"这样错位不是重合了么？两人不是可以卿卿我我了吗？但是，曹雪芹即使在这种明明可以心灵无间的地方，让林黛玉的话语中，还带着钩子：

> "你的那些姑娘们也该教训教训，只是我论理不该说。今儿得罪了我的事小，倘或明儿宝姑娘来，什么贝姑娘来，也得罪了，事情岂不大了。"说着抿着嘴笑。宝玉听了，又是咬牙，又是笑。

《红楼梦》的伟大就在于此，它不但在整体上不让有情人终成眷属，而且在片段的场景中也要保持错位，哪怕是心照不宣的错位，不让绝对爱情享受心心相印的幸福。贾林二人的爱情总是充满心与心的错位造成的苦楚，但是，为什么又生死不渝、缠绵不已呢？这里的"又是咬牙，又是笑"中透露着答案：无理地牵扯宝姑娘、贝姑娘，纯属调笑性质。正是因为这样，眼泪浸透了的爱情才并不完全是痛苦，而是在心照不宣地增进幸福感。

对于林黛玉来说，爱情就是独占贾宝玉的一切感知，甚至连贾宝玉多看薛宝钗一眼，也会引起她带着警告意味的调侃。第二十八回，宝玉看到宝钗雪白一段酥臂，不觉动了羡慕之心，暗暗想道："这个膀子要长在林妹妹身上，或者还得摸一摸，偏生长在他身上。"正是恨没福得摸，忽然想起"金玉"一事来，再看看宝钗形容，只见脸若银盆，眼似水杏，唇不点而红，眉不画而翠，比林黛玉另具一种妩媚风流，不觉就呆了。此时恰恰林黛玉看到了：

> 只见林黛玉蹬着门槛子，嘴里咬着手帕子笑呢。宝钗道："你又禁不得风吹，怎么又站在那风口里？"林黛玉笑道："何曾不是在屋里的。只因听见天上一声叫唤，出来瞧了瞧，原来是个呆雁。"薛宝钗道："呆雁在那里呢？我也瞧一瞧。"林黛玉道："我才出来，他就'忒儿'一声飞了。"口里说着，将手里的帕子一甩，向宝玉脸上甩来。宝玉不防，正打在眼上，"嗳哟"了一声。

这当然不仅仅是即兴调侃，更多的是林黛玉的妒意：见风就着火。即使贾宝玉明明白白告诉她，"除了老太太、老爷、太太这三个人，第四个就是妹妹了。要有第五个人，我也说个誓"。林黛玉道："你也不用说誓，我很知道你心里有'妹妹'，但只是见了'姐姐'，就把'妹妹'忘了。"即使发出"天诛地灭，万世不得人身"这样的咒语来，也还是不能解脱林黛玉的警惕心。到了第三十回，弄到贾宝玉对她说出"你死了，我当和尚去"这样明确的誓言，本该是最能使她放心，把她和宝玉之间理解的错位幅度缩小到等于零，也就是完全重合，错位消失了，可林黛玉的反应依然相反，而是：

> 林黛玉一闻此言，登时将脸放下来，问道："想是你要死了，胡说的是什么！你家倒有几个亲姐姐亲妹妹呢，明儿都死了，你几个身子去作和尚？明儿我倒把这话告诉别人去评评。"

对这样明确的表白，林黛玉反而很正统地谴责宝玉，还严厉到要公开化的程度（把这话告诉别人去评评）。这不是错位的幅度扩大到危险的地步了吗？并不是。为什么呢？第一，从客观环境来说，提醒宝玉这样明白的表态风险太大了，所以"林黛玉直瞪瞪地瞅了他半天，气得一声儿也说不出来"。第二，从林黛玉主观心理上看，她当然是乐于听这样的表白的，是最明确的甜言蜜语，但是，她的警惕性超越了对这种甜言蜜语的享受，再甜蜜也不能这样"造次"，这样公开化，太鲁莽了。这句话的精彩在于，表面上绝情，内在的动机却是维护爱情。第三，在曹雪芹看来，两个人完全心领神会对于小说艺术是不利的，不能让恋人绝对亲密无间，就是意会了，也不能在口头上说出来，还要让这两个心心相印的人物保持最后哪怕是最后一点的距离。曹雪芹的厉害就在于，在这样一个关键场景中，并没有让这种错位幅度静止化，而是让它运动着、变化着，在瞬息之间扩大、缩小，在缩小到一定限度之时，又让它保持心照不宣的、微妙的幅度。不过用的不是刚才那样明确的语言，而是一句没有说完的话。

> 见宝玉憋得脸上紫胀，便咬着牙用指头狠命地在他额颅上戳了一下，哼了一声，咬牙说道："你这——"刚说了两个字，便又叹了一口气，仍拿起手帕子来擦眼泪。

口头上的谴责和行动上的亲切（咬着牙用指头狠命地在他额颅上戳了一下），这还不够，曹雪芹又让黛玉说了半句话。"你这——"这半句话比之整句话内涵要丰富深邃得多了：这是不能公开说出来的呀！写到这里曹雪芹的才气还没有用完。作为小说家，他不会心慈手软，硬是不让两个人就此亲密起来，而是让贾宝玉感动得流下泪来，要用帕子揩拭：

> 不想又忘了带来，便用衫袖去擦。林黛玉虽然哭着，却一眼看见了，见他穿着簇新藕合纱衫，竟去拭泪，便一面自己拭着泪，一面回身将枕边搭的一方绡帕子拿起来，向宝玉怀里一摔，一语不发，仍掩面自泣。

这样"一摔"的动作，显然和前面的威胁有截然相反的意味，使两人错位的幅度又进一步缩小。贾宝玉感到获得解放了，心心相印了，错位幅度应该是等于零了：

> 宝玉见他摔了帕子来，忙接住拭了泪，又挨近前些，伸手拉了林黛玉一只手，笑道："我的五脏都碎了，你还只是哭。走罢，我同你往老太太跟前去。"

但是，曹雪芹的伟大就在于，不但不让他们的心理错位消失，相反还让他们继续保持一定距离。

> 林黛玉将手一摔道："谁同你拉拉扯扯的。一天大似一天的，还这么涎皮赖脸的，连个道理也不知道。"

这正是林黛玉细心的地方，她的警惕心不但在于薛宝钗，而且在于这样的环境，在于贾宝玉的粗心。这时，又用堂而皇之的正统逻辑拒绝贾宝玉的亲切，错位的幅度在缩小的过程中，又突然扩大了。绝对的爱情，虽然充满了那么多的痛苦，但是，痛苦中又渗透着那么多的甜蜜。这种甜蜜与痛苦交织的艺术才能用今天的话说叫富有"可持续性"。

　　曹雪芹的天才不同于西方小说大师，他不借助大起大落的事变，在几乎不营造什么情节、不借助心理描写的情况下，仅凭对话和动作，就显示了恋人情感间微妙的运动、震荡、起伏。他对人物情感错位的运用可以说是纵横捭阖，操纵自如，实在了得。

　　到了四十回以后，随着林黛玉对薛宝钗误解的消除，贾林之间情感错位的发作也逐渐消失了，逐渐淡化了。这不是万事大吉了吗？但是，绝对化的情痴必然造成爱的隔膜，还在持续发展。林黛玉的敏感使得她的心理危机一点也没有缓解，外部环境劣势仍然是林黛玉愁苦的根源，她老是忧虑爱情外在保障的匮乏。林黛玉虽然在大观园中有特殊待遇，但是，这一切都与爱情无关，反倒让她感到自己是外人，没有父亲母亲兄弟，没有保护者。亲情的伤感，转化为爱情的伤感。第六十七回，薛宝钗因薛蟠从南方做生意带来了许多东西，就分了林黛玉一份，而且是双份。但是，林黛玉却因无兄弟姊妹而伤感起来了，哭得眼泪都干了。第八十三回，她在病中，忽听外面一个人嚷道：

　　　　"你这不成人的小蹄子！你是个什么东西，来这园子里头混搅！"黛玉听了，大叫一声道："这里住不得了。"一手指着窗外，两眼反插上去。原来黛玉住在大观园中，虽靠着贾母疼爱，然在别人身上，凡事终是寸步留心。听见窗外老婆子这样骂着，在别人呢，一句是贴不上的，竟像专骂着自己的。自思一个千金小姐，只因没了爹娘，不知何人指使这老婆子来这般辱骂，那里委屈得来，因此肝肠崩裂，哭晕去了。紫鹃只是哭叫："姑娘怎么样了，快醒转来罢。"探春也叫了一回。半晌，黛玉回过这口气，还说不出话来，那只手仍向窗外指着。

　　后来，一了解，原来是一个老婆子在骂外孙女儿偷吃了她分管的果子。不管大家如何劝说，她还是一味流泪，对自己的健康前景悲观。不管什么正面、负面的信息，都会引起她的患得患失，宝玉失了玉，她"反自喜欢，心里说道：'和尚道士的话真个信不得。果真金玉有缘，宝玉如何能把这玉丢了呢。或者因我之事，拆散他们的金玉，也未可知。'想了半天，更觉安心"。第八十二回，听到老婆子嘟囔，说像黛玉这样的人，只有宝玉才配得上，她听了感受是这样的：

　　一时晚妆将卸，黛玉进了套间，猛抬头看见了荔枝瓶，不禁想起日间老婆子的一番混话，甚是刺心。当此黄昏人静，千愁万绪，堆上心来。想起自己身上不牢，年纪又大了。看宝玉的光景，心里虽没别人，但是老太太舅母又不见有半点意思。深恨父母在时，何不早定了这头婚姻。又转念一想道："倘若父母在时，别处定了婚姻，怎能够似宝玉这般人材心地，不如此时尚有可图。"心内一上一下，辗转缠绵，竟像辘轳一般。叹了一回气，掉了几点泪，无情无绪，和衣倒下。

同一回，作者让她做梦，说是后母将她许配了，接她回去。

　　黛玉问宝玉道："我是死活打定主意的了。你到底叫我去不去？"宝玉道："我说叫你住下。你不信我的话，你就瞧瞧我的心。"说着，就拿着一把小刀子往胸口上一划，只见鲜血直流。黛玉吓得魂飞魄散，忙用手握着宝玉的心窝，哭道："我怎么做出这个事来，你先来杀了我罢！"宝玉道："不怕，我拿我的心给你瞧。"还把手在划开的地方儿乱抓。黛玉又颤又哭，又怕人撞破，抱住宝玉痛哭。宝玉道："不好了，我的心没有了，活不得了。"说着，眼睛往上一翻，咕咚就倒了。黛玉拼命放声大哭。只听见紫鹃叫道："姑娘，姑娘，怎么魇住了？快醒醒儿脱了衣服睡罢。"黛玉一翻身，却原来是一场恶梦。

　　第八十三回，医生对她的论断是"六脉皆弦，因平日郁结所致"，说她"即日间听见不干自己的事，也必要动气，且多疑多惧。不知者疑为性情乖诞，其实因肝阴亏损，心气衰耗"。《红楼梦》很少直接做心理分析的，在必要时，只好借医生之口（对话），将黛玉的病理做心理分析。点明以后，心理就顺理成章彻底转化为病理了。林黛玉的健康状况恶化了，痰中有血了，这才是致命的。待到林黛玉看到自己吐出来的血，"心已灰了一半"，在最为绝望的时候，完全是自我摧残，故意不盖被子。这说明把爱情看得比生命更为重要，而不是把生命作为爱情的基础。这个悲剧的深邃在于，封建文化体制性和林黛玉心理个性的双重因果性。

　　至于后来贾母决策，也是出于爱，不过爱是复杂的错位的。贾母肯定是特别钟爱宝玉和黛玉的，但是，所爱却是错位得厉害。黛玉临终说："老太太，你白疼我了。"无论什么你都特别地疼爱我，可是我最要命的一点上，你却没有疼我。贾母肯定是最爱宝玉的，正是疼爱他，才为他选择了身体健康、脾气又好的宝钗，但是，这种爱却导致了宝玉的疯傻。贾母道："林丫头那孩子倒罢了，只是心重些，所以身子就不大很结实了。要赌灵性儿，也和宝丫头不差什么；要赌宽厚待人里头，却不济他宝姐姐有担待、有尽让了。"这样的评价，应该是公允的。鲁迅在《中国小说史略》中说到选择薛宝钗，而不选择林黛玉的原因是"以黛玉赢弱，乃迎宝钗"。婚姻的天平向薛宝钗方面倾斜，当然是贾母对宝钗的疼爱，但是，这种爱的结果却是让她守活寡。

三、从泛爱到无爱

曹雪芹的伟大之处还在于，他没有把贾宝玉理想化，没有脱离历史条件把他绝对纯洁化。相反，他为这种绝对专一的情痴营造了一种两性关系并不绝对专一的等级体制环境。在贾宝玉理想的王国里边，都是漂亮的青春少女，国王就是他。但是，他并未滥用国王的最高权威。对于女性，尤其是青春女性的感情却是普泛的。在贾宝玉这里，主子与女性奴仆之间，森严的等级是淡化到几乎不存在的，给人一种绝对平等的感觉。

他对一切年轻女孩子的爱是一种"泛爱"，从不以他的权势地位去分别对待。

不管是自己房中的丫鬟如晴雯、小红，还是林黛玉房中的紫鹃、雪雁，抑或是他人的小妾如平儿、香菱，他都平等待之。丫头们可以对他顶撞，生气，有时还会气得他手发抖，也没有什么严重的后果，他可以忘记主子的身份对之赔礼道歉。不但如此，还每每以能为像平儿这样的小妾暗中做一点好事，尽一份心而自慰。第六十回、第六十一回，贾宝玉还为了保护柳五儿和彩云，顶替了偷玫瑰露的事。这种对女性的泛爱，有着某种超越生理的性质。对这一点，林黛玉似乎也是坦然接受的。曹雪芹将之与贾琏、贾珍、贾瑞等人的肉欲做了严格的区分，叫作"意淫"。在第五回中，警幻仙子对他说：

> "自古来多少轻薄浪子，皆以'好色不淫'为饰，又以'情而不淫'作案，此皆饰非掩丑之语也。好色即淫，知情更淫。是以巫山之会，云雨之欢，皆由既悦其色，复恋其情所致也。吾所爱汝者，乃天下古今第一淫人也。"宝玉听了，唬的忙答道："仙姑差了。我因懒于读书，家父母尚每垂训饬，岂敢

再冒'淫'字？况且年纪尚小，不知'淫'字为何物。"警幻道："非也。淫虽一理，意则有别。如世之好淫者，不过悦容貌，喜歌舞，调笑无厌，云雨无时，恨不能尽天下之美女供我片时之趣兴，此皆皮肤淫滥之蠢物耳。如尔则天分中生成一段痴情，吾辈推之为'意淫'。'意淫'二字，唯心会而不可口传，可神通而不可语达。汝今独得此二字，在闺阁中，固可为良友；然于世道中未免迂阔怪诡，百口嘲谤，万目睚眦。"

警幻仙子说："淫虽一理。意则有别。"她把"淫"分为两个档次，即肉体欲望之"淫"，和宝玉超越肉欲的"意淫"，故警幻仙子称他为"天下古今第一淫人"。他就在这青春的女儿国里超越肉欲，逃离男性必然要走的仕途经济之路。他的理想是女孩子长大了，也不出嫁，永远年轻，永远无忧无虑相守。第八十一回，宝玉从外面回来，突然放声大哭起来。黛玉问："是怎么了？"宝玉说："还不如早死的好。"为什么呢？

> 我想人到了大的时候，为什么要嫁？嫁出去受人家这般苦楚！还记得咱们初结"海棠社"的时候，大家吟诗做东道，那时候何等热闹。如今宝姐姐家去了，连香菱也不能过来，二姐姐又出了门子了，几个知心知意的人都不在一处，弄得这样光景。我原打算去告诉老太太接二姐姐回来，谁知太太不依，倒说我呆、混说，我又不敢言语。这不多几时，你瞧瞧，园中光景，已经大变了。若再过几年，又不知怎么样了。故此越想不由人不心里难受起来。

第十九回，袭人说总有一天要回去出嫁，宝玉就求她不要走，永远厮守：

> ……只求你们同看着我，守着我，等我有一日化成了飞灰——飞灰还不好，灰还有形有迹，还有知识——等我化成一股轻烟，风一吹便散了的时候，你们也管不得我，我也顾不得你们了。那时凭我去，我也凭你们爱那里去就去了。

他说，他藐视那些仕途经济者，口头上说什么"文死谏""武死战"，实际上是"只顾邀名"。

他的理想死亡则是:

> ……比如我此时若果有造化，该死于此时的，趁你们在，我就死了，再能够你们哭我的眼泪流成大河，把我的尸首漂起来，送到那鸦雀不到的幽僻之处，随风化了，自此再不要托生为人，就是我死的得时了。

贾宝玉这样"意淫"的理想显然是诗化了的，纯洁的，但是，《红楼梦》在这一点上，似乎并不回避纯洁的对立面，并没有完全让贾宝玉绝对超越肉欲，往往是让他打擦边球。我的朋友刘再复先生，就把贾宝玉的理想化称为"基督式的人物"：

> 在茫茫的人间世界里，唯有此一个男性生命能充分发现女儿国的诗化生命，能充分看到她们无可比拟的价值，能理解他们的重合暗示着怎样的精神方向，也唯有此一个男性生命能与她共心灵，共脉搏，共命运，共悲欢，共歌哭……

还说贾宝玉这个"基督式的人物"的内心：

> 心里没有敌人，没有仇人，也没有坏人，他不仅没有敌我界限，也没有等级界限，也没有门第界限，没有尊卑界限，没有贫富界限，甚至也没有雅俗界限。这是一颗真正的齐物的平常之心，一颗天然确认人格平等的大爱之心。

这在我看来，真是有点离谱了。首先，从意识形态来说，简直是毛泽东在《为人民服务》中所赞美的理想的"纯粹的人"。其次，这样的人，内心很贫乏，很抽象，只是一个"爱"的符号，这种爱，有点像黑格尔的绝对精神，而没有"敌我""等级""尊卑""雅俗"的区别，则违背了黑格尔的对立统一律。说得明白一点，这样一个抽象的"基督式"的贾宝玉，已经不是人，而是神。其实，和他关系很好的美国哥伦比亚大学教授夏志清先生在《中国小说史论》中说，贾宝玉在中国传统文化中要绝对平等、人道地对待女性是不可能的，除非他是处在西方文化背景之中，他才可能像陀思妥耶夫斯基在《卡拉马佐夫兄弟》中的长老佐西玛和伊柳沙那样"重新获得人类的美德使余生成为仁慈博爱的榜样"。只有在这样的情况下，"他一定会更加疼爱宝钗和袭人，更加同情她们唯有奉献而得不到补偿的状况"。可是曹雪芹当然不可能创造出一个基督徒的故事，所以表面上看，他写了一个具有佛道色彩的喜剧，展示出为欲望和痛苦所纠缠的人类的无望，以及主人公和另外几个出色的人获得解救的过程。

其实，只要回到文本中来研判，就会发现和宝玉接触的女性也是有好坏之分的。贾宝玉看着那些老牌女仆把司棋强行驱逐，宝玉"恨得只瞪着他们，看已去远，方指着恨道：'奇怪，奇怪，怎么这些人只一嫁了汉子，染了男人的气味，就这样混账起来，比男人更可杀了！'"（第七十七回）贾宝玉眼中的人不是没有等级的，最明显的就是第二十八回，贾宝玉对林黛玉说了掏心窝子的话：

> 我心里的事也难对你说，日后自然明白。除了老太太、老爷、太太这三个人，第四个就是妹妹了。

骨肉亲情，是第一层次，性质是贵族宗法血统性质的。

第二层次，则是男人和女人，女人是高级的，男人是低级的，当然，这里除了他的父亲。

第三层次，就是女人，也是有等级的，结婚以前是高级的，结了婚，就变低级了。当然，除了他的母亲和祖母，还有他的嫂子李纨、王熙凤。而老婆子则是等而下之的。

就是在贾宝玉的女儿国中也并不是绝对平等的，这里有两个档次，有血缘关系的姐妹，林黛玉、薛宝钗，然后是迎春、探春、惜春、表姐妹史湘云等。第二档是奴仆，以袭人为首，她和贾宝玉有过生理的关系，是他母亲有意放在他身边当妾，她是可以批评宝玉的；其次，就是晴雯等亲近的丫鬟。

紫鹃是林黛玉的丫头么，贾宝玉习惯了跟女奴仆有一些身体的接触，因为他是主子嘛，连吃女孩子嘴唇上的胭脂都无所谓。但是，这可能限于女奴仆，要吃林黛玉、薛宝钗嘴唇上的胭脂就不可想象了。当然，一些有自尊心的女孩子就不让他碰，紫鹃有一次穿得比较薄，宝玉寻思摸摸，紫鹃说不要动手动脚，一年大两年小的，要尊重一点，贾宝玉也没有怎么样她。

当然，这种平等是有限的，贾宝玉发起主子脾气来就不平等了。有一次贾宝玉从外面回来，叫门，丫头没听出来是他，不开。他毕竟是个公子哥儿，虽然他自以为与她们是平等的，但是，他是怎么做的呢？

> 宝玉一肚子没好气，满心里要把开门的踢几脚，及开了门，并不看真是谁，还只当是那些小丫头子们，便抬腿踢在肋上。袭人"嗳哟"了一声，宝玉还骂道："下流东西们！我素日担待你们得了意，一点儿也不怕，越发拿我取笑儿了。"

贾宝玉后悔不迭，因为是袭人。如果是别的丫头，就谈不上后悔了。

显然，即便是对丫头们平等，也还是有等级的，远远没有达到刘再复先生所说的"大包容、大悲悯、大关怀的基督之心"和"没有等级的界限"。

刘先生说贾宝玉"只知爱，不知欲望为何物"，也与文本不符。与袭人"初试云雨情"就说明一切了。他觉得每一个女孩子都是可狎昵的，应该天然地拥有每一个女孩子的情感，她们也应该喜欢自己。第三十六回写他碰了一个大钉子。他看见龄官用花瓣在地上铺了一个"蔷"字，蔷薇的蔷啊，他有一个远房的侄子，叫贾蔷，是戏班子的领头人。这个龄官就喜欢贾蔷。龄官表达爱情的方式有点像西方人的方式，我大学生时代看过法国艾吕雅的诗，表达爱情的：在水上，在沙上，我写上你的名字，在哪里，在哪里，到处写上你的名字。贾宝玉很喜欢这个女孩子，就过去套近乎，龄官理都不理他，很烦他。这就给贾宝玉极大的刺激，本来他对袭人说过，他的理想是他死了以后许多女孩子都来哭他一个人，眼泪把他漂起来，不管漂到哪里去了，都是幸福的。他说的眼泪包括所有的女孩子的眼泪。看到贾蔷和龄官这一幕，他感到"错了。我竟不能全得了。从此后只是各人各得眼泪罢了"。他为此深感遗憾。

刘再复先生讲贾宝玉非常理想，几乎达到圣人的纯洁的境界，但是我认为，贾宝玉的这种泛爱，或者用《红楼梦》里的话来说，是"意淫"。一般来说，超生理的。但是，他跟女孩子关系也不是绝对纯洁的，他毕竟是一个男性，不可能只有精神的"意淫"。更何况，《红楼梦》明确交代过，他跟袭人初试云雨。甲戌本第六回回前总评曰："宝玉、袭人亦大家常事耳，写的是已全领警幻意淫之训。"这显然有点自相矛盾。既然是超肉欲的意淫，为什么要试云雨？按甲戌本回前总评，就是让他试了一回，就浅尝辄止了。肉欲一尝，是那样容易控制的吗？这是《红楼梦》留下的神秘之笔，有时候也是超越意淫的暗示的。晴雯死之前，他去看她，晴雯最后把自己贴身的小背心脱了给他，他偷偷穿上，然后说，早知今天这样，白担了一个空名。这就是说，他本来是对一切女孩子都可以有肉欲之欢的，但是，他没有。他对一切年轻女孩子基本上是好心对待，连犯错误的也拉到自己身上，加以保护，是无条件的。

第一百零九回，宝玉晚上要喝茶，五儿端茶过来，他看到她非常像晴雯，以致他盯着她看忘记接茶了，他说："你坐下，坐到我边上，我要跟你说说话。"那个五儿就讲："你这个躺在边上我没法坐啊。"他就靠到里边去了。他说："你靠近点。"五儿说不妥，宝玉说：

> "这个何妨。那一年冷天，也是你麝月姐姐和你晴雯姐姐顽，我怕冻着他，还把他揽在被里渥着呢。这有什么的！大凡一个人总不要酸文假醋才好。"五儿听了，句句都是宝玉调戏之意。那知这位呆爷却是实心实意的话儿。五儿此时走开不好，站着不好，坐下不好，倒没了主意了，因微微的笑着道："你别混说了，看人家听见这是什么意思。怨不得人家说你专在女孩儿身上用工夫，你自己放着二奶奶和袭人姐姐都是仙人儿似的，只爱和别人胡缠。明儿再说这些话，我回了二奶奶，看你什么脸见人。"

宝玉碰了这么一个大钉子。这件事我非常怀疑，他和晴雯、麝月可能是绝对的柏拉图式的关系吗？《红楼梦》里用了一个词非常严重，五儿觉得他有"调戏之意"。他跟女孩子接触我觉得主要是精神的，但是不排除生理的，因为他是男人嘛，他是少爷嘛。他对性的感觉还是有的，说圣人，可能是谈不上。但是，正是因为他不是圣人，他才是一个活生生的艺术形象。

《红楼梦》写这些并不是要揭露他超越"意淫"，而是表扬他。他是贵族，他本来有权对每一个丫头做任何事情，但是他还是比较尊重这个五儿的，不给他面子就算了。这一点来说，应该说没有超越"意淫"的最后界限。这个意淫，也就是泛爱，就是每一个漂亮姑娘都喜欢，并不排除身体的亲密，有固然好，没有当然遗憾，但是没有强制。

和他所不爱的薛宝钗当然不同，但是，《红楼梦》毫不回避贾宝玉的生理冲动。

当发现了薛宝钗冒充林黛玉时，他也曾大哭大闹，要死要活。但是，时间久了以后，贾宝玉看见薛宝钗贴近身边，也很漂亮，也动心，于是《红楼梦》就写了一句话："旧病发作。"这种用语是贬义的。那旧病是什么呢？就是和袭人做的那个"病"。薛宝钗是非常冷静、非常理性的，说宝玉目前身体不大好，需要好好养身体，夫妻不在一日之长短，调养好再说。贾宝玉也没话说。时间久了，心里惭愧。原来睡在外面，然后就搬到里面跟薛宝钗住在一起了，两个人就缠绵了一番。在贾宝玉来说是负荆请罪，在薛宝钗来说呢，也好安慰他一下，让他忘了林黛玉，就半推半就，就恩爱缠绵。

缠绵到什么程度啊？贾宝玉开始对薛宝钗有些感情了。喜欢到什么程度啊？有一次薛宝钗跟他站在亭子里讲话，贾宝玉突然被父亲叫到外面应酬，书童焙茗陪他去。刚走了不久，焙茗又回来了，同宝钗说："二爷叫我告诉二奶奶，风很大，当心吹着，还是进去说话吧。"所有人都大吃一惊，贾宝玉变得非常多情，这是一个矛盾。他虽然泛爱，但非常痴情，专爱林黛玉。因为林黛玉而疯，而不省人事，变成一个傻瓜。这个冒充林黛玉的人他是不喜欢的，但是时间长了以后，他也跟她有感情起来。当然，这种感情更像是礼貌，和与林黛玉那种生生死死不可同日而语。

从整个《红楼梦》来看，这种感情似乎是短时间的，即使欲望得到满足，还是要脱离这个家族去出家。这当然是大环境中一夫多妻制所决定的。在这个封建大家族中有一个现在看来是绝对荒谬的规矩，那就是男孩子少年时期，尚未正式结婚时，就可以纳妾，把丫头"收房"，结婚以后，则更是名正言顺地可以继续收房。这种男性特权从根本上决定了贾宝玉把欲望和爱情加以分离，曹雪芹对宝玉这种未能免俗似乎也无批评之意。

虽然大环境如此，《红楼梦》仍把情和欲分得很清楚，没有让贾宝玉滥用这种体制放纵，没有让他和薛蟠、贾琏沆瀣一气、同流合污，并对纵欲者贾瑞不惜以漫画式的闹剧鞭挞。在曹雪芹心目中，爱情是专一的，性欲是可以不专一的。这种性欲的不专一，贾宝玉是不以为意的。曹雪芹并没有把贾宝玉的爱情绝对理想化，但是刘再复却把贾宝玉理想化为基督精神了。其实，如果真正从基督精神来看，贾宝玉实在相去甚远。夏志清先生说，宝钗嫁给宝玉以后，虽然很委屈，但是她负起了妻子的责任，帮助他恢复健康和正常人的精神和情感。但是——

> 宝玉在恢复了知觉之后，却莫名其妙地冷淡她。她情愿放弃安乐、财富和地位，情愿弃绝夫妇之爱，她要求宝玉的（也是袭人要求的）是体贴和慈爱……

宝玉生理的需求是有的，但是，精神上却对她十分冷淡，无异于一块石头。从真正的基督的精神来看，这太残忍了。贾宝玉哪里还像刘先生所说的"发现女儿国的诗化生命，能充分看到她们无可比拟的价值"？这个"唯一男性"，哪里还有什么"人格平等的大爱之心"！

尽管如此，贾宝玉还是值得我们称赞。尽管和薛宝钗结婚了，跟她缠绵了，让她怀孕了，最终还是看破了。既然爱不到我最爱的，我就不爱了，当和尚去了。归根到底来说，贾宝玉的爱情，是非常专一的。把自己的爱情看得像生命一样，爱情没有了，虽然生理上可以满足，但精神上就不能再忍受，生了个孩子留下来，那是为了报答亲情。所以有的人，许多论者，非常不满意后四十回，既然贾宝玉要出家，干吗又给他生个孩子呢？干吗又中个举人呢？这不违背了前八十回拒绝科举、仕途的初衷吗？纯粹是续作者对曹雪芹的歪曲，给家庭的悲剧留下了个不和谐的尾巴。

我想，后四十回这个肯定不是曹雪芹他独自完成的，或者是有一些遗稿，但是我是觉得是比较现实的。因为贾宝玉除了爱情以外还有亲情，他觉得对他父亲母亲，对他祖母有责任。他曾经跟林黛玉表白，说林黛玉在贾宝玉心目中的地位是次于老太太、老爷、太太的。老太太是谁？贾母，最疼爱他。第二是他父亲——贾政，他希望宝玉继承家业。第三是他母亲——王夫人，身体发肤受之父母。林黛玉排第四。虽然可以为爱情牺牲世俗的生活，但是亲情还是排在爱情之上的。为了亲情，他留下个种子，为了亲情中了举人，亲情交代完了，可以走自己的路了。我们讲审美价值的学者，往往有意无意地把情感价值仅仅限于爱情，殊不知，亲情也是情感，也属于审美价值。贾宝玉并没有突破"百善孝为先"的儒家文化价值。他也曾想到自杀："欲待寻死，又想着梦中之言，又恐老太太、太太生气，又不能撩开。"（第九十八回）他对父母是有愧疚的，因而临别时要跪拜，而妻子本该也是亲情，但是，他对妻子薛宝钗却不觉得有责任感，没有负疚感。如果是真正的基督精神，那至少是应该忏悔的。

这个结局把孝道放在夫妻之道之上，其文化价值是中国独特的，相当深邃的。

这里还有一点是不能忽略的，那就是贾宝玉建立理想的"女儿国"本来是用来逃避仕途经济的，但是，这个理想国的存在乃是依靠其祖父的功勋、其父亲的仕途经济。如果没有这些他认为是"禄蠹"的人，那就不可能有大观园。如果贾宝玉坚持不走科举的路，他和大观园里的众姐妹就可能陷于贫困，无以为生。故俞平伯先生在《红楼梦辨》中说，他肯定顾颉刚认为的曹雪芹写甄士隐的晚年乃是透露出宝玉的末路：

> 士隐乃读书之人，不惯生理稼穑等事。勉强支持一二年，越发穷了。士隐……急忿怨痛，已有积伤，暮年之人，贫病交攻，竟渐渐的露出那下世的光景来。（第一回）
>
> 从这里看去：宝玉出家除情悔以外，还有生活上的逼迫，做这件事情的动机……在本书上说宝玉后来落于穷困也屡见：
>
> "蓬牖茅椽，绳床瓦灶。"
>
> "陋室空堂，当年笏满床；衰草枯杨，曾为歌舞场；蛛丝儿结满雕梁，绿纱今又糊在蓬窗上……"
>
> "金满箱，银满箱，转眼乞丐人皆谤。"（第一回）

从这里可以看出，有些学者认为到后来贾宝玉与史湘云沦为乞丐，应该是有必然性的。据说，电视剧《红楼梦》的导演曾经设想过这样的结局，但考虑到难以为观众接受，最后还是让贾宝玉出家。

不取沦为乞丐的结局还有一个更为深邃的精神，因为这完全是形而下的现实，那块一开头就突出表现的玉就没有下落了。从结构上看，《红楼梦》要解决的不仅仅形而下的生活问题，而且是形而上的"玉"，也就是人类生存的欲望问题。

贾宝玉和薛宝钗生了孩子，又中了举人，有了那么温馨的亲情，似乎没有什么矛盾了。两个正派人在一起，情欲上也得到了满足，只是情感仍然不足。这个不足是无法弥补的，那怎么办？这样的人生就是个难题，是无解的方程式。《红楼梦》把主题提升到形而上的层次，也是中国古典小说空前绝后的高度。

夏志清先生在《中国小说史论》中说："中国晚清委实出了许多著名的小说，民国期间接受了西方影响，也有了新的发展。"

但即使是最好的现代小说，在广度和深度上很难与《红楼梦》相匹敌。因为除了少数例外，现代中国作家尽管拥有所有的新艺术技巧，但由于缺乏哲学方面的抱负和未能探索到更深的心理真实，依然有更多的传统主义者。

他认为不但古典文学中，就是现代文学中，在形而上的哲理这个高度上，也没有一部作品可与《红楼梦》相比。他推崇王国维的《红楼梦评论》，特别肯定王国维的"作者对于人类在这苦难的世界生存的意义所作的不懈的探求"，同时又指出在《红楼梦》中，哲学和心理学是紧密相连不可分离的。

王国维根据的是叔本华的理论——人生的最大痛苦在于有欲望。这可以提醒我们，爱情的悲剧，不完全在外界社会原因，还在于人的生存状态的困惑。人生的痛苦在于人有欲望，欲望是无限的，能够得到的满足是有限的。旧的欲望得到满足了，又有了新的欲望，因而不断地去追求，不断地痛苦。永远得不到绝对的满足，因而永远是痛苦的。特别是男女之欲，王国维说：

> 男女之欲，尤强于饮食之欲，则何？前者无尽的，后者有限的也；前者形而上的，后者形而下的也。又如上章所说，生活之于苦痛，二者一，而非二。

贾宝玉的这个"玉"就是"欲"，欲望得不到满足，这是人生悲剧的原因。

在这里，我要请大家注意，王国维的解释归结于人性的内部，他的这种内部又和我前面所说的不同，我前面所说的是"情痴""入痴而妙""无理而妙"，是心理层次的：爱情是非理性的，不能仅仅用社会学的理性加以解释。王国维的说法则是哲学化的，不是贾、林两个人，也不是封建社会的特殊情况，而是人类的欲望本身就隐含着不可排解的苦难。

> 所谓玉者，不过生活之欲之代表而已矣。故携入红尘者，非二人（按：僧道）之所为，顽石自己而已；引登彼岸者，亦非二人之力，顽石自己而已。此岂独宝玉一人然哉？人类之堕落与解脱，亦视其意志而已。

这种苦难不可逃脱，就是死亡、自杀，也是不能解脱的。王国维说：

> 而解脱之道，存于出世，而不存于自杀。出世者，拒绝一切生活之欲者
> 也……故金钏之坠井也，司棋之触墙也，尤三姐、潘又安之自刎也，非解脱
> 也，求偿其欲而是不得是也。彼等之所不欲者，其特别之生活，而对生活之
> 为物，则因欲之而不疑也。故此书中真正之解脱，仅贾宝玉、惜春、紫鹃三
> 人耳。

要彻底摆脱苦难，最根本的办法就是放弃那永远不断滋生的欲望。贾宝玉的痴爱是强烈的，泛爱是无限的，都是不可实现的，正是这么多欲望带来了痛苦。故贾宝玉最终大彻大悟，"因空见色，因色悟空"，丧失了爱情，放弃了肉欲，放弃了亲情，把爱看破，把痴看破，把"玉"还给了那神秘的僧人，了结一切欲望，看破红尘，最后遁入空门。这样，就从一个极端走向另外一个极端，一切的爱是空的，一切的欲望是空的。这样，贾宝玉绝对的痴爱经过泛爱，最后就转化为绝对的无爱。

王国维的解释啊，不一定很全面，但从人性本身去探究悲剧的根源，可能是对纯粹用社会客观的原因去解读的一种补充。

当然这里还有一个原则问题，人的欲望，并不完全是消极的。人追求幸福的欲望，主要方面应该是积极的。这一点文艺复兴时期就解决了，欲望并不是罪，而是善，是美。要读懂《红楼梦》，就应该把社会和人性的，外部的和内部的探求结合起来，才可能是比较全面的。

追求自由幸福的人生是人天生的权利。《红楼梦》提出了几个问题。第一，追求幸福的个人是离不开社会的。用马克思的话来说，人的本质是社会关系的总和。贾宝玉、林黛玉的爱情受到家族、社会条件的限制，离开了禄蠹的女儿国乐园肯定要破产的。第二，在这种关系中，《红楼梦》排斥了坏人、小人的破坏，而营造了一个贾宝玉和林黛玉特别受宠的环境。但是，在爱的包围中，他们却走向了悲剧的结局。这里就有人与人沟通的问题了，这就涉及人性的深处了。哪怕相爱的人，哪怕亲情，哪怕爱情，沟通也是相当困难的，许多悲剧不仅仅是由于客观的原因，而是由于客观原因加上主观的心理之间发生了错位。本来，人与动物的区别就是人有语言，而恰恰是在相爱的人之间，人的语言失效了，不但在贾母与贾

宝玉、林黛玉之间，而且在贾宝玉和林黛玉之间，在贾宝玉和薛宝钗之间。按日本一位大作家的说法，叫作"爱的徒劳"。

但是，我觉得不能苛求王国维，他所说的不是个人的问题，而是哲学问题，是普遍的人类生存的困惑问题。沟通不但是爱情，亲情，而且是阶层、民族、国家的问题。

现代社会，欲望越是强烈，实现幸福的可能越是大。拿破仑说不想当将军的士兵不是好士兵。没有欲望，没有梦想的民族会灭亡。马丁·路德·金有著名的演说《我有一个梦想》，美国黑人花了一百年工夫才实现了自由选举的梦想。在这一点上，今天我们可以理直气壮地宣布：欲望是无罪的，无欲是消极的，自杀更是消极的。在欲望得不到满足时，关键在于设法来沟通，和亲人、爱人、朋友，和社会，和民族交流对话，那才是积极的。这是需要我们不断在实践中解决的。人为万物之灵，灵在什么地方呢？灵在有语言，能交流，可恰恰是我们和亲人，和爱人，和其他民族不能很好地沟通，于是把许多宝贵的金钱用在杀人武器的制造上。

我也有一个梦想，在未来，有一天，有情人终成眷属；未来有一天，不同民族、不同宗教的万物之灵，不再用武器对话，而是用歌声，用诗。我的理想就是人为万物之灵，总有一天真的会灵起来，全世界、整个人类都互相沟通。那一天，大概我是看不到了。但是，在家里，在班级里，在单位里，沟通是可能的，虽然那也是挺累的。我想你们可能有体会，和一些现代林黛玉沟通，也可能是挺要命的。（笑声）但是，诸位请记住我这句话，要超越贾宝玉，要超越潘又安，超越尤三姐，达到一个新的境界。那是一个真正的人的境界，万物有灵的境界。这是非艰巨的，我们如果不能度过这一关，我们就不像人了。（笑声，掌声）谢谢大家。

对话：

问题一：老师您好，我有两个问题想请教您，今天的话题是谈到贾宝玉从痴爱、泛爱到无爱，探讨贾宝玉和林黛玉两个人的情感。今天，许多前辈学者都认为贾、林两个人相爱的基础是共同的思想，您给出的证据很有意思，林黛玉说"你从此都改了吧"，这样的思想和薛宝钗是差不多的。您说，爱上一个人是不一定要有清晰明白的理由的，情感是不是完全不讲理的？我想请您再阐释一下。

教授答：你这个问题太有意思了。爱上一个人是不是非要有理由呢？这个你有体会吗？有一首歌，"这就是爱，糊里又糊涂的；这就是爱，说也说不清楚的"。（笑声）真正的爱是感情，感情是跟理性相对的，往往有许多非理性成分，是说不清楚的。贾宝玉看到林黛玉第一眼，一见钟情，说这姑娘我见过的。第一次嘛，哪有会见过的，没有理由的。情感和理性是不同的。薛宝钗却是理性的，到什么程度？当贾宝玉挨打以后，所有人都哭，林黛玉眼睛都哭肿了，薛宝钗没有哭，她拿来一点药，好好地敷，这是最有效的。屁股打烂了，哭有什么用？这就是我讲的，薛宝钗是把自己的感情压抑了，符合传统对女子的规范。她是善的，也是美的，叫作善之美，我们只知道审美，却没有人敢说审善。有的人因为她和林黛玉是对立的，就说她道德上坏。我无法想象，说林是美的，就非要说薛是丑的不可。我想这种二元对立是害人的。真、善、美是三元的，是三种价值，这是康德的学说。三者并不是完全统一的，但是也不完全是对立的，而是交叉的，我把这叫作错位。美和善，分布在不同的部位，也有重叠的部分。善与美的统一，这就是薛宝钗，我把它叫作审善之美。这个问题比较复杂，我们下一次再详细地阐释吧。

问题二： 老师您好，我想问一下，刚刚您说到去除人的困惑、人的欲望，除了自杀、出家之外还有一个是不能沟通。我就想不明白了，沟通怎么能去除人的欲望呢？

教授答： 我声明，我不主张"去除人欲"。儒家发展到王阳明，有"存天理去人欲"的说法，我想是应该分析的。因为人呢，按照弗洛伊德的说法，总是自发地追求快乐的，而快乐来自欲望的实现，欲望不能实现就是痛苦。这个欲望包括爱情、亲情和友情，等等。要去沟通，我爱你，你要爱我，你不爱我怎么沟通？设法争取，你爱上我就很快乐嘛。贾宝玉泛爱很多人，不可能实现，他自己也知道。在贾宝玉那里，他和他所爱的人，爱他的人都不能沟通。他跟贾母不能沟通，他跟王夫人不能沟通，他实际上跟薛宝钗也不能沟通，他后来跟林黛玉的沟通也是不完全的，他是被骗去结婚的。如果他更自由一点，他跟贾母能沟通，贾母宠爱他嘛，那么人生的悲剧就可能少一点。

我的意见是，人的本质特点，人区别于动物，就是人有语言，动物没有语言。语言就是为了交流，可是往往难以交流，这是人的生存的困惑。人希望快乐，但是有欲望，欲望往往叫人痛苦。实现了欲望又有更大的欲望，更大的痛苦，结果欲望不能实现就更痛苦。所以只要你爱上谁，就要千方百计地去沟通。我们做大学生时，有了感情，有一个勇敢的同学，现在是著名的教授了，就拿了一封信给女同学，说："你看，同意就好，不同意我就从楼上跳下去。"（大笑声）如果大家都能这样，就没有《红楼梦》了。但是，跳楼的，也可能太多了。（大笑声）我如果一味鼓动你们这样率性，这样审美，你们父母就可能要到法院去起诉我了。（鼓掌声，大笑声）

时间不早了，已经九点钟了，再讲下去，我今天要失眠了，要做梦了。但是，我不想和贾宝玉一起到太虚幻境去，所以到此为止。谢谢。

（掌声热烈）

2001 年 4 月 15 日

说不尽的狗

你们翻译系的陈德鸿博士请我做报告，我实在心怀惴惴，因为在我看来，世界上的事除了中六合彩，属翻译最难，实出无奈。难不是难在从字面上找到适当的对应，而是字面以外的文化意味，那几乎是不可言传又很难意会的。所以严复才说，一名之立，旬月踌躇。不要说太难的，就最容易的，英语中的 dog 粗看觉得很好翻译，狗也。但在英语中，狗是人的朋友，骂人的意思是很少的。"dog like"并不像汉语"狗样的"难听，倒是有忠实于主人的意思；"lucky dog"并不是走狗运，而是幸运儿的意思。临来的时候，看到歌德曾作著名散文《说不尽的莎士比亚》，竟然引发我的灵感，作《说不尽的狗》。并非亵渎，实出应付陈博士的好意。

1990 年，我在德国看到有报道说他们前一年全国增加两万人口，就认为是一伟大成就，大肆庆祝，原因是他们那里的人口老是负增长。我和一个德国教授探讨，他讲了一大车子话，怪新一代德国青壮年缺乏家庭责任感，根本懒得生孩子。我反驳说，他们看来还是有责任感的。我看到许多家庭都有一条以上的狗，每天早上把狗屎盆上的小石粒倒掉，晚上带着狗去河边遛。他们还像中国人孝顺孩子一样，挖空心思选择贵族化的狗校，训练它们做各种乖巧动作，并且还有考试成绩。我的房东西蒙夫妇的狗菲力克斯带着颈圈皮带的考试成绩是 2 分（最高分是 1

分），不带皮带也是 2 分，最后以优异的成绩毕业，获得贵族狗校文凭一张，不过封面上的照片不是狗的，而是西蒙先生的。西蒙太太很为菲力克斯的文凭而骄傲，把它和自己的结婚证书一起放在一只镶满珍珠的古董盒子中。我大为惊异，突然想起一个波恩大学法律系的中国女留学生告诉我的一句话：德国人养的狗比他们养的孩子还多。我脱口而出复述了这句话后，立刻深深为自己的失言而脸红。然而西蒙太太不但没有怪嗔之情，反而颇为自豪地说："这就是德国人可爱的地方。"

后来我到了美国，也是到处是狗。我颇有雄心地想探究一下美国人养的狗是不是比他们的孩子更多，但查不到统计数字。雄心失落之后，跟着而来的是恶心。美国的狗更娇宠，你一进美国朋友家门，它就扑过来，对你显示那西方美人般的热情，把柔软的然而脏得发黑的前爪伸给你握，完全是一派古典浪漫主义的诗人风范。有时还不以用冰凉的鼻子摩擦你的脸颊为满足，还要像契诃夫在《文学教师》中所写的一只狗那样，在你吃饭的时候把头搁在你的膝盖上，并且把它的馋涎毫不吝啬地留在你特为做客而买的名牌西服裤上。最令人恼火的是你不能粗暴地一脚把它踢开，因为早有同事提醒过你，做客讨好女主人最好的办法是夸奖她家的狗比她家的孩子更聪明。好容易把饭吃完了，摆脱了狗的浪漫友情，逃到沙发上喝咖啡。狗对我的热情大概已经表现过分，也许为了对女主人一碗水端平，乃去"猴"在女主人的大腿上。女主人也乘势将它如婴儿、如情人搂在怀中，做包括亲吻在内的爱抚。我此时一身轻松，狗唾沫也好，狗腥味也好，反正是远观他人嗜痂，陡增自身爱洁之优越感，同时我又不无虚伪地称赞她家的狗很"热情"。回家以后隐隐感觉到自己身上有种可疑的狗腥气，虽把带有狗唾沫的裤子换了，仍然无效。仔细钻研之后，原来那天做客时，我不幸穿的是毛衣，竟把朋友家沙发上的狗毛粘带了回来，花了几个小时才把毛衣上的狗毛肃清。

由于我虚伪地称赞了朋友的狗，此家美国朋友便真诚地又来我的住处邀请我去做客。我出于礼貌把先生、太太让上我的沙发后就感到恐怖，唯怕他们身上带着的狗毛留在沙发上，但又不得不做出心花怒放的表情，欣然应允。然后绞尽脑汁，到临去前两天声称感冒，然而美国朋友说可以开车来接我。我急中生智，即兴胡编说我侄儿的未婚妻与一印度的妇人同居，印度发生可怕鼠疫，此种病通过空气传染，得赶紧帮她去检查消毒。自此以后看见那美国朋友就更虚伪地微笑，不过比较费劲就是了。

在虚伪的内疚被时间淡化以后，就不免狐疑起来。为什么爱洁成癖的德国、美国漂亮女人抱着狗亲吻而不觉其脏，而我这个被柏杨先生斥为脏乱酱缸中"丑陋的中国人"竟然天生拥有一种身如菩提、心如明镜的洁净感！

细想起来，这可能是出于一种汉民族的集体无意识的历史积淀。

狗可能在汉语的原初意味中就包括卑贱的意思。用不着什么形容，只要说"你这条狗"就是很带侮辱性的。至于说"狗东西""狗家伙""狗儿子"，那就更狠毒了。若是说"狗×的"，那就可能引起武装斗争了。在汉人潜意识中，不管什么东西，只要跟狗一发生联系就坏了，至少贬值了。比如说你的脸长得慈眉善眼的，头部像神佛一样，可是一旦和狗有一点点相似，就叫作"神头狗面"，那就很叫人自卑的了，比獐头鼠目还低一等。汉人不知为什么那么恨狗，有时恨得专横，只要是不赞成的事加上个"狗"字就能把香的变臭："狗主意""狗德性"。有时则恨到狗的每一个部分，从头到脚——狗头军师，狗腿子；从眼到嘴——狗眼看人低，狗嘴里吐不出象牙；从脑到肺——狗头狗脑，狼心狗肺。中国古代解剖学并不发达，但在诅咒狗方面却是大放异彩。庖丁解牛，世称绝技，而以狗骂人，没有一个不是天才，把狗的每一个零件都拿来损人，连狗尾也逃不过"狗尾续貂"。

同为家畜，牛的名誉就好得多了，"牛脾气"说的是耿直，"狗脾气"说的是蠢劣。狗咬人，当然是该谴责的，却被叫作"狗咬吕洞宾"。为什么老天注定狗咬的一定是吕洞宾呢？明明有许多警犬咬的不都是贩毒分子、车匪路霸吗？就算你一个个都是翩翩风度的吕洞宾吧，也不见得是什么好东西，他的拿手好戏就是性骚扰，有《三戏白牡丹》为证。退一万步说，这不算性骚扰，白牡丹是和他自由而公开地恋爱吧，对狗的态度也不公平。马咬吕洞宾、蛇咬吕洞宾、狼咬吕洞宾，不也是妨碍自由恋爱吗？难道就应该给以诺贝尔奖奖金吗？

善良的汉人对狗实在成见太深，而且毫无道理，完全忘了孔夫子的"忠恕"之道。就算是狗有《圣经》上强调的"原罪"，也该允许救赎吧？不，偏偏有一句话叫"狗性不改"；这还算是文雅的，还有一句粗俗的叫"狗改不了吃屎"。哪怕狗抓了兔子，立了大功，其结果还是被放油锅里煮，叫作"狡兔死，走狗烹"。据第一个说出此话的人称，这是规律，那就是活该遭烹！一旦碰巧，狗发了财，中了六合彩之类，没人赞它走了鸿运，而骂走了狗运。

至于狗倒了霉被主人家赶出了门，就被嘲笑为"丧家狗"。弄到了走投无路落了水，够惨的了，该可怜它一下了，但是还不能饶恕——对于"落水狗"不能手软，要打，而且要痛打。这是有鲁迅先生经典文献作根据的。

这实在是中国的特殊国情。要是在欧美看到湿淋淋的，发抖的狗，如不把它抱起来亲个吻送到动物流浪中心去，不但要受到道德的谴责，而且可能受到动物保护协会的追查。我猜想，不管中国什么人，如果跑到德国莱茵河上去打落水的狗，即使他有很大名气，也是要被罚款的，甚至坐洋牢的。不要说狗，就是对被钓起来的鱼，如果有什么中国人在德国开饭馆，像在台湾、上海那样去活活地刮鳞，慢慢破肚，以至于放在油锅里还在跳，那是非被动物保护者把你的房子烧了不可的。德国的法令规定，凡钓到的鱼只许一锤子打死再杀。

话虽如此，汉人对孔夫子的"中庸"之道还是虔诚的，因而对于狗也不那么绝对地深恶痛绝。在语义形成初期，狗不但和鸡鸭，而且和龙马都是平等的，是很受宠爱的，它和德国人痛恨的龙同属十二生肖之一，即为雄辩的证据。全中国十几亿人口，平均有1亿多属狗。有多少属狗的当了大官，发了大财！有多少属狗的为国捐躯、为民请命！有多少属狗的是大慈善家！1994年为狗年，这一年有一千多万中国孩子出生，其中将要出现多少英雄豪杰，这是谁也不敢怀疑的。正因为这样，不走极端的中国人，有时对狗比西方人更宠爱，比如把自己的孩子称为"阿狗"之类，存心超英赶美——你把狗当朋友，我却把它当骨肉。最为突出的是张贤亮在《男人的一半是女人》中描写的一个看守所所长，他对一切所惹他喜爱的令他高兴的人都称为"狗儿子"，连他自己的孙子也不例外。这一点很令我惊异，但这种惊异也并不太持久。我的朋友程少堂告诉我，他小时候调皮，妈妈把饭煮好了，非常抒情地叫："少——堂，吃饭哦。"没有反应。妈妈叫了几次，有点不耐烦了，改了口气："程——少——堂，吃饭啰。"还是没有反应。妈妈火了，大声喊起来："程少堂，狗、✕、的！吃饭！"非常奏效，孩子乖乖地坐到饭桌上了。起初我觉得这太粗野了，但是仔细想想，她并没有骂别人，其实是骂自己。但是，这是她的特权，如果是别人这样骂，可能要引起武装斗争。这是不是太荒谬了？但是，不久，我就释然了。我想起自己也曾把唯一的女儿叫作"小狗"，有时还叫作"小笨狗"以示特别亲热。这样一叫就是6年。直到第7年，我女儿突然反抗曰："我是小狗，你是什么？"我这才如五雷轰顶，由此想到自己身为教授，而且钻研过中国古代的因明学，亚里士多德的因果律，居然不知道自己犯了差不多2000天的逻辑错误，也就是说，骂了自己2000天，而且骂得乐滋滋的。由此我也体会到一点：自己骂自己，骂得如痴如醉，如同白痴，才有人伦之乐；一旦清醒了，因果律明确了，就只能像《水浒传》英雄初吃蒙汗药那样"心中暗暗叫苦"。

话回到本题上来，光翻译一个"狗"字，就足以折腾半条命，哪还敢谈什么比较文学。钱锺书先生曾有浪漫之言："戈培尔博士说：'谁要在我面前讲文化，我就拔出手枪来。'"钱先生说："我要说，许多人连中国文字、西方语词都没有弄清楚，就要什么比较文学，对于这种人，我也要拿出枪来。"在场的杨绛女士顺手拿了一把裁纸刀给他，说："没有刀，用这个也凑合。"

陈德鸿博士请我讲比较文学时，我立刻想到钱先生的话，本想带刀去会场自裁的。但是，转而一想，我这么一死，就没有人在这个世界上大讲比较文化之难了。

于是我决定，还是来讲，不过把风度弄得比较悲壮一点。但既不能像王朔那样装痞子，也不能像某些一捞上百万金的明星那样玩深沉。

论国人之"吃"

诸位都是中国人，都以中国古老的文化而自豪，可以自豪的东西很多，从孔夫子到唐诗宋词，大家都耳熟能详了，都很高雅。今天讲一个俗的，从汉语而言，汉人的文化就是"吃的文化"。比如，谋生吧叫糊口，工作吧叫饭碗，靠积蓄过日子叫吃老本，混得好叫吃得开，占女人便宜叫吃豆腐，女人漂亮叫秀色可餐，受人欢迎叫吃香，受到照顾叫吃小灶，不顾他人叫吃独食，没人理会叫吃闭门羹，有苦说不出叫吃哑巴亏，嫉妒叫吃醋，理解不透叫囫囵吞枣，深刻叫吃透精神，负担太重叫吃不消，没有把握叫吃不准，想要见你一定要说何时请你吃饭……

古人云："食、色，性也。"在那生活条件很简陋的年代，能把吃饭和性事坦然地当作人生两大支柱肯定下来，这本身就是对人性的一种深刻的洞察。不知道为什么，这么简单的道理，在孔夫子死后的几千年却一直弄不清楚。直到五四运动期间还要劳鲁迅的大驾庄严地宣告一番：一要生存，二要发展。生存，就是吃；发展，就是性。但是，孔夫子是有些矛盾的，他偏偏要把对于女性的爱好和道德对立起来："吾未见好德如好色者也。"圣人说了，凡人当然不敢违抗。在很长一段时间里，中国人对女性，尤其是美人是有高度警惕性的，对于性爱最爱做出一种厌恶的样子。所谓"万恶淫为首"者是也。但是，对于人性的另一种需求，吃，中国人却十分宽容。民以食为天，世界上最重大的事情就是吃饱肚子。不懂得这一点，就不懂得中国。毛泽东比起他的战友和敌人来，高明之处，就是深刻理解了这一条道理。早在五四时期主编《湘江评论》的时候，毛泽东就坦言说："世界上什么事情最大？吃饭的事情最大。"君不闻，谚云："开开门来七件事，柴米油盐酱醋茶。"与口腹之欲有关的，才与人生之真谛与革命之大业有关。

不能领悟这条最普通的真理，就不能洞察中国的人情世故。

"吃"这个字，从口，本来是表意的，本义是口腔，有发声和进食两种功能。但是中国人好像更重视吃的功能，一百天不说话无所谓，十天不吃饭就活不成。实际上在许多圣贤典籍中，"口"就等于是人了，《孟子·梁惠王上》："百亩之田，勿夺其时，数口之家可以无饥矣。"于是就有了一个举世无双的词语创造——人口。人就是口，口就是人。好像人只剩下了一张嘴，除了嘴巴什么都没有了，连脐下三寸都成了空白。

从"人口"这样意味深长的构词法引申开来，顺理成章地就产生了"户口"这样的词语。这就是说，吃饱肚子，不仅仅是单个人的头等大事，而且对于维系家庭、巩固社会秩序也是根本大计。中国人向来是讲究含蓄的，在这里却并不羞羞答答，对于胃肠功能的急迫感丝毫不加遮掩，连夫妻两个都叫"两口子"，在英语中，husband 和 wife 与 mouth 是八竿子都打不着的。中国人把什么事情都和吃联系在一起。一般草民，问他什么职业，回答说吃××饭的，好像除了吃饭什么也不干似的。旧时上海一些流氓坦然宣言自己是"吃白相饭的"。"白相"，在上海话中就是无所事事，整日游逛，当然是没正经的意思，但是一和"吃饭"联系起来，就有正经职业的意味了。西方留学生在中国学中文，总是弄不明白，为什么用大碗吃饭，叫作"吃大碗"，到食堂吃饭，叫作"吃食堂"。他们的想象力不行，无法解释食堂被数千乃至上万大学生咬噬多年，为什么仍旧傲然挺立。他们更不能理解的是，家住农村，青山绿水之妙不在养眼，空气新鲜之优越也不在养肺，而是有利于口腹之欲，叫作"靠山吃山，靠水吃水"。吃水的样子还马马虎虎可以想象，无非是嘴巴张得大一点，比之抿嘴一饮那样，不够文雅一点。吃山的姿态，就真有点可怕了，恐怕连恐龙都不可企及。

这并不能说明中国人特别馋，相反，吃在汉人心目中，绝对不仅仅是口腹之欲，而是与人的生命质量息息相关的。精神品位档次最高的人物，叫作"不食人间烟火"。屈原的品质是高贵的，所以他吃的东西就不一样："朝饮木兰之坠露兮，夕餐秋菊之落英。"妖怪要成精，要食日月之精华。品质特别恶劣的人叫作"狗彘不食"，而特别凶残的人，叫作"吃人不吐骨头"。

吃不但意味着人的生理功能，而且可以阐释人的心理素质，胆子大叫作"吃了熊心豹子胆"。所以到了拼老命的生死关头，往往就和吃有联系。例如，义和团攻打使馆区东交民巷，勇士们的豪情就这样表现：

> 吃面不搁酱，
> 炮打交民巷。
> 吃面不搁醋，
> 炮打西什库。

献身革命，意志坚定，也与吃有关。20 世纪 30 年代在红色根据地，有民歌曰：

> 要吃辣子不怕辣，
> 要当红军不怕杀。

革命者的视死如归的英风豪气和吃的联系一目了然。这种革命胆略，是永远不会褪色的。

最富于情感成分的要算"吃醋"，男女都吃，但是女人吃得更认真，有时把小命都吃掉也不后悔。林黛玉的大部分审美情操都由吃醋而来，自我折磨，自我摧残，这才叫作美。不吃醋的薛宝钗，虽然身体健康有利于生儿育女，从美学意义上说，是空洞的。

吃不仅仅有关虚无缥缈的情感，而且是全部生命的体验，在艰难的条件下工作，叫作"吃苦"；空想改变现状，不切实际，叫作"癞蛤蟆想吃天鹅肉"。癞蛤蟆没有翅膀，不能飞，当然吃不到，但不排除意外的好运。

在汉语里，阐释人的命运也由吃来承担了。苏南地区有谚语云："牛吃稻草鸭吃谷，各人自有各人福。"牛的劳作是艰辛的，但只能吃草，而什么劳动也不会的鸭子，明明是二流子，却一心想当歌唱家，不择场合练嗓子，以折磨人的耳神经为职业，却吃得比较高级。这种命运的不公，是以吃为衡量标准的。而鸭子虽然成天歌唱，但总有一天要抹脖子，其精心包装在椭圆壳里的后代要被拿到油里煎、水里煮，就不在比较之列了，因为这与它们所吃的食品无关。

因为吃与命运有关，所以吃的语义就和人的一切成败得失连在一起。外部形势严峻，或者手头的钞票不够用，叫作"吃紧"。"吃一堑、长一智"，用吃来形容倒霉与智慧之间的正比关系。对于外来的横逆，威武不屈，叫作"不吃这一套"。"吃香"，"吃得开"，说的是广泛受到欢迎和尊重。"通吃"，则已经超越了赌场上的含义，成为全盘胜利的概括。而"吃亏"和"吃瘪"，不但是遭遇挫折，而且是丢脸了。

这可能是因为汉族属于农耕民族，又有强调子孙繁衍的传统，人口增长迅速，土地不堪重负，满足饮食生理需求的压力相当大，吃饱肚子的问题解决起来很不容易。在西方人看来，中国的饮食文化特别奇怪，什么都吃。饥荒年月，树皮、草、根、观音土，都是果腹的佳肴，平时连蛇和蝎子都不放过。

我在一本英文读本上看到一个英国人的感想，她说英国自从光荣革命以来，三百年来就没有国内战争，而在中国几千年的历史中，几乎每一个封建王朝都是在农民战争的烽火中倒塌下去的。我想此话有理，差不多每一次农民起义，都是为争夺土地而流血。为了满足胃的需求，不惜把脑袋丢掉。插起招军旗，不怕没人来吃粮。故李闯王造反时，民谣曰："吃他娘，穿他娘，闯王来了不纳粮。"而太平天国的《天朝田亩制度》不过是开了一张空头支票，"无处不均匀，无人不饱暖"，竟能建立王朝，开基立业，横行在江南北十余年。而 20 世纪 50 年代拍摄的《宋景诗》，属于其支流黑旗军。在进攻地主土围子柳林团之前，黑旗健儿们唱道：

> 打垮了柳林团哪
> 有吃又有穿哪
> 黑旗小子穷光棍儿
> 娶个媳妇不作难哪。
> 先杀王二香哪，
> 再杀韩鸣谦哪，
> 东家财主，
> 齐呀么齐杀完哪，
> 过个太平年哪。

充分表现了杀气腾腾的英雄气概和吃饱肚子有直接的关联。

但是，这位英国女士的意见我想也不太全面，问题还有另外一面，中国又是一个文明礼仪之邦，特别讲究饮食文明。钟鸣鼎食，悠扬的庄严音乐把血淋淋的凶残推向幕后，像《左传》中描述的那样，跪、拜、登、受，一套套规矩，把本能的争夺转化为精神的殿堂。推杯换盏，多少杀机因此而遮蔽，钩心斗角的胜负全在举杯的分寸之中。就是严峻的军事斗争，人头落地在须臾之间，饮宴的仪式也不越规矩。鸿门宴上，项庄舞剑，表面上是娱乐助兴，但意在沛公的脑袋；樊哙本是对项羽杀气腾腾，刀光剑影都因饮宴的仪式超越了杀机，项羽反而赏赐给他一大块生猪肉，这位壮士就拿自己的剑割着大啖。饮宴仪式以中规中矩为特点，多少钩心斗角的伎俩变得文雅而神圣，血淋淋的历史反而成为千古佳话。唐太宗李世民未登基时与当时的太子李建成你死我活地争夺皇位，李建成妄图用阴谋杀死李世民，想出来的办法仍然是老一套：在出兵时阅兵的饯行仪式上，于饮宴之中，"使壮士拉杀之于幕下"。结果，未及等到仪式开始，李世民先发制人，兄弟相残，李世民亲手射死了亲兄弟，血溅玄武门，令司马光为之扼腕不已。至于赵匡胤登了大宝，为了防止功高盖世的大将兵权太重，重演唐末藩镇割据军阀混战的悲剧，他要采取措施。如果鲁莽地把大将们的兵权一把撸了，可能引起一场混战，他却来个"杯酒释兵权"，和哥们儿来一场盛大的宴会，文文雅雅地把隐患给消除了。

饮食的仪式性，使得饮食的口腹之俗具备了一种高雅的装潢。这可能是汉族人的特点，而满族就不同，他们入关为主，建筑承德山庄，和关外的少数民族会盟，主要的就不是吃喝，而是狩猎，是在与大自然的搏斗中达到情感的沟通。而汉族人不但用酒肉和政敌周旋，就连对仙逝的祖先，最隆重的就是以热气蒸腾的猪头三牲奉献。西方扫墓，多用鲜花，而中国人则祭以食物。清明节墓台上红烧鱼与香蕉并呈，白米饭共巧克力相叠。说是祭祖，实际上是自祭。在明清之际，清明扫墓简直就成了美食节。张岱在《陶庵梦忆》中说："扬州清明，城中男女毕出，家家展墓；虽家有数墓，日必展之。故轻车骏马，箫鼓画船，转折再三，不辞往复。监门小户，亦携肴核纸钱，走至墓所。祭毕，席地饮胙。"这里的肴核，是菜肴的总称；而饮胙，则是一种古礼，饮是饮祭神的酒，而胙则是吃祭神的肉。不管是神还是祖先，绝对是不吃任何一点东西的，不管多么丰盛的菜肴，最后都进入了扫墓人自己的肚子。饮祭神的酒，叫作"饮福"，吃祭神的肉，叫作"受胙"，也是承受福荫的意思。

以饮食的仪式来沟通冥冥之间的妙招，不但在后代与祖先之间，而且在人与神佛之间。祥林嫂视为性命交关的"福礼"，其实就是一条大鱼而已。家神吃得痛快，才有好心情保佑你发财发福。中国人很重视过年，从腊月二十四就过"小年"，首先要祭的是灶神。这个神，不但日日监视你家的伙食，而且每年要回到天上去汇报，对你一家的品德进行评价。为了贿赂一下这位玉皇大帝派在身边的特务，在他即将上天汇报的时刻给他狠狠地吃一顿，临了还给他吃一块灶糖，其实就是一块麦芽糖，很黏的，让他到了玉皇大帝那里，就是有坏话也讲不出来。可是，我父亲偏偏又写了一副对联：

上天言好事，下界保平安。

我想，既然嘴巴被灶糖粘住了，坏话讲不成了，好话不是也不能讲了吗？后来又想，可能是到讲好话的时候，就把糖吐出来，或者赶紧把它啖了，好话就滔滔不绝地讲个没完了。但是，吃人家的东西嘴软，形同受贿，岂非有负于玉皇大帝的信任？

中国人对于吃的豪情和对于女色的警惕成正比。

《三国演义》《水浒传》《西游记》中的英雄对女性不是没有兴趣，就是有些仇恨的。不管什么盖世英豪，什么错误都可以犯，但是但凡犯了一个"色"字，就一世英名丧尽。故关公、武松、孙悟空，乃至诸葛亮、吴用，对异性一概没有什么感觉，不管是什么档次的英雄，一旦沾上了女色，就显得十分可笑。但是，中国古典传奇中的英雄主义在色方面受到压抑，往往就向吃喝方面发泄。武松景阳冈打虎，英名盖世。为了表现他超人的神勇，先让他一口气喝了十八碗酒，外加几斤牛肉。武松醉打蒋门神，不吃不喝不见英雄本色，吃喝而不醉，更能显出武艺高强。关公斩华雄，如果没有那杯砍了人头还没有凉的酒，肯定是大煞风景。

这在西方人看来，还真有点难以理解。他们中世纪的英雄主要是骑士，其英雄气概和把生命献给美女的自觉程度成正比。在他们看来，如果一味吃，而忽略了美女，是野蛮的。他们不会像中国人那样把那么多的时间花在做饭上。正是因为这样，快餐、汉堡，马马虎虎、大大咧咧地吃，才充分表现了他们的民族性。而在中国人，尤其是圣人之徒看来，这么简单草率简直是荒唐。孔夫子云："肉不正，不食。"所以中国的厨师讲究"刀工"，显示其丰富的文化底蕴。

把吃看得很庄严，这是中国文化的光辉传统。

虽然英国人发明了一个专门的词语叫 nostalgia，翻译过来叫作怀乡病，但是，他们没有明确说怀念家乡的什么。可是我们中国人就很坦诚，怀乡就是怀念家乡风味的食物。当然，生活在天堂里的苏州人，正如孔夫子所说的"食不厌精，脍不厌细"。再加上食品的名堂用吴侬软语那么一叫，正如霓裳羽衣曲一样令人飘飘欲仙。东北老乡的猪肉炖粉条就太土了。但是，苏州人也洋不到哪儿去，早在晋朝，阊门出了个张翰，在洛阳做官做得好好的，突然秋风起来了，想起了家乡的鲈鱼莼菜，口水就流了下来，连官也不要做了，回家吃鲈鱼莼菜羹去了。

这就是所谓乡土风味，一说到乡土，感情成分就浓烈了。有道是：月是故乡明。猪肉炖粉条是家乡的美。

中国人的乡土观念特别重，别以为这是一种纯粹的感情，这里边包含着口腹之欲。吃的最大特点是怀旧，鲁迅从东洋归来以后又到了北京，吃了多少山珍海味，居然在《故乡》中坦然宣言他儿童时代吃的罗汉豆最好吃。郭沫若从日本冈山医学院毕业，来到上海，成了大诗人，最令他念念不忘的居然是四川凉薯。

可见，所谓怀乡实际上是一种文化怀旧。

美女危险论

1996 年 4 月的一天，我在福州大学科学报告厅做完演讲，照例留下一点时间回答问题。递上来的问题足有一公斤，我只能随机挑选一点作答。那一天我印象最深的一张字条上字体娟秀，上面写着："读书使人变得充实，这好像并不中肯。生活中好像还是缺少了什么，你对大学生谈恋爱有什么看法？"

我的感觉是字里行间充满了对爱情的渴望。的确，对于这些从幼儿园到大学都把生命奉献给无休无止的考试的青年学生来说，缤纷的梦幻和单调的现实之间反差太大，残忍的考试使得许多孩子没有童年，很多青年失去了青春的风采。对这样的问题，我难以圆满地回答，最好的办法是尽可能轻松一点、幽默一点，用笑声来沟通陷于困境的心灵就行了。于是我就信口胡说起来："此时此刻，我突然想起何其芳先生在《夜歌和白天的歌》中所写的诗句：没有爱情的，为没有爱情而苦闷，有了爱情的，又为有了爱情而苦闷。他忍不住要喊出一句口号：'打倒爱情！'"我的话显然有一点耸人听闻，有些小伙子开始鼓掌了。我说："这些鼓掌的人显然都是吃了爱情的苦头的。"下面活跃起来，那些没有鼓掌的人幸灾乐祸地笑了。我说："你们不要笑，那些鼓掌的因为吃的苦不大，所以还能从痛苦中解放出来；而没有鼓掌的，其中就包含着一些苦头吃得太大，以至有永远失去笑容的可能。"

鼓掌的继续鼓掌，没有鼓掌的也有一些开始鼓掌。

我说："我不知道你们这些新加入鼓掌派的人，究竟是为了我的演讲艺术还是为了你们的心灵得到解放，但是我注意到还有一些同学，特别是那些漂亮的，漂亮得耀眼的姑娘，根本就是按兵不动。"于是小伙子们不但更热烈地鼓掌，而且像美国大学生那样欢呼、尖叫起来。

我请他们平静一下，然后说："我认为这些美丽的姑娘按兵不动是完全正确的。她们的策略不但证明她们是漂亮的，而且是成熟的。做一个美丽的少女起码的自卫能力就是不为掌声和奉承所动，哪怕痴情的、讨好的、狗一样驯顺的目光都一概要硬着头皮顶住。"

这下子轮到女孩子热烈地鼓掌了。

我说："谢谢你们，但是你们的鼓掌说明你们还不够成熟，还顶不住奉承。越是美丽的女孩子，越是不能轻易为人所打动，不管你内心如何，在外表上，都要绝对冷若冰霜。在金庸的小说里，这叫'冷艳'，要冷到跟大政治家一样，喜怒不形于色。你们不但不能随便鼓掌，而且不能随便微笑。实在憋不住，也只能抿着双唇，绝对不能笑得很灿烂。你这么一灿烂，有些小伙子做梦就更灿烂了。（鼓掌声）《女儿经》上说，'笑勿露齿'，其深刻的历史经验和传统的智慧至今还没有被我们理解。现代中国女性的智商，至少在这一点上，不如古人。也许你已经忘了自己曾经对什么人灿烂过，可那个什么人老是没完没了地对你灿烂，那对你说来就是灾难了，这时，你只能用满脸的冰霜去残忍地扑灭他的灿烂。这将是一场艰苦卓绝的持久战，不能心慈手软，不能有半点人道主义的同情心，面对他那可怜相，不管他是真的，还是装出来的，都要有战略家的果断，就像蒋介石炸毁黄河大堤所说的一样，不可有'妇人之仁'。

"美丽的少女必须心狠手辣，快刀斩乱麻，一刀子下去，不管它三七二十一，面不改色，心不跳。这才不愧是巾帼英雄，（女生鼓掌）这可以说是美女最理想的性格。如果你拖泥带水，看他太可怜了，形容憔悴了，就赏他一个微笑，突破一下《女儿经》上的规范，把你灿然的牙齿露一下，这只能导致他有更大的幻想。本来已经熄灭了的火，已经只剩下一堆冰冷的灰烬了，又可能重新燃烧起来。（笑声）

"这样你就不但毁了他，而且可能毁了你自己。（鼓掌）首先你就被动了。你既然给了他一点颜色，他就更加厚脸皮，更加不要脸，更加耍花招了，（掌声）更加摸准你软弱的穴位。（笑声）其结果不是你重新变得心狠手辣起来，就是你不得不和他灿烂来、灿烂去，最后造成既成事实，一面吃着后悔药，一面却不能不笑着和他一起去领结婚证。（笑声）

"正因为这样，美丽的姑娘是危险的，（掌声）越是美丽，越是危险。（笑声）张洁在《方舟》中说过：'女人长得丑陋是不幸的，长得美丽也是不幸的。'中国有句古话，叫作'红颜薄命'，还有'巧妇常伴拙夫眠'，看来有点宿命论的色彩，其实很深刻的。

"根据法国雕塑家罗丹的说法，一个女人最美丽的时刻是很短的，短到只有几分钟，几小时。这话说得有点过分挑剔，但女性的美最易凋零，这也是不争的事实。女孩子的青春期是最美的，但少女又是最单纯、最幼稚、最没有头脑的，心理防线也是最容易攻破的。（掌声四起）四面倾慕的目光的包围，更可能使她们失去正常的智商，甚至判断力。

"就是智商正常、人格健全的女性也很难抵挡住曲意逢迎，何况还有狗一样驯顺的目光。（掌声）自然，这些家伙并不都是花花公子、色狼、草包、绣花枕头，其中也有好样的。但好样的，常常自尊心较强，他们往往不会演戏，不会作多情科，不屑于到19世纪作家那里去抄形容词写情书，更不习惯于作奴才状。他们是金子，常常被沙埋住了，即使拿水来冲，也是沉在底下，哪怕拿火来烧，也是积在炉底。而被鲜花和掌声、倾慕的笑容和驯顺的目光宠得没了心眼的女孩子，她们最大的缺点就是弄不清多情种和花花公子的区别。她们怎么会有杜十娘那样饱经风月的老练，保留一个百宝箱，选择死亡的自由呢？

"美女是危险的。西施因为美而被当作政治工具，而那个丑陋的东施却活得好好的。美是可以害死人的，海伦因为美而引起了特洛伊之战，死了十万人，那个打开了邪恶盒子的潘多拉，把全世界的精神都污染了一下，反而没事。王昭君因为美而被弄到内蒙古'插队'，那些因为不够漂亮而落选的宫娥却能终老故乡。林黛玉的美毁了她的生命，而傻大姐却活得十分滋润。"

我这样讲，本来是开开玩笑，信口开河，歪理歪推是我的拿手好戏。可没想到，越讲越感到歪理正在变成正理。我的思路突然从古老的故事向我亲身的经历过渡。我联想起一个人。

那个华侨大学中文系的女生，是1960年印尼排华时期回国的。那可是我们的系花，黑油油的眼睛里充满天真无邪的光彩，像童话中的白雪公主一样，只是比白雪公主多了两个酒窝。现在想来，她笑起来不但比眼下的那些女影星灿烂，而且比她们高贵、纯洁。20世纪60年代是禁止大学生谈恋爱的，华侨大学禁令尤烈。校党委书记伍治之每次做报告都要警告恋爱"不得转入地下"，然而，还是暗潮汹涌。这位校花就被包围在汹涌的暗潮之中，羊一样、狗一样驯顺的目光像乱箭一样射来，她小小年纪，不可能身如磐石，心如枯井。也许春心不能自持，也许只是觉得好玩，她并不十分认真地、软弱地招架。她知道只能选择一个，不能同时拥有多个，但是她又感到以一个为主，多一两个做辅助，也挺好玩的。她满园里拣瓜，拣得眼花，选择的标准绝对混乱，不管是羊一样的、狗一样的，还是狐狸一样驯顺的，她都接受。在她看来，这真是一场有趣的游戏。小伙子们不期而然地展开了驯顺的锦标赛，冠军不断更迭。当然，所有这一切，都是在地下进行的。

到了"文化大革命"开始以后，地下的河流迅速泛滥到了地上。偷偷的游戏是有趣的，公开的游戏却失去了惊险的刺激。她有点厌倦了，想结束这种幼稚的调皮，终于她和我的一个朋友定情了。那时他们在福州华侨大厦参加武斗，两人各拿着一个手榴弹，对着月光发誓，日后谁变心，就用手榴弹把对方炸死。

他们秘密交换了手榴弹。

虽然这还有点游戏性的残余，但却是走向成熟的一个契机。然而，克服顽皮的稚气是需要时间的。可在浩劫期间，道德的无政府状态却不可能给他们时间。带着灿烂的笑容与摄人心魄的魅力，她走出了校门，自然招来更淫邪的目光。出于轻信和无知，她和同派的一个有妇之夫去了漳州。回来以后，他们之间的关系就更没法说清了。羞愧使她终日闭门不出，而另一个追求者又来安慰她，把她带回他的故乡，一个小镇，"休息了一个月"。等我的朋友回来时，她就更是无言以对了。

她唯一的办法就是回避。

然而，在华侨大学那样一个小校园，她怎么可能和他不打照面。终于有一天，下午四点多钟，校园里惊天动地一声轰响，两个人同归于尽了。他使用了他们盟誓时的手榴弹。我是在两天以后才去现场的。为了入殓，必须为他们穿上较为整齐的衣服。

那白雪公主腹部炸空了，可眼睛却还睁着，只是蒙上一片蓝膜，一只金头苍蝇从容地在上面爬来爬去。我可以想象得出，当那导火线嘶嘶作响时，她可能第一次体验到紧张和绝望。她手举过双肩，做投降状，手心朝天。

正是七八月毒热天气。我一蹲下来，苍蝇一哄而起，一股腐肉的恶臭熏得我的肠胃翻江倒海，我的任务是把她的手扳回，平放到两侧。那手彻骨冰凉，而且带着阴湿的地狱气息。我的手还是第一次触到这种死亡的冰凉，不免心头一颤，多少有点退缩的想法，然而又不愿失去大男子的自尊，硬着头皮坚持着。

她的双手已经僵硬了，我用足了力气扳动她的手臂，关节里发出咯吱咯吱的响声，我也不管她哪里的筋或韧带断了，用尽全力，以便另一个朋友替她把衣服穿好。

就在这时，两只苍蝇忽然飞上我的嘴唇，苍蝇口部的吸盘还是湿湿的，我的神经猛地一震，双手不由得一缩，她那僵直的双手倏地反弹起来，冰凉的手掌击在我的脸上。恐怖的痉挛使浑身的神经和肠子一起扭成一团，喉咙一下像冒出烟来。我立即想起童年时代听过的僵尸复活的故事，全身毛孔一根根肃立起来，每根都带着透入骨髓的冷气，那可真是不折不扣的魂飞魄散。

在我记忆中，那是我一生中最恐怖的一刹那。

至今，我还不明白那么美丽的女郎怎么会造成这么恐怖的震惊。从那以后，每当我回忆起这样的时刻，都不禁要想，如果那个女孩子不是那么美丽，也许我当时的恐怖就不至于强烈了。人们都习惯于认定美是幸福的，然而却闭眼不看美的悲剧。物质文明越是进步，有些人，尤其是一些女性，越是追求外表的美。每当我走过发廊，看着那些浓妆艳抹的女郎，每当我立在女性化妆品的广告牌下，都不禁为世间男女对容貌美的迷信而感到悲凉。

当我把这个故事对着报告厅里的大学生讲完了以后，那些平时很爱激动的青年男女全都怔住了，一个个都陷入了沉思。甚至在我宣布"我的报告完了"以后，他们还是没有反应，连礼貌性的鼓掌都没有。为了提醒他们，我加了一句："谢谢大家！"

还是没有人鼓掌。

向来，我的演讲富有轰动效应，以结束时的掌声达到高潮。这是唯一的一次，没有任何一个人鼓掌，连礼貌性的鼓掌都没有。

证婚多余论

——调寄鲁迅《立论》

朋友的孩子结婚，请我当证婚人，并要求发表演说，而且要有趣，还要深刻。绝对禁止讲空话、套话，要讲真话，讲出学者的水平来。

我不得不苦思冥想数小时，终于理清了在现场的氛围中作即兴发挥的思路。

这么热烈的掌声把我捧到台上来，我实在有点惶恐。承蒙抬举，让我担当这么个荣耀的角色，但是，我觉得，证婚人这个角色完全是浪费！都这么明媒正娶的了，又不是抢亲，更不是包二奶，大张旗鼓地隆重庆祝，来了上百的亲朋好友，还要我证明婚姻的确实，不是多此一举？在公元2001年的一天，晚上七时三十分零一秒，新郎新娘在这个酒店里合法地结婚。经过省级医院著名医生检查，男方没有艾滋病，女方也持有居民委员会的权威文件，日后绝对不存在重婚罪的可能。

如果这样明白的事，还要证明，就说明主办婚事的家长怀疑诸位来宾有夜盲症。

群众的眼睛是雪亮的，群众是真正的英雄，难道这么多英雄雪亮的眼睛都不算数，都不能信任？只有我说了，才能算数？这就不是抬举我，而是把我孤立起来，放在火上烤。

谢谢你们的鼓掌，谢谢你们由衷的笑，你们笑得越开心，我却越沉重。和这么多人的眼睛相比，我的眼睛不过是多了一副眼镜，有几百度的近视，有几百度的老花，再加几百度的散光。不戴眼镜的时候，我的眼睛充满了诗意，有蜜蜂的复眼的功能，能把月牙儿看成复瓣的橘子花，把一头的蛇看成多头蛇，颤抖的、血红的舌头像失了火的窗子里火焰纷飞。拿掉眼镜，我就看见在新郎身边站着五六个新娘。

谦虚不是我的特长，我记得伟大的格言，"谦虚使人进步"，但是，在我可能是个例外。

证婚人的职责是"证"，就是提供证据。或者是人证，或者是物证。人证，还用我来提供吗？在场的这么多人，还缺一个我吗？至于物证，将来生了孩子，就是证明。英国人说，手里拿着食品布丁，从理论上证明它就是布丁是很困难的，他们发明了一个经验主义的方法，说是"布丁的证明就是吃"。我们推演一下：结婚的证明就是孩子。有时孩子还不行，现在赖账的太多，就有了亲子鉴定的科学。但是，这也有十万分之几的误差。

科学不完全可靠，因为是间接证明，最可靠的是直接证明。

但是，什么都可以直接证明，只有结婚是例外，结婚与第三方无关，不允许参观。允许参观的就不是真正的爱情和婚姻了。比如说，影视屏幕和戏曲舞台上，明明两个人没有什么感情，可是装得很像是坠入爱河，神魂颠倒的样子，能装上五分钟，至多两个小时，让你看了流眼泪，要给个文华奖或者奥斯卡奖什么的。但是，这是艺术。爱情如果成了艺术，成了演戏，允许人参观，就是假的了。真正的结婚，不欢迎直接参观，它是秘密的，一切动作都属于法律意义上的隐私范畴。

据说有一种毛病叫偷窥癖，专门偷偷看人隐秘的行为。你们不至于就指派我干这个吧？

站在证婚人的位置上，我就只有以下几种选择：

第一，对于此项职责持吊儿郎当的态度，其结果，说文雅一点就是渎职，等着我的是撤销职务的处分；第二，硬着头皮执行任务，免不了要被当成心理不健全的偷窥癖患者，名誉受到损害；第三，由于偷窥而承担严重的法律责任，例如民事拘留数天之类；第四，为了避免上述尴尬局面，主动申请充当有职无权的傀儡，日后离婚诉讼让我出庭作证，我本着邓小平提出的实事求是的原则，只说一句话——我什么也没有看见。

结婚是两个人的自由，自由是不需要任何人来证明的。这是五四先驱所追求的恋爱婚姻自主的理想。这一点自由虽然看来真是微不足道，可要真正实现，却花了上千年的时间，以无数的梁山伯祝英台和罗密欧朱丽叶的悲剧为代价，至今还没有彻底实现。

有人说，也许，原始婚姻是自由的，只要两情相悦，爬到树枝上，躲到山洞里、草堆里都成，连个塑料席子也不用。但是，我看过一本苏联人写的《印度史话》，说是早期的印度人也许是从伏尔加河迁移过去的（有他们的印欧语系共同的词根为证）。那时很原始，很自由，但是也很野蛮，就在佛法无边的印度河、恒河里，做母亲的看到自己的"对象"被自己年轻的女儿吸引了，就毫无痛苦地把自己的女儿扼杀了。她倒是充分地行使了自己的自由权，她女儿的自由就化为乌有了。

人跟人在这个问题上，从来就不是很讲理的，今天的年轻人不是常说一句话吗？叫作"爱你没商量"。有商量，乘兴而来，兴尽而返。但是，常常是你有兴，而我没有兴，就要来点强迫。"结婚"的"结"字，就是我自由地把你"结"起来，或者捆起来剥夺你的自由。这个"婚"字就更有文章。女字偏旁是表意的，与妇女有关。光有女的，还不能结婚。原来，这是站在男性立场上的。这个字的另外一半是表音的，与黄昏有关。为什么？且看《易经·六二》的描写：

屯如，邅如，
乘马，班如，
非寇，婚媾。

乘马，班如
泣血，涟如。

威风凛凛的一支马队来了，好像是强盗来抢劫，把姑娘弄走了，其实不是抢劫，而是来娶亲的。女孩子还伤心地哭泣了。这种早期的诗歌被巫师记诵，成了最早的文献，记载了最早的仪式，证明当时婚姻一点也不自由，和强盗抢劫差不多。抢劫妇女和抢劫财产一样，不适合在大白天进行，黄昏时间较为合适，这就给最初造词的先民一个启示，在黄昏时间把你捆起来，这就叫"结婚"，这就是办喜事的由来。

结婚成为一种仪式，就是从不自由开始的。仪式就是不自由，但仪式能把不自由化为神圣的自由。

抢婚本来是野蛮的，但是成为一种仪式，用诗化的语言，用有节奏的语言来表现，就美化了。再来点抬轿子吹喇叭的，不自由的情感就有了神圣的性质。

这事有一点煞风景，不管我们多么以文明而自豪，大讲其"五讲四美三热爱"，却不能否认自己就是野蛮的婚姻之树上结出来的果子。证据就是我们至今仍然要把两个人灵魂和肉体的同盟叫"结婚"，为什么很少叫"结亲"，或者"结合"呢？因为，"结亲"是结婚的结果——繁衍了后代，就有了亲戚关系；"结合"则是更为"文明"，一方面是暗示肉体上的沟通，一方面又暗示精神的交融。

在老祖宗那时候，婚姻是不自由的，在现代社会，婚姻仍然不能太自由，这就有了证婚和证书的问题。

证婚人尽管站在新郎和新娘的中间，也不是主角，你是第六根手指，无用的摆饰，但是，到了悲剧演出的时候，双方吵了起来，一方狡辩的时候，你就能派上用场。这样的用场，是悲剧性的，我看不如没有。

细细想想看，是不是有点滑稽？自己结婚，却要别人来证明！

人也实在是无奈，什么都能干，上天下地，连月球上都能留下脚印，但是，人就是不能证明自己。社会越是现代化，人越是不能证明自己。法庭辩论，控方、辩方的证词互相抵消，都等于零，白白让空气快活地震动了一番。最好是有人证、物证，说你杀人了，还不行，还得找到你杀人的刀子，看刀子上的血迹和你血里的 DNA 是不是相同。

人类越是进步，人对人越是不能放心，因为人太狡猾了，荀子说，人性本恶。别的方面我不知道，在婚姻方面，比之人性本善要深刻得多。在涉及人的情感中最为强烈的方面的时候，人最会说谎，连测谎器都无能为力。"一言既出，驷马难追"，原意是说，话说出口就很难反悔，去掉这个意思，就是：说话等于打水漂，连个影儿也没有。结果是，人对人的不相信成了一种宗教、一种制度、一种民俗，具体表现就是证婚啊，证书啊，婚礼啊，等等。你会赖账吗？有婚礼为证。

为什么要拜天地？就是请天地为证。

为什么要上礼拜堂？就是请上帝为证。

天地无言，这是圣人讲的，上帝也是不讲话的，鄙人什么都不如上帝，但是，有一点上帝不如鄙人，他不会讲话。这个证人，就轮到了鄙人这儿。

就是不能让你自己为证。

可怜的新郎新娘哪，你可不能相信你所爱的人。

人生的许多麻烦都产生于人不能证明自己，虽然如此，人并不自卑，对自己，尤其是情感，是充满了自信的。在爱情方面，可以说是自信到无以复加。正是因为这样，浪漫主义的、疯疯癫癫的诗人，才横跨了那么多的历史时期，被视为天之骄子。

莎士比亚说，情人、诗人和疯子是属于同一类型的。

苏格兰诗人罗勃特·彭斯这样描述一见钟情、始终不渝：

> 看见她，就爱上她，
> 就爱上她一个，一爱就爱到死。

诗人总是比较浪漫的，把爱情说成是永恒的，不变的。欧洲诗人如此，中国诗人也一样。白居易写李隆基、杨玉环的爱情和罗勃特·彭斯异曲同工：

> 在天愿作比翼鸟，在地愿为连理枝。
> 天长地久有时尽，此恨绵绵无绝期。

在天，在地，说的是爱情是超越空间的，不以地点为转移的，永恒不变的。我在美国南俄勒冈大学英文系用这几句诗向美国大学生解释说："中国古典诗人相信爱情是绝对的、无条件的，不管你到了撒哈拉大沙漠，还是到了北冰洋，爱情都是不会有任何的折扣的。"

由于20世纪60年代开始的性解放，美国大学生早已很少有生死不渝的爱情观念。在美国大学校园，拿浪漫这个英语词形容美国大学生，多少带着嘲弄的意味。中国诗歌中有如此绝对的爱情观念，使得他们大为感动，一个个欢呼起来："great（棒）！"我说："其实，中国古典诗人和欧洲古典诗人的爱情价值观是一样的。你们那个彭斯，他就说，爱情要爱到天荒地老，到石头和沙子熔化。这和白居易说的爱情的遗憾超越宇宙（天长地久）的时间限制，是一样的。"

我相信，我们这个厅堂里的新郎新娘，我们面前的新郎新娘，与众不同。他们是我朋友的精心杰作，秉承着孔夫子的伟大传统；他们的血管里汹涌着白居易的浪漫情怀、莎士比亚的纯洁，永恒的情感正在他们心灵里流淌。

你们的掌声说明：这毫无疑问。

既然在这一点上，我们已经达成共识，我建议，取消我这个证婚人资格。

有谁不同意，就说明他对新人的未来缺乏信心。

　　我把思路整理到这里，觉得很是兴奋，却总是有点惴惴。这样的演说，尽管句句是真话，但是，仍然显得有点煞风景。也许是因为真理总是赤裸裸的，而在大庭广众之间，不能没有伪装。想来想去，不禁心虚起来。到了婚礼上，一看那欢乐的场景，我就胆怯了，当机立断把准备好的一切完全放弃，临时按着流行的老一套，说了些祝新郎新娘白头偕老、永结同心的废话。

2001 年 1 月 5 日

好的，好的！

——婚礼致辞

朋友们难得聚会。如果不是纯粹个人的，而是半正式、半团体性的，少不得要推个把人出来说几句话，喜庆一番。每逢到了这种互相推让的时刻，我就变得格外谦虚、胆怯，但是由于平时伶牙俐齿、信口胡呲是出了名的，少不得被揪到台上去，常常感到舌头上吊了个秤砣似的。虽然大家勉强给鼓了掌，却挡不住热闹的气氛变凉了的感觉。

我迷信书本，翻了许多参考书，从《大英百科全书》，到《哈佛口才学》，都没有得到什么法门。倒是自己反复失败以后，却悟出一些个窍门来了。

许多人之所以失败，其根本原因是，总觉得要么不讲，要讲就要讲出水平，讲些个精彩的、深刻的、不平常的真理，给自己的形象增添光彩。可是越是这么挣扎，越是折磨自己。

这以后，我倒是体会到两条真理：一是心态自由，绝不指望自己能像牧师式的布道一样，讲伟大的道理；二是，就将会场上现成的话题拿来往歪里发挥，和正理作对，歪理歪推。

朋友女儿的婚礼，通知的时候附带特殊要求：礼物千万不要带，只带一张嘴巴。就是除了吃以外，还要发挥一个功能：代表来宾讲话，要不同凡响。

本来吃饭、应酬已是苦差事，再加上要一面吃，一面构思讲话，还要不同凡响，实在是本世纪一大磨难。但老朋友的命令难以违抗，当然，少不得又为自己受到这样的器重感到得意。

婚礼进行得很热闹，一到新人的父母讲话，照例煞风景，老生常谈，这令我苦恼，又令我欣慰：我讲得再不行，也不会比那些从报纸上学来的口水话差。但是，新郎的朋友上来报告恋爱经过，讲得煞是精彩。我转而不胜忧虑，如果我想不出好点子来，讲得一塌糊涂，两败涂地，老面子上就惨了。

主持人显然机智而且幽默，话语精练，恰到好处，不紧不慢，侃侃而谈，"新娘和新郎，本是大学同学。新郎充当文体部长，一日进行一项重大活动，部长就说了：'礼仪小姐由那个小女孩子来当，怎么样？'我就去问她：'怎么样？'她就说了：'好——的。'过了一些时日，部长心血来潮，说：'我这个文体部长不当了，让那个小女孩子来当，怎么样？'我就去问她：'怎么样？'她说：'好——的。'后来毕了业，部长感到有话要说，就让我去问她：'前部长想和你交个终身的朋友，怎么样？'她说了：'好——的，好——的。'"

这个恋爱过程之所以引起欢声和掌声，关键在于他把那么复杂的过程集中在两个字上，在语言的提炼上是很有魄力的。

朋友在我耳边上轻轻说："你要讲得比他更为精彩。"

我却为构思讲话而苦恼，想了好多招数，等到上去了，才灵机一动，即兴说：

"前几天新娘的双亲让我来参加这场婚礼，让我讲话，问我：'怎么样？'我说：'好——的。'后来又说：'要讲得不同凡响，怎么样？'我说：'好——的。'现在我在台上，看到来的都是年轻的朋友，有男有女，但愿你们在有话要向对方讲的时候，得到的回答都是'好——的，好——的'。祝愿在座所有的来宾，不管是想提拔，想升官，得到的回答都是'好——的'。不过，太多好的，可又是不太好的。例如有什么女孩子要对我说'好——的'，那我就只能说'好是好的，可是又是不太好的。'"

底下掌声四起。

我接着说："可是，你们把这么多的掌声给我，我此刻的感觉又不但是好的，而且是比新娘和新郎的感觉更好——更好的。"

满堂欢声，掌声像鸽子一样齐飞。

谈演讲的现场感和互动共创

——以马丁·路德·金的《我有一个梦想》为例

诸位都是中学的骨干，有的还是特级教师。我对你们怀着敬意，这不是虚伪的讨好。因为我的中学语文教师，就是一个普普通通的教师，既不是特级，也不是高级。但是，是他引导我走上文学道路，引导我当上作家，当上教授，才有资格给你们这些特级教师讲课。他当然没有教我如何演讲，但是他教我如何在实际生活中发现问题，去思考，去解决。最近这几年，我就按着他的思路，在我们生活中发现了一个大问题。

我们的学者、教师、企业家、官员到国外和同行交流，也许在智商上并不亚于对手，但就是讲话离不开事前准备好的讲稿。一到现场即兴对话，往往就结结巴巴，而对方则谈笑风生。有时，我也在场，未免感到丧气，难为情。这不但大大影响了我们的国际竞争力，而且有损我们的大国形象。在国内则更是这样，连一个小型的座谈会都要念稿子。不能即兴对话，成为国人素质的一大缺陷。原因何在？在我看来，根源在于语文课。

语文课程本来是文本、作文和口语交际的三位一体，现在文本和作文都受到了重视，因为高考必考，但是，口语交际却并没有真正展开，因为与高考无关。更为严峻的是，语文课本上的口语交际理论基本是错误的。例如，有一套影响极大的初中语文课本，口语交际一开始就是朗诵，殊不知朗诵既不是口语的，也不是交际的。

这样低水平的错误，许多大学教师都把这当作笑话。但是，他们笑得起来，我却笑不起来。课本是谁编的呢？中学权威教师。中学教师是谁教出来的呢？大学教师。前些年有一位教育部的首席专家，一位权威教授在南京做报告，说："你们中学教师百分之八十不合格。"他说着这样的话，做出怪得意的、神圣的、忧国忧民的样子。我却觉得，这不是做报告，而是军事训话。一味以社会地位的优势来压人，展现虚假的精神优越感，这本身就不符合口语交际的基本原则。

"平等互动，即兴生成"，这个原则，很抽象，也很丰富，要让我写大块文章，滔滔不绝地做讲座，可能三天三夜也说不完。我和你们领导商量了一下，最简便的方法，就是通过解剖一篇经典的演说来具体地阐明这个原则。我所选的就是 20 世纪美国历史上最经典的演讲词——马丁·路德·金的《我有一个梦想》。

关于《我有一个梦想》，我看了你们不少公开课的教案，大体都把教学目标定位在：1. 整体感知全文，把握情感脉络；2. 体会演讲中激情飞扬、极富感召力的语言特点；3. 感受马丁·路德·金为民请命的战斗精神和反对"以暴易暴"的远见卓识。

这样的教案，基本上重复课文，可以说全是废话。当然，一些教师也提出了问题，但是所提出的是不算问题的伪问题，什么"我有一个梦想"中的"我"指的是谁啊？不仅仅是马丁·路德·金个人，而是千千万万黑人同胞。恕我直言，这完全是口水话。因为从一开始演说，作者就宣称，他不是代表个人，而是全体美国黑人。又如，哪些段落是作者的梦想？这更是伪得不能再伪的伪问题了。因为，文章中有直接的、以排比句反复的表白。再如，哪些段落是他产生这个梦想的原因？答：1 ~ 7 自然段。接着问：他以怎样的方式来实现这个梦想？答：8 ~ 17 自然段的非暴力斗争方式。很显然，这样的伪问题造成的伪对话，其实是变相的段落大意。从某种程度上说，比之段落大意还不如。因为教师已经把段落大意归纳出来了，学生除了迎合教师的结论以外，根本没有主动提出问题的空间，只能处于被动接受状态。最后，教师据之总结出本文特点：思路新颖、清晰，结尾引人深思、令人振奋，印象深刻。很明显，所谓的特点根本就算不上特点，而是许多演讲，甚至是许多散文的共同性。如果仅仅是这样，这个演讲就不可能上升为美国一百年中划时代的经典。

然而，这样一望而知，满足于在文本表面滑行的教案却成为公开课的样板，可见指导思想混乱和教学的低效具有普遍性。

要使对话超越伪对话，问题就要成为真问题，起码是对学生初始感知有所触动、有所冲击的，本以为一望而知，实际上可能一无所知。

文本是天衣无缝的，而情感的脉络则是潜在的、隐性的。提出问题就是要突破有机的表层，进入深层。问题在哪里？其实就在文本内在的矛盾中。

文本开门见山，一开始就提出 100 年前颁布的解放黑奴宣言，强调黑人与白人平等自由，于法有据，理所当然，落实应该天经地义。关键词是"100年前"。第二段把"100年后"强调了四次，黑人仍然在"种族隔离的镣铐和种族歧视的枷锁下"，备受压榨。100年前的理想和100年后的现实，形成了"骇人听闻"的矛盾。

问题要真实和深邃，就要揭示出内在的、潜在的矛盾。情感的脉络隐藏在理想与现实的矛盾中，理想的合法性和现实的不合法性形成了强烈的反差。对于合法性，用了感情非常强烈的定语，如"伟大的美国人""希望之光的硕大灯塔""结束漫漫长夜禁锢的欢畅黎明"。对于不合法性，也用了情感非常强烈的形容语，如"蹒跚于种族隔离和种族歧视的枷锁""物质繁荣瀚海的贫困孤岛""向隅而泣""流离漂泊""骇人听闻"。对比的强烈，表现了情感的强烈。要把握"情感脉络"就得从这里开始。

这是情感脉络的"脉头"。对比的强烈性贯穿于文本后面几段，从"共和国的缔造者""宪法和独立宣言的辉煌篇章""气壮山河"到"空头支票"，一百年之久，二十五万人之众，兑现支票之微，都为了反复强化情感。有些教案感觉到了文本"排山倒海的语言气势对听众的震撼力"，甚至还涉及了"作为演讲词理论性与艺术性、鼓动性与形象性有机结合"。可惜的是，几乎没有一个把"演讲词"的特点落到实处。原因是，几乎毫无例外地把演讲和散文混为一谈，一味将"揣摩朗读"贯穿教学始终。

殊不知，朗读（包括朗诵）和演讲有根本的区别。第一，演讲者和听众是处在同一现场的，有着交流的现场性、直接性。因而，情思必须聚焦，起码要抓住绝大多数听众的注意，即使有百分之十的听众精神不集中，也可能影响到其周围的百分之十，导致现场情绪涣散。要现场见机调整，事后不管多高明的修改，脱离了现场也于事无补。第二，演讲者和听众是双向互动的。演讲的成功并不完全取决于演讲者，同时也取决于听众，氛围是双向共同创造的。特别值得提出的是，马丁·路德·金所面临的现场，有二十五万人之多。不同的人有着不同的命运，带着不同的喜怒哀乐前来，演讲在一开头就必须把这些不同的情感统一起来，让他们暂时忘记个人各自不同的一切，在一个焦点上凝聚起来。不明于此，一味依赖朗读，其实是盲人瞎马。

明确了这一点，才能真正理解马丁·路德·金为什么开宗明义，抬出"一个伟大的美国人"。对于二十五万人来说，不言而喻，指的是林肯。游行的出发点乃是林肯纪念堂，点出了这些，就是突出了现场感。显然，他可能还觉得不够感性，接着特别点出了"今天我们就是在他的雕像前集会"，现场感的形象化强化了现场氛围。一些老师感到了演讲的"鼓动性"，却不知鼓动性离不开现场感。美国卡内基演讲术认为，演讲一定要准备，但不能事前完全准备好。事前准备好的，就不是现场的。念讲稿肯定是失败的，因为稿子挡住了眼睛，而眼睛是灵魂的窗子，是现场交流的重要通道，把唯一的窗子关上，一些随大流而来的消极分子肯定就会注意力涣散，控制不住消极听众的注意力，会造成会场的骚动。把听众的注意力集中到演讲的思想焦点上来还不够，更重要的是集中到所有的人有目共睹的感觉上来（林肯塑像）。有了这种共同的感觉，思想才可能凝聚起来，构成热烈的，甚至狂热的氛围，产生鼓动性的效果。许多教案都强调要把握演说的"情感脉络"，却忽略了情感的特点"动"，所谓情动于中，所谓感动、激动、动心、动情、触动，关键都在于动，动就是变动，就是情感从一种状态转换到另一种状态。而鼓动性，也是动，煽动性，更是动，指的是情感从低到高达到顶点，叫作高潮。

鼓动性分为两个方面。一是正面的，如上所述，开头对林肯的赞扬；二是负面的，也就是接着而来的"空头支票"，这是很尖锐的，用了相当口语化的词汇"badcheck"，是很粗率的，在美国开空头支票就是没有诚信，是很毁名誉的。但是，他指出这张神圣的支票是林肯开的，而百年来美国政府使之变为"空头"。从这个暗喻再引申出第二个暗喻，"资金不足"，相当不客气了，把百年来的美国政府暗喻为破产的银行，这在美国是相当严峻的指斥。这就叫作鼓动性，甚至煽动性。但是，从语言上用了相当文雅的书面语词语"insufficient funds"，在修辞上把委婉和尖锐结合了起来，这就把鼓动性、煽动性适当节制了。接着，顺理成章地引出了正面的暗喻，"决不相信正义的银行会破产"。又把现行政府和百年政府进行了区分，现在的银行是"正义的"，而且有着"巨大的机会宝库"，应该是不会破产的。本来开头已经说过，诺言不可信，那是过去，而现在说"我们还是相信你们，支票会兑现的"。接下去，情绪化的语言转化为第一个结论。这个结论可谓大笔浓墨，用了几个复合的句组，从正面说要提醒美国现在是"非常紧迫的时候"，从反面说，不能冷静下来，搞渐进主义的等待。然后用三个相当华丽的比喻，甚至动用上帝的名义来形容这个紧迫性。不但如此，而且带着警告性的严厉，漠视迫切性和"低估黑人的决心"的后果"对美国来说，将是致命伤"。

　　1963 年并不意味着斗争的结束，而是开始。有人希望，黑人只要撒撒气就会满足；如果国家安之若素，毫无反应，这些人必会大失所望的。黑人得不到公民的基本权利，美国就不可能有安宁或平静，正义的光明的一天不到来，叛乱的旋风就将继续动摇这个国家的基础。

　　把"叛乱"这样的字眼拿出来，那就意味着是暴力，就意味着动摇美国根基。这样思想和情感的脉络就达到了第一个高潮。

　　许多教案都强调了这篇演讲的非暴力思想的伟大，但是，恰恰没有看到马丁·路德·金的非暴力不是绝对的，而是在一定条件下可能和暴力转化的。看不到这一点，就不可能理解马丁·路德·金非暴力的深刻。事实上，马丁·路德·金在策略上有精致的考虑。这次大游行，乃是对两个月前肯尼迪当局提出的《自由民权法案》进行群众性的支持，事前他和其他黑人领袖决策：演说要尽可要能保持平和，也就是克制，避免挑动"公民不服从"或者"公民抗命"情绪，故在语言上回避了他在 1960 年对美国全国有色人种协进会（NAACP）以《黑人和美国人的梦》为题的演说中的一些尖锐的语言，如"显而易见，白人优越主义分子践踏了这个梦，而我们的联邦政府以其冷漠和虚伪表现出对这个梦惊惶失措，从而背叛了这项正义的事业"。尽管如此，美国联邦调查局还是把他当作"美国最主要的敌人"。而另一方面，当时的黑人群体，具有相当明显的暴力倾向。就在他这篇演说发表引起轰动之后，激进的黑人领袖（Malcolm X）还谴责他的演说"太妥协了"，"光是听到压迫者和愤怒的革命者光着脚在睡莲叶子垫上，念着福音，弹着吉他，唱着'我有一个梦想'"。正是因为这样，马丁·路德·金特别提醒，在斗争过程中，不能容许"抗议蜕变为暴力行动"，不能"为了满足对自由的渴望而抱着敌对和仇恨之杯痛饮"。还原到历史语境中去，就不难看出马丁·路德·金的智慧：在极端的暴力反抗和极端的反动压制思潮中间，找到最佳平衡策略。这种平衡的睿智就在于不能以全部白人为敌，而是把广大白人争取到自己这方面来：

　　不能因此而不信任所有的白人。因为我们的许多白人兄弟已经认识到，他们的命运与我们的命运是紧密相连的，他们今天参加游行集会就是明证。他们的自由与我们的自由是息息相关的。我们不能单独行动。

但是，这种策略仅仅是政治性质的，马丁·路德·金不满足于此，将之提升到精神的崇高上去，"必须永远举止得体，纪律严明"，应该"升华到以精神力量对付物质力量的崇高境界中去"。

严格从文本分析，和情感的第一个高潮相比，这里出现了一个转折，不再是激情的强烈鼓动，而是相对冷静，相对理性。应该说，这是情感脉络的一个变化，一个起伏。

在情感的脉头，他向林肯致敬，但是，却没有采取林肯在葛底斯堡著名演说的风格。林肯的风格是那样简洁、朴实、通篇平静陈述，连最最重要的结论，虽然用了排比，但并不是辞藻华美的句子排比，而是没有并列形容词的介词结构，可以说精练到不能再精练的程度，亏得孙中山将之传神地翻译成并列的句子"民有、民治、民享"。林肯之所以能够这样宁静，是因为现场性的不同。南北战争胜券在握，林肯的演说发表在为双方战死者安葬的典礼上，聆听者怀着哀悼的深思。而马丁·路德·金面对的是群情激愤的人群，诺言一百年来未曾兑现，拒绝冷静下来，不能忍受渐进主义的等待。故他在理性的转折以后，仍然采用了富有激情和华彩的语句，进行鼓动。这种鼓动很快变成了抒情，而抒情的逻辑只能是极端的，情感的分量是在排比句中叠加的，实际上让抒情变成了煽动："只要密西西比州仍然有一个黑人不能参加选举，只要纽约有一个黑人认为他投票无济于事，我们就绝不会满足。不！我们现在并不满足，我们将来也不满足。"他还特别点明南方黑人聚居的密西西比、亚拉巴马、南卡罗来纳、佐治亚、路易斯安那，北方城市中的贫民区，但不管那里黑人的遭遇多么悲惨，也不能陷入绝望。说到这里，他回到六年前他的《黑人和美国人的梦》中去："我仍然有一个梦想，这个梦想深深扎根于美国的梦想之中。"这时候，一个黑人歌手大喊一声："把我们的梦想告诉他们！（Tell them about the dream, Martin!）"

在这个歌手的激发下，马丁·路德·金离开了他事前准备好的讲稿，即兴发挥起来，所用的完全是抒情语言，而且是个人化的：

> 我梦想有一天，我的四个孩子将在一个不是以他们的肤色，而是以他们的品格优劣来评价他们的国度里生活。
>
> 今天，我有一个梦想。
>
> 我梦想有一天，亚拉巴马州能够有所转变，尽管该州州长现在仍然满口

异议，反对联邦法令，但有朝一日，那里的黑人男孩和女孩将能与白人男孩和女孩情同骨肉，携手并进。

今天，我有一个梦想。

我梦想有一天，幽谷上升，高山下降；坎坷曲折之路成坦途，圣光披露，满照人间。

这就是我们的希望。我怀着这种信念回到南方。有了这个信念，我们将能从绝望之岭劈出一块希望之石。有了这个信念，我们将能把这个国家刺耳的争吵声，改变成为一支洋溢手足之情的优美交响曲。

"我有一个梦想"不但变成了当场整个演说中最能打动听众的语言，而且变成了从那以后最著名的格言之一。在1999年对美国学人公共演讲的民意测验中，成为20世纪最佳演说的决定因素不是那些华丽的形容词和排比句，而是这样平常的口语。

效果是如此惊人，真问题应该从这里提出来，为什么？

首先，这不是一句平常的话语，它来自《圣经》。这是《圣经》的一个典故。出自《以赛亚书》的"我有一个梦想：幽谷上升，高山下降；坎坷曲折之路成坦途"。由于《圣经》的神圣性又非常符合他牧师的身份，这句话就带上了传播上帝神圣福音的意味，基督教国家广大群众自然喜闻乐见。

其次，这样的发挥不是事前准备的，而是现场即兴的；不是单向传达，而是在双向互动中生成、共创的；不是演讲者个人的智慧，而是演讲主体和听众主体智慧的遇合和建构。听众在这里就不仅是被动的听者，也是主动的参与者和创造者，这种互动生成氛围，恰恰是演讲氛围达到水乳交融共创效果的表现，这是不管什么样的朗读都根本不可能达到的境界。

正是因为有了这样的氛围，演讲者和听众之间打成一片，虽然社会地位、文化背景和命运的差距并没有改变，但是现场群众在统一的感情交融中，心理距离缩短了，达到浑然一体的程度。这不但是演讲者与听众的双向交融，而且是二十几万听众之间的交融，实际上是三维交融，情感强度等于乘了三次方，达到某种狂热的程度。此时，演讲者就获得了最大的自由，不管说什么，都会引起全体狂热的反应。马丁·路德·金以惠特曼式的排比，以乐观的狂想，把听众的情绪推向高潮：

　　如果美国要成为一个伟大的国家，这个梦想必须实现！

　　让自由之声从新罕布什尔州的巍峨山峰响起来！

　　让自由之声从纽约州的崇山峻岭响起来！

　　让自由之声从宾夕法尼亚州阿勒格尼山的顶峰响起来！

　　让自由之声从科罗拉多州冰雪覆盖的落基山响起来！

　　让自由之声从加利福尼亚州蜿蜒的群峰响起来！

　　不仅如此，还要让自由之声从佐治亚州的石岭响起来！

　　让自由之声从田纳西州的瞭望山响起来！

　　让自由之声从密西西比的每一座丘陵响起来！

　　让自由之声从每一片山坡响起来！

　　当我们让自由之声响起，让自由之声从每一个大小村庄、每一个州和每一个城市响起来时，我们将能够加速这一天的到来，那时，上帝的所有儿女，黑人和白人，犹太教徒和非犹太教徒，耶稣教徒和天主教徒，都将手携手，合唱一首古老的黑人灵歌："自由啦！自由啦！感谢全能上帝，我们终于自由啦！"

　　如果以林肯葛底斯堡演说衡量，或者用一般散文准则来评判，这样宣泄式的排比可能成为空洞的滥情，有挥霍语言之嫌，但是，现场中心心相印的氛围，演讲者和听众、听众与听众之间的互相鼓舞，使每个人都成为情绪的俘虏而汇入心理完全没有距离、情感完全没有区别的海洋。这就构成了情感脉络的最高潮。

　　许多教案之所以失败，最根本的原因，就在于不懂散文与演说、朗读与演讲的起码区别，造成朗读的泛滥。就是对"情绪脉络"有自发的感觉者，真正到了情绪起伏的关键，由于在理论上缺乏自觉，使得感而不觉，缺乏理性的分析。自发的朗读，尤其是一些教师的朗读，拿腔拿调的滥情，只会给人一种虚假的，甚至是令人肉麻的感觉。

　　我国的口语交际在学术基础上是落伍了。本来在先秦游说之士那时是很发达的，可能说是世界领先的。只要在口头上说服诸侯，就可以当大官，苏秦甚至拜六国相印，有口才就可以飞黄腾达。《文心雕龙》还在理论上总结为"喻巧理至，飞文敏以济辞"。但是，从汉朝以后，就不行了。为什么？我有一个想法，这可能要怪蔡伦，他把纸发明得太早了，以致后来人们就不重视口头交际，而重视写文章了。汉武帝选拔人才就把候选人召集起来写文章，择优录取。这个办法到了隋朝就变成了科举考试，写文章成为当时知识分子唯一的进身之阶，朝为田舍郎，暮登天子堂。口语交际的智慧，也就是口才，变得不吃香了，一千多年下来，先秦游说的艺术、口才取胜的传统就这么丧失了。

与我国相反，西方，可能因为造纸术普及得比较晚，故口头表达，特别是演说术，就比较重要。有一个现象你们注意到没有？就是临刑的英雄，在西方，好演说，而在中国则好作诗。这一点我在本书《中华诗国论》中已经说过，不再重复。

美国中学有口语交际课，其实就是演讲，初中是演讲，高中则有辩论。口语交际和写作同为大学一切院系必修，不少大学有演讲系，演讲博士，演讲教授。

所以我们口头交际水准比较低，要怪大学教授，没有建构一门口语交际的学科。从这个意义上，我们不能怪蔡伦，要怪大学教授。特别是我这样的，活到八十岁，还没有写出一本口语交际的学术著作来。

答美丽的主持人小姐

我对于目前的大学生辩论赛有许多不满,新加坡国际大专辩论赛模式陈述的时间太多,针锋相对的自由辩论才有四五分钟;而美国俄勒冈式辩论模式,一个陈词结束,马上就要应付对方的质询,氛围就紧张得多。自然,把美国法庭上的质询搬到大学生的辩论赛上来,难免不好适应;还有一个局限是对于辩论队员的素质要求太高,在基层难以普及。

我本以为,作为一种训练口才的方式,辩论赛像许多时髦玩意儿一样,流行了一段时间以后就会很快受到冷落。但是,几年过去以后,没有想到连比较小的大学每年都经常举行,就是功课最重的医学院的学生,居然也在一段时间里,把那几十本厚得像砖头一样的书丢在一边,投入各种各样的辩论赛。投入得火热自然是好事,但是,越是火热,各校之间的关系也就越容易紧张。每逢宣布胜负,气氛都有冰冻之感,事后都免不了一些不甜不酸、不咸不淡的议论。偏偏在这时,我还要上台去做总结。

在这种决定命运的时刻,上去讲评很难。讲得太没有水平,辩手和啦啦队员会用叽叽喳喳来表示对你的蔑视;讲得太一本正经,他们会以懒懒洋洋的眼神和施舍性的掌声来表示对你的怜悯;若是以最简洁的语言打中要害,把他们镇住,又太冷酷,不够轻松,也可能使人家不耐烦。

当我不得不走上台去讲评时,我给自己设定的任务是首先把他们从紧张的期待中解脱出来。但是一上台,我就感觉到:男大学生的好胜心由于女大学生们如花的笑容而空前高涨起来了。我决定用现场即兴的办法来调侃一番,我把所要调侃的男大学生的精神状态勉强命名为"异性在场的自尊膨胀"。想清楚了,就拿它来开涮。

我说:"每逢演讲、辩论,都是女选手多于男选手。都说妇女能顶半边天,男性自然也是半边天,互相平衡。可是在眼下这样的场合,常常有男性的半边天摇摇欲坠之感。（笑声）这种感觉和我们看奥林匹克运动会的实况转播时相同。中国人拿了不少金牌，当然过瘾，但是一种阴盛阳衰之感实在不太美妙。（掌声）差不多每一回最佳辩手都是女性，这使我这样一个男子感到莫名其妙的压抑、自卑、恼火、脸红、头皮发麻、怒发冲冠。（大笑声，掌声）但是我作为男性也有可以自我安慰之处，那就是：女人会讲话，但是，男人会做事。（掌声四起）何以为证？转头看看评委席，几乎所有的评委都是男子，这使我心花怒放。"（大笑声，热烈的掌声）

把年轻人的神经放松以后，我正经八百地把辩论双方的得失讲了一下。轮到要宣布胜负了，会场上气氛又紧张起来。

我把那张藏着评委投票结果的信封举了起来："我知道，在你们看来，我的讲话轻于鸿毛，而这张信封，才是重于泰山。（大笑声）要我来拆开这信封，本来也未尝不可。但是，这是非常残酷的，我不适合于做这样残酷的事。一来我生性懦弱，（会心的笑声）二来我是个革命的人道主义者。（大笑声，鼓掌声）所以我和评委商议，还是让美丽的主持人小姐来宣布。因为，美丽的小姐经常做残酷的事。"（热烈掌声，笑声）

等笑声和掌声停下来以后，我说："谢谢你们的掌声，我们达到了完全的沟通。很显然，刚才鼓掌的男同学对于'美丽的小姐经常做残酷的事情'深有体会。"（掌声，欢呼声）

当我走下台来的时候，一位大学生辩手对我说："你好不残酷地调侃我们，可是我们却感到好不快活。"

会场上听众和演说者的情绪达到了高度的交融。

可是主持人小姐接下来的话却有些煞风景，她老实巴交地说："现在只好由我来残酷地打开这个信封了。"她显然立刻感到了有点不妙，但是却无能为力，只好干巴巴地说了几句套话，眼睁睁地让会场冷清下来。

吃饭的时候，她正好和我坐在一起，她说："你按你的幽默理论，把会场的气氛搞得浓浓的了，可是我却傻乎乎地把气氛弄糟了。依你的理论，我要怎样才能幽默起来呢？"

我说："我也不是想好了才上去的，幽默贵在即兴发挥。但是这并不排除事前多动脑筋，你接过我的信封以后，不要那么一本正经，可以轻松一点，关键在于要有讲点歪理的勇气，要有违背事实的魄力，你的心态要从日常的思路中解放出来。比如说你本来很漂亮，这是人所共知的。你乐于得到人们的欣赏，如果有人说你不漂亮，你会生气的，这很合乎常情，可就是没有幽默感。要幽默起来，你就得把事情和自己的情绪颠倒过来。比如说，你能不能设想一下，坦然宣称自己长得很丑，你敢于这样想了，这样说了，绝对不会减少你仪表的漂亮，但却可能增加你内心的美丽，使你变得更加可爱。你接过信封，要有魄力把我的说法顶回来。比如，可以说'我并不同意教授的意见，当我撕开这个信封的时候，我一点也不感到残酷。相反，我感到很温柔。因为美丽的小姐才是残酷的，我并不美丽，所以我并不残酷。'"

我说到这里，她笑了，好像有一点开窍的样子。她承认这样有一点幽默了，不过，还有点不够分量，她问我如何加足分量。

我说："这也不难，只要再加上一句，火候就差不多了。"

我看到她的大眼睛里充满了期待的光。

我沉吟了一下，说："你可以说'平时，我最爱唱的歌是《我很丑，但是我很温柔》'。"

美丽的小姐灿然而笑。

贵在随机应变

20 世纪 90 年代初，我写了一本有关幽默谈吐的书，完全出乎意料的是竟十分畅销。中央电视台的一位部门领导在香港看到了，就找导演把我追踪到了。那是 1992 年，在中央电视台做了二十集的《幽默漫谈》。那个节目应该说做得并不怎么样。但是，从此以后，我就被当成对于幽默有研究的人士，经常被一些单位请去讲座。当然，随便讲讲有关幽默的知识和趣闻是并不困难的。但是，听众并不太关心幽默的学问，他们最为关注的是如何在日常生活中保持谈吐幽默。有时候，纸条递上来，问得很刁钻，而且要马上回答。

有一次，在一个商业高等专科学校的礼堂里，递上来的纸条问的是：如果，你母亲和你太太都掉下了大河，你是会游泳的，你是先救妈妈还是先救太太？请回答，而且要幽默。

这完全是出乎意料，我只能承认我无法回答，原因是我的幽默还没有遇到过这样严峻的考验。下面发出了一些笑声，虽然其中充满了谅解，但是，却不能不使我感到遗憾。讲座结束以后，心里还有一点失落之感。

后来，我在一本西方的幽默书发现，我所回答不了的题目，原来是有现成答案的。

那就是：先救太太，因为妈妈会游泳。

从那以后，经过苦心钻研，我对于幽默逻辑错位有了更多的体会。对听众递上来的条子，就逐步有信心了。虽然时间很紧迫，但是只要放下一本正经的架势，歪理歪推，总能对付过去。

后来有一次，一张纸条上的问题是：如果请女朋友吃饭，结账时却发现没有带钱，怎么办？

我的回答是：你先使劲骂那些请女朋友吃饭而不带钱的家伙，骂得越凶越好，骂得差不多了，叹一口气说"我今天全骂自己了"。

事后，我想了很久，虽然当时听众都给我鼓掌了，还很热烈，但是总有些美中不足，需做些修改才好。

似乎应该这样说：你骂这种人是小气鬼，贪吃鬼，没有资格做人，连鬼都配不上，不要脸的鬼。骂得差不多了，摸摸口袋，叹一口气说"可是，你（指着对方），今天真是碰见鬼了。我呢，也是，把自己骂成鬼了"。

但是，幽默谈吐是口语的现场交流，事后不管你想出多么好的点子来，也是白搭。

从这个意义上说，幽默谈吐永远是随机应变，如果你能在几秒钟之内反应过来，不一定完美无缺，但是，多少可以达到心理距离缩短的目的，事后不管想得多么完美也是白搭。但是，事后多加思索无疑有利于随机的发挥。

还有一次，在漳州师范学院演讲，我讲了一个故事：一个顾客来到一个咖啡馆，小姐给他端上啤酒，但啤酒杯里有一只苍蝇。如果这个顾客是个英国人，英国人是十分讲究绅士风度的，他就耸耸肩走了。如果这个顾客是德国人，德国人是很讲究科学的，为了避免别人再受害，就把啤酒倒掉了。如果这是个日本人，日本人是很讲究严格管理的，他就会把经理叫过来训一顿，要求他检查管理方面的漏洞。如果这个顾客是个俄国人，俄国人是很讲究实际的，他想啤酒里面的酒精是可以消毒的，苍蝇身上的细菌已经给杀死了，他就把苍蝇从啤酒杯里挑出来，把啤酒喝掉了。如果他是个美国人，（这个故事大概是美国人编的）他就会把小姐叫来，说"我有一个建议，以后再发现苍蝇在杯子里，你们就把苍蝇和啤酒分开，一个杯子装啤酒，一个杯子装苍蝇，送给顾客"。

听众大笑。

到了最后，一个听众递上一张纸条来：如果你是那个顾客，你会怎么说呢？

读完纸条，思想跟着舌头自动化地活动起来。我说，我会指着苍蝇对着小姐说："小姐，我很荣幸，你把这样一只像你一样美丽的苍蝇奉献给我，我肯定，这一定是一只经过精心培育，最没有污染，既能排毒又能止泻，专治胃口不好、恶心呕吐的特效药。"

台下的听众为我热烈鼓掌。

前不久，福州一所军事通讯性质的高等学校请我去讲幽默谈吐。

快结束时，递上来的纸条是：如果你在听一位学者（或者领导）的报告，忍不住放了一个屁，很响，又很臭，怎么用幽默来化解你的尴尬？

我一点准备没有。读条子的时候，我还不知道怎么回答。

但是，冥冥中有一种灵感冒出来，我一头念纸条，一头就歪理歪推起来。

我说，你可以对坐在身边的朋友说声抱歉："对不起，报告很精彩，启发性很强，我突然觉得有许多想法和他交换，但是，他老是讲个没完。不知不觉，实在是憋不住了。真是不好意思。"

底下哄堂大笑。

又有纸条递上来：这是什么方法？

我回答：自我调侃。

底下报之以鼓掌。

就在写这篇文章的前两天，我应邀到福建省经济管理干部学院去讲座。

一个学生递上来一个纸条，说：我们班主任今天本来布置我参加一个会，但是为了听你的报告，我没有去。如果你是我，如何向班主任交代呢？

不知从哪里来的灵感让我的舌头活动起来，我听见自己说："班主任老师，你也年轻过，当年你是不是也曾经有过为了一个好报告而逃会的历史记录。如果你从来没有，请允许我从明天开始向你学习；如果也和我一样逃过会，那从现在开始，让我们交流既逃会又不让班主任生气的经验。"

台下的听众为我的思想的迅速转换而鼓掌欢呼。

在当时，我并没有细想这是为什么，直到我去查阅了我自己写的一些幽默谈吐的书，我才一一为它找到了归属。这就涉及一个很幽默的问题，幽默是可以学习的吗？凭我的经验，应该是可以的。不要把幽默看得太神秘，只要会开一点玩笑，或者能听懂别人的玩笑，就有幽默的天赋。只要从平时一心一意美化自我的定势中解脱出来，敢于调侃自己，敢于讲歪理，人家的心灵就会心照不宣，就能和你会心而笑。

而笑是心灵之间最短的桥梁。